大海浮夢

夏曼・藍波安

獻給我已逝去的雙親，
大伯，我的三個小孩，
一個孩子們的媽媽，
以及給我自己。

【出版緣起】

一個穩固而持續的創作平台

——長篇小說創作發表專案

國家文化藝術基金會自二〇〇三年創設「長篇小說創作發表專案」，已執行十餘年時間。感謝和碩聯合科技股份有限公司，在國藝會藝企平台的加乘推動下，自二〇一三年起，每年贊助專案一百萬元。企業參與支持國人原創小說，是創作者的一大福音。藉由各方資源的努力推介，台灣出品的優質小說，也更有機會於華文出版市場占有一席之地。

多年來，長篇專案以挖掘當代文學經典，深耕文學閱讀爲宗旨。補助創作者寫作期間生活費，讓他們能無後顧之憂，全心投入寫作，也協助作品後續出版、評論、座談等各種推廣活動，藉此鼓勵創作及提升作品價值。本專案成果質量兼具，多部成果已付梓出版，亦獲國內外各大文學獎項肯定。在作品主題上，不僅深入台灣在地各種面向，語言使用方面，除了華語之外，也兼及原住民語、客語、閩南語等多元的語彙、視角，呈現台灣豐沛的文化軟實力，都是值得一讀再讀的好小說。

期待藉此專案的努力推動，未來十年，能不斷有精采的小說作品出版；台灣優秀創作者的寫

（國家文化藝術基金會董事長）施振榮

作實力，能持續被挖掘、看見；還有更多不爲人知的在地美好，隨著文字的翅膀，在世界各個角落持續發聲，訴說著屬於台灣的故事。

推薦序

航在星月下的男人

方怡潔
（倫敦政經學院〔LSE〕社會人類學博士）

夏曼這本書，以飢餓開頭，以飢餓結尾。飢餓是現代化吃掉他的傳統認同，剝奪他的精神食糧。飢餓是一種不滿足，世界不是爲他建造的。現代化爲蘭嶼帶來更多的金錢與物質，但身在其中的達悟人卻沒有因此擺脫飢餓，反而更加飢餓。這是一本關於「命運與夢想」的書，寫達悟，也寫人類共同的處境。就像夏曼一開始就以極端優美詩意的文字說「其實這樣的夢寐，你我他、她，想起來在這星球有人類居住的任何一角，都有它的相似性，有夢是件好事，而且我認爲，那般的夢其實陪伴著我們長大的。」對我而言，這本書最動人之處，正是夏曼以其獨特的筆觸與角度寫出這樣的情境。有誰不曾在成長過程中不停反問自己夢與路的問題？又有誰不曾在這個年代問自己何時離開何時歸鄉的打算？夏曼身爲蘭嶼達悟人，野性追浪，在其中所經歷的夾擠與飄移，可能是最極端的版本，也是最讓人痛苦無奈的版本，但夏曼以他被海洋潮汐、山林季風還有「天空的眼睛」（意指星星）孕育出來的天性（或是他常用的詞「心魂」）——帶著對美感的堅持——，坦白誠懇又不失幽默戲謔的娓娓道來，讓我們看到在現代性夾擠、國家暴力以及資本主義席捲的風浪中，他如何堅持與夢想、海洋、親族與島嶼符碼保持聯繫，這爲他帶來力量，繼續鍛鍊自己使靈魂堅強，爲自己在無人能逃脫的渦流中，造一艘有船魂的拼板船，即使困惑，不停自省，仍能穩住人生的舵，繼續優雅有力的切浪航行其上。

我跟夏曼是清大人類所的同學，因此在閱讀這本書時，我有兩種身分，一種是作爲一般讀者，一種是作爲一個作者的人類學同窗。以下我將分別以這兩種身分來說我看這本書的感想。

作爲一個讀者，閱讀夏曼的小說是享受的。他的文字奔放流動，段落與段落間的銜接自然流暢。他對海的描述極其生動，跳脫漢語的窠臼，一個句子裡畫面與韻律俱足，讓人神往。他組合文字的方式，就如海水拍岸，自自然然，閱讀起來又彷如乘風破浪海上航行，觀看浪花，朵朵皆是驚喜。夏曼先從童年說起，當外祖父修面洗頭後身心舒暢，對著孫兒講起在漆黑的島嶼夜月下捕魚的故事，期許切格瓦作個男人，要會抓魚、要會造船，海洋靈魂才會愛你時，現代性也正隨著姐姐從軍人那裡借來的剃刀與肥皂，無聲無息的進入了達悟人的日常生活裡，開啓了傳統與現代的裂隙。而自此，延續與改變，出走與繼承，接受與抗拒，這些很大的問題，就成爲島嶼裡這個手腕仍纖細的小男孩，看著天空的眼睛構築他對未來的夢想時，別無選擇、不得不去面對的問題。

這些老海人與海洋爲伍孕育出來的特殊氣宇，在國家暴力透過學校教育，粗暴的進入島嶼之後，無法順利的傳到下一代。學校裡，傳授著另一套讓人困惑不解的秩序，派來的老師也毫無美感。教育的原意應是啓蒙，落實在小島上，卻只帶來困惑迷惘。夢想被「我的志願」取代，而「我的志願」在現代性籠罩下失語，流浪似乎比不上當老師或當軍人。老師說，你就背課文，背了就知道你的志願是什麼。但背再多課文，也解決不了沒有文字來描述這種政治不正確的願望背後的孤寂。這套知識既愚蠢又粗暴，無法與海洋的心魂共鳴，但卻可以帶來穩定豐厚的物質報償與一定的社會地位。除此之外，還有離開島嶼到外面看世界的可能性。為此，夏曼靠著讀書離開了島嶼，不顧親人的勸阻與眼淚。但最後，他仍然選擇拒絕師大的保送，不願意去傳授這些當年讓他覺得困惑又愚蠢的知識。慈愛的神父知道之後，打了他一巴掌，痛罵他。夏曼知道神父仍然慈愛，因為任誰來看，對從小島來到大島的達悟青年而言，老天給的選擇的確不是那麼多，而只有這麼一個，會通向舒舒服服的未來。

拒絕主流價值給出的道路，自然要付出更多辛苦的代價。追逐夢想，離開島嶼，夢想破滅，回到島嶼，重新與島嶼的脈動接軌。許多問題在家鄉的涼台上浮現：夢想，誰的夢想？誰來定義什麼才可以是夢想？為什麼夢想一直被否定？夏曼又回到了蘭嶼，抓九孔、抓龍蝦，困惑但堅定，天海茫茫中，也要找出自己的出路。此時與蘭嶼囚犯的友情，卻意外鼓舞了他，再次堅定他的夢想。這在第四章中，夏曼有了精采的描述。

在第二章放浪南太平洋與第三章航海摩鹿加海峽，這個想要追尋夢想的野性男人，真的離開去尋找夢想了。但他卻一直問自己：我在幹什麼？也不時以「爛夢想」來嘲笑自己的決定。夏曼此時眼光變得疏離而冷靜，不似他在描述蘭嶼親族與童年回憶時浪漫深情。他是警醒的，必須快速的在與陌生人的相遇中，辨別出誰是具有美感的誰是可以信任的，而誰又是無法在海上共處的。他看的不是社會地位或是世俗成就，此時這些都不重要，是要看進去，看到一個人最根本的質地，或許這可以濃縮為美感一詞。海把他與陌生人連結在一起。當他敘說台灣來的老船長，以及從中國內陸來的羌族「追浪小男人」的故事時，夏曼又是如此理解與溫和。

作爲一個人類學者，夏曼在書中對人類學家或專家多所批評，認爲分析形式的論文書寫無法確切捕捉海洋民族的真實經驗，人類學家也沒有真正看到海洋。在這部分，可說他已經揚棄了人類學。但另方面說來，夏曼又非常的人類學。透過他的文字，我們讀到了最細緻的「島嶼符碼」與「生態智慧」，從中看到達悟人眼中海洋、海洋的情緒、潮汐、日夜轉換、季節變遷、芋頭田、山林以及對魚的情感，還有一個民族如何圍繞著海洋孕育出他們的文化與社會組織。另方面，我們則看到他示範了如何書寫一本超越視覺文字與概念分析的民族誌。他五官全開的參與觀察。他把一些民族誌裡最難描寫與處理的部分，給成功的寫出來了，諸如情緒、不確定性、曖昧性以及多重主體性，諸如變動多重的脈絡，諸如社會行動者在複雜情境中的動態決定等等。夏曼的書寫擺脫了僵化的學術分析格式，沒有包袱，不需要套用學術概念或二分法，好去得出一個合乎邏輯的論證，作爲一個達悟人寫自己的故事，他的民族誌，也自然跳脫了敘事者在面對邊緣族群時一不小心就會落入的陷阱：諸如緊抓一個假想的敵人做控訴，或是先入爲主的弱者化對象，讓同情與自怨自艾漫無邊際毫無節制的溢出。他誠懇真實，任文字流動如海洋，讓我們看到跳脫概念的實相。

作爲同學，夏曼給我的感覺是強壯有力的。但在書裡面，他總是喜歡用「纖細」來形容他自己，似乎對比於他的祖先，他仍然覺得自己還不夠強壯。美感或美不美是他最關心的事，也是他常問的問題。他的書寫，某種程度就像人類學家一直想做的事：看穿。顛覆我們對理想當然的執念，看見表象下的複雜性。他討厭老師，但也看到老師的無奈與可憐，他痛恨囚犯踩壞他們的山林，卻也能與另一些囚犯譜出美好友情。他總是能看到事情有好有壞，還有各種無語、無奈，因此在嘲諷控訴最醜惡的現實前，也仍保有一分節制與溫厚。作爲一個認識作者的讀者，作爲一個也在大島小島中轉移，正被全球化的浪潮衝擊的非海洋民族後裔，我在閱讀手稿的過程中，好些段落讓我相當感動，鼻酸，也深覺自己很僵化不流動。這本書是豐富且多面向的，還有許多的角度可以切入閱讀，或許適合帶著到海邊一讀，聽著浪聲，從白天黃昏到晚上，直到被天空的眼睛看著。在感受了海洋多情的氣宇之後，海洋子民的心魂、船魂、海洋的情緒以及海路移動之旅，或許才能更深刻的被理解。

自序
浮生浮沉的夢

夏曼．藍波安

這本書，就獻給我已逝去的雙親，大伯，我的三個小孩，一個孩子們的媽媽，以及給我自己。我用木船捕「飛魚」，用身體潛水「抓魚」，讓海洋的禮物延續父母親從小吃魚的牙齒，孕育孩子們吃魚的牙齦，讓波浪的歌聲連結上一代與下一世代的海洋血親，生與死不滅的藍海記憶，我做到了自己的移動夢想。

我們全家人，從台北回家與父母親共同生活十一年，我個人與雙親生活有二十七年。十六歲到三十二歲，是追求我前半段遠離小島束縛的理想，靠自己考高中，在台北南陽街補習，及學習台北的生活，爾後考大學，這段過程憂鬱勝過於愉悅，核心的問題是經常「飢餓」，還有「山地同胞」象徵智力不足，落後的汙名纏身。台北街頭的路人，他們的眼神對我的輪廓長相、膚色一直讓我不安。

在補習班的三年歲月，在永康街、麗水街租一小間屋子，「飢餓」、沒錢讓我走不出去，彼時完全忘記，或者根本不敢想像我兒時的「夢想」，在那階段的青春歲月與父母親幾乎沒有信件，電話的往來，處於完全失聯。飢餓的時候，我問自己，不去念師大，不去念北醫（也是保送），高雄師院（也是保送），這又為了「ㄍㄧㄥ」什麼？這些學校，當時不知有多少個莘莘學子想進入的學校，一個小島出來的孩子，不去念簡直自討苦吃。

南陽街、信義路、和平東路、師大路、羅斯福路、二二八公園等等的，台北市沒有一條路，一條街曾經吃飽過。有一天，我發現了自己，原來我跟他們說不一樣的語言，也忽然意識到自己在台灣好久好久沒有吃魚，吃飛魚，也沒有游泳，原來我不是漢人。開始感覺我不能沒有藍色的海洋。

遠離了台北回到家，學習潛水抓魚，划船釣鬼頭刀魚，夜航捕飛魚，父母親說的語言，我呼吸的空氣，發覺我原來生活在兩個相異的世界，發覺許多問題的「標準答案」本質不同，原來從人類的肉眼看，太陽下海與下山都是標準答案，也才理解中國大陸的「中原民族」沒有海洋觀，太陽下海與下山都是在「山」的那一頭與這一方，而我卻在以「山」為中心的群族追逐屬於「山」的正確答案，我求學過程念的書本，台灣的教育家、文學家忘了有海洋這個事實，我也才恍然大悟，反思的想著，原來我民族與台灣群族的差異，在於擁抱海洋與恐懼海洋。

太陽下「山」的正確答案（小學考試），支配了我、迷惑了我從入學到大學畢業後的判斷，多元語言、多元文明、多元民族似乎是中原民族最大的「禁忌」，即使時代輪轉到了馬英九的世代，這個概念依然是最大的「禁忌」（學校各民族的語言學習一星期只有一個小時）。太陽下「山」的正確答案依然支配著漢族政權不變的中心論，再者，選票票數詭譎的傾斜讓我預知台灣不可能孕育出優質的政治家、政客，「票數」成為後現代性的中心論，幾乎是沒有多元文明想像的劣質的，還保有「中原」過境心態的執政團隊，並使用「閩」字心胸執政，應更換為「閔」方有優質的跨多功能思維的政權。

回到蘭嶼的家與父母親、家族共同生活，父親三兄弟不時的跟我說：

「老人的太陽已接近海平線了，你的身影應加速學習山與海的情緒。」

父親生前在每一天的黎明前面對黑夜吟唱，古調的旋律在深夜的寧靜呼叫我心魂的本能，坐在我的樓梯細心聆聽父親的歌聲歌詞，太陽下「山」的意象轉型爲下「海」的夕陽，於是下「山」下「海」都是正確答案，彼時我也開始回憶的反思，入學前一位外籍神父的話，說：

amiyan so raraten nyou, mayi kamo do kyokai.（你們有罪惡，到教堂赦免你們的「罪」。）

在我成長的過程中，漢族的太陽下「山」，以及象徵基督宗教的詮釋者神父，你們的「罪」，在我成長的過程中給我最大的人生「迷思」，嚴重支配我的價值判斷，我現在的理解與解釋是，強大民族與白人的「暴力」展示。我們每天上學必須跟孫中山遺像、蔣介石當時的畫像行「三鞠躬」，每星期上教堂向西方的上帝「認罪」，我們在不自覺中認同他者加諸於我們心魂的「暴力」手段，支配了，混淆了我們的成長，也增添了我們多元的想像。

二〇〇五年五月底，就在我正式出海航海的前一天，Ang-Haz母親的部落（蘇拉威西島中部），一位穆斯林基本教義派抱著炸彈血洗基督教會，救護車頻繁的往返，電視畫面不停的轉播，贊助廠商劉董把我拉出店，說：

「這是阿拉與上帝的戰爭，在海上要多小心。」

二〇〇五年一月，我在庫克國的拉洛東咖島（Rarotonga）的時候，市中心的市集在每個星期六都有早晨市場，如台灣的黃昏市場，市集中央有個有棚的舞台，每星期舞台的占有是島上不同基督宗教教派都已協議好的，宗旨是不同基督宗教教派都在大力鼓吹人要向上帝「認罪」，在我所有移動旅行經過的島嶼，「認罪」的言詞如巨岩般的不可動搖。我要問的是，這個「認罪」就像是漢族課本裡的太陽下「山」的意義很相似，非漢族、非基督宗教者都要認同這個是「唯一真理」，也是亂源的、各民族內部相互撕裂的源泉。

各宗教的起源眾說紛紜，有文字的民族先合理化其自身的教義，組織成具有官僚功能的宗教集團，並據此擊潰沒有文字的民族傳統信仰，汙名化為「迷信」的宗教（我現在稱被他者說的各民族的「迷信」為「民族科學」，來區分非人性的「西方理性科學」）。

在我十歲時，父親開始帶我上山，認識家族的林地，外祖父、父親的林地，三十二歲回家，我依據我的記憶去整理林園，在我開始造船的同時，我不懂的達悟語樹名，就拿回家給我父親看，父親便指導我，包括樹在民族科學的意義，這個民族教育讓我真正認識了「環境文明」與民族文明的相容性，原來我民族的文明是在追求生態時序，生態物種本身就已經自我分類了，向光面的樹比山谷裡陰暗的樹種來的堅硬耐用，達悟男人吃的魚比女性吃的魚，在我潛水生活中，我發現女性吃的魚比較優雅，游姿曼妙，讓我釋懷了，原來生態時序就是我民族文化祭儀活動的依據，於是他者說我們「迷信」是偏見，我們的「迷信」就是民族的禁忌文明。

星球上的人類暴增，食品科學的研發，發明了數不清的副食品，或言主食，野性（生）的生態動植物的自然成長已經來不及供應人類的集體食量。二次戰後，海洋漁業拜科學儀器之賜，大型漁獵船隻的集團，探魚偵測的發明，流刺網、拖曳網氾濫的使用，讓魚類來不及成長就已經被獵殺，漁業專家稱之「混殺（bykill）」，這是人類「混吃」造成的浩劫。

當我回家定居剛學會潛水射魚時，島嶼水深三十公尺的亞潮帶的珊瑚礁魚類非常多，我射了一些老人吃的魚，還有比目魚、掃把魚，父親眼神不悅地跟我說：

「水世界只剩這些魚嗎？」

言下之意，就是比目魚、掃把魚遇見人的時候就像標本一樣，不會游動，笨到徹底的給你打，一個男人為什麼要去抓最笨的魚，比目魚雙眼長在上方，不是頭的「左右邊」，就像某人的眼睛若是長在頭上，那肯定是怪物，你抓怪物象徵自己是低等男人。於是又說：

「拿去給豬吃。」孩子們的母親笑到肚皮痛，對我而言，是達悟族魚類知識的分類知識，非現代性魚類科學的知識理解，人性化魚類、活化海洋的律動的民族信仰。

小學的老師嘲諷我們說：

「你們不吃田蛙，河溪、海裡的鰻魚真的笨，這些是非常有營養的。」

叔公後來告誡我說：

「你千萬不可以吃那些，那是低等人吃的食物。」

「混殺」、「混吃」是我民族的禁忌，我們沒有營養的概念，但我們一直存有魚類形體美學的信仰。

父親生前告誡我，說：

「你們的未來無論如何的變化，我要詛咒不堅持生態時序律則的孩子，求你堅持繼續造船，繼續美化我划過船的海洋。」

當大伯得知我野性航海回家時，跟我說：

「別再遠離我，你是航海家族族裔，我要在你的胸膛斷氣。」

「豐腴的童年」在沒有外來文明干預的乾淨歲月，家族裡的男性依據環境生態孳息的信念教育我，當我潛水射到這一生第一尾十幾斤的浪人鰺的時候，父親要我邀請他的兩個兄弟、一位堂弟來家裡吃地瓜分享我的大魚，說我從小就是吃他們抓的魚長大，我的高興勝過於考上大學。

他們在我面前輕聲細語的敘述他們在潛水的經驗故事，口語敘述的功力把海洋每一天的洋流變換、海底地形、各種魚類游移的習性擰住了我的心魂，那些是真實的，絕美鮮豔的「海洋文學」。堂叔口述道：

「諸位哥哥，你們就在離我三個地瓜田遠的海面上上下下潛水，太陽在我們面對向蘭嶼，它走下坡的軌跡，洋流由左邊流向右邊，彼時恰好是中潮，流水不強也不弱，在我腳下的兩座礁峰的中間有一尾碩大的石斑魚在呼氣吸氣，宛如是我們已老邁的祖父在期待食物入口的神情，我再次的看看你們，我也不時地調整我的呼吸，就像嬰兒自我調整吸吮母奶的頻率，想著若是我的魚，我們會歌唱，若不是我的魚，牠或許只是讓我欣賞而已。孩子（說我），當時我們沒有蛙鞋，沒有防寒衣，沒有呼吸管。深度約是八尋（十五、十六公尺），若是我的魚就是我的，我如此地安慰自己的心魂，我愉悅的潛入水裡，專注地盯住魚，然而在我心裡已經選擇魚槍發射的魚部位，我不遲疑的射向魚鰓上方的魚脊椎骨，魚一閃動，脊椎骨立即斷裂，動也不動的趴在原點，當我拉起牠的時候，魚的重量比我重，彼時我與你的叔叔潛下去，你父親與你大伯在海中接下我們，那時才發現那尾石斑魚跟我身材（一六八公分）一樣大，當我們浮在海面上歡樂，你的叔公，我們的小叔已經把船划向我們這兒來了，我看他吃檳榔的牙齒看見那條魚的時候，門牙好像即將斷裂的模樣，說「這條魚之魂要讓我們提前返航」（不說「我們回家」這類的話）。正在下海的太陽，正是會咬傷人們皮膚的熱度，我們看得見海面蒸發的熱能，我們划著船，每一個人的背部皮膚彷彿是一張黑色油紙，漆上我們的故事。那一夜，我們的歌聲像一片片的魚鱗回應一波波的浪震。孩子，我們的故事沒有在紙張，明天過後，我們回常常得反覆敘述這個過程，直到沒有人聽得懂我們的故事。」在座的還有兩位堂哥，當時我發覺前輩們說話說故事，話語裡充滿了環境的言語，充滿了影像，他們對海底地形的瞭若指掌來自於用心理解，用經驗回應洋流與魚類與月亮的引力關係，夜間輕聲細語的對話，老人家們的微笑，透露人性優雅的純度，讓我感受在地語彙與環境結盟的劇情，人類都是配角。

這本書，我的「移動」是我家族恩賜給我的航海基因，思念親人、家族是因爲他們教我體會環境文學存在的本質，這些漢字的堆積也是獻給他們的，是他們教育我跟海洋島嶼發生生存基因，信奉多元信仰。

他們都走了，他們已經看不見我繼續的潛水，讓我無法運用達悟語的環境美學觀跟他們說故事了，但我今年會再造一艘拼板船，把前輩們生前的魂魄，讓我在山裡伐木譜詞，在海上划船歌唱，繼續書寫會移動的海洋文學。

特別感謝二〇〇四年文建會主委陳郁秀女士提出「全球視野文學創作人才培育」計畫，讓我實現放逐自己到南太平洋的夢想。二〇〇五年偶然發生的「仿古航海」，在野性的汪洋航海，感謝那位小企業家陳金國先生、印尼華僑劉董與黃董也讓我實現航海大夢，這是我人生的奇遇。

當我女兒幫我建立了臉書之後，我許多的告白隨興書寫在臉書，讓台灣的朋友們逐漸理解達悟的海洋哲學，拉近了與海洋波動的感覺，這種互動是無價的。在此也萬分的感激聯經出版公司的朋友們給我的鼓勵與支持。Ayoy（謝謝）！

當然，孩子們的母親，她把生命的樂章全心投注在我們的田產，土壤因而給了她陸地的哲思，如今她的芋頭、我捕的飛魚，她的地瓜、我射的底棲魚是我們在小島上生活的全部，感激她放任我三十年。

完稿於蘭嶼的家

二〇一四年六月二十三日

目次

第一章　飢餓的童年

命運的旅行似乎在我小四，約是十歲，在黑夜來臨的時候，我的夢想就開始旅行了。在夢境裡的黑夜，希望夢想成真裡的影像，也似乎只對南太平洋、大洋洲的許多小島，情有獨鍾。其實這樣的夢寐，你我他、她，想起來在這星球有人類居住的任何一角，都有它的相似性，有夢是件好事，而且我認爲，那般的夢其實陪伴著我們長大的。

我們從小每天的第一眼、最後的一閉都是海洋，他的潮汐大小變幻，勾畫了我本性的浪漫與懶散，而冬季時的海洋，他的寧靜在我小時候的感官，也比我那個記憶裡的外祖母更慈悲、慈祥，並多了暗灰的蒼涼，那汪洋影像的變幻幾乎就是刻在自己成長的記憶裡。

其次，他在夏秋之際的颱風期間，他的爆怒、他的瘋狂肆虐陸地的同時，數不清的驚濤駭浪，飛上天的浪沫煞似一群瘋子禁錮一世紀似的起舞撒野，掀開海震的面具，也是我小時候與外公躲進洞穴，最讓我敬仰、喜愛的景致。

春夏的季節是青春湛藍，微弱的西南季風讓人意興懶散，人們坐在涼亭上往往有被催眠的感覺，卻有一群追浪的男人，爲了生存在海上獵魚，我記憶裡之最。秋冬是憂鬱而灰暗的，放射出慵懶的氣息，山頂的雲層是灰色的，從我們睜開眼睛起，也十分真情的展露，不帶矯情，這樣廣袤的空間環境，刻痕著我對雲霞的變換、海洋韻律的熱情，我成長的視野就是如此。也因此，我對其他住在小島的民族也就特別的有情感，這似乎是「小島寡民」如我慣有的想像，而懼怕綿延百里的平原，以及人口稠密的都會。

我念的小學，啓蒙我們這些海洋家族的孫子是二次戰後，台灣的國民政府設立的「蘭嶼國民小學」，學校就在離我家幾步路的地方，地勢高，視野佳，我入學的時候，這個學校畢業的學生不及百人，換句話說，島上會說華語的族人比會說日語的人還少，但達悟語仍是我們當時老中青少溝通的主語，民族思維的價值觀的軸線，承繼傳統、儀式祭典的線性。

我念的小學，在我父親那個時代，日本殖民時期稱之「紅頭嶼番童教育所」。我們父子血親接受的啓蒙教育完全是不同執政策略的殖民國家，如此的歷史情境是台灣近代史的普遍寫照。對於不同民族受不同殖民帝國的教育，我相信也是有它的差異、情愫，有些人對於殖民者恨之入骨，有些人則覺得無關痛癢，有部分人採取對立，有的採取妥協，或著乾脆當共犯。

我靈魂先前的肉體（指父親）是我民族歷史被日本殖民時的第一代的皇民學生，兩年的日文學習，已經可以讓他跟日本人對話。父親經常跟我說，他是最優秀的學生，所以少年時期他就一心嚮往日本，說日本是他的祖國，這樣的想像，從歷史的演進來理解，多少是荒謬的，幸好父親的祖父，就是我的曾祖父，他不認同日本是達悟人的「祖國」，因此不讓父親去台北念書。父親對於沒去台北念書似乎耿耿於懷，他還在世的時候，經常提起這件事，顯然父親也有過漂洋過海念書的夢，但我不曾聽過父親對我的曾祖父有什麼樣的抱怨，這或許是當時的時空背景的不同吧，我想他如果真的去了台北念書，唯一的結果也只有當殖民者的共犯，當樣板吧，我想。

至於我本人，我想去台灣念書的目的，是我個人源自心海的意願，也是圓夢的途徑，絕對不是想去抱某某「祖國」的大腿，當然迄今我根本就沒有「祖國」的概念，或是認同。我的理想是遊歷群島，與各島嶼的民族相遇，討論海洋的情緒，假如「海洋」是個國家的話，那絕對是我投奔的理想國。我的同學吉吉米特跟我一樣的思考，一心嚮往南太平洋，他是第一個發現學校辦公室有世界地圖的小孩，在我們小四的冬季，他喜歡帶我去老師的辦公室的窗外，遠看世界地圖，有一天，我們倆乾脆爬窗進入辦公室，後來發現那張世界地圖，是以中國大陸爲地圖中心，所以太平洋的完整面積是被切割的，就如我們每個人做美夢就要到達精采的時候，忽然驚醒的、令人失落的那種痛苦感覺。

我不能理解，也很困難解釋吉吉米特，在他小小的心靈內，是沒有中國大陸的圖像與歷史，即使我們教室外的牆畫上很大的大陸地圖，他也視而不見，這一點我們倆是相似的。我粗淺的解讀是，我們的基因是沒有漢族的複雜血緣。從那時候起，我心中的世界地圖是「廣闊」的，是無疆界的大海，然而我如何跨越巴士海峽呢？我的父母親會允諾我去台灣嗎？這個問題是我小時候，希望圓夢的最大課題，也是最令我困惑的。

小時候的成長完全是在沒有電燈的歲月，繁星月光的夏季，部落裡的耆老常常聚集在最接近海邊的地方，通常是某人家的院子，由年長的人說古老的故事，故事說到某個段落的劇情時，說話人就以詩歌古調吟唱，眾人或其他的晚輩就在此時練習古調的吟唱，學習詩歌創作的雅韻，眾人匯聚的歌聲便縈繞在部落的上空，那種古調的旋律十分的單調，也沒有副歌，然而我卻時常被吸引，那股眾人的自然合音的意境像是海波浪的韻律，實在而不華。這樣的聚會，父親與大伯兄弟二人通常是不缺席的，而我在這樣隨性的歌會通常在場，也是唯一的小男孩，依偎在父親身邊。這種隨性的部落聚會，他們說的故事、唱的詩歌八成都與海洋有關。我非常喜歡部落的耆老在明媚的夏夜合聲歌唱，合音穿越靜謐的聚落，也穿透一群祖母的耳膜，旋律激起她們的記憶，她們年輕貌美時自創的情歌宛若封存一個世紀的情書，曖昧的、刻意的模糊關鍵的詞彙，也哼著屬於女人的情感世界，聊表自己也曾經有過少女輕狂的戀愛史，皎潔的月色恰是說那類故事的吉夜，輕柔的歌聲穿透天宇，自創的歌詞是心靈躍動的樂章，也是少年少女傳遞情意的良宵，我也曾經在如此美的月色，在海邊的林投樹叢的縫隙被優雅的景色迷住，跟我的初戀情人說謊，說，海洋是我第二個不變的情人。

達悟人每每在寂靜的晚霞中歌唱陪著這個孤島的靈，溢出人們單一的寂靜美感，如此的成長記憶，孕育了我喜愛追求寧靜的個性，一切的氛圍都是自由的，也是放任的，然而每個人似乎也都在恪守，萬物皆有靈魂的信念，尤其是無所不在的anito（惡魔），在我們的信念，它監控我們日與夜的行爲舉止，每個人說話的語氣、吟誦詩歌、遣詞皆維持在「中潮」的潮線，不自滿也不過分謙虛。

也許我是父親的獨子，他希望自己的兒子從小就聽部落裡的耆老說故事，聽其他家族的傳說，豐富我族學常識，尤其是夏本．米都立德往返蘭嶼、巴丹島的航海故事，學齡前就聽說了無數個夜晚。然而，我其實更喜歡聽，沉迷於外祖父跟我說過的「小男孩與大鯊魚」遊歷綺麗水世界的故事，是沒有國界疆域的水世界。

我的祖先自稱Ta-u（達悟族），說是這個島嶼是有「人」住的意思，所以這個小島的原始名字是Pongso no Ta-u（人之島），說明這是外來民族沒有來之前的主權宣示，我們小小民族在航海移動實現占有的島嶼，這種以自己的語言來宣示島嶼主權，傳統海域，無關於列強帝國擴充版圖的政經目的。然是，在大航海時代（地理大發現十五—十八世紀）的大洋洲許多數不清的島嶼，說南島語的民族，在遇上擁有船堅利砲的西方海盜，他們邪惡的文字，寫道，「這是我們的島嶼」，這句話的意義就顯得特別的讓人厭惡。在日本殖民時期，從當下的感覺來說，是「幸運」，首先是，我們的小島，日本人認爲沒有南攻西進的戰略價值，所以就把我民族作爲人類學家建構其理論的「試驗區」，濃縮萃取我的話意義是，我的前輩們沒有做日本人的傭兵，於是「爲誰而戰」家毀人亡的悲劇就沒有發生在我民族，這是我的簡易敘述。二次戰後，我所謂的「幸運」轉換成另外一個帝國殖民我民族的時候，我的小叔公說：

Jira naviya o Ta-u do Pongso.

（完了，這個島嶼的主人。）

後來小叔公唱了一首短詩，被流傳。歌詞原意是：

讓我們在舒夫特[1]海域
製作竹子的圍籬
好讓台灣來的貨輪無法進入
稻米與麵粉來自遠方的島嶼
遠方的食物不比冷泉的芋頭好吃

1　舒夫特海域（si fusut）是在海上的地名，原意是「惡靈貪婪的舌頭」是漁人部落的傳統海域，是漁場。

但願島嶼的人有所認知

（台灣來的貨輪的螺旋激起波浪，讓我們的海洋有了噪音，機械船將帶來許多外邦人，他們將來會掠奪我們的土地，帶來的稻米、麵粉將來會淹沒我們的水芋田，我們的孩子因而開始吃外來食物，而不會再與島嶼的土地親近，祖先的努力將成為荒涼的島嶼，讓我們拒絕外邦人的船，努力經營我們的田地，我這樣說是擔憂我們將失去島嶼的所有。）

因此在我出生時，我有了漢名漢姓，是中華民國的國民，戶政事務所冠給我的，外祖父賜給我的族名Cigewat（切格瓦[2]）。我雖然經過外祖父祝福的命名儀式，在我民族成為外邦人、漢族殖民的時候，傳統名字也只不過是傳說的記憶而已，是不被台灣政府承認的語言符號了，我使用的漢語是「迷惘年代」的起始，申論的意義是「漢人是主子，我們是僕人」。

於是我們島上的六個部落依據溪流做為部落之間的領土界線，溪流的入海口也延伸為各部落的漁撈海域，自然的環境地形，說是自然的法則，各自管理，循自然節氣，和諧共處。台灣政府忽然的降臨，忽然管理島嶼的所有，主權轉移到有槍砲的「國民政府」。我的小叔公就說，外邦人（列強帝國）是「混亂的製造者」，就當下我民族的演進來論，是星球上的弱勢民族，他說的完全正確，不但如此，島嶼的混亂愈來愈讓人憂心，「混亂的製造者」一開始就給我們營造了混

2　切格瓦的意思是「不可動搖」，永遠守著家屋，守著島魂。

亂的法源，否定了島嶼智慧建構的民族科學（native science）[3]，我們民族固有的整體。

六個部落變成四個行政區，紅頭村、椰油村、朗島村、東清村，兩個部落因而消失，所有的個人的與環境相吸、與長幼倫理、親屬稱謂等等的族名化爲烏有，變爲三個漢字；例如，我祖父五兄弟三個姓，我的祖父有一女三男，我的姑姑姓謝，大伯與叔父姓李，我父親卻姓施，台灣政府胡亂冠姓在中國歷史上原來就是漢族統治異族慣有的策略伎倆，這個「亂源」簡單的說，就是「便利符碼」，就是便利管控統治，就是「你們異族都是炎黃的子民」的歪理，在槍桿子的威嚇下，讓許多民族迷思，誤以爲自己真的是炎黃的子民。

我們三歲以後，只要可以跑步，海邊灘頭就是我們的庭院，認識魚類的地方，我們學齡前的教室，也是男性部落議會、儀式祭典的場域，我從小的宇宙。我第一次被海水洗禮，是大我十二歲、我同父異母的姐姐帶我去海邊，這是她的責任，由姐姐或是哥哥帶領弟妹去海邊接受海水的「洗禮」，是我們的微傳統。姐姐用手掌舀一碎浪的海水，撫濕我頭頂的髮絲、腦門，說：「不可害怕海水，你是男孩子，切格瓦。」這個「儀式」是我父親交代給我姐姐，然後由她帶我走入海水，我的雙腳跨在她的肩上，在姐姐還可以站立的地方，她把我放下來，我的雙手緊緊抓住姐姐的肩，雙腳上下拍著海浪：「不可害怕海水，你是男孩子，切格瓦。」

那是我正式的進入了海水的流動世界的初體驗，如同島上所有的孩童一樣都必須經歷的初體驗，有大姐的照顧，凡事都安全，身體第一次與海相濡的經驗讓我不恐懼海浪，也可以說，有姐

---

3 Gregory Cajete, *Native Science: Natural Law of Interdependence* (Santa Fe, 2000).

姐在，讓我心魂一開始就深深的愛著都在變幻的海浪。姐姐有種難以敘述的特質，比較接近男性，比較瞧不起她的男性同學，這或許是早年逝去了媽媽，其次，她母親在生她弟弟的時候難產，部落裡的產婆無能保住她弟弟的命。所以在我沒有出生前，我們的父親就以鮮魚湯當母奶養育姐姐，讓她從小就跟父親上山學習種地瓜、芋頭，或是父親潛水，姐姐在潮間帶採集蝦貝，練就了她的好體能，以及對節氣變換的敏感也都優於她的同學們。我出生後，她開始負擔要養她的外祖父，地瓜、芋頭、海鮮都得靠自己勞動種植，也都靠自己採集，尤其特別會抓龍蝦，因此我三歲的時候，姐姐已經十五歲了，她早已可以獨立生活，可以說是我的小媽媽。姐姐帶我進入海的世界，我的心魂特別的安穩，我或許是她唯一的弟弟，疼愛我如同愛她的外祖父那樣的深切。

那一年是夏季的午後，在豔陽的正午天，風平浪靜，灘頭上許多的拼板船都出海船釣，部落裡的孩童也都出了家屋到海邊遊玩，皮膚曬痛了就躲到沙岸盡頭邊的林投果樹下納涼，等身體流了汗之後，再去海裡泡。那種第一次泡海的感覺是特別美的。「不要害怕，姐姐在。」她看我的眼神好像很希望我堅強，那個時候她已經知道，她沒有緣分叫一聲哥哥，或是姐姐的，因爲跨不過冬季的寒冷、潮濕、飢餓、傷寒而在我那個年紀早逝，對我說：「不要害怕寒冷，要常常游泳，你就不會生病。」即使在五十多年後的今天，那一天的情景，我的記憶依然清晰，海水的波浪給我們姐弟笑容，姐姐偶爾把我放掉，潛入海裡捉弄我，爾後又伸出頭，反反覆覆的，在灘頭、在潮間帶彼此追逐，我們歡樂的童年，玩耍的場域，彼時給我許多想像就在灘頭發了芽，也從那個時候，姐姐參加了國民黨的山地青年文化服務隊，開始在蘭嶼指揮部的軍營練唱跳舞。

之後的隔年，我開始跟隨大我一年的堂哥，在潮間帶學習被微弱的海浪清洗，身體隨著波浪的進退流動，如同沙粒千年熟悉海浪的鼻息，產生了對波浪的喜歡，也在那個時候睜開潔白的眼眸觀看岩石上的藻類生態，約莫五歲之後，就開始游到離岸十公尺以內的鵝卵石、珊瑚礁的潮間帶。我們在潮間帶，在夏季的好天氣，用肉眼觀看淺海生態的物種，許許多多悠游自在的魚類開始植入於我腦海裡初始的影像，「海」開始烙印在我想像的原初視界。

每年的四月到九月的白天，堂哥和我天天在海邊玩，等著我們的父親從海上划船回航，我們在灘頭觀賞飛魚、鬼頭刀魚、鮮豔多彩的底棲魚類，在我的肉眼裡，「魚類」是成長的夥伴，好像海裡的魚也給我抓不完似的，每一次父親的返航，都叫我用跑的拿魚給姐姐、給外祖父（同部落不同家），彼時外祖父就開始教我記憶魚類的名字，說我要會抓魚才是男人的觀念，這又讓我產生好奇，給我想要潛入海裡抓魚的願望，回到家裡就跟父親生食魚眼睛，飢餓的腸胃讓魚眼格外的甜美，父親解剖好的魚身就一片一片的曬在庭院，每一家都是如此，在金色海面夕陽時分，放眼沒有視覺障礙的聚落，每一片魚身飄逸著海洋多情的氣宇，烙印在我稚幼的心魂，金黃海面似是浮動的魚類鱗片，令我有窒息的感觸，傍晚時的部落氣氛就像疲累的漁夫，期待著夜色溫馨的降臨，夜晚我們人就在四面無壁的涼台上睡覺，彼時天空的眼睛啓開抓住我靈魂，神遊在浩瀚的星空。

一到晚上我們的島嶼就進入完全是黑的美的景象，天空不僅如此，汪洋大海也是一樣，若是沒有「天空的眼睛」（指星星），沒有濤聲，我們的島嶼像是汪洋上一艘孤獨的船帆，如是上帝遺忘的小羊，也宛如是冥界的惡靈的玩具。我的想像是，小島在夜間好似被頑皮的魚精靈從地表

想念父親，還有他的哲學，他的故事。（全書圖片由作者提供）

我的姊夫是山東青島人，姊姊十六、七歲時與他私奔。（下為相片註記）

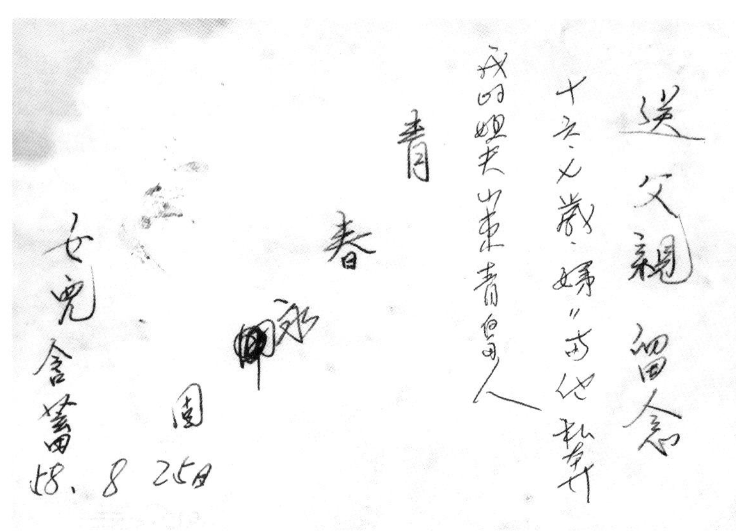

我的父母親，這裡也是我成長的家。（下為攝影者及作者註記）

我的父母親、也是我成長
的家，

稻垣鑛三

我孩提生活就是如此快樂的情境。（Tadao Kano, Kokichi Segawa 攝）

我成長的部落。（Tadao Kano, Kokichi Segawa 攝）

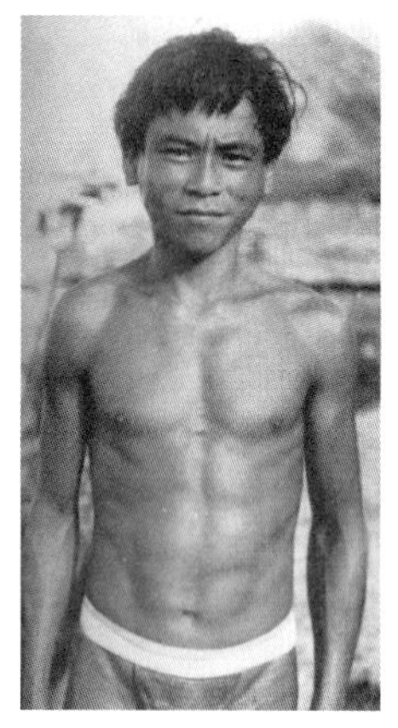

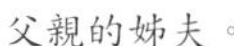

父親的姊夫。

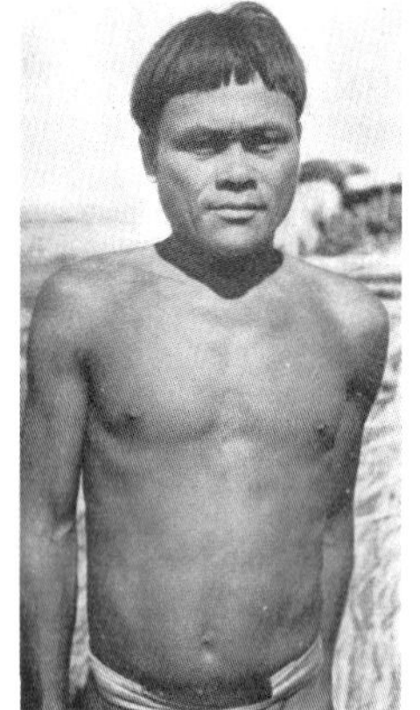

左邊是我的小叔公，右邊是大叔公，遺憾我沒有祖父的照片，日本人來的時候，我祖父已往生了。

外祖父母，當我會走路時外祖父已經眼瞎了。

（以上由Tadao Kano, Kokichi Segawa 攝）

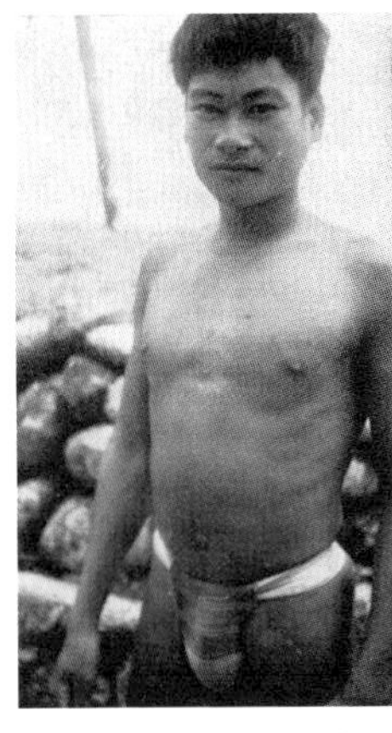

日本兵的遺子，後來在海裡溺斃，我父親把他的遺體撈上岸。

父親的大姊。

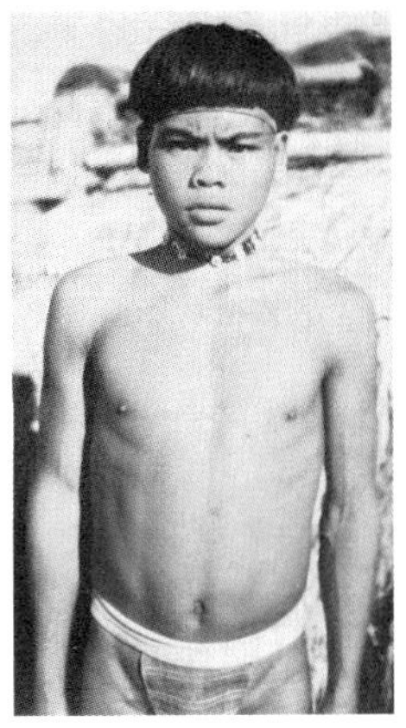

父親二十來歲時的照片。

我家族的大船，向海神祈福的慶功歌會。

（以上由Tadao Kano, Kokichi Segawa 攝）

新船下海儀式，也是獻給海洋的禮物。（Tadao Kano, Kokichi Segawa 攝）

外祖父的船與圖騰，我將繼承他的船飾圖案。（Tadao Kano, Kokichi Segawa 攝，出自*An Illustrated Ethonography of Formosan Aborigines*。）

上塗抹掉，被惡靈玩弄在手掌心，當地球的自轉到了白天，魚精靈再次的把它貼上海面的感覺。

當黑夜消失在地表，白晝復出現在天宇下的汪洋的時候，這種反反覆覆的感受一直是我孩提時期想像未來的起源。當然你可能不知道我的民族的這種觀念，認爲黑夜裡天空的眼睛有個我達悟小孩夢魂的床，不過我的外祖父說過，那是個人祕密的溫床，天空的眼睛牽引著我對未知的未來的心魂，這句話你或許多少也會質疑，畢竟你也不曾經驗過，生活在完全沒有燈光的環境，或是小島，但我從小就是這樣，於是那種感覺正是小孩子的夢天堂，無憂的夢，對我來說，也是經常被上帝奪走的夢，我還不是天主教徒，我父母親是。然而夜轉爲白天的時候，海平線又真實的把我拉回到現實，夜裡的美夢再次的隱沒。其次小島上許多天氣晴朗的日子，我們很容易，也很清楚的看見台灣的南端，看得見我們卻游不到，這很讓我孩提時期的夢魂痛苦，我不解我爲何會有這種感覺，心魂於是萌生遠走他鄉，尋覓另一個更大的島嶼的想像。

我出生於蘭嶼島的依姆洛庫部落，是這個島嶼最爲古老的聚落，坐落在島嶼的南邊，恰是菲律賓巴丹群島、亞米島的正北，聚落面海的左右兩邊各有小溪流，而溪流兩邊即是族人栽種水芋的地方，距離海邊也只有五十來公尺左右，部落婦女的一生，她們的雙腳幾乎三分之二的時間都花在水芋田的工作，換句話說，島上婦女的世界就是在水芋田，即便是生產之後的半個月之內，爲了生存也會很快的回到水芋田工作。後來姐姐告訴我說，她的母親懷她弟弟的時候，外祖父天天叫她的母親去田裡工作，在一九四七年的冬天難產逝去，她說她的痛苦難言，「所幸，我們父親的體溫、柴光、鮮魚湯溫熱我，讓我捱過幾個寒冷潮濕的冬季，所以我恨外祖父。」

媽媽說，我是在雞鳴晨鐘的那一刻出生，然後天一亮，說我父親立刻上山砍三根約是三到四公尺長的，如他大拇指粗的竹子，砍回來立刻以麻繩綑綁，而後豎立在我家庭院面海的左邊，太陽升起的方位，一根比較長的竹子，象徵說是，向部落的族人宣告，我家女人剛生出一位男嬰，左右的兩枝竹子，說是我未來還會有弟妹的意思，而那枝最長的竹子在我七、八歲的時候，是留給我到海邊釣魚用的，這是島上父母親的願望，也是我民族的微傳統，希望長大後的男孩是會抓魚的男人，是島民不變的價值觀。那時我的出生，已是媽媽的第六個小孩了，媽媽從隔壁部落嫁給我父親時，她已有了三個青少年的小孩，兩個夭折，她的長子，我同母異父的大哥長我十七歲，所以我出生的時候，他已是很獨立的年輕人了，他繼承他「靈魂先前的肉體」[4]的家屋家產，留在他們的部落，二哥長我八歲，正在上學的年紀，父親就請他跟我們同住。而一節一節的竹子象徵孩子成長的平安、順遂、健康，直向天宇，願嬰兒長壽，畢竟我們身體硬朗，才能不被自然環境淘汰（我們的出生，沒有施打卡介苗），家屋需要乾柴生火來保持溫暖，父親因而需要二哥打柴，分擔他的勞動力，讓我在冬季的日夜有溫暖的柴光木炭，而不被寒氣、濕氣侵略我的體溫。家屋豎立著三根竹竿，是跟天神要健康，這是個捷徑，象徵仙女下凡人間給剛出生的嬰兒微笑的時光隧道，竹子長度不一，微笑停止的竹節就是人的生命長短的記號，在仙女的記事簿裡早就有的紀錄，母親如此的跟我敘述，也希望我的靈魂剛強，於是我從小就質疑「竹節」的象徵意義，這樣的初始記憶埋下了我對萬物有靈的浪漫想像。

---

4 漢語是先父的意思。

我是父親的長子，母親第三個活下來的兒子，父親很疼愛我，因為在我之前，父親的兩個兒子約在四歲時，天上的仙女就招回他們去白色的島嶼了。我出生一個月之後，外祖父給我的名字si cigewat（希・切格瓦），第三個月之後，父親再給我第二個名字si nuzai，這個族名的譯音就是我戶政事務所的漢名漢姓。

在第五年的飛魚招魚祭之後（我五歲時），父親要我白天照顧已經眼瞎的外祖父，就是我姐姐的外祖父，因為姐姐常常參與國民黨的山地文化工作隊，同時也要去芋頭田工作，帶外祖父走出家屋到外頭曬太陽、涼台上乘涼的工作就落在我身上。晚上就去小叔公的家睡，那是我家漁獵家族在飛魚季節時的第一個月，家族男性共宿的地方，父親的用意，是要我從小聽長輩、古時代的人說故事。

外祖父是一八八一年生（依據戶政所，當然不是正確的年月），他的名字是夏本・賈菲亞，意思是說，他是賈菲亞的祖父，賈菲亞是我同父異母的姐姐的族名，這是外祖父希望他唯一的孫女能居留在祖產的家，不要嫁給外邦人。所以，夏本・賈菲亞不是我血親的真正外祖父，但我父親說，他是這個島嶼造船的頂級好手，是夜航獵魚的高手，夜航觀星的智者，要我聽他的故事，他因而成為我記憶裡最有野性美的，值得尊敬的「男人」。

那一年的飛魚招魚祭，外祖父要求姐姐賈菲亞幫他理髮，姐姐因而跟國民黨蘭嶼鄉黨部的主任借了一支刮鬍子的剃刀，這種剃刀極為銳利，在寬如我當時的腳掌的牛皮上，上下磨利時，就可以很輕易的剃除毛髮。外祖父因為已經眼瞎了，走到水源處洗澡（我們傳統的家屋，沒有自來水的設施），所以他的頸子、頭皮積了厚厚的汙垢，姐姐命令我去水源處打水，給外祖父洗頭、洗臉、洗頸子。外祖父是古時代的人，姐姐用臭肥皂清洗他頸子以上的皮肉，洗了很久，外祖父的頭還無法起泡沫，我來回奔跑打水無數趟，外祖父的頭臉最後才有肥皂泡沫，應該說是骯髒無比吧，那也是我第一次看見會有泡沫的舶來品，外祖父問姐姐，外祖父說：

Ikong ri yama angno.

「很香的是什麼東西？」

Siken no ta-u do malawud.

「遠方的人[5]的物品。」

Ta-u do malawud?

「遠方的人的物品？」

外祖父抬手摸摸頭顱、臉部，笑了起來說：

Cigewa, yakomei wawa a matnaw rana?

「切格瓦，我是否看來如海洋般的清澈了呢？」

Nuwun mo yakai.

「是的，你清澈如泉水，我的祖父。」

5 達悟人稱遠方的人，意指是，以蘭嶼為中心的空間概念，在達悟人的歷史演進，沒有接觸台灣，稱那兒的人為「遠方的人」。

他的微笑就如他的髮絲在微風輕拂下開始移動，宛如島上的蘆葦穗被風吹的景象，長髮開始飄逸，其次外祖父輩柴煙燻黑的臉，被肥皂清洗的時候，黑色汙垢就如現代家庭主婦清洗排油煙機一樣，黑水汙垢順著皺溝紋路留下，姐姐於是說：

「切格瓦，趕快去拿乾茅草擦拭祖父的身體。」

祖父邊笑邊摸著頭，前來圍觀的許多小孩摀著嘴咯咯的笑，我也一邊擦拭一邊的笑，他說：

「切格瓦，你笑什麼？」

「你的臉很白了，剛剛像木炭的黑。」他露出如嬰孩沒有牙齒的大嘴，後來這個長相模樣，讓我在夜間常常夢到，像是魔鬼的化身，讓我害怕。然而，實際上，祖父的長相非常有型，就如父親所言的，真是個航海家的血脈氣宇，即便是我的小叔公，在外祖父年紀的時候，說海洋就是他的前院。我現在想起來，是十分優雅的儀態，那種氣質當下的我們達悟人是沒有的。

姐姐請外祖父背靠在靠背石[6]，剃刀非常的銳利，很輕易的剃除外祖父如茅草根莖的髮絲，嘶—嘶—的悅耳聲，同時姐姐也剃掉了祖父黏在頭顱上、頸子裡皮膚的厚汙垢，我觀看他微笑的面容，就知道他的感覺很舒服，問姐姐說：

Asyou ya.

6　靠背石，達悟語panānadengan，每家庭院都有豎立三個靠背石，在新屋、新船的慶功歌會做為主人迎賓時的主位，平時也是我民族者老望海時，肩背依靠的磐石。

「哪來的？」

Mapu do ilawud ya.

「遠方來的人的刀。」

姐姐又說：

Mataretarem ya kano ipangan ni yamamo.

「這支刀鋒比你父親的刀銳利。」

姐姐十分深愛外祖父，彼時少女的笑容展示著珍愛與茫然……

Ji kangai do dehdeh.

「別嫁給遠方來的人。」

Ikong ngo o cireng mo an.

「你在說什麼？亞蓋。」

Si kangai mo an, jiko makamiyamya,kano pahad no sako ta.

「假如妳嫁給遠方的人，我的靈魂、家屋的靈魂會傷心。」

Nowun,jikwa ngai do dehdeh.

「好，我不會嫁給漢人。」

我坐在外祖父面海的右手邊，我的頭向右傾，仰視著他被剃髮的面容表情，那一張臉的模樣，既飢餓也不飽足，宛如是黎明後的秋季海浪散發出淡淡的孤寂美感，在我的初始的腦海記憶紋路裡停格，白內障遮蔽了他的視野，憂傷著他看不見其唯一的、已亭亭玉立的外孫女俏模樣，說：「不可嫁給漢人。」然後其不飽足的笑容又對我說：

Yaka mehakai ya,o jiya teneng a mangahahap,jiya teneng a mi tatala am, jina zami no pahad no wawa.

「切格瓦，你是男人，要會抓魚，會造船，海洋的靈魂才會愛你。」

Yakai,yakmei etek o luyit no wowo mo.

「你頭皮的汙垢像芋頭田裡的爛泥，我的祖父。」

哈哈哈……外祖父張著大嘴，露出沒剩幾顆吃魚的牙的嘴形，像是破了大洞的漁網任魚兒穿梭自如似的，讓我的初成長，第一次看見沒有牙齒的人，是驚喜，也更驚嚇。

姐姐也順便幫外祖父修面，剃除耳朵邊的鬚毛，姐姐也削切竹片，幫外祖父清除耳窩的汙垢，這個情境的一切過程，都讓外祖父心情特別的愉悅，我認爲，這是外祖父的一生不曾想像過的，也是他晚年最愉快的時光。我注視著外祖父，用他厚厚的手掌繞了一圈頸子，摸摸頭殼，一切都乾淨了起來，雙目失明的他，終於開懷大笑了起來，再次的露出嘴裡沒剩幾顆吃魚的牙齒。姐姐是他唯一的外孫女，也是他唯一的血親親人，姐姐的母親也是他的獨生女，把女兒嫁給我與姐姐的父親，是因爲父親身體健壯，又會造船、抓魚。可是父親入贅之後，外祖父的家屋似是被祖靈詛咒似的，生了一男一女都相繼的夭折，那時還是日本殖民蘭嶼，雖然如此，我們的島嶼並沒有引進醫生，就在一九四七年父親的前妻生了我姐姐，在第三年難產，姐姐的母親就去世了，於是父親獨力扶養姐姐，以及他的岳父，十多年後，父親續弦娶了我的生母，就在我五歲的時候，姐姐結交了一位來自山東省、駐守在蘭嶼的年輕軍人，那個外省人當時在蘭嶼當兵，十來歲時，被國軍抓走，他不太識字。然而，外祖父已經眼瞎了，所以他不知道姐姐的男朋友是大陸來的漢人，我父親也不知道。對我而言，我很難理解他們那個世代的達悟人對漢族軍人的不甚友善，甚至是激進的排斥。

我們若是從大航海時代，西方帝國強奪殖民屬地至二次戰後的歷史演進來理解的話[7]，許多東西方帝國對待其殖民屬地是掠奪，是殺戮，之後依據其所謂的「文明」條款合法化、合理化、國家化其自視為「優越民族」不可寬恕的滔天罪惡，並藉著宗教之名神聖化其殺戮、掠奪的行為，然而此舉背後的主謀是，國家、女王、奸商、神職人員等貪婪食物鏈的共犯集團。日本殖民蘭嶼的時候，日本武警強奪我家族土地——現今的蘭嶼建蘭派出所，奪走島民的漁獲都不付費。一九五八年台灣國民政府、行政院退輔會掠奪我們的土地，含括國防部行政轉移我們的土地給原能會、台電一樣都是不付費的，此等掠奪惡行服務於國家領土的完整性，硬是合法化、國有化其

7 參見：朱牟田夏雄、中野好夫譯，《大航海時代叢書》第二期17（岩波書店，一九八三）。越智武臣、平野敬一譯，《大航海時代叢書》第二期18（岩波書店，一九八五）。竹田著，蕭雲菁譯，《盜匪、商人、探險家、英雄？——大航海時代的英國海盜》（東販，二〇一二）。

霸凌的手段，畢竟「弱者文明」的處境是沒有槍砲、鋼鐵與細菌的，他們有的，只是「珍愛環境，珍惜生命」的宇宙觀。祖父不讓姐姐嫁給漢人，其初始的概念就是，家屋的祖靈無子嗣關愛，他一手上山伐木建立的財產，不希望被沒有經過民族命名儀式的外邦人，與島嶼一絲血緣關係都沒有的外人繼承，認爲遠方來的人是「亂源源頭」。

外祖父是四方形的臉，凹陷的雙頰，滿是眼屎的眼角，姐姐幫祖父清洗臉，乍看很美，但模樣也很蠢，在夕陽餘暉之後，我與他坐在涼台上，引來鄰居們歡笑的好奇心，好像他忽然乾淨的臉，是大家不熟悉的感覺。在我們的傳統概念，在飛魚季節，男性必須剪髮，用的刀是殺魚刀、玻璃碎片，所以頭殼邊緣的髮絲被理梳好之後，頭皮已是血跡斑斑的，然後以海水沖頭，那是很痛的經驗（當時我也是受害者之一）。彼時，外祖父忽然變得乾淨，除了讓人不習慣之外，姐姐借來的剃刀後來也鈍了，被一位外省籍的理髮師臭罵（追求不到我姐姐）。我因爲經常跟外祖父在一起，他很髒的形貌、神韻是我這一生，在夜裡經常做噩夢的魔鬼化身，尤其他笑起來的時候，露出沒剩幾顆吃魚的牙齒，在我夢裡會經常變成從海裡浮出的魔鬼，模樣很恐怖，加上他那長期划船變成粗大的手指、手掌，在夢裡抓住我的頭殼，懸在半空中很嚇死我的魂靈，爾後驚醒尖叫，父親因我做噩夢就起身摸黑拿起長矛走出屋外，在夜空亂次一掃的驅魔，這個儀式也讓我安魂的繼續睡。雖然讓我在夜晚經常被外祖父的樣子驚嚇，但我喜歡他的自然性的儀態，喜愛聽他說故事，說他們那個世代的故事。

「切格瓦，」他說，也許他的心情在當下很喜悅吧，我想，加上這一天，父親去抓魚，吃了新鮮魚，喝了新鮮魚湯，身體輕了，耳朵通了，還有比這一天更美的一天嗎？「造船、抓魚是男孩從小就要學習的工作，有船就有魚，人就不會挨餓，也會有少女的青睞，希望你不要去台灣。」接著又說：

「有一年的飛魚汛期，那時還是日本人的時代，與我的弟弟（當時已往生，我父親獨自一人土埋外祖父的弟弟）划船到小蘭嶼撈飛魚，在星空下皎潔的夜裡，在小海灣的海面擠滿了捕飛魚的船隊，大約有七、八十艘，海上的平靜如同沒有雲朵的夜空，所有船隻只是輕輕的上下浮動，漆黑的島嶼，仰望月亮在移動，當時我已把我的獨生女嫁給你的父親，當時的日本人很壞，他們在早上會去海邊等我們回航，然後搶我們釣到的大魚，他們有槍，讓我們無膽抵抗，任他們拿走我們的魚。那一天的晚上，月亮在我們頂頭的時候，不到划五槳的時間，忽然間，捕撈飛魚的小海灣，凌空飛躍許多數不清的飛魚群，魚群騰空飛躍的面積跟我們的部落一樣大，又非常多的肥魚，然後一尾巨大的鮪魚[8]騰空獵食，在空中扭轉圓滾滾的黑色身軀，結果就在牠落下的時候，牠嘴裡含著一條飛魚正中我們船身內的龍骨，在我胯下中央，大魚倒臥在我胸前，我立刻抱住牠碩大而光滑的魚身，也立刻把右手伸進魚鰓，用力撕裂魚鰓，血紅的顏色立即奔流，塡滿了船身，我的雙腳煞似浸泡在血河，大鮪魚不斷的顫抖，偌大的身軀震動我的血脈，但我坐著的身體恰是在牠的胸鰭，我感覺到大魚在顫抖的肉，我再次的撕裂牠的鰓，不過鰓的尖刺也弄傷了我厚

8　鮪魚（vawuyou）達悟人視為最高級的魚。

厚的手掌，數回之後大魚斷氣了，我也鬆了氣，我的弟弟努力的把鮮紅的魚血舀出船外，當然汗水洗了我的身體，哇！魚身長度是船的一半，不費吹灰之力就成了我們的獵物。『哇！天神恩賜的禮物。』我說在心裡。然而黑鮪魚實在很大，幾乎就跟海面平行了，幸好，我造的船身很好，載重量比一人多，孫子，這是智慧與工藝的結盟。黑鮪魚是我們民族所有魚類裡最爲高貴，我們內心的喜悅百言難盡，在我們回航途中用歌唱回應天神，也讓黑夜裡的魚精靈一同歡唱。那一尾鮪魚，我們宴請部落裡所有的親戚共同來享用，於是每一個人呼出的氣是鮪魚體內的精氣，讓我與弟弟成爲獵魚英雄。」

這是外祖父的故事，他說是從仙女下凡人間的禮物。也許他的頭顱乾淨了，鬍鬚也剃掉了，讓他整個神情舒暢了起來。對於五歲的我，對於曾經生活在日本殖民時期，後來仍然存活於國民政府之後的前人，我對他們是特別有興趣，他們被海洋愛護，訓練他們的食物觀，適量即可，肚皮恆常在中潮（不飽也不餓）。他們當時生活的世界，只有海洋、颱風、潮汐、陰晴圓缺、歌聲、水源、芋頭、豬羊等等，沒有現代性的政治、經濟、異族文明介入的困擾，也沒有你優我劣的差異比較，好像他們所認識的世界是沒有殺戮，沒有戰爭，就這麼簡單的樸實生活，如此之孩提時期的生活影像，外祖父的第一個故事、他的神韻，迄今仍然影響我在夜航捕飛魚、獵魚時的影像，以及我的人生觀，一直到現在，我還是想念外祖父。

姐姐使用一般肥皂幫外祖父洗頭，說，我們的外祖父非常的髒，又說，這是外祖父第一次被肥皂洗頭洗面，之後，外祖父說「我的身體變得很輕了」，其實是自己變得乾淨的意思。

然後姐姐又使用相同的剃刀，幫我剃頭，她說我的頭皮跟外祖父的一樣髒，我知道這是因爲小叔公、外祖父疼愛我，每當他們吃完油膩的肥豬肉時，他們不用水洗手，往往把他們手掌上的豬油抹到我頭上，這是我們的習俗，然而，卻讓我的頭皮長了一層汙垢，也寄生了許多的頭蝨。姐姐不僅把我的頭髮剃得精光，也使用粗顆粒的石頭刮掉我頭皮上的汙垢，很讓我痛苦，慘叫連連，然而，在我洗頭淨身之後，我也感覺自己變得很輕了，非常的舒服，笑容因而非常燦爛。在夕陽時分卻引來我童年玩伴的嘲諷，說我是精光頭，他們的頭髮是用殺魚刀理的，雖然如老鼠啃地瓜的形貌，然而頭皮上仍留著長短不一的髮叢，說我精光頭是羨慕，也是忌妒。

「姐，很痛啦我的頭。」我童年玩伴加鹽巴說：「切格瓦，你的頭好像已經凝固的豬血，小心在晚上睡覺的時候，老鼠會舔你的頭，老鼠會舔你的臉，把你的頭當作是地瓜來啃……」唧唧唧的啃食聲，唧唧唧的啃食聲，老鼠就會肥肥胖的臉，哇！當下我哭笑不得，外祖父也大笑了起來，露出吃魚的幾顆牙，弄得我一把鼻涕數波淚痕鋪滿臉，姐姐也被我童年玩伴逗得把我的頭顱當作洗衣板，說：「你是男孩，不可以慘叫，你是男孩，不可以慘叫。」經過一場激烈的剃刀與頭皮的對抗後，最後我也說，我的頭很輕了，外祖父最後抱著我，瞎摸我的頭殼，擤掉我的鼻涕，擰我的耳朵，說：

Mango yana mapaw u wuwu man.

「如何，很輕了吧你的頭？」

「嗯！」

Macikeirai ka jiyaken sicya mahep an.

「今夜陪阿公睡，好嗎？」外祖父說出央求的語氣。

我的玩伴們，最後羨慕我乾淨的頭，忌妒我頭髮內的蝨子被火苗燒得精光，我因而跟他們說：

Kona jima cikeirai jin yo, ta kanyou mangut.

「我不再跟你們一起睡了[9]，你們很臭。」

外祖父的家位於部落的中心，是部落的人上山、下海、閒逛必經的地方，那一晚姐姐幫我們燒起乾柴，這是她每天必須讓家屋有煙霧的工作，不僅向部落族人表明，我們的外祖父還建在，同時柴光也是溫熱外祖父業已退化的肌膚來抗寒（除了丁字褲外，外祖父沒有衣服穿，戰後才有從台灣來的救濟衣物），姐姐遞給我一件軍服外套，我裹著身體與外祖父並行的躺，柴光閃爍在已被燻黑七、八十個年輪的木壁木板，板面懸掛著許多被燻黑的羊角，以及豬的下顎獠牙。這些是家屋的財富、裝飾品，柴光一閃一閃的照明，我的腦海也一閃一閃的浮現鬼影，外祖父哼著歌……

屋內若是沒有柴光的話，它的黑暗比屋外的夜更深黑，無論如何，屋外的夜還有天空的眼睛，還有月亮。我們傳統茅草屋一入夜比眼瞎的視界更黑更厚。爸爸理解外祖父視我為他的嫡系

9　島上的小男孩通常聚集在一起睡覺，一起說故事，或是學習聽比我們年長的年輕人的故事。然而，這句話注定了我的命格將與他們分道揚鑣。今天，事實證明，我的童年玩伴長大後，只有我一個人會造船，只有我一人延續島上男人逛山覓柴，建立個人林園的傳統習俗。

長孫男，外祖父在我三歲之前，他的雙眼瞳孔還沒有被白內障覆蓋，於是對於我的長相，他是有記憶的，況且在我妹妹沒有出生前，都是外祖父在照顧我，餵食[10]我，父親也認同外祖父需要我初成長的體溫，說我也需要聽聽外祖父的呼吸聲，如是吸吮前輩沉甕底的智慧，給老人跟隔代共眠的溫馨記憶。

Yana mapaw katautau ku, mo cigewa.

「我感覺我的身體已經非常的輕盈了，切格瓦。」

Ko mapaw rana so wu wu, mu akai.

「我的頭也變輕了，我的祖父。」

Si makaveivow ka am,ji kangay do Ilawud.

「你長大後，不要去遠方的島嶼。」

Ta ngang.

「爲什麼？」

Macinanawu ka do tatala.

「你要學習造船。」

Ta ngang.

---

10 餵食，達悟語是aspa，意思是祖父母照顧孫子的時候，他們咀嚼地瓜、芋頭到如糊時，對準嬰孩的口來餵食，這就是達悟人敬老尊賢的根柢。

「爲什麼?」

Aro ahapen do wawa.

「海洋會給你很多很多的學習。」外祖父哼著歌……

我們的頭朝海洋[11]平躺，在屋內階梯式的第二層木板通鋪[12]一同仰視屋內柴光照明一明一暗的黑天花板。第一次跟很老很老的人一起睡，說是古時代的人絕不爲過。外祖父叫我到面海右邊的石牆拿三把乾茅草，一把茅草約是一個成年人的雙手環抱，然後他叫我撐開，我們就以茅草爲墊子，爐灶裡燃燒的火離我約是兩個人平躺的距離，如我身體粗大的兩節已經乾的龍眼樹幹一經燃燒，它的紅焰就不會熄滅，放射的火光溫度至少可達兩公尺，一整夜睡下來體溫都可以保持正常而不覺得有寒意。

我不知道外祖父當時的年紀，只覺得他很高大、壯碩，我們側身面對爐灶邊的火焰，他拱著身子抱住我，因此他的下額恰在我的頭頂，我把軍衣緊緊的裹住我身子，好讓外祖父飢餓而扁平

11 達悟人夜間睡覺，頭部必須朝海，朝太陽升起的方位，象徵生命的活源，朝夕陽方位是亡者，朝山林是詛咒自己的命運。

12 傳統四門房的家屋結構，有三層階梯式的通鋪，進屋的第一層是沒有門，是寒冬、雨天時的客廳，第二層是主臥室，第三層是漁團裡的男性，在飛魚漁撈汛期首月的供宿通鋪，這兒有個後門，做為男性出海漁撈時的出口，也作為家屋主人逝去時的出殯出口，活人從正門進屋，亡者從後門。

的肚皮貼住軍衣，雖然外祖父也領到軍營救濟來的軍毯，可是他都拿來當枕頭用，因爲他已習慣用茅草當被子。

Cigewa.

「切格瓦。」

Ikongo.

「什麼事？」

「你的姐姐賈菲亞在沒有出生前，有一個哥哥，一個姐姐，也是你的大哥大姐，我給你大哥的族名si Jyazapas（希・加拉巴斯，意思是不被傷寒擊倒，堅強的人），然而他卻被咳嗽擊敗，像你這個年紀就去世了，你的大姐叫si Mahanang（希・瑪阿儂，意思是風平浪靜，心地善良的女孩），外祖父給她這個族名，是期待她可以健康的成長，就在她可以走路的第二年，也被咳嗽擊敗，我與你的父親都把他們土埋在一起。外祖父非常非常的難過，爲了排解內心的傷感，我就經常夜航划船船釣，在海上觀看天空的眼睛，祝福你大哥大姐住的星星，同時觀察月亮的變幻來測試不同魚類吃餌的習性，那個時候，就如你父親現在的這個年紀，外祖父是造船划船的好手，觀測海象變化的智者，我許多許多的這些知識都已經傳授給你的父親了。切格瓦，你的身體必須剛硬，不可被疾病、恙蟲擊敗，你是我唯一的長孫，你要學習在大海被赤紅的太陽曬，你要忍耐接受風雨吹打，要學習幫爸爸扛木柴，要學習抓魚，這樣才會有賢慧的女孩對你有好感，你就快要去漢人的學校學習漢人的書，外祖父希望你在漢人的學校不可以聰明，因爲漢人會把你抓去很遠的地方學習他們的書本的字，假如你去很遠的島嶼，外祖父會自動的去墓場埋葬自己，所以你要想一想，在漢人的學校不可以聰明，最好的辦法是，把自己變笨。」

彷彿在很遙遠的海上，我聽見一段又一段非常清澈的歌聲，很低沉很渾厚的喉音，似是被波動的海浪帶進暗黑的屋內，是悅耳的音符，令我陶醉的歌聲，好像是夢，又好像不是，漆黑的空間敲開了我的想像，好像歌聲停住的時候，夜晚的記憶，「在漢人的學校不可以聰明，最好的辦法是，把自己變笨」塞滿我腦海，開始思考聰明與笨的意義。彷彿在很遙遠的海上，我再次的聽見一段又一段非常清澈的歌聲，很低沉很渾厚的喉音，似是被波動的浪帶進暗黑的屋內，但我完全聽不懂歌詞之意義，然而似是波浪，略帶憂鬱的歌聲，我卻覺得很好聽，歐……歐……鑽進我初成長的耳窩。柴光好像開始記錄我的記憶……

Kayokai rana mo cigewa ,ta yana mazcik rana o araw, kapei ramun mo do dozngan no ranum ta,kapa nafu mo so ipei ramun ko, ikatnaw nu moyin no ta-u, orio ipanuvil no rarakeh a masangza a kanakan.

「該醒來了，切格瓦，太陽已經破裂了，然後以初晨的水洗臉，順便幫外祖父拿一壺水給我洗臉，好使我們初晨見人的臉是清爽，這是部落耆老觀察小男孩勤奮、懶惰與否的習慣。」

原來是外祖父在歌唱，在屋內第一層階的屋廊，面海背靠木壁吟唱古調，這個時候的黎明，姐姐已經起來了，並爲我們的外祖父打了一盆水回來（半穴式的傳統家屋原來就沒有自動會來的水，島上每個部落都有自己的公共冷泉水源），姐姐浸濕一條毛巾，擰掉少許的水，而後幫外祖父擦擦臉，過程看在我的眼裡很讓我感動，她三歲就逝去媽媽，她就在外祖父的懷裡成長，父親也因而肩負母職，種地瓜、芋頭，以及抓魚，彼時姐姐對外祖父百般的關照，說：

Kana matnaw so muying mu yakai.

「你的臉很清澈了，我的亞蓋。」

Jyavehai jikangai do dehdeh an.

「賈菲亞，不可嫁給遠方的人，好嗎？」

外祖父的左手摟著我，說：

Maka ciglang ka su pahad an.

「你的靈魂必須堅強，好嗎？」

這句話斧刻在我內心深處直到現在，並且也把這句話時時掛在嘴邊，對我的孩子們說，也對姐姐現在居住在高雄的長孫說（剛滿三歲）。這句話似乎回應著我民族與環境背景相容在一起的宇宙觀，每回我說這句話的時候，不僅讓我心魂滿足，孩子們、孫子聽了皆感受某種難於言表，流動在我們體內深層的親情情愫，比起牧師、神父的祝福禱詞更貼近人本，彷彿這句話是與我們島嶼靈、祖島一起說的感覺。

那幾年，父親被國民黨蘭嶼鄉黨部圈選爲村長，父親有少許的月薪，以及好像是六十公斤麻袋的生米，有一回，父親要我送一大碗公的熟米給外祖父吃，他問我：

Ikongo ya.「這是什麼東西？」

Mugis.「木莉絲（指米飯）。」

Ikong o mugis.「什麼是木莉絲？」

Kanen da nira do ilawud.「這是遠方島嶼的人的食物。」

外祖父吃完後，說：

Panic mu jiyama mu, ta jina mangayi yan yaken so kanen da nira do malawud.

「跟你父親說，不要給我遠方島嶼的人的食物。」

Ta ngang.「爲什麼？」

Yako jiyabsuyan, manga puko.

「木莉絲讓我吃不飽，孫子。」

外祖父已經很老了，面頰、雙眼不僅深陷，眼角也布滿了眼屎，手臂肌肉業已鬆弛老化，唯有手掌如我的臉部大，手指粗壯，引用他的話說，雙手是拿來跟波浪、跟土地武鬥用的（意思是雙手是拿來划船、開墾荒地的功能），一生沒有穿過褲子，只穿丁字褲，也沒有穿過現代機械織成的衣服，長相結實堅定，年輕時他喜歡釣鬼頭刀魚，喜歡跟其他的船隻在海上划船競賽。

「切格瓦，帶我進屋。」

他握著我的纖細的手腕跪行，在走下石階的時候，我注視他的腳掌，沒有套過一雙鞋、一雙拖鞋的腳掌，五隻腳趾向四方分開，感覺腳掌的抓地力非常有力道。我感覺外祖父被姐姐拿來的剃刀洗乾淨之後，他不僅感覺舒服，我也覺得舒坦了許多。外祖父神情放射的原始性的味道，充滿著在天然環境生存與結束的命格節奏，就像一頭羊一樣完全只吃乾淨的天然食物，就連生病也不用打針，依賴天候節氣療癒。

屋裡一片漆黑，外祖父從籐籃裡取出一塊硬硬的白色物體，說這個東西他已咬不動了，送給我磨練我新生的幼齒。我說：

Ikong ya a?

「這是什麼？」

Mizoko.

「奶粉。」他說。

飢餓原來是對食物的需求來強烈的，那塊硬邦邦的，是已經過時而氧化的奶粉，也為我人生第二次品嘗被殖民之後的外來食物。

Yapiya?

「好吃嗎？」

Yapiya!

「很像很好吃！」

想著前些日子的晨間，我們一同坐在進屋的前廊，彼時外祖父一直握著我纖細的手腕，我出生時，父親跟我說過，那時外祖父還沒有眼睛，除了恭賀父親老來得子外，也說了一些祝福我健康長大之類的禱詞。記憶中，那天我與他並坐在一起，說我「靈魂要堅強」，這個好像是隔世的夢境對話。

其實，諸如此類的話語，一直深植於達悟人的心中，「靈魂要堅強」在傳統價值觀裡的語意是指「身體的健壯，不可以被大自然淘汰」，是強者生存的意涵，這個意義不盡然是達爾文生態物種「適者生存」的科學詮釋，也無關於現代性的適應能耐，而是達悟人依據一年三季沒有衣服穿，裸露身子，食物不充裕，沒有醫療，初始肉體的韌性，是否可以捱過島嶼環境節氣的變換，變換是自然節氣裡的「陷阱」，於是身體剛硬的意義是純屬肉體能否「適應」環境的陷阱，不是從現代性複雜化的適應的定義。

所以，出生於一九〇〇年以前的族老，我是說，我還來得及遇見過的那些前輩，我從小就喜歡觀察他們的日常行爲舉止，特別是在飛魚汛期時的春初，捱過冬季的寒冷，冬季的飢餓，迎接春暖，肉體與心靈如再生嫩苗的野生百合花，迎接露水的滋養，祈求溫飽。他們內心的思維，幾乎全圍繞在海洋與飛魚之間的節氣與漁獲的訊息，他們有特殊的氣宇，是現代人很難再複製的氣質，也就是說，他們那個世代的人只關心大自然鼻息的變幻去適應，祈求溫飽不僅是儀式祭典的展示，也是跟大自然祈求禮物。他們的世代是沒有外來政治的、經濟的、文化的、環境的、文明干擾的年代。從我們的角度察看，好似他們只關心自己的肚皮、生存的延續，其實，不只是這層的意義，而是涉及於文化內容的生活實踐、文化祭儀，以及親族之間的、部落的和諧，與自然的節氣融爲一體的心理表現。

外祖父看過漢人，看過軍人，當時已是他的殘年歲月，他拒絕吃我父親要我送給他吃的熟米，不是在於食物好不好吃的問題，他跟我說，是他的腸胃不會適應如此的食物，會讓他心裡不舒服，不踏實的吃不飽。然後又說，要我父親送地瓜與熱騰騰的飛魚、飛魚湯，他才吃得下去，心臟才會跳動。

如今想來，或是以逆向來理解的話，我們這個世代的達悟人吃的米飯比吃的地瓜、芋頭少，吃的種類已經複雜了，換句話來說，我們日常生活的整體與大海搏鬥獵魚，與土地打架（達悟用語，漢語是焚燒開墾整地）大大的減少了，與自然環境的情感漸漸疏離，離棄原初民族的環境正義、土地的倫理，於是我們這個世代的氣質已鮮少被大海試煉精氣，土壤的滋養修正，少了地瓜、芋頭充實的腸胃，氣質因而變得品質差，垃圾食物吃得多了，垃圾語彙也有增無減。

那一天的夜晚，父親如同部落裡的男人出海捕飛魚，那一夜我的母親也勸我不要再跟外祖父睡覺了，說是，外祖父的傳統家屋有很多惡靈，說是外祖母要外祖父早一點死亡，因爲外祖母在陰間沒有飛魚吃，一直單吃芋頭，營養失調。

「魔鬼」是母親這一生跟我說最多的語言，是母親灌輸給我，她的「魔鬼」概念，即便跟母親去部落裡新建好的天主教堂做彌撒，媽媽的腦海一直沒有西方人的上帝想像，這一點，我個人覺得有些欣慰，對他們那個世代的族人，移植過來的外來宗教，要神父、牧師拔除我們原本就有的傳統的靈觀信仰，是不可能的。如今讓我欣慰母親的「魔鬼」概念，原來如此的信仰是我民族的禁忌科學，是敬重生態環境的循環孳息，是恪守可食魚類的美麗與醜陋的哲學，想來冥界除了有好鬼與惡鬼的區分外，更多的是不好也不壞的庶鬼。

有天姐姐上山採收地瓜，在午後約是三點時的夕陽，父親在出海划船去小蘭嶼之前，姐姐煮好了地瓜，父親送來三、四尾的飛魚，一同與外祖父吃中晚餐[13]。我們就在傳統屋的前廊，是陽光尚可照射的地方吃飯，姐姐把地瓜、飛魚放在外祖父可以用手抓到食物的地方，我觀察其身上的每一條肌肉，包括四方形的臉，盡是長期在陽光下曝曬的粗皮膚，像極了野性用茅草燒烤時的豬皮，用餐的同時，外祖父再次的叮嚀姐姐不可以嫁給漢人，說是嫁給漢人之後，他留給姐姐的田產將會荒廢，說是會讓他在陰間難過。

又對我說，切格瓦，你不可以念漢人的書，念多了會變笨，也就不會造船了。我想，這是外祖父其善意的信念，畢竟他們從小的成長是直接與自然靈氣相處，與大海浮沉共生的後舊石器時代的人類。

他吃得很慢，盡情享受、品味其生命豐腴有直接連結的飛魚肉、飛魚湯，沒剩幾顆吃魚的牙齒，魚肉往往卡在齒縫之間，此時他便用粗大竹片摳出魚肉放在舌尖，配著姐姐煮的地瓜吞嚥進食道。我年紀的稚幼，讓我還無法分辨文明人所謂的高貴與卑賤，然而外祖父蹲坐的吃相，大腿貼在腹部，除了苛求自己不可吃太飽外，吃相如初秋晨間在潮間帶，宣洩的微浪，是寧靜的，是優雅的，而倒退後的微浪不讓沙岸混濁的感觀感覺，一切的視覺與嗅覺在傳統屋裡的影像啓動了我胡亂的想像。

父親跟我說過，在我出生兩年之後，外祖父就眼瞎了，白內障遮蔽其全部的瞳孔，彼時，他就完全的照顧外祖父的生活起居，初成長的姐姐，其生活的重心就在外祖父身上，祖孫二人相依

13　傳統上，我們沒有中餐，只有日正當中。

爲命，後來的感情特別的好，如是微浪與沙岸的血脈相連。父親年輕時愛好出海抓魚，家裡的水芋田即使在姐姐上學之後，還是由她關照，在她跟我姐夫私奔後，才由父親來照顧（現在都歸於我），所以外祖父眼瞎之後，姐姐上學，外祖父就由我來陪伴，許多我還記得的他出海夜航的故事，都是那個時候跟我敘述的。

未來之後的今天，我與姐姐都沒有遵守外祖父的話，但我因爲他的關係，在我大學畢業帶著在都會挫敗的傷痕歸島返家，我用眼睛努力觀察部落人造船的傳統技能，而後使用雙手、眼睛，找回父親那一輩前人上山伐木時的真情，讓我深入了自己的母文化的體質，特別是在小島嶼小民族面對現代化的輪船、飛機、電器、家電用品需求與日俱增的同時，感受到傳統勞動、傳統技能與民俗智慧的可貴，這些的種種是我兒時那個時代，民族統整性的刻痕記憶。至於我姐姐，現在的她已經完全歸化於台灣的生活模式，也拒絕來蘭嶼探望我，即便在我們的父親逝去的時候，姐姐剛拗的脾氣，因怨恨父親沒有關照好外祖父，就不回家來表示親情的延續，見父親最後一面。至於我個人，對已經是六十餘來歲的姐姐，我不苛責一絲，也沒有怨言，把親情的血脈延伸給姐姐的長孫，我因而賜族名給他，Ngaziwas（我父親尚未爲人父時的族名），他越南籍的媽媽高興的哭泣，說她的孩子有了海洋的名字，我聽了，高興的哭了起來，當年外祖父把他對海洋純潔的感情傳授給我，但我不知道，我是否有那股能量，再把「海洋的純潔」傳授給已經富裕社會成長的孫子，這樣的願望，我還在燃燒。

從當下的觀點，一個民族在月亮盈缺的演進來看，首先是，父親以上的那個世代很難想像現代性進入蘭嶼之後的劇變，也很難理解他們的後代的生活模式的轉型，原初語言的式微，賺錢是爲了蓋一棟水泥屋防禦颱風，家屋結構的解構與建構，九〇年代後的蘭嶼水泥屋林立，迅速呈現後現代性的繁榮，其實是某種的茫然，水泥屋生產出彼此間的疏離感，電視肥皂劇醞成部落社會走向彼此的冷漠，已不再是我兒時望海的時候，那時沒有視覺的建物障礙，視覺屏障其實也是驗證，呼應自然律則的傳統祭典漸漸成爲民族認同的微弱力氣，同時，柴薪篝火被瓦斯爐取代是民俗的生態智慧退居爲遺忘的真理。在寒冬出門，大家都有外套穿，屋內都有電視看，下雨天不用赤腳走路，騎車有雨衣，開車有車頂，在卡拉ＯＫ喝酒，唱著六、七〇年代的國語老歌，附帶張著吃肉的嘴齒，扭曲撕臉的開始吵架，忽然間，發現大家瞬間不再飢餓了，卻也發現我們成了極度邊緣化的貧窮，我們也比父祖輩們胖了許多許多，體內細胞組織卻是已經不耐寒風暴雨的洗練，於是現今島民的疾病，變得多元，也變得複雜，癌症患者與時俱增，也臥病在床很久。

爲了買一艘機動船，需要很多的積蓄，或是跟朋友周轉現金，機動船也需要維護、關愛，小島被海洋環抱，波浪就在腳邊，達悟人很難拒絕浪花的誘惑，魚影就像舌尖的味覺細胞，魚類的鱗片每日每夜都在騷擾達悟男人與生俱來親海的血液，只要出海家裡就是有魚吃，就如嬰孩吸吮母奶的情緒，分分秒秒都在拋出吸引母親關愛的眼神。所謂的機動船，其本能的目的就是用來在海上抓魚，我或許深受外祖父夜航划船的故事的影響很大，也或許從小跟父親上山伐木，愛上了拼板船在大海孤舟夜航，愛上了斧頭削砍木頭的神韻，也或許對輪機一點興趣都沒有，也或許現代性的貧窮一直在我身邊糾結纏繞，如外祖父下了咒語似的話「不要在漢人的學校變聰明」，言下之意，就是靠自己的雙手造船、捕魚，弄得我對機械一點概念都沒有，當然也買不起。每當夜航出海捕飛魚，許多的快艇快速經過我的木船，快艇切割海浪，機械旋轉的螺旋製造大小不等的波濤，讓我與木船搖晃劇烈，在天空的眼睛照耀下，許多船主發覺我在海上孤零的漁撈作業宛如是現代版的「愚夫」，是沒有進步的漁夫。他們可以在空間大的快艇走動，站起來小便，或是切新鮮的飛魚配辣椒醬生食、喝酒，而我只能在木船上前後移動，小便時得拿保特瓶跪著尿，收起飛漁網，我的下半身全是濕濕的，飛魚卵噴滿身，他們在機動船上的身體則是乾淨的，三、四個人拉漁網，我一個人放流漁網、收網，每當夜航的船隻回航，快艇捕的飛魚上千尾，而我一百尾上下。有時候，我孩子們的母親嘮叨的說：

「划船幹嘛！讓自己那麼累，乘坐外甥們的快艇，既輕鬆漁獲量又多。」

每當孩子們的母親說這句話的時候，我就立刻的回想到，我這個年紀的族人在灘頭與父親共同刮魚鱗的晨間情境，人、木船、飛魚，灘頭運轉著原初的生活美學，漁獲的多寡寫在男人沉靜的臉譜，划船的筋脈線條刻在皮膚上，對海洋潮汐變幻的知識，懸掛在月的圓缺，划木船的漁夫，於是更能掌握海的律動情緒。我喜歡乘坐自己用心魂建造的木船，用雙手划槳，我喜愛聽槳葉插入海裡，非常有規律、有人性的清脆聲，乘坐快艇，速度快，在船上會很冷，感覺好像沒有出海一樣。

原來划船到小蘭嶼（五海里的距離）要花一個小時多，如今的機動船只要二十分鐘即可到達。一個多小時與二十分鐘的差異是什麼呢？這個哲理很簡單，即是「金錢與便利」、「貧窮與踏實」。

或許，外祖父的腦袋瓜傳授給我純潔的海洋觀，是內心視我爲他的血親孫子，他根本無法預測我民族的未來變異，我常常以他的手掌當枕側身望火，他的手掌使用斧頭不知砍了多少棵樹，在海上不知划了多少千萬次數的槳，不知殺了多少尾的魚，在我沉睡的每個夜晚，我好像已經從他粗線條的手掌紋，命格注定是愚夫與漁夫。

我不厭惡，也不排斥機動船，這是個人在現代性的能力與喜好，以及自由意志，但我提倡年輕的族人學習伐木，學習做拼板船，製作木槳，理由很簡單，首先是民俗植被的知識會進來，這是學校沒有的知識，造船的時候便對林木發生真情，便會珍愛生存的環境，即可意識到船身的流線美是海浪波紋的禮物，民族的造船語言將如波浪般的回到舌尖成爲日常語彙，把樸實找回來，降低大島的電視傳輸進來的冷漠與傲慢，以及與民族本性無關連的連續劇。每當我與孩子們的母親，把我捕回來的飛魚晾在家屋庭院，開始吃地瓜、吃飛魚的時候，我的喜悅與哀愁每次都在傳統與現代打架，孩子們的母親在我們吃傳統食物的時候，始終不忘記的說；

「這是給你們吃的飛魚與地瓜，孩子們。」我感受到她的話，十分有營養，也感受到如此之原初禱詞的真愛，在台北的孩子們是可以感受的，我特愛聽這樣的語言，如是從有機土地撥土竄出似的嫩芽，每每讓我划船的小疲累瞬間歸於零的元氣。

那天夜晚跟外祖父睡過之後的一個月，外祖父就辭世了，父親獨自一個人埋葬了外祖父，也在那一年的秋天，姐姐[14]跟她大陸來的軍人男友，在夜間乘坐軍營的補給船私奔到台灣，從我們的島嶼消失，那是一九六三年的事。從那一年起，一直到一九六九年，只要有船隻從台東運送物

---

14 我姐姐是一九四四年生的，這一代的達悟女孩是我民族第一代嫁給異族的女性。

資到蘭嶼（當時沒有碼頭，貨船都在我部落前的海域下錨停泊），每一趟的船隻來往，我都佇立在最高的礁岩上，期待姐姐回家，然而，從我小學一年級到五年級如此的期待姐姐，始終是以落寞收場，失落之後，我每夜再次的燃起期待的火苗，父親也是如此，直到一九六九年的十二月，父親再也承受不了思念女兒的心魂，某夜父親帶著我乘坐軍營的補給船到台東尋找姐姐落腳的地方。

姐姐曾經跟父親說過「不嫁給貧窮的達悟人，沒有前途的達悟人」。

父親知道我十分思念姐姐，於是帶我去台東找姐姐，我與父親在夜間乘坐軍營的補給船，由我部落出海，在海上航行十四個小時之後，晨間才抵達台東的成功漁港。父親拿著姐姐的信箋諮詢公路局的工作人員，最後我們到達了台東的岩灣。岩灣，姐夫在那兒當起管理囚犯的工作，但他們卻住在一間簡陋的茅草屋。其實，姐姐嫁給一個身無分文的窮士官兵，也是一個沒有前途的、不識字的山東人，姐姐遠離蘭嶼島的本意，就是離棄父親，也是切割珍愛她的外祖父的情感。那一年，我的外甥出生，父親給姐姐的達悟名字是Sinan Maneiwan（希婻[15]・馬內灣），意思是說，「航海家族」，我父親升格爲夏本・馬內灣。

我真正的祖父有五兄弟、一個妹妹，在念蘭嶼國中之前，我還有跟祖父的二弟、四弟，以及

---

15 希婻是指某某小孩的母親之意，夏曼是指某某小孩的父親，以長子或是長女改變姓名的習慣。夏本是指某某小孩的祖父。

祖父的妹妹一起生活過，吃飛魚十多年，他們都生於一九〇〇年以前，沒有飽受過島嶼民族被吸進全球化洪流之後，許多弱勢群族迷思糾纏的困惑年代。三叔公五十來歲的時候才得子，就是我現在已六十六歲的堂叔，小叔公有三個小孩，長子是啞巴，長女嫁給外省人，他們都已經逝去了，最小的洛馬比克只大我五歲，現在稱他爲老海人，他是我小學時期全校的班長，學校的資優生。我個人命格旅行的過程中，無論在世界的哪個角落，很奇妙的是，我的前輩們的魂似乎經常陪伴我，過去與他們生前共同生活的寫照，他們樸實的生活一直給我很多的啓示，特別是小叔公。自己在邁入半百之後，凌晨起來書寫，在這個荒謬又脫序的時代，回想我與他們共同生活的情境，一直是我思索民族問題時的幸福泉源，小叔公是影響我命格的第二個人。父親經常跟我敘述，說：

「你祖父的妹妹出生時是龍鳳胎，祖父他們當時已經是五兄弟，當時屬於人口多的家庭，吃地瓜、芋頭、魚類成爲最大的生存問題，其次，在傳統上，我民族的信仰認爲雙胞胎是怪胎，是最大的禁忌，生一胎才是正常的，認爲第二胎是魔鬼的小孩，所以你的曾祖父就悶死那個小男嬰的靈魂，而留下我的阿姨的命。」所以我原來有六個祖父[16]。

我的小叔公一八八八年生，他們是日本殖民蘭嶼，一八九七年之前就出生的，我民族演進史第一代接觸外邦人的人，我說是古時代的人。父親忙著陸地農事、海洋的漁撈工作，母親也忙著

16　達悟人的觀念，祖父的兄弟一概稱之yakai（亞蓋），祖母亦然。

照顧我大妹的時候，在上學前，我就有很多的時間與古時代的兩位祖父相處在一起，當時他們只剩一張跟我說故事、吃魚的嘴，說他們那個世代的故事，我的童年夥伴如吉吉米特（已在二〇一二年逝去），卡斯瓦勒（娶了台灣人）說，我的小叔公是部落裡最會吹牛的老人，可是我非常喜歡他吹牛，簡單的說，我是聽他的故事長大的。在我外祖父逝去之後，小叔公成爲我學齡前的聖師，其實，現在說來，那些故事趣事就是我民族的生活哲學。

在我曾祖父的曾祖父的時代，我們現在居住的依姆洛庫部落還不存在，而是在八大航海家族的聚落力馬西克，小叔公跟我敘述了這段遷村的故事：

力馬西克部落有對夫妻，育有二子一女，有一天的午後，長子肚子餓，偷吃母親放在地瓜上已蒸熟的芋頭根莖，父親認為偷吃的行為不可原諒，於是把長子的雙手雙腳用藤繩綑綁在依姆洛庫部落灘頭邊的巨岩，任風雨豔陽摧殘，深夜的惡靈折磨。小男孩被綑綁，背靠在巨岩面向陽光升起的方位，深夜小男孩虔誠的祈求天上仙女，說：「我知道，我錯了，我是家裡最長的那根竹子，給我生根的機會。」第三天的清晨，爬起的豔陽喚醒了他，身邊卻出現了一隻正在啃咬藤繩的老鼠幫他解開繩索，跟牠說聲謝謝之後，從海上飛來了一群白鷗，停歇在巨岩的頂端，也就是在他的上方，他還小，不知道這群白鷗飛來的意義是祝福他，只說，我對妳們的感激來自心臟。

好幾年過後的秋天，有位在清晨游泳過來採集海鮮貝類的人游到這兒來，忽然看見巨岩附近有道青煙裊裊上升，他很好奇的問自己，怎麼會有青煙？於是游上岸前往探索。沙灘爬滿了馬鞍藤，有道像是動物走的小徑直達林投樹叢裡，他趨前探頭窺視樹叢裡，發現裡頭空間寬敞，有位膚色黯黑長髮及地的人正在用石頭敲打某種東西，他思索一會後，說：「如果你是人類的話，請說話，如果是鬼，我就離去。」久久之後，那人說：「是的，我是人類，我名字是si Tumayu（躲躲藏藏之意）。」杜馬佑敘述了他的故事之後，那位老人聽了，知道杜馬佑是哥哥的小孩，他的姪兒，但他不表明他們之間的關係，只說想幫他剪去長髮。後來杜馬佑感受頭殼輕盈許多，贈送他幾枚銀幣（現在的說法）作為答謝之禮，老人問銀幣的事，杜馬佑只說是撿來的漂流物，然後杜馬佑教了那位老人生火軟化銀幣[17]，用光滑的石頭敲打的技巧後，老人就離去了。

那位老人再次拜訪杜馬佑時，不僅攜家帶眷，同時也佩戴了銀帽，說：「你是我姪子，我哥哥的小孩，不要拒絕我們跟你共居，我想與你在這兒共同建立新聚落，我把我家的女僕[18]許配給你。」後來力馬西克的人，每次從菲律賓航海回來就慢慢移居這兒，向杜馬佑學習冶銀的技藝，數十年之後人口快速成長，家家戶戶前院在午後的夕陽都是人影，後來白鷗象徵人口多，於是此地命名為Imawurud（伊姆洛庫），就是現今我住的

17　達悟族是台灣泛原住民族裡唯一會冶鐵的民族。銀幣是達悟製作銀帽銀環的來源，如何冶銀，不可考，父親會，但他不教我，很多禁忌。

18　達悟族過去會領養逝去雙親的男孩、女孩做為家裡的長工，稱pakufuten（藏匿的財產）。

紅頭部落。

這則部落移動的小故事，空間距離也只不過是四百公尺而已，對其他的更多更壯大的民族而言，是微不足道的，可是對我來說，這是民族在小島自然「生存」的命題，是自然的肉體面對節氣的無常，以及對抗疾病的纏身，於是達悟人成爲祖父的身分的時候，其意義不在於他年紀的大，而是有後代的觀念，這就是達悟人「親從子名制」。小叔公跟我敘述，部落的移動是部落集體運勢的選擇轉換，遠離瘴氣之隅，期許部落人的增加，耆老們的生活智慧才得以延續，土壤才有機會呼吸，與人類打架，你努力開墾，我努力給你食物。

寧靜的夜空，繁星布滿整個天宇，那是天氣良好的日子，那是我孩提時期的電視，母親要我記住她教給我的星星的位置，說，要每天跟她說話，說，將來會給我一位賢慧的妻子，也命令我不可思念死去的外祖父，不可想念遠走台灣的姐姐，男孩必須選擇海洋，造船、捕飛魚。母親說給我聽的故事不多，但她很喜歡跟我說人與鬼打戰的故事，結論當然都是聰明的人類戰勝，並非是邪不勝正的信念，而是，魔鬼意味著環境生態倫理圈，施放「禁忌」的主事者，「禁忌」的終極結論是生態的恆常生息，就如小叔公從小灌輸我的，不可以吃刺尾鯛魚，我們若是單純就「好吃」的味覺來說，刺尾鯛魚的肉，骨刺很少，符合大眾吃魚的嘴，但對於我們的魚類認知的常識，或是經驗，刺尾鯛魚之魚尾有倒鉤，倒鉤會釋放其防衛的劇毒，古早沒有解藥，被刺傷的人生了病，以至於無法工作，於是會妨礙我們人正常勞動作息的魚就歸類爲不可食，不可食的順理也歸類爲魔鬼的魚。這不是生態科學的定義，但卻是我民族科學經驗知識，即使到了當下我們這個年代，仍有觀念是吃那種魚的人是「低等人」。

蘭嶼在海上聳立的位置，在不同的季節，天宇展現顏色的變換，大海波濤浪紋相異的浮動倩影，敘述著它情緒的頻道，讓我們視覺就知道海的感覺，颱風告訴男人不可以出海。黑的景象也深深支配著島民情緒的脈動，而我就像剛孵出的珊瑚幼蟲在黑夜裡的水世界孕育自己成長的生機。

我發覺在我居住的小島在春夏的時候，天宇與海洋的脾氣比較不穩定，彩雲與波浪是多變詭譎的，像是青春期的少女情緒難以捉摸。而且兩者間情感的距離有時貼近，有時疏遠，它們的表演尤其到了黑暗期的夜晚，完全主宰著我的視野與想像。貼近的景象若是雲層很厚的灰色，從北方飛來的快速，也飛得很低，颱風來了，是狂瀉豪雨的天，而沖天的駭浪，暴躁浮動，浪頭起得很高，海霧狂飛，即使不要命的瘋子也不敢正面挑戰其自然力的野性，你也會感受到我居住的、只有四十五平方公里的小島夾在它們中間，任由天與海的掌心擺布搖籃的那種感覺，讓我從小不得不對它低聲下氣，畏縮在徹夜不眠的父親胸膛，而轟隆轟隆的巨響海震，母親從小就告訴我說是宇宙間的惡靈飢餓時的邪惡腸胃，彼時母親叮嚀我說你要跟它求饒，求它放下慈悲的帷幕，這是夏秋時的颱風夜；兩者疏遠的時候，天宇盡是微笑的繁星，沒有烏雲，給我幻想，而海洋的脾氣也如祖母在早晨唱著孫子快快長大的搖籃歌，我沒有婉拒的欲望，在那晴空萬里的夜晚，天宇與大海完全隱藏了它們的野蠻，即使我那位自稱凶悍的小叔公也如所有的島民爬出屋外仰望星空，並叫我陪著他聽海濤，也聽著他歌唱，這是個夏秋接力時常有的沉靜夜色。

無論是天候不好的颱風夜，或是晴空潔淨，月色明媚的秋夜，我一直以為在沒有燈害的成長環境，空間給我的是幸福、幸運最美的圖案，可以任我在這個天然的畫布裡彩繪我的夢想，天馬行空的圖騰，匯聚我的浪漫元素。我這樣說，是因爲我十六歲之前一直住在我們達悟人的島嶼，是個單一民族世居的小島，單純的小島。即使我十六歲離開蘭嶼的時候，我們的島嶼還是沒有電燈，爲此我的記憶裡永恆存在著沒有燈害的美麗記憶，也就是說「黑夜」與「黑色」是我的最愛，它在我孩提時期豐富了我的想像，讓我從小就對自然環境的變換比較敏感，還有幾位我的叔公們、外祖父的傳說故事，使我一直相信數不清的天空的眼睛彷彿都在每個夜晚跟我說話。

小叔公、外祖父是我學齡前在黑夜跟我說故事的人，在這張黑色的畫布彩繪我的夢的長輩。小叔公的家就在水芋田的旁邊，每到飛魚汛期[19]田蛙求偶的蛙鳴不僅不絕於耳，而且也特別的大聲，成蛙、老蛙高中低音接力合唱非常難聽，困擾夜色的寧靜，以及我們的睡眠。除蛙鳴外，在那沒有噪音的成長歲月，小叔公也喜歡跟我說故事，我也熱愛聽他說古早的傳說。我問小叔公說：

「我們達悟人爲什麼不吃就在身邊的田蛙？」

「牠長得非常的醜，只有底等的、飢不擇食的人才吃那種動物，」他說。

「牠長得非常的醜」是指一些陸地動物形體長相醜陋怪異的，如蛇類科的，都被歸類爲狐疑心機重，天生就是壞蛋的胚子，魔鬼吃的低等靈魂；海裡的魚類也是如此，不俊美的，體型龐大的魚類，如旗魚、鯊魚、各種海鰻、綠蠵龜等等的，都不可以吃，屬於長相醜陋怪異的動物。以

19 約是陽曆二月至六月多。

至於，我到現在還是不吃田蛙，不吃長相醜陋怪異的魚類，又說，海鮮魚貝非常的豐富來不及吃那些長相醜陋的動物，就這樣，與我年紀相仿的達悟人似乎都不太吃祖先不吃的食物，就是到了台灣謀生也是如此。後來的漢人說，這是我們達悟人的生態觀，其實你們猜錯了，亂亂猜，這個猜字的意義是，依你們滋養補腎，不離「性學」的雜食想像。

從小就在小叔公身邊長大，他把「黑夜」與「黑色」說是寧靜的歸宿，是思想的源頭，讓我兒時像是一張白紙的記憶，在飛魚汛期的每個夜晚植入天宇，大海的沉靜影像。他跟我說有關海洋淹沒我們島嶼的故事，說，淹沒到第九天的時候，一位耆老抓了一隻老鼠，切斷其尾巴，然後念咒，老鼠尾巴形成巨大的龍捲，吸走多餘的海水，九年[20]之後海水才慢慢的退到現在島嶼的形貌。

魚精靈娶真人的童話故事，說，**si mavtazaw**[21]（魚精靈）爲了達悟人的後裔不要懼怕**si zukang**[22]（希・洛槓），要親近游姿曼妙的底棲魚，認清海洋的脾氣，所以娶了達悟女孩，讓他的族裔血液流著鹹海的元素，還有**si paluy**[23]（希・巴瑞），他重複的口述這些故事，好像是我兒時記憶裡的連續劇，讓我記得清楚，可是我從來沒問過小叔公說這些傳說故事的真僞，不過我認

20 九，是構成達悟人在飛魚汛期獵捕獵食大魚的上限，如鬼頭刀魚、鮪魚、浪人鰺等，獵捕到同類科魚類時，不可超過九尾，十的意義滿溢，象徵魚類的枯竭，我們對生態生息的環境觀。

21 在冬夜上岸求婚，命名魚類的海神，屬於善神，位階低於si zukang。

22 水世界裡的黑暗之神，厭惡驕傲的人，達悟人後來把這個名字給了鯊魚。

23 水陸兩棲的神，時而在陽間時而在冥界，因為是貪婪之神，深海之王把祂變形為海蛇。

爲這是我比堂哥們幸運的地方，因爲小叔公只對我說故事。

他也喜歡在這張白紙上口譜他的歌聲樂府，口述這個小島島民認識的世界，於是我開始在黑色的夜慢慢勾勒我模糊的未來夢。

小叔公在飛魚汛期的夜晚，在他家的涼台上，跟他守望著黑色的海洋、夜空。當我漁團家族裡的勇士出海，在漆黑的海上持火炬夜航捕撈飛魚時，他經常低聲吟唱他創作的一首歌〈追浪的男人〉給我聽，這是一首影響我個人與海洋情感很深的歌詞，宰制了我小時候的思路，如一艘拼板船乘載著浪濤彩紋，孕育了我個人的中心思想。

風浪平靜，湛藍清澈的大海，沒有挑戰性，
我的船
怎麼熱愛，我划槳的雙掌
怎麼喜歡
駭浪沖天的巨浪，震動島嶼的海震
我欣賞海洋的野性，怕他的野蠻
不大不小澎湃的風聲濤波，是天神的女兒
——仙女在雲海歌唱
請我出海　在海浪的脊椎，切割波峰
唱著航海家獵魚的歌詞，等著黑色翅膀的飛魚，

繞著我們的島嶼
傳遞海洋鱗片[24]回家的訊息

〈追浪的男人〉[25]這首歌詞就這樣在我的記憶封存了快它五十年。我封存這個故事的理由是很單純的，除了我島嶼的男人以外，我從小孩還沒有來到台灣之前，在海平線上就看過許多的機械船隻經過我達悟人的島嶼，我想，每一艘船都有男人在駕馭它，於是從小就敬重那些在大海漂泊的男人，而我的夢也告訴我，在這個星球還有許多的男人是屬於「追浪的男人」的命格的。所以我從小就有個願望，很希望在長大後有那麼一天可以去其他島嶼民族的海洋航海，可以遇見其他民族在海洋追浪的男人，跟他們談海的顏色。這是我到今天一直持續有的願望。

我不知道小叔公爲何喜歡跟我說故事，我也不知道從小爲何喜歡聽他說故事，我也不理解在paneneb[26]月的午夜，小叔公沒有出海夜航時把我喚醒，跟他坐在涼台上望著漆黑的大海，觀賞

24　海洋的鱗片乃指尾數眾多的飛魚，也是描繪忽明忽暗的波紋。

25　歌詞之意涵，說明海洋的不確定性格，浪太大是叫男人休息，浪太平靜人人都可以出海，追浪是四到五級西南風的海象，是長期觀測有海洋知識的少數勇者才會出海獵魚，浪高往往是三到四公尺，望日與朔日的前後，波與波的間距短，常常把船隻翻覆，這種海象是驗證船隻的優與劣，也是檢驗男人的膽識，男人的社會階級就刻在波鋒與波谷起落的紋路。

26　Paneneb是飛魚汛期的首月，六人以上的船隻舉行招魚儀式，夜間出海，用火炬之光誘飛魚，但只能使用掬網撈飛魚，所以漁獲有限。

海面上使用火炬夜航捕撈飛魚的十人船舟。只是感覺我的心靈很自然的跟他起伏，就如海上一艘浮游的船隻一樣，任他掌舵。

「你是獨子，你的身體必須堅強，不可被懦弱擊倒。」

學齡前，與我年紀相仿的同伴都是沒有衣服可穿的，小叔公除了丁字褲外，也沒有衣服可穿。

「你是獨子，你不能讓風寒進入你的肉體。」

「長大後，必須靠雙手自己造船。」

我部落前的午夜汪洋，在冬末春初經常出現七、八個火炬，每個火炬代表一個獵魚的家族，在海上競技，他說觀察天蠍星座末梢的明光強弱，說這是判斷年度飛魚群多寡的記號。我一直認爲彼時的黑夜，黑色的海是一張無限延伸的空間想像，達悟人也還沒有被異族文明異化的時代，這樣的背景環境，島民的成年男性依舊承繼「飛魚汛期，男人屬於海洋」的觀念。在海上成長，在海上學習環境的智慧，視大海爲男性社會地位進階的展演場域。我年紀雖然還小，還在懵懂摸索的無知童年，可是小叔公卻熱愛跟我敘述我民族的生活哲學，刺激我對未來的多元幻想。夜航漁撈的船隊都在雞鳴晨鐘的時候回航，有否飛魚的訊息，天亮見真章，在黎明時分是部落人最好與最壞的訊息早餐，飛魚不僅溫熱我們冬末初春的腸胃，也孕育我們人性化海洋的信仰，祂主控部落族人的溫飽與飢餓，尤其是小叔公皺褶的面容，喜悲的情緒反應特別的明顯。早餐是熱滾滾的魚肉魚湯，以及地瓜等根莖類的食物，開啓我們每日的胃壁，也啓迪了我對水世界的美好想像。

說。

「你的身體要剛硬，將來在海上，暴風雨、豔陽天才不會咬傷你，」小叔公不時的叮嚀我

「咬傷你」那是不可以讓自然環境的穢氣侵入體內，要有硬朗的體質，我一直牢記著這句話。這個時候我還沒有進入漢語學校，小叔公卻把我潔白的紙張記憶領向深邃莫測的大海。

「墨黑的大海是寧靜的源頭，那也是自我反省的曠野。」是小叔公給我的座右銘。

很遙遠的大海上也有許多的燈光，那是在很外海的海域下錨的機械船，他說：「那是遙遠的人類的船，在海上捕魚的男人。」

「很久以前，那是在日本時代，在莉杜蘭（地名）有一艘美國船籍遇到風暴巨浪而罹難的現代船，島上某個部落的人搶了那些人的財物，船員們大都溺死，當我的父親，也就是你的曾祖父抵達時，一位還有呼吸的白人父親緊抱著他的女兒，好像要求我們的族人抱走他的女兒，養育小女兒，可是我們沒有一位聽得懂他說的話，許多武裝的族人圍繞他們父女，那是我第一次遇見皮膚白色的人，當白人父親斷了氣之後，你的曾祖父要帶走那個小女孩，但她驚嚇的流著淚，緊緊抱著已斷氣的父親屍體，但是小女孩給了我父親幾枚硬幣。第二天的清晨，你的曾祖父又帶我划船去探望那位小女孩，還帶了一些地瓜與魚乾，當我們抵達的時候，三個日本軍人已在那兒很大聲的對我們其他部落的族人喊話，原來那位小女孩也死了，要我們族人埋葬他們父女的屍體，但沒有一位圍觀的族人敢埋葬與自己靈魂沒有親屬關係的外人，而且是白人。族人擔憂的是，白人那家族人溺斃的惡靈，不敢土埋，所以任由日本人臭罵我們的人，最後我父親和親戚們埋葬了那兩位讓人揮灑淚水的屍體（將來你的靈魂必須在海上剛強，對我說）。日本軍人給我父親一把刀

（武士刀），以及三把斧頭。後來斧頭讓我們建造數艘有雕刻紋飾的十人大船，讓海洋美麗了起來，用武士刀殺了很多的豬，獻給善靈，讓祂繼續庇祐我們在海上漁獵時的安全。這是一九〇七年在蘭嶼島發生的故事。」

這是我從小叔公口中初次聽聞星球有白種人，初次聽聞船隻在海上罹難的故事。

「小女孩從哪裡來的呢？她在海上不害怕嗎？」我說，然而小叔公的口氣，他的記憶似乎很在意小女孩纖弱的生命在海上是如何度過的？「如果她會怕，就不會跟著父親航海啊！」他說。

「夜深濕氣重，幽魂很多，我們進屋吧！好讓屋內的柴光給你溫度。」這些話是我孩提時期聽來最爲親切的話，柴光、木材、林木、海濤，還有他的多元故事，對他的感情也從那時開始的。

在夜裡傳統屋如深海的幽暗，我腦海不斷的浮現小叔公描繪船隻夜航漁撈的展演劇場，很希望自己快快的長大，加入漁撈的船組隊員，可是深夜裡從石牆縫中吹進屋內來的涼風很是困擾我的心海，彼時小祖母抱著我，說：

「看風輕吹柴光入睡吧！鬼精靈很怕火，切格瓦。」

無論如何，島上是否真有幽魂遊走，固然聽來好似是謬思，但卻說服我進屋入睡，迄今也未質疑前輩們沒有受過異文化異化的哲思。

一九六二年的釣鬼頭刀魚月[27]，年度首航之日，那是個灰色而寧靜又莊嚴的早晨，部落裡有

27 約是陽曆的四月，稱之釣鬼頭刀魚月，達悟人飛魚汛期的第三個月。首月是paneneb，其次是pikuokawud，是以夜航以火炬誘飛魚漁撈的漁具。此後白天釣鬼頭刀魚，夜間用漁網捕飛魚。

船隻的男人都聚集在灘頭，每個人把船隻推向潮間帶，象徵集體朝貢海神、黑翅飛魚神，以及鬼頭刀魚的善靈。部落裡所有的漁夫們，其外在面容的平靜如晨間的汪洋，他們身上僅繫著一條丁字褲，裸著上身，赤腳，坐在自己船邊的沙灘上，眼神盯著微浪宣洩後的灰白色的混濁浪沫，內在虔敬的神情是吸引我們這些部落裡的小男孩們的眼睛，他們的莊嚴，說是跟海神要禮物，彷彿讓族人敬畏的海神就在漁夫們眼前的感覺，首航日是每一年男人在海上獵魚的嘉年華會。我坐在父親的船邊，七十多歲的小叔公也參與了那一年釣鬼頭刀魚的獵魚船隊，他摸摸我的頭說，將來你也是獵魚船隊的一員，我的感受好像小叔公已把我帶進浮動的海面。那一年還有十多位的耆老是出生於一八九幾年的長者，是一群深受海洋的喜怒脾氣薰陶的人。

船隊在等待日出的太陽躍過拉比丹山頭，部落裡所有學齡前的小男孩在那天清晨聚集到海邊觀看出海的船隊，包括我在內，特別喜歡觀賞列隊出海的那一剎那，那一刻我們的心也跟著飛翔。

清晨的海洋在我們的眼中無限遠的灰藍，掠影浮動，環海容顏的情境宛如在陳述千億年以來的古老劇本，如初春再生的野百合新花蕊，每夜醞出珠光鳳蝶纖細的鬚角吸吮潔淨的晨露。船隊裡還有兩三位耆老比小叔公年紀大，他們都在晨間的海洋給自己晚年的歲月在海上覓個寧靜，釣個個人獵魚史上的最後一尾鬼頭刀魚，延長身爲長者被族人尊重的證據。

父親告訴我說，在Papataw月不可以跟出海的老人說話，「童言無忌」會招來臭罵，彼時部落族人出海的灘頭，宛如是梵蒂岡天主教午夜彌撒時的隆重場景，每位前輩嘴裡嚼著檳榔，心裡卻蒸騰著與鬼頭刀魚格鬥的勇士氣概，巴望成爲首航獵魚英雄[28]，象徵部落灘頭年度的勝利者。族老們虔誠的望著波動的海面，也如跳動的心臟相互呼應彼此生存的臍帶。這個場景，看到民族許多飛魚汛期的禁忌，其實小叔公在那年的冬夜都已告訴了我，讓我的思維很早就已植入了海洋的信仰。

彼時部落裡的男人坐滿了灘頭，馬路邊也蹲滿了已不再出海的老海人，咖啡色的黑是我們皮膚集體的顏色，那是海洋上陽光的紫外線的染色素。

拉比丹（地名[29]）山頭背光面的影子浮現在出海船隊的背面，最年長的老海人緩緩起身，向船隊的男士們說：「讓海神聆聽我們在海上的歌聲吧！」

眾人起身，按著長幼循序的出海[30]，原初型的追浪的男人，頓時部落灘頭的海面漂浮著五十幾艘的拼板船，如被海風驅動的船帆，迎著風與浪，咖啡色的集體膚色好似在海面低空凌飛的黑翅飛魚群被掠食大魚追逐，展翼遁逃的視覺畫面。族老們尋著各自的航道划槳，假如我們從海底

---

28 獵魚英雄，每年的首航日，最先釣到鬼頭刀魚者，達悟語是mapiniyaw so aharang，意思是說，灘頭的靈魂，從海上到陸地的年度禮物，象徵年度漁獲豐腴，也是給部落「生存之火」的集體願望，對男士而言是最大榮耀，社會地位提升的證物。

29 太陽升起的座標，山頂背光面有了影子的時候，才可以出海，這是我們恪守自然律則的信念。

30 長幼有序的意義，人出生之先後是誰先在這個星球「呼吸」，但是誰可以捱過山海環境的折磨而提早死亡，他看見太陽的時間長，才是長者，所以晚生者不可以搶先出海，大逆不道。

仰望海面，就如從地面仰天的話，單人船雙槳葉，好像ngalalaw[31]（鰹鳥的一種）結實展翼的飛翔，雙槳舀起海面是肉體、手掌雙臂，以及意志的動力，出海的刹那起，每位獵魚勇士心頭，想的就是灘頭的初獲魚的禮物。一艘接著一艘，獵魚勇士們的面容神情如是神父敬愛天父的儀態，朝著鬼頭刀魚泅泳移動的西門町（漁場），當我出生之後可以自行走向海邊起，那一幕是我這一生的驚豔影像，震撼了我的視覺感官，我纖弱的心魂說，哇！好美好美，我貯存在心底。獵魚船隊駛離了灘頭，久久我的心魂被這一幕擰掐，擰得我好舒暢好舒暢，好想快速長大，我人生初始的願望因而浮現了，將來我一定，一定要實現，去體悟藍色汪洋的洗禮。於此同時的隔壁部落七十幾艘的海人船隊也出海，瞬間我們部落前的海域，遠的、近的，左邊、右邊，填滿了一百餘艘在海面的黑色鰹鳥，野性的畫面，野性的海域的景觀像是天空飛翔的野雁，是曠野裡急速狂奔的野馬的豪邁感覺，又如有目的自動浮游的眾生物靜靜的漂浮，這個與那些豐腴了海神的容顏，小叔公跟我說，那是個讓魚精靈飛躍的早晨。我、卡斯瓦勒、吉吉米特、卡洛洛……許多的男孩跟著把腳掌浸泡在海裡，幫自己的父親推船。「切格瓦，等亞蓋回來，」小叔公說。爾後，我與玩伴們飛奔到由台灣來的囚犯剛造好的馬路上，繼續俯瞰海面上的鰹鳥，一直到陽光爬升到曬痛我們左邊的肉體，阻止我們俯瞰海面景致的時候，才回部落裡最接近海邊的涼台上躲避陽光休息，醞釀我們未來的夢想。

31　Ngalalaw，達悟人只吃兩種候鳥（如浮游魚類，島嶼的觀光客），一是伯勞鳥，二是這種鰹鳥，候鳥、浮游魚群，牠們長程的泅泳、飛翔象徵求生的意志，以及韌性。

耆老們每天出海的那一幕，清晨的汪洋舞台，就是我孩提時期心中感到最爲幸福，心裡最爲滿足的時刻。

小時候在Papataw月，我很難言表，我對那張灰色的晨間大海的魅影的情愫，我的心魂也沉迷於部落裡的男人在晨間集體出海儀式的寂靜情境，因而特別喜愛站在潮間帶觀賞一艘船接著一艘船出海的浮影人像。尤其特別注意十九世紀末期出生的耆老，他們出海時的刹那神情令我亢奮，想著，即便大海隱藏飛魚、鬼頭刀魚、鮪魚的精靈吸引著他們，但是到了十點之後，他們爲何也甘願飽受炙熱的太陽直接灼人的紫外線！大海隱埋的魅力是什麼呢？從那時起，這句話一直陪伴我長大。

其實，就算時光的隧道來到了今天，我天天出海，在大海上直接承受炙熱太陽的直射，我孩子們的母親問我，爲何天天出海？我原來也沒有答案！我只感受到在深藍海上人船一體的游移，彷彿可以聽見祖靈來時路的歌聲似的，在夜晚划拼板船捕飛魚，彷佛感悟海神的靈氣是存在的，或著說，想聽聽、想體驗海洋寧靜的聲音，親身感受過去記憶裡的濤聲魚語。

釣鬼頭刀魚的船隊遠離陸地，在一、兩海里外，海人們唱著追浪的歌給飛魚、鬼頭刀魚精靈聽的時候，我與同齡的玩伴們便飛奔到部落背面的山頭，我們俯視海面，數著船帆，給我們的視覺感官與想像多了對海洋的魅影。

「假如從海底仰望一百餘艘的拼板船的話，划槳的姿態就像是天空中的鳥類展翅飛翔一樣。」

這是外祖父跟我說過的話，然後轉述說給吉吉米特、卡斯瓦勒、卡洛洛的時候，他們不問我這句話是否是真的，還是假的，卡斯瓦勒回應說：

「但願我是希・巴魯威[32]。」其實，我們對水世界的想像，整日耗在部落的灘頭，似乎是達悟小孩與生俱來的。雖然我聽的故事比我童年的這些夥伴多很多，但是我是話最少的人。

從小時候，我對於人依賴本能從大海、山林取得食物，依據經驗法則建構的環境變換的常識，以及保有多元化的靈觀信仰的人特別的尊崇。每當早晨爬升的豔陽緩緩的縮短樹葉的影子時，我與吉吉米特、卡斯瓦勒、卡洛洛、沙浪就上山去找棕櫚樹的嫩芽，每個人扛著自己採集的，跑到我們部落背面山頭上的小葉桑樹下納涼，我們邊啃嫩芽果腹，一邊遠眺汪洋上點點小舟。卡斯瓦勒的外祖父是我們部落裡釣鬼頭刀魚的好手，是一八八幾年生的，不過他非常的疼愛好動的外孫卡斯瓦勒，而吉吉米特和我的父親如正午的豔陽扮演著繼承與傳承的獵鬼頭刀魚的角色，正是與澎湃波濤格鬥、體能用不完、處於謙虛與傲慢攪拌的中年年紀。

部落背面的山頭是我們俯視大海船帆的好地方，觀賞的視野佳，一覽無遺船隻在海上游移的方向，我們的視力也可以輕易的目視到鬼頭刀魚上鉤時，其翻海騰空的壯麗雄姿，這是我們爬上山頭的目的。鬼頭刀魚從深海浮游上升的時段，約是我們現在的手錶時針指向九點，就是大魚吃早餐的時候，上鉤的鬼頭刀魚不止一尾，釣到大魚的船隻也不只一艘，於是豔陽下的大海，許多在大魚活吞魚餌當下，漁夫們唱著自創的〈追浪的歌〉。鬼頭刀魚浮衝水面甩頭擺尾企圖掙脫魚

32 水陸兩棲的人，達悟社會裡最為普遍的童話故事。

鉤，經驗豐富的漁夫就在此刻與大魚格鬥，翻海騰空的次數兩到三回，像極了彈跳的運動選手展示力與美的舞技，魚兒殞落大海炸裂海面，飛濺的浪花很令我們瘋狂，集體尖叫，這就是我們偏愛坐在山頭俯視大海的原因，給我們未來成爲「追浪的男人」很大的誘因。

山頭海拔約是一百多公尺，是我們小時候消磨童年光陰的地方，這兒的馬路是日本殖民時期我祖父他們那個世代開闢的，是通往山頂頭的氣象站，氣象站所需的砂石、水泥的搬運是我父親那一代，出生於民國一年到十年的族人，爲日本人服勞役的成果，從我部落的灘頭扛上去的建築材料，如砂石、水泥。父親說，他們野性的體能令日本軍人瞠目結舌。但服勞役的行爲正式宣示了我民族開始被殖民的起源帷幕，也可以說，孤島如我們開始面臨被殖民的災難，躲不過原來的主人角色變換爲奴僕的，全球性原住民族的歷史宿命。

那一天是我們傳統習俗釣鬼頭刀魚的首航日，海洋是我民族眾多漁夫們的競技場，當中豪傑就是最先有漁獲回航的人，我們稱之mapinyaw so aharang[33]，卡斯瓦勒的祖父年輕時常常是首航日的冠軍者，那一年，這樣的殊榮被吉吉米特的父親取代。

小叔公說：「首航日冠軍的人是魚精靈眷顧的家族，所以在他返航的時候，雙槳必須翻攪海面，形成人力的浪花，同時這樣的划船態姿，是向部落的人宣示，今年我，某某人釣到鬼頭刀魚了。」

33 Aharang是灘頭的意思，整句之意涵，年度首航日冠軍者，是驕傲與謙虛的介面。

人力划船飛濺的浪花，對我們似是有魔力般的魅影，那般划船的仰臥英姿，非常吸引族人的目光，當我們在山頂看見船隻翻攪海面的時候，我們這些小鬼又好像失了魂似的從山頂穿越蘆葦草叢，穿越部落的飛奔到海邊，不僅幫那位漁夫把船推上岸，同時圍繞著他，觀賞他解剖魚身的技藝，看漁夫生吞鬼頭刀魚的心臟的美感吃相。我不知道爲什麼，我對於生吞鬼頭刀魚的心臟特別的好奇，非常吸引我的眼神，想著生吞的感覺究竟如何？即便我父親釣到大魚，當時，他不會讓我吃魚的心臟，對於這件事，我耿耿於懷。

「灘頭」的意義，不僅是我們嬉戲的地方，也是我們從小學習傳統教育，認識魚名的空間。我的記憶，在鬼頭刀魚月，所有追浪的男人的頭髮都被豔陽曬到營養色澤的黃髮，皮膚也被曬到跟羊皮一樣的硬，還有結實的二、三頭肌，以及疙瘩粗糙的面頰，我上看下瞧好像是尙未進化的野蠻人，但小叔公有句詩詞形容追浪的男人：

Tazaen da no ahed no ovay.[34]（被黃金的靈魂迎接的男人。）

當出海的船隊在正午時分陸續回航的同時，灘頭匯聚成人潮，非常的熱絡，小女孩、小男孩如我們在淺海的地方圍繞在解剖大魚的眾漁夫周邊，魚鰓流出的鮮血漸漸染紅我們腳下的海水，海水稀釋鮮血的變化，宛如午後的夕陽餘暉變換海平線的天然色澤一樣的吸引我們的目光。彼時

---

34 Ovay 達悟語指黃金，那是達悟人至上的財富，象徵追浪的男人也受海神崇敬之意。家裡的小孩，心肝寶貝也稱si ovay。

匯聚的人潮在陽光長期直射下，把膚色繪畫成咖啡色，深咖啡色膚色是太陽給釣鬼頭刀魚船隊的男人顏色，有否鬼頭刀魚的榮耀與屈辱，完全刻畫在漁夫們不說話的眼睛裡。

海洋始終是達悟男人的榮耀與屈辱不變的競技場，失敗者不是永遠的，只是短暫的挫敗，明日的、後天的海洋精靈還會給他扳回顏面的機會，勝利者只是短暫的微笑面具，明天的海洋會加強他謙虛的質數。男人在海洋律動的競技場，榮耀與屈辱永恆在循環，一年的漁獲量的勝利是一時的，終身在這個競技場付出情感的人才是虔誠的成功者。

小叔公在那一年的漁獲量不多，首航日的那一天，他也沒有釣到鬼頭刀魚，生於一八九幾年的卡斯瓦勒的外祖父有釣到，是他一生裡最後的一尾，在他七十幾年的競技場上的成績，在我們的感覺，那是它最完美的結局。卡斯瓦勒尾隨在他的外祖父的腳後跟，露出同血親的勝利微笑。暫時失敗的小叔公牽著我的手黯然的走回家，在路上跟我說：「長大後，不可害怕太陽。」

小叔公有五個正值年輕力壯的姪兒們承繼航海家族在海洋競技場上的氣勢，是標準的海上男兒，在島民的社交場合很讓他欣慰。小叔公屬於說到做到的那種人，善於言語表達，是部落裡的智者，有聲望的耆老，尤其是口述部落史、傳說的民間故事、詩歌的創作都是島民公認的。

那天，我父親也釣到了鬼頭刀魚，父親要我去帶外祖父來我家，吃鬼頭刀魚。

「切格瓦，長大後不可被別人家屋燃柴的煙霧燻出眼淚，」他說。他跟我小叔公一樣喜歡對我說他們那個世代追浪的男人的故事，於是孩提時期，我的心海幾乎都是海浪波紋上的船隻，在月光照射汪洋上的景色。

父親把外祖父吃的魚與地瓜放在他專屬的魚盤，我們三人在吃魚的同時，外祖父跟父親說：「在我走後，你要帶孫子上山，在我的林地種數棵龍眼樹，給孫子未來造船的樹材。」

那一年的秋末，一個綿綿細雨的早晨，父親要我陪伴外祖父，說：「你的外祖父要你聽他的故事。」

很久很久以前，立馬西克部落有一位名叫si minaru so o vay（財富很多的人，也稱航海家族），那是因為他的祖先經常划船航海到菲律賓的巴丹島買賣，那是最靠近我們島嶼的島嶼，依發達斯人（現在的巴丹島住民）稱之Yami（海盜島，北方之島）。航海家族的男孩都是海上善戰的人，他們厭惡海盜島嗜好在海上搶劫駛經那兒的船隻，於是航海家族的人聯合依發達斯人攻打海盜島，最後的勝利歸於航海家族，讓後來的Yami Ivatas可以很順利的進行交易。

我父親從外祖父那兒繼承的銀帽，就是當時交易來的，每當傳統祭典時的招魚祭，我現在都戴著那個銀帽到灘頭招魚，將來也是留給我兒子、我的後裔，我相信銀帽會成爲後裔們的傳說故事。

一九九四年的五月，我去民答那峨島（Mindanao）三寶顏市（Zamboanga）旅行，我的馬尾因爲長期曝曬在野性汪洋上獵魚而呈現泛黃扭曲的髮型，在某日午後徒步到某個河口邊的一個聚落，是個穆斯林教的村落，一群人坐在類似我達悟人的涼台閒聊，他們瞧瞧我的外型，見我如他們的膚色，忽然有一位瘦小的人，是聚落的村長之類的身分，跟我說：

Sino ngaran mo.（請問貴姓？）

說實在的，身為這個星球的弱小民族，在我聽見這句話的剎那間，哇！這是怎麼一回事！我說在心裡。這不是空間距離長短，而是讓我相信了那則「海盜島」的傳說。從我個人的經驗來說，居住在沿海地帶的住民，基本上他們在內陸是沒有耕作土地的一群人，是後來移民的人。他們的聚落被菲律賓政府軍以竹子圈欄，信奉伊斯蘭教。

我跟他們進一步的閒聊，居然可以用達悟語溝通一些，讓我心安，有說有笑，一位耆老知道我來自從最北方的島嶼（指蘭嶼）的時候，他握著我得雙手看著我說：Oya si ovay namen.（這位是我們的黃金。）語意是說「我們祖先的親屬的後裔」。那位耆老，他怎麼知道有這則故事呢？外祖父很早跟我說的這則故事，難道那位耆老也是從他的外祖父聽聞的故事嗎？我不是要證實這則故事的真實性，而是偶然證實了，這麼遙遠的地方，我們居然還可以說相似的話，可以相互溝通，相互歡笑的語言，真是不可思議。在我住的那家旅店，那位村長有事沒事就來找我閒談，讓我在三寶顏市一星期的日子可以很安全的進出市場、村落，這或許是我從小聽傳說故事的小福利吧！事實證明，我的民族在南洋，或是在大洋洲是有許多親戚的。

那一年，當我把這則故事跟我父親的三兄弟敘述的時候，他們臉上不僅露出靦腆的笑容，同時也相信了海盜島的故事是真的。

外祖父喜歡跟我口述古早人，以及人鬼戰爭的故事，這則故事我記得最清楚，他繼續說，我就是那個航海家族的直系後裔。

我造船追求的是，船隻的流線美，雕飾紋路勻稱，不只速度快，更要追求每年飛魚、鬼頭刀魚的豐收，要達到這樣的成績，唯一的路徑就是跟海洋做朋友。

隔年冬末，外祖父往生的時候，我父親已四十六歲，我六歲，父親獨自一人土埋我的外祖父。彼時我部落的領域裡已有了外省人、閩南人、阿美族人，有學校老師、軍人、囚犯、警察、公務人員、神父，以及興隆雜貨店。我上了小學之後，小叔公要我照顧自己，未來我們祖先的島嶼將會面臨愈來愈多的外來人。

當然，這是事實，在我們進入漢語學校之後，殖民者帶來的愈來愈多，按照他們的生活習慣，也按照國家的法律管理我們，也循序漸進的困擾了我們父祖輩們的思維，還有我兒時的夢中夢。

一九六四年我進入蘭嶼國小念書，我的同學男女大約有三十幾位，是學校創校以來新生最多的那一屆，但是學校教室不夠用，所以我們被分爲早上班（培育班）與下午班（青蛙班）。

吉吉米特、卡斯瓦勒與我三人，在開學的第一天，我們十分喜悅的穿著丁字褲上學，我們以爲是「正常的」服裝，上身穿三槍牌的內衣外穿。所有的學生服從校規，從校門口走樓梯上學，他們都在注意我們的服裝，雖然學校就在部落面海的左邊。門口站著配戴紅色臂章的，寫著糾察隊，當然都是長我們四年以上的兩位學長，許多新生的一年級走前頭，當糾察隊看見我們幾位仍穿著丁字褲上學的時候，人仰馬翻，對我們大笑說：

「你們三個站在這邊。」

我們的眼睛看見，上學的同學到學校的第一件事，就是先向老師辦公室前的國父遺像、蔣公像行三鞠躬的禮，我們三個覺得很莫名其妙，我想小學時的同學們或許跟我們一樣，根本不知道爲何行三鞠躬的禮，但我們被糾察隊命令立正的站在一邊，老師後來了，說：

「你們，怎麼還在穿丁字褲上學呢？」

對我們來說，當時我們還聽不懂漢語，不知道老師在說什麼！我們很稀奇，在升旗典禮的時候，部落的孩子們都很會唱國語歌曲，司儀是我的親戚，我哥哥的同學，最特別的是，沒有一位學生穿鞋子，也沒有一位學生的腳掌、小腿是乾淨的，操場滿是雜草，跟我們一起升旗的還有鄉黨部主任，以及一位軍官。

升旗儀式結束後，就去一間教室舉行開學典禮，我們三位則站在門口外邊，講台上還坐著一些長官，包括也是沒有鞋子穿的，也跟我們一樣聽不懂國語的鄉長（我同學的父親）、鄉代會主席。校長對全校師生說：

「這個時代（一九六四年），怎麼還有不穿褲子的『野蠻人』……」我們低著頭，不敢正視眼前坐著的人，好像我們真的觸犯了天條的感覺，其實那位鄉長、鄉代會主席，他們的長褲裡也穿著丁字褲。其實，我們穿丁字褲是理所當然的，畢竟我們島上所有的婦女也只會編織有蛇紋、寄生蟹爬形紋、浪形紋，以及8字紋路的衣服與丁字褲，至於褲子那就困難了，可是我們認爲穿丁字褲不是野蠻，不是原始人，而是身體美學的樸實展現，呼應環境所需的，而非國家。「野蠻人」剎那感悟人生上學初回的被歧視，我們於是開始低頭。

我的記憶是，開學典禮後，我們三位被叫去校長室，大我五歲的叔叔洛馬比克[35]是四年級的學長也被叫過來，當我們的翻譯員。他說：

「校長明天要你們穿褲子上學，先叫你們放學回家。」

這是我第一天上學的，沒有興奮，有些些的悲慘，只是淡淡的不怎麼樣的經驗記憶，「丁字褲、野蠻人」，我們當時還理解不出，學校老師說的這句話背後的意義。

我們立刻回家去找媽媽，但她們都去了芋頭田工作，我們後來先去我家找父親的置物櫃，除了大人的衣物外，沒有褲子，卡斯的家、米特的家也沒有，我們就這樣在部落裡、海邊船屋裡瞎耗了大半天，沒有再去學校，當然新生，以及二年級生在中午之後就放學了。

九月的島嶼氣候，少了夏季的燥熱陽光，逐漸顯露了些些的柔和氛圍，午後的餵豬時間之前（四點左右），媽媽從田裡回家，我告訴媽媽關於穿褲子的事，媽媽二話不說，從爸爸的皮箱拿出了一個寫著「中美合作」握手的麵粉袋，在封底的兩角剪個可以讓我雙腳露出的口，並拿了一條麻繩給我繫腰用的，如現在的皮帶功能，對於「中美合作」握手的圖像，我不知道是要穿向正面，還是後面，不僅沒有概念，還真的考倒了我的智慧，我反覆的試穿，怎麼穿都感覺非常不自在。我跑去找米特，我們的困擾完全相同，於是我們脫去丁字褲一起試穿，結果是彼此嘲笑，感覺私處沒被丁字褲包緊緊的時候，好像會被白鰭鰹鳥啄咬的感覺，有些慌恐，而且是怕怕的感受，怎麼辦！怎麼辦！一陣子調適後，我們就這樣穿著，搗著笑嘴去找卡斯，我們左右腳有規律

35　我的小說《老海人》（二〇〇九年）的主角。

的在鵝卵石墊兩下的相互交換，很高興的模樣說「很輕了我們」、「很輕了我們」、「丟掉丁字褲」、「丟掉丁字褲」，我們一路叫唱著，卡斯坐在他外祖母家的涼台吃地瓜、望海，當他一瞧見我們把「中美合作」握手的圖像穿在前面的時候，不由自主的忽然爆笑，即刻噴出了嘴裡的地瓜，張大嘴呼吸，也噴出了滿鼻的一坨涕，他於是趴在木板上狂叫，我與米特穿衣服，穿麵粉袋，在他眼裡的第一影像的怪模樣，說我們像是從沙灘忽然竄出的「龜孫子」模樣。

「你穿什麼褲子？」他繼續趴在木板上憋笑，並用手指揩掉他的鼻涕，笑著說：「我祖母的內褲。」「哈哈哈……祖母的內褲，祖母的內褲……。」

我們繼續坐在涼台上，說些我們在學校的未來式，直到父母親叫我們回家吃地瓜、吃鮮魚爲止。哥哥看我穿的褲子，不免也狂笑一番，而後幫我找了一件他過去穿的短褲給我，至少不是中美合作，握手的麵粉袋。

翌日早晨，我們依校規在國民黨鄉黨部的小廣場集合，我換了褲子，米特依然穿著中美合作，卡斯一直捂著嘴憋笑，他們排在我身後，調皮的學長們看見卡斯穿女士的粗造內褲，米特中美合作的麵粉袋褲，俏皮的說：「至少比丁字褲好看，不過穿上祖母的內褲上學，那……你的祖母就沒褲子穿了呢！」

這句話，引起所有同學們噴出鼻涕，爆出屁聲，哈哈哈……「你看，誰教你穿你祖母的，」我說。卡斯繼續捂著嘴憋笑，他輕輕地在我耳根說他的二哥，布卡洛也偷了他們祖母的內褲穿。我聽了，笑到肚子痛。我轉頭看布卡洛的褲子，說：

「布卡洛穿的不是你們祖母的內褲啊。」

「布卡洛把我們祖母的內褲用木炭漆黑的啦！」卡斯繼續摀著嘴憋笑的說。這句話再次的讓我彎腰抱肚憋笑，最後我受不了，放出聲音爆笑了起來。

「笑什麼，切格瓦？」我的堂叔洛馬比克問道。

「布卡洛，他也穿他們祖母的內褲，他用木炭漆黑的啦！」

所有的學生把頭轉向布卡洛腰部下的布料看，哈哈哈哈……。

「放學看看，我會把你打死，卡斯，你，」布卡洛不知所措地說。

我們被分到青蛙班，我們三位都很高興，其中的理由是，早上的時候，我們可以在海邊目送我們的父親出海釣鬼頭刀魚，我們幾乎都非常喜愛部落裡四十幾艘一同出海的壯觀畫面，很讓我們的細胞活絡，同時把早上的時間耗在海邊是最美的，等待獵魚的部落勇士回航，觀賞他們解剖鬼頭刀魚身，取出魚鰓，讓鮮血吸引鱸鰻游進淺灘，我們便用石頭戲弄牠們，很好玩，每天每天都是如此，讓我們在下午愉快的去學校。其次，學校操場有國父遺像與蔣公像，我們每天早上進教室前，先向兩個偉人行三鞠躬的儀式，我們骨子裡討厭這個低頭三次的動作，幸好下午班可以避免，況且我們當時真的不認識國父與蔣公是何等人物，但是我們模糊的理解，他們不是我的祖先，不是我們的民族英雄。至於青蛙，那是某些老師們的晚餐食物，我們四人趁興隆雜貨店老闆晚上睡著後，吉吉米特就帶我們去偷四到五隻的青蛙，然後儲存到我們野外的祕密基地，以備老師需求的時候給他們吃低等的食物。

吉吉米特與卡斯瓦勒從現代的醫學常識來說的話，他們算是過動兒，我是他們的跟班小弟。

吉吉米特屬於智慧型的、機敏的小孩，卡斯瓦勒屬於調皮搗蛋，喜愛捉弄他人的人。

一九五九年退除役官兵輔導委員會進駐我部落邊的空地，簡稱蘭嶼指揮部，在我們進入小學念書時，台灣來的現行囚犯多於軍官士兵，那時他們也引進黃牛。當我們坐在山頭觀賞海面在漁獵的船隻時，有兩位囚犯在早上固定的時間趕牛上山吃草，每天在我們眼前經過。

有天，吉吉米特告訴我們說：「這兩個人中午一定有飯吃，所以我希望我們明天不去灘頭幫父祖輩們推船上岸，去山上的公路，在那兒等著送飯給放牛的人。」我們以樹影來替代手錶時間，送飯的囚犯經過時，我們就在樹影移動的位置做記號，然後跟他打招呼。

我們島上當時的犯人被分成兩類型，一是台灣社會犯案的囚犯稱之「隊員」，大多是閩南人，另類型的稱之「長員」，他們是外省人，在軍中表現不佳的人；其次，服粗重勞役如開闢道路的人是「隊員」，「長員」負責農場、種菜，以及放牛吃草的工作。

當接近中午的時候，送飯的長員必會經過我們納涼望海的樹蔭，過了好幾天以後，卡斯瓦勒俏皮的對那人說：「三民主義旺旺（萬萬）歲！」

我們首次對話的禮貌語言，他回應道（我的記憶，我們第一次跟漢人說話）：

「萬你媽個頭！」我們不知道這個意義是什麼！我們只是傻笑。然而，在我們心裡，我們是小孩子，還是非常害怕台灣來的犯人，畢竟他們是壞人，即使我們的父親也怕犯人，而我們的成長幾乎是與蘭嶼監獄史、台灣現行犯出現同時。大熱天，長員從軍營徒步上山扛著菜餚，很讓他汗流滿身，幾次的碰面後，我們成了他的好小弟，開始以扁擔幫他扛竹籃裡的菜餚與米飯給放牛的長員，這一條公路稱之中橫公路，是沿著我們的父親、祖父在日本殖民蘭嶼的時候，他們服勞役時所開闢土公路，是為了氣象站所造的路。路邊的小山丘長滿了新生的茅草，恰好是蘭嶼指揮部從台灣引進黃牛，讓老囚犯有事做，也是四所監獄可以在國慶佳節自給自足，宰殺牛隻、豬頭，犒賞軍官以及囚犯。

然而，我部落遠近的地瓜園，首先就成了監獄的囚犯們放牧牛隻時他們認為的「自然草原」。我的部落是行政院輔導會蘭嶼指揮部的中心，也是蘭嶼當時的行政中心，於是放牧牛隻的囚犯有兩個編制，一是我部落背面的山丘是一組，共有五人，第二個是在吉勒朋山谷的營地，這個營地的公路是由重刑犯沿著山腰建造的。吉勒朋山谷是我部落伐木的傳統領域，龍眼樹特別的多，蘭嶼指揮部就在山谷裡的小平地設立簡易的小監獄，由老兵管理，編制五人左右。小營地使用的木材就是我們部落從祖先遺留給我們的龍眼樹，許多山谷乾河床邊的地方全是上百年以上的樹齡，我部落裡五個漁獵家族的林園是他們所謂的「國家財產」，是台灣政府所有資產，他們盜伐的惡行是國家法律所認可的。

從蘭嶼指揮部徒步到吉勒朋營地需要一個小時的步程，指揮部軍官的賊腦是從山谷營地開始建造公路，開闢公路的同時，一群囚犯兩人一組的就在山谷邊，雙人手鋸龍眼樹，公路開闢到哪兒，龍眼樹就推積如山的移動到哪裡。軍官，老兵們使用跳繩的繩索抽鞭重刑犯，以加速公路的完成，便利以軍營貨車運載他們盜獵的龍眼樹。指揮部軍官的賊腦很清楚我們的傳統習俗，就是四個月的飛魚季節的達悟男性是屬於海洋，專心於獵捕飛魚的漁事，沒有閒暇探望山林的祖產林園，而部落婦女的田園農事也因忽然移民來了眾多男現行犯、老兵，深恐被這些眾多壞人蹂躪，於是不敢單獨的徒步來這兒的田園工作。

我們部落在吉勒朋營地上方的傳統領域是我們種植根莖作物最肥沃的地方，面積約是二十多個足球場，區分時節輪替開墾，或荒廢。當這條總長兩公里的公路竣工之後，蘭嶼指揮部霸占我們水芋田的空地堆積了兩個籃球場大的、他們盜伐的龍眼樹，這些乾柴是他們拿來煮飯、蒸饅頭、給軍官燒洗澡水用。

龍眼樹的果實在夏季時採收，是我們最重要的水果，部落族人培育公龍眼樹是給後代的建屋造船的材料，孳息成長，是我們不變的植樹信念。然而我們島上的六個部落，在行政院輔導會進駐蘭嶼之後，沒有一個部落逃過他們盜伐我們林木的災難，也沒有一個家族曾獲得政府的任何賠償金。其次，公路的完成也是便利囚犯在我們傳統的田園放牧牛隻，任黃牛踐踏我們的地瓜園。當時的地瓜是我們的主食，夫妻經常在豔陽烈日下一同鋤草、培土，這是很累人的勞動。彼時黃牛卻是很輕易的獲得食物，踐踏我們婦女辛勤植種的根莖作物，囚犯又在夜間偷偷摘地瓜葉，同時，我部落婦女因十分恐懼囚犯們的騷擾而紛紛荒廢了那整片的沃土。然而爲了生存，部落的男性便往更深遠的山丘，伐林開地種植里芋、山藥，在一九五九至一九六三年的那個時期，我們島上因牛隻的放牧而鬧饑荒。此凸顯了蘭嶼，我們族人作爲邊陲的整體，就是被犧牲的祭品對象，也就是說，台灣政府的來到，並沒有帶來戰後我們被殖民的新希望，反而是陷我們於慌恐、飢餓的核心。

那一年的秋季，我的父親、大伯、叔父與小叔公四個家庭，一個堂叔、三個堂哥和我不得不爬著六、七十度的坡度，一百餘公尺高，在那兒的小平地開闢約是四個籃球場面積大的荒地，花半個月的時間整地，然後種地瓜（八個月方可收成），在山坡地種山藥、里芋（至少十三個月的果實才可收成）。不只是我家族如此辛勞，這種慘況幾乎是全島族人所共同面對的慘局。

因爲輔導會進駐我們島嶼的關係，飛魚海上漁獵的季節結束之後的春末夏初，晾在各家屋院的飛魚乾再如何的豐收，也展現不出父祖輩們的燦爛笑容，因爲芋頭、地瓜等作物歉收，小米也被牛隻吃得精光，真是無語問蒼天，弱勢民族與漢族相遇的真實寫照。我們的林木不僅沒有獲得一分錢的賠償，我們配合飛魚吃的地瓜、地瓜葉也被囚犯在夜間偷偷的掘挖、採收，作爲監獄裡許多豬頭的食物。當我們的族老發現我們的食物沒有了時候，族老們憤慨萬千，集體前往蘭嶼指揮部試圖索討賠償，由不會說華語的鄉長帶領，翻譯者是我一個剛剛小學畢業的表姐夫擔任。我們這些六、七歲的小孩也尾隨，軍營指揮官在新的籃球場邊，坐在他辦公室前的籐椅上等著我們，其身邊站著幾位軍官，族老們全副武裝站在籃球場裡，他說：

「什麼事啊，鄉長？」

「要賠償，你們偷走我們的龍眼樹，還有我們的地瓜，要你們賠償給我們。」我的表姐夫翻譯鄉長的話。

「你們知道嗎？那些樹是國家的，地瓜……我們會給你們稻米。」

「那些樹不是國家的，這個島不是你們中國人的島嶼，是我們達悟人的祖島。」

「那些樹是國家的，不是你們的，這個島也是中華民國的，懂嗎？」

「不對，每一棵樹都有我們占有的記號，不是你們中國人的。」

「你說什麼？」

「每一棵樹都有我們占有的記號，不是你們中國人的。」

族老們七嘴八舌的開始與軍營指揮官吵架，要求軍方賠償每棵樹的錢，但指揮官強硬的認爲林木是屬於國家的，彼此間的認知落差很大，在籃球場上族人的聲勢浩大，並不時的以長矛木柄敲擊水泥地板，板著臉孔，裝著驅除魔鬼的叫囂聲，好像聽在指揮官此波起那波落的吵雜聲，讓他不耐煩，也惹毛了他，他負氣的立刻站了起來，說「那些樹是國家的」，我們全都聽不懂他那鄉音很重的話，眾人一起說著mapaturu（賠償）、mapaturu（賠償）……

忽然間，ㄆㄧㄤ、ㄆㄧㄤ的兩聲，那個時候指揮官忽然舉著手槍對空鳴槍展示威嚴，我們立刻無語的蹲了下來，彼此相互對視，他又說：

「副官，算一算紅頭部落有幾戶人家，一戶一臉盆米，ＸＸＸ……」說完就進了辦公室。

「國家霸權」的武嚇利器，手槍「對空鳴槍」，也是野蠻異族的真本質，他說我們挑戰「國法」，爲了維護「國家駐防利益」，槍是必備的殺人利器。族老們從日本人那兒知道「槍」沒有長眼睛，可以讓一個人立即斃命，指揮官舉著手槍對空鳴槍不是他個人的行爲，犯人們的盜伐惡行不是他們的自由意志，牛隻踐踏我民族的地瓜園，不是牛隻的錯，是我們這些原來住民的錯，這是什麼樣的天理！這是人爲的，「對空鳴槍」的具體意義是，當時的中華民國老蔣政權一貫的、整體性的「盜匪」行徑，說好聽的話是，「戒嚴年代」。然而，總的來說，軍營裡的老兵身經百戰是事實，可是，他們的到來，不是來武嚇我們這群質樸的島民。

ㄆㄧㄤ的一聲，部落耆老的一生首次親耳聽見槍聲，眼見槍口的青煙，他們穿著傳統武士驅魔用的籐盔、戰甲、鈍長矛，他們的野性野蠻展現的是樸實的請求賠償，是爲了肚皮，是理所當然的事，而非起義跟新移民來的漢人軍人械鬥。我回憶起來，他是文明人的野蠻指揮官，他的手槍可能帶來瞬間的殺傷，在我們的島嶼沒有人可以阻止他的行爲，他是當時的王，他的手槍也代表國家，族人稱他是si lupit（沒有眼珠的人）。

族老們一生被陽光曬黑的身影，終年被家屋柴煙燻黑的籐盔、戰甲、鈍長矛，似是紀律嚴謹的黑武士戰隊，被ㄆㄧㄤ的一聲槍鳴神魂立刻的被擊潰，令族老們瞬間鴉雀無聲，指揮官一人露出野獸般的勝利獠牙的笑容仰天，「再叫啊！」「再叫啊！斃了你們。」籃球場安靜了，族老們也閉鎖了嘴，原來樸實的野性幻化爲野鴿子的溫柔，許多部落裡的小孩，包括我在內，也被ㄆㄧㄤ的一聲嚇破了膽，我想他那個仰天的笑臉不是他，而是國家的威權，是威武軍人極致低等的表現，是入侵者的蠻橫展示，唾棄人性美好儀態的證據。

ㄆㄧㄤ的一聲，蘭嶼原初的所有，即刻成爲國家所有，我們傳統領域的地瓜園，指揮部做了水泥樁，並且刻上「蘭嶼農場用地」，其他的歸爲「國防用地」[36]，過程只透過行政轉移的歸屬管理，而非與我民族協商。接近黃昏，乍看像是「野蠻」的族老們，彼時集體的多是光著腳，不聲不響的走回部落的家，家裡的婦人地瓜田沒有分毫的賠償，我們的龍眼樹都沒有得到一絲尊嚴的一句回應的話，我們就這樣被嚇走。路上走路的族老們，即使族人公認爲最爲凶悍的、最有正義感的，也在反抗退輔會盜伐林木之中的我的小叔公，從那一刻起也變得溫馴了。原來我們怕

36　現今國家核能廢料貯存場就是實例。

手槍更甚於怕惡靈。

我們這群開始接受新文明教育的一代沒事幹，也摸不著邊的跟著父祖輩們的腳程，品嘗出生之後與外來的文明人相遇，或者說是對峙，那股「潰敗」的滋味不是我部落而已，而是我整個民族變為漢民族政權殖民的時候，我們的自然野性將漸漸被馴化，邁向以漢人為主的生活節奏，大傳統未來將失衡，小傳統將式微，微傳統將迷失，物質的攝取也將轉換，是食物的匱乏與飢餓時代的降臨。

每一天的傍晚，部落面海左邊的軍營，不分好壞天，不分早中晚天天燃柴，監獄燃燒柴薪的青煙，也日日夜夜燃燒出耆老們從小維護林木的愛心，在ㄆㄧㄤ的槍聲下，樹魂被踐踏，林地只剩如手肱部粗的小樹，小叔公氣憤的說：

「那些中國人，怎麼知道龍眼樹是這個島嶼最上等的樹材呢！唉！」

犯人們盜伐我們的樹林，讓小叔公一生痛恨台灣來的漢人，認為他們的行為就是天生的壞胎記。過了好幾天，父親在夜間與叔父持火把以掬網堵住海溝的口，獵捕了八尾大鸚哥、四尾大石斑魚，在清晨的時候，父親叫我請小叔公、小祖母來家裡吃鮮魚肉、鮮魚湯，我牽著小祖母常年在芋頭田耕作的雙手，小祖母的頸子到肚臍全都佩戴著瑪瑙，藍色的、黃色的許多珠珠。小叔公面帶微笑的與父母親寒暄，不過地板上的芋頭，或者地瓜都小小粒的，小叔公於是說：

Mazavak ya mangana ko!

「真不容易的漁獲！」他讚美又驚喜的說。

小叔公、父親與我吃男人吃的魚，石斑魚，小祖母、媽媽與妹妹吃鸚哥魚，父親拿了兩個男人魚木盤[37]，我與父親的鮮魚放在一起，小叔公的魚肉放在另一個木盤，也拿兩個女人魚木盤，媽媽與妹妹也放在一起，小祖母的魚肉也放在另一個木盤。

Amyup ka so asoy no among,ipa zidangdang mo so katawutawu mu an.

「你要多喝熱湯，使身體溫熱，不怕冷。」小叔公對我說，接著又說：

Jika maka teneng do Gak-ku no cikuk，ta happen da imo do Ilawu.

「不可以很聰明，在中國人的學校，否則他們會帶你去遠方的島嶼。」

我的長輩們怕漢人，是因爲漢人有槍，不講道理，胡亂強占我們的領土等等的，小叔公說了許多他對漢族的不滿，在我成長的過程也見識到了，體會到了輔導會、軍營欺負我們的許多事件，這讓我從小恐懼軍人、害怕服勞役的囚犯。

長員們躲到樹蔭下用午餐，他們邊吃邊看我們飢餓而純樸的模樣，許久許久之後，跟我們說：

「你們吃過米嗎？」

我們把頭左右晃動，雙唇緊閉，吞嚥雙頰內部溢出的口液，暗黑臉上的汗道已涸乾，他們吞

37　吃魚用的木盤也區分男性使用的與女性使用的，吃牲禮肉也有專用的木盤，吃飛魚也有專用的木盤。

嘸一回，我們的雙眼就眨一次，他們移動雙眼看我們，我們就望著對面的山頭。「小鬼們給你們吃。」這是我們腸胃要的答案。

飯菜不在於多與少，而是那天的「午餐[38]」給我們，是我們生平第一次吃米飯，第一次品嘗有醬油、沙拉油炒過的蔬菜、豬肉的經歷，這個經驗是與犯人們的奇妙的相遇，我們吃他們剩下的食物。這些食物跟我們傳統用清水煮過的食物之味覺完全不同，即便他們只有一點點留給我們幾個人吃，我們也覺得滿足，初嘗外來食物，令我們舌尖的味覺迷惘，與犯人近距離的相處，讓我們腦海百感恐懼。

我們彼此輕聲的說：「很好吃呃！很好吃呃！」結論是這句話。

有一天的早上，我們沿著河流，距離部落有一公里左右遠的水芋田去抓青蛙，希望可以抓七八隻的青蛙給放牛的那幾位長員，作爲交換食物用。吉吉米特、卡斯瓦勒、我，在我們入學後，對學校的初級課業根本就是沒有一絲的好奇，我們只想著米飯，想著可以吃到軍營的食物比書本吃得飽。我不知道，從我們會抓青蛙起，他們就特別比我會抓，在水芋田裡的青蛙沒有一隻可以逃過他們的小手掌，比我靈活很多，因爲他們倆根本就不在意是否踩壞婦人的芋頭，只管抓青蛙。其次，不用多言，他們也比我會觀察青蛙的游移、跳躍的動向，這種本能比我強，而我有另類的想像，就是厭惡從洞裡摸醜醜的、滑滑的青蛙，我討厭那瞬間觸摸青蛙的感覺。幸好，他

38 午餐，我民族沒有午餐的詞語，而說是mavaw，是冷地瓜、冷芋頭之意義，當時我們一天只吃早餐與晚餐。午餐是新興的概念，是漢族來了之後，新生的用語。

們比我會抓，所以我自然的就成了他們的跟班，幫忙提青蛙。

米特提議送青蛙給長員，跟他們交朋友，但我與卡斯沒有很大的興趣，後來米特因青蛙的交換而與長員們做朋友，做了他們使喚的小弟，爲此他就經常逃學，「軍營的食物比書本吃得飽」，是他說的。後來輔導會把我部落背面的一塊平地，日本人留下的軍營住所整修，給那些放牛的長員作爲住所，從那時米特就爲他們抓青蛙、抓鰻魚。而卡斯、卡洛洛與我繼續在早上的時候目送釣鬼頭刀魚的船隊出海。我們部落裡每一家的地瓜田，在輔導會進駐我們部落的時候，他們放牧的牛隻讓我們的父母親放棄在吉勒朋草原種植地瓜的工作，我們的食物因而短缺，彼時我們這些小孩開始在退潮後的潮間帶尋找貝殼生食果腹，用竹竿釣小魚，撿一些被丟棄的鐵罐當作沸煮小魚的鍋，吃飽之後，也就是我們這些「深番」[39]上學的時候了。然而，我們經常遇不見米特，他不再跟我們一同去學校，老師問起米特的狀況時，我們都說他肚子痛。他是鬼靈精的小孩，當他準備下午來學校的時候，他手上都提著青蛙給一位喜愛抽鞭我們的那位老師，讓他不但不會被打，而且在我們做勞動服務時，他就被老師叫去整理宿舍的周圍環境。

中午到了學校全是勞動，每星期都整理校園環境，此時米特就是被派去抓青蛙。我們也上山撿乾柴給老師當煮飯、燒洗澡水用，對於我初始上學的前兩年的學校記憶就只是這樣，兩年沒寫過幾個漢字，也背不起注音符號，台灣來的學校老師，好像是被流放似的，海運交通不方便，說

39 「生番」是日本區分平地（熟番）與山地原住民給我們的汙名，我說的「深番」的意義是，被歸類為學習漢語的障礙者。

起來他們在學校就是「島主」，天不僅非常高，總統對他們來說也是非常的遙遠，喜愛喝酒的幾位老師，有閩南人、外省人，後來跟軍營混熟之後，喝酒、打麻將便是他們生活的軸心，米特也變成他們要吃青蛙、鰻魚的使喚學生。當他忙不過來時，他就叫我們跟他去抓青蛙、鰻魚。然而我們一起抓的青蛙獲得的錢，他都平均的分，不占我們的便宜，畢竟，我們真實的教室就是野外的海邊、婦女們的水芋田，是我們共同學習生存的地方，他不可能脫離我們。其次是部落背面的山丘，我們這些深番的學生有個被老師喜愛的條件，就是青蛙與乾柴讓老師的食物不虞匱乏，同時我們又不敢吃，父母親教給我們的就是不可以吃青蛙、鰻魚，說那些是低等人吃的食物，祖島的正常人不可以吃那些食物。於是在一、二年級的兩年，我們過得非常愉快，上下午班上學的制度也沒有改變。學校也正在建新教室，老師們根本就不在乎我們的課業，我們更不在乎。到了三年級，學校隔年招生的制度改爲每年招生，然而兩個部落的小孩不多，部落婦女們的懷孕率固然很高，可是夭折率也高，在我這個年紀的小孩不足以填補學校要的，每個年級都有缺學生的可能，於是實施「留級」的校規。

我們在一、二年級的時候，我個人幾乎忘了我們是否有寫過作業，但不可否認的是，我們幾個幫了老師很多的忙的深番，學校老師在選留級生的時候，我們幾個沒有被選上，順利的升上三年級。

二年級的下學期，也是我們二月到六月的飛魚漁獵的季節，我記得學校的期中的考試，教我們國語的是一位老師的太太，擔任代課的年輕女孩，她的人很可愛，對我們也很熱情，常常露齒微笑，喜愛穿裙子，露出她白嫩的小腿（這就是卡斯瓦勒誓言娶漢人的源頭），我們由於人數少，我們幾個也不在意考試得的分數，但就是喜歡以「分數」作為我們聰明與笨蛋的分界。我們一交卷，女老師立刻在教室內，興高采烈的批改試卷，而我們這些男男女女，沒有使用過肥皂洗澡的身體、洗髮精洗頭的野小孩，滿身全是飛魚魚腥味的，就一窩蜂的圍在她身邊，可是就在她批改試卷，說某某同學考幾分的時候，不知哪位同學放了極臭無比的「暗屁」，有魚腥味，有腐肉屎味，有飛魚膘味，「暗屁」一四射，我們即刻衝出教室外，大口大口的吸進新鮮空氣，可是那位女老師來不及起身就已經吸進暗屁的毒氣，當場立刻嘔吐，我們的考卷的滿是她吐出的穢物，她開始爆哭，叫喊道：

「誰……誰……放的屁？」

我們也開始爆笑，翻肚翻滾的跑出教室，說：

「誰放的屁？」

後來同學們的眼睛全都射在卡斯瓦勒身上，可是他已經在操場上如嬰孩出生時的模樣捲窩身子，爆笑到肚子痛的，讓我們不知所措的繼續狂笑，又是你在惡作劇，同學們說，哈哈哈……讓他也噴出了鼻涕，我與米特也跟著他爆笑的跪地仰天。「老師……老師……是卡斯瓦勒啦！」「是卡斯瓦勒啦！」由於是考試時間，全校五十幾位的學生也都衝出教室，問說：「什麼事，你們？」「什麼事，你們？」眾同學說：「卡斯瓦勒啦！放暗屁，讓老師嘔吐。」我們學校所有的學長沒有一個不稱讚卡斯搞鬼的功夫，讓飛魚季節的好天氣增添了學校的歡樂氣氛，不過卡斯瓦勒的臀部挨了重重的體罰，以及要去抓青蛙的賠償。沒有幾天，當台東來的十噸漁船在我們學校前的外海停泊下貨之後，那位女老師可以承受船隻在海上顛簸十二小時的苦，就是無法接受卡斯瓦勒的「暗屁」的戲弄，說我們是「野孩子」，就跟蘭嶼說掰掰了。其實，我認爲「野孩子」比「壞孩子」好太多了。

三年級，我們男女同學只剩二十幾位，在新教室上課，我們新的級任老師是女的，姓薛，是個暴牙很嚴重的外省人，她的兩個兒子也來蘭嶼國小念書。一張桌子兩張椅，男女合坐，卡斯瓦勒就坐在我的正前方，薛老師沒教我們背注音符號，而是直接教我們寫漢字，在黑板上寫著四個字如中華民國，六個字如復興中華文化，一個字一行，我們學習得很認真，對我而言，寫字才是真正的上學。

一開學就是軍人節，就是慰勞軍人的節日，放假一天。第二天上學，學校L型的走廊，教室窗戶已經排滿了「南京大屠殺」的黑白照片展。升旗典禮之後，來了四五位的男性年輕軍官，兩位女性年輕軍官，都是陸軍的上尉軍階。我們這些野孩子很有規則的排列在軍官面前，聆聽他解釋二次戰爭時日本人有多壞，中國人有多勇敢此類的事蹟，我們班上有十四位男生，沒有一位對此歷史事件感興趣聽，我們非常厭惡關於「屠殺」的事件，上尉說得口沫橫飛，句句是正道，但我們完全聽不懂，其實我們的眼睛一直盯著女軍官，看她比較有意思，也非常的稀奇有女性穿軍服。

我是父親的獨子，一九六三年的九月外祖父逝去，十月姐姐與她的軍人男友私奔到台灣，這個事情一直困擾著我父親。在我出生的那一年起，我家就經常有日本民俗學家來訪，因爲父親會說日語，自然地就對日本人友善，他由於與日本學者的友好關係，從小就教育我不可去當中華民國的兵，說，當兵的工作是「殺人，或是被殺」，因而「軍人」從小就在我的夢想中被驅除。

一九六六年春季，當學校展「南京大屠殺」的黑白照片之後，我們的導師，薛老師就教我們寫作文，寫「我的志願」。奇怪的是，我們所有的十四位男同學沒有一位的願望是當軍人，彷彿在我們稚幼的心靈底層，當軍人不是一件好差事。

照片展，軍人跟我們口述的是，日本帝國是壞蛋，國軍是好人。然是，擺在我們眼前的國軍卻是盜伐我們林木的始作俑者。其次，連寫自己名字都十分困難，更何況是一篇作文。

「我的志願」是什麼？我問自己，眼前是一片會流動的藍海，一塊塊翠綠的水芋梯田，還有無所事事的警員，以及只會抽打體罰我們，喜愛吃青蛙、鰻魚的老師們。因此，在我小三的時候，我的願望就是去海邊看部落勇士們獵的魚類，認識男人吃的魚、女性吃的魚，我對此事非常有興趣。

「卡斯，你的志願是什麼？」我問。

「我的志願是娶台灣姑娘。」他露出潔白的牙齒。

「卡斯，這不是志願啦！」

「我的志願反正就是娶台灣姑娘啊！」

「你那麼醜，台灣姑娘會愛你啊？而且，你又愛穿你祖母的內褲，唉呀你……。」

「那……你的志願是什麼？」卡斯問我。

「我沒有志願啦！」

我很希望自己長大以後，可以造船，可以釣鬼頭刀魚、捕飛魚，在海上漂過去漂過來，每天觀看被太陽曬黑的漁夫，在我心海一直盤旋著一個很本質的問題，與我同學們的想像比較，我屬於逆旅的反派想像，他們想的志願或是願望，如當老闆、當有錢人、當鄉長等等的，都不屬於我夢想的範圍圈，同學們試圖建構的是脫離本土本質的，疏離的初始想像，同時也在質疑自己朦朧的未來夢的圖像。

有一天的早上，學校教歷史的外省籍的老師，命令我們在新教室的走廊外邊排隊曬太陽，對我們說：

「各位同學，今天老師要告訴你們一件事……，這些畫在水泥柱上的歷史人物是，『我們』中華民族偉大的民族英雄，是他們打敗那些未開化的邊疆野蠻人……。」

這些畫像是由監獄裡三位犯人畫的，維妙維肖我不敢說，因沒親眼看過這些歷史偉人，但我們認爲畫得非常好。

「他們都是單眼皮，我們是雙眼皮，」卡斯問我。

「他們會游泳嗎？」米特又問我說。

「切格瓦，他們兩個跟你說什麼？，快說……」老師很用力地問我。

「卡斯說，英雄都是單眼皮，我們是雙眼皮，米特說，英雄會游泳嗎？」我聲音顫抖，結巴的據實地回覆老師。

「你們三個在那兒罰站，其他的進教室。」

是的，我們都是雙眼皮，也都自動會游泳，「我們」的意思是，把我們也當作是漢人，但我們不說華語；「英雄」，我們海上的英雄不殺人，我們的質疑是事實，學校老師強逼我們承認我們也是漢族，這是不通的，我們的語言與華語不通，這是事實。從這個事件，我三年級的時候，在學校開始質疑歷史裡的歷史絕對不是我們達悟人的歷史，內心裡開始質疑學校老師的信仰。米特、卡斯和我，我們會走路起就開始天天糾纏在一起，我的反應比他們慢。

今日回憶我們念小學的時光，我的記憶就如昨日的情境，非常清晰，我們的成長幾乎沒有現代化的汙染。佩服他們，是因爲我們是雙眼皮，「英雄」是單眼皮，是因爲我們會游泳，「英雄」會騎馬，不會游泳，他們有膽識質疑。於此，姑且不論當時戒嚴時期一元化的教學，對我個人來說，我在小三的時候，開始「迷惘」。我認爲，從漢族來看，對於過著漢人難以理解之生活或社會的地區或者他者，往往斷定爲不文明、不優雅而抹上十分不恰當的負面形象。不吃鰻魚、田蛙，就說我們是笨蛋，穿丁字褲就說我們是野蠻人，龍眼樹是我們的私有財，怎麼會是國家的呢？

我們三個在豔陽下罰站，原來我們觸犯了漢人一元化的史觀，穿丁字褲是「文明破壞者」，於是我的價值觀開始在迷惘裡堅強，但我卻不知如何是好。三年級下的飛魚季節的某天，島嶼非常悶熱，陽光彷彿可穿透水泥牆似的感覺，或許藍色海洋的流動，感動了學校裡的老師吧，老師報告說，下午不上課，也不勞動服務，我們全校師生去海邊游泳，同學們一聽到要去游泳，尖叫聲震破了門窗玻璃，如雷聲扯破天宇的感覺。

「老師下海游泳，下海游泳。」

「老師不會，老師不會……」

「我們教你，我們教你。」

「老師不會，老師不會……」

藍海的鼻息，海浪的情緒似乎就在我們體內的感覺，太陽把老師們的陽傘曬到融化掉，然而他們並沒有因爲如此而跟我們泡進海裡，反之，要我們幫他們在林投果樹叢清理空地，讓他們納涼。海是如此的藍，如此清澈，非常潔淨誘人，就在老師們的腳下，他們在林投果樹叢裡躲午後炙熱的陽光，我們卻游得非常高興，但是，當我們在學校時，老師們還是禁止我們去游泳，讓我們百思不得解。海就是我們生活的元素，學校卻要阻隔我們生活的美學，不會游泳的漢族認爲的「英雄」形象，卻強灌我們去認同，讓我們在學校迷思。幸運的是，我與米特、卡斯繼續在夜間游泳，繼續抓青蛙彌補老師的身體在孤島流失的營養。

然而，沒有改變的是，薛老師繼續念她的國語課文，繼續地在黑板寫大字要我們抄寫，如「復興中華文化」，而我最厭惡寫「華」字，感謝薛老師的是，她讓我學會寫我的漢姓名字。她也教我們美術課，但我很不理解她，她總是喜歡叫我們畫切片的「西瓜」，教室後邊，有很大一片布告欄是張貼佳作的同學畫作，卡斯的畫張貼的次數最頻繁，而我畫的從未張貼過。卡斯跟我說：「切格瓦，你沒有畫畫的頭腦。」那時，我也開始質疑自己的腦袋，學期結束，卡斯的成績比我好很多，第一次發覺自己對考試分數的在意，感覺小叔公詛咒我「不可以在漢人學校變得聰明」好像是真的。

卡斯在那一年的暑假跟我說：「切格瓦，我好像比你聰明喔！」弄得我整個暑假在他面前都很嘔氣。後來薛老師的先生，做了蘭嶼指揮部的指揮官之後，她就被抓走了，聽說，她是「匪諜」，「匪諜」是什麼意義，我們不理解，但我們知道，薛老師的人影忽然消失了。

四年級，從東清國校調來一位畢業於國立屏東師專，台東卑南族的原住民，是個嚴格的、最會體罰我們的老師，姓潘。

他是個教書十分認真的老師，體罰我們最厲害，也很重視我們的國文程度，然而開學的第二個星期，又叫我們寫作文「我的志願」。

「我的志願」，我再次地問自己的頭腦，「我的志願」是什麼？

後來，我們不知如何寫作文時，潘老師就命令我們用說的，成績好的男女同學都說，將來當老師。問到米特與卡斯時，聽在我耳裡，他們的志願轉型了，說是當軍人，爲何想當軍人，米特回道：

「有稻米可以吃！」

「有稻米可以吃？周朝成（卡斯瓦勒的漢名），爲何想當軍人？」他回道：「有米飯可以吃！」我們忽然哈哈大笑。

「同學們，他們的志願不是當軍人，而是吃稻米、吃米飯，米特吃沒有煮熟的米，朝成吃煮熟的米，所以他們的志願是『吃生米與熟米』，不是當軍人。」也許是生番與熟番吧，我想。

然而，「我的志願」是什麼呢？

當潘老師問到我時，我回道：「沒有志願。」我害羞害怕的神情，他立刻跳過，去問其他同學。

從那時候起，潘老師就教我與其他成績好的，每天晚上去他的宿舍聽他說章回小說，那就是講唐三藏的《西遊記》。我聽了一學期，一點興趣、一絲感受也沒有，反之，我小叔公說起抓魚、划船的經歷，我的耳朵立刻豎起來，立刻想把叔公的腦袋換成我的。他說的海浪就像我正在跳動的心脈，每句話如是我眼前的波濤，既具體又有起伏的畫面，於是感覺《西遊記》怪力亂神的劇情，沒有活力海洋的波動而離我的腦海波紋千億年的遙遠。

老師叫我努力地背課文，說，從中可以找到我的願望。老師宿舍就在新的天主堂的附近，我小妹子因爲她的往生，父親也在附近搭建了只有約是六坪大的茅草屋，只要天氣許可家裡都不缺魚吃。從小時候到小四，我的早餐就是地瓜、龍蝦、石斑魚，即使我就住在老師家的附近，我也擠不出我未來的志願，同時也怨恨每天每天聽到的孫悟空人不人的，鬼不鬼的，與邪魔打鬥劇情，贏方總是孫悟空，正如美國西部電影劇本，贏方都是「約翰・偉恩」，漢民族民間傳說的史觀植入我們心魂，覺得母親的鬼故事比較有趣。

又來到了我們飛魚漁撈的季節，我與卡斯、米特的情緒再次的被拉回到海邊，拉回到父祖輩們黝黑發亮的身影，他們划船的美麗神韻，海浪魅影的波動，如祖母不可切割的舌尖，清晨的海再次的再次的迷惑我們漸漸成長的身軀。米特忽然跟我們說，將來他想去大的機械船當釣魚好手。噢……。

我們走回學校，潘老師上課文裡的故事，是岳飛與秦檜，老師卻說，米特有秦檜的樣子，這使得他非常的難過，傷了他的尊嚴，於是脫離幫老師撿乾柴的勞役群，也不再抓田蛙給潘老師。

岳飛與秦檜的故事，我一直質疑善與惡是否有如此明確的界線，抑或是讓我們這些非漢族的島民孩童，從小就必須認可漢族英雄被美化的史觀呢？又，當我們考試，去塡一個空格，太陽「下山」是課文裡的正確答案，然而我們肉眼看見的太陽是「下海」，才是我們具體的正確答案，這是事實。除去幾個有看課文答對的同學外，我們認為的正確答案換來的是潘老師的毒打，感到非常的莫名奇怪，「下海」是負面的答案，這是教育部不敢挑戰蔣介石中原中心史觀的威權所致。我再次的質疑，學校課文的知識與我們的認知有非常大的落差，所有我在小四時念的全是「中國」、「中國」，我一上馴化我們的學校時，我開始迷惘，被規範的單一答案，是去邊緣化的環境觀，唯中原是也，漢族的標準是唯一正統的選項，於是學校老師教我們的，比例很大的「錯誤」是，轉換我們的海洋為中原陸地，是抹滅我們民族存在的教育制度，歸類我們為陸地生番，我問自己，太陽「下山」與「下海」都是正確答案，這是我一九七六年高中畢業，我拒絕保送，念師大的主因，我認為當時我的腦袋說，師專、師院、師大教學制度，目的就把山地山胞馴化為中原山胞，不念也罷。

一九六七年，蘭嶼開放觀光，那一年的暑假便有好幾批的救國團大學青年學生來蘭嶼舉辦「救國活動」，我們為了他們「救國活動」的偉大事業，當然也為了娛樂象徵殖民者威權的軍人，潘老師命令我們自編舞蹈，在浮雕著「養天地正氣，法古今完人」、蘭嶼指揮部中心的發號施令的司令台上，讓我們穿丁字褲表演，娛樂「青年救國團」、殖民者的軍人，以及盜伐我們林木的囚犯。

當時國民黨，在我們學校下方的蘭嶼鄉黨部業已組織了「山地青年文化服務隊」，我姐姐、哥哥他們，在浮雕「養天地正氣，法古今完人」、發號施令的司令台上，我們從小看他們的表演，以及六個部落的青年在十月份的舞蹈競賽，蘭嶼的「勇士舞」與「精神舞」就是在這個時期營造出來的特殊的舞蹈，娛樂殖民者，浮顯殖民者的統御權位。於是為了他者「救國團體」，我們這些穿丁字褲的小鬼非常賣力的編舞以及演出。每一梯次，我們要跳兩次，稱之「迎賓」與「歡送」晚會。當然，我們戮力的演出，也是極度巴望表演過後，我們可享用漢式和菜的消夜，填充我們肚皮內的飢餓，一個暑假有幾批的「救國活動」，我們就跳雙倍次數的舞，讓我們在暑假間歇性的飽足肚皮內部的儲藏室。我與卡斯、卡洛洛、米特，從四年級暑假跳到一九七一年，我們國中一年級的那年暑假。「救國青年學生」大我們約是八到十四歲，也就是說，是出生於一九四九年以前的台灣大學生。

一九六七的那一年，我的記憶是，我們後來都與大學生結交爲好朋友之後，那年有位政大畢業的學生，我記得他姓關，有一回他跟我們散步走去部落，他跟我說：

「世界很大，好好念書即可流浪到你想去的地方。」這句話影響我到現在。又跟我說：

「世界很大，別去做學校老師，這個工作從當老師的那一天起到退休，都教一樣的課本，你會變得沒有創意，腦袋遲鈍。」這句話也影響到我現在——明天的未來歲月。（此刻我正在聆聽，美國黑人歌手Albert King Lonesome的音樂合輯。）

我現在書寫到這一段，眼淚不由自主地流下真情，感激他的心痕淚語。

是的，我告訴自己說，當時，太陽「下海」「下山」都是正確的視覺答案，可是，地球科學的概念是，地球的自轉，自然科學裡的事實主義，其實太陽根本就不會自動「下海」「下山」的，原來我們都依據「自己」生存環境爲判準事物解釋事件的中心主體，也是防衛他者的中心主體。「下山」的答案，讓我求學期陷入迷思了。

潘老師很熱心的、很熱情的在課堂上，以師範生的視角不間斷的馴化我們說：

「將來你們要好好念『書』，觀光客就不會把你們看做是『野蠻人』。」

「野蠻人」似乎刻意的把我們推向成長的「自卑」導向，又是從自己成長的線性思維。我現在的解讀是，「野性野蠻人」的基礎是花很多的時間跟環境生態學習寧靜，雕琢多元的內涵，唾棄一元標準，然而真正的「野蠻人」是叫我們脫離野性的質樸的那些人。當我們在舞台上賣力演出，滿身大汗的下了台，潘老師不斷地爲我們喝采拍手，我們很怕他，他的藤鞭不離手。

「同學們，跳得好，跳得好！」他的父親是卑南族人，住台東卑南鄉的利嘉部落，很認真的原住民老師，他的母親是屏東恆春平埔族，可是他們都說閩南語。

爲何我們是野蠻民族，你們是文明人、文明社會，此時這個文明的意義，是否又是依據中心史觀的價值呢？

「迎賓（歡送）晚會」的節目輪到部落裡的青春少女歌唱，或者跳舞的時候，台灣移動來蘭嶼的那些不同身分階級的，承受諸多莫名因素、身心被「閩字」壓抑的野蠻身體的男性們，立刻暴跳，狂叫淒喊，哭喊淒音，哪股淒音是「閩字」在夜間激發台灣移動來蘭嶼的人，犯罪的、尙未被馴化的野蠻惡源。「唉！門裡的蟲。」「唉！門裡的蟲。」台灣人的口哨聲比噴射機的噪音上千倍吵，除去指揮部前的，我部落傳統墓地祖魂也被驚嚇外，我小叔公的太太，我的小祖母捏著我的耳根，說：

「切格瓦，我的孫子，回家的路黑黑的，帶祖母回家。」

當我回到舞台現場的時候，野蠻身體的男性們不分階級的還在哭喊淒叫，卡斯問我說：

「去哪裡？你。」

「揹我小祖母回家。」卡斯又笑到肚子痛。

「你的祖母有來看我們跳舞嗎?」

「沒有，還好她沒來。」卡斯還在笑。

「明天我們去抓田蛙，幫祖母買內褲，好嗎?」

「好。」

「切格瓦、米特，你們看這些台灣來的人，狂叫淒喊，看起來，他們好想把喉嚨當作陽具的感覺呢!」卡斯抱腹笑著說，「米特，你看你大嫂唱歌，她的手轉來轉去的，好像鰻魚在芋頭田游泳的樣子。」

米特斜眼看一看卡斯裝出來的滑稽樣，哈哈哈……唱著〈採檳榔〉，白色的襯衫，深藍色的裙子，還有一些十六七歲的少女跳著恰恰的舞群，狂叫淒喊，口哨聲，哇!我的島嶼第一次聽見如此「瘋狂」的慘叫聲，救國團裡的、被我們舞蹈迎賓的女大學生摀著耳朵，從乘坐登陸艇軍艦，頭昏的狀態忽然清醒了起來，真是「異國風情」的許多美麗想像，卻被同是台灣移動來蘭嶼的同類種族破壞了完全沒有光害的夜空氣質。

少女的歌唱，異族少女的恰恰舞結束的時候，此時犯人們的鰻魚蟲悲痛的進了門，用閩南語說「ㄐㄧㄣ ㄏㄨㄛ ㄎㄨㄚˇ（真好看）」，再次換成我們這些小學生，穿丁字褲跳舞的時候，夜空安靜了幾步路的時間，當我們「活蹦亂跳」，我們這群小男孩天生的、野性的、尚未完全馴化的美麗氣質，令台灣來的女大學生瞠目結舌，摀著想親我們身體的嘴唇，當我們結實的、如咖啡豆顏色的臀部朝向青春期、那些台灣來蘭嶼救國的女大學們的時候，她們肉眼生平第一回親眼目睹如此美而有力的臀部，她們即刻集體站立，雙手拍掌，張大嘴角，露出巴望想咬我們臀部的牙齒，她們尖叫了起來，眼淚流了出來，「I love you」，「I love you」（原來英文是這樣說的）樂壞了卡斯瓦勒的心魂，他用力地抖動他的雙臀，太結實了，以至於無法抖動，青春期末期的女大學生再次再次的尖叫了起來，清澈的聲音如是流動的潺潺溪水沁入我們心頭，與我們的汗水相融，「I love you」說時遲那時快，卡斯[40]立刻從舞台上高音貝喊叫，說「I love you」……。

下了舞台，我問卡斯瓦勒，「I love you是什麼？」

「就是我愛你啊！」

「我愛你！」哈哈哈……

結束了表演，「狂叫淒喊」的那群人，很準時的排列隊伍，讓班長點名，斯時蟲蟲進了門，在監獄裡自己的單人床上「閩想」。說「I love you」的那群青春已成熟的女大學生，她們還在原地輕鬆休息，等待心跳的激動歸於正常的脈動。這是我們這一班的人生第一次爲外來者的正式表演，正也開啓了我們這一班未來的多元戲劇人生，想像台灣的種種在我們藍色海洋的心魂已不再只是會游泳這件事了。

我們滿頭大汗地在舞台面海右邊的草地休息，已成熟的女大學生三五成群的走向我們，卡斯還在穿他祖母的花色內褲（救濟品，很多件），不過大腿上的橡皮圈被他取掉，乍看已像是正式的短褲。

40　卡斯四十歲時娶了台中姑娘，他們有一男一女的小孩，改名為夏曼・米伯拉德，釣魚達人。

Sya mayi sira.（她們正在走過來。）米特說。

我們三人走向建築物邊的水泥牆站立，不跟女同學混，我們看見屋內每個餐桌上點著煤油燈，軍官們的伙夫正在準備我們這些表演者「夜餐」。

「哇！好像很好吃，漢人的食物。」

「嗯！好像很好吃，可是我很飽呢！」我說。

「老師不是說，我們有夜餐嗎？」

「知道啊！可是我爸爸他們有抓到大魚啊！」

「你一定要假裝吃，我已準備了祖母的雨衣，」卡斯說。

「最少一個人三碗，放進雨衣裡，」米特接著說。

「我們早上的時候一起吃。」

「這個比較可愛，」三位女大學生走到我面前說：

「你叫什麼名字？」卡斯與米特雙手搗著想吃漢人食物的大牙齒，她們牽著我的手，扳開我纖細的手掌，說：「這些是糖果，給你的。」

「你叫什麼名字？」

「我的名字是，切格瓦。」

「漢名字呢？」

「江中真。」我輕聲害羞的說，他倆在旁哈哈大笑，露出想吃米飯的牙齒。

「江中真，」其中一位遞一張紙給我，「這是我們的名字，明天下午來找我們，好嗎？」

「好。」

「我的名字是，切格瓦。」「漢名字呢？」「江中真。」「我的名字是，切格瓦。」「漢名字呢？」「江中真。」米特與卡斯重複女大學生們跟我的對話，卡斯接著說；

「什麼呢？她們給你的。」

「Kasi（糖果）。」這是我人生他者送給我的第一個「禮物」。

「她們很白ㄏㄨㄛ！」卡斯露出嘻笑的、透露某種欲望的白齒，哈哈哈……

餐廳很暗，參與迎賓的除了我們這些四升五年級的學生外，還有山地文化青年服務隊，但沒邀請男青年，那些女青年是我們紅頭部落的女生，她們非常稀奇與漢族軍人對話，哪種刻意裝的，羞答答的做作樣，裝著是漂亮的姑娘，放射出被漢人注意的那種感覺，很讓米特不舒服，說很低等的行為。

「姑娘們，同學們，八人一桌，八人一桌。」

「大家開動，」副官發號說。

三年前的飛魚季，我們在山上與放牛長員一同近距離的，吃他們剩餘的食物，初嘗感覺雖然美，我們卻有「食物不完整感」。三年後的今夜，我們就可以吃四菜一湯的漢式菜餚，就是一尾魚，從完整的魚身開始吃。這是我這一班八男八女初始吃完整的魚身，在一九六七年七月的某夜開始，代價是，以丁字褲「迎賓」，對象是異族，「奇風異俗」於是像希臘神話傳說的信號引信被傳開。

我們三人，還有卡洛洛是同部落（米特於二〇一一年死於胃癌）的同學，四位是隔壁部落

（後來有兩位同學死於海裡，一位在台灣自殺）。我們四人很有默契地盡可能地吃菜，假裝吃一口就把米飯倒在我們跳舞服裝邊的雨衣。煤油燈微弱的暗黃光影，常常被無孔不入的風，吹得飄逸，讓我們的計畫很順利。

因為從大陸來台沒幾年而又被遣送到蘭嶼的那些老芋頭軍官們，正忙著與已成熟的小島姑娘說話，煤油燈微弱暗黃光影，常常被無孔不入的風，吹得飄逸，即使如此，我們四點零的眼力，如白天似的，依然清晰地可以看出那些老芋頭們露出想吃「人肉」的，牙周病嚴重讓牙齦縮短，讓牙齒加長的，長在嘴裡的牙齒。

我們部落為了驅除魔鬼在夜間隱捕熟睡的嬰孩的靈魂，而養了很多的狗，所以狗與狗在爭奪少許的食物的時候，露出獠牙以及狡猾的眼珠，我們也都看得十分清楚。我們偷倒米飯時，就是在看見他們露出牙齦時，最是他們監視我們最弱的分秒時，把熟米倒進卡斯的雨衣裡。那些老芋頭都還記憶猶新地唱〈小木馬〉，說小木馬唱〈小木馬〉這首歌唱得好耶，說小木馬已經與我們那位山東長官去了台東岩灣[41]。小木馬是我親姐姐，她在文化工作隊時的「藝名」。米特於是走向他未來的嫂子，唱〈採檳榔〉的那位姑娘，說：

yamiyan si kaka do pantaw.（我哥哥在外面等妳。）

「他是誰？」一位老芋頭假裝微笑的問。

「我弟弟。」

41　那年十二月我與父親乘坐十四小時的補給船到台東找姐姐，我小五，我這一班，我是第一個去台灣的人。

「他說什麼？」

「叫我不可以吃太多飯。」

「原來叫妳不可吃很多，我以爲在說我們的壞話。」

「不可能的啦！不可能的啦！」

我們吃飽飯時，卡斯便以跳舞服包住雨衣，男女同學十六人，還有班長一同走出籃球場邊的側門走路回家。這一餐是我們所有同學的這一生最完整的第一餐漢式和菜，彷彿每一個人在今夜，也爲我們這一生，賣力的跳舞演出迎賓的儀式，一種「奇風異俗」式的表演植入與我們民族完全不同文明的外來者的視覺觀，讓他們驚奇的表演，在晚會之後，我們開始彼此交流，是似迎還拒的複雜感受，大學生們都跟我們說，他們好像到國外的感覺，其實，我們的島嶼從中原中心論來說，從體質、語言、文化等等的，我們處境本來就是國家以外的島嶼，從那一夜也注定了殖民者的來臨必將帶給我們不安，不確定性的，逐漸遠離初始部落民社會的未來。

我們是怕鬼的民族，只要小孩生病，父母親往往都說成是魔鬼在作怪。那個時候，蘭嶼指揮部的前面的石子馬路已經造好了，我們的部落在蘭嶼指揮部面海的右邊，石子馬路邊犯人也做人工水池，養殖吳郭魚（台灣鯛魚）。從石子馬路到水池中央，他們建造了象徵擁護領導的，當時的蔣介石的水泥雕像，同時也是營區官兵晚餐後，閒談大陸各地家鄉事的劇場。

對於我們這些部落的小孩，蔣介石的水泥雕像就在我們傳統土葬親人的墓地後方，雕像面山背海，此也具體展現了漢族整體環境觀對海洋的不確定性律動的戒嚴心性的本能。此時我民族初始的另一個本能很自然地發生在我們這些十歲左右的小男孩身上，那就是我們讓女同學走在面山的路段，男孩們走在靠海邊這兒，所幸，卡斯回想他穿他祖母的內褲感想的笑話，讓我們降低了對惡靈的恐懼。當雕像在我們背面的時候，蘭嶼指揮部也在他們占據我們土地的邊界搭建了拱門，中間大馬路是軍營，犯人走的路，我們原住民則走邊邊的小路，每夜都有兩個軍人在拱門邊站哨。走過了拱門約莫還有兩百公尺的路程方可走到我們的部落，這段路是我們靈魂熟悉的環境空間，對惡靈與軍營的恐懼消除了，同學們自此各自藉著星光摸索回家的路，米特與我則與卡斯回到他祖母家的工作房。他的祖母睡在房屋後邊的爐灶邊的小木板，背向柴薪的餘炭側睡。

「亞格斯（祖母），給你你要吃的漢人米飯，」卡斯喚醒他的祖母說。

「怎麼會有？」

「我們給漢人跳舞換來的。」

「謝謝孫子們。」

「很好吃呵！那個漢人的飯呵！」卡斯躺在茅草上跟我們說。

「嗯，很好吃，地瓜、芋頭比較不好吃，」米特接著說。

「但我們的魚比較好吃啊！」我說。

「反正啦，那個漢人的飯比較好吃啦！」卡斯躺在茅草再次強調的說。

姥姥慢慢起身，把背靠在屋之樁柱，卡斯在爐灶裡再放幾根乾柴，姥姥被白內障占了大半的眼珠以手掌背擦拭其眼屎，然後再以手指捏一捏姑婆葉上的米粒塞進其沒剩幾顆牙齒的嘴裡，火勢被微風吹得旺了起來，屋內也變得光芒許多，姥姥仰著嘴塞米飯，平著頭咀嚼，我們趴著看姥姥吃，在飄逸的火舌下，我們與姥姥好像隔著影幕似的，既是事實，也像幻影，她吃多久，我們不知道，但飄逸的火舌讓我們睡在乾的茅草裡一覺到天明。

我們起身的第一件事，就是解開雨衣裡的米飯，「哇！都是螞蟻了。」卡斯說。此時，我立刻回家去拿鋁鍋，跑去水源取水，說：

「趕快把米放進鍋裡，螞蟻就會浮上來，再用柴火煮。」

「浮上來」某種難言的，似夢似真的，也近乎是幻覺的在我腦海孕育成蛹的夢。那一天的下午卡斯、米特和我一起會那些女大學生，但我們什麼都不說，我們也不太會說漢語，尤其是第一次遇見女大學生，沒什麼話好說，爾後我們離去，對於卡斯是某種難喻的失落。我們繼續到不同地方的水芋田去抓青蛙賣給漢人，賺我們的零用錢，爾後期待第七天的「歡送晚會」，再一次的吃個飽足。此期間，蘭嶼指揮部少了犯人，多了正常的漢人大學生，讓我們的部落在那年夏天多了許多男女大學生來部落巡禮，也是我們部落自一九四五年以來，來最多的、最正常的漢人的開始。他們對於我們居住在半地底傳統茅屋都感到非常的震驚，紛紛提出他們的困惑，我們當時不知如何回答的問題，女性們對我們男性穿丁字褲也感到迷惑，我們也不知如何回答是好。不過我們真的不知道台灣的男女大學生來蘭嶼做什麼？我們沒看過他們下海游泳，也沒聽過他們對於藍海的美麗想像的話語，夕陽是他們散步的時間，他們只停留在馬路邊觀賞我們在海裡忽隱忽現的身影。我們三人從海裡上了岸，坐在林投樹叢邊，幾位男女大學生走來跟我們寒暄，他們對我們咖啡色的肌膚、雙眼皮的眼睛非常的稀奇、喜歡，並說他們還不會游泳，卡斯卻說，下去就會游了，但終究他們鼓不起勇氣下去泡水游泳。「感覺好像出國。」女大學生們說。

「歡送晚會」之前，老師又叫我們自己再編舞，必須不同於「迎賓晚會」的舞步與歌聲，這難不倒我們，隨意的編舞，敷衍亂唱，畢竟我們的心裡想的就是要吃那一晚的晚餐。舞步與歌聲，還有丁字褲是容易的，困難接受的是，我們部落裡的那些青少年女孩，她們那種奉承獻媚給阿兵哥們的表情，很令我們噁心，幸好，我姐姐已經坐船到了台灣，讓我可以看不見姐姐獻殷勤給阿兵哥們的，想被漢人男人追求的低級表情，可是對於米特，他未來的嫂嫂在舞台上表演，那種低級殷勤的模樣，很令他無法承受。

部落青春期的少男少女，自從島上有了漢人之後，開始有了異質性的比較，包括我們說的語言、穿的衣服等等，遑論人體面容的俊美與醜陋的比較，是最常掛在嘴邊的話題。尤其對於卡斯瓦勒，細白膚色的女性，是他審美觀的第一要素。就說我們那一天，從海裡上岸，躲到林投樹叢裡納涼的時候，幾位穿短褲的女學生坐在他身邊時，除去他邪惡的眼珠的話，他潔白的、吃魚的牙齒一直合不攏，跟我們用達悟語，說：

Yama lavang o lapai da?

「很白呵，她們的大腿內側呵？」

大島與小島的相遇，漢人與達悟人的移動相遇，許多去「比較」的例子，開始困擾我們的思緒，混淆我們以海洋為主的價值判斷。「比較」對於我個人的想像，就像在那一天，卡斯想像白嫩細膚的同一天，一位姓關的，政大剛畢業的學生跟我說：

「世界很大，世界有許多數不清的島嶼，在海平線的那個盡頭！」

「海平線的那個盡頭！」我的夢想就在那一剎那被定格了，夢想追逐「比較」，是崇高與卑賤，是優質與劣質，是俊美與醜陋，是白與黑……，就在我的夢想被定格那一剎那，這些都不是我想追逐的答案，而是很模糊很模糊的，我們現在所說的「背包客」的職業。

米特也在那個時候跟我說他未來的夢想：「要去很多的島嶼流浪，跟很多的女人睡覺。」

「爲什麼要跟很多的女人睡覺？」我問。

「我的夢就是不要跟卡斯一樣啦！」

「歡送晚會」的那一夜，那三位女大學生抱著我說：

「切格瓦，希望你可以好好念書。」

「很好啊你，被抱！怎麼樣，感覺，你，」卡斯露出白牙問我。

「她們的身體都是香皂的味道。」

「哇……哇……香皂味呢！」米特、卡洛洛、我，都爲他癡迷的醜樣大笑。

「要好好念書哦！切格瓦。」

「要好好念書哦！切格瓦。」這句話讓我陷入迷惘。我的小叔公懇求我，不可以在漢人學校變聰明，外來的女學生是大學的畢業生，小叔公是野性海洋的大學生，我無法比較，只是我的感覺，「他們都是對，都是正確答案」。

從我現在的常識解析的話，應該可以這樣解釋：他們對我的鼓勵，就如太陽從東邊升起是正確的，是可以肯定的，相異的答案在於，女學生們的答案是，太陽下山，小叔公的是，太陽下海，這都是正確的，是從人作爲人所處的環境下的正確答案，是多元化的；然而，我們若是從地球「自轉」的科學面來論的話，他們是錯誤的；因爲太陽永遠就是在它的位置上，沒有下山，也沒有下海，最大的問題是出在，那位寫書的「漢人」，一個依據「中原」中心論者的大中國主義者，一個始終依據中國「史觀」爲世界史觀的中心者，這是極大的偏見，也是一山不容二虎的自大狂者，也害了我們同學結實的臀部，無辜的被老師鞭打，附帶說我們笨。（不會游泳才是最大笨蛋，我們說在內心裡。）

因爲這個太陽「下山」的一元答案，從我小學四年級起，就一直困擾著我，讓我十分排斥念師範系統的老師們的概念，或者說是大中國主義者，自我中心論者的人。

一九六七年到一九七〇年的整個暑假，我們班上的同學都在爲「救國團男女青年學生」跳我們這些山地同胞自編的「救國」舞蹈，我們不僅僅沒有「拯救國家」，我們反而被「整」，歸化爲生番山地同胞，邊疆民族，把劣質且不正常的老師、公務員、警員、犯人送來蘭嶼馴化我們，這個政策太不正常了。即使時光年輪到了一九八一年，台灣政府最不正常的政策依然沒有忘記我們的存在，把台電的核能廢料貯放在蘭嶼，我們家的隔壁。這個概念都是「太陽『下山』明早依舊爬上來，花兒謝了明天還是一樣的開」惹的禍。孰是孰非呢？我認爲，原來「中心」就是惹禍的源頭。

相似的中心概念惹的禍就是，歐美文明史的「中心」主義，一四九二年，哥倫布說是「發現新大陸」，這是人類文明史上最大的謬論，正常人的說法應該說是：美洲大陸「發現哥倫布」，其次是，麥哲倫之後的「地理大發現、大航海時代」這是什麼邏輯啊！

美洲大陸原來就在那兒，原來就有不同種族的原住民族世居於美洲大陸。大航海時代嗎？怎麼會是呢！難不成我們這些數不清的南島語族是上帝把我們分配到那些島嶼的民族嗎？當然不是，當然是我們南島民族的祖先在白人還沒有來之前，還不會航海之前，我們早已實現了民族依靠海洋移動的大航海時代，不是在麥哲倫一五二一年被關島查莫洛人發現之後的十六、十七、十八世紀才稱之「大航海時代」，這個史觀就是「中心」惹的禍，就是以「文字」強大自己的西方僞史，或是不包括邊疆民族史的中國史觀，霸權的具象就在字裡行間，「當自封文明遇見沒有文字文明的民族」的時候，所謂的「文明」在殖民時代盛行的時候，其實它的意義就是真實的「野蠻」。

一九七〇年，我小學畢業之後，我就自己開啓我「移動」的夢想，想要離開蘭嶼，幻想有人帶我去台東念書，尤其渴望跟山東人私奔的姐姐來接我，這種渴望是入學之後到小學畢業，我沒有改變過的願望，所以在我小六的時候，每當有船班從台灣來的時候，我就站在馬路邊伸頸仰頭的巴望姐姐的出現，直到我畢業，也是對姐姐失望的開始。然而，我是父親的獨生子，說我不可以再去漢人的學校念書；說，要跟父親學習傳統的工作，學習潛水、抓魚、造船、製陶、唱古調詩歌等等的；說，這些達悟民族的固有道統，他，父親會好好的訓練我的體能；說，小叔公會給我傳統的生活智慧。我哭了，我說，爸，我不要學習那些達悟固有的傳統，我不需要那些過我未來的歲月，爸，讓我去念蘭嶼國中，我有兩個同學，爸，你也認識他們，他們是他們父親的獨子，他們要去念蘭嶼國中，爲何只有我一個人要留在部落跟老人過生活呢？我哭了，一直哭著央求父親讓我念國中。

「好的，你可以去念國中，可是，不可以去台灣念書。」

「好的，我不去台灣念書。」

在我念國一上學期的時候，我收到了生平第一封用英文寫的住址信封，信的內容，我的記憶是這樣寫的：

「切格瓦，我想，你如果有念書的話，你現在是國一的學生，你要好好念漢人的書，然後去台灣考高中、考大學……你就會看見世界的大，你就會爲你民族做些事，我在美國念書……。你的大姐姐，寧海。」

當我收到這封信的時候，才恍然大悟，寧海小姐是想捏我們臀部的、來蘭嶼救國的三位女大學生之一，皮膚細嫩的那一位。哇！三年了，她沒有忘記我，我說在心裡。哇！她在美國念書。想回信，我卻不知如何寫信，也不知如何寫字，我抱著這封信睡了一個學期，直到母親用這封信的信紙捲菸蒂絲，捲菸抽，我也才恍然大悟，寫一封信是如此的困難。現在想起來，我原來真的不是漢族，而是海洋民族，與漢人史觀一絲連結都沒有的達悟民族。

「是的，我會好好念書，實現我想去南太平洋流浪的夢想。」

一九七三年，我國中畢業，可是我三年的總成績，在五十多位的同學，我還排不到前十名，但只有我是不用再加三十％山地生的總分數，就可以考上省立台東高中的蘭嶼小孩。然而，我的問題又來了，真的是好事多磨。就在我要離開蘭嶼，乘坐客貨輪去台東的那天早上，我的小叔公怒氣沖天的跟我父親說：

「你還是男人嗎？讓自己的獨子離開我們的祖島，你是怎麼思考的啊！」

「你的孫子，他就是不聽我們的勸說，我們說，台灣壞人很多……，他就是不聽，才驚動你老人家的。」

「切格瓦，你非得去台灣念書嗎？」小叔公訓斥我說，但我什麼都沒說，就逕自的走出家屋，往島上唯一的碼頭方向走。

「切格瓦，你要去哪裡？」大伯問，我哭著說：

「大伯，我的父母親、小叔公不讓我去台灣念書。」

「切格瓦，你不是說過，只念到國中嗎？為何又要去台灣呢？」

當我走到馬路，往椰油碼頭的方向走的時候，我流著腳底的淚，同時頭頂也在流淚水。上午的太陽正在爬升，是非常無情的熾熱晨光，我的夥伴們卡斯、米特、卡洛洛，他們都去了台東當水電工學徒。我們的班長，他就是唯一答對太陽「下山」的同學，他是第一名，名叫瑪烏麥，被保送到台東師範學院，他在馬路邊的船屋等我，一起走路[42]到椰油碼頭，要去台東念書的唯一同伴。

「我要離開蘭嶼！」「我要離開蘭嶼！」這句話我一直說在內心裡，在我們走路到椰油碼頭的時候。

忽然間，當我們走到我母親的部落時，瑪烏麥的雙親、我的父母親、我的大伯追上了我們。大伯對我說：

「切格瓦，你怎麼那麼不聽話呢？念台灣人的書那麼好嗎？」

「切格瓦，你要聽大伯的話，」媽媽一面擦拭她臉上的汗水，還有她眼角的淚水。

「切格瓦，你怎麼那麼不聽話呢？念台灣人的書那麼好嗎？」

42　一九八二年以前，島上還沒有環島公車，我部落最好的交通工具也只有腳踏車。

大伯再次的對我吼叫，在我們走路的時候。瑪烏麥與我一直望著夏季時的藍海，真的很藍的海。媽媽穿著我民族女性的傳統服飾，父親、大伯、瑪烏麥父親也同時穿著被柴薪燻黑、的傳統武士械鬥時的藤甲、藤盔，還有長柄刀形的的木器跟我們同行。

母親阻止我去台東念書的武器，只有眼淚，以及藍海的美麗，彼時我內心裡只有離開小島，離開小島的夢想，老人家們用盡對我的勸阻，說盡我們島嶼的美好，釣鬼頭刀魚十足勇士的故事，在我耳膜裡被當作是蜜蜂的語言，我只有一個念頭「我要離開蘭嶼」，「我要離開蘭嶼」。走了一小時的路程，我們一行人終於到了椰油碼頭。

椰油碼頭是極為簡易的新興港口，它的竣工，以及飛機場正式宣示蘭嶼島已不再是達悟人的祖島，它已成為名副其實的被殖民的島嶼了，外來物資的運送也向島嶼祖魂宣示，芋頭、地瓜、山藥將退為我民族的副食角色，而菸絲與酒精也將是腐化我民族海洋性格的主力凶手，這似乎是全世界所有島嶼民族，在港口竣工之後，我們共通的無法規避的，隨著文明進化的厄運與人為災難，在可預知的未來，我們將是它的子民，無需台灣的一槍一彈，我們就已俯首稱臣了。

碼頭邊貨輪的卸貨區占滿了外來物資，還有武裝勇士，武士們個個面容僵硬似是木偶般的握著驅除惡靈的長柄木刀，原初豐腴的社會已確定沒有回頭的旅程，接受外來物資如是不可抗拒的海嘯般的恐怖，島與民族將來勢必面對被文明統整的飢餓，是可預見的明天。

「切格瓦，你確定要遠離我們嗎？」媽媽紅著眼眶說，我不回應，怕自己洩了底線「嚎啕大哭」。父親、大伯用他們厚厚的划櫓槳的手掌，捏一捏我尚未結實的三頭肌，說：

Maka ciglang ka su katautau,icyakmei namen a manuk nu arayo[43] su panid.

「願你，我們的孩子，有個堅硬的肉體，好讓我們如鬼頭刀魚的雞的雙翼那樣堅實。」

「真的，你要去台灣嗎？」

「嗯……」

「怎麼不聽老人的話呢！」

「媽、爸、大伯，我要上船了。」我就這樣，不看親人一眼，我就上船了。

機械船，我們若從海底仰視，它就像怪物似的，攪亂海面浮游生物的流動洋流，困擾鯨豚的耳膜音頻，以及牠們交配的慾望。機械船，從台灣運腐食來蘭嶼，也搬運島嶼潔淨人的身心去台灣，就是我最凶悍的叔公，也阻擋不了貨輪的往返。我踏上輪船，夢想移動的開始，我揮揮我尚未結實的左手，卻揮不出開始思念親人的情愫。

「爸、媽，孩子如我只是短暫的移動，很快就會回來的。」我說在心裡。

客貨輪愈開愈遠，船尾的螺旋葉片因馬力的加速匯聚成如地下水奔湧的推進，把海面似是水藍的藍扭擰成S形的乳白色的航行水渠。船真的愈開愈遠，約是自己走路走一百步之後，母親的左手還在揮舞著白毛巾，她揮舞的動作像是失敗者，而我流個不停的淚痕也是個失敗者，因爲我們開始彼此思念。大伯、父親穿著傳統驅除惡靈的勇士藤裝，無法驅除我對「文明」追求的憧憬，也無法驅除我對丁字褲的憎惡與珍愛的心魂，我們因此在我搭上了機械船的同時，機械撕裂

43　鬼頭刀魚的雞，是指白鰭鰹鳥，在海上遇見群聚的鰹鳥時，表示海裡有很多浮游生物、很多掠食大魚。

了親情的思念情愫。這一班船，在一九七三年的八月二十六日從蘭嶼開往台東，九個小時之後，注定了我一生不斷移動漂泊的命格。

「Yama（爸）、Ina（媽）、Maran（大伯）、Yakai（叔公），你們知道嗎？孩子，我，也正在因思念你們而哭泣。」

那一天，我按著地址先向台東天主教培質院[44]報到，當時的鄭鴻生神父是大陸東北人，是我敬愛的長輩。當我報到之後，鄭神父很嚴肅地對我說：

「小鬼，好好念書，希望你成爲蘭嶼第一位『神父』，知道嗎？」

我當然不想知道，壓根兒就沒有想過當神父的夢，那一夜我哭得亂七八糟，哭腫了眼，但我在台東卻沒有任何地方可以躲開「神父」如海洋般大的夢魘。只好點頭示意。

三年，彷彿父親划了三槳的時間很快的就過去了，這三年我沒吃過一尾的飛魚，在二月到六月，我的心中忘不了熱騰騰的飛魚的影像，忘不了叔公、父親們，部落漁夫划船出海獵捕鬼頭刀魚、飛魚，如人間仙境般的記憶影像。一想到飛魚、浪人鰺、鬼頭刀魚等等的，我吃魚的嘴立刻溢出酸酸的口液。

鄭神父在籃球場邊的樹蔭下，面帶微笑的臉呼叫我，許多同學因「呼叫」而出教室的說：

44　培質院是一位瑞士籍神父為台東地區到台東市念台東高中的偏遠學生設立的寄宿學院，台東許多優秀人才都是從這兒培育出來的。

「切格瓦，神父叫你。」

「切格瓦，真有你的，恭喜你保送國立師範大學，你去念師大，神父就不勉強你去輔仁大學念神學，當修士。」

「謝謝神父的教誨，我不要念師大，也不要去輔大。」說時遲，那時快，神父的左手掌立刻重擊我的右半邊的臉頰，即刻地說：

「切格瓦，你先回蘭嶼，八月底報到前，神父等你。」

八月底，我與卡洛洛再次的坐九小時的船到台東，我的父母親、鄭神父給我的答案是：「沒有希望的孩子」。

我與卡洛洛坐上公路局的中興號，花了四小時才到高雄，再坐十二小時的普通火車到台北。台北火車站的清晨，出現了許多怪模怪樣的人，不是我想像的「優雅」的文明人，形貌泰半像是我島上的那些犯人的儀態[45]，與我原初的美好想像完全背離，我因而開始調適，轉型我的新興恐懼，開始設計自己不歸島的漫漫之路，也開始深深思念樸實的族人，自自己懂事以來一直處於

45　一九七六年蘭嶼的四所監獄尚未撤離，直到一九八〇年才撤走監獄的犯人，犯人闢建環島公路完成，台電準備設立核廢料專用碼頭，一九九二年輔導會蘭嶼指揮部、軍營完全撤離蘭嶼，給我們民族的交換代價是，當時台灣人所謂的，給蘭嶼的「德政」就是核電廠的核廢料。蘭嶼島轉型為「科技殖民島」，其命運如是許多的大洋洲環礁島嶼，從一九四七年起，為西方帝國之核子試爆島、高強度核廢料貯存島。筆者因為沒念師範大學，沒有教書，沒有被馴化為中原民族，所以筆者在一九八八年起義發動「驅除惡靈」一連串的運動，迄今，我稱之「海洋民族護島運動」。

被「優雅」的文明人欺壓汙辱的處境。從安洛米恩[46]的視野來論，這正是「劣質的正常人（統治者）」在國際政治舞台上，自始不改變其欺壓弱小民族的、低等的史觀伎倆，讓血壓正常的人感到極端厭惡的行爲。

一九八〇年考上我想念的私立大學，放榜的那一天夜晚，沒有人給我優雅的掌聲，給我放鞭炮恭喜，更沒有滿桌的佳餚爲我慶功，畢竟我的父母親不明白，何謂「榜上有名」，何謂「大學生」，而我從未跟我靈魂先前的肉體（指給我肉體的雙親）提起過我被保送，我考上大學的事情，也沒有跟鄭神父報備的說，我是好小子，不是沒有用的山地人。許多自己轉型過程中的辛酸、心酸往自己的心裡吞。

是的，那一夜我一個人坐在火柴盒國宅（傳統的茅草屋已在一九七一年被夷平），我家的屋頂上，望著算不完的天空的眼睛，看著數不清的海洋在夜間的海面鱗片，數著數著也就忘記了心酸與辛酸，但我感覺我好飢餓，好飢餓，不自覺中睡著了。

清晨，我模糊地聽到有一群孩童在歌唱，我好奇而起身，我站著一看，原來是我堂弟表弟，以及三位外甥，由我堂叔洛馬比克站著指揮，教他的眾晚輩唱著：

「太陽『下山』明朝依舊爬上來，花兒謝了明年還是一樣的開，別的哪呀喲……。」是嘛？

我問自己。

46 筆者於二〇〇九年出版的小說《老海人》小說集，其中之一的短篇小說〈安洛米恩的視界〉。

「切格瓦，你應該開始學習抓魚了，你已經是男人了，不要被爆炸[47]的太陽燃燒臀部[48]，」媽媽很想吃魚的嘴，她溫和的央求道。

一九八〇年的夏季，我的心魂開始被外祖父的藍海海面吸引，學習造船的技能，我也體會到開始被小叔公的海浪邀請，開始潛海抓魚。就這樣，島嶼的山林生態時序是我一生的指導教授，海洋是我心魂裡永恆的知識分子，方逐漸離棄自己兒時迷惘的思維，以及從自己出生的島嶼細心吸吮它的有機養分，朝著父祖輩們的樸實生活，在這個奇怪的社會，豐腴充實自己飛翔的羽翼。

47 我民族說日出，不是「爬上來」，而是「爆炸」（um dadaw）。

48 不可讓他人說你是個懶惰的男孩的意思。

第二章　放浪南太平洋

一 黑夜海洋的風聲

從那一天，我夢見我的親人起，每天的日子過得都很好，而且比我原先的想像計畫更是順利，那種夢中的幻覺彷彿是旅程順帆的未來預告，以及往生親人們的善靈，在我左右相伴的感覺。

一九八九年起，至二〇〇三年，與我兩位老人家共同生活，就說是十四年的光景吧。假如讓我回憶的話，在這兒，我的回憶意味著時空的穿梭，以及依據這一點做爲自己的反思的資本與修正自己的船舵方位；這就像你把薪水存在銀行、郵局一樣的行爲模式，當你沒有了生活費之後，就去銀行提領，金錢在這裡的實質意義，最起碼是可以讓自己的肚皮在冷漠的都會得到溫飽，可以買衣服禦寒、買雨衣防酸雨等等的，當然也保顧到了你作爲人，最基本的人格與自尊。我沿著這個線性來說，我說的「回憶」絕不是在懷舊、懷念；舊，意味著我過去的肉體在自己的部落旅行；念，意味著我過去的想像是被民族的傳統孕育，這個基本面，我與你們是相似的成長記憶。

在我十六歲以前的青少年歲月，是生活在「原初」的生態環境，沒有現代性的整體摻入的生活機能。父親跟我說民族的神話起源，媽媽跟我說擬人化的魔鬼故事。

布拉特先生與我同樣的寡言，對於自我放逐的我來說，也是某種程度的學習，在每天的早晨，在他家的二樓的迴廊喝咖啡時，回顧自己的過去，而他不刻意的找話題跟我對話，我也一樣的不說話來取悅他，只有完全的順其情緒的自然節奏，自然說話，那樣的表現，彼此生活模式的陌生，要表現得自然是很困難的，然而我們彼此都是寡言的人，也彼此都做到了賓主之間的理性與禮貌，那種直覺的感觸是美的。

在我表明我是海洋文學作家的時候，他也只說，作家是一種職業嘛？也是，也可以說，不是，至少「作家」在台灣的社會形象，或是位置，並非是一個受重視的職業、身分。這個職業跟他有關係？他不痛不癢的問，作家是做什麼的？不要說是在這樣的小島，即使在我住的小島，大家都彼此認識的同時，我的族人，打破甕底也不覺得作家是一種職業，也不在意，但我就是喜歡他人不在意的職業。其次，布拉特先生也不曾認真的敘述，他以前航海到莫里亞島（Moorea）的心境與過程，這個經歷我是有興趣聽的，但他也只是說，就這樣而已矣。只問過我說，蘭嶼像不像這兒有「環礁」（lagoon）？在蘭嶼沒有，我說。

望著環礁內外的海洋，這類環礁的景觀是南太平洋諸島非常普遍的地貌，庫克群島國的東邊法屬社會群島的許多島嶼，幾乎都是，這些島嶼的形貌，讓我很好奇，好像是我母親在我孩提時期形塑天神流下鼻涕，撲通的一聲，滴落在星球所造成的地景樣。

布拉特先生說：「從我回拉洛東咖島（Rarotonga）定居到一九九五年之前，幾乎每天晚上與幾位友人，在環礁內抓龍蝦、射魚，彼時魚蝦非常的豐富，所有的漁獲都與親友分享，那是我的興趣，從潛水裡得到生活的真實感。直到法國政府在一九九五年的十二月，也就是上一個世紀密特朗政府不顧國際輿論的撻伐，毅然的在法屬大溪地南方約是兩百海里的小島Moruruа島（穆魯羅阿環礁）上，進行核子的試爆。從那時候起，我就不再潛水，吃海鮮貝類。當時的輻射塵，說是東南東風飄到拉洛東咖島，也使得我們島民不再吃珊瑚礁底棲魚蝦。法國政府原先的計畫是，等北風吹起時，才試爆的，結果我們南半球這個區域一直沒吹北風，這或許是法國政府的疏忽，或者他們真的很顢頇，罔顧區域島民的生存，與生態循環的破壞，就試爆了。對於我們這些在國際政治、經濟舞台上弱勢的民族不知所措，我國政府似乎也在默認強國的顢頇，也沒有聯合國際環保團體、社團聯盟團結抵抗，這一點我很納悶庫克國的反應。

「其次，我已七十幾歲了，我國政府非常鼓勵我們的小孩出國念書，整體上我們學子的意願都不高，即使現在有高學歷的晚輩，也都移民至國外，所以庫克國整體性在國際上的競爭力是薄弱的。當初，我賺了很多很多的錢，我的夢想就是成立教育基金之類的團體，培育下一代，但我的前妻已捲款遊走他國。唉！這些白人真的愛錢，嫁給我們這些在地人，圖的只是性慾的滿足，而非膚色結盟的幸福。」

我個人對於布拉特先生過去希望成立「教育基金會」之類的夢想，在此我逆向贅言，他沒有實現願望的理由，那種行爲是不健康的想像，他是一九三二年生的，是一次與二次世界大戰之間，但他的民族、他的島嶼在一七六八年與詹姆斯・庫克船長相遇，之後就在西方人手掌中被管理，歷史上稱之「被殖民的開始」，歷史記憶的演進拐了非常大的彎度。但他卻刻意的忘記從他祖先傳下來的口述記憶，他只跟我說，留下來的人都不是很優秀的族人，當然他這個觀點似乎很耐人尋味，畢竟這裡的島民是南太平洋最偉大的航海民族，也是母系社會，男性出島另謀他路是可以理解的，其次島嶼很小，無論從大航海時期的西班牙到一次大戰後的英國殖民不是短的光景，出島到更大的島嶼紐西蘭，尋找個更佳的生活環境一直是人類移動最大的動機。

布拉特先生，他成長間的夾縫記憶是許多島民，也包括蘭嶼島在內的歷史紀錄，是他者文字、文化的書寫，就是他者的觀點，此期間的歷史演進，對島嶼民族而言，那個過程近似神話般的幻覺記憶。

二次戰後的國際政治、經濟的狀態，除去美國、蘇聯之間的冷戰，西方各國都在重整內需，當時的庫克群島國，雖為英國殖民，但是許多的島民正處於後傳統的認知困境（假設他們還有傳統文化祭儀的話），以及對現代化的茫然，對於現代性知識經濟的追求與渴望是強烈的，但是經濟資金基礎是脆弱的。布拉特先生沒有機會接受正規的英式教育，而有這樣的夢想，及其自身民族未來發展的危機意識，是難能可貴的心理素養。就是我們台灣一般閩南人，那個時代出生的人，也沒有多少個知識分子有這樣的線性思維，甭說台灣泛原住民族，當時有類似的夢想，似乎是力不從心，就說現在，我們也尚未發現有哪位原住民成功的企業家、政客設立人才培育基金之類的社團。現代化、現代性快速產生的複雜網絡，個體欲望的追求為最高的座標，而原住民族社會內在的變異，唯有自求多福，所有的知識性的論述，也只是聊表知識分子關心原住民事務的脆弱策略，只能借用他者的知識論，把第三人稱研究者轉化為第一人稱的原住民，而了無知識論的創意，我如此的觀點，或云淺述，固然有些片面的偏見嫌疑，但是內行人是理解我的說法的。當然，淺言之，台灣原住民族在歷史的展演遇上漢民族，可以歸類為是世界其他弱勢民族遇見殖民者時，正在驗證的相遇成果舞台，是「悲劇到滅絕」的冷海洋流。畢竟觀察之，整體漢民族在二次戰後迄今的「民族（主）政治的素養質感」，我的感覺是層次不高，「民族事務」的制度協商，脫離不掉中國歷史上的懷柔策略，以及同化為「單一」民族的不變手段，以及閩南式的、排他性強烈的「民粹主張」，尤其戰後，所謂的省政府的「山地保留地」是保留給掮客與政客共贏的詐取條文，由上而下的行政命令，至於原住民政客的舞台表現，往往是隨波逐流，數盤散沙，相互瞧不起，也崇尚個人政治位階的魅力展示，卻不自覺於泛原住民族整合的願望，這是國民政府的山胞養成教育政策，如醫學院、師範系統培育出來的原住民族的政客，我稱之民族自決意識最爲脆弱的龐大群族，現階段懷柔政策下的品質不良產品。

我的房東布拉特先生，他的夢想雖然在他這個世代很難實現，但我敬重他的思維，對自身民族未來的憂患，看來弱勢民族的翻身，不是手掌手背的翻轉那樣的容易，但容易爲主流他者的標準是比吹牛來得更爲簡單。

在一九九六年的歲末，我曾參與國際反核團體在大溪地的Moorea（莫里亞島）舉辦的「西元二〇〇〇年廢除第一世界運儲核武、核廢至第三世界」爲主旨的活動，這就是法國政府在Moruruа島核子試爆之後，泛玻里尼西亞語系的知識島民，及國際反核團體聯合聲明；阻止第一世界強國（一九四七年十月美國在比基尼環礁率先進行核子試爆），在中、南太平洋的核子試爆，以及核廢料、除役的核武器（美國在菲國北方的某個小島儲放）的運輸。對於一次大戰後，分割中西太平洋諸多島嶼的殖民國，如英國、德國、法國、美國等，他們並沒有與那些島民有多大的歷史上的深仇大恨，而是西方帝國，在大航海時代擴大其版圖，在二十世紀欺壓的實例的內涵裡，合法化其自身核子試爆，說是爲了對抗當時以蘇聯爲首的共產集團，其破壞人類追求和平真理的本質，所做的試爆。對於那些國家，遇見沒有文字、沒有「國家」意識的純樸島民，他們搗著大嘴狂笑說，這是「上帝」義務給他們的牲禮祭品。因此正當化自己的便利行爲，合法化中、南太平洋環礁低島爲核爆場域，是維繫世界和平的作爲，是科學家、政治掮客的試驗場；然而，我們這些文明化末梢的島民，難道「相遇」的結論是，國際政治棋盤上的兵卒，是給西方人的「上帝」原初選擇的牲禮祭品嗎？當然不是，真實的上帝當然會說No，但祂眾多的使者，泰半是猶大的化身，會說Yeap。

以上我所說的，無論你的回答是如何的多元、如何的美麗，核爆所造成的事實是，濃縮了我們住的星球的壽命，拳頭大的人，可以爲所欲爲的，只要他高興，沒有什麼不可以。相似的推論是，台灣民主政治的演進，也只給原住民族一滴一滴的化妝水，如，從新竹竹東到五峰鄉桃山村的柏油路的工程花二十五年才完成，如，蘭嶼中橫公路的修繕，是核廢料儲存場給蘭嶼島的善意，好像所謂的「開發」是不應該似的，這種你是優等民族，我是低等族類的騙術舉世皆然（哥倫布發現美洲大陸的慶祝活動尤爲突出），補一補受了傷害的外表妝，此等補妝的結論就是漢族政府一貫包裝的德政說詞，不是我們沒有做，我們一直都很努力的做。一九八四年的夏季，李登輝先生把「山胞」換成「原住民」也都刻意的拒絕加上「族」（Nation），即便李先生願意加上「族」此字在民主政治學上的真諦，事實上，台灣的立法院那些眾多的民粹分子、投機政客是不願意的，不願釋放「族」（Nation）在政治上的實質意義，而專家學者還提出諫言的說，統稱「土著族」，這個議題都已證實了狹義「閩式」、「中式」的菁英民粹說，其聯合的嘴臉是，黃種人眼裡也有黑色的皮膚。

假如在台灣的朋友們，如果少數的人不健忘的話（多數的漢族可以刻意的不知道，也包含當時多數的達悟人），一九八八年二月二十日，蘭嶼「驅除惡靈」[1]運動，兩位核心分子，除去說成爲分離分子外，說是蘭嶼的「垃圾」，這個意義很簡單，就是不符合當權者所需的幫凶元素，其最美的謊言把蘭嶼說成，「符合國際選擇核廢場址的標準，也符合國家經濟投資的效益」。當時的台灣沒有一位替我們聲張正義的學者，以及半位的立委，這個行爲是借了「上帝」的嘴說話，也借了惡靈的手握著劍，原初選擇蘭嶼做爲台灣發展核能電廠的牲禮祭品！同時修修馬路補妝，修補蘭嶼中橫公路，補德政的僞妝，這是我們達悟人「文明化」淺薄，現代性知識的薄弱，政治實力零分的證據，如同南太平洋諸島成爲西方強權核爆場域，等同的民族命運之大劫難。

「也許，也有很多善良的白人女性，只是你遇見的前妻，是從小就習慣生活在物欲的世界！」我如此的問布拉特先生。

「當然，還是有很多善良的白人女性，我遇見的那一位，是我的不幸。」

他的語氣似乎在保留白人女性在他心中的負面形象，我感受得到他臉上些些的蒼涼。環礁的內海，幾乎都是平靜的海浪，對於喜愛浮潛的遊客，這種地方是最安全的，然而，若是從台灣過去，機票費用頗高；在法屬大溪地的Moorea（莫里亞島）的環礁內海，一些日本人、法國人投資的高級飯店的建築物，由陸地延伸到海面，男女裸泳很頻繁，也十分的自然，相對於庫克國的島民，遊客反而較爲保守，也或許是，我去的時間是聖誕節過後，遊客並不多的緣故吧！我想，

---

1 意指，達悟民族史上，對抗異族儲放核廢料的運動。

住在緯度比較高的歐美人，因爲氣候長期的酷寒，陽光不足，於是，氣候只要放晴，身體的自然反應是需求日光的直射，白色的肉體在陽光下曝曬，皮膚需求陽光自然有其合理性的；也如我達悟民族，因爲無法研發編織大塊的苧麻原料，男女裸著上身的自然性，有其環境背景的緣故。

布拉特家的院子就在白色沙灘的上方，我出去浮潛非常的便利，我在蘭嶼潛水射魚所遇見的魚，幾乎與拉洛東咖島完全相同，而且環礁內的深度也不深，如果我有攜帶我的魚槍的話，要吃幾尾就射幾尾，在這兒是容易辦到的，這樣的環境，彼時多少可以降緩我思念親人往生的傷感，但是，不一定全然療癒思念親人的想像，無論是何人，相信有許多人與我的感受是相似的。

其次，我與布拉特兩人經常在午後的三點左右，在他沙灘上的院子喝酒、閒談，日子過得算是很愜意。

是的，從哥倫布（Columbus）一四九二年被美洲大陸發現，麥哲倫（Magellan）一五一九年繞過南美洲南端的哈恩角後，被東西太平洋發現之後，稱之地理大發現，也是「大航海時代」。從那時候起的兩個世紀，眾多島嶼紛紛被列強帝國分割統轄，並賦予西方人認知的地名，原來的人間天堂，被轉換爲他者的天堂，許多的事件，以及二次戰後殖民者的惡劣行爲，在此我無意贅言，但就布拉特先生過去目睹的經驗，發生在這兒的漁撈海事，也與我們在蘭嶼例子一樣，他說：

「二次戰後的十幾年後，約是一九六幾年左右，澳洲、紐西蘭來的大型漁船，在庫克南北群島的海域，抑或整個環太平洋海域，漁業船拋下大型的海底拖曳網[2]（bottom trawl），起初的漁獲量極端的驚人，樂壞了船員，樂透了船主，我一位親弟弟就是當時其中之一的船員，賺了錢之後，移民澳洲的達爾文港。那樣的盛況，在十多年之後不再，然而海底環境生態的破壞，已是難以再生循環的環境，於是我們這兒就這樣無預警的，魚類急速減少，珊瑚礁的再生無望，或是政府的復育政策的緩不濟急。我們對於國外獵魚的船隊，我們當地人似乎沒有對策，如此小的島群，弱勢的島民就這樣眼睜睜的看他者從我們的國度，不花一分錢的搜刮我們原初的資源，且不負破壞環境的任何費用，他們捕魚的漁具先進，也是加速魚類枯竭的主凶，我們現在擁有的財富，只剩下『默認』。」

我默默的聽，心血裡卻是膨脹的無奈。

我一九八九年從台灣回蘭嶼定居，在一九九一年夏季的某天午後，我在核廢料廠附近潛水抓魚，我在海底忽然聽見一聲巨響，身體也瞬間的感應到有被震動的震波，我浮出海面察看，除了正在船釣的傳統拼板船外，沒有其他台灣來的漁船在捕魚，可是我知道漁船就在這附近，我游回岸上，騎車到另一邊查看，果然有一艘漁船也在我個人經常浮潛的地方逗留。我走了一段礁岩路，再下海潛水的時候，深度約是二十公尺的海底有兩個人正在撿起被火藥炸昏的魚，如花尾

2 海底拖曳網是漁船網盡海底魚類使用的現代漁具，長短大小視船型的大小定之，這種捕魚法為二次戰後極為盛行的，也是對海底整體性的生態循環最具破壞力的，二十世紀末已為環保團體列為禁產的項目。

魚、黃尾冬、鸚哥魚、胡椒鯛魚、笛鯛魚、洋魚等等的放進大型網袋。這些行爲惡劣的船隻來蘭嶼炸魚，他們只管自己豐收的多寡，一絲在意生態環境破滅的良心是沒有的，這些炸魚的行爲，島上的人即便知道他們違法，我們卻沒有對策，任外來者遮天的獵奪原初豐腴的魚類生態資源。

假如以我們島嶼環境權來思維，蘭嶼的人維護自己的生態資源永續權，是理所當然的職責，而我們所應用的方法，僅是使用最簡易的獵魚工具來維繫我們生活的基本需求，原則上，使用的工具是可以做到使魚類永續的，加上我們達悟人的傳統漁獵的知識文化，以及「吃魚」的習慣法[3]，就是二月至六月只可以捕撈洄游的飛魚，禁止獵捕珊瑚礁的底棲魚類，當飛魚海上漁撈季節結束時的七月份，才可以抓淺海、深海的底棲魚類，其基礎就是延續魚類生態的循環永續。

問題出在，台灣來的漁船，其炸魚漁撈的行爲，是利用最短的時間與最省的人力「趕緊捕光」魚類，趕緊賺更多的錢，償還漁船的借貸，最終目的是「管他明天有沒有魚」的侵略行爲、短視概念，此等概念普遍蔓延於全球漁民，成爲他們的行爲模式。至於，台灣的漁業法基本精神[4]是非常好的，可是與海洋生態永續的實踐距離，比上帝還遙遠；海洋政策的執行力、行政績效，海洋環境的維護，包含海洋科學研究的投資，在我們台灣一直是最脆弱的一個死角，也是無人聞問的環節，這一點，是住在台灣的人普遍所知道的事實。

當兩位潛水夫撿完了在海底被炸的魚類之後，他們便在外海下錨休憩喘息，等待第二波的炸

---

3 男性吃的魚，女性吃的魚。

4 參考農委會漁業署，漁業法。

魚，台灣漁船如此大剌剌的炸魚行徑，在蘭嶼行之有年。我個人徒手潛水射魚的漁獲量，一天估算起來，約是十公斤左右，我們要的不多，固然是我們在地的獵魚工具的簡陋有直接的關係，重要的是，我們迄今一直保有「生態循環」的孳息信仰。

漁船的往返台灣與蘭嶼，他們不需要在蘭嶼的碼頭登記出入境、漁獲量，以及魚類類別的報備，每來一趟，就破壞數次的海底環境，達悟人束手無策。就是到了今天，二〇一〇年的年底，我依然如往日的去潛水抓魚，我察看約是兩百公尺長，三至十八公尺寬的珊瑚礁盤，珊瑚幼蟲幾乎沒有了孳息的機會，這是炸魚與使用氫酸鉀之故，而珊瑚草銳減也使得熱帶魚類在食物的短缺之下，即游牧移民到其他沒有被破壞的海域，我衷心的希望牠們可以找到潔淨的棲息海床。

布拉特與我沉靜的望海，他雖然沒有來過我世居的島嶼，然而在我們每天早晨喝咖啡，聊聊天，發覺我們身處的海洋生態環境的命運是相似的，庫克島民的樸實宛若蘭嶼達悟人，常常在樹蔭下納涼，談論各自所熟悉的世界，這樣的對話通常不會爲這個星球帶來災難，但往往會對主流群體有很多的抱怨，如抱怨物價的上揚、汽油的漲價、工作機會少、工資十年都沒有增加等等的，你的身分若是原住民的話，且是被當權族群摸摸頭的話，你將會認爲，我們說的所有全是荒謬之談話。我到了午後的四時許，我便把布拉特先生的割草機拖出來，切割兩道草之後，我們就坐下來喝下午酒。

「這幾天你在忙什麼？」

「Avarua港出現台灣來的船，還有一些大陸漁工。」我說。

「哦！那不是你正要找的人嗎？」

「正是，這是我的幸運，從作家的角度來說的話。」

「台灣的政府關心漁民嗎？」

「我不知道是否是，但船公司比較關心漁獲量的總噸數！台灣已經沒有漁民了。只剩下船長。」

說到這兒，我忽然意識到自己有被遺棄的感覺，是被家人認爲自己在家裡是多餘的個體，就像陳船長休假時待在家裡的無力感，對於陸地上所發生的任何事件，他幾乎沒有新知識的認知，除去海洋、魚類、漁獲等的也是陸地上的人最爲欠缺的常識外，他幾乎感覺自己在家裡的時候，像是懸在半空中的形體，其次所有有形的家屋財產已給了以前的家人，海上漂泊掙錢四十餘年換取的是沒有了床位，是一夕轉爲空的荒謬人生。

有時想到陳船長，他的感嘆、他的喜悅都圍繞在漁獲量的總噸數，也總是說，他在馬路上走路很不安全，陸地會搖晃；此刻，也面對布拉特先生，除了割草、上上銀行看存款簿，到頭來卻是孑然一身，前半生的努力，是爲別人服務，爲前妻設想，累積後半生的幸福生活，卻都落了空。我在拉洛東咖島，是隻影孤魂的旅人，卻備受他們的照顧，想一想，這個偶遇的情緣，是否是我夢裡的親人牽的福緣呢！假若答案是「是」的話，那我就相信「黑夜海洋的風聲」是我祖靈漫遊世界庇祐族裔的傳說，當然，我就捨棄佛洛伊德的「夢的解析」的閱讀了，歐陸人此類知識的解析，並不等於，或者適用於其他民族的解釋，尤其是如我達悟人之亡魂喜歡潛游於水世界，況且，鬼魂說的語言絕對不只有德語一種，關於這句話，是我一位美籍匈裔的朋友，在美國喬治亞大學教語言人類學的教授跟我說的。

關於「黑夜海洋的風聲」不是我自創的語彙，這句是達悟語的演繹；我在一九九一年回小島開始定居的時候，在飛魚汛期的第一個月，約是西洋曆的二月，我與我家族的男性在夜間划著十人拼板大船出海，這個月使用漁撈的漁具是一支長柄的掬網，以及風乾的蘆葦當火把照明，第一批洄游到蘭嶼的飛魚群，我們稱之meilak so panid（銀色翅膀的飛魚），簡單的漁具，漁獲自然的就少，對我，以及大我一兩歲的兩位堂哥，我們都是初次參與夜航獵魚的傳統生計活動，在這裡我不談我們初次參與出海划船的過程中，我們三位體能的弱化，以及傳統知識的退化，「黑夜海洋的風聲」的重點是，長輩們在海上說的語言稱之風的語言，例如，當舵手燃起火把照明黑色的海，如果有飛魚的話，說的語言就是alaka[5] mo katowan，而非一般我們口語說的yamyan（有飛魚），右邊來的飛魚，說alaka do kawanan（風吹向右邊的人），若問飛魚尾數多少，要說「心安理得」的尾數，其次，氣象若是轉惡必須返航，要說「家裡的小孩在鬧脾氣」等等的，而禁止說「我們回家」此類的直述句，許多的語言，長輩們在黑夜海洋上的對話，當時我完全聽不懂，初次夜航的男人聽不懂，表示「惡靈」也聽不懂，簡單的說，「惡靈」聽得懂人說的話，它們會把魚群驅趕得遠離船身，讓你空船回航；所以重點是，在海上說「惡靈」聽不懂的人話，就是善魂聽得懂的語言，這就是「黑夜海洋的風聲」的意義。

布拉特先生是英化很深的玻里尼西亞人，雖然是七十幾歲的人，但他的母語說得不好，在我

5 Alaka，飛魚在海上的專用名字，指生命力旺盛的活飛魚，而非alibangbang的泛稱。

不是刻意的問起他航海的經驗與知識的時候，似乎他們民族航海人的用語，或是我想理解的海上信仰，他已經沒有了那類的歷史記憶。

對於陳船長，他的船長室的左邊門緣上掛著很大的匾額，題的四字是「滿載而歸」，載字邊加了人字部，換言之，漁獲要裝滿魚艙，同時人要平安歸來之意，而左邊正是漁工下鉤起鉤的線邊，漁獲的不確定性如海洋的習性難捉摸，然而，對討海人的最終結果論就是「歸」，回到原來出發的「家」方有「滿」。兩個字的中間是討海人的心血寫照，這是陳船長的精闢詮釋。

其次，陳船長的床邊擺著厚厚的金銀冥紙，他說；

「地球有三大洋，以及數不清的╳╳海，亙古以來海洋上的亡魂比魚鱗鱗片還多，區域性的亡魂聞得出討海人的味道，船難的悲劇發生與惡靈有直接的關聯；在汪洋大海上偶遇浮屍，那位亡魂的國度就是完整的海洋，無論是何種膚色的浮屍，你非得跟他說話，不管你說哪一方的語言，它知道你在說什麼！海洋的風吹的陰氣深的時候，單船孤影在浩瀚的大海，那種孤立的恐懼若是再被八方的烏雲包裹在內，我會感應到海洋上有惡靈的存在，這是海人專業的敏感度，那不是幻覺，是理性的直覺，這些台灣製的金銀冥紙，就是必須給它們的『過海費』，台灣的漁撈船隊是國際上公認最會抓魚的群組，冥紙等同於陽間的美金，在冥界的市場流通盛行。」

其實在那陌生的島國，偶遇布拉特、陳船長，以及那些大陸來的小男孩，在我個人旅行的命格裡，顯然有許多事是我不可預期的。嚴格說來，我特別的喜歡、關注在區域生態的努力生存的少數群族、社會的邊緣人，他們的一言一行牽動著我的心脈。我與他們非親非故的，他們都同時與我建立很美的友誼，這個感想也是沒有預期到的。陳船長的一番話語，我感受到自己懸在被遺棄與被撿起來的漂浮幻覺，那種幻覺是隻影的旅人到陌生的國度常出現的潛在意識，而黑夜海洋的風聲，宛如是自己沉思的源頭，讓我在異國旅遊很自在。

「拉洛東咖島的一月份，也是南太平洋的夏季，氣候暖和，風向一直吹的風是信風，就是東風，這使得我們島上的椰子樹都往西傾斜，這是氣候穩定的證據，玻里尼西亞人的祖先早年就依賴這樣的風向往西航海，據說海豚是我們祖先的嚮導，後來發現紐西蘭島，就這樣拉洛東咖島島民部分移居紐西蘭島，就是現在的毛利人（Maori），就是這個因素。」布拉特說。

「你這幾天都去哪裡？」

「在阿伐洛阿（Avarua）港觀賞台灣漁船卸下漁獲。」

「有台灣來的船嗎？」

「有碼頭的地方，就有台灣的漁船。」

「真的嗎？」

「有碼頭就有船長是真實的。否則，就是幽靈船（ghost ship），」他微笑的說。

二　拉洛東咖島的相遇

在拉洛東咖島的第三天，布拉特先生開車帶我環島，熟悉拉洛東咖島的環境之後，我有一天騎著布拉特先生的機車，這種機車是日本製造的，光陽九十西西的打檔機車，自己環島一周。這不是作爲異鄉人心中持有觀光客的好奇心態，而是從小被父祖輩們教育，耳濡目然所養成的某種程度的儀式，說是讓我自己肩上的靈魂[6]認識這個島嶼的移動靈魂，這是我自己的習慣，無關於靈異學說。

阿伐洛阿（Avarua）是庫克國在拉洛東咖島最繁榮的城鎮，但不是我們一般認識的大都會的形貌，它只是一般的小鎮，但城市的商業內臟的機制是完整的，如銀行、電信、電廠、超市、市集、餐廳、市街禮品店、醫院，書局等等，樣樣都有。我環島觀察確實比蘭嶼島現代化許多，是一個小而美的地方，環境景觀也比較乾淨。拉洛東咖島嶼的面積跟蘭嶼差不多大，聚落比較散，可墾的平地比蘭嶼大，但水資源如溪流比蘭嶼少且小，在這兒的島民吃的芋頭種類與蘭嶼完全相似。但是物價比較高，許多島民因而自己栽種蔬菜，減少對外來物資的依賴，教育程度平平（英國制度），如我島上的族人不喜歡念書，我的觀察也如同我島上的情況，問題在於經濟，一般人收入的高低，其笑容的多寡完全表現在臉上表情，島民熱情，不聒噪，男人與女人都比達悟人英俊、美麗大方，是母系社會，他們傳統觀念的偉人就是航海家。

庫克群島國在一九六五年前由英國殖民的紐西蘭政府管轄，之後成立半自治政府，國防與外交仍掌控於紐西蘭政府。島民屬於玻里尼西亞人，說著Maori（毛利語），可以在紐西蘭、澳洲自由進出，也享有一般的公民權，北方群島的Pukapuka島民比較接近薩摩亞人（Samoans），所以庫克國移出的國民比常駐於群島內的族人還多。庫克群島國分南北群島，約一萬五千的人口，

6　達悟人肩上的靈魂是指，經常游移的魂。說一個人變成精神病，是指肩上的魂忘了回家歸位。

移民國外約是五萬人以上。

庫克國除了擁有自己的傳統宗教外，二次戰後基督教成爲主流，百分之七十的人虔誠信奉，國內的政客如是，掌控其國內的政治實體；少數的宗教有天主教，以及摩門教（Mormons）的安息日教派。我的房東布拉特先生與我相似，天空與海洋是我們的教堂，傾向傳統的多神論者（animatism or preanimism），被基督徒稱之nomadic soul（遊魂），我戲稱之亂叫（教）。

阿伐洛阿城的商業中心前，有一座尚未完全建設好的碼頭，它的右邊是紐西蘭航運貨船的卸貨區，左邊的一個停泊區是當地人小型機動船、或是富商遊艇的專用碼頭，商業中心的正前方是遠洋船的卸魚專用區。

二〇〇五年一月十幾號的某天正午，我騎著機車經過碼頭邊的小路，在一家外表設計尚可的咖啡店喝杯咖啡，卸魚區有兩艘約是五十噸的近洋漁船，靜靜的泊在碼頭邊。跟店長哈拉一段時間之後，我問她說：

「這兒有台灣的漁船嗎？」

「有，一艘剛出港，一艘剛進港，」她即刻對我笑著說。

「你怎麼知道？」我問，她的手指指向角落：

「她是我妹妹，在台灣的漁業加工廠上班。」

「兩點鐘，那艘船就要卸漁獲。」

「你不像漢人。」

「我不是，我是台灣的原住民。」

「我猜也是，你比較像我們玻里尼西亞人。」誰像誰，這類的語氣，無意之中往往暴露了主客移位的視野，無論人類學家、考古學家的論述說，馬達加斯加島（Madagascar）為南島語族的發源地，他們的始祖向太陽升起的海洋移動，若是真的話，大洋洲的島民是台灣原住民族的「後裔」，所以誰像誰？是單純的相貌而已，然而我們的語言也確實有相似之處；我要說的是，中國政府不離舌尖說我們台灣的原住民族與大陸少數民族是同根源，卻不把大洋洲諸多島民也說是大陸遷移出去的族裔。這是錯誤的，漢族的史觀與我們南島語族完全沒有相互連結。

「你們的祖先是從台灣來的，」我溫柔的說。

「我知道，也聽說了，」老闆娘可掬的笑容，眼神似乎在浪漫的表示說，「夕陽下海的地方是我祖先航海啓程的原鄉。」

我喝了一杯冰水，數秒後我便走向碼頭。Avarua港是庫克國的國際港，港內的長寬約大蘭嶼開元港碼頭一倍，水深約八公尺。可是港的周邊沒有出入大門的管制，這一點可以想像的是，拉洛東咖島的社會治安是良好的，應該沒有走私的事件發生。港警走過來又走過去，表示庫克國還是有警察似的，也許他看我像玻里尼西亞人，長得跟他一樣黑，且沒有他帥，自然的就不跟我問北問南的。我發覺我的膚色、形貌、身高就是當地人似的，這是我在這種島嶼的顯性的福利。

很久以前，當我在嘉義做貨運助手的時候，我聽說了吉吉米特已經上了高雄，在哈瑪星某家的遠洋船，實踐了他少年時期的航海水手夢。那個時候，我除了祝福他外，我心中一心就是要靠自己的實力考上大學，希望有這樣的教育程度，或是基本的英語會話，才能夠安心「流浪」。當時，我思考的面向似乎正在在轉變，四位二十歲年紀的國中同學，一頭栽進台灣西部的勞力市場，我們不僅對台灣西部的社會陌生，也沒有一位前輩做依靠，完全是莽撞，只追求有工作可做即可的心態。我們在嘉義市一家貨運行當捆工，任貨運行的老闆操控我們的薪資，壓榨我們超時工作的肉體，欺騙我們的憨厚，當時是一九七七年年初。

在我們上班前一晚，阿輝老闆請我們幾位喝啤酒，台菜佳餚做爲他是善良的誘餌，真情的老闆。然而，我們都不喝，也不習慣油膩的食物，這不是我們年紀小而不喝，而是我們的民族沒有喝酒的習性與文化，當時我們也沒有那種對新新食物的口慾；以往，阿輝老闆的工人都來自於阿里山的鄒族，他們喝酒凶猛，工作賣力，什麼大魚大肉都不放過，遇見我們這幾位蘭嶼來的孩子，不喝不嫖不賭，其狼心大開，閩南人騙術本質展露，認爲可以省去許多的額外開支，開始了對我們福利的說明，例如說，十五噸的貨車，一個月超過十萬元的淨利之後，我們的工作獎金隨著增加，說我們的底薪最少是六千元，工作認真的話，一個月至少可以賺近一萬二以上，這是很好的薪水，在當時。

早上六點多起床，自行處理自己的伙食，這家貨運公司的主要業務是運送雲林縣斗六鎮的黑松汽水廠之汽水到全省各個經銷商。我與同學卡洛洛同台貨車，十五噸的車。當時斗六黑松汽水廠廠內還沒有購置堆高機，因而剛出廠的冰涼汽水便沿著滾動鐵輪出廠，一大串的不同公司的貨車便在最末端等，按前夜排班先後裝貨。十五噸的貨車可容裝四百二十箱的汽水，出廠的冰涼汽水透過滾動鐵輪就像排列的螞蟻不停止，貨車助手一人在車上排整汽水，一個人則在鐵輪邊彎腰的把木箱的汽水丟上車，汽水出貨的速度非常快，對於剛出社會做苦工的我們，手掌心是嫩的，俊美的面容依舊是沙灘上的陽光男孩，略帶稚氣與憨厚，但我們彎腰，手臂拋丟木箱汽水的肌耐力道，都還在稚嫩期，瞬間超越體能的勞動，我們一時還無法適應，晚上睡覺時全身痠痛得難起身，一星期的時間整個身子完全處於疲憊，非常的痛苦，我們稚嫩的手掌開始龜裂，一行一排的非常疼痛，唯一的良藥就是忍耐，因爲要生存。一星期之後，貨車老闆開始壓榨我們的工時，說這兒不是工廠，沒有上下班的制度，汽水送完才可以休息，送的越多，你們抽分的紅利也就增多，我們只知道「增多」卻不理解老闆的「扣除」條件。

「增多」的想像是賺更多的錢，對我正是需要，爲了賺取上台北考大學補習的學費，於是我與卡洛洛經常是嘉義、雲林、台北、基隆、高雄、台南，以及走中橫到花蓮，各個黑松汽水經銷點送貨，也從高雄鼓山水泥廠搬運剛出鍋爐的水泥到西部的各縣市農會。當時高速公路只做到楊梅—基隆段，貨車上的空瓶汽水是我們的床，幸運的是仙女在庇祐我們的靈魂的魚線（意指天佑我們），許多貨車驚險的事件遠離我與卡洛洛，就在我們車子淨利即將達到十萬元的時候，老闆便把我們派到車況不好的貨車，於是他所謂的紅利，抽分是虛晃一招，其目的可想而知。四個月期間，我們除了未曾完整的收到薪水袋，讓我們真正感覺到了被閩南人壓榨我們的不公平佊倆，以及他們的歧視外，迄今最讓我痛心的，甚至是我對閩南人的厭惡是「幹╳娘」不離舌尖，下三濫的三字經在西部的經銷商無處不聽，這是我們幾位最無法承受的話，畢竟在我們成長的島嶼，我們舌尖沒有那般詞語，那不是歧視女性最徹底的語彙嗎？

那一段當捆工的日子，在徹底疲憊的時候，我常常回想一個假設性的議題：假如我去念國立師範大學，也許我的處境不是如此的狼狽，招人欺瞞，付出的工時與獲得的報酬不等同，也許此時已在那個學校打籃球了，也許我身邊有了一位女朋友等等的，安慰自己「錯誤」的選擇。然而我一想到要教二、三十年的書，青春歲月耗在不是我原初夢想的單調空間，不僅無法承受乏味的教科書，還要為中國歷史、儒家道統服務，轉換角色代替漢人欺瞞自己的族人，我是做不來的，其次為五斗米折腰，而沒有創意的生活節奏，夢裡的理想就這樣被現實蠶食，到頭來驀然回首一生走過的路，命運旅行的本質絕非有好的結論。

人們總是常常依據手心與手背的哲理來討論某件行為的正確與否，從小非常討厭考試卷的是非題，選擇對與不對對我是最困難，理由是「圈圈與叉叉」是對立的，答案永遠是唯一的對與不對，卻不可能有「不一定」的選擇。其次是，我們達悟人剛與漢民族相遇的時候，很讓人摸不著頭緒，也讓人感嘆，如在蘭嶼念國小時，學校老師經常告誡我們說，你們是落後的人，你們的頭腦像石頭一樣的硬，你們將來要努力學習中華文化的精髓，才有前途。我們說，你要天天游泳，海就會愛你。啊，好恐怖那個海。難道只有「中華文化」才有精髓嗎？那個精髓是什麼？迄今，我還不知道！學校老師的試卷，「唯一」的標準答案是我不念師範大學的理由，更大的理由就是恐懼害怕學好中文字，因而，就是到現在閩南語也學不好，法文學不好，英文說不好。

我坐在阿伐洛阿港正前方的樹蔭下抽菸，咖啡店老闆娘的妹妹身體雄壯的，似笑非笑的走過來，寒暄幾句後，我遞給她一根長壽菸，她笑容可掬的說聲謝謝，抽到一半她溫和的瞄我一眼，說：

「你不像台灣人。」

「不是，我是原住民。」

她忽然笑得很燦爛，接著說：

「你比較像我們玻里尼西亞人。」

「是啊！我們的始祖是親戚。」我們開始用手指數1,2,3,4,5,6,7,8,9,10，以及臉部五官的稱呼，也幾乎相似，母音相同，子音漂流。

「台灣原住民有沒有像我這樣胖胖的。」

「很多。」

很快的，其陽光的笑容散放出芋頭的氣味，這似乎是南島民族共通點，弱化了彼此間因國籍的阻隔的陌生薄幕，對我而言，那種感受特別的深，是文化、語言、血緣基因相似的親切感，而非祖國的、相同宗教信仰的認同。

海洋的韻律，她喜怒有序的，天天在我成長旅途中睜開眼睛的第一眼與最後一閉，都圍繞在她的律動下，證實了我孩提時期與諸島嶼島民的相遇是親切淹過陌生，感受彼此間的親和熱情是由海洋的洋流臍帶所牽引的，喜愛觀賞海洋築夢、追夢，給海洋的風捲走的夢，雖然她是女士。然而，對於我的房東，他的兒子彼德，我本人，那位女性及其他許多的南島族人，海洋是我們共同祖先追尋太陽升起的地方的捷徑，是海洋讓我們認識這個星球，那何謂「海洋」呢？其是就是會流動的，有情緒的水。那位女士名叫Yasing（亞幸）。

亞幸跟我說：「這兒有三艘五十噸的近洋漁業船，船主是台灣人，三年多以前在庫克國註冊，與我們國家共同開發這兒的經濟海域，所獲得的漁獲利潤分配有內規，關於這個我不理解。台灣人抓魚很厲害。在這兒，他們有一個魚類加工廠，一個台灣經理管理我們十幾位當地人，一個經理負責與庫克國漁業部交涉業務，這個人叫Frank（法蘭克），他是大陸人，會說英語、法語、閩南語等等的，是個角色厲害的年輕人，爲人客氣，比那個我們廠內的經理友善、客氣。船員都是來自大陸的人，一艘船只有十個漁工，一個大副，就是輪機長，漁工領班擔任二副，船長是台灣來的。」

亞幸又說：「我在這家公司開創起就是員工。船公司嚴禁我們與船員有任何的接觸，當然語言的隔閡，首先就是某種對立，甭說友誼，是彼此理解的障礙。那位就是台灣來的船長，我要上工了，我的工作就是在碼頭清點魚的數量與分類。」

這種偶遇經常讓我體內的血糖興奮，有時我稱「命運旅行」中，一些溪流的匯合。台灣來的船，台灣船長、水手、漁工一直是我個人最好奇的，也是最喜歡觀賞的人、船等與大海相結合時的劇情。在此時，偶遇亞幸女士，宛如是她爲我營造我兒時夢想，那片南太平洋的劇場的感覺。

我從小，沒有任何的重大理由敬重與海洋共生的弱小群族，然而冥冥中，我的基因好像多了一條浮游生物寄居的血脈，腦海經常浮現一群人在海邊附近活動，或是做什麼似的。

記得，好久以前，我在淡江大學念書期間，因爲經常沒有錢吃飯，在眾人吃晚餐的時段，我經常沿著淡水河邊的小徑徒步，以便忘記沒有晚餐的痛苦，沿著早期淡水漁民走的路，現在已經成爲淡水的觀光夜市，走著走著就在一戶人家門口駐足，觀看三、四位的漁民補破網，或是綁魚鉤、魚線。我靜觀他們的手足活動之餘，也欣賞他們面部的表情，發覺淡水漁夫是很安靜的群族，看來也比中西部的閩南人友善，也聽不到他們說那種刺我心肺的三字經，我稱之「優質的閩南人」。這樣的徒步，成爲我在淡水期間忘記肚皮飢餓的儀式，彼此間沒有共同的母語，沒有國族認同的疑惑，沒有民族對立過的歷史記憶，就沒有彼此仇恨的情愫。

「小伙子，來吃飯啦！」這是我當時最喜歡聽的話。

「不用客氣，哪裡來的？」

「蘭嶼。」

「啊，抓魚不穿褲子的人。」

「對，我是蘭嶼人。」

「小伙子，來吃飯啦！」就這樣，經常與他們話家常，跟他們吃晚餐，我因飢餓而憂鬱的小病漸漸的遠離，我青澀的笑臉也展露了，他們簡易而勤儉的生活狀況，樸實的氣宇，是激勵自己完成大學課業的無形助力。彼時在我心海的話，是一句說聲謝謝的儀式，本質是靠自己的努力，來回應個人「命運旅行」過程中，爾後不再相遇的善心友人，他們對我鼓勵的詞語，我忘了，但我忘不了那群人安靜而粗獷的神情。我就是在那個時候，自學「靜靜」的觀賞與海洋波動有關係的群族們的舉止，是我兒時對父祖輩們晨間出海，在粗獷的灘頭「靜靜」的觀賞，再生的波紋畫面，景觀場域的變換時，複製、重疊對敬重漁民的記憶。

兩點過後的陽光，在拉洛東咖島不比蘭嶼炙熱，亞幸開著一台箱型的貨車，停在與漁船相距約四公尺的距離，此時從船裡聽見了我熟悉的語言：

「孩子們，出來上工了。」我很驚訝，也很興奮的拉長頸子，脫去墨鏡的察看船長室，嗯，有台灣人，我心裡想著。在那個當下，即便你是隻影的台灣女性背包客，你會很自然的向前跟人說聲「嗨」，說我是台灣來的。然而，我並沒有跨進漁工們工作的區域，我靜靜的觀察那些人，也默默的承受正午豔陽的直射。

哇！一群十七、八歲的青少年從船尾陸續的走出來，船長也走到駕駛艙前的空間，手持著卸魚時的升降操控器。

亞幸開啓車後的門，跟船長說聲哈囉。乍看，船長約莫六十歲上下的年紀，用操控器啓開了魚艙的鐵蓋後，看來年紀較大的漁工下魚艙，看來似乎是船長信任的年輕人。四位在陸地上接從魚艙被急速冷凍的魚，我走過去，聽聽他們說的語言。

「你們說哪兒的話？」我問。

「四川，郫縣的家鄉話。」

他們所抓的魚，漁業公司稱之爲「雜魚」，說是幾十海里長的延繩主線在水面下約是五十至一百公尺的深海下的魚餌，在此深度釣上的魚的種類比較雜：有鬼頭刀魚、扁凡鰭魚、黑槍魚、鰭科魚、鰹鮪、金槍魚、黃鰭鮪魚、梭魚、斑月魚等等。這些魚類在魚市場之價格通常是偏低。

船長走下船，就在我身邊停下，從衣服的口袋取出「白長壽」，我立刻的主動爲他點菸，他卻跟我說：

「No good fish.」

「你說什麼，我聽不懂啦！」我很和藹的用閩南語說，不到半秒，他即刻問我說：

「台灣來的嗎？」

「對，蘭嶼來的啦！」

「啊！我幹╳娘，你來這兒幹什麼？你知道這裡離台灣多遠嗎？」

「不知道。」

「很遠呢！你來這兒幹什麼？」

「找你啊！」

「啊！我幹╳娘，找我做什麼？」

「看你啦！」

「啊……」他的手指著我，亞幸在一旁看得好驚訝，看我們好像是他鄉遇故知的感覺，說：

「你認識船長嗎？」

「不認識，真的不認識，」我說。

然而，在那一刻打我腳底來說，我還真說不出「幹╳娘」的話，可是他卻對我說「幹╳娘」。從漁民的角度，從他們長年在海上漂泊的習慣用語來思想，說這樣的「幹……」的話，是海洋的情緒，海洋的空間所許可的，我是可以認同與接納，彼時的空間情境，並且也是一般閩南人象徵「熱情」的口頭禪。

「對啦，你是夏曼・藍波安啦！我在公共電視曾經看過你啦！」

「命運的旅行」讓我在瞬間的夢境回憶，好像有這麼一段「劇場」影像，當船長邀請我上船的那一剎那。不只那一次，其實，有時候與友人相聚的時候，我也常常意識到當下的情境，曾在自己的夢裡浮影掠過的感覺。我不知道，你也是否也曾經有過，如我這樣的感觸，就在我走向船長室的那一剎那，令我非常的喜悅「似曾相識」的場景。

船長室內有兩位漢人，A君與法蘭克正在聊些事情。午後的兩點，雖然不怎麼炎熱，但船長室的冷氣還是有消暑的功能，A君是高雄人，也是高雄海專畢業的，長年爲這家漁業公司在國外打拚，法蘭克是大陸寧波市人，人不但長得高，而且長得很帥，爲人彬彬有禮，是見過世面的年輕人，看起來親和力很好，彼時他們正在喝百威啤酒，也順便給我一罐。

「這位是夏曼，台灣的原住民，住在蘭嶼，」船長介紹。

「你好！」法蘭克動作迅速，面容表情和善的說。不愧是在外面打滾的人，有自信，我心裡想。

「你們好，我是夏曼，台灣的海洋文學家，」我親切的說。在A君的視野裡，那種表情，我似乎也可以意會到，台灣的作家是很卑微的，畢竟，在台灣作家的形貌，似乎從一九七〇年末期的「鄉土論戰」之後的社會待遇，已是每況愈下，也就是說「作家」的身分，不具備知識分子的完整性，與社會的正義形象。對於A君「never care」的反應，就如一些朋友們，有的喜歡養狗養貓，不喜愛養小孩，那種興趣的多元化，閱讀的偏好已朝向專業知識的需求的時候，那種被邊緣化的現象，我反而雀躍，而非怪罪他人不閱讀文學的作品，尤其如我這類的海洋文學家，原住民族是邊緣的邊緣，我的感覺是自在的。

「呃，你是作家啊！」「蘭嶼人會拿筆，使用電腦寫書，真是怪胎。」船長似是訝異的口氣。

那一天的晚餐，我就在他們船上吃飯，那是我在南太平洋半個月來，第一餐完全是漢式的晚餐，還有黃鰭鮪魚的沙西米，感覺十分的充實，陳船長也一一的跟我介紹，那些十七、八歲的，大陸四川來的船工。

「台灣來的海洋文學作家，夏曼・藍波安先生。」

「啊！海洋文學作家呢！」讓我心情愉快的語氣，稚氣寫在這些孩子們的眼眸，與先前那位台灣來的在地經理的反應，全然不同。全是青少年小孩子，與我的小孩年紀相仿。

「夏曼，你不要客氣，」船長熱情的說。

三　陳船長的歸宿

船長姓陳，是高雄小琉球人，小學畢業之後沒興趣繼續升學，即使去參加初中的聯招考試，也只會浪費父親的錢，畢竟學習書裡的文字、知識之類的，比跳水游泳困難百倍。就這樣整日都在小琉球島上的簡易碼頭晃過來晃過去的，他一直渴望在十噸漁船做雜工、燒飯，並從這艘船跳到那艘船，只要有飯吃即可。直到有一天，他年少時的船長老李把他拉到身邊，說：

「小鬼，要跑船嗎？」

「好啊！」陳船長不加思考的立刻的說。當時他十四歲，一九六五年的夏季。

老李有兩艘十噸左右的近洋漁船，另一艘由他的堂哥開船經營。陳船長在老李的船上，像一條狗似的，任老李使喚，陸地的雜事，如跑腿買菜，跑魚市場認識魚名，分辨不同魚類的價錢，建立人脈，是他喜愛的工作。海上的粗工，綁魚鉤魚線，整理漁網、延繩線、廚具、碗筷，船的加油，進出海的繫繩、解繩等等的，令他十分的快活。很快的，他的勤奮，他的熱誠，在高雄的傳統魚市場成為大家的好幫手。

「會累嗎？」

「不會啦，有飯吃就好。」

之後，有一段時間老李處理自己的一些私事，便叫陳船長去東港跑他朋友的船，並說好，給他二副等級的薪資。

一九七〇年左右，老李在東港的漁會現身，帥帥的，身穿一套當時流行的服飾，頭頂抹油，身上噴香水，戴一副雷朋的墨鏡。

「少年郎，如何啊？」

陳船長不敢瞄老李一眼，他完全改頭換面，乍看不是以前邋遢的老李。

「怎樣啊，少年郎不理人啊！小鬼，走過來，」老李吆喝道。

「怎麼樣，什麼事情！」陳船長正是輕狂的年紀，走向老李面前回道。

「幹╳娘，你不認識我啦！」老李摘下墨鏡，對著陳船長笑著。

「喔，幹╳娘，啊你是去了哪裡？」

「出國幹炮啊！走，去飲酒。」

「阿陳，幾歲啦？」

「二十歲，過些天就要去做兵。」

「嗯……。」

那一夜，老李再次的教了許多阿陳相關於海洋的變化，魚市行規，海上同公司、不同公司的漁撈術語，國際海上的漁撈事務，阿陳銘刻在心。那一夜，阿陳也把生平的第一次接觸獻給屏東

清晨五時，與布拉特的兒子開船出海拖釣。這是拉洛東咖島的形貌，我兒時記憶的島嶼、島民，總有人珍惜島嶼環境。（庫克群島國）

在拉洛東咖島，英式的教育也同化了島民，如毛利人鼓吹重拾民族的語言，英語如漢語，一直沒有島嶼海洋移動的語彙，小孩跟我一起學習海洋語言。

又是午後的喝酒時間，白人、旅行的大陸人是島嶼的客人，就像蘭嶼移民的台灣人帶來島嶼的新問題，白人在拉洛東咖也是如此，皆有「掠奪」的民族性。

我在拉洛東咖島的房東布拉特（John Brother），我在南太平洋的恩人。我們每天午後三點喝酒。他把我撿起來，住他家一個月，以此照片懷念他。

遇到這群羌族小孩，都是十七歲的少年，「貧窮」的催促，讓他們在海上飲淚、放棄學校。我的右手邊是「發仔」，左手邊是「小平」、「小良」、「小聖」；「貧窮」也逼他們放眼大海，我稱他們為「追浪的小男孩」。

四百公斤的旗魚，船長說這尾是拉洛東咖港的第一尾大魚。小峰花了十分鐘殺魚頭內臟，最後「混殺」的魚類製作魚鬆。

在拉洛東咖島醫院打工。

拉洛東咖島的最後一夜，在我房東家，我身邊的這一位是航海家，從夏威夷到拉洛東咖島。

小平、發仔等一群小小的追浪的男孩，再次的航向無垠的海洋，這是因為他們貧窮的命運，還是命格的選擇？

孩子們揮揮手說：「海洋文學家，我們在汪洋上相遇。」「孩子們，在海上當個男人。」道別時，我吶喊道。同年二〇〇五年六月，我從南半球的蘇拉威西島航海到新幾內亞，我並沒有遇見他們，他們的年紀在十七、十九歲之間，我好思念他們。（圖經處理）

在奧克蘭（Auckland）機場遇見斐濟人移民到加拿大，「移動」的動機是因為原居地仍然處於「低度發展」，最後的結論是貧窮永遠如影隨身。（斐濟）

在斐濟的國際港，三艘大型的高雄籍的遠洋漁船用的全是大陸人。這位年輕人在海上賭博賭輸了，只好再賣身三年在海上，其實他的故事是精采的，可惜大陸沒有「文學海洋」的想像。

我敬愛的紀船長。

金槍魚，遠洋船員稱雜魚。

斐濟的最後一夜，與當地年輕人喝Kava飲料。

某個酒家的熟女。神祕的老李，幾個月後又消失得無蹤影了，並把他的漁船交給阿陳經營。

經過十年來在海上捕魚漂泊的生活，適逢漁撈技術的改進，又逢台灣經濟的轉型，景氣良好，人民收入的指數提升，外出消費蔚然成風氣，夜市因而崛起，新鮮的海鮮也爲夜市魚販、海鮮店帶來新的生機。彼時他適逢最佳的時機，體能好，又有老李的指點與訓練，漁撈的海洋知識因而進步神速，種種的條件對他都是利多，海洋不僅帶給他許多的財富，精采的人生，也是窮人家翻身的場域，是父母親在家鄉說話大聲的依據，美女獻殷勤自不在話下。年輕多銀揮霍一下，無損於他適當的理財，不僅娶了美麗的高雄籍小姐爲妻，也順利的買了一棟房子，對於一個窮小孩，知福惜福、理財有道就不擔心日後江山沒柴燒。老李年紀漸漸增加，不想再花多的時間跑船，國內外的來回讓他疲累，便把那艘船賣給陳船長，而他也發覺自己的命格屬於海洋，在海上的情緒特別的好。反正不識字，陸地也沒得他混，他的努力與進取心終有回報，把所有的漁獲利潤全由其美麗嬌妻掌管。

他開遍恆春南方、巴丹群島北邊，一直到蘭嶼、綠島的海域，延繩魚釣，定置放千個魚鉤，小型的海底拖曳網，他無所不能，口袋飽滿當然不在話下；數十年，終究多金是夫妻生活幸福時的美麗外套，也是多元陷阱的元凶，夫妻倆在夜市消費，魚販的奉承，俊男設計性飢渴的妻子，熟女主動奉獻更多的服務給陳船長，當時的中年多銀的夫妻，女的禁不起俊男的花言巧語，男的躲不過某位美豔多肉的熟女，許多的服務勝過妻子，其舌尖服侍更是令他的褲襠下的海鱔瘋狂於水世界的搏鬥。

某夜暴風雨終於降臨，汪洋一片漆黑，視野模糊，思維混沌，回航靠岸，所有的一切劇本原來是元配精心設計的一場成人遊戲，近三十年的努力不僅是一場空，也是一場夢的遊戲，是真實也是夢幻。在他賣掉老舊的兩艘漁船之後，往日不堪回首，孤自躲在某個寺廟管理的納骨塔，當起撿骨師，人生如戲，戲如人生，留給自己的是一頭霧水，剪不清，理還亂。只有屍體不騙人，活人騙術甚於海波浪的變換，所以不跟活人說話，只跟焚屍後的骨頭說追浪的男人的心事，也說給自己聽，一說就是三年。五十歲那年，心海只有想一個人，他的恩師老李。

老李是個善良而喜好施捨的人，來自於澎湖將軍島，早期在高雄哈瑪星廝混，外貌是個性格海派的人，私底下略帶神祕而低調，在他胸前的刺青，分辨不清是龍，還是蛇，讓他早年在道上常常被同輩分的友人戲謔爲「不龍不蛇」，爲了這個刺青，當年他想當角頭的夢破碎了，碎化成浪花，過去的荒唐就讓海洋稀釋，而做起了討海人。後來在高雄哈瑪星跑遠洋船的澎湖人，很多是老李的徒子徒孫。

當陳船長當起撿骨師之後，老李患了嚴重的胃病，老李臥病當中，跟陳船長說：

「你去當某家船公司的船長，公司在巴拿馬，在我往生後，你把我少許的骨灰帶給叫Vazo（印地安人的名字）的男孩，這是他的住址，他是我唯一的願望，我求你！」

Vazo是個中規中矩的年輕人，會說閩南語、英語，以及西班牙語，他在一家船運公司上班。

「這是老李的骨灰。」

「我爸爸，」Vazo說。Vazo家的客廳有數張的照片，一張是Vazo、老李，以及他母親，在八百噸的遠洋船的船長室拍的，一張是巴拿馬市郊，一般尙可的平房住宅，也是他們三人的家。

每位追浪的男人都有自己的故事，故事不在於精采，也不再於曲折感人，他只是大海裡一粒浮游生物漂泊的故事，那樣迷離的故事，在台灣沒有幾個陸地的人喜歡聽呢！也沒有一位追浪的男人被電視追蹤報導，或願意被報導，世界之大，唯海最大。近洋的討海人有他們與陸地較爲親密的生活圈，陸地的新聞也聽得頻繁；遠洋的男人，陸地十分的遙遠，也很疏離，他們的信仰是海神的情緒，他們的朋友是海波浪，而海上的女人是魚類，在陸地上的女人是陌生人。彼此的眼睛是身體的媒介，命格裡剩下來的一切的所有，只有莫名其妙的解釋，口述第一趟出海的興奮與最後一趟的傷感，命運踏上漂泊的旅途，就像海平線永恆追逐不到的一條線，說遠也不遠，眼睛看得見，說近也不近，船就是到達不了。他相信生命的聚散有其必然，也有其偶然。什麼是巨浪？什麼是靜浪？什麼是恆久？什麼是短暫？熟悉的人群裡，也隱藏著災難的終點。他想著，所有的渺小的事物也可能傲視一切，短暫的卻可能流傳到未來。他凝視著Vazo的眼神，心想著老李。

Vazo與陳船長再次的擁抱，說聲下次再見面後，陳船長又在庫克群島國的海域漂泊三年，他繼續的漂泊，只爲了再次回到高雄某寺廟的納骨塔的時候，多燒幾把銀錢給陌生者的亡魂，讓祂們庇祐爲海洋歌唱的追浪的男人。

陳船長喝完了三罐啤酒，我喝了六罐。阿伐洛阿港的燈火早已通明了，我們感覺就像是喝茶似的。爾後，他從床底取出一條約是四公尺長的軟形的塑膠管，管口用膠布貼緊漏斗，管尾丟向船外，他就這樣的放尿，之後也換我小便。這是他的祕招，可以不被雨淋，也不會被海浪潑濕，同時也是他尊重任何一個碼頭之神的行爲。

「你來這裡幹什麼？」他開一罐啤酒，我喝一口啤酒，說：

「事情是這樣的，我的父母親與大哥，在去年（二〇〇三）的三月同時往生，今年的七月，我大伯高齡九十二也跟著走，我心魂極度的悲傷，我就出國散心，剛好是文建會的計畫。我是專職的窮作家，一生無大志也無專業，只喜愛神遊，今天卻來到庫克國，在你的世界（船長室）暢飲，非常感激你的接納。」

「老李是我的恩人、恩師。當我遇見了Vazo，我淚流得直衝腦門，如此懂事的、自律的孩子，讓我想到我的兒子，他只懂得花錢，卻不懂賺錢，只懂得吃，卻不懂得煮，很悲哀！很悲哀！Vazo跟我說，如果我跑船跑累後，他求我跟他家人同住，說沒有老李的金錢資助，他是不可能上大學完成大學課業的，也不可能有今天的好職務，『來巴拿馬吧，義父。』所以我正在拚個幾年賺錢，計畫去巴拿馬養老。」

「台灣的家人呢？」

「跟無情無義的人過生活有意義嗎？跟懂海、懂魚的族群說話比較快樂。」當陳船長再次的提著塑膠管放尿的時候，是他該休息的時辰，也是我該回布拉特家的時候了。

「明天再來吃飯啊！」

「偶然」的相遇，從布拉特先生、亞幸女士、陳船長……，此時好像是永恆，我依稀清楚記憶他們的長相與笑容。陳船長不是因爲他在蘭嶼捕了許多許多的雜魚，破壞了海底生態局部的循環，而對我有所回饋，不是這樣子的。他只是跟我很自然的說起了他不堪回首的往事，遇見我，在啤酒的助興下好像是應該的感覺，他說，許多遠洋籍的船長百分之九十九，不喜歡說自己在海上的故事，台灣人在國際間的漁業事物是有名的，台灣人抓魚的技能與經驗是一流的，但說到「中華民國」其他的國家都說不認識。

我從船上跳下陸地，從阿伐洛阿港回到既不陌生又不是非常熟識的布拉特先生的家，十多分鐘的車程，在微醺的狀態下，若沒有海洋的風輕輕甦醒我的意識，沒有機車的輪胎在轉動，車聲在吵鬧，這好像是真假難辨的夢。事實上，我來庫克國也不知道是爲了什麼？把孩子們的母親丟在家，把三個十多歲的孩子們放任在台北，我這一切是爲了什麼？我這一切是爲了什麼？是否，是否只爲了圓我兒時的夢呢？還是爲了其他……。我如此的思索，在異國異鄉的深夜。如果，未來的日子，你無意中閱讀這本書的時候，你是否可以寫信到蘭嶼，告訴我答案，好嗎？

四　小平與發仔

從小平與發仔住的鄉下社區，是小型的羌族自治社區。他們坐了將近七個小時的顛簸山路才到達成都市，發仔說著生澀的華語跟社工人員說：

「我們的自治社區是不毛之地，人口大約七百人左右，說著家鄉話與普通話，我們爲了國家的競爭力，我們要當海上船工。」

他們兩位都是羌族，但發仔的母親是漢族婦女嫁給他父親，父親是羊戶人家，小平的父親的職業是煤礦工，有個妹妹，母親早歿。

他們兩位去了成都某個公立學校，學習游泳、救生三個月的課程，取得了游泳證照、救生證字。」

照之後，一女一男的某船公司的仲介業者在泳池邊拍手說：「恭喜兩位取得了游泳證照，請簽

三天後的早晨，小平的父親、小妹子、發仔的父親與小弟都來到了成都火車站的大廳等候他們。車站大廳的人群像是驚嚇的群蛇快速蛇行穿梭，小平與發仔黑色塑膠袋的行囊忽左手，忽右手的交換，行色匆匆的比他們在山裡放羊吃草的山羊群像忙碌，且又吵雜，此景群像很令他們極度惶恐。

這一回是他倆生平首次出遠門，第一回瞧見如此多的人群臉譜，大廳的人頭也比他們社區的人口還多上千倍，他倆各自提著黑色的塑膠袋行囊，心臟怦怦然的蛇行穿梭；陌生的人群裡，隱藏著被偷竊的災難，他們聽過這樣的話。發仔取出一張紙，紙上畫著仲介業者在大廳所在的位置。這次的出遠門，是新生活的開始，命運拐個彎的啓程點，拐得好還是多舛都在今天之後的命運旅行如影隨形，他們如是的思忖。

「小平哥，在這兒！」小女孩一邊尖叫，一邊兒的跳躍。

「平兒，在這兒！」熟男有隱疾，聲嘶力竭的喊。

「發仔，你們過來這兒！」

親人們的身邊就站立著兩男一女的仲介業者，也是監視者，對小平的父親、小妹子說：

「你們理解了吧！我們公司給你們的好處，與優渥的生活費吧！」小平的父親頻頻咳嗽，也拚命點頭，小妹子雙手緊緊的抱住小平的手臂，臉上寫著捨不得的表情，說：

「平哥，三個月沒見著你，你變得壯了。」

大廳的暑氣難耐，這倒不是說氣候真的炎熱，而是一群群匆匆來回的人像是躍動的太陽，帶給大廳空間的空氣無法流通，令人窒息的感覺。小妹子一直仰著頭看平哥，也幫著哥哥擦拭汗水，仲介業者在他們的父親耳邊嘀咕嘀咕了幾句，又說：

「你們理解了吧！我們公司給你們的好處，與優渥的生活費吧！」小平的父親把他拉到身邊，手握著小平的手掌，說：

「這五十元，你拿去吧！」

「爸，你們留著家用，我身上有二十元美金，」小平把嘴貼在父親的耳根說。他抱起小妹子，又親又貼的說：

「身體要健康，才可照顧爹，老師說的寸草春暉，嗯！」小平年紀大妹子三年，那年他十六歲足。

「發仔，我的小子，」發仔父親接著又道，也在思忖什麼是似的：

「孩子啊，我們家的羊，你們倆從小就同時放羊，小平放養的母羊生了不下十頭小羊，你的母羊嘛，生不出半個頭，小平帶給我們小財富，發仔，你在外要照顧小平，在海上更是生命一體。」

「嗯，知道啦！」

「三年半載回來時，穿個體面的衣服，買些日本的手錶，就正式的跟小平妹子求婚。」

「嗯，知道啦！」

「小妹子，你是我們村寨羌族的大美女，等我回來！」

「好的！等你回來，回來娶我。我會將你家的羊，養得肥肥美美的。」小妹子緊抱哥哥的手臂。

「發仔，這是你們的火車票，到了廣州車站，面對街上大廳裡的右側，有人會接應你們，就這樣，你們多保重。」

成都的七月悶死人了，在進入月台前，小妹子拍拍哥哥的胸膛，說：

「小平哥，在海上當個男兒，在陸地上省個錢，回來也娶妻的。」

「等我回來，小妹子。」發仔輕聲又含情脈脈的說。

進入了月台是「陌生的人群裡，隱藏著災難的源頭」，他們因而緊抱著黑色塑膠袋的行囊，像錦蛇似的匍匐前行，找尋他們命格遠行的第一個車位，今後所有的不可預知的劇本，對他們來說，都是人生首航。

「平哥，發哥，在海上當個男兒。」熟悉而親切的聲音在千百個人頭裡穿越了人牆，在他倆的耳根聽得非常清晰，非常清晰。從那一刻，這句話就刻在他們的腦紋網絡，刪也刪不掉的語音，忘也忘不掉的情境。

在火車上的第三天的凌晨四時左右，他們抵達了廣州車站。人來人往，再一次的面對陌生的環境，於是悶著頭與一群人走地下道，拐來又拐去的，那邊標示牌寫著往大廳的方向，他們聽見了：

「小伙子，你們去哪兒呀？」

「載你們一程去目的地，很便宜的……」三寸不爛的口舌，是廣州「的士」野雞車司機詐騙的絕活，不說話爲上策，而後按著中介業者的圖畫走。然而，這個時候，廣州的清晨尚未完全光明。他們坐在地上，從行囊摸個半粒的饅頭，以及隨身攜帶的礦泉水，這就是他們第三天的早餐。

「小伙子，你們去哪兒呀？」某人口氣比先前的司機更凶悍的說。小平坐在地上，從行囊取出一本從成都買來的小說，佯裝是念書人，發仔則不搭理那幫人說東說西的，神情輕鬆，堅守不與陌生人說話的原則。

約莫早上七時許，一位西裝筆挺的中年人，停在他們面前說：

「小平與發仔嗎？」

「走，去坐車到白雲機場。」他們又被折騰了一個小時的車程，才抵達白雲國際機場。那位先生把機票、護照給了他們之後，細心的說：「這是一張你們出國之後的行程，切記，有問題就拿這張紙條詢問機場的執勤航員，或是機場航警，從白雲機場、大馬士革，到巴拿馬國際機場，理解嗎？小兄弟們。」

離開成都之後，命運旅行的經驗，對他們說來，都稱之人生的第一次，所有新鮮事物在他們眼裡全是陌生的符號。機場景觀、人來人往的旅人、出入境、免稅商街、機艙內室、坐位的左右、空姐、語言、機上餐點等等的，開始在他們的腦海攪拌，攪拌出恐懼的眼神，兩個人像是連體嬰似的命運共同體，所有進行的過程，不是爲了看看這個世界的絢麗、奇異，這不是他們終極的答案，而是要「脫離貧窮」。轉機，「脫離貧窮」，如何轉機？何爲轉機呢？「脫離貧窮」！

「發仔，我們出來幹嘛？」小平瞳眸噴淚的問。

「我也不知道！」

「我也不知道！」

四川省有個地方稱之陴縣，縣境的口號流傳著「爲國出海打天下，也爲新娘著新衣。」對窮鄉的男兒，這句話十足的聳動，更是異想天開的夢魘。「男兒志氣放四海，我爲新娘著新衣，也爲褲襠圖性福。」於是許多中學畢業後的青少年，口耳相傳的紛紛出國進修當船員，做台灣人的船工。在他們的村寨已行之三年餘，而留在村寨的男人，也構成了姑娘們嘲笑的槍口，品質差的男人。然而，又有多少個年輕小伙子如願的實現夢想呢？

「小平，我們家窮，老爹挖煤礦，幹煤工，從我像你這個年紀就開始挖，到了現在老爹還是挖不出煤（美）金，爺爺也巴望你爲新娘著新衣啊！出海三年，或六年，時間飛逝，回國之後，不僅多銀，家的面子也可掛在門外，別學老爹枯守礦口一生。也想想，你的小妹子，有個爲國出海打天下的哥兒，說話是有個依據的吧，他日嫁給發仔，面子也是掛在門外的啊！日子也將順遂，老爹的身子，自會爲你保健康的，去吧！去吧！」小平平心的閱讀父親的信。

發仔原先在六個月前就有村寨的同學出海的，除去跟小平的感情好外，實際上，小平與他從小就一同放他家的羊群七、八載的時光，屬於他認養的公羊一直不給母羊出小羊兒，讓他在父老面前好沒面子，反觀小平認養的公羊生產率高，給發仔家族帶來牲口羊頭的增加，還有樂趣，以及小財富。有天，小平遙望秋季蒼涼泛黃的山頭，想著什麼事似的，終於開口說「發仔，我要跟你出海當男兒」，就這樣來到了築夢的飛機上。小平理解，不出海冒險，就不是村寨的男兒，就沒有村寨姑娘願意嫁給他。他知道自己的身體沒有發仔結實，幸好，自己有一張不讓人討厭的臉，以及發仔家的羊很照顧他的面子，給他銀子養家，也因爲這個因素，發仔也發現到小平比他更有養羊的命格。羊，但願也是他們在汪洋大海上的護身符，他們也從同寨的信函裡聽過海上的許多不幸的事件，頻繁發生的械鬥，殺人的噩耗。他們想到此，第一個事情就是買個匕首護身。

「小平不可懊悔，走這一趟……咱們是男人。」

「是的，不懊悔，」小平哽咽地說。

「我們彼此關照。」

「大馬士革的機場景致不如廣州白雲機場的親切，都是外國字呢。」發仔心想，當然，這兒已是外國了，人種也不同，場內武警個個皆是肅殺氣味的臉，很讓他們不安，在轉機的通道上，同機的五位漢族女士，凝視他們稚氣未脫的模樣、惶恐的神情問道：

「小鬼，你們是不是要去巴拿馬呀？」他倆遲疑了一回，還會意不過來的時候……

「是不是啊，小伙子。」

「是的，是的……」

是福是禍順著天意走吧！就像他們放牧羊群也順著天意。從出門的那一刻起，這個時候他倆方展露起青少年應有的笑容，但也不知道是爲了什麼事而笑的，在他們的第六感的預感，應該是一件喜事，至少跟那些大姐姐們可以用北京話溝通就是一件好事，在陌生偌大的世界，最怕的就是語言不通，被質疑帶貨而被扣留盤問，時有所聞，尤其入境中、南美洲，許多的狀況更難預料。彼時他們走起路來也就像在自家村寨的神情，雀躍了起來。而小平可愛又可掬的笑臉，多少也吸引了那些姑娘們的眼珠，頻頻的與他逗笑，說：

「我猜，你們準是去跑船的……。」

「是不是？是不是？你說，你說……。」

「我猜，你們是四川來的吧？」小平心中有絲絲的不安，看著她。

「嗯……你怎麼一猜就猜中，」發仔睜大眼睛的說。

「看你們個兒，我就知道。」

「不都一樣的個兒嗎？」說著說著就進入了轉機口，轉向中美洲的巴拿馬國際機場。

「你過來我這兒坐，小平，」稍稍有肉感的熟女求道。

「出門與出國之間的差異性是什麼？」那位女人問。

「空間距離，人種，語言，膚色，高矮胖瘦，現代化的進步深淺……就這樣。」

「沒錯，就這樣。我跟你說，我們國家過幾年就要發了，領導的視野深遠，有前瞻性。你知不知道，二〇〇八年奧運會將在北京舉行，到時候世界各國的人都會來北京，我的意思呢，將來國家發展國內觀光，旅遊會是有前途的行業，在外頭好好的掙幾個錢，少花多存，他日衣錦返鄉回故里，家人有面子，你有裡子，再開個什麼店家之類的，好過日子，知道嗎？」

「我們這些姑娘，都來自遼寧的大連市，是我國國內屬於很大的港。你嘛，沒看過海，這一出來出海，在海上學習生活與忍耐。想家想哭，你就在我這兒哭，哭完之後，大姐再跟你說說話，叫我鳳姐即可……。」

鳳姐左手搭在小平的背上，小平的右臉頰則貼在鳳姐豐滿的胸部，不知道他是真的累了，還是鳳姐的母性讓小平安心的睡著了，發仔不知道小平心裡想什麼？然而，鳳姐為了養育女兒，巴望女兒有個良好的教育環境學習，有個好的學歷，好在未來的社會有競爭的實力，在她二十二歲那一年，在大連港下海陪男人喝酒，為家庭賺錢，也為孤苦鰥夫船員的性需求服務，同時努力學習英文，努力奉承港務高級人員、外交部的外事人員，久了之後就成為外事人員在國外的地下公關人員，她的大方熱誠，她的優雅美麗、公關手腕、不計小節等等的也成了這個年代外事人員的好幫手。

她的眼睛一眼望穿小平是個好孩子，善良的鄉下孩子，純潔憨厚，為了鼓勵小平，為了保護如此剛出爐於室外的男孩，她的用心是來自於貧窮家庭的成長記憶，以及在外打拚的經驗累積。抱著小平，「再拚個三年吧，老娘就不幹了，」她心裡如此盤算。

這些姑娘們央求她帶她們「旅行」，雖然說是見見世面，好給自己的青春留下美好的相簿，可是有許多不可預料的事物發生時，都有她出面了事，而自己在外事人員之間遊走，也不知道吃了多少倍的苦，皮笑肉不笑的結論就是為了那幾個錢吧！男人作賤，背後背叛妻子，何嘗不是女人搭建的橋梁呢！中國史就是這樣！想到此，好像是自己的劇本似的，是許多下海上班女性的真實劇本。她的故事，姐妹淘們的劇本，她想著，這是她未來的理想，寫一本書，或舞台劇，來掀開男性陽具的獸性本質，還有女性們在這一行的宮心計，給女性爭權益。當她翻閱完了「女權主義文學思潮」的文章後，她想進一層次的書寫，她這些年來「實務」經驗的性旅行，闔上了書，撫摸了一下小平的肩背，她也闔起了眼睛，讓飛機帶他們到相異的大海世界。

「女兒，媽媽愛你！」她親吻頸鍊上的十字架，在她每一次命運旅行的時候，業已成為鳳姐入睡前的儀式。

飛機抵達了巴拿馬Tocumen國際機場，是上午的時間。

「你們兩位跟著我們走！」鳳姐說。

巴拿馬，它的近代史除去殖民時期，西班牙帝國的霸業外，總長八十二公里的「巴拿馬運河」是進出太平洋、大西洋船運的樞紐。巴拿馬市濱臨太平洋的碼頭Puerto Amuelles遠洋碼頭，將是帶領他們旅行深入汪洋水世界的起點。這又是另外一個奇異的世界一角，人種、膚色、語言、機場格局、航警服飾，小平問自己：「我怎麼會在這兒？」他睜開雙眼有如初生的嬰兒，尋找足以辨識這個新世界的地景。出境前，鳳姐交代說：

「小琴，妳們四位走這一道，我帶這兩位先生走那一道，並行的走。」之後便把出境單分給她們，又說：

「我全寫好啦!拿去吧。」

「鳳姐，妳有花木蘭大將的相貌，讓人安心，謝謝！」小平靦腆的說。

「緣分吧！」

「鳳姐，好久不見了，真想妳。」一位像是小資產階級的、印地安人與白人混血的中年男士，問候道。

「嗨，Eric，好久不見了。」

「嗨，鳳姐你好！」Vazo接著問候。

「嗨，Vazo，這兩位小兄弟，麻煩你多關照。」

鳳姐一幫人，跟著Eric走出大廳，在Tocumen機場外的迴廊停住，Vazo、小平與發仔跟隨在後。

「小平過來，鳳姐抱抱。」小平不到一六〇公分的身高，被鳳姐一七多公分的個兒，七十來公斤的體型擁抱，像是大象腹下的泰猴令人憐憫。鳳姐在小平耳朵邊嘀咕嘀咕什麼的，在這同時，鳳姐習慣性的動作，她的手已在撫摸小平褲襠內的寶貝了，說：

「你還小，這個要保重。」而後滿足的、帶笑的揮揮溫柔，在暑氣重的街道中走她們自己習慣走的路。紅塵女郎覬覦新鮮事物的嫩莖原來就不是一件壞事，從鳳姐的角度來看，這不是道德觀的問題，而是她打從心底是疼惜小平剛十六歲的純潔，汽車叭的一聲，人車隱沒在巴拿馬擁擠混亂的街道上。

彷彿是一場夢境，小平一時還無法回神的在原地愣著，這是他第一次被女性觸摸，心裡暗想著，爲什麼不多摸一回呢！真巴望時間就在那一點「停格」，讓時間沒有未來。

發仔好奇的直瞪著他的好兄弟，口水就要滴落的問道：

「鳳姐，給你說了什麼？」小平摸著頭失魂似的望著發仔驚恐的眼神……

「上車吧！」Vazo說。

疲憊與第一次被熟女觸摸的感覺，刻在他回神之後愉悅的面龐，在車上小平跟發仔說：「鳳姐撫摸我的雞雞。」發仔即刻摀著大嘴，ㄍㄜ……ㄍㄜ……像一隻上了年紀的老田蛙在春初時節ㄍㄜㄍㄜ……的求偶低鳴聲。

小平此時把黑色垃圾袋壓在大腿上，瞧著發仔比他更興奮的模樣，這回也是他第一次感覺發仔像老K的臉，痴笑如洩了洪水的公猴樣，也搞得小平露出了其可掬的一貫笑容。

夢境般的長程旅途，終究要恢復到真實的世界的，他們想著，三天前還在成都，現在卻是好像存在於沒有希望的時間與未來，殘酷的開始是去面對明天以後的日子，未來的大海。海，是什麼？小平開始認真的思想這個問題。

他在碼頭的船上，船不斷的輕輕搖晃，搖晃搖到何時，這是他從出生起第一次的上船經驗，令他惶惶驚恐。然而時間、地點、金錢、語言等等的綜合命題，出海已經是他唯一的選擇了，選擇海洋的淬鍊，好像不是他生涯規畫的一步棋子，更不是他在黑夜睡夢中的夢想。想起小妹子在成都車站的吶喊，是他此時此刻唯一昇華生存鬥志的座右銘，而對鳳姐的想像也如一般正常的小男生，不勃起是困難的，就是發仔也不例外，開啓了少年郎對女性的朦朧想像。

五　追浪男孩出航

在Vazo帶領下，他們進入了遠洋碼頭阿摩葉斯港，跟隨在後的小平與發仔，如進入少年監獄服刑似的「懊悔」樣，緊跟在Vazo身後，他們的模樣一眼就可以判定，他們出生的背景，好像這一趟的出國就是要努力賺錢的決心，無論事情如何變化，這是篤定的事，賺錢在外，存錢回家。他們好奇的觀望碼頭邊所有的船隻，這些是真實的船，是在海上移動的船，一時之間的好奇，讓他們忘了走多遠的路，這樣的船可以在海上生活六個月嗎？可以生活三年嗎？

陳船長跟Vazo說聲謝謝之後，便跳上船走向船尾，瞧瞧稚氣未脫的新來船工，關於童工這一點，除了理解他們渴望賺錢，理解小男孩遠離父母親的傷痛外，工作的能耐，在異域的汪洋上，扮演好做為船長教育好小孩，訓練他們在海上的心理素質，是他的的職責，並祈求平安，是否違法雇用童工，是船公司的責任，無論是權宜船[7]（flag of convenuence），還是國內的船工制度，這是他現在這個年紀不想知道的事實。

「就是這一艘船，上去吧。」

他們走向船尾，放下東西後坐了下來乘涼。

「就是這一艘船。」

這跟他們的想像差距太遠了，仲介業者說，他們將來坐的船很美，說是全新的船，怎麼會是半舊的船呢？

過了一些時分，小平在船尾不自禁的偷偷流下淚滴，是慌恐的淚，也是初次離家的鄉愁水痕，低頭的用右肩T恤邊部擦拭如涓涓溪水般的淚水，擦了一遍，第二遍……的淚，淚並沒有因此戛然而止。此時，發仔抱著小平，久久久久之後，也哽咽的說：

「我們抵達了命運漂泊的驛站，巴拿馬。」四眼對視，眼眸立刻噴射思鄉的縱橫淚渠，此景此時，來到異國的想像、亢奮的情緒，絕對不是浪漫的旅人可以感同身受的，海，就在他們腳

7　權宜船（簡稱FOC）是指，在國外登記的船籍，但並非是該國經營船公司，掛他國船旗，低廉的註冊費用，自由聘請廉價勞工，權宜船經常被使用，是因為有機會增加分配給個別國家的捕撈限額，為規避國際漁業管理法規。

下，卻發現不是那麼的美。

「阿拉真神會保佑我們的！」「阿拉真神會保佑我們的！」發仔連續說了好幾遍。這句話稍稍穩定了小平心中真實面對海波浪時的恐懼。

「我是船長，」陳船長和氣的自我介紹。

「我是發仔，他是小平。」

「哪裡來的？」

「四川陴縣，╳社區。」陳船長拿了兩瓶礦泉水給他們，說：

「漱漱口，並把口水吐向海，讓海神知道你們來了。」又說：

「有任何問題直接跟我說，我是你們在海上的父親。六點鐘開飯，發仔煮飯，小平洗菜。把東西拿到船艙內，一個人一張床。」

「記住，有任何問題直接跟我說。」

「是的，絕對有問題。」

小平從船員室急速爬升到船尾，即刻吐下胃裡的食物，發仔也跟著爬上來。小平滿臉紅漲，泛些淚水，船輕輕的搖，動搖了少年郎乘風破浪的夢，小平吐了又吐，對發仔說：

「我很不習慣，我的頭開始暈了。」

「忍耐，我的兄弟。忍耐，我的兄弟。」

陳船長走過來，說：「這些是暈船藥，兩條毛巾自己保管好。」

陳船長看著小平、發仔，坐在船尾的邊緣抽菸，問了一些他們的家庭背景，又說：

「那是水龍頭，去洗臉洗菜。」

「頭暈的時候，看陸地就好。」陳船長仔細觀看這兩個小孩，也想著自己的處境。

「我們家沒錢，你去跑船，況且你也不是念書的材料。」

就在他十四歲的那一年的冬天，搭了老李的船。錢錢錢，讓他從過動兒轉換成一個疼愛船員的船長，許多的事情不是自己要規畫的，而是海洋規畫了他的一生，一個住在小琉球的窮人家的第七個小孩，幸好自己拒絕了學校，而不是學校退了他的學。上船的前十天，是個恐怖的日子，餐餐吃餐餐吐，十噸的船只有老李與他。起初，老李訓練他，只因陳船長的媽媽是他的姐姐，只因爲那幾年老李一個人在船尾拖釣，拖了許多的錢，陳媽媽跟弟弟借錢買房子，欠了一百多萬，說讓小陳當十年的船工抵押借的錢，就這樣陳船長的身體變成了抵押品。也許念書與不念書是海洋的選擇吧，而非自主性的選擇，吐了十天，忽然之間，十噸的船成了陳船長的陸地，他的小小世界，也或許當船員是他的命格所在的頻道，老李於是開始教他如何綁魚鉤，如何開船，如何看氣候測水溫、測洋流，看雲彩與風速，尤其是月亮與水溫的關係是直接影響到魚類浮升的多寡。

要生存，就要努力的學習，陳船長如此思考，可是最重要的是，他的叛逆期是在海上過的，是海浪淬鍊了他，是魚鉤給他了細心，是魚線給他了耐性與節儉，月亮與氣象給他了智慧，許多許多的人生哲學是每波海浪給他思索，說是他可能在學校學不會的事，這也是他後來不跟學海洋科學的專家們，與那些只想依據儀器建立知識的知識分子對話的原因，也讓他討厭知識分子只想服從科學儀器建立知識，卻對他的野性知識如何被訓練並不感興趣。

雖然老李是他的舅舅，也是他的恩師，他知道他們的關係，然而老李不會因爲是舅甥關係而優惠他，或是特別什麼什麼的……。老李觀察他這個外甥，認爲是海上漢子，在第四年的時候，就開始讓陳船長一個人在海上獨立作業，地點是蘭嶼海域的拖吊，是他這一生最爲精采的黃金歲月。除去東北季候的詭異之外，是他證實了老李傳授給他的知識，這個知識就是月亮的盈缺、潮汐、水溫與浮游生物、浮游魚群的親密關係。老李在陸地上逍遙的時候，他在海上獵魚的同時，他觀看老李一本厚厚的筆記簿，記錄著時間、潮汐、農曆、水溫，還有緯度等等的，他不僅在體驗也在驗證筆記簿裡的知識，這些知識讓他的記憶力特別的好，也許是爲了生存吧！就在他當兵前，把錢賺足了給了舅舅，換言之，小琉球的家是他買給父母親的。

「陳船長，你最好簽四年的約，你是延繩線釣魚的高手，前兩年公司請你專攻釣雜魚，後兩年給你釣超低溫的魚[8]，這樣下來，你知道的，釣愈多紅利就愈高，最少你可以賺個四百萬的，若是，即可退休過自己的生活。」

其實他是進退不得，也知道這一行的行規，他終究是一位野性海洋戰場的老將。在這兒，他也聽了Vazo跟他提起過的，關於台灣在國外註冊的權宜船，有許多事情的真相不敢面對；如現行法規的漏洞、舉證及執法困難，投資比例造成缺口等等，魚不僅捕得多，也在鑽國際漁業法

---

8 超低溫的魚，是延繩母線在水裡一百五十公尺的深度，主要有劍旗魚、大目鮪魚、黑鮪魚等經濟價值高的魚。

的漏洞，說最近中西太平洋漁業委員會（WCPFC）、巴拿馬遠洋漁業、大西洋鮪類保育委員會（ICCAT），以及Green Peace海洋資源維護協會，他們都在密切的關注台灣的遠洋漁船。因此，在敏感時期，他認爲捕雜魚的船是保護自己，降低風險的做法，況且Vazo的資訊是第一手的，是可信任的人，也說，將來在中西太平洋鮪魚的捕獲量將減少百分之五十，所以也就不怎麼跟船公司計較，非得捕超低溫的魚[9]。

這個時候，善待十位新的船工、一位舟山群島來的大副，訓練他們抓魚的技能與安全，讓他們吃得好、工作時間分配均衡、獎賞勤奮者，讓船上生活樂融融，漁獲也會自然的提升，畢竟自己就是這一行的過來人，幹了四十幾年，十分理解年輕船員的想法。

陳船長帶著發仔進入儲藏室，說：

「這是你的責任工作室，你是我們船上的廚師，那是魚翅，拿出來解凍。」我是廚師，發仔問自己。

陳船長又說：「一星期後開始啓航，你就多擔待小平的工作量，當廚師，公司多十元美金的薪水。」

「知道了，陳船長。」發仔是個懂事而受教的孩子，入學之後就一直是個班長，跟小平一同成長，小平在學校的成績雖然很好，貧窮卻斬斷了他想升學的康莊大道。這個時候，唯有順著船長交代的事，分擔小平的工作量即可，再說，他的體能也一直比小平好。

9　捕雜魚，與捕超低溫的魚，遠洋船的桅杆上會懸掛漁網球，好讓國際漁業海上觀察員辨識。

午後的五時許，一幫人嘻嘻哈哈的從貨車下車，小平臉部時而趴在船尾的木板上，時而有氣無力的又無奈的望著海，發仔弄濕了毛巾給小平擦擦臉。

「喲！發仔班長來啦！」一幫人高亢起聲的說，少年郎的尖叫聲散發同路人的熟悉熱情，哇……，發仔眼看這群熟悉的面孔，心坎興奮了起來，像是阿拉天神降下天兵似的感覺，於是惡習突然發威的說：

「班長有旨，排隊站好一個一個接著上船，否則不得上船，不可開飯！」哈哈……哈哈……小平眼看在村寨的夥伴在異國異地相會，也起身擠出笑臉迎接同學。

「你們怎麼也來啦？」

「你們走後村寨悶得很，所以就來啦！」

「哈哈……，哈哈……」

船長於是探頭望外，想著發生了什麼事似的。一個接著一個上船，每個臉上好像都丟棄了鄉愁，說：

「船長好！班長好！」

船上氣氛一時之間，漆上了未曾有過的快樂景象的色澤氛圍，使得陳船長開始有了更深一層的預感，是長時間與海浪格鬥的人的敏感度，體內的溫度是隨著漁獲多寡浮升、遞減，是未來漁獲長紅的預感，總的來說，這是他的經驗論的感受，屬於海上少數的浪人很微妙的感覺。與此同時，船尾的小空間，快樂的氣氛把船長也引出來，他在走道上觀賞這一群少年郎無意間的團聚，令人雀躍愉悅的短暫時光，熱鬧的情境也令他腸胃開通。

「船長，發仔是我們的班長，小平是模範生，我們是放牛的小孩，他們是放羊的領導。」俏皮的小良說。

「很好很好，發仔，我煮一道魚翅給你們迎接星辰的風。」陳船長漆了喜悅，寫在臉上的說。

「好呃！好呃！」就是平常很木訥的，舟山群島來的輪機長也軋一嘴的說：

「我也來煮一道舟山紅燒獅子魚頭。」就在和樂融融的氣氛下，小平與發仔在碼頭的海上度過了美好的第一夜，還有他們羌族的朋友們。

「星辰無語只放光的永恆，海浪有大小卻是惡魔與上帝的對立，海上人啊！海上人啊！在祂們的手掌與手背間的縫隙接受審判……」小良高唱自編的歌詞。

小平的腸胃好像有人在內部攪拌爛泥，直覺好像又要嘔吐似的，他趕緊的衝出船工室，在船尾又吐了一大堆的東西，ㄍㄜ……ㄍㄜ……好幾分鐘之後，他擤掉鼻涕，擦擦淚水的背靠在船緣邊等待呼吸頻率的恢復，小良抱著小被單也走出船艙，與小平並排的坐，久久之後，說：

「小平忍著點，我們沒有回頭路，只有往前行。我們一幫人在這兒，已待上了一個多月，整修船底，整理船艙、魚艙、電路、燈泡、漁具魚線等等的。」發仔也走出來室外加入談天，小良繼續說：

「船公司說他們已經開發了一個新的捕魚基地台，說是南太平洋的庫克群島國專屬的經濟海域，說這艘五十噸的台灣船籍已在庫克國註冊了，將懸掛庫克國國旗。我們嘛，就別管什麼什麼國的，只管抓魚，掙個幾把的錢，就可。聽說要航行一個月才會抵達那兒，我們村寨的幾位同胞已在另一艘船出海了一個多月，傳回來的消息說，他們在船上暈船暈得厲害，小平，有個祕訣就是，吐了之後就吃，吐了之後再吃，如此才可縮短暈船的日子，身子也會健康的，我們幾位剛來的狀況也跟你一樣，放心，我們彼此照顧，好嗎？班長。海洋，就是我們青春期的女人，走吧，兄弟們去早睡吧。」

巴拿馬阿摩葉斯港，他們在陸地命運旅行的終點，在海上命運漂泊的起始驛站。這群少年郎來自相同的地方，也共同的搭上命格共融的船舟，在汪洋上的幸運、多舛，在這星球上，只有親人想著他們。

碼頭上的風來自海洋，多了鹹味與濕氣，阿摩葉斯港暴風來臨前的避難所，這幾天他們兩位的長途飛行、轉機，不算是趟輕鬆的旅行，小平的精神也緩降了下來，但說話說不出口，只想安靜的待在船尾，發仔則睡在其身邊。

其實小良並沒有下船艙睡覺，而是去了船首甲板上平躺望星月，在那兒構思他未來可行的一個夢。他希望成爲羌族的作家，所以床頭下有一本沈從文小說集，一本是莫言的平裝小說集，以及一本厚厚的筆記簿。怎麼寫呢？我的將來……

「班長，小平，你們來船首睡，那兒比較寬，也比較沒有輪機的噪音，好嗎？」小良央求道。夜幕、星辰、海風、海浪就這樣催眠他們夢，夢想故鄉的窮與寂靜，樸實無華的內陸世界。

六　命運漂泊的驛站

我一個人從紐西蘭的奧克蘭機場飛往拉洛東咖島國際機場是在二〇〇四年的十二月三十一日的下午，當我飛到拉洛東咖島的時候，還是二〇〇四年的十二月三十日晚上十一點半，就是過了兩天的三十一日，這是國際換日線之故。在一個不算是個好人的安息日牧師民宿住了兩個月亮的時候，我搬到一個陌生人的家，他叫布拉特，就在我搬去他家睡，初夜的凌晨三點，就要越過四的時刻，如夢幻般的夢見了我至親的親人、前輩，他們的善魂面帶笑容，穿著傳統服飾，好像是招魚祭時穿的服飾，他們來拉洛東咖島看我，我的感覺是，我一直在微笑，當我醒來之際，月亮還掛在島嶼的東邊。我的魂回想剛剛的夢，回想家族們來訪視我的微笑面容，讓我不由自主的心情變得異常的好，彷彿就在我出生的島嶼感觸一般，我於是在我心裡說：

「有你們在我身邊，我的靈魂很安定。」

自那一刻起，我在拉洛東咖島的旅行一切變得都非常的順遂，如是眼前環礁內的藍海那樣平靜的海，令人心安。

無論如何的解釋，對於我，無關於那個夢是真實，抑或是幻覺，唯那個是夢又非夢的夢，我煞似存在於真實與虛無的空間，既踏實又虛幻，卻沒有一絲存疑的現實感。

在拉洛東咖島住了半個月以後，已經和布拉特先生熟了，也信任我了，所以他時常讓我開他的汽車購物，或是環島，或者去拜訪他的白人友人，以及與他年紀相仿的原住民的人，或是讓我去找陳船長談天。

有一天，我在阿伐洛阿港與小船員們話家常，台灣的農耕隊離開了拉洛東咖島之後，那也是在庫克群島國與中國大陸建交後的幾年，大陸接收了台灣農耕隊在此島所有的植物病害的研究。Avarua港對面的新建築正是大陸的領事館，有兩位研究者走到碼頭來問我說：

「是否是台灣來的海洋文學作家？」

「是的，是我本人。」

後來邀請我去他們的研究室，去了他們租賃的房子，閒聊之間，他們送了我五串翠綠的，尚未成熟的，非常漂亮的香蕉，感謝他們之後，我便開車回去。對於那些尚未成熟的香蕉，我不以為然，畢竟如此漂亮的香蕉，在台灣到處都是，即使我種的香蕉長相也非常的美。當我拿回去，放在布特先生家的客廳，他正在看電視，看見我提著翠綠的香蕉進來，問道：

「那是什麼？」

「香蕉。」

他起身走來，專注的左看右看，上摸下瞧，那些香蕉，又說：

「這些水果是什麼？」

「香蕉啊！」

他挑起來說：

「什麼？香蕉啊！怎麼可以有那麼的漂亮的香蕉！」他百思不解的，左看右看，上摸下瞧，那些香蕉，接著又說：

「這是真的嗎？謝謝，謝謝，謝謝，夏曼。」

布拉特先生最愛的水果就是香蕉，而且在早上他喜愛煎香蕉、荷包蛋夾在吐司，加兩杯咖啡，他整日的精神與情緒就會變得非常好，這種飲食的習慣，我的理解是，從兒時就孕育而成的，就如我父親三兄弟，只要在清晨吃鮮魚熱湯，那一天就是他們心情愉悅的日子，因此，我不難理解布拉特情緒愉悅的反射。

「夏曼，走，去開車，去買一些肉，下午請朋友吃ＢＢＱ！」

這一天，是我住他家起以來，他最高興的一天。其實，我的膚色、長相與玻里尼西亞人完全相似，所以開車起來沒有人會質疑我是外國人，我認為，這是藍海給我的福利。

有那麼一天，我們開車去島上唯一的綜合醫院去探望一位他的白人朋友，喉癌病患，彼時我在拉洛東咖島已待了半個月，醫院坐落在島嶼的西部，在不算很高的山丘上。醫生大都是從澳洲來的。布拉特跟我說，這是從一九六二年到一九九五年十二月間，法國在其南太平洋的屬地大溪地東南方的Moruruа島不定期的核子試爆後，因輻射塵、高強度之人工核種隨季節風飄移，威脅區域島民的健康，庫克國所做的長期計畫的醫療支援，並建置病患的病種、病因等等的。二次戰後，西方列強帝國（具有氣派印象，多元功能的國號）如德、英、法、美等等跨區域的核爆惡行，輻射塵瀰漫，威脅島民生計，就如同蘭嶼的情況一樣，島民的疾病變得多元，且比以前更為複雜，而無人聞問。就國際關係言之，此待遇正是標示著弱勢民族的弱勢，孤懸小島等同的悲情，漂亮的、透過專家鑑定的輻射「安全」數字，只是強調了無辜者更為「無辜」證明。然而，拉洛東咖島距離紐西蘭飛航時程約是四小時三十分鐘左右，急性病患往往沒得救，慢性疾病難以治癒，所以島民也深深的質疑，即使庫克群島國已是獨立的國家，不過仍然飽受大英帝國善惡雙面的宰制，跨區域玻里尼西亞人頻繁的聯合抗議，迄今之結果，完全與我們蘭嶼島民之待遇相似，換言之，人患病的複雜度勝過於沒有試爆前，固然是事實，不可否認的，魔高一丈亦為當今強權國、多元帝國量身訂做的遊戲規則，於是正義的伸張已是國際間虛晃的虛僞面具，不屬於小島寡民的福利。

「有改善嗎？」布拉特問。

「愈來愈嚴重。」他們如小鳥般的竊竊私語，爾後布拉特再探視其他患者。那些白人年紀都在七十歲以上，也都是在布拉特承包國際機場重機械工程時，從奧克蘭移民到拉洛東咖島、入贅於當地寡婦的白人，同時也都患腎臟病。

「要不要工作？」布拉特問我。

「可以的。」之後我簽了相當於志工的契約書。在我與布拉特先生回程的時候，他跟我說：「那些白人都是我以前的工人，或工程師，他們需要『擦澡』淨身。」

「沒問題！」我回道。

在我內心認爲，爲這些孤伶的白人「擦澡」淨身，讓我想到我的父親生前被部落婦女照顧「擦澡」淨身的過程與她們突破傳統禁忌的愛心。應該給自己機會，爲陌生人服務，我說在心裡。

前些日子，移動到布拉特家住，夢見我親人，看見父親，發覺他全身是神采奕奕而乾淨，很讓我舒服。此刻來到異國他島，對於爲陌生人擦澡，我似乎一絲排斥都沒有，這是我很奇異的感覺。布拉特對我說他那些朋友的故事，我的理解是，白人並沒有漢人那樣心存「落葉歸根」的觀念，他們與布拉特的友誼已長達三十年以上，在拉洛東咖島有三十幾位的鰥夫白人，與庫克國政府合力培育使弱勢家庭的孩子赴奧克蘭念民族大學或一般大學（我在的那年，剛剛十年），因此，他們的善舉感動了布拉特先生，他付出微薄的金錢，也付出時間，陪陪他這些老友談天，紓解病患者的苦悶。

我照顧九位患重病者，我視他們為我的大哥，幫他們「擦澡」淨身維持一週，每次開車上山，總覺得幫他們擦拭淨身，好像也幫自己做淨身儀式似的。第三天，先前認識的一位德國背包客，慕尼黑某家中學的藝術史老師A君，每週花兩天的時間陪癌症患者談天，或教患者學習基礎的炭筆素描，是在我幫他們淨身後的課程，氣氛很讓我們四五位志工愉快，A君後來在午後有空就來布拉特家，與我們共飲下午酒，那是布拉特先生自己釀的薄本酒，加可樂，味道比我們在蘭嶼米酒加綠茶來得好喝。然而，在這個「志工」的過程中，屬於我個人式的幸福相遇，意義是讓我遇見A君，A君的祖父是德國祕密警察的小頭頭，當他知道他的身分，當他理解德國在二次戰後，也在南太平洋的屬地，一個低島環礁島嶼，在韓戰之後與美國協議，將它作為德國核子試爆的實驗區，對於A君來說有許多複雜的、身為歐洲白人的原罪；就是所謂的多元且多功能型的「跨區域帝國」，為淨身母國環境，卻重汙染殖民島嶼島民感到恥辱，他說，歐美帝國的行為不僅是「獵殺島嶼島民」，使他們成為這星球最無辜的，同時也在獵殺我們的海洋，說身為一個跨區域帝國的藝術家，也許只能默默的付出行動，資助受汙染島嶼的學童就學是他該做的，我後來才知道，我做淨身的那些白人原來是德國科學家、核汙染監測專家、數學家，這是在A君付我三千美元、說那是我應得的酬勞時。

聽了讓我十分錯愕了，我以為只有美國、法國在南太平洋作核爆核災而已。「這就是我們這兒不吃珊瑚礁魚、環礁內海的魚類的理由，因輻射塵曾飄來庫克群島國，」布拉特先生重申地說。我後來從我的電腦放映給他們，我在蘭嶼的「驅除惡靈」運動的影片，以及我在一九九六年一月，與國際間反核人士在法屬大溪地作「廢除運輸核廢核武」到第三、第四世界的照片，那些友人以及布拉特才知道，我隻影孤魂飛到拉洛東咖島的小小目的，我也如此，才心安理得接收那一筆錢。

我隨身攜帶的世界地圖是以中國大陸爲中心的，這地圖把南太平洋切割成不完整的大洋洲，當我在奧克蘭的時候，買了以大洋洲、東西經一八〇度爲中心的世界地圖，這是很値得玩味的議題，從我們作爲少數群族的海洋民族而言，這是正確的世界地圖，其理由是東經一八〇度恰是先看見太陽，西經〇度先遇見月亮，這也就是我們區分東方人與西方人的原始理由。科學家們說，最先看見日出的地方在美屬薩摩亞，最後看見日出的地方是倫敦，因此我們依據地球科學的知識來論，世界地圖因以太平洋東西經一八〇度爲世界地圖的中心，才是正確的。然是，多功能型的帝國主義往往以「己我」爲世界的中心，包括所謂的西方「文明史史觀」亦然，成了我們世人最可笑的謬論。

當我在台灣東南方畫了一個小點，說：

「我從這個地方來的，面積與拉洛東咖島相仿。」大家都笑了，布拉特先生驚叫，說：

「噢，那……那麼遠啊！」

A君跟我們談了許多相關於西方帝國已成慣性的掠奪本質，也出現跨區域的、多功能型的銀行服務業裡，後來我與A君到當地的匯豐銀行，只要我知道銀行之間的swift code（密碼），錢很快地就會匯到我中國商銀的戶頭，非常的方便。而我要說的，就是西方文明史觀遇上沒有文字的初民社群的時候，西方人的真理便是唯一的準繩，把魔鬼當英雄看。

或許，我的運氣很好吧！除去醫院當志工的時間，我充當布拉特先生的司機，到處去拜訪當地原住民的寡婦，當然我並非在做人類學的田調工作，我只是個過境的旅人，彼時，只要是五十五歲之前沒有死掉的婦女，她們的身材大多是正常的體重，不正常的是過肥症，也就是說，五十五歲之後，必須減肥，否則只有提前死掉的歸途，死於心肌梗塞。島民不欲面對長期的反核事件，也不談反核，此事原來就不是南島民族的主動需求導致的災難，而是帝國強施於人的政策。真的很遺憾，在拉洛東咖島遇不到八十歲以上的老人，每次去不同的婦人家裡，最大的忌諱問題就是「反核」，我們都得帶一手的海尼根啤酒，以及便利商店裡的垃圾食物充當台灣的滷味，A君也都跟來同行，其次，「反核」絕非是自己放逐自己到南太平洋的目的，而是我追逐著自己兒時的夢想的願望，此刻看見、遇見玻里尼西亞人也解構了我本人相信西方人類學家的論述，就是A君也跟我說，那些人類學家都是自己創造問題意識，按西方人的思維邏輯去爬梳、書寫、解釋，去回答自己的問題，文明自己撕裂他者時，合理化自己優勢的書寫位置，而非協助島嶼民族本身尋找解答。如蘭嶼的原住民，在二次戰後成爲中華民國國民的時候，承受中原中心儲放所有的垃圾，成爲政客與科技的殖民島嶼！從島嶼環境的思考，這本質上就已表明太平洋上的小島嶼命運是人爲所製造的，人爲作孽的成果。

A君跟我們結識、與我們熟識起，我們就天天在午後喝適量的酒，布拉特先生在拉洛東咖島上還有一位小弟，是島上供應超市的豬肉販售商之一。一月某天是玻里尼西亞民族的傳統慶典，是母系家族型的聚餐，我們三人受邀去吃午餐，我們一到，我看見布拉特的弟弟在劈柴，柴是買來的，遇到此景，我立刻代替他劈柴，許多男性注視著我劈柴嫻熟的動作，不僅好奇也很驚訝，以爲我是某島嶼的玻里尼西亞人，我後來習慣性的再把地圖拿出來指給眾人我出生的島嶼，就在那時，一位男人跟我說：

「台灣是我們母親來的地方。」

「是的，」我說。這個理論，我不在意是否是發自夏威夷大學，或者澳洲某大學教授，我至少已證明，我在大洋洲移動的同時，我一直十分注意我與其他島民接觸時，我會說我們共通的語彙，我都證明到了。至於，我劈柴的技能比所有南島語族的人好，除去我後來學習的技能外，也凸顯了我造船握斧頭、劈柴自如的美學，此吸引了所有人的目光，彷彿在證明我們彼此間原來就是親戚的關係，也因而拉近了我與他們之間那道陌生的鴻溝，彼此有了面容上友誼的笑容。布拉特母系家族來的人愈來愈多，許多的年輕男性女性，我注視著人來人往的群像，我不由自主地讚嘆，無論是長相、膚色、寒暄對話都與台灣原住民相似外，就連島嶼民族在二次戰後被殖民、被邊緣化的、被去主人化的輕憂鬱氣質也相似，氛圍是那種臉是愛笑不笑也是笑的感覺，這點滿奇異的。午後男性圍繞在一個如嬰兒澡盆大的木製器皿邊，由一位男性用水不斷攪拌手中的細緻紗布，澡盆的水位約在八分時，那人持著被切一半的椰子碗盛上八分滿的水，這碗水就叫做Kava水，是一種麻醉舌頭的根莖植物的根磨成粉的飲料，它不會讓人醉，卻會麻醉你的舌頭，喝多了還是清醒，但飲料喝多的結果是，讓你的舌頭麻木，話愈來愈少，相反的，任何的酒喝多了是讓人愈爲多話。

我與A君大多聽不懂玻里尼西亞語，於是他出去買了一箱的海尼根啤酒與我共飲，沒有多久，人群一手啤酒，一杯Kava水，如此一來，我們「圍爐」變得熱鬧了起來，到了第三箱已是夜幕低垂時分，夕陽催人沉睡，那個氣氛呈現了島嶼民族想喝酒醉卻不敢喝醉酒的愉快感覺。然而，誠如布拉特先前跟我說過的，一大鍋的肉，從婦女一坐下來起，Kava飲料、芋頭、五花肉、牛肉等等的就吃個不停，生完孩子的婦女經常被這種習慣吸引，不停的吃，不停的喝，不停的做愛，這是玻里尼西亞婦女認爲「胖」的美學定義。

然而，布拉特的觀念很不一樣，他非常不喜歡「胖」，在六十幾年前，他十來歲左右，他說，那是二次戰後沒有多久，他父親帶他與弟弟、母親，從大溪地北邊西部的某個島嶼，駕一個單桅無動力的獨木舟航海到拉洛東咖島，他現在住的房子，他父親跟他說：

「吃『胖』的意義是，揮霍島嶼陸地物種，獵殺海洋生物的元凶。」這也是他討厭胖女人的理由。

我與A君在醫院幫老人擦澡，白人的身材高大，幫他們翻身是件苦差事，然而有四位是德國科學家們，他們幾乎與家人已斷了音訊，二次戰後，美國把德國之殖民島嶼接收後，一些核能專家便經常來回奔波於美國核子試爆後的環礁群島，從事珊瑚礁的探索與研究，其中之一人就是A君的父親，但他不說他父親得什麼病，他們是巴伐利亞人。幫這些老白人擦澡，我不知不覺中感到安心，好像我是在做回饋的工作似的。醫院裡的護士，幾乎沒有當地的原住民，大部分都是從奧克蘭來的白人，或者是從奧克蘭約聘護理人員，彼時我才知道身材胖的玻里尼西亞人，幾乎在五十歲上下就會逝去，其他的沒有做志工的意願。

A君是高中老師，也是藝術家，他每年的假期都飛來拉洛東咖島，當這家醫院的志工，同時也從背包客中找一兩位來醫院協助他，這個工作A君已做了十來年，他後來竟經常來我房東的家閒聊，成了我們的好朋友，當他拿三千美元給我的時候，我把一千元留給我的房東，布拉特先生。

當我在拉洛東咖島的時候，我原初的計畫就是去找航海家聊天，去找玻里尼西亞民族的雙體雙桅的航海船，我在清大的最後一個學分就是閱書報，想去閱讀有關「海洋」的人類學民族誌，甚至是南島民族書寫的海洋文學。是的，我閱讀到了許多關於玻里尼西亞（Polynesia）、美拉尼西亞（Melanesia），以及北太平洋的密克羅尼西亞（Micronesia）地區許多的西方學者寫的書，當然最有名的就屬馬里諾斯基（Bronislaw Malinoski）的《南海舡人》（Argonauts of the Western Pacific），我認爲馬氏的陸地中心概念還是非常嚴重，有逆時的圈，以及順時的圈說貝殼的庫拉圈（Kula Ring），正確與否對我不重要，然而「順時」與「逆時」是海洋民族科學的概念，這是月亮與海洋潮汐不變的律則，其次最讓我感興趣的就是海洋的風，我翻譯成「風的名字」。

密克羅尼西亞（Micronesia）的卡洛琳群島（Carolin Is.）有一群的男性，他們專職就是航海行業，航海還包括觀星的知識、月亮與潮汐的常識，經過他們長期的觀測，讓他們發展了二十八個風的名字，非常接近於現代航海海圖的現代化知識，對於布拉特先生，他跟我說過，這樣的知識，在他們這兒是男性普遍的常識，這幾乎也跟蘭嶼的達悟人是非常相似的，這是海洋民族相通的環境知識，反觀西方人類學者的著作觀點，所謂「風的名字」是他們最不敏感的感官知覺，或云最不感興趣的知識論述，這是我念研究所的結論，就如我們蘭嶼人在學校念書，閱讀不到海洋與人文的文學一樣，令人匪夷所思所謂的中心觀點。

第二天，做完「志工」的工作後，我與A君從布拉特家逆時的走沙灘的路，他跟我敘述他父親的故事，他是一九五〇年生的，他們是猶太人，二戰之前，他們舉家搬到瑞士，他父親在一家醫藥科學研究中心工作，在一九六二年去澳洲做祕密的研究工作，從那個時候他們就與父親失去音訊。直到他拿到博士學位，回巴伐利亞找工作，存了十年的錢，籌設某某基金會之後，他開始飛南太平洋諸島，說是自助旅行，其實他的目的就找他的父親。他從社會群島的大溪地開始找，美屬薩摩亞、薩摩亞國、馬紹爾群島國（Marshall Is.）、索羅門群島國（Solomon Is.）、斐濟（Fiji）等等的許多地方。一九九六年，南太平洋許多島嶼的玻里尼西亞人，串聯去大溪地的法國政府行政大樓，抗議法國政府罔顧國際輿論，繼續在低島環礁祕密的試爆，那一年A君參與了，也加入了德國維護星球環境的反核組織、反核武輸出到第三世界的運動，那年的試爆輻射塵被南半球太平洋的東南風帶到社會群島、庫克群島國，尤其是庫克國首都所在的、住有五千人左右的拉洛東咖島。當我們散步到一家庭院很大的人家時，我們遇見一位年紀比我小的當地人，他坐在小椅子上刮除一些魚的鱗片，魚名我知道，達悟語稱Mazowzaw，台語稱秋哥魚。我上前去問：

「這些魚可以吃嗎？」

「我不知道可不可以吃，但我們想吃魚了想了很多年。」

「超過了十年，我們沒吃魚了。」

「吃得安心嗎？」

「不管了，基督上帝選吧！」

是的，我的島嶼也深受輻射的威脅，也帶族人反核好幾次，輻射塵曾飄來拉洛東咖島，我們的島也有好幾次的輻射外洩，但我自己本身也不了解輻射塵是否會下沉到海底，抑或是在水面上，鈽、銫、鈾、鈩等等的人工核種，我真的不知道這些核種會傷害我們人體到什麼程度，真的不知道，其實我的感受也像這位玻里西亞人一樣，吃了再說，不吃魚對海島民族來說就像喉嚨被切了一半，吃什麼都不對勁。是的，我也跟他一樣，會說：「不管了，基督上帝選吧！」生了病，也只有默認。

飛魚季節過後，我幾乎每天在蘭嶼國家核能廢料貯存場沿岸去潛水射魚，不只是我，島上許多的人也都來到核廢料貯存場沿岸抓魚。也許我們只考慮到我們舌尖味覺的感受，或是吃鮮魚湯已是我們腸胃最為適合的食物，我們或許不在意核輻射，就像擁護核電的人不在意把核廢料貯放在別人家的屋院一樣的心態。A君他幾乎非常厭惡第一世界擁有核電廠，以及擁有核武器的國家，擁有尖端科技的知識、技術的國家，以及跨領域而多元的科技公司，幾乎就是主宰、操控第三世界人的喉舌。大洋洲南北半球有許多低島環礁島嶼，除去供應先進科技帝國貯放高強度廢料、核武器外，美麗的島嶼也變成跨區域帝國，或者財團發展高度消費的觀光島嶼，如大溪地的Bora Bora、斐濟的Yasawa群島、夏威夷、關島、雅浦（Yap）、美屬薩摩亞等也幾乎落入西方國家與財團操控的觀光事業，這正是強權國家、財閥為自己打造的、掠奪他人財富不公不義的證據。

那位當地人邀我們跟他家人共享鮮魚肉鮮魚湯，這個邀請很誘惑我與A君，彼時我主動地去紅燒三尾的魚，A君去買六罐海尼根啤酒，及一些孩子們喝的飲料。

「不管了，上帝選吧！」生了病，也只有默認。

島嶼住民的經濟收入，幾乎就是移動的觀光客提供的季節性財源，民宿經營者、超市的物資也幾乎是從紐西蘭運送，物價高，無法刺激在地的消費實力，當地人也只好跟我一樣，自己抓魚自己吃，船隻拖釣多餘的漁獲，在星期六的市集就拿來販售。原來這一家的男主人，就是十幾年前與一群玻里尼西亞人航海至夏威夷，再返回拉洛東咖島的其中之一人，彼時他盛情的面容多了一層經濟收入短缺的無奈。最後他在拉洛東咖島上做澳洲人的漁工、漁夫來維持家庭的開銷，他叫Landaw。

七　巴拿馬到阿伐洛阿港（Avarua）

陳船長的幸福號乘載的漁工全是新手，當他從巴拿馬阿摩葉斯港朝西南邊出海的時候，他就定位於二二五度，從北緯十度，以一小時十一海里的時速，朝赤道航行。他知道從出港一直開到西經一五〇度，南緯十度的海域，他是不可以獵魚的，他必須遵守南太平洋區域漁業養護暨管理公約（SPRFMO Convention）的法規，同時也是不可以存有獵魚的僥倖心態，這是他所熟悉的，否則，對於違規，將會終止他的船長執照、扣船、扣人以及受牢獄之災。

目前庫克群島專屬經濟海域（EEZ）係由紐西蘭負責巡邏查緝。紐西蘭同意庫克群島人民可同時擁有紐西蘭國籍，可以定居及自由進出紐西蘭。論壇漁業局（Forum Fisheries Agency）、太平洋社區（Pacific Community）、中西太平洋漁業委員會等等的，紐西蘭政府是直接參與和干預的。此外，庫克群島也簽署若干國際公約或協定，如聯合國海洋法公約（UNCLOS）、禁止化學武器公約（CWC），此項禁令庫克國也在二〇〇〇年同法屬大溪地簽署，以及南太平洋區域漁業養護暨管理公約（SPRFMO Convention）等。

這些事情，陳船長在巴拿馬的時候，Vazo不停的教他、提醒他，還有下鉤獵魚的經緯度，他們出海的終點基地站是拉洛東咖島的Avarua（阿伐洛阿港），Vazo說：

「西經一六〇度到西經一六五度，以及南緯十度到三十度，在這四方塊是屬於庫克群島國的漁權範圍，在此之內才可以獵魚。」

陳船長是獵魚好手，也是遵守國際漁獵法的台灣人，四十幾年來他的努力，台灣的這個船公司是十分理解的。遠洋漁獵的老船長逐漸凋零，許多船公司都想在自己旗下培育更多的遠洋的船長，即使在高雄的海洋科技大學、澎湖的水產科技大學，船公司都很積極朝此方向努力，然而遠洋漁獵已經不是台灣下一世代的人所追求的選項之一了。陳船長看看他這些新的船工，一群沒看過海的羌族小孩，在三年之內努力訓練船工船長，絕對不是一件容易的事。幸福號向西進開了兩天的時間的時候，羌族的孩子們，真如他自己判斷的答案完全相符合，除了發仔以外，其餘的都暈船，並且吐得非常厲害。第三天，一個風和日麗的好天氣，他命令發仔請所有船工到船尾，他發給每一個人一瓶礦泉水，漱口之外，命令他們喝完一瓶的水，小平看看發仔，發仔於是說：

「喝吧，兄弟們。」

於是他九個兄弟喝完之後，喝水的嘴全都朝船外，稀里嘩啦的吐出胃內的剩餘的酸液，「再喝……，再喝……」每個人軟趴趴的趴在船尾、把頭朝船下的海，大小不等的酸液黏著下唇滴落，復滴落……，此景在陳船長的肉眼裡，像是一群倒臥的死海豚令他憐惜，也很無奈，然後請大副開空車，停止船隻進行，說：

「發仔，把飯菜拿出來，把橘子拿出來。」又說：

「每人必須吃兩碗，菜也必須吃完，不吃完，每人扣五美元的薪水，請大副登錄。」大夥想到要扣薪資，還沒抓到魚就要被扣，再怎麼樣的吃不下，也要讓喉嚨柔軟的嚥下米飯，身體再如何的不適應海上顛簸的水床，然而，爲了家庭打破貧窮，爲了娶姑娘，強制自己適應海上生活，在此刻，這是唯一的選擇。其實看在船長的眼裡，此景此刻是不好受的，然而，他是這艘船的老大，遠洋出海的目的就是賺錢，身體嘛，只好把他硬起來，其他的甭談。

第一天，第二天，一星期之後，只剩小平繼續嘔吐，繼續暈船。出海後的第十天，幸福號已經沿著赤道航行，彼時大副開始教這些孩子綁魚線上的魚鉤，讓心身忘記船隻上下左右的顛簸，子魚線長約三十公尺，總計要綁六千個子魚線鉤，也必須在一星期之內製作好，因爲都是新手，又暈船，讓船上許多下鉤前的準備工作延宕了許多。趁還沒下鉤之前，把所有細節的工作做好，才不至於空船進入阿伐洛阿港，也是給船公司在拉洛東咖島送魚做公關，打通一些基本的關節。

大副跟了陳船長，這趟算來是第二趟，也就是他在海上跟台灣船作業邁入第四年，他簽的在海上賣身契的合同是六年。他理解，有許多在海上的事情，必須把自己當作是修行良好的七十歲老人，凡事不可斤斤計較，才不會與船工發生摩擦，減少不愉快的事情發生。當然，他也理解陳船長是位老漁夫、好船長，雖然他的積蓄、房子全被妻子吞掉，耗掉了陳船長前半輩子所有的精力，但他認為陳船長只要還有力量站在船上，只要繼續擁有他觀察天候、感知水溫的智慧，在藍色大海，再與他賺六年的錢，應該不是難事，只要好好地跟隨陳船長學習，當這艘船的船長也是有可能的。畢竟，他了解在這十年來，已經沒有新生的台灣人願意學習過海上的艱苦生活了，想到此，大副就精神抖擻了起來。

「船長，子線的魚鉤都做好了，」大副抬高嗓音地說。

「大副，中飯吃完後，把子線魚鉤排列繫在船首的繩索，我們要放三千七百個魚鉤，一千個做備用。」

「小平過來，把這個藥吃下去，」船長摸摸他的頭說，「小平，在海上當個男子漢，否則你會被壞血症弄死。」小平吃了藥，拿起了碗筷，坐在大副身邊，說：

「謝謝，大副哥哥的藥。」

「要謝謝船長。」吃晚中餐後，大副把小平拉到船尾的陰涼處，說：

「咱們這一艘船，大夥兒都是穿一條褲襠，命運好壞與共，賺錢多好事來，當個男子漢，可別讓自己生了個病，船上可不是陸地上有醫生啊！」

小平擦拭淚痕，遠望無止盡的海平線，看東看西都是等同的距離，認為眼前的海根本就不迷人，太陽比開水燙的感覺。在成都的經驗，人聲車聲，男聲女聲，普通話，四川各地的鄉音，比羊群ㄇㄧㄝ的音複雜，他可以分辨母羊與公羊的聲音，還有成羊與幼羊，以及羊群高興與驚慌的音，他再熟悉不過了，在陸地的活可多了，做也做不完。在成都，他與發仔還可以找地方吃冰消暑，欣賞欣賞都市的姑娘，也偶爾打個電話給阿爸、小妹子，紓解思念。在船上，什麼活都是不嫺熟的，即使幹活，腸胃也不爭氣，天天吐，不分白天黑夜的吐，讓他消瘦了許多，在這些燠熱的海天一色的航行日。

「大副，看不到陸地島嶼，我慌啊！我慌啊！真的慌啊！大副哥。」

「小平，咱們上船的人家，就是家裡窮得到了地底啊！你老子有錢，你會上賊船嗎？諒你也沒那個熊膽啊！養羊，養得出你萬把塊錢來嗎？真的，慌是必然的過程，尤其像你們從小沒看過海的內陸孩童，不慌才有鬼哩。咱們國家窮，咱們今日爲台灣的船做苦力，做個三年、六年的光陰，好歹有了小錢，走走去台灣觀光，看看漂亮的台灣姑娘啊！那真是一件好事啊，小兄弟。我是舟山群島人，家裡窮到喝雨水，窮到看見姑娘都嚎哭了起來，娶不得，我嘛，於是跑船來了，這趟船啊，是我在海上的第四年的光陰，海上好玩又省錢，每一尾魚就是美金，六年過後娶個小姑娘好入洞房啊，小平。你說，是不是啊，小兄弟。」

小平在這十多天來的海上日子，他終於有了笑容，說：

「大副哥，你說得準沒錯。」

「聽說，那位十分肉感的、從大連來的阿鳳姐摸了你的小雞雞，是真的嗎？」這下子，小平靦腆的笑臉終於又出白牙的說：

「大副哥，你說得準沒錯。」

「感覺如何啊？」

「大副哥，別逗我啊！」

「感覺如何啊？說來聽聽。」

「嗯……！」小平看看大副，他那圍繞在「色」的、等待答案的眼眸。

「大副哥，別逗我啊！……咱們幹活去。」小平似乎恢復了他原來的純潔樣，他擦拭嘴角的酸液，下到船艏甲板上跟著大夥做起事來了。

「大副，母線8字環的子線與子線的間距六十公尺，請記住。」

「理解，」大副回道。

「小平，你過來，」船長說。

「你來開船，我要睡午覺。」

「什麼？」

「你來開船，我要睡午覺。」小平緊張的樣子，讓他不知所措，比他闍羊睪丸更爲艱辛。

「過來這兒，看，這是235°，方位是西南西，就讓指南針一直指著235°就好，我就在你身後睡覺，多多學習，你的工作就會輕鬆一些。」

小平冒出臉汗，冒出手汗，雙腳發抖的直看眼前沒有邊際的藍海，「怎麼是這樣的事？」他哽咽地問自己。

「235°……235°……」雙腳一直抖著，抖著，哽咽，抖著，哽咽，想著想著故里的漸漸消瘦的阿爸，阿爸蹲著看他漸漸長大的模樣，還有愈爲可愛的、穿洋裝時俏模樣、活潑的小妹，以及沒有看過小妹走路就逝去的母親，讓他胸前的汗衫像是羊媽媽剛生過小羊，她抱起滿是羊水的嬰羊黏稠的糢樣或是興奮樣。他恨死了眼前沒有盡頭的藍海，恨死了陽光讓他眼珠疼痛，而他握著方向盤的雙手汗水已把腳下駕駛艙的地毯滴濕了。五十噸的木造船順著東風前進，小平看著眼前的儀表，他什麼也看不懂，只有235……235……的阿拉伯數字，三級風浪的好天氣，在這個時候，他的緊張忘記了嘔吐，阿爸、妹子、媽媽塞滿了他駕船時的腦海，船艏時而高過海，時而低於海面，時而頂到雲彩，時而切割浪頭。「平哥，在海上當個男子漢。」「平哥，在海上當個男子漢。」在成都車站的這一道聲刺進他跳動激烈的心脈，他忽然平靜了下來，也忽然意識到自己已經不再嘔吐，此時，他移動雙腳，看看已經濕透的地毯，單手駕船，單手摸摸溼透的汗衫，然後墊著腳尖閱覽在甲板正在熾陽下工作的好兄弟，忽然心情被藍海打開，忽然想著，「平哥，在海上當個男子漢」，此時此刻駕船的他，就是這副模樣，感覺自己已經是男子漢了。於是乎，他開始慢慢沉浸在男孩駕船的雄姿樣，他的精神慢慢地恢復到他放牧羊群時的神韻，船艏切破迎來的小浪頭，浪花立刻濺起紛飛，小小的震盪震出了他已是男人的樣子。久久之後，專心駕船的他，忽然聽見：

「你已經是男人了，不再吐了吧！」陳船長已起身站在他身邊。

「嗨，船長。」

船長走出駕駛艙，對大副喊叫：

「叫孩子們到船尾休息，吃水果。」一群男孩循序走上來走經船長室。

「哇！小平在開船。哇！小平在開船。」羨煞了其他夥伴，此時陳船長指示小平說：

「按這個綠色鍵，船就會自動導航，請記住。」

小平的笑容此時象徵幸福號船的陽光，也代表他是這艘船最脆弱的男孩，也是年紀最輕的一人，陳船長找不出一個合理的答案，說小平適合這個既優雅又粗暴的行業，看他纖細的身材，看他時時漫不經心，凡事慢半拍，常常神遊之感覺，是早期討海人最大的弱點，致命的行為。他們在海上顛簸就快二十天了，他沒有一餐是吃得飽足，從白天到夜幕低垂的深夜。小平常常孤伶一人趴在船尾甲板孤飲哽咽、痛苦嘔吐，深夜的、寧靜的夜色汪洋，複印著許多許多的天空的眼睛的美麗，是紓解鄉愁思念親人的良方景致，但船艏切割微浪的沙沙聲，彷彿是迷航的幼鯨，混殺了他所有未來想致富的美夢，許多寧靜的夜色汪洋沒有帶給他想寫海洋小說的欲望雄心，這些只因為他不斷的嘔吐，不分晝夜的嘔吐，使他時時精神恍惚，魂不守舍，如是病懨懨的小羊無氣無力。

「哇！小平在開船。哇！小平在開船。」

忽然間，他神乎奇蹟般的甦醒了起來，裸露了他從小讓街坊鄰居珍愛的笑臉，說：

「嗨，船長爸爸，我不暈船了。」

「好的開始，當大夥空閒時，你就來駕駛艙[10]駕船。」

這是陳船長個人獨門的信仰，有感覺就有的感知信仰，大夥在船尾的同時，他拿起了三炷香，點燃了，朝船隻的左舷，下鉤起魚的地方三拜，並把三炷香插在他設計的特殊位置上，「南無阿彌陀佛」、「南無阿彌陀佛」。

那一天是三級浪的好天，小平在開船的同時，自己正在熟睡了，若說許多的討海人船長沒有屬於自己特殊的禁忌信仰，或者說是特殊的癖好，在駕駛艙內是不可能的，從他十四歲起的討海

10　駕駛艙是船工在海上的禁地，許多台灣遠洋船的實地，許多信仰在裡頭循環運轉。

歲月就知道的不成文的禁忌文化；諸如一般船工在沒有指令下不可進入船長室、駕駛艙，不可在駕駛艙內放屁，不可移動駕駛艙內的所有東西，這小小區塊是船長的神聖廟宇，或說是如神父般的密室，船長與海神直接對話的，直接影響漁獲多寡的禁地。數不清的在汪洋上的閩式禁忌文化，他非常理解，甚至一些禁忌是他自創的，此時他正在思索，或說他正在傷腦筋，忽然叫小平開船這個事情，一個小孩子，一個不知道何謂海的、住在大陸四川最內陸的孩子，自己像是被某種魂掩蔽神智似的，這種事情在他討海五十年不曾發生過的。「南無阿彌陀佛！」雙手合十的說。

「但願是件好事，」他神情極爲專注的祈求道。

過了幾天，陳船長問大副說：

「工作都準備好了吧！」

「放心，全都做好了。」

「假如這兩天風浪不變的話，我們就會進入庫克國的漁權海域，我在等一個電話。」

「什麼電話？」

「接一位合同到期的經驗豐富的水手。」二十二天之後，南緯五度以下，西經一五〇度到一六五度他們駛入庫克國的漁權海域，此時凌晨三時，陳船長下令說：

「往南方開，開始下鉤。」他們的誘餌是小管魷魚，二千七百個魚鉤，魚鉤母線間距五十公尺，三小時之後，天已經亮了，所有鉤子魚餌全都放下海了，吃完早餐後，說：

「大副，你去睡。」

陳船長把小平喚來船長室。

「還暈船嘛？」

「報告船長，不暈船了。」

「往北開。」兩小時之後，幸福二號已出現在他們眼前，這艘船在海上作業已十三個月，準備為這家漁業公司第一趟返回庫克國阿伐洛阿港，而陳船長才剛下完鉤，兩船並行。船長也是台灣人，是澎湖人，兩人短暫寒暄後，從二號船來了一位經驗豐富的漁工，說是合同快到期的人，六年合同，上船之後，說：

「報告陳船長，我叫于峰，叫我小峰，四川羌族人。」陳船長見了他，心情非常好，說是好漁工經驗豐富，他一眼便知。然而，小峰把東西安置好之後，他從兩百噸的船跳到五十噸小船，除了空間變小，睡床變小外，一看全是新手的羌族同胞，什麼經驗都沒有的時候，他便感受到疲憊再加一層疲勞的身心，是從船上退役前最大的苦。

他站在駕駛艙門邊等著陳船長的指令，小峰是一位身體被海浪琢磨的、寡言的年輕人，他剩下三個月，先前的那艘船，他做了兩年八個月，滿載得先回阿伐洛阿港。雖然剩四個月的契約，但他心裡想的卻是船公司壓榨他的勞動力，壓榨他的經驗，壓榨他的精神去教這些年輕的同胞漁獵法。起初他也像是小平那樣的內陸小孩，一上船就嘔吐不停的人，他在船上的適應期約是二十天，從一般水手變成漁撈師，這五年的海上歲月卻是讓他成長的時光，他甚至十分感謝一手帶他的劉船長，他認為這是他這一生的幸運，如今還剩三個月，他在海上的日子就整整六年，這不算短的日子，他問陳船長，說：

「下鉤多久了？」

「不到兩小時。」

「起鉤叫醒我。」

陳船長看了溫度計，看了手錶，船隻繼續往北開，與魚線浮標間距約是兩海里，他現在在追蹤下鉤那一端的架了追蹤器的浮標，影幕顯示還有十二海里的航程距離。陳船長以時速八海里前進，算來有一個半小時。到達的時間已是晚上，此時他與大副開始分配船工的班次，並且決定小峰的工作在起鉤殺魚，並請另一個當小峰殺魚的助手。陳船長心裡覺得十分的欣慰，跳上他這艘船的小峰是爲鯊魚取出魚鰓的高手，動作敏捷，乾淨俐落，這樣的好手最是讓新生的船工輕鬆，但他也知道第一次下鉤，第一次起鉤是海上獵魚教學的第一堂課，不可太操勞新手，同時也是讓他們適應在海上兩班制的生活。大副與船長合作過一段時間，他不在意漁獲的多寡，但他在意下冰冷的魚艙排列漁獲時重量均衡，所以對於小峰的上船，他跟船長一樣的高興，可以讓他們節省很多的時間，不會讓他們全船員勞累。

陳船長讓船自動駕駛，讓大副坐在駕駛艙看書報，也察看船前行時是否有其他船隻在附近作業，在雷達的螢幕裡有幾粒，他查看綠點距離，是安全的，這是在海上夜間作業必須注意的。這一趟是他們從巴拿馬出海來庫克國第一次的下鉤，當他們下完鉤的時候，陳船長拿著香炷不斷的喃喃自語，不斷的拿香向海面默拜，是祈願這個海域的首航下鉤有斬獲，船上有多少魚，他們就按船上階級分紅。

於是從船長、大副與剛上船的二副小峰，以及那些新船工，就從現在的漁獲算起，大副在船艄，也就是駕駛艙上方的瞭望台上掛起一支橢圓形的網，以方便中西太平洋漁業委員會透過人造衛星監控該船，這是以獵捕雜魚爲主的船隻，當然獵捕雜魚從魚類研究的角度研判，被歸類爲「混殺」11（bykill），依據漁獵漁具來說，這種單線延繩釣法算是「混殺」中對全球魚類資源的傷害較輕的。

單線延繩釣法是在船尾放流一條魚線，依據船隻的噸數延繩放流十海里、二十海里等等的漁獵法，深度在三十或是五十公尺深的母線稱之釣雜魚魚法，深度在一百或一百五十公尺深的延繩魚法稱之釣超低溫魚。超低溫魚主要是指黑鮪魚、大目魚、劍魚等三種，銷售市場以日本爲主，以及零星的台灣、韓國、香港、舊金山、夏威夷等等嗜好生魚片的大市場爲主的餐廳。

陳船長十年前就以釣超低溫魚爲主，這幾年體能消退得快，也找不到好漁工而放棄，船往北開了十多個小時以後，他喚醒小峰，以及第一組的以小強爲首的組員。天剛剛入夜，發仔煮好了晚餐，陳船長請求組員吃足晚餐，也請求他們聽小峰的話，說：

「我開船，起鉤時船身與魚線成三十度，魚從船艄上船，一個人控制圈線器，一個人掛鉤，其他人在遇到魚時把魚拉上船，小峰殺魚，取出魚內臟，小強跟大副在魚艙內排整魚身，祝福大家。」

---

11 混殺，主要是指以單船，或雙船海底拖曳網之船所獵捕的不分大小魚的漁獵法，不僅破壞海底珊瑚礁生態，也急速改變魚類棲息地的環境，一九八〇年中期之後，聯合國漁業管制署即嚴禁拖曳網的逾法，不過台灣西部近海的漁獵仍在盛行混殺的漁獵。

陳船長開啓船艄的所有的燈盞，與魚線呈三十度，他不斷的念祈福禱詞，另一組員見習協助，這些小小船工，生平第一次獵魚，天候海況庇祐這些小孩，風浪處於最適合起鉤的時間，船隻逆行頂著微弱的洋流，小峰繫上腰帶，把磨好的殺魚匕首插上腰間的皮革，耐心的調教起鉤的組員，一個小時以後，才有第一尾的土魠魚，船長請求小峰把一隻內臟取出來，這是測試小峰的殺魚功夫，真是牛刀小試，看在他眼裡是真功夫，說在心裡的是，真幸運，來了一位好手，並把它立即冷凍，船隻走得穩定，起了一百個鉤，釣上來的還不到二十尾。對於新船工，除了還算輕鬆外，也見識到了小峰殺魚的真功夫，以及他們說不出的美感。

小峰之後取出磨刀石，訓練小強磨刀，他再取出另一匕首，再請小強磨一磨匕首的鋒刃，說：

「鋒刃磨到這樣的銳利。」

他一邊殺魚一邊叫小組員用海水清洗魚內臟鮮血，然後把魚用鐵鉤吊進魚艙，這些是基本的工作程序：起鉤、脫鉤、殺魚、清洗、吊進魚艙，急速冷凍，排列魚鉤。小峰不厭其煩的重複這個過程，說大家克盡己職，工作便輕鬆。六小時之後，最後一鉤上船，然後再把閃燈記號浮標拉上船，浮標綁上追蹤器，起鉤工作就算完成。

陳船長把船掉頭往南方開，說：

「小峰，你看幾噸。」

「不到一噸。」

「解凍小管（魷魚）。」又說：「小峰，去切生魚片來慶祝，你們必須練習，適應吃生魚片，我們這次航行獵魚預計三個月，給你們實習。」

「生魚片比生羊肉可口好吃，你們必須練習適應。」

對於小平，這又是腸胃的另一種食物的挑戰，他們注視著船長、大副、小峰的吃相，沾醬油、辣椒，或是醬油、芥末膏。船長看著星空、海況，不發一語的吃著在海上的年度生魚片，認爲第一次下鉤的成績差強人意，自己估計三個月三萬噸，這是他第一次來到庫克群島國獵魚，是他與幸福號的處女航。

「小峰，南緯十度開始下鉤。」新的良景，噗噗噗的引擎聲，船隻前行在遠方的南邊星辰密布，紅綠燈代表船頭左右燈，白燈是星光，他請他的船工注意，並分辨之，這個燈號是海上重要的知識。這樣的知識都由小峰教那些新手船工，省了船長許多小環節的雜事。

小峰二十三歲，十七歲就在幸福號船公司工作，許多他這個年紀的四川人皆因貧窮造就了他們在海上工作的韌性，以及沉穩的脾氣。在海上六年的賺錢時間，省了他六年在陸地的花錢時間，小峰守得住，帶幾十萬的人民幣回家沒問題，這是他喜歡跟五十噸級的小船的原因。二百噸級以上的船，不僅人多，三班制的工作時間，一些人常有時間聚賭，他沒有那個習慣，也相對地減少了自己的困擾，五十噸級的近洋船，固然對船工的工作量拉長，比較疲累，同時在船尾睡艙的臥床較小，不過船工之間的衝突就少，並培養出彼此間在工作上的默契。

對於陳船長，小峰的上來確實給他很多很多的幫忙，尤其是解剖魚肚取出魚鰓、內臟等工作，絕非是新手可以勝任的，自己固然是解剖魚肚的高手，然而，在海上的許多事物、工作，歲月催人老特別顯著。在海上一個月之後，小峰已經把小強訓練成有模有樣的小幫手，不僅是他，其餘的九位都很快地進入正常的工作狀態，而小平的工作是做雜事，包括開船。對於小峰，他的工作就是整合新船員，他不時的教育他們如何下鉤，放下魚餌，如何起鉤收漁獲，一個月下來，下鉤起鉤的工作在下延繩線十次之後，他們就熟悉了。最重要的就是，如何把超過二百公斤以上的魚拉起，操作起重機後來是小強與發仔的責任。大夥雖然都是新手，也許全都是羌族小孩，彼此間在搖晃的船上就沒有所謂的磨合期，這是陳船長選船員的主要核心，他可以慢慢教，只要沒有衝突就是好事。

在他當上船長以來，就是最害怕船員之間的不合作、械鬥，在海上寂寞的、一成不變的工作程序就是船員情緒操控不好的來源，讓他練就了觀察船員情緒不好時的心理諮商師，這是非常不容易的工作。他跟船員說，只要合作無間，漁獲就多，賺的錢也跟著水漲，這是他在海上每天的主要工作。只要天氣良好，他叫小平開船，他則在船尾指導船員鉤住魚餌下鉤的功夫，起鉤獵魚也是，除了被鯊魚吃的魚兒外，不放掉任何一尾魚，每一尾魚都是重量，都是可以製作成魚鬆的原料，他的柔情與鐵漢並用，他的韌性與耐性就是抓住漁工的心。他是個經驗老到的船長，月亮、潮汐與溫度是魚類的情緒，他把船開到南緯三十度以下的海域，三十公尺以下的水溫保持在二十度，二千七百個魚鉤，至少可以中一百尾，大小不等的雜魚，達到積少成多的目標。

也許海神眷顧老漁夫，也許因他照顧新手船工，也許是他厚愛大副、小峰，疼愛所有船員，讓他們的漁獲量很快在兩個月以後，達到三萬多噸。他給船員的口令是，「在海上要拚命，在陸地要守錢」，給孩子們多存錢的觀念。陳船長的合同是，船艙漁獲只要超過四萬噸，他就要靠港卸魚，他的用心在於不信任母船報的噸數，這一點他清楚，過去的歲月讓他吃了許多悶虧，雖然他與陸地的通話不曾斷過，譬如說，明明是賣掉一公噸的錢，陸地經理卻往往說成是拿去做公關，這固然是事實，但總是讓他掛心，人的心中一但有掛心之想像，表示不信任，這也是他開五十噸級的近洋船的主因。

南半球三十度以下的海域確實比北半球的夏季來的寒冷，他的船在海上作業，在南緯二十度的時候，已看見拉洛東咖島了，孩子們很興奮地看見島嶼，船公司對船員的待遇總是依據船公司的利潤為最大目標，無論如何的說，幾乎是以刻薄對待付出勞力的船員，船公司扣薪的理由多到船員無心聞問，尤其對新水手上岸後的騙術無奇不有。所以對於小峰，減少與陸地經理互動是上策，與其說他與小船員們互動的好，不如說成他與陳船長的海上命格是相容的，他說：

「依我經驗，我們的漁獲超越四萬噸。」

「很謝謝你，小峰。」

「小峰，起鉤後，我們直接開回阿伐洛阿港，我這趟在庫克國的處女航是豐收的。」

小峰想來也是，這就是他自己內心明瞭的一件事，他認為，這是他最後在海上的獵魚歲月，成績不僅很好，自己可以多一分在這艘船的紅利外，也是他在海上最為幸福的日子，這樣的結局非常圓滿，他如此的想像。最後一次的起鉤，他的小兄弟們都已經上了軌道，小強殺魚解剖魚內臟的動作，已讓陳船長心滿意足，發仔燒的菜都合大家的胃口，小平從暴瘦的身體漸漸恢復到原來他在陸地的小身材，對小峰哥俏皮的說：

「很謝謝你，小峰哥，我開的船如何？」

「非常好，很好。」大夥起鬨的說，陳船長站在左舷，雙肱壓在欄杆上，看著賣力起鉤的孩子們，只要每次起鉤都有漁獲就是賺到錢。就他自己的經驗，一個十多海里長的延繩線，一尾魚都沒有是常有的事，所以他的四十多年的獵魚經驗與他這一批的新手算是海上命格是相容的，他很珍惜這群小鬼，在未來三年的海上歲月，將是順利的，他如此的想像。

「船長，看見島嶼了，船長，看見島嶼了，真棒真棒！」大夥狂叫嘶喊。

看見島嶼了……看見島嶼了……。像一群候鳥，一群黑鰭鰹鳥長期的飛翔，亟欲快速著島歇歇的欲望，島嶼島嶼，但願是父母親的島嶼，島嶼島嶼，但願是四川的成都市。年輕人雀躍的心魂是有目標的喜悅，他們忘記了五個月以前，從巴拿馬向西出海時的驚恐樣，很難想像從未看過海的內陸孩子，可以在很短的時間內適應海上顛簸的生活，即使在台灣天天可以望見海，然而很少的小孩想做船員、過漁工的生活，這或許是高度貧窮鼓起他們的心智提早成熟吧！好像我自己，我們島嶼的小孩提早在四、五歲就去海裡泡澡而不恐懼海浪，我認爲，這是後天的環境劣勢條件，與先天環境的優勢條件，同樣在高度貧窮下激發的意志吧！我想。

「船長，讓我先登陸，讓我先登陸，真棒！真棒！」孩子們登上了陸地的同時，他們短暫的亢奮，此時此刻，也只能短暫的淹沒他們在陸地上長時間的貧窮。

「船長，讓我先登陸，讓我先登陸，真棒！真棒！」

「登陸，出航，登陸，出海，我唯一的信仰。」船長說給自己聽。

八　以海洋為家國

亞辛坐在碼頭邊船隻靠岸套上繩索的圓柱，她就在車旁分類登記魚類名字，以及數量。當陳船長的漁工卸魚的時候，這個資料不僅是給公司，也是給庫克政府漁業局，建立完整資料的起始，調查經濟性的魚類。對於庫克國，這份資料非常重要，就是二〇〇五年一月起庫克群島國與台灣某家漁業公司，漁業合作開發的魚類分類表，這家漁業公司的權宜船共三艘，而陳船長的這艘船是獵捕雜魚的船，其他兩艘獵捕超低溫魚。亞辛女士就是扮演分類魚類的角色，拿台灣人的薪水，她是玻里尼西亞人，也就是這個島嶼的原住民。幸福號是台灣某家漁業公司的船，在巴拿馬登記的船籍，在國際漁業法稱之「權宜船」。

二〇〇五年一月九日，我騎著布拉特先生九十西西的光陽機車經過Avarua（阿法洛阿港），在我心中好像在此刻，海的力量吸引著我去靠近碼頭，有這樣的預感。之前我有好幾趟的環島駛經阿法洛阿港，每一次的經過就把眼睛轉向碼頭，看看是不是有獵魚的船隻進港，這也是我移動旅行至庫克國的主因，很想遇見在國外獵魚的船隻、船長，以及漁工，然後聆聽他們不爲陸地人熟知的故事。

我跟亞辛打招呼，然後就站在船工卸魚邊的圓柱上，我的右下方就是幸福號，時間恰好是下午一時，一群年紀很輕的小孩，算來剛好十一位，他們說著我聽不懂的語言，看起來就是中國大陸來的小孩，聽了半個小時，也看了半個小時魚，他們抓的魚，是我幾乎全都認識的魚，換句話說，那些魚，蘭嶼島也有，如鬼頭刀魚、金線梭魚、黃鰭鮪魚、土魠魚，還有一些很大尾的旗魚。他們把魚裝進有棚的廂型車，第一車、第二車，我戴著墨鏡問一位小孩說：

「你們是哪裡人？」

「四川來的。」

「說四川話嘛？」

「不是，說鄉音。」

「台灣船嗎？」

「是的，台灣船，那位就是船長。」船長站在駕駛艙前，手拿著起重機的遙控器，從船艙把魚吊上來，口氣很溫柔的說著不流利的普通話，指揮上也指揮下。我等著他有笑容的時候，問候他。

「船長你好！我是台灣來的，來這裡玩，蘭嶼人。」我說閩南語，問候船長。

「神經病，走來這裡？你知不知道這兒離台灣多遠？你好。」他以閩南語回道。我其實聽得很舒服，心情豁然敞開，終於遇見我想要見到的人、船、漁獲種類，我說在內心裡。

他繼續的操作起重機的遙控器，陸續地把魚從魚艙拖上廂型車，魚都是急速冷凍的，魚身呈白色的霜與白霧，魚身硬如磐石，讓他拉起冰凍魚的時候，特別當心魚艙下的船工，深恐一不小心便砸到人，這是不能開的玩笑，所以起重魚類都是由他來操作。一車過去工廠，一車跟著裝漁獲，就在運送第四台車的時候，漁業公司基地台[12]的經理拿了一罐啤酒給我，說：

「我叫法蘭克。」

「我叫夏曼，台灣原住民，住蘭嶼島。」

「我是浙江寧波人，我的太太是台灣人，住斐濟蘇瓦（Suva）。」

12　基地台是指權宜船在某國內地，處理海事業務的辦公室，與該國政府官員打交道的人是非同小可的人物。

法蘭克是一位三十出頭的年輕人，非常世故幹練的人，二十二歲就在台灣在國外基地台的許多漁業公司工作，只要有台灣船的港口，他都走過，經歷過，學習歷練過，會說閩南語、西班牙語、英語。他在這個拉洛東咖島來來回回兩年有餘，這個基地台是他開發的，當他取得庫克國「漁業資源合作開發」的標案之後，便與這家台灣的船公司合作，他的利潤非常好，並且是個客氣而多聞、常識豐富的漢人。

這一天，也是他與陳船長第一次碰面的日子，基地台還有一位高雄來的業務經理，管理在地的漁業工廠與人事業務，也都非常精明，近四十歲。亞辛把捕獲的魚種報告給法蘭克，再由他翻譯給陳船長，工廠辦公室傳來的電話，說：

「總共四萬餘噸。」

「恭喜陳船長，才三個月就有斬獲。」法蘭克說。

「運氣好啦！法蘭克。」

亞辛再把魚類的統計拿給法蘭克，拿給陳船長看。讓他看了統計數字之後，船長就知道南緯三十度上下的魚類，也讓他從經驗知道要使用的誘餌，以及大型魚類較有經濟價值。

「夏曼，過來船長室，外頭很熱。」船長邀請我，高喊道。

這個邀請是我求之不得的，我一進入駕駛艙說了幾句我民族的語言，然後一一的跟他們互碰啤酒罐，重重的喝一口異島異國的啤酒。我內心裡的底層就是最愛聽漁夫的故事，當我在台灣的淡水念書時，經常去簡易碼頭聽那兒的漁夫們的故事，但我總是感覺，他們很不會說故事，與我的父祖輩們形繪海洋如何如何，有很大的落差。

「夏曼，我姓陳，小琉球人，被你們達悟人說是海盜的島嶼。」

「你怎麼知道？」

「我的舅舅說的，很久以前。」

「我十四歲就跟我舅舅學習開船、抓魚，我握船的方向盤比握筆輕鬆……當時蘭嶼就是我們的漁場，我們賺很多錢，在你們的島嶼，對不起，夏曼。」他接著說。

一個六十歲的人，將近五十年的光陰在海上度過，最讓漁人無奈的赤道無風帶，他遇過，最讓船長嚇破膽的暴風豪雨巨浪，他也經歷過，最讓他刺入心臟的難過的事，太太養小白臉，也發生在他身上過，於是漁獲對於他是六十歲過後的生活數字。

「法蘭克，謝謝你，帶我進入沒有台灣漁船干擾過的海域，讓我有能量再繼續打拚的理由。」

「因你獵魚的超高技能，讓我開發這個島嶼漁業有信心，多謝。」

兩人碰著啤酒罐，明白彼此間扮演的角色，各取所需是合作愉快的基本質數，當然法蘭克要的是開發市場，是異國漁業的新市場，船長是供應魚市場的急速需求，他們不談混殺魚類，混獲其他魚，或是只取魚翅而棄置的鯊魚，也不談漁業科學家的建議，也不關心政客給政府管理者的管制漁獲的概念，他們其實都知道，管理者制定法律來約束漁業行為，在很多地方，漁民向來都領先管理者一步，這個伎倆陳船長在台灣近海漁獵時，就常常使用。

開發他國的漁業市場，在前幾年，我日本拍攝紀錄片的導演朋友跟我說過，台灣延繩釣獵魚的技術遠遠勝過日本、韓國的漁民。

陳船長向法蘭克表明，說他船上全是青年生手，沒有一位可以讓他有耐心的教導，說他們從巴拿馬出海之後，天氣都很好，可是船員都暈船吐得死去活來的，「一開始我當廚師，煮清淡的菜餚給他們吃，最慘的就是那位笑容甜甜的小平，二十天的時間，他不停地吐，暈船，後來大副給他吃了我不知道的暈船藥，那是在接近庫克群島國的北方島嶼，他就這樣跟陸地一樣的清醒了，很可憐的孩子，爲了脫離家境的貧窮，忍受海上顛簸的苦日子，可見他們需要錢的急迫性。」

法蘭克說：「那位舊船員，小峰他人如何？」

「多虧他了，他真是個帶來漁獲，帶來好運的、幹練的船工，真感謝他。」

「夏曼，你老遠跑來這兒做什麼？」

「向二位報告，純粹就是來玩，實現我兒時的夢想，真的是這樣。」我客氣的說。在許多的場合，我一直以爲說出移動的初衷是尊重他人的基本原則，「實現我兒時的夢想」確實是如此，尋找漁工船隻也是我真實的目的，想要了解漁工在國外海域的生活，想了解他們心裡的視界。當然，蘭嶼的達悟人在六、七〇年代也有些人參與台灣遠洋的漁事，包括我的同學吉吉米特在內，可是他們說故事的技能無法吸引我的耳朵，以及我的想像，所以想以旅遊的方式遇見海外漁工，然而，這一趟是逝去至親親人的悲痛換來的，這一點在我的夢想中原來是沒有的劇本。

「純粹就是來玩，真的是這樣。」我再次的表明。我理解，台灣漁業公司權宜船在海外的漁業基地的開發，寫著他們數不清的無奈，刻痕著他們身爲台灣人向來走在台灣政府的前面的血淚史，遊走在過剩混殺與適量獵殺的鋼索上，走在依據尖端漁業科技駕馭傳統漁師的漁具技能，真是山不轉、人主動出擊的真實寫照。法蘭克在庫克群島國開法合作的基地，絕非仰賴台灣政府的支援，台灣政府在國際漁事的位置是低能兒，漁業署對於在國外從事漁業事業的台灣船，一毫功能也沒有，這是法蘭克、陳船長的無奈心得，權宜船種種過程，我只能說，台灣漁民走在國際漁業事業的前端，是走鋼索的。因此，對於我，我只是個單純的海洋文學作家，表明我移動的真誠目的，而非其他公司的漁業間諜。最後的喝酒談天，也彼此讓出真誠的互動園地，我被船長、法蘭克接受了，當天的晚餐，陳船長盛情的留我下來，一道與他以及他的年輕船員，共享他們靠岸停歇的，在不移動的島嶼的第一餐，我真的很感激，也很感動。

「發仔，我們有遠方的稀客，你就把你最好的廚藝發揮出來，今夜晚餐，我們加菜，六道菜，船長出一箱啤酒。」陳船長從駕駛艙擴音的說，說完，我內心裡好安慰，好安慰。

法蘭克先約我出去對面的咖啡屋喝咖啡，就在碼頭的邊邊，邊聽法蘭克的故事，邊觀賞、想像這些剛登岸的羌族小孩們的行爲，也在默默等待跟陌生人們的，他們登陸後的第一頓晚餐時的相遇。

作爲常常移動中的旅人，因途中不期而遇的人，不期而生的想像，我一直認爲是造就某些旅人的移動、自我修正的、自我發展的人生，而不移動者常常發生裹足不前的低度想像，常向人抱怨的行爲就是明顯的例子。法蘭克三十出頭，與父親走過北京到蘇聯基輔的火車走過的路，這個過程他跟我敘述其所見的，是島嶼民族如我難以想像的事件，這個事件就是有少數族群從北京買東西雜貨，遇站就一路叫賣，時間的急促，雜貨也促銷得快，不求品質但求實用，買與賣是停站與起站表演時鐘，同時輸出與進貨追求最大的不吃虧，然而問題在於瞬間的假貨與真貨沒有時間分辨，其次是高度風險，還有多功能的、跨區域的多語言的溝通能力。許多人的買與賣，是生機與魂歿的循環，必須防範車上撿便宜的投機分子，此類人，法蘭克說，就是火車上常常移動的幽靈人物，說是神出鬼沒，爲財殺人的族群不爲過。當他們鎖定覬覦移動商賈的錢財時，不狡猾的商賈，繳交銀元給這幫人是生還唯一的選擇。許多在火車上他親眼目睹的是詐騙欺人，欺人詐騙的循環；法蘭克具有三寸不爛的好口才，是說故事的達人，還有他那俊美而乾淨的臉龐，及精明聰明，幹練世故，多語言的能力，還有他一八五公分的身材，讓我不得不信他的表演功夫與常識是源自旅行的自我學習。他說，因爲與父親來回跑過北京到基輔的經驗，練就了他依靠口才爲生的技能或詐術，幾個事件就是在南非、西印度群島、斐濟、西薩摩亞，只要有漁港漁事，他就有辦法爲台灣的權宜船找到出售魚類的大管道，他說他自己就是靠海洋「移動的經理人」。當然，我的思考是，他也是非常用功的人，知曉國際漁業事務。往後的幾天，他也常常邀請我去他們公司租賃的房子吃午餐，也在這個租賃屋遇見已退役、合同已到期的小峰。

陳船長被法蘭克說服，他說：

「船長，我幫你開發南太平洋的魚源，我們再合作三年。包你有賺頭，船長。」

「夏曼老弟，」陳船長跟我表明地說：「法蘭克是開發台灣漁業在國外漁業基地台的翹楚，他的精明聰明，幹練世故，多語言的能力，說服了我，也救了我。幾年前，被妻子詐騙錢財房子，我徹底失落，之後他娶了一位賢慧的台灣姑娘，在台南辦喜宴，他誠懇地邀請我，他的喜事那天，拿了三十萬台幣給我，合同之一是，不可還錢給他，之二是，他求我再跑一趟，三年的海洋。他說，他已成功地拿到與庫克群島國漁業資源開發的計畫，你去開發你的魚源，那兒是台灣船業公司沒有跑過的海疆，一條延繩線釣雜魚為主，漁業用語稱之混殺。就這樣，我就來了。」

「他是我的義子，更是我的恩人。」

「船長，海洋文學家，吃飯囉！」發仔吶喊叫道，語音傳遞著孩子們敬愛船長的樂府，歌頌著第一次登岸的心情。

「夏曼老弟，他是發仔，小平，小強，小良……這位是大副。」船長一一介紹。

這一餐省去豐腴食物的讚美，我這一生最大的弱點，也是孩子們的母親會跟我大吵一架就是我最不擅於烹飪。一群人圍繞在發仔的廚藝美食，特別的情境感受，彷彿回到我十歲，在蘭嶼監獄第一次品嘗漢式菜餚的美妙感覺，一切的一切重新來過，是另類移動時的美好感知，從一個島嶼到另一頭的一個南半球島嶼，我初始旅行的夢想。哇！好久沒吃米飯，中華料理的菜餚，我說在內心深處，好想流眼淚的一頓晚餐。

「海洋文學家，你儘管吃。」我像餓虎似的飢餓，露出肚皮與牙齦飢餓的糗樣，除了魚翅（父親沒有吃過的魚類）不吃外，彷彿我把三天的食量全在這一餐吃足似的滿足，也吃出了發自心中的喜氣。

「海洋文學家，是你真實的身分嗎？」小平認真的問我。

「是的，是近洋海洋文學家，你是遠洋文學家，」我打趣地回答。我從我包包取出一本《冷海情深》讓他們瞧瞧（後來簽名送給他）。

「嘿，真實的海洋文學家，」小平敞開心懷的說。

「夏曼作家，你要常常來我們的船囉，說你的故事。」

「夏曼，有時間就來船上吃飯，」船長懇切地說。許多旅行中的偶遇，「來吃飯」這一句話，是旅人最愛的話。「來吃飯」是我熟悉的米飯，以及熟悉的語言，摻入許多自己在異鄉求學過程裡的酸甜記憶，我這一生第一次感受到「作家」身分的美好，在台灣沒有過的感觸，卻在異鄉異國與陌生人相遇，得到很深的慰藉。

船長與我一人一罐啤酒的坐在船長室飲酒，同時他允許孩子們坐在船邊的碼頭水泥地上喝啤酒，喝快樂。

「人的一生不是人寫的故事，是菩薩寫每一個人的故事，」陳船長鼓著肚皮，背斜靠在椅背。

「老李，我的舅舅，是他把我帶來海上的男人，是他讓我學習海浪的人生，這是一場既是空，也是海浪虛晃的人生……這一趟是這群無知的少年郎再次的染色我晚年的人生色彩。他們真的是窮，赤貧讓他們在海上心智提早成熟，他們相互鼓勵，相互彼此分擔工作，我還有兩年多的光陰在海上，卻覺得很美。

「記得在一九九一年，我在卡洛琳群島獵魚，我的漁工都是來自舟山群島，獵魚有經驗的年輕人，我們遇到熱帶低氣壓，幸好我們在那個颱風的外圍。風浪與暴雨交加，我與另一艘船患難與共，海浪與暴風像瘋子似的猛吹我們兩艘船，我們來不及閃躲，與那艘韓國製造的船並排迎風浪，我們下了散錨，是降落傘製作成的，浮在海面的移動錨，錨繩如我手腕粗大，繫在船艄，讓船隻與浪頭呈垂直，船艄切浪也切風，降低風險，雖然只是九級的輕度颱風，但在海上已是讓人驚恐萬分，擰人心魂，存有一線生機是妄想，那真是非常非常恐怖的夜晚。我們相距在一百公尺以內，我們以時長時短的照明燈信號表示我們還處於安全的狀況下，我們的幸運是，兩艘船都有大陸人，就以普通話傳送信息，狂風驟雨，以及駭浪滔天的一夜，如是一年那樣的漫長。現在，其實說來，我們一點都不驚慌，若在真實的狀態，任一個無神論者有多倔強，有多剽悍，在那個時節，他也會像龜孫子，一把鼻涕一把淚的，跪地祈求天神庇祐。我與大副在駕駛艙，引擎檔數開到最低，船隻只要直線緩緩前行，就可減少驟雨風浪的瞬間重力襲擊，每一道超越船艄的波浪，浪頭墜落襲擊船艄的那一刻，就如惡靈張大嘴吸吮我們似的恐怖感覺，我們隱沒在碎浪裡，浮出時盪在如雪地般的浪沫海床，漁工們躲在船尾艙，大副與我無膽合閉一眼，我不時地祈求菩薩的庇祐。我在海上的歲月，最能理解魚類在黎明之前進食，魚類最活躍的時段，同時也就是自然律則的颱風最為易怒、引力爆裂的災難時段，天剛微明，對方傳來他們的散錨斷裂，我隱隱約約的目視到那艘船切浪向前開，沒有多久，神不知鬼不覺的那艘船與墜落的數十波浪頭呈現平行，就在一道巨浪撞擊船身中部的時候，那艘鐵殼船立即被浪頭撕裂成兩半，關於那些人，我冒險去救，只能撿一些救生衣。我要說的是，我很幸運，我當時的船是台灣製造的木船，台灣造船技術禁得起給海神驗收，這是重點。」

這樣的故事，陳船長只能依據他最簡易的華語跟我敘述，我的身體的感覺就像在海上似的，我喘一口氣，啜飲一口啤酒，感覺身體在冒汗。他繼續說：

「夏曼，跟你說，我的海浪人生，陸地上的人有幾位可以感知呢？餐廳裡花錢的客人說，這條魚不新鮮，我說，新鮮的魚都還在海裡，陸地人的自大，花錢的傲慢，讓我受不了。很高興，在這個小國家認識你，我的國家就是海洋，夏曼謝謝你，明天再來吃飯，非常歡迎你。」

與那群小小海人道晚安，他們說：「夏曼，明天聽你們的故事！」

布拉特先生在電視前，繼續關心印尼發生海嘯的後續新聞，我放輕腳步上二樓，坐在陽台上望海，在這棟拉洛東咖島第一個二層樓的建物，問自己，看見了、聽見了什麼事嗎？一個如我這樣的異鄉客，遇見如此善良的當地人，一位鰥夫，只因爲我來自於台灣，玻里尼西亞人說是他們祖父母的祖先航海出發的地方，我就這樣免費住他的房子。

陳船長的海浪人生，那些小小的、爲了積蓄小財富的船工們，我稱之「追浪的小男人」，他們終於上岸了，在陌生的港灣偶遇海洋的陌生人，這些陌生人都比我堅強，將在海上過三年的海浪人生。我問自己，他們是否是我移動來這兒要尋找的人？

第三個夜晚在這個島嶼，布拉特二樓家的迴廊，我在夢裡遇見我的至親親人，他們告訴我，他們是從白色的島嶼（如是漢人說的西天）專程來看我的，父親不說話，是嬸嬸跟我說話，當我將要說話的時候，卻發現原來是一場夢。

A君繼續在醫院照顧那些患有癌症的科學家們，包括他病懨懨的父親。他跟我說，只要他父親肯回巴伐利亞的家鄉，他才會死而無憾。我的父親、我的大伯都在我面前結束他們在人間最後的一口氣，沒有一口氣呼吸的時候，稱之「死亡」。

我問小峰說：「何時回家？」

「收到護照、收到美金就回家！」

我老遠的從蘭嶼到台北，從台北到奧克蘭，再飛五小時到這兒的拉洛東咖機場，船長對我說，這是很遙遠的旅行，而我只是爲了淡化思念逝去親人的悲痛才放逐自己，有必要飛那麼遠嗎？問自己，抑或是，實現自己十歲時飛往「南太平洋」的爛夢想，這個深意何在？

法蘭克說：「二十八日是你在庫克國的最後一天，二十九日我們一起飛往斐濟的Nandy國際機場。」

那兒也是我移動的目的之一，於是，我說：「ＯＫ。」

「明天再來吃飯哦！」小平央求道。

是夜，我睡不著，布拉特先生已在電視前的躺椅睡著了。我抓起蛙鞋、水鏡、潛水手電筒往海邊走去。這兒的環礁內的環境，我已觀察良久，環礁內沒有浪頭，非常安全，我在蘭嶼抓魚的本能展現一下，這或許是潛在的本能。其次，這兒的人因輻射塵的關係，已不再捕捉環礁內的魚類，我繞著礁石，潛入至二到四公尺淺的地方，不抓鸚哥魚（很多），因牠們會浮出海面吃麵包屑，我潛入四公尺淺的地方找石斑魚，我徒手抓了四尾（本能），約是三到四斤的重量，魚非常的多，不怕人，許多魚類已經習慣在午後的四點浮出海面，有人用麵包餵食淺海的這群魚，那些魚我全都認識，也全都抓過，在我的島嶼。我徒手抓石斑魚，因牠們不浮出海面吃麵包。

我小火溫燉四尾石斑魚，放些切片紅蘿蔔、生薑、蔥、花生油、醬油，煮熟後，放些檸檬汁。溫火讓味道輕輕的飄逸，穿過門縫飄到布拉特的鼻孔。

「夏曼，你在煮什麼東西？」

「魚！」

「哪來的魚？」

「從台灣漁船拿來的魚。」

「噢，好吃的石斑魚！」他說。我淺淺的微笑，說在我心裡的話是，「謝謝你，收留我這個異鄉人」。

「噢，好吃的石斑魚！」

「來杯威士忌，好嗎？」我說。

「哪來的？」

「從台灣漁船拿來的酒。」

「真有台灣船嗎？」

「明天帶你去阿伐洛阿港去看。」

布拉特的前半生是成功的重機械維護師傅兼承包商，娶法國白人，生了三個男孩，他的老大、老二也在拉洛東咖島做起維修機車的生意，老三當牧師。

是夜，他跟我敘述，他的父母親為了躲避傷寒，帶他與弟弟，從大溪地的莫里亞島駕單桅風帆的獨木舟來到拉洛東咖島，香蕉、麵包果是他們橫渡大海的食物。即使到今天，我才寫這本書，他美麗的儀態始終還停留在我心深處。即使我開車帶他到阿伐洛阿港的銀行，他也不穿衣服，銀行服務員、經理經常帶酒來他家啜飲小酒，一位已經七十四歲的老人家，有股古老的航海家的沉靜眼神，透露浪一般節奏的生活哲學，當時，他是島上第二老的老人。

「追浪的小男人」，發仔、小平、小強他們都喜愛這個名稱，他們都十七歲，我坐在船尾的木板上，發仔正準備洗菜燒菜，他的動作俐落，小平說：「我小妹子將來嫁給他，她將是我們寨子最幸福的女人！」

「你們在海上多久了？」

「就快六個月了。」

「我還沒看你的書。」

「你真是台灣的少數民族嗎？」

「是的。」

我在幸福號船上吃了十多餐，從他們上岸起把漁獲卸下之後，貯存食物艙、整理魚艙、甲板、繩索、魚線魚鉤、貯水艙等等的工作，沒有一項不是爲了下一趟的海上獵魚而做準備，彼時我便與陳船長坐在駕駛艙喝茶，聽他的故事，船長臉上的毛細孔，宛如一塊稻田停止放水後第二天的土一般，從土裡冒出讓土壤呼吸的許多毛孔，顯示船長不曾使用過洗面乳洗過臉，只有臉部感覺油膩膩的時候，用礦泉水把毛巾弄濕來擦擦臉，毛細孔粗大，這是長期海上人的臉部特質。他說：

「在海上就快五十年的光陰，孩子生兩個像是外人，養了太太，我感覺我們這些討海人的閩南女人，像是破了洞的漁網常常讓陸地上那些無賴的閩南男人光顧，耐不住花言巧語。唉，到頭來好像是一場無言的夢，爲太太打拚，也爲自己存養老金。我以爲我的努力可以爲自己的小孩留些尊嚴長大，一九七九到一九八〇年台灣的遠洋船建立了國際海洋獵魚的高超技藝，給台灣帶來許多農業轉型到輕工業的實力，台灣政府對漁業卻沒有遠見的策略，或是保護漁業漁民的政策，我們海上人因獵魚降緩之因素，而紛紛的走避，投效到國際漁業大國，做他國的權宜船，真悲哀呀！確實的，法蘭克開發庫克國的漁業合作，他叫我開發這兒的魚源，叫我抓雜魚，我的利潤不比當年，然而公司卻壓低大陸船工的工資，這是無可奈何的事，剛下船退役的那位小峰是個箇中好手，是不可多得的孩子，然而他也要回陸地，想訓練他爲未來的船長，但他的顧忌是未來會沒有老婆，這是正確的，畢竟我們過多的獵魚，魚兒來不及長大，就被我們捕上來，愈捕愈少，人口愈來愈多，他六年賺的錢，至少可以讓他有個好房子，在他的故鄉。我的幸運，他訓練這些他同民族的小孩，以及我鼓勵他們一起與我認真抓魚，肯定他們會賺到、一定會賺到錢。我自己賺養老年金，到巴拿馬與Vazo共同生活，不想再回台灣。我們這些在海上打拚二十年以上的討海人，國際上都知道我們抓魚的技術已超越日本、韓國，以及其他的國家，可是，他們抓魚使用先進的科技技術、漁具，科技讓我們方便找到魚，也讓魚類快速滅絕。我的幸運是，這些孩子們就像是我在海上的孩子，他們聽我的話，不放棄任何一尾魚，我的船日夜獵魚，我的經驗會在每半年就回來卸魚，不要等兩年，我與這些孩子有這樣的信心，在海上快樂，就不會想到陸地上的女人，也在海上教育他們。我是獵雜魚的好手，我抓魚的技術慢慢教給小強、發仔，我跟他們說了，七萬噸的漁獲就可以回港，四個月回港一次，是最爲划算的。

「你來這個小國家，你真的是神經病，我想庫克國沒有幾位漢族（當時包括我，不到十個人）。」

對於我，那不是「神經病」的浮出嘴巴的話語，而是我十歲就有的夢想忽然實現，許多千萬個理由無法說明我們每一個人「夢想」成真的原委，而關係到每一個人從小成長的環境背景，以及身邊的民族，或是鄰居的多元性，但我認爲我自己，以及我蘭嶼的同學們的「夢想」，相信是無奇不有的，然而如我這樣的自我放逐夢想是不是可以算是「夢想」，我認爲是，「夢想成真」，相信許多移動者、旅行家也是如此的想像，而我要說的夢想不是指當總統，當醫生、律師等等的好像是爲人類服務的職業（其實更多的成分是爲自己累積財富、名聲）的夢想。當我遇見這些羌族的，沒有看過大海，不知道什麼是颱風的孩子們的時候，我在想的是：是否一個貧窮的小孩，其與童年的其他世界的小孩在某個層次上的心智，可能比較早熟。於是在我思考我自己的問題的時候，我家族的男人在我小時候，非常喜愛討論關於海的變換，關於雲被風帶走的移動速度，關於船在海上的時候，關於我們的民族是如何來到蘭嶼，關於男人獵魚獵到大魚的故事，關於某人創作詩歌的過程，我從小就在這樣的環境與沒有金錢概念的人物中長大。我尊重踏實而不誇張的人，我超愛我的叔公可以爲某種魚類說話，擬人化鮪魚、浪人鰺、鬼頭刀魚、飛魚等等的，也就是說，我家族的男人把海洋世界、魚類當作是他們的國度，我是被這個成長過程「迷住」的。當陳船長他們在卸魚的時候，他們釣的雜魚，我全都認識，我民族達悟語的魚名，和在赤道南北半球二十度的魚類都很相似。

一九九六年，當我在法屬大溪地旅行時，有一次我與當地幾位年輕人去Bora Bura島徒手潛水射魚，彼時正是我徒手潛水的巔峰期，一位潛水者遇見龍頭鸚哥魚，他潛不到，他們使用的魚槍跟我在蘭嶼使用的完全相同，我拿著那個人的魚槍就潛入海裡，我猜約莫三十公尺，重點不在水有多深，而是我射到了那條魚，將近三十公斤；從我民族的魚類知識來說，龍頭鸚哥魚我們不吃，然而對於玻里尼西亞人來說，他們認爲，那是他們屬於「天神」的魚，吃與不吃的本意在於民族的「魚神」典故傳說，說明了海洋民族之間的魚類知識的差異性，其次，當我在斐濟的Yasawa群島，他們說的紅斑點石斑魚、章魚的名字完全與達悟語相似，於是我證明，南島語族是有這個民族存在的。

我不是人類學家，也非旅行家，然而從我兒時的夢想來說，確實證明南太平洋許多島嶼跟我民族是相同的始祖。從我叔公的高曾祖父的海洋想像，開始依據「天神」的魚——飛魚為民族自然律法的律則之後，分類魚類為「天神」的魚，必須舉行宗教儀式，就是我們達悟民族的核心科學，非「天神」的魚不需要舉行儀式，構成我們依據自然律則的環境信仰。當玻里尼西亞人，那個部落幾乎全是摩門教，是引進西方宗教禁忌的部落，然而當他們遇見了那尾龍頭鸚哥魚的時候，他們不由自主的舉行了非西方宗教的進食（吃魚）神聖儀式，我認為比起他們進入教會來得寧靜、神聖。

我個人不太喜歡使用「民以食為天」的概念，這個概念的重點是「吃」，這是以人本為重心的「吃」的動作，是「混吃」，如同對魚類的「混殺」的意義相同。許多的、我或許已經數不清的人問我說：「飛魚好不好『吃』？」這個「吃」的口感好不好，是以中華料理為基礎的口覺定義，對於我的民族，飛魚不在於好不好「吃」，而是我們捕飛魚的初始過程是，先舉行招飛魚儀式，儀式固然是宗教學的解釋，對於我們達悟人更多的解釋「吃」的動作是民族科學的生態時序，「吃」我們出海划船捕回來的辛勞，等同與稻農的「粒粒皆辛苦」的信念。當我看著玻里尼西亞人「吃」龍頭鸚哥魚的時候，那不是好不好「吃」的意義，而是龍頭鸚哥魚的每片魚肉皆是那個部族的歷史記憶。

當陳船長邀我「吃」魚翅的時候，我婉轉的回絕，說：「我父親沒有吃過鯊魚的魚翅，所以我不『吃』。」

我吃生魚片，我吃紅燒魚，這些是發仔的拿手好菜，我吃得舒服。那一天晚上，陳船長邀我，以及法蘭克去港口對面的pub喝啤酒，他的孩子們船員也跟來，我說：

「你請我，我請你的海上孩子們，這是公平交易。」最後他請客，沒有讓我出錢。其實，法蘭克也不讓船長出錢，出錢請客的錢不在於多，而是我們說了許多相關於「討海人」不為人知的內心世界。

那些孩子們，不時的舉著啤酒罐跟我敬酒，我跟他們在工作上沒有直接的關係，但他們對我的身分、我自稱是「海洋作家」非常感興趣，尤其是「作家」的文學創作者更是給我很大的尊敬。

「你們抓的都是超大的魚。」我說。

「那是換錢來的，你抓的是換智慧來的，真正的潛水夫。」

「三年很快吧，船長？」

「很快，但要抓到魚，時間才會快。」接著說：「六個月內抓雜魚，裝滿一個魚艙就回來，時間就會快。」

陳船長似乎對於已退役的小峰懷有很大的珍惜，說小峰殺魚的動作，把魚從海裡撈上來的專注，是他要找的漁工，他請求法蘭克給他一年的合同，他們合作絕對可以賺到錢的。法蘭克與陳船長已有十年的共事經驗，彼此都十分了解要一個好船工是一件難事，壞船工每一艘船都有。

小峰跟我說過，他很想回陸地過正常人的生活了，青春歲月他選擇在海上，是貧窮逼他走這一條路，也讓他成熟，六年來他在陸地上花的錢不到人民幣五百元，其最終目的，也是要給他的新娘子穿個體面的禮服結婚。再做一年，對他是很好的誘因，在船上當幹部是輕鬆的差事，他正考慮著。可是除去在海上抓魚的知識與技能外，陸地發生了什麼事，他一概不知道。

「船長、海洋作家，我們敬你，」一群小鬼漲紅著、很喜悅的臉，一道說。

他們與我兒子年紀相仿，小平跑來抱抱我說：

「我的夢想就是當羌族作家，我敬你。」

「小平，只要寫好一篇小說，你就是海洋作家。」

「小平的笑容，似乎說明了他已適應海上生活，」船長跟我說。

「小平的笑容，似乎也說明了他是這群孩子裡最差的一位。」陳船長還跟我說，延繩釣漁獵是他最擅長的，「太平洋漁業資源管理協議，庫克國也是簽署國之一，不過這兒的漁業資源，魚量漁獲剛開始，還沒有紀錄，公司的權宜船只派三艘在這兒作業，除了減少風險外，也是幫庫克國登錄魚類數量，這是我與法蘭克的另類工作責任，半年回來一趟，在七萬噸以內我就有賺頭，我是延繩釣漁獵的好手，再獵魚三年，就回巴拿馬定居養老。」

「台灣呢？」我說。

「台灣不管什麼顏色執政，在國際海事上，一樣是無能的啦！我們這些討海人，比較依賴如法蘭克這類型的專業人員。」

「我們的國家是藍色大海，魚類是我們的衣食父母，台灣嗎？是亡魂回歸的島嶼。」陳船長繼續跟我表述說。

「台灣，是亡魂回歸的島嶼」，透露他在海上生活四五十年對台灣的結論，太太、孩子曾經擁有的比起魚類更沒有留戀的意義。感覺他微醉的神情，多少是虛無的展示，多少也表現在台灣近海漁民「混殺」魚類不變的策略，台灣南部許多拖曳網船隻的「混殺」漁獵，已大大改變了台灣海底生態魚區的移動，魚類在海底無論如何的「移動」，漁民船上的科學儀器依然會找到牠們移動的區塊。

「在南緯二十度與三十度之間，開發漁源，也沒有競爭者，就是我的天堂，回陸地過生活的時候，就是我等待死亡的開始。」

幸福號漁船在卸魚完之後的工作就是準備下一航次的補給，包括不同魚餌的補給。這些天我再去造訪小峰，二十三歲的他，已經沒有意願再回海上過漁獵的單一生活的節奏了，他等著護照，也期待美金放進他歸程的行囊，歸心似箭、回家抱親人，在村寨蓋個洋房就是脫離貧窮的符號。

我再次的造訪在醫院做志工的A君，再次的邀他來布拉特家午後飲酒，布拉特提醒我護照的歸程日期不可以忘，他們與我萍水相逢，卻給我最大的友誼。布拉特，我的房東對我無所求，只求一張報平安回到家的明信片，A君也是（二〇一〇年六月，在柏林住一個月時與他會面好幾次）。

二〇〇五年一月二十五日的早晨幸福號緩緩移動船身，開始他們往大海獵魚的生活，孩子們站在船艏甲板上，眼神凝望著陸地，他們在海上六個月的命運全掌握在這艘木船的魂魄與陳船長的機制，再次的返回南緯三十度的海域獵魚，這樣的冒險生活，只是爲了最高目標一萬元的美金，一群十七—十九歲的小孩。願你們的靈魂剛硬，我說在心中。這是我對於討海人在一望無際的海上某種特殊的情感表現，從小就醞成的敬重心意。目送他們，就如我兒時目送我部落灘頭上，那些在熾熱下無言無悔、只爲了獵一尾鬼頭刀魚的部落漁夫們延伸的，對海洋浮動的特殊情感。

「夏曼，保重。」船長說。

「你也保重。」

「追浪的男人們，你們多保重。」

「海洋文學家，你也保重。」

我們彼此保重，不自覺的，在我目送他們，孩子們揮揮手的同時，我卻依依的不捨流下淚來了，也像是告別父母親最後的儀式感受，這個淚痕讓我舒暢許多，亞辛問我說：

「爲何流淚？」

「流淚給海洋，」我說。

「爸、媽，我會很快地回到我們的島嶼，我們的家！」我說在內心裡。

九　返程

這一天是二〇〇四年的十二月二十九日的凌晨，約莫是四點鐘，我感覺到自己在睡夢中的笑容非常非常的幸福。我躺在異國陌生友人家二樓客廳外的迴廊，而我從小就接受父親的信念，說無論在何處，你的頭都應該朝太陽升起的方位睡覺，或著面海的地方。

這一天是我在庫克國拉洛東咖島放逐自己靈魂的第三個夜晚，我說「放逐」是因爲我至親的親人在前一年的三月份同時辭世。三月二日是我同母異父的大哥，三月十四日是我的母親，三月二十二日是我的父親。我很難理解如此的事件，怎麼會如此的發生，尤其母親與她的長子，我同母異父的大哥會在同月辭世，在接受這件事情的同時，對於仙女如此的選擇，其實我認爲，真的是不公平。

那一年我除了把碩士論文寫完之外，也恰好遇上台灣的文建會鼓勵台灣作家赴國外從事文學的創作，全名是「全球視野文學創作培育計畫」，我是申請人之一。說起來，這件事的發生是滿奇異的，對我而言。

我中、小學時期的同學吉吉米特，從現代的角度來說，他似乎是過動兒，他不僅帶我上山撿乾柴給家人燒地瓜用，也帶我到山裡的水芋田抓田蛙賣給當時我們島上少數的漢人，同時也帶我赤腳行走於礁岩區垂釣，那些工作是我們島上小男孩的責任。然而，在我們成長的過程，他是寡言的孩子，是個賊頭賊腦型的，也是機智型的，在學校我不曾看過他被老師用鞭子打過，也不曾罰站過，功課中等，是個比我更不起眼的學生、長大後老師記憶不起來的那類型的同學。我很不理解他，雖然我們朝夕相處。

有那麼一天，他曾經跟我說，他的夢就是在海上漂流到我們島嶼的東邊，現在來說，就是大洋洲，或著說南太平洋。而我從那時起，就開始幻想遠赴南太平洋的夢，是吉吉米特開啓我遠去南太平洋的夢。我不理解的是，他不選擇美國，或是中國大陸作爲築未來的夢的地方。

我想，我們作爲人子的，在雙親往生後沒有人不思念父母的。那一年文建會的「全球視野文學創作培育計畫」我申請的寫作計畫，就是遠赴南太平洋，這無意中實現我兒時的夢，然而這樣的夢想，在我近五十歲的時候才發生。

我深深的體悟，我深受我父親的影響。是他不讓我去台灣念書，理由說是，台灣很多「壞人」。現在想來確是如此，而且比我民族的總人口數還多。其次，求我從台北回家的也是我父親，理由說是，回家過「自然人」的生活，這樣的理由是我父親那一世代的線性思維，他出生於一九一七年，台灣壞人很多，無關於理由的合理性，而是求我不可以變成壞人的意思。我這一去一來的，大島與小島的海空旅途共十六年，注定了我「漂泊」的命格，是非常不確定性的人生觀、世界觀。

在不計其數的深夜，父親唱著他創作的詩歌，我也聽過無數個夜晚。

Ano Mina amwamong ka do karakwan no wawa yam,
假如你是汪洋大海裡的魚類
Ovaovain ko imo mo ovai, a nima pedped do otud ko,
但願黃金的靈魂祝福你，從我膝蓋出生的孩子
Akmei ka sumkei a tatala namen, manango nangoz so mori no pozo
願你的靈魂如自動導航的船體，遨遊諸島、大海

在我的夢影，我似乎意識清醒，眼睛也清楚的看見，眼前的人物；他們是我的小叔公夫婦、

我的父母親，還有我的大伯，還有最疼我的嬸嬸。他們都穿戴著我民族的傳統服飾，頸部配戴著金箔片，以及串串的瑪瑙，這是我的民族拜訪其他部落時，最高尚的裝扮，他們都面帶微笑，就像他們在世時，那般和藹的樣子，一絲雜質都沒有，宛若深山山谷的涓涓冷泉自然匯聚成溪流，那道清淡與柔媚，吸納你的唇，趴下吸飲，清水的靈力給了自己在世間存活的欲望。他們站在我面前，好像我小時候，給我命名達悟名字時的神情，各個都希望給我一個「堅強」的名字，都在默念著，就在我認爲是真實的，如我小時候單純又美滿的部落生活，我睜眼醒過來，哇！哇！哇！仍舊是黑夜，我緩緩的起身，但思緒、憶念與記憶仍陶醉在剛剛的夢境，背靠在迴廊的木壁，點根菸，雙眼直視著眼前熟悉的，月光下的大海浮影，每一波的浪頭思索著過去的回憶，此時我卻迷惘於陌生的時空，以及現實裡的現實。綺麗的世界原來只存在於每個人在黑暗築起的烏托邦。

「那是真的嗎？……」

「親人的亡魂真的也跟我來到庫克群島國嗎？」

那些夢裡的面貌是我從小就熟悉的，也是影響我一生的至親親人。他們是如何知道我隻身孤影的來到一個陌生的島嶼，陌生的海，陌生的國度呢？我如是問自己。

來到南太平洋的庫克國的拉洛東咖島的目的，不是來此書寫關於這個島民的風土民情的，旅遊的點點滴滴，也非探索玻里尼西亞人（Polynesian）的航海知識、海洋知識；而是一時無法承受心靈的刀割，療傷我個人瞬間失去親人的傷慟。

法蘭克跟我說：「走吧！飛斐濟去。」

我偶遇的房東，布拉特先生煎了香蕉三明治給我，說：

「走吧！飛回你的島嶼去吧！」

在斐濟蘇瓦的國際港，透過一位大陸記者弄來一張出入國際港的通行卡，榮幸的拜訪到三艘台灣籍的遠洋漁船，有一位船長是太魯閣族，叫連長，掌控七百八十噸級的遠洋船，漁撈長是日本人。連長在南太平洋海域漁獵作業十一年，期間未曾回過台灣。當他進港卸魚時，他在船上還會留一噸的魚作爲漁工的食物，以及碼頭「公關」使用，他說：

「這兒很恐怖，國家貧窮，失業率極高，港口出入口大門，每天站立一百人以上的年輕人等待臨時工，『老大』（big man）就是不穿警服的守衛，不同人守衛，每天跟台灣船勒索大小魚，他們沒有滿足過，不給就刁難船公司，許多不成文的文件。」

「『老大』是出入通行口的土流氓，最是困擾台灣船的一群原住民。」

後來我遇見一大清早跟連長勒索魚的「老大」，黑黑高高的當地斐濟原住民，他的貧窮模樣，一點也不優雅。出入口大門後邊，有一個汽油桶製作成的爐灶，一直用木頭燃燒著一個大鍋，「老大」把魚肉丟進鍋裡，讓失業的男男女女食用，我的感覺非常不好，幾天之後就不再去國際港那兒與大陸船工聊天。

後來斐濟的台灣大使館介紹我一位來自台灣東港的紀船長，他是一位好人，他有三艘近洋漁船停靠在當地的私人碼頭，同樣的，他的船，漁獲也飽受「老大」永不滿足的勒索。他訓練三位大陸籍的年輕船長，漁工全是舟山群島的老漁夫。紀船長夫婦對我很好，二〇〇五年二月七日是漢人的過年，他們邀請我去他們家吃年夜飯，他與陳船長同樣的觀念是，台灣不是一個國家，藍與綠的台灣政爭，對他們漁民而言，是「不可理喻」的一群沒有世界觀的政客，外交官不如當地漁業基地台的「經理」，如法蘭克這等人。紀與陳兩位都是好船長，卻對台灣政府沒有過「感恩」，這是他們共同的經歷而體悟，但我卻體悟了閩南人在海外獵魚的韌性、耐性與耐心，在海外與大陸漁工自成一個「漁業國家」的命運共同體。

在斐濟住了三個星期，最後和我在飯店的「保鑣」坐了三小時的車到他家鄉，Nandy國際機場，在他家過一夜，他們的語言中紅石斑魚、章魚，至少五種魚的名稱與我達悟人的魚名完全相同，我們因此在那一晚喝了很多Kava飲料。

第二天坐飛機到奧克蘭，我給「保鑣」四百斐幣，他一個月半的薪水，我便與南太平洋說掰掰，結束了我夢想實現的旅行。

回到了家，我出生的島嶼，命格移動旅行也回到呼吸適合的溼度，就在三月份，飛魚汛期再來的季節，第一件事情就是去探望叔父與堂叔，說自己從遙遠的遙遠的南太平洋的某些島嶼回來，跟他們報告南島民族與我達悟族相似性的海洋觀。

「原來孫子們的父親（指我）代替我們去拜訪島嶼的遠方親戚，」叔父跟堂叔說。

數天之後，我宰殺一隻黑毛豬，與親友們分享外，這是給我自己招回放逐靈魂的禮物，也是給剛逝去一年的，養育我的父母親亡魂在白色島嶼的回饋禮物，這也是我父母親已不在他們建立我家的感恩儀式，整整一年我與孩子們的母親開始面對沒有前輩們在傳統節慶爲我們原初的宇宙觀做儀式的日子。

我切了豬的五臟六腑、一片肉，我們視爲完整的一頭豬，和芋頭放置在家屋後院，給我父母親亡魂的禮物。

開始面對在傳統節慶爲我們原初的宇宙觀做儀式，念禱詞，父親生前告訴我的，不可忘記島嶼環境生態時序給我們不可「混食」的概念：吃，不是吃食物的營養，而是吃食物的美貌，彼時我漸漸悟到了不可「混食」的概念不僅讓肚皮常常處於「中潮（不飽不餓）」，同時認爲吃飽滿的食物也是引起易爆易怒的生活哲學。

「混食」也是對海陸動物「混殺」的概念，父親要我堅持，不可以吃他沒有「吃」過的魚類、陸地動物等等。

走了一趟南太平洋，我十歲就醞釀的夢想，在我快五十歲時實現，好像是父母親、大伯、小叔公夫婦、嬸嬸的亡魂們帶我旅行的真實感覺，他們是影響我最最深的，從小給我說故事的前輩，堂弟跟我說：「你很幸福，你來得及出生聽他們沒有漢人困擾的海洋文明的故事。」

二〇一四年二月，我出國前去探望臥病在床的，已八十八歲的堂叔，一位徒手潛水射魚的頂級好手，當我說到海裡的魚類，他便忘記他的疾病，我們有說有笑，也有歷史的在海上獵魚的記憶，他很高興我探望他。三月十三日凌晨，我民族天上的仙女招他的魂了，去了白色的島嶼，我來不及送他最後一程，而感到非常的遺憾，我不可抹滅的汙點。堂叔與父親相差十歲，也相距十年在同月逝去，某種巧合。

父親在沒有斷氣之前經常跟我說：「我們的祖父，你的祖父在等我跟他們造船。」大伯、堂叔也跟我說同樣的話，他們腦海裡的思維幾乎就是海洋、造船、航海、飛魚。如今，我個人證實，我命格的旅行是他們從小把我魂魄移動，也就是要我實現他們「航海」南太平洋的夢想，我如是合理化自己經常離開我孩子們的媽媽，離開家屋的理由。孩子們的媽媽翻譯成最沒有生涯規畫的男人。

當我划著自己建造的拼板船在汪洋上夜航獵捕飛魚的時候，我敬愛的前輩們，我家族獵魚漁夫們生前的身影感覺好像一直在我身邊，我個人在夜間的海上熱愛這個感覺，似乎我民族初始而簡易的獵魚木船象徵是島嶼生態的完整性，豐腴化我有機科學的想像，這是我不想乘坐機動船捕飛魚的主因。

其次回憶起來，即便到了現在離放逐自己到南太平洋已整整十年的光陰，我卻難忘那些內陸山地羌族的小男孩們爲了遠離貧窮，奉獻青春在南緯三十度的南太平洋獵魚，他們在大海上，那一粒粒的放射茫茫然的眼珠，我念念不忘目送他們出海的情境，他們站在船艄。

「保重，海洋文學家。」

「保重，追浪的孩子們。」

第三章　航海摩鹿加海峽

二〇〇五年初的二月底，我從南太平洋回來蘭嶼之後，立刻上山爲飛魚汛期的來臨尋材[1]，這些樹材的名字、分類的知識、其用途都是我回來蘭嶼定居之後跟父親學習的。我原來以爲這些樹材，只是一般拼板船的實用性而已，在一九九九年，我造好我生平的第一艘拼板船之後，父親最後一次陪我上山尋材，彼時他已八十三歲了。我們在一座小山丘的樹蔭下休息望海，父親跟我說：

「孩子，你要思考，老人的魚線已經不長了[2]，我這次帶你上山尋材是最後的一次，願你日後循著傳統的禮俗，上山取飛魚季專用的材料，不可隨意取低等的樹材，畢竟你是從我這兒學習的知識，是傳統的古老智慧，再說，飛魚是天神恩賜於我們的魚，而非一般的底棲魚，千萬不可以隨意取樹材，那表示你是沒有家教的人，請你牢記，日後希望你也如此的教育我們後代的孩子。」

我理解父親這個世代的島民，生活在沒有外來民族干擾的時代，所有的生活作息皆依循著傳統達悟人的歲時祭儀，生態時序，井然有序，所有島民的曆法依賴自然界的脾氣，孕育了他們這

1 飛魚汛期從山裡取材作為晾曬飛魚的樁柱，以及橫竿木，如烏心石、羅漢松、石斑木、大葉樹蘭、交趾衛矛、象牙樹、黃楊等等。每年上山取新材是迎接新年的飛魚，也迎接自己的成長成熟，這些樹材在達悟人的傳統信仰是與生命禮俗有關的，其象徵之意涵為，命運的堅韌。

2 魚線不長，意指在世間的時間已經不多的意思。

個世代與環境生態相容的價値觀，以及生活哲學的思想。因此，他是擔憂後代，未來這個島嶼的主人失去了這些，依據自然生態變幻的儀式祭典的迅速殞落，如此的逝去，表示島嶼文化的滅絕，這是父親給我的觀點。

樹，有名字，這是我這個年紀的達悟人都知道的一般常識，而上山砍柴也是我們入學之後的小男孩分擔父親勞力的小責任，彼時我一直以爲，那只是生活的一部分，小男孩也只砍一些部落附近的林木，稚幼的靈魂還不可單獨的走進深山的時候。說是深山裡的鬼精靈喜歡擄獵小孩的靈魂來收養，因此我們島上的年輕人把時間花在海上，或是海裡潛泳比上山來得多，於是達悟人許多的禁忌，都直接，或是間接的與鬼魂相連，祂儼然成爲我們日常生活和諧與否的主宰者，沒有惡靈禁忌信仰與飛魚漁撈的生活律則，達悟人也如其他的弱勢民族，在島嶼現代化的席捲下不被同化是很困難的，很快就會在西化、漢化的漩渦裡消逝，而線性的傳統，包含神話故事、民間傳說，如今在當下的島民說成是謬論，多元化的多角解釋固然構成微觀的基礎，但對於現代知識論貧乏的族人來說，他者簡易的解釋，已我的文化儀式已轉化成爲他們現今的思維主軸，而忽視了任何文化的形成、孕育的過程都是長年累積的成果。

父親生前跟我說過，你的未來如何的西化、漢化，我將不知道，你也很難逃避，假如我們原初的「傳統」習俗，如果可以帶給你一絲絲的人格的話，請你循著這十多年來跟我們一起生活習得的禁忌生活下去。父祖輩們生活在與大自然共榮的環境，族裔未來被現代化，「好與不好」是他們不可預期的事實，對於傳統線性的生活律則，原初的海洋漁撈活動的變異，家族漁團組織的瓦解等等的社會組織也在他們往生後，因機動船的引進而重新洗牌，也重新建構。

父祖輩們的極度擔憂終究發生了，對於島上山林的民俗生態知識、智慧，海上諸多漁事、儀式的迅逝，其相對性的結果，就是敬畏山神海魂的信仰也隨著現代化帶來的便利而雲消霧散。

就這樣，我與孩子們的媽媽過著簡樸的日子，在現代與傳統間也過著兩種的生活模式，也流動在兩種相異的信仰，這是不得不的選擇。

當我準備好飛魚汛期期間的所有工作，在釣鬼頭刀的這個月，我在黎明前架好四根曬飛魚的椿柱，以及數根新的曬魚用的橫竿。我每年都依據傳統的習慣法去做，然後出海方覺得心安，彼時才發覺山裡取回來的新樹材，以及海裡捕回來的飛魚，兩者結合的主體是我，而我必須作「儀式」把它完成，父親說，如此天神才會高興，其實就是生活的藝術、美學，也是生態倫理的信仰，無形的文化資產，這是我現在的認知，以及很深的體悟。

在我開始夜航捕飛魚的同時，我答應去成功大學台文系兼課，教原住民文學與文化，當然這件是，並非是我原有的生涯規畫，簡單的說，事情還是回歸到我孩子們的母親，要我上班養家，我壓根兒就是不要去台灣上班，這是事實，沒有多久的天數，我接到電話，說：

「有個日本朋友想找你去航海，他是航海冒險家，想在台灣找一位熱中於航海的原住民族。」

「熱中於航海的原住民族」，有嗎？我心裡默想著這個問題。我十歲的時候，曾經幻想過「航海」，也把這件事列入我一生的夢想之一。

「航海」不是我小時候，在部落灘頭遠眺海平線的夢想嗎？

「熱中於航海的原住民族」，有嗎？

「事情，怎麼都會在自己想都沒想的時候，發生呢？」彼時，我的腦袋好像被石頭敲擊似的感覺，即不疼痛也不覺得舒服，也好像海浪拍擊腳跟那樣的自然，我聽而有之，沒認真思索，當時。

關於自由「航海」是我孩提時期的黑色的夜，常常浮現過的幻覺。夜間在漆黑的海上捕飛魚的同時，仰望星空想一想，是的，我現在正在海上漂，使用簡易的二十一塊木材拼板組合的船，是單人船，我們稱之pikatangiyan。我在部落附近的海域獵魚是方便的，也很輕易的可以適應在海上的孤寂。然而在異國航海的危險性是不可預測的，也無法理解與自己一同行海的印尼人的個人特質，我雖然如此的思考，但內在的潛意識裡似乎沒有什麼不祥的預感。

若是我答應就會實現那幻覺裡已遺忘的，人在那片大海上孤航的美感，我不知道我自己本身為何非常喜歡那種感覺，孤舟在汪洋是另類烏托邦的想像，是虛無的感覺，當然，那也是短暫的境外流亡，可遇不可求。彼時，我若不答應「增廣見海」的願望，就只是一種真實的幻覺，是夢境裡的一角某種優美的自我人格的療癒。我思索著，在夜裡，這樣的訊息我把它深鎖在心中，當然也沒有跟我家屋裡的掌舵人[3]商量，那時候，至親親人的逝去才剛過一年，也就是說，我與孩子們的母親正式建立已經沒有前輩同住的家庭了。我知道孩子們的母親絕對會答應我去的，畢竟家裡需要一點錢過現代化的生活。

「孩子們的母親，有人找我去南太平洋航海，」我說。

3　意指我的妻子。

「你回家還不到兩、三個月，你又要流浪了。」

我沒有回應，我也沒有不悅，只是靜靜的背起我的漁網，走向部落的灘頭準備晚上出海捕飛魚，好讓女人的情緒平穩。在我放逐自己去南太平洋的那段時間，她一個人在蘭嶼守著家，以及家的靈魂，我說過，我會回來捕飛魚、釣鬼頭刀魚，我也很理解，我在外，她會思念我，我在家，她會抱怨我，如此矛盾的夫妻情一直在循環。然而在父母親往生後，父親跟我說過，家裡一定要有飛魚，飛魚儼然成爲家屋「旺與望」的主軸，我倆對於此信仰的感受特別深，「出海」因而成爲我避免吵架最爲上乘理由。海！它一直在弭平我們之間的不悅，是我們的糖果，這也是我不住台灣的主軸，沒有海，沒有魚，對我們來說，很容易離婚。

「你就去吧！你高興就好。」很酸的話。

回想自己十歲那一年的夏季一個人在海邊冥想，許多的救國團暑期活動的學生在海邊撿拾漂亮的貝殼。一群大學生，我想一定有人到國外念書，但我也認爲沒有一個漢人會選擇航海的工作。然而，夢想在事隔將近四十年的這個時候，預感好像會實現，高中、大學、研究所、造船、夜航捕飛魚、釣鬼頭刀魚、旅行到南太平洋等等的兒時夢想，非常稀奇的都實現了。想著媽媽跟我說過的故事，想著兒時父親在家屋面海左邊豎立的竹子，竹節象徵命格的耐力，從土壤吸取養分，充實根部的韌性。

然而答應歸答應，接下來的航海前的多項事務，其實我也一無所知，雖然二〇〇二年，我在清華大學念人類學研究所的最後半學期，我努力的閱讀關於南太平洋民族誌，對於玻里尼西亞人的航海知識有了初級的理解，加上居住蘭嶼，家族長輩們教導的海洋知識，月亮與潮汐的直接關係，令我把大海視爲祖先航海過的平坦陸地，但我不認爲這些過程足夠自己應付海洋的不確定性，還有也對印尼人的性格所知不多，而我趨向浪漫的性情，並非是航海的基礎條件。

其實，那位日本人在印尼的蘇拉威西島（Sulawesi）僱工建造那艘船的時候，台灣某家的報社曾經報導過，他將航海到南太平洋的事情，後來也有一位很好的朋友親自跟我說過這件事，也問過我是否有意願去航海。彼時，那個時段的冬季，我正在建造我的第三艘拼板船，腦海裡想的全是山林中的樹材，以及船身的流線美，再說自己也剛從南太平洋回來，在很短的時間又要遠離家屋的掌舵人、家屋的靈魂，心中有絲絲的捨不得。對於真的要實現兒時航海的夢想，似乎那顆糖的甜分在我內心底層一直沒有扯斷那樣的夢，當時的不積極是因爲現實的考量，以及對家人的親情虧欠，畢竟我已是家裡的主人了，已是做儀式的階級的人。

在南太平洋兩個月的時間，失去親人的傷痛並沒有因爲放逐自己的魂魄而有一絲絲的撫平，那是不太可能的。然而在那一段時間，我也放逐了自己的家人，三個十來歲的正需要父母親在身邊的孩子，他們在台北念中學，他們上下學的生活起居都必須自己照顧，彼時我只能命令他們省吃儉用，命令他們降低物質需求的欲望，而後仰望上帝照顧他們，別交錯朋友。其次，他們的媽媽隻影的也在蘭嶼的家照顧田產，而我，家屋裡的男人，再次的出遠門很讓我掙扎，如是盤旋在空中的老鷹，不下沉獵捕食物賺錢，家人就要勒緊腰帶挨餓，在天空盤旋待在家裡，我卻禁不起海浪的誘惑而天天下海抓魚，魚是我家的食物，是不出售換錢的，也就沒有收入。

三個小孩非常思念他們的祖父母，彼時我沒有一塊錢可以讓他們坐火車、或搭交通工具回蘭嶼探望與他們共同生活十來年的祖父母，在時空距離的阻隔，現實性的生活糾纏，孩子們過去與祖父母的記憶只能轉換爲有限的記憶，作爲弔念前人的情愫，說穿了，我是現實生活裡賺錢的低能兒，我作爲靈魂先後肉體的孩子的父親，這種夾縫裡的角色，傳統的拼板船與現代的機動船，乾柴的火苗與瓦斯的熾火，我確實沒有扮演好，也都愧歉，宛如揮之不去的親情債，於是認真創作寫文章是當下之急務，卻是無法救急，此時發現自己，也厭惡自己厭惡朝九晚五定時上下班的生活節奏，我如此思考。

捕撈飛魚祭典的啓幕，也是踏上不是我生涯規畫的去大學兼課，這會浪費我與海洋間的親密濃度，這不僅僅是空間的轉換，也是思維的再轉彎，我認爲這不是一件壞事，但對於我，卻是命運旅行中數不清的遺憾，遠離海洋的律動就是離棄我的生活核心，我是一直如此的認爲，雖然有一些原住民的朋友，學校的同事鼓勵我在學校教書。前兩個月，我是蘭嶼到台南，再去台北看小孩一天，又從台北回蘭嶼，在這個小島繼續的釣鬼頭刀魚，夜航捕飛魚；時空與環境場域差異，在我的潛意識，在我的身體移動拐了很大的彎度，歲月就像扯鈴人把鈴扯來扯去，扯得令我目眩，如此循環兩個多月的旅行把我的魂扯得很疲憊，也扯得木鈴凹槽變得光滑。

瞧瞧當下的大學生，比我二十幾年前念大學時優秀百倍，因爲我從來就不是教室裡的優秀學生，課堂上看著我這種不適任老師的浪人，他們對我的疑惑寫在臉上，念原住民文學的迷惘也刻在永不解惑的心坎裡，我真心的默認在教室的空間，我一直有某種不安的感覺，學院的研究室、行政辦公室令我焦慮，想來我不是屬於學校裡的人類，我屬於開放空間的物種，喜歡活在自己悠閉的世界。回到台北，孩子們似乎自我獨立得很自在，跟他們生活幾天就說我礙了他們的行動，說早點回家陪媽媽。

再次回到蘭嶼的家，在飛魚的季節達悟男人屬於海洋，這個時候，我才真實的感覺我實體的存在，這些暫時的結果，像一片欖仁樹葉的提早掉落在清澈的溪流，隨著潺潺而曲折的溪水流動，如是預言自己命格的不確定性，注定魂的漂泊，神遊在浩瀚的大海，在無人的空間，彼時又在應驗了自己兒時夢境裡的幻覺，好像曾經有過的情境，就像電影裡「似曾相識」的劇本。

聽聞如此環繞台灣的旅途到了四月底增加了一項往南洋印尼的旅程，一位小企業家陳先生，他說服我說：

「去印尼看看那艘船吧！順便讓你們用蘭嶼雕飾船的圖騰雕刻那一艘船，讓你們民族的特殊圖案在南太平洋被看見。」

這句話對我有非常大的誘因，雕飾那一艘船，然後一張風帆也印上達悟船的眼睛，這樣的船帆在大海上確是很醒目。是的，西太平洋上的孤島孤民創造船舟圖案，船的四個眼睛是看四方，海洋的鱗片是三角形，波浪紋是蛇爬行於沙灘上的紋路，也象徵大波浪，人形圖案是船舟本身被擬人化的船靈。再說，三個人花一個星期的時間雕刻那一艘船可有五萬元的工資，是划算的。奇異的是，印尼這個國家是南洋幾個國家裡，我從小就最不想去的地方，可是我真的不知道我怎麼會有這樣的想法，假如你問我爲什麼的話，我是不知如何答覆的，若是真要我答覆，我的答案是「我非常不喜歡人口非常多的國家」（接近兩億的人口）。你可以臭罵我，因爲這是我個人的偏部的Makassa市啓航，往北跨過赤道，再沿著北緯二度到三度之間向東方航行。我們航海的航道就是南島民族祖先追逐太陽升起的航線之一，這次的航海航線是從蘇拉威西島南見。另一條引誘我的理由是，南島民族從非洲東岸的馬達加斯加島（Madagascar）向東方移動，

話說回來，我的民族不到四千的人口，我們的拼板船（Tatala）有如此協調的圖騰，比例均衡著色的紅黑白三色，可以遨遊於南太平洋，可以說是達悟民族的重大殊榮，是藝術品的出航，我這樣的想。

後來我答應去印尼雕那一艘船，與部落裡的兩位姪子同行。當然我當時還沒有答應陳先生，和日本航海家去航海。陳先生是小企業家，在生意上一直與日本某集團有合作的從屬關係。山本良行（Yamamoto Yoshiyuki）因爲想要實現他的航海冒險的夢，無意中與陳先生接觸，而我也一直有航海的夢，但我思考的是，我只是他們計畫裡的次要配角，也或許是山本先生萬一在海上發生船難，我是給海神的陪葬祭品。然而，若是從我個人的生命體悟，在汪洋上孤舟的航海，不帶有任何的目的，像是命格裡沒有安排過的旅行，忽然巧遇發生的事件，我是非常喜歡的。

從小時候起，我喜愛聽我姐姐的外祖父（我也稱是我的外祖父）說他在夜間獵魚的故事，父親也是，那或許是命格的安排吧！我不敢說，我不敬愛海洋，但是從小聽來的，人與海洋之間的「原初故事」似乎主宰了我成長命運的旅行。姐姐的外祖父，他的「原初故事」顯然早已烙印在我稚幼的心靈內，像是無聲的溪流，流亡在我的體內，如是在天上仙女的記事簿裡早有的旅程，我渾然不知，但事件卻靜靜的流動，如是深山裡的許多小小湧泉，匯聚後成了清澈的小溪流。然

而，外祖父的許多故事，我只記得他要我長大後要建造自己的拼板船，這件事我做到了，但我不喜歡他說我不聰明，這件事我也證實了，即使我念了研究所，我選了一門課「語言學」，我也被老師當掉那門課，念了文學博士，我的「中國古典文學欣賞」也被當，這一路上的求學，還真的被外祖父說中了，我的不聰明，但我也沒有因此而難過，對我而言，那是我的傳統，以及成長的記憶刻痕，我的腦海容納不下中國古典文學，以及一字不漏的語言學解釋名詞的默寫。在學校，我努力於去記憶，對我常識有意義的知識，彼時我服從了我出生起的記憶，那是海洋的律動，我的族語，以及我成長環境的，我很容易記住，但與我環境成長差異性大的知識，我的記憶就變得貧困。

你會發覺，當我們離開了學校，不再當學生的時候，成績單內的分數，只有名列前茅的學生才有的深刻記憶，但我認爲那些分數在出了社會之後，是沒有續航力的，不會充實自己現實生活的內涵。

二〇〇五年五月一日，我從蘭嶼到台南，二日從台南到台北，四日從桃園國際機場到峇里島的Danpasar國際機場，再轉機到蘇拉威西島的Makassar（錫江市）機場，又從錫江市乘坐廂型車，六個鐘頭之後到達目的地Bambusuwan村落，已是午夜時分。

這是一趟很累人的旅行，爾後我們落腳在一個簡陋的旅店，旅店招牌比星星的光更微弱，房間是一張很潮濕的床，以及只有一盞四十燭光的小燈泡，人在房間好像鬼影，沒有窗戶，沒有馬桶，只有糞坑，沒有香皂，沒有衛生紙（所幸，自己備妥了衛生紙，印尼人不用衛生紙），沒有電視，水嘛，儲存在一個塑膠桶內，這家旅店的功能是提供南北長途奔走的貨車司機、助手們疲累時的中途休息站，換句話說，只是睡覺的地方，不提供任何便利給背包客，實際上房間給人的感覺只是一間方便大便的地方而已，我擦拭身體，說了一些跟往生的父母親的話，還有跟孩子們、家屋裡的女人，說自己順利抵達目的地之類的話，這對達悟人來說，這是一種「追尋」也似的重要連結，之後，便用我的大浴巾裹身倒頭就睡。翌日早晨，兩位姪兒跟我說，他們睡的品質不好，好似有在地的孤魂野鬼在監視的感覺，我會心一笑，這或許是環境空間的差異吧，幸好我們是海洋民族，那些靈異聞得出我們遠道來的體味，這樣的想像，其實都是我從小聽外祖父、小叔公、父親、大伯他們，把異域的空間轉換爲個體的熟悉環境，好使他者之惡靈不會騷擾自己的生靈。

「我也有那種感受，所以我們出外必須學習跟往生的親人、健在的親人說說話。」我跟他們說了這些，因爲他們的父母親是戰後出生的，我的雙親是一次大戰前出生的舊石器時代的達悟人，我也認爲，這是舊世界過渡到新世界的旅程，尋找比「根」更爲模糊的事物。

在峇里島的Danpasar國際機場遇見了那位日本航海冒險家，山本良行先生。他過去是柔道選手，身高一七八公分左右，與我相仿，但是身材比我魁梧許多，身穿短褲，穿拖鞋，嘴角叼根香料味濃的印尼菸，他和在地的印尼華僑在機場接我們的到來。兩位印尼華僑是這趟仿照古印尼船的贊助廠商，說著潮州話，我可以用閩南語跟他們溝通，他們是在印尼做生意，二次戰後的第二代華人。

山本先生第一眼看見我與兩位姪子的時候，跟陳先生說：

「達悟人比印尼人帥，身材又好。」

他這個想像不難猜測，以爲蘭嶼人屬於南島語族的一支，也世居於亞熱帶，按一般人的常識，身材面貌應該和印尼人相似。當然，山本先生沒見過達悟人，那種的視覺感官的偏差，多少帶有落差，從他的表情，我可以看出他的表現是正面的、驚訝的。

「其實，我也沒有去過蘭嶼，也不知到蘭嶼人的身材，」陳先生回道。

我個人並不是喜歡聽別人「讚美」的話，但我的個人體驗是，兩個陌生的個體在相互認識之前，說的第一句話，往往是真話，原初的語言。

「幸會，山本先生，」我說。

我們握了手，他的手掌粗大多肉，話不多，在見面之前，在台北的時候，陳先生業已跟我略做介紹關於山本先生的背景，所以對他不算是陌生。當然，在我們見面時，他還沒有從陳先生聽見我還沒有答應跟他航海的事，我的考量不是對陳先生的不信任，也不是對山本先生的航海知識的質疑，而是父母親同時往生的這幾個月，我幾乎很少待在家裡，夫妻間是聚少離多，這是我當時還沒有答應的主要問題。

第二天早晨，我們一行七人用過簡單的早餐後，我們又乘坐半小時多的車程到Bambusuwan，去看印尼人造的船，在行駛中山本先生說，船已經造好了，只剩一些瑣碎的工作，到達了造船的現場，山本先生問我，說：

「你覺得這艘船如何？」我環繞視船的材質，及其流線，船就在沙灘上，距離砂岸的海只有十多公尺，憑我身爲海洋民族的感知回山本先生的話，說：

「這艘船的船靈非常的剛強。」

山本先生一聽到我這句話，他二話不說的面帶笑容的就走出船屋，說：

「等我幾分鐘。」

當他回來的時候，手提著一箱的啤酒，我們幾個人就坐在船的旁邊。姪子嫻熟的以打火機開啤酒瓶，驚嚇了山本先生，以及正在圍觀造船的當地村人。

「甘拜，」山本先生喜悅的說。冰涼的啤酒在熱帶地方，還真有它的消暑功能，一瓶啤酒，我以兩次的速度把它喝完，我說：

「爲何要喝酒慶祝？」

山本先生緩緩的嚥下最後幾滴瓶內的泡沫，「啊……」他回道：

「我喜歡你那句話（這艘船的船靈非常的剛強）。」

對於山本先生爲了實現橫渡南太平洋的大夢，目的地是LA（洛杉磯），以及尋找廉價的造船工人，他飛到印尼找部落，並認真學習印尼語，他是個超愛吃香蕉的人，我以爲他的浪漫、粗獷的骨子裡隱藏著細膩的思維，在這件事之前，其實他已經獨自航海數次，如從印尼往北到日本，從印尼向西航海到非洲，卻在印度洋沉沒，幸運的，他被英國商船救起來。於是，他非常的在意我說的第一句話，對於航海冒險家，我那句話無疑是冒險家最真實的感知，畢竟印尼的水手群說不出那種具備被海洋淬鍊的原初感覺。

對於我，從小深受外祖父、小叔公、父親三兄弟的薰陶的漁團家族，兒時就在他們的海洋語

在Celebes海域駕船，正準備航向摩鹿加海峽，彼時感覺到我的航海家族裡的男人好像就在身邊，陪我前往Jayapura。

掛上中華民國的國旗，作為一個海洋文學家，這是真實的認同，然而綠色執政的當時，標榜海洋立國的口號，我不僅沒有得到一分一毫的贊助，也沒有新聞，當原民台標榜毛利人的航海知識的時候，他們卻對我「視而不見」，不花一秒的新聞時間給我。

這就是我們在海上的食物，
印尼米、泡麵以及鹹魚乾。

日本航海冒險家，他心中想
What，I Knew Nothing。

航海前的集體照，左為我，最右為山本先生。

強勁陣風襲擊我們的船，Ang-Haz小弟冒險壓住舷外浮桿，左右的強力晃動，讓我們恐懼浮桿被風與浪震到斷裂。

二十二歲的Ang-Haz求我幫他拍了這一張，平面的相片，讓我無法運用文字敘述當下航海冒險的驚恐情緒，在我的成長記憶，我的航海家族在我小時候就已經跟我敘述過，然而這樣的風浪維持了兩天兩夜，幸好，我是海洋民族，基因血脈是流動的潮汐。

第二波的暴風再次的遇上，懸盪的浮桿盪出我們的恐懼，我們收起帆的同時，攝影師冒險拍攝Ang-Haz平衡船身的雄姿。拍攝這一張時我正在洗澡。

在海上，我期待雨水，讓我可以好好的洗澡，我們的船員、山本先生穿著雨衣。藍色的這位，就是船上的廚師，喜歡在煮飯之前如廁，讓我在飢餓與飽足之間扭轉腸胃，真受不了。

清晨的咖啡，
就是我的早餐。

這是我的床，多幸福的睡在湛藍的海面上。

印尼船員督跟我說，他是最好的水手、漁夫，船魂知道我為飛拉號歃血為盟，因此這艘船的第一尾魚，由我釣上來，金線梭魚。

在航海途中，我們靠岸補給淡水，這位仁兄好奇我的水鏡，他口裡的檳榔忘了吐出來就潛入海裡，結果自己被噎到，還真的笑死我了，後來我也吃了檳榔，感覺就像回到我出生的島嶼。

在橫過摩鹿加海峽，山本先生研究海圖，避免夜航觸到暗礁，那幾個夜晚我都不敢沉睡，也恐懼海盜出沒。

在某個小島遇見兩位抓龍蝦的原住民，他們屬於新幾內亞人種，而非南亞印尼人種，情況就如我在台灣遇見原住民朋友，說「漢語」溝通，他們製作的魚槍跟我的完全一樣。

天一亮就開始卸魚，大多是紅尾冬幼魚，漁獲即刻銷售一空，船加滿油之後，數不清的童工即刻坐滿船身，翌日清晨再回來，日復一日的，魚也愈小。

在蘇拉威西島北方的大城Manado市的簡易碼頭，飛拉號如我心魂一樣，留住再次出海前的寧靜，如今想來，它卻是陪我命格移動旅行在海上一個月的伴侶。為這艘船歃血為盟，讓我平安回到蘭嶼家，我也感受我家族裡，諸多已逝去的男人也陪伴我，感謝他們。

飛拉號。

在駛入印尼最東邊的城市Jayapura的那一晚，這個歌舞團吵了我一個晚上，天亮之後，才體悟到他們很隆重的迎接我們的航海宏業。

最後留下這一幕，我在海上一個月的膚色還比她們白，大碗公是給我航海回到陸地的禮物，感謝她們，後來與她們共同吃檳榔儀式，結束我的航海，再會Jayapura。

印尼記者群護送我到機場，我卻在機場廁所的小便池看見警語「Don Makan Pin-Lang」。Don 是英文的do not，Makan是印尼語，也是達悟語「吃」的意思， Pin-Lang就是漢語的檳榔，全句之意是「不可以吃檳榔」。

我離開之後，飛拉號就停止了向東航海到LA的大夢，後來山本先生在第二年把飛拉號開到蘭嶼找我。

彙裡長大，關於海的記憶，在我內裡已經「根深柢固」了，回來定居後，透過傳統的「生活實踐」直接與海浪、海神過招，試圖找尋自己與上一代連結的續航元素。我知道，自己在外求學與海之間的疏離，在短時間內是很難修復的，對於自然海洋的敬畏，假如說是「信仰」的話，我的信仰的濃度與他們那個世代是有稀疏之別的等級差異。我生命旅行經歷親人的死亡儀式，是我永遠記憶裡的情感力量，在我出生的小島說出我的「回憶地點」的語言。我與山本先生相遇在不屬於我們誕生的地方，夢想與身體移動到印尼，彷彿要合力實現「航海浮夢」，我稱之「移動的鄉愁」，彼此之間的合作，是在考驗我們彼此間的ＥＱ。

山本先生一直質疑他的血統，說自己絕非是純日本人血統，在他的想像，很篤定的跟我說，他的家族是從南洋航海到鹿兒島的，這是他想戳破他自己內在凍結之海的冰斧，與純日本人血統的日本人做區隔。他一直是單獨一人航海，在一艘很小的木船航海，簡陋的帆，帆下是一位沒沒無聞的日本籍海人，假如你是深愛一個人在深山旅行的話，一個人跟山神、樹魂對話是生命能量的意義，無關於大社會的種種的，然而，你一個人在海上旅行，空間的轉換，不要說太陽直接的照射傷害，遇到暴風雷雨，在無垠的汪洋浮動遠勝於真實魔鬼嚇人的場景的。所以，我那句話的價值不單是十二瓶的啤酒，其實是十二億細胞的真情愉悅的儀式。後來，他跟贊助廠商陳先生說：

「我會完成我們的航海大夢的，」接著又跟我說：

「航海應該是你從小的夢想吧？」

是的，那絕對是，我說在心內，於是乾啤酒瓶做爲我的答案。當然，這句話很明顯的是，邀請我與他共同實現前輩的親人在自己的血脈裡留下的「大海浮夢」的夢想。

第二天，我與兩位姪子開始雕刻工作，用一天的時間設計圖案與大小的比例。第三天就開始雕刻，雕刻之前，我請求陳先生買一隻公雞，也請求當地的伊斯蘭教徒別干預我爲船靈祈福之儀式，畢竟出海的人是我們，船主是他者，當然在地人是沒有異議的。

那一天，天候晴朗，許多在地的穆斯林教徒圍觀看我宰雞做儀式，這種「儀式」的表現，從我父親的視角解釋的話，說是：給眾生亡魂的祝福，祝福祂們的同時，是跟祂們交換我們在航海時的平安。這種「儀式」教義，我完全接納我父祖輩們，人類被包裹在自然環境裡的原初信仰，所以我的骨子裡也奢望跟上帝求平安，我認爲這是「現世」的人類數不清的「儀式」都是做「要求」的行爲，卻忘了與地球萬物互動的「共生共榮」的願望。

假如我三十二歲那年忘了回家的話，如此之「原初信仰」的體悟，在至親親人往生後，就不會像今天孕育對自然生態環境的另類感知，這種信仰不是在表現想像的靈觀，而是在沒有任何爲了金錢而勞動生產的目的論下，接受了父祖輩們的生活哲學觀，我現在稱之純潔的「生活美學」。

記得，一九九九年的夏季，我去父親的林園伐木，計畫建造我這一生親手建造的拼板船的時候，父親已是八十二歲的高齡了，他只跟我說：

「在砍那棵樹之前，你必須跟樹靈說話。」

「我要說什麼呢？」

「就說你以前（一九九一年）跟我上山伐木時，我跟那棵樹說話時的語言。」彼時我在陰翳的山谷裡努力的回憶父親說過的話：

Ano mina among ka do wawa am, imo yam, oyako panavuwan so teneng, icyama koso ni pasamozan so pipya a cireng, ta akmei kata-u ta-u mo rana yaken, manavusavuk nimo do omalumiren do kalapitan no wawa, ano komavus rana yam, inyo rana o apuapu da do kahasan yam, sidongen nyo yaken, kara naham, miyododon o apidan nyo a vawon nyo.

「假如你是海洋裡的魚類的話，你是我智慧成長的源頭，讓我如是智慧者的族裔，你如是我的全部，我會珍惜你，爾後讓我們共同在汪洋航海，當我完成了我的船，山林裡的小小魔鬼，你們將有豐腴的禮物，所以請你們幫我伐木，讓木塊早早回到我的家。」

父祖輩們與現代性的知識與科技帶來的生活產品之間的便利運用，幾乎是零的，在陰暗的山谷裡，我一個人，生平第一次獨自一人面對樹魂，而這棵龍眼樹是我從小時候看著長大的樹，我的達悟語生澀的說完禱詞後，感覺自己在面對山林的虔誠濃度，遠勝於過去我在天主教堂做彌撒的感覺，在這兒不是否定西方宗教如何如何的，而是民族文化演進的生命經驗，疏離西方宗教觀非常的遙遠，我握著斧頭（不使用電動鏈鋸）在樹旁發抖，彼時方頓悟樹魂是存在的，方感受到父祖輩們伐木時，對生態環境生靈的敬畏信仰，那棵龍眼樹恰如我的雙手環抱的粗大。斧頭是我父親的，而使用斧頭的經驗與它的感情，我還停滯在見習的階段，山谷的四周響起數種飛鳥，盅耳盃鳥的晨鳴聲，來山裡伐木前，我孩子們的母親並沒有祝福我，說些「要小心」之類的話。

第一斧砍下樹皮，哇！非常的堅硬，我是生手，包括我的靈魂、肌肉的耐力、手掌的握力、腰桿的堅實，在那一刻伐木的時間完全證實了自己回部落的生活實踐是脆弱的，如此的伐木體能、技巧等等的許多知識，是現代學校所沒有的課程訓練，包括潛水游泳。花了整個上午的時間，龍眼樹才倒落在山谷裡，那是我命運旅行成長的自我訓練，樹倒了，我的身體與汗水也哭了。奇異的是，在那時刻，我幾乎沒有一絲的想像，如請求上帝給我力量，也感覺到自己是非常不虔誠的天主教徒，而我卻相信有祖靈的存在。

因爲自己有造船伐木的經歷與體悟，對於那艘船的被完成，以及未來數日後，我也將與這艘船在汪洋大海度過數月，心魂的禱詞自然的轉回到自己成長的小島，轉回到我與父祖輩們共同生活的歲月記憶，從我父親那聽來的禱詞，我的感悟就在第一時間說給山本先生，爲那艘船魂「喝酒」是冒險航海家相遇的粗糙儀式，但我與山本先生，彼此間沒有共同的語言、共同的成長經驗、共同的信仰、共同的目的，卻有一絲相似的「大海浮夢」的夢想，「喝酒」乾瓶的相遇儀式是拉著初相遇的線，發展海上航海命格共榮共生的情。

Bambusuwan位於蘇拉威西島的中部，在赤道以南的村落，村民幾乎全是篤信穆斯林教，也幾乎都是瘦子，比我們更黑，在我的視野，村人幾乎沒有什麼笑容，都是苦瓜臉，小孩也特別多，臉上的表情散發飢餓的圖騰（彼時我的同情對那些孩子們已經疲憊了），顯然這是貧窮的表徵，貧窮到只剩做愛可以做。

船，就坐落於村長的家，在我們雕刻那艘船期間，我們的中餐全由村長包辦，造船者是他的堂表兄弟。造船技能是一項特殊的行業，是家族型態的傳承，擁有船隻的人當然是富有的人家，由於我們的時間緊迫，我請村長號召村民幫我們刻，很有趣的是，當我們雕出船眼、人形圖紋的時候，他們知道，那是「mata」（船眼）、「tawtau」（人形圖紋），兩位姪子聽了很驚奇，對我來說，其實這兩個單字，從法屬大溪地、庫克群島國、斐濟，一直延伸美屬關島、雅蒲（Yap）島、帛琉、菲律賓、印尼等南島都是相通的，其次，印尼人也稱飛魚爲libang，跟我們達悟人的libangbang也相似。因爲這兩個單字的相似，讓我們在那兒的雕刻工作非常順利，稀釋了彼此間的陌生與宗教信仰的差異產生的莫名對立，情況也自那時起，我們與圍觀的村民，從語言開始了有說有笑。

根據山本先生的說詞，Bambusuwan有許多村民不曾越過村寨南北三十公里外的地方，除去貧窮的問題外，主要的問題存在於伊斯蘭教派與其他宗教間的暴力衝突一直在發生，所以說我們是他們所見的外來人（當地人的解釋稱入侵者）最友善、最健談的人。

雕刻工作到了第三天，山本先生給我介紹了當時要跟我們一起航海的在地輪機長，以及船上的三名水手。這些人那些事，我幾乎沒有基礎的常識，固然個人命運的成長，簡易的「航海」旅行是我最大的夢想，三名水手都是單身漢，因爲家境極度「貧窮」而事先跟船主山本先生預支冒險航海的經費，所以他們已確定是船員，至於輪機長，仍在觀望，仍然在「費用」上與山本先生討價還價。山本先生後來問我，我當下立斷的說，他航海的「純度」有問題，他日在海上航行，他即是麻煩製造者，接著山本先生也當下立斷的與那位解除航海冒險的契約。從我個人的第六感的判斷，印尼人在其國內海域捕魚是不會有問題的，畢竟「國內」的海上，是他們熟悉的生態環境，共同的語言、宗教感知、價值觀是降低衝突的基礎元素；然而，就他們的國際常識、國境外的海事經驗，以及與相異群族共處於一艘船的心理素養是有問題的。

於此，我沒有對印尼人有任何貶抑的想像，畢竟我也出生於邊緣的孤立小島，從我自身的民族經驗，譬如說：傳統知識解讀正在發展的現代性的種種，其詮釋的立足點已不足以統整解釋現代性的複雜，其次，又十分缺乏現代性的知識，對於事件本身的解讀就會有衝突，正確與錯誤沒有結論，人們就在灰色的想像力中辯論。例子是，飛魚招魚祭不去海邊舉行招魚祭，飛魚就不來了嗎？在教堂內舉辦飛魚招魚祭儀，飛魚就會來嗎？這種問題意識，我簡稱「庸人自擾」，但我確鑿的表明說，如此的問題，必須回歸到在地文明的解釋。

相似的推論，印尼人上船去跟我們「冒險航海」完全出自於「貧窮」的策動，而非熱愛與夢想使然。因此，在那一段時間，我的第六感告訴我，拒絕與輪機長（他有證照）說話，或是不對他有任何表示善意的行為，我也跟兩位姪兒表明說，那個輪機長想展示其輪機長的階級，別對他有客氣的行爲表現，我連一根台灣的菸也不給他。我在研究所念過很多篇關於人類學家出外做田野的民族誌，我敬重傳統社會的階級制度，非工業社會的部落民族，酋長有其穩定社群的功能，主持儀式祭典的職務，或是依靠自己的後天努力，被人們認同的能力，如航海家、獵人等等，可是那位初級機械師，識字不多，舉止行爲氣度窄，心機又重，不健談，長相又不好看的中年男子（比我小六歲），想在我面前表現其「高尚」站在我頭上，那是不可能的事，就在我們要離開的前一天，他偷偷的透過翻譯者問我，說：

「你參與航海，一個月老闆給你多少錢？」

「美金五千元（騙他），」我說。他的嘴巴乍現驚訝的醜樣，說：

「那麼多嗎？」

「是的，我是學者，海洋文學作家，更是生活實踐家，是航海家族，」接著我又說：

「我會說好幾國的語言，你什麼國的語言也不會，出了印尼國之後，你會發現你自己是一隻笨豬。」

他發覺我的氣勢，神情的堅卓比他強悍很多的時候，無形中暴露了他的短視，以及沒有知識、國際觀而感到自慚形穢，退回到他原來坐下的位置上。他臉上的落寞透過與妻子的手機聯繫，一直說著anak、anak（與達悟語相同，意指小孩子），最終我的判斷是正確的，他不跟隨，理由很簡單，「沒有信心，錢太少」。

船，雕刻好了之後，我十分自然的再次的對那艘船的船靈說說話，關於這樣的觀念，是在我回蘭嶼定居，建造了兩艘拼板船，在父親三兄地的傳統教育薰陶下，自然流露的行爲儀式。

我的父祖輩們之日常生活的語彙，幾乎沒有提過、說過西方宗教的「上帝」一詞，我的民族有自己的「上帝」，因此，這兒我使用的「傳統」一詞，其另外的解釋意涵是指「泛靈的信仰」（polytheism）。對我個人來說，即使一個人夜間潛水獵魚，一個人夜間划船捕飛魚在冬季的海上旅行，我也未曾說過「上帝保佑我」這類的話，但我心海時時惦念祖靈的庇祐，除了深受長輩們的影響外，以達悟語說出「祖靈的庇祐」內心的感悟是親切的，似是貼著海洋的感覺，這是我成長的旅行與生態環境的直接連結。

一九六七年的夏暑，小四升五年級的暑假，我十歲，父親五十歲，從那一年起到我國中三年級，十六歲畢業前，家父始終帶我上山認識我們的林園林地（造船建屋與生命禮俗有直接相關的樹材，屬於私有財產），在那塊林園，父親拿了一棵剛發芽的龍眼樹給我，說：

「你親手掘挖樹要成長的地方，這是你的第一棵樹。之後你要每年來探望它，幫它整理房子（剷除樹旁的雜草），山林裡有屬於山林的樹神與樹鬼，帶你來是希望祂們認識你，熟悉你身體的味道。」

父親有一股源自於對萬物有生命聖靈的最初始的信仰，父親的話語，及他當時對我說話時的虔敬神情，影響了我這一生的宗教觀。「你要每年來探望它」，它會陪你成長，我要的，就是對萬物生靈最純度的虔敬。

那位輪機長也問我的宗教信仰，我誠實的說出，我的信仰是我民族的傳統信仰，尤其特別敬愛海神。因爲那一天，一位穆斯林抱著炸彈進入正在做禮拜的基督教會，午間新聞正在播出那件駭人的事件（後來有位記者跟我說，這種人肉炸彈事件，在蘇拉威西島幾乎每個月都在循環的發生）。當然，我也理解這區域的印尼人都篤信伊斯蘭教，爲了防範，說自己的「傳統信仰」是正確的。

我們一行人有在地的兩位贊助廠商（華僑）、陳先生（主要廠商）、山本先生，以及我們三人坐車回錫江市（Makassa）。在錫江市我們吃了大餐，爾後兩位贊助廠商私底下跟我說：

「你的民族是海洋民族，你要實現你的航海夢，我們在陸地上會幫你的忙，支持你，在你離開船之後，我們就會停止協助與贊助這艘船的航海費用，我們把你當作是華人。」

我聽了很窩心，說了數聲謝謝，這是我後來決定航海的理由。

一位姓劉，另一位姓黃。劉先生經營漁業事業，他有三艘五十噸級的漁船，註冊於印尼政府，也就是說，他的船籍是印尼籍的，在國際海事的解釋稱爲「權宜船」，他在印尼也經營養殖石斑魚，然後用自己的船運送到香港、馬來西亞等地。

黃先生經營房地產、建築業，是寡言的商人，他贊助航海船遠航到南太平洋的理由是，「華人的榮耀」。我跟他說：

「我不是華人，但是從事以華語創作的海洋文學家。」

「我從網路資訊知道你的人，」他回答我說。

固然，他們在印尼是成功的生意人，但是他們公司養了很多印尼人，職員的內容有天主教徒、基督教徒、穆斯林、佛教徒、印度教徒，均衡吸納當地人幫他做生意，是一位處事低調的人。

當我從Danpasar機場飛回了台灣，旅程是台北、台南、台東、蘭嶼；爾後蘭嶼、台東、台北、台南、印尼。這樣的移動維持三個月，我認爲這是很特殊的人生經驗，三個不同的地方，扮演不同的角色，航海家、教師、漁夫，我若是沒有書寫能力，這個過程可以說是「荒廢」的旅程。當我面對造船部落信奉伊斯蘭教的時候，感受這個星球複雜的宗教信仰給世人不安的感覺；當我在成大教室爲學生上原住民文學的時候，感受學院裡的學生只關心她（他）們的分數；當我回到家捕飛魚時，感覺自己不是這個星球的人類，不是孩子們的媽媽的男人；當我面對，目送孩子們在台北上學時，感覺自己好像不是他們的父親；移動在印尼，在台南，在台北，在蘭嶼的肉身，好像是風箏，一直沒有著陸的實在感，似乎是與剛逝去的雙親，陪他們的亡魂在神遊旅行。

飛回到蘭嶼，即刻的在白天出海釣鬼頭刀魚，夜間捕飛魚，在時間的縫隙準備學生的閱讀書目，也閱讀學生們的讀書報告，這段時間，體能耗盡，感覺自己也正在傳統概念的指導下，對旅行有了新的體悟。

在蘭嶼有一天的晚上，我用拼板船捕了很多的飛魚，我與孩子們的母親在午夜過後，開始殺飛魚、除去魚內臟、切割魚肉、抹鹽、晾曬等繁瑣的工作程序，工作直到天亮之後才完成。我感覺孩子們的母親因飛魚的關係，使得她情緒很好，在吃飛魚早餐的時候，說：

「孩子們的母親，我決定跟那位日本人去航海。」

「你決定的路，誰也無法撼動。」她停止吃飛魚。

「那是我兒時的夢想。」

「『夢想』就不照顧了孩子與我嗎？」

「希望掙一點錢給你們用。」

「孩子們誰照顧？」

「你去台北跟孩子們住一個月。」

「誰照顧我們的地瓜、芋頭田呢！」

「地瓜、芋頭，它們會照顧自己的。」

「航海多久？」

「約一個月。」

「你才剛從南太平洋回來，又要走啦！」她哽咽的說。

「為了我們的現實生活，」我說。

「當然也為了你那個『死夢想』」。

「將來，我會因為這個經驗寫一本書，跟國藝會申請寫作計畫。」

「但願你的書，可以養我們家人胖胖的。」

「養家人的尊嚴，」我說。

「呸！那個尊嚴。」

我用拼板船捕飛魚，她非常有尊嚴的感覺，飛魚曬在家的庭院，她非常有女主人的尊嚴神情。我與她共賞飛魚曬在家的庭院時，我們似乎忘了我們曾經在都市迷失過，因飛魚而遺忘我們也曾經是失落的群族，迄今我們從飛魚的儀式程序尋回了我們失落的魂，重新從海洋、從土壤獲得生活純度的品味，此時孩子們的母親的情緒是處於沒有金錢壓力時的平靜。

我理解她不會對我生大氣，因我們正在吃飛魚，飛魚根植於我們的傳統信仰，也是我們的觀念，夫妻或是族人在飛魚季期間，都在克制自己的情緒，盡可能的避免吵架，出口說出穢言，飛魚是我民族集體性必須做招魚「儀式」的食物，口出穢言象徵詛咒民族，島嶼的生靈。飛魚不僅僅是我們民族集體漁撈的主要對象，同時飛魚每年的來去，帶給我們民族來與去的海洋的活知識，因它而凝聚親情，飛魚讓聚落和諧，帶來溫馨。

「反正，你已決定的『死夢想』誰也攔不住你啦！」

吃完了飛魚，我沒有去睡，反而再次的出海去釣鬼頭刀魚（到目前為止，還一直被如此之傳統漁獵法所深深吸引）。傳統上，我是希望孩子們的媽媽在熬夜一晚之後，在家裡休息等我返航回家，雖然我自己也沒睡，這是男人避免與女人吵架的正確理由，然後在下午，她就可以比較愉快的去田裡工作。芋頭、地瓜等根莖植物原來是這個民族的主要食物，於是田園的勞動成爲我孩子們的媽媽紓解壓力的場域，也是她的知識語言不斷再生的泉源，婦女們的核心話題，如男人們的漁獵故事。

「夏曼，爸媽剛走一年。」我理解她內心裡想說的話，說：

「返航後跟妳商量。」

對我而言，一整夜沒睡，現在又在海上追蹤鬼頭刀魚的身影，在豔陽高高掛在頭頂上，晴空萬里，陽光直接照射在海面上獵魚的族人，在沒有鬼頭刀魚群獵食的同時，如此豔陽的海上，往往是摧毀漁夫們獵魚鬥志的主因，而提前返航。我不是疲累，而是想借此理清思路。

在海上獵魚，我們划著自己建造的拼板船，划船行駛於海上，有它的好與壞的差別。我並不知道，我這個年紀的族人，他們在海上獵魚的感受，對於我，那是我孩提時期的另類夢想，「在海上成爲男人」。特別敬愛在大太陽下獵魚的前輩，特別希望延續我兒時的那般記憶，固然釣上幾尾鬼頭刀魚是出海的目的，比這個更爲重要的是，造船的技能，以及連帶的民俗植物的知識、內在的信仰，海洋承載船上的人，終究「獵魚」的目的不在於去「出售」漁獲，而是鬼頭刀魚是家屋庭院的「禮物」，從海洋帶回家的「禮物」。

我在海上，我的記憶會被拉回往日等待父親回航的情境，也在思念在台北過生活、求學的孩子們的狀況，想著孩子們的母親孤守家屋，孤影的在田園勞動，也想著在大學教書與否的規畫，也思索著我未來的文學創作。假如我是在傳統與現代、一神論與多神論、自然科學與民族科學、西方文學與東方文學、原住民文學與漢語文學、夫與妻、父親與孩子們等等的許多交戰的話，其實大海與山林給予了我紓解壓力的祕方，那是大自然的「寧靜」，如此刻的情況。

「你不累嗎？昨夜沒睡，」妻子很關心我的說，這句話讓我忘記了被大太陽曬昏的疲憊。

「還好啦！跟大海學習生活。」洗完澡之後，我跟孩子們的媽媽說：

「你去上山採收芋頭，我去買隻公雞。」

我們與漢民族相似，會特別記憶父母親的忌日，以及做「禮物」的儀式，但是在我們每一次的傳統祭典，我們幾乎都會給靈魂先前的肉體（指父母親）一些食物供品。

然而，一年做爲一個失去親人的清晰記憶，我們也必須做「禮物」，食物供品的儀式給往生的父母親，也必須在早晨做，換言之，晚上就不出海捕飛魚。

孩子們的媽媽是位虔誠的基督徒，她不認爲做西方宗教的「禱告」儀式即可滿足逝去親人的傷痛，也不認爲民族的「傳統儀式」違反西方宗教，或是上帝之教義。她從她的母親（也自封爲虔誠的基督徒）、我的雙親，學習到生態的多樣性、文化的多元與差異性的觀念。她認爲，「上帝」的存在，其目的在於建立這個星球、人類文化、文明的多樣化，而非「唯一」。

早晨，這是個簡單的「儀式」，是思念親人，寄送供品給靈魂先前的肉體的追念儀式。公雞，牠的五腑六臟，以及一塊胸肉象徵一隻雞，這是爸媽往生一年後，在白色的島嶼[4]應得的食物。

「這個追念親人的儀式，讓我心安許多，」妻子說，又道：

「這樣，你去不知名的海洋航海，我的心魂才會平靜。」

逝去父母親、大哥的人是我，不是她，這個儀式的背後，簡單的解釋，「夫妻恩愛，家庭幸福」。過去，她這一生跟我生活在一起的前十多年，最恨我的地方，就是沒有去「教會」舉行結婚儀式。而我，確實沒有一絲進「教會」結婚的想像，我不相信在教會裡結婚，被教友祝福，說「幸福」，那就會幸福，那是不可能的，那是另類的「語言敷衍」，充斥著皮笑的臉部表演，畢竟，我的理解，所謂的「祝福語言」存在於不具備任何形式的、具有野性美的真情流露，那是神聖的，只是皮笑肉不笑的歡樂場景在教會，只是教友希望被祝福一生的夢想源頭。

那一天追念逝去親人的簡單儀式，其另一本質，其實是給「我們」之間穩固的「美滿家庭」的精緻儀式，那是真實的生活，是貼著海洋的脾氣，貼著土地的呼吸，夫妻之間的義務歲月。

那一天的早晨，我跟我夫人說了一則不怎麼著邊際的故事：

在建造我們（我們的觀念是夫妻合力造的船）的第二艘船的時候，姐夫有一次跟我上山一起伐木（勞動力的互惠），在一個山頭，我以斧頭砍去vinnowa（紅肉橙欖）的樹皮，我想看看樹肉是否呈淡紅色，第一棵、第二棵、第三棵，姐夫終於說話，說：「弟弟，別再砍第四棵樹了，

4　白色的島嶼的概念如是西方人所謂的「天堂」。

再砍下去都是一樣的樹，它們的樹肉依然是白色的。」

「爲什麼？」我問。

他說：這座山頭的vinnowa全是母樹，你看它們的葉子就知道了。我恍然大悟，樹也是有公有母的差別（在台灣我不是念森林系），物以類聚。姐夫的表情好像在表明，說我「你要學的還很多」。

這種樹的材質輕，不過比較容易腐爛。此後，我才意會到父親的哲學，說山林的造船建屋的樹材象徵母系，不會移動，是家屋的掌舵者，海洋的魚類象徵父系，移動的魚群是在無限延伸的海洋，以及開墾荒地，承擔陸地粗重的，協助女性，這是達悟男人的工作，是我民族海陸相容的概念。

說那些樹材也有母的意涵是給我夫人一個多元視角的想像，另外的事實是，是我的懶散，不想聽到孩子們的母親求我上班，若是一到台灣上班，在我的觀念是「沒有跟海洋互動，我的後半輩子是空虛的」，這是我現在最擔憂的事。

「我去航海有錢可以領。」

「有錢就好。」

「反正我們已經做了思念親人的儀式，他們會在我身邊的海上保佑我的。」

「反正，你就是要實現你那個爛夢想就對了啦！」

是的，我討厭規畫我的生涯路，都是許多爛夢想主導我的移動之旅，我是如此之人。豔陽天的午後，讓我兩天一夜沒有睡的精神，顯得思維胡亂，一對中年夫妻夾在許多小島與大島之間的茫然與矛盾，也是一對沒有生涯規畫的夫妻，生活節奏完全依循傳統的歲時祭儀，許多美好的事情，總是經過我們身邊而不停留。即便是最親的父母親，當她很想以地瓜回饋我父母親的時候，他們就走了，包括我岳母，在我孩子們的媽媽想要聽更多關於其生父的故事的時候，岳母因病而不多說話，我孩子們的媽媽對其父親的記憶，幾乎靜止在其小二的記憶，岳母封口有許多原因吧！但做為作家的我，我的觀察，簡單的結論，「她的先生早逝，就少了回味的事蹟給孩子們聽」。而她自己，對於許多現代物資進入蘭嶼的時候，她無法拒絕，甚至於無法抵抗，只有默認島嶼民族的未來是撲朔迷離的，斷氣的那一刻，也沒說出一句善良的語言給孩子們，弄得我夫人好生氣。

「我幫媽媽找的島嶼（土葬之地）很乾淨，沒有雜質（他人之骨骸），」我說。

「謝謝上帝給她乾淨的四門房[5]。」

怎麼會是上帝，而不是我呢！她的話隱含許多理性在灰色地帶的，跨多功能的後現代性語彙。

我個人一直始終想著，一個作家的社會責任是什麼？台灣的作家給了台灣什麼？台灣社會又給了作家什麼？

作家在台灣，說是最最冷門的職業，我是相信。然而，我們細心思索的時候，就會發現，這

5 達悟人的四門房，如是漢人的豪宅。

個星球沒有「作家」的話，轉動的星球，移動的人類社會將是百般的無奈。寫實的作家，虛無的作家，暢銷作家，嚴謹作家；通俗小說、純文學作品都應該並存，但我卻發現台灣似乎沒有很好的文學品味家，或者也可以說，沒有會划船造船、潛水的、登山家等多功能的評論家，多抄襲西方思維，沒有島嶼主見的論述，是他們後來應承擔的責任。

命格的旅行，是許多的元素所組合的，我來自於在中心的邊緣作家，我必須放逐自己，走出家屋去尋找某些事件，來激發想像，但是，對於自己的家庭、親人是愧疚多於理安，個人的「旅行」是現實的，也是殘酷的，也是學習的，不是浪漫，借用我大伯的話，說：

「天天下海抓魚的人，總有一次會抓到一片魚鱗（指的是大魚），經常移動的心思與身體，才有食物可吃，也才有故事可說。」然而，故事又怎麼說呢！

我的夫人，承認上半句的思維，不去想像後半句，但我理解她無言的憤怒。女人總是希望她的男人有一份固定的「職業」，這是世界所有的女性共通的想像，我若是不會抓魚的話，我肯定我在她眼裡是一尾最低等的魚類，沒有一位達悟女人想吃的那尾魚。在蘭嶼，我們這個年紀的族人，是被現代與傳統擠壓，或是被時代扯破撕裂的一群人，是選擇乾柴煮地瓜，也選擇瓦斯炒青菜的一代。傳統的生活是貼著自然節氣的生活美學，現代性的生活種種夾雜著揮之不去的壓力，以及更多的擔憂，它淹沒了許多我們的笑容，可是，那些事、這些情，我與孩子們的媽媽都是不能怨天，也不能抱怨的，必須找出一條有尊嚴的路，我一直爲應該是如此思考才對。

二〇〇五年的五月底，我再次的跟夫人說：

「這次去台灣之後，再去印尼一趟，印尼人的那個部落，已經把船造好了，有儀式演出，並且必須出海給那艘船靈作試航。」

「去吧！實現沒有未來的夢想吧！別忘了去看孩子們。」話題很讓我生氣，卻也很讓我想像許多，「未來的夢想」。

再次的回到印尼，已經與造船者，以及與船隻有關係的人有了「熟識」的感覺，是減少擔憂的感覺，但不是「美」的感受。有件事情很讓我欣慰，那就是老劉跟我說的，說其實這個村落有很多的中年人，為了少許的錢，都很想去跟我航海到「美國」（當時陳先生的計畫），想看美國的大城市，他們真是想的異想天開。其次，在Bambusuwan村，很尊敬有膽識的航海人，說是那是真正的男人（honorary man）。或許他們有這樣的觀念，也就很禮遇我。在Makassa（錫江市），老劉與黃董跟我說，最好別跟這裡的人太熟，他們太窮，沒有教育，他們會有很多方法、計謀跟你要錢。那些天，老劉與黃董視我為華人，中文說得很好。而山本先生與我偶爾對話，畢竟我們沒有共通的語言交流。這一次，陳老闆也請了清大老師臧正華教授撐場面，要在民視的《異言堂》暢言關於南島民族的遷移史，說穿了臧正華教授只是在捍衛西方人類學的紙上理論，沒有閱讀過南島民族的航海民族誌，滿口學術語言，卻不懂星星、月亮的語言，不值得參酌，因為航海活動命名為「環太平洋航海文化交流活動」，我是參與這活動的航海者，他卻不提關於達悟為海洋民族等等，強調這活動的重要意義。當然，我去印尼前，陳老闆也在台北辦了記者會，原視、民視以兩秒鐘報導了這個消息，因為當時的副總統呂秀蓮女士說「台灣是一個海洋國家」，他們認知的海是「死」的游泳池，但是這句話放在政客身上，成爲合理說謊的社會工具，這是我客觀的說詞。

怎麼會真的找上我呢？好吧，我說在心裡。彼時再次的回到Makassa市，我似乎沒有再猶豫的機會了，心裡想的就是決定答應去航海。

也許，冥冥之中有些事情是不需要解釋太多吧，即使我有了家庭，從台灣再回蘭嶼定居時，父母親已邁入老年，容顏多了皺紋，身高也降低了。然而，神遊到諸島嶼的夢並沒有因此消失淹沒，好像天上的仙女在我出世後的剎那間已經安排好的旅程，這一切的移動旅行都發生在父母親逝去之後的光陰，清晰了父母親在我心海思念的記憶刻痕。

其次在我的記憶，或者說自己在求學的過程中偶爾閱讀印尼史，不過都忘了，研究所人類學家的民族誌，印尼始終沒有給我很大的吸引魅力，加上我小叔公從小在我耳邊口述他認知的原初世界，印尼是不存在的區塊，讓我從小也就沒有旅行印尼諸島的夢想。不瞞你說，我在很小的島嶼成長，在人口兩百多人的部落生活，在這樣的環境成長讓我從小就不甚喜歡去人口很多的地方旅行，或是生根定居，我甚至於恐懼徒步在人口多的、大廈林立的城市，恐懼陌生的人，所以當日本航海冒險家山本先生邀我去印尼時，我的熱情不大。

「爲何找我，不找阿美族，或是閩南人。」

他立刻回道，說：

「他們因爲要錢才來到海上，你的民族因爲文化來到海上，你，因爲夢想而來。他們是犬儒，知道每件事的價錢，但不知道每件事的價值。」

我說：「作家不是教室內的技術人員，卻是在野外生產謊言，生產虛與實的劇本，啓發讀者的腦袋瓜的紋溝。」

他的答案，我如在雲海深處，被他一箭射中我心中的靶心。山本先生是航海冒險家，以及一群素昧平生的印尼人，不同國籍的人要長期共生在沒有船艙的仿古船，長時間曝曬在赤道的豔陽下，是需要耐力、深厚的心理素質的。你也會發現，每天睜開眼睛、閉目睡覺都在海上，夾在黑色的星空下與無情的波濤上，船隻的脆弱如一片樹葉，那是一件令人心生恐懼的環境，因此對海洋沒有熱情的人，心理素質差、涵養不好是不可能在海上找到寧靜時的自我。

我們乾了一杯啤酒，山本先生說：

「謝謝你說我們的船的靈魂很剛強，只有像你的民族在瞬間思考會說出這樣簡單而深沉的話，這就是我所最需要的祝福詞，這也就是我想邀請你跟我從印尼航海到南太平洋的大溪地、復活島、智利的利馬、美國的ＬＡ的理由。」

我理解，在陸地上說如此浪漫的話，是非常容易的，陸地的想像力常常把一海里視爲平面紙上的一毫里，放大人在汪洋上安全的密度指數，濃縮降低駭浪的險惡。

「然而，爲何冒險航海呢？」我問自己。

「爲了區區的六萬元？」

「還是爲了『爛夢想』呢？」

「或是還有別的隱性元素在催促我野性的心魂呢？」

其實，好像我心裡都沒有特別顯明的目的，也不是爲了「仿效古法航海」提升自己做爲海洋文學家的地位，或是因「冒險」將被讀者尊重的企圖心，也不是爲了達悟船飾圖騰被世人所看見，被達悟的人看見去冒險航海，也非標示著達悟族是航海民族之類的想像，這些都不是我的目的；在我的心靈底層的答案，就是我孩子們的媽媽說的，「爲了自己兒時的『爛夢想』」。

大伯在那一年的前一年，還活在島上時，跟我說的：「在陸地上，人們往往都放大了人在汪洋上安全的密度指數，濃縮降低駭浪的險惡，因爲那個海他們不曾摸過。」

所以，自己去航海冒險的事蹟，純屬個人行爲，更不可能賣到暢銷書（後來這幾年，我證實了我的答案，「航海冒險」根本就是自己的爛夢想，沒有一個人認爲我偉大，包括我的孩子們）；從另一個視野探討，我以前的「美麗夢想」就是把台北市視爲自己的「終極樂園」，結果「夢想」潰敗的粉碎了；又，好好的師範大學不去被保送，自己卻拗了四年，在台灣流亡才考上淡江大學，我稱自己是在「自討苦吃」。

如今，我卻又因爲海洋的「魂」的邀約，把妻子的感受視作廢紙一張等等的，我決定了，誰也撼動不了我的選擇，如此的做法，不去思考他人的真情諫言、感受，是不好的。

我大伯一生只去過台灣一次，是去醫院，他一生的視界，就是在他家涼台上望海，但他跟我說的「不可以濃縮降低駭浪的險惡」是我真實的感受，也爲我現今的信仰、生活美學的泉源。

此刻，在Makassa市就在海岸邊的公路，陳先生邀請了該市面容的氣宇與氣質讓我沒有美感的感覺的政客們，來觀禮「印尼仿古船」的下水儀式，表演者是船上的水手們，以及剛請來的、有證照的新船長。

先前，我的多神信仰已經爲那艘船船靈祈福過了，而我對於摻雜著複雜元素的儀式表演（贊助者是華人，是舞龍舞獅的表演），包括我民族現代版的「小米豐收祭」、台灣原住民族的慶典一絲觀禮的、參與的興趣都沒有，那是某種「鬧劇」表演，坐在那兒觀賞表演很讓我心神不寧的難過，一切裡頭的所有都是虛假的，我的參與航海，壓根兒就是唾棄現代版的他者表演。

從小我跟過一八八幾年出生的叔公們、外祖父生活過，他們對於海洋、對於山林的那種敬畏是屬於自然環境做爲敬仰背景的多神論者，在新船、新屋落成慶功的虔誠密度，勝過牧師對上帝的崇敬，我深受他們的影響，持續到今天。

我造過雕飾拼板船，參與過父親、叔父、表姐夫的雕飾拼板大船初航儀式前的「慶功歌會」，船隻鋪滿了婦女們辛勤的勞動成果的芋頭，一整夜的歌會充滿了對船主「褒揚與貶抑」的均衡祝福，充滿了對祖先智慧哲思的敬仰，充滿了拒絕「政客觀禮」、「牧師祝禱」的場景，我喜歡那種被自然環境包裹起來的祝福詞與賓客們的真情參與，我的真情感受，與生活實踐，從前輩們獲得的感想：「造船建屋的樹木，有著許多許多山林與海洋的聲音傳輸給我謙卑，以及自然靈氣的寬容。」

於是，關於「印尼仿古船」下海儀式，我幾乎處於不耐煩的狀態觀禮（後來還是必須假裝拍手），之後我們「試航」。在試航的同時，那位新船長跟我打招呼，自我介紹叫Antony，簡稱安東，印尼人喜歡兩個音節的名字，他留了長髮，像黑人那樣編織髮辮的髮型，乍看是很有型男樣，也很直爽。回來上岸之後，決定與山本跟我一起航海的印尼人，包括船長共五人，其中有四個人都找我的空隙時間，拿著一張紙給我看，用英文寫的字條「I am the best sailor in Sulaweisi」（我是蘇拉威西島最頂級的水手），我面帶詭異的笑，舉起一度讚的大拇指，就是No.1，頻頻說

good, good, good……，以一般的社會常識判斷的話，真正有實力、有內容的人絕不可能自誇說我是頂級之類的話，況且又以字條給我看，向我宣示「信任他們」的意味濃厚，爲了長遠的海上旅行，爲了自己是外國人，表現善意是應該的，我噤聲不語。

我稱他們爲「流亡的文盲」（exilic Illiteracy），夢想遠走高飛的一群文盲，試圖逃避區域穆斯林教長圈選自己淪爲人肉炸彈客（很有可能）。由於是文盲，由於是貧窮，即便在自己的部落，他們也都寸步難行；類似這樣的人，在我的島嶼也大有人在，在部落社會裡形成邊緣性的族群，有福、有酒精、有低等魚吃，大家同享。然而，這群印尼人心裡頭想的，真如我想的嗎？當然不是。

回到了岸上，四個人先回自己的部落，等待下次的出航，下次就是真正的出海，去航海，圓山本先生「航海大夢」，目的地是ＬＡ。船上留下一位很吃苦耐勞的年輕人，名叫Ang-Haz。

Ang-Haz在十一歲的時候失去了在婆羅洲（Sabah 馬來西亞）、巴拉望（Palawan菲律賓）、民答那峨（Midanao 菲律賓）三大島間的蘇祿海（Sulu Sea）工作的父親，他是薩馬人，台灣稱之巴瑤人（Bajoa）。他家有五個小妹、一個小弟，他是家裡的長子。他的大門牙有缺口，說是他在十歲，在小型漁船做雜工時，用手發動引擎被發動引擎的鐵栓敲擊到門牙，留下了吃足苦難缺個大門牙的證據。

他的父親在菲律賓、馬來西亞、印尼三國的交會海域，與薩馬人，自己的同胞一起潛海抓海參，受雇於馬來西亞華人船東。

一九九〇年五月 Ang-Haz收到父親在海裡採海參溺斃的電話，他於是一個人駕駛單邊平衡浮桿的單桅船帆，從Bumbusuwan部落啓程，沿著蘇拉威西島沿岸，再北上航海於西里伯斯海，在一個名叫Bayanng Bongao（民答那峨島與蘇拉威西島中間的一個小島）接他父親的大體，往返共計一個月，他單獨一個人，當時還是個十歲的小孩。當他把他父親的大體運回部落家的時候，部落的族人，以穆斯林最高規格的葬禮儀式爲他父親舉行，他的航海事蹟傳遍整個蘇拉威西島。山本把這個故事跟我敘述，是一則非常感動人心的故事，在我心中，於是十分篤定的認爲，只要這個年輕人與我們同行，我就心安。

西方人有句話說：「爲上帝服務的職業，稱之神父，或是牧師。」我的解釋與觀點是，他們是一般大眾的信仰諮商師，如同心理諮商師的角色相似。我以爲在我們這個星球，各民族都有各自的「神祇」，服務各層次的「神」的職業是數不清的。

「爲上帝服務的職業」我認爲在這兒要質疑「上帝」是否存在，想必我是會被宗教界打死的，甚至「上帝」也是我夫人與我經常爭吵的議題。然而，無論你在哪個地方，我們的耳朵非常頻繁的聽聞，「神父」、「牧師」的口徑一致認爲「上帝」是這個星球唯一的真神，讓信奉其他宗教的虔誠教徒孕育著不以爲然的反芻感覺。南洋的印尼，其實，在近年來其境內的宗教政策是開放的，佛教、印度教、天主教、基督教、真耶穌教、伊斯蘭教……等，在我踏上蘇拉威西島的縱貫省道，馬路邊有許多村落，許多的國小學生穿著不同的服飾，即使是外國人也很容易的區分「服飾」代表的宗教信仰。

Ang-Haz居住的村落，或是其他教派有相似職務、權力的神職人員的護身符，我認爲「有的」是那些被西方人、漢人稱爲十分「迷信」（superstition）的人，我是其中之一的人選。

「迷信」（superstition）是一個十分有趣的字義，是以第一人稱稱他者信奉的宗教是「迷信」，或者說是「民間信仰」（folk belief）拜偶像的教派非我族類，這是引起紛爭的導火線，忽視各宗教多功能的跨領域教義。

穆斯林（伊斯蘭教徒）是一夫多妻，（只要你有能力）數位女性服侍一個男性的宗教，可以說是，十足的大男人主義的教義。當然，從他們的角度來說，一夫多妻是合理的，阿拉的旨意。在Banbussuwan區，男性非常重視嫁女兒的事業，Ang-Haz跟來與我們航海，他最大的願望就是娶其他區域的女性爲妻，他說，娶Banbussuwan區的女人，可能花上台幣五十萬元以上，這個價格說是賣女兒致富是現代版的「迷信女人」的表徵，後來我才發現他們部落裡有很多男同性戀，或是共用一個熟女爲妻的現象很頻繁，追根究柢，原來都是「貧窮」惹的禍。

記得，一九九五年台灣某個雜誌邀我書寫旅遊到某地的感想，我選擇菲律賓。有一天，我飛到民答那峨（Mindanao）的三寶顏市（Zamboanga），在某區我徒步到一個穆斯林的部落，這個部落坐落在河口邊，其四周全用竹籬圍繞，河口面海左邊，排滿了簡易的捕魚船隻。在這兒我至少遇見有兩個驚奇，一是，我可以跟他們以達悟語溝通，而有些詞彙完全相似，如寄居蟹（wumang）、椰子（anyoy）、公雞（sasafungan）、小孩（kanakan）等等的很多的話語，很令我驚訝，後來有一位中年瘦子跟我說話，說：

Sino ngazan mo.「請問貴姓？」

Ngzan ko am, syaman rapongan.「我叫夏曼・藍波安。」

Wanjin mo ikapowan.「從哪裡來的？」

Do pongso namen, do Taiwan.「台灣附近的小島。」

Pongso no Ta-u.「人之島。」

Ha, Kawyukod no inapo namen innyo.「啊！你的祖先是我們祖先的遠親。」

我的感想是，相距如此遙遠的國度，這個空間的距離，請你不要以飛機飛行的時數來計算，而是以無動力的風帆船在汪洋冒險漂移的時空來想像的話，我一時之間感覺是驚訝的喜悅。彼此不相識，我們居然可以溝通，周圍的許多老弱婦孺居然也多笑開了起來，氣氛融洽到自己不知是身在異域的狀態。然後一位自稱是村長的人帶我去他家喝茶，他看來比我年紀小，身材瘦弱，面頰凹陷，大腿肌肉跟小腿一樣的粗（達悟語意是一樣的纖細）。他的家就在河溪的上方，全是木頭搭建的簡易茅屋，進門望內室是三層的大通鋪，一個通鋪大約可以睡五到六人，茶几後邊面海的是他個人的雙人竹片床，客廳擺設基本的家電用品，有電視、冰箱。沸煮茶水的同時，他吹了口哨，不到一刻鐘，小客廳坐滿了很多小孩，村長跟我說：

Kanakan koya sira.「他們全是我的小孩（跟達悟語完全相通）。」

我算了一下，他有十六個小孩，又說他有四個太太，因而他的汽車保險桿上有四個獅子頭，四個妻子的具體表徵，所以每個太太給他生了四個孩子，可以說是，「阿拉神，降大任於斯人也，無怪乎，其大腿與小腿一樣的粗，真是天賦精蟲」，我的偏見是，他給我們的地球帶來太多的負荷，他卻對我說：

「孩子們是我的財富。」這是與我觀念何等的差異啊。

其次是，這個部落左邊面海的空地，一位台灣來的某個雜誌的攝影師，邀請我去跟他同行，也來三寶顏拍攝模特兒泳裝。模特兒還沒有換裝前，空地是稀落的人群，包括與我閒談的五位荷槍實彈的菲律賓政府軍，我們不到十三位的人。當攝影師架好了攝影機，模特兒換上了泳裝，從旅行車內走出來，開始擺出婀娜多姿的拍攝姿態時，整個部落的男人、小孩傾巢而出，如蜜蜂似的黏在三位模特兒身邊，每個人的眼珠放大瞳孔的極限，巴不得透視模特兒的五臟六腑，張大的嘴近乎吸吮纖細白嫩肌膚的驚訝樣，彼時我不知不覺的已被人群排擠到最外圍，那位村長跟我說：「北方的女人肌膚白嫩，南方的女人……，是用來生小孩。」

我微笑看著他，假裝聽不懂他的語義。那個模樣就像印度孟買市區裡的貧民窟的男人，兩天沒吃飯卻有體力行房，令我百思不解，瘦弱的身體，窮到只生精蟲，你若是住在東京、上海、台北的話，你的理性或許跟我很相似，挨了很大的肚皮之餓，居然還有想像力去行房，我說，我的天啊！群眾裡，那位村長拉著我的手，比著一度讚的手勢，腦袋瓜全是「性學」。

那天我在Banbusuwan部落，當我開始以雞血爲航海船作沾血儀式，用達悟語念祈福辭時，忽然發覺到船的四周站滿了許多許多的人群，每一個人都在盯住我爲船魂做祈福儀式的神情，怎麼會有如此多的人，我心裡想著。原來這個部落是信奉伊斯蘭教。然而他們面容的表情沉靜，眼神放射出莊嚴，察覺不出他們對相異民族儀式的蔑視，反之，他們給我許多恭敬的禮儀手勢，這是我始料未及的。我的推論是，這個部落的男人也都必須去海上討生活，「海」做爲民族的生活資源的來源，人口眾多，利於出售漁獲，我的「儀式行爲」也是屬於他們所認同的，這是無關於他者與己我的信仰，也很顯然的，我被他們接受了是因爲我們有共同擁有的、廣義的「海神」，而非狹義的一神宗教觀，極端化某神的權威，汙衊化人類日常生活的現實觀。

說真的，要我們三個人在四天內雕刻完成航海船是不可能的，後來當我做完祈福儀式時，Banbusuwan部落的男性都來協助雕刻，這是因爲達悟拼板船的船眼（mata航海的眼睛）、船靈（ta-u航海的靈魂）、飛魚（libang）也是他們部族的語言、信仰，他們完全相信船眼、船靈對航海家的重要程度，這不僅在詮釋我們彼此間語言相似的親密濃度，也展現千年航海漁撈的民族，對神祕汪洋敬畏的靈觀信仰是相通的。

我問山本先生說：「你允許我爲這艘船作儀式，爲何不請該部落的穆斯林長老作儀式！」

「我比較相信如你這樣天天跟海洋發生關係的海人，以及你的民族文化，我卻深深的質疑站在教堂、清真寺、福音台說話人的信仰，他們收下教友捐助的現金來養活自己，也餵飽教會集團，爲富者獻殷勤，爲貧者奉獻假慈悲。還有西方文藝復興時期，麥哲倫（Ferdinand Magellan）航海冒險船隊，在一五一九年至一五二三年完成環繞地球一圈，西方神學家不僅沒有爲此一壯舉慶祝，反而慌恐避之。其次，我把你的名字Syaman（夏曼），翻譯爲shaman（薩滿），作法術的人，巫師，這個部落的人信以爲真，你是『海洋祭師』。」

我聽了樂在心海，我也因而在那個部落備受禮遇，使得我們雕刻的工作順利。

在我達悟族的文化，夏曼的意思是，已爲人父，也就是說，藍波安的父親稱夏曼．藍波安，與薩滿的文化詮釋差異甚大。山本先生的這一招，對文盲居多，又與外界、國外鮮少接觸的地方來說，是非常管用而折服人的。

山本先生會說印尼話，跟印尼人溝通沒有障礙，但他是沉默寡言的人，自許體內流著某原住民族的航海血液，誓言下半人生與海為伍，他大我四歲，他是柔道六段的高手，因而身材壯碩，是個菸槍，也是嗜酒的人，這兩種陋習我也都有，但我不是嗜酒，只淺酌、品酒。他有兩個女兒，在她們六歲、四歲的時候，就離開妻女去航海冒險流浪，與家人失聯了十年。他只告訴我這些。

「航海冒險」的意義是什麼？對他，對我，台灣的贊助廠商的目的又是什麼？我在峇里島的Denpasar機場想這些問題。我不知道，我兒時的記憶，夢想航海的影像，此刻浮現我腦海，人、地、事、物場景的浮影逐漸逐時的清晰，像是幻覺，先前對印尼人的偏見消失了，彷彿我與他們曾在消失的地圖裡相遇過的感覺，夏曼（Syaman我自己翻譯的）、薩滿（shaman）發音相似，他們對語意不求甚解，他們卻把我歸類為具有「薩滿」身分的航海人，這些元素在我命格的意義是什麼？我反覆的思考。當我們把船雕刻完的時候，我們還要回台灣一趟，也還要回蘭嶼捕飛魚。

山本先生在我離境時，給我熱情的擁抱，說：「我等你航海的魂魄。」

「航海冒險」，孩提時起我枯坐在我成長的部落灘頭遠眺海平線的原初夢想，所追求的理想。然而，彼時浮現在我腦海的另一影像，竟是我最敬愛的已往生的父母親與大伯，他們慈祥寧靜的容顏，好像在說，去「航海冒險」吧！有我們的靈魂陪你。說實在的，在心海裡的最深處，有股神祕又具象的感覺。

從印尼回到了蘭嶼，在五月天我繼續的在白天划著我建造的拼板船在海上釣鬼頭刀魚，浮沉在西南季風的浪濤裡，與一群傳統的老海人一同吟唱著歌頌海神、黑翅飛魚神的古調，海面上千億波浪的濤聲彷彿也在傳遞著其封存千年的情緒給海人，我懸盪在波峰與波谷間，像是流竄在海神體內的精靈接受祂的試煉與養育的恩澤。在夜間我也出海捕飛魚，在黑色的天、黑色的大海，望著天宇繁星學習沉靜，看著海面浮沉銀光學習洋流的亙古鼻息，這是我最喜歡的，爲海洋服務的職業。

飛魚、鬼頭刀魚晾曬在我家院子，我孩子們的母親露出喜悅的眼神，露出她敬愛她的男人的自信，我說：「孩子們的母親，我要跟那日本人去航海。」

「去吧！你的魂魄屬於海洋，不屬於家庭。」

這句話說得酸酸的，不過，也只有接受，或是承受女性背後的語意。時間空間的轉換，我跟成大台文系的學生說：

「我要去航海，出國前希望收到你們期末的讀書報告。」

學生對讀書報告有反應，卻對我的「大海浮夢」，去航海的事蹟，一丁點的感受都沒有，每一位的眼神似乎飄浮著「航海」是什麼的虛幻，好像只有電影裡才會發生的劇情，這又可證實了，台灣的漢人幾乎對於海洋沒有絲毫的浪漫想像，所以得不到學生們的祝福，此又覺得，好像我去「航海冒險」是理所當然的事，不值得讚許。

從我達悟人的信仰來說，沒有「祝福」無疑是最好的祝福，因爲我也深怕孤魂野鬼跟隨我的背影，如果你是接受過科學訓練的人，或者說是接受英、美式的教育的話，我會接受你們說我是個「迷信」的人。如此之迷信，無關乎所謂的現代性、傳統性的詮釋，也無關於落後與進步，這不阻礙我在海上旅行，當然你認爲的我的「迷信」也將減少我在海上的恐懼。

六月一日，正式決定航海的人有七位，我們從錫江市往北的方向開車，在Ang-Haz媽媽的部落出海，我們在一家已經通知過的小餐館用晚餐，用餐的同時，忽然有好幾輛的警車在公路上飛馳而過，約莫天黑前的新聞報導，說是一位偏激的基督教派抱著炸彈闖入正在做晚禱儀式的清真寺，電視畫面不時的重複報導雙方（基督教、伊斯蘭教）「炸彈客」相互報復的慘況實錄片。

印尼政府似乎對於不同教派相互報復的事實無法有效的嚇阻，此時那些文盲船員神色哀戚的坐在另一桌用餐，於是在正式出海，航向會跳舞的藍色海洋的時候，我頸上的十字架項鍊已藏在背包裡了。如此做，也是希望自己與他們命格陌生的相遇時，把宗教信仰的莫名「對立」轉換成「和諧」。

我的眼睛轉移到五位印尼船員的面容，他們幾位本身不是同部落的人，但都是信仰伊斯蘭教，這一點山本先生很清楚，不過贊助廠商還是請了兩位天主教徒，幫我們處理陸地上登岸時的相關事務，這個理由是，天主教徒的教育程度較高，會說英語，但是，當他們聽見電視新聞報導時，在我們不自覺中已消失在我們的另一餐桌（在印尼，不同信仰不同桌用餐），我於是問了劉先生：

「他們走了嗎？」

「走了。」

他於是跟我敘述了蘇拉威西島，近年來的信仰狀況、存在性的矛盾與嚴重的觀念衝突：

「其實蘇拉威西島有許多不同的民族，也信不同的教派，大致上，這兒的人，以印尼語溝通，都還相安無事，『炸彈客』是少數的偏激分子，不過，這些伊斯蘭教徒怨恨基督教派的人說，『上帝是唯一的真神』，你也理解，這句話是否認其他教派『真主』的存在本質。蘇拉威西島，或著是印尼，在荷蘭殖民時期，除了西方諸多教派的移入外，還有阿拉伯的伊斯蘭教，印度的印度教、佛教，在蘇門答臘、爪哇島都是非常盛行的，但二次戰後蘇卡諾總統一直忙碌於弭平內戰，建立獨裁政權，終究忽視了印尼整體的教育，所以到處都是文盲，文明化程度低度發展，現在依然是低度發展國。

「一九五七年，我隨先父從潮州來峇里島做旅館生意，生意很好，一九七五年，我與某位台灣人合夥開發印尼的近海漁業，生意也很好，我的成功就是不觸及，也不觸犯當地人的複雜信仰，時常回饋我所有在地的職員、家屬，以及在地政府，但與政客保持最遠的距離，不與公職人員們、當地人喝酒。我與黃先生很支持你的理想，也希望你在海上保護自己，在不知名的任何小島做補給，或上岸與山本先生在旅店過夜，千萬不可碰在地女性，有任何問題，我已跟山本先生說過，要保護你的安全，畢竟我們不知道你們在哪個島去做食物、淡水、汽油的補給，還有，必須與這些船員們保持距離，不可以讓他們看見你身上的錢（上船之前，劉先生給我四十萬的印尼錢）。」

晚餐後，我與山本先生，以及他在那區域的一位得力助手、陳老闆在一間陰暗的客廳（印尼人鄉下的客廳都是如此）飲酒，而我與山本先生，也正在試著彼此間的習慣，以航海、大海的不確定性發表我們個人之間的大夢，祝福我們正式出海之後，沉浮在會跳舞的藍色海洋，祈求一切一切的平安。

山本先生，以及五位印尼船員，我全都不認識，更不理解他們各自的習性，我卻要在不確定的海上與他們共度一些日子，可是山本先生、陳老闆在那一夜卻沒有問我說：「要返回台灣，今夜還來得及。」此類的話語，是在考驗我的心智。我孤魂隻影來回於印尼、台灣、蘭嶼，想著孩提時期的外祖父，把整座汪洋美化給我的種種記憶，感覺像是阿姨在我耳根輕聲細語的說，切格瓦，未來你的靈魂必須堅強，好嗎？叔公在家族的男性夜行獵魚之際，把眼前漆黑的海洋活化，跟我說，男人的壞脾氣發洩在波波的浪濤裡，而不是對女人發脾氣，怒吼叫囂。

「今夜還來得及」，決定之後，就沒有想過「懊悔」的心，更沒有思考過「萬一」在海上災難降臨，家人怎麼辦的種種事情，移動過程中只是在熱中的思考，混沌的沉溺在兒時夢想忽然實現的浪漫想像裡。

「怎麼又回來？」家裡種植芋頭的女人質疑的問我說。

「那些人還在調適自己的心魂。」

那是在五月中旬的事，我一回到家，我繼續地在白天的大太陽下划船釣鬼頭刀魚，在夜間用漁網捕飛魚，父親划船的身影，大伯吃魚的喜悅臉譜，媽媽吃檳榔的牙齒皆縈繞在我獵魚時的腦海，許多時空情境、人種差異的轉換似乎在試煉著我的意志，然而，當我在殺飛魚的時候，家屋裡的女人也不呼喚我的心魂，或說：「既然如此，就別實現你的爛夢想吧！」我在期待類似這樣的話，但她始終沒說這樣的語意，彷彿她的心也篤定讓我實現我的爛夢想。我跟已七十九歲的叔父說：

「我要去航海，願你的身體堅強。」

「回來跟我敘述你的經歷。」

十九歲的兒子，十七歲、十五歲的兩個女兒，我對孩子們說：

「爸爸要去航海，希望你們照顧自己。」

「去啦去啦，我們會照顧自己啦！」

想來沒有一個至親的親人要阻止我實現我的爛夢想，我只好默認這趟兒時的爛夢想已在天上仙女的記事簿裡，篤定要實現的。我準備好我的漁具、蛙鞋、潛水鏡、匕首、手電筒，以及最簡易的小羅盤，再飛到蘇拉威西島的錫江市，我爲這艘船取名爲「飛拉號」，以達悟語命名之，意思是古早風帆船。航海之前，船東陳先生開了一場記者會，彼時是民進黨執政，會場裡沒有一位記者、官員對我們航海的文化交流活動有興趣，同時在那段時間民進黨政府不斷的鼓吹說，台灣是「海島國家」，我們要以「海洋立國」，放眼國際舞台，許多的政策宣傳不離海洋，大言不慚，卻對我將實際的參與國際的航海交流活動不感興趣，此結論完全應驗陳船長、紀船長等在南太平洋獵魚的那群討海人的說詞：

「台灣的藍與綠政黨，只會在台灣互咬嘴巴，卻無放眼國際舞台的膽識，門裡的虫割捨不掉（閩字）。」

再次的飛到蘇拉威西島Ang-Haz母親的部落的時候，刻著達悟圖案的仿古船「飛拉號」停泊在外海時的儀態很美麗，看來也十分的結實，我們原來的印尼船員跑了一位機械師，換來一位與我年紀相仿的老實人。這一趟還外加兩位Metro私人電視台的記者，報導這一趟的仿古船航海之旅，他們的參與讓我更篤定，更有自信的認爲我實現爛夢想的基礎條件已完備。

Ang-Haz母親的部落，除去船員們的簡單家屬外，來觀禮的人不到三十位，可以說，我們航海的正式出海儀式是十分冷清的場面，五位船員們知道要遠行，知道爲了幾塊錢的家庭生活費，爲了脫離部落的小世界，爲了爭取遠航的男人被「貧窮」逼出海而裝出來的男人樣，也很令我哭笑不得，他們都各自的跟我表白說，「我是全印尼海最好的水手」，在同胞面前煞似英勇雄姿，但我感覺他們的內心裡是膽怯的。

「你是這艘船的福星，讓我堅強的人，」日本航海冒險家山本良行如是跟我說，也是巴結我的語言。

山本良行與台灣的資助廠商陳先生，他們計畫爭取其他贊助者捐助的策略是，由印尼、新幾內亞、巴布亞新幾內亞、索羅門群島、斐濟群島、庫克群島、社會群島的大溪地、復活島，北上到智利的利馬，而後是加州，終點是ＬＡ。他們兩位假裝誠懇的要求我參與，及完成全程的航海願望，說是要圓我的航海夢，圓我可以寫一本偉大的台灣海洋民族的「航海記事」，其實這句話好像很簡單，就像民進黨的「海洋立國」翻書頁那樣的容易，然而「捨命陪少爺玩劍」非崇高之事業也。

我個人觀察山本良行「玩命」的跡象，在出海之前，他不看衛星電話的說明書，就聽著陳先生給他的基礎通話的按鍵，至於ＧＰＳ、航海方向定位，他幾乎是亂按鍵，致使我們即將出海的時候，衛星電話就故障了，同時也不即刻求教於陳先生，看在我眼裡，他其實比我更粗心，同時他也不是爲了仿古航海，自視自己也是南島語族的族裔發憤著書，證實自己是非純種日本人。我們在岸上比出正式出海的神情，印尼水手在少數目送我們的同胞下，擺出很是英勇的態姿。Ang-Haz，他雖然年紀最輕，但他卻是最有航海經驗的小子，山本先生最依賴他，而我算是船上的老少爺，在船上沒有什麼工作責任。當我們把所有的工作用具、所有的物資運上船的時候，我查看地圖，我們在南半球南緯二度，出海的那一刻天氣晴朗，約是三級風力，山本此時對我說：

We are navigators.（我們是航海家。）

Rara yanyou yaken a apuapu nyo do dud, ta mina pankeskeran nyou rana ya.

（我的航海祖先們，求您們與我同行，這是您們曾經航海過的海洋。）

而我這樣念在心裡，說出嘴口。

船長叫安東，廚師叫卡哈，機師叫布勞，水手是Ang-Haz 以及哈度，船上還有兩位電視記者隨行做紀錄。

飛拉號的船體流線非常好，船的主體結構是由十六公尺長，粗大的原木鑿成獨木舟，那棵原木非常堅硬，然後銜接拼板組合船身，這個技能跟我們蘭嶼造船使用拼板組合完全相似，同時也是以小葉桑當木釘，內部有兩個小船艙，可以睡，也是置放我們行李的地方。船面，我們活動的地方，造船者鋪蓋玻璃纖維防止雨水、海水灌進船內，船身高度兩公尺而已，兩個一大一小的桅杆的位置比較接近船尾，船的吃水深度是九十公分，同時架上四個雙邊的平衡木桿，讓船身遇到強風大浪時，不至於容易傾斜，避免翻覆。

船隻開始航行，我們也開始啓動正式航海的心，我說在心裡：

「我的夢想怎麼如此的奇異，兒時的夢想，怎麼會真的實現？」

在船上找上我航海固定的位置坐，是靠近船尾的右邊，就是第三個舷外浮桿的上方。天空沒有一片下層雲，真是個晴朗的天氣，風力尚可，揚起帆之後，船速可以在一小時六海里，這個速度恰是最好、最安全，同時這個天候海象也是山本先生測試船體結構的好氣象。

「哇，出海了！」此行不同於我在蘭嶼划著自己的船「出海」的目的，那是一天的來回，此刻是沒有來回的航行，只有一直往前行，沒有倒退，換言之，對於我此舉已經是箭在弦上，沒有了「懊悔」的理由。

所有的船員都坐在船上，直接暴露在太陽下，我們沿著蘇拉威西島的西邊航行，揚起風帆，吃風角度維持在三十度，印有贊助商的標記，以及我命名的「Vilad」的字樣，我注視著船艄切浪的英姿，如是武士刀切風的感覺，船尾有兩個木舵，一個做備用，主要是左邊的舵，由有船長執照的安東駕駛，船之甲板離海面約是一公尺左右，四根舷外浮桿，每根長度有八公尺，海面上的平衡支柱是十公尺長的竹子，Bambusuwan部落的造船者，顯然是很有經驗的一群人，建造得很結實，由於出航當天的天氣良好，所以山本先生還不能確定四根舷外浮桿是否很堅固，這一天是二〇〇五年的六月一日。

我作爲一個外國人，在這群印尼人中的感覺是，被山本先生說成很厲害的「海人」，說是天天與海爲伍的潛水伕，他們也看見我爲這艘船殺雞、祈福、做儀式，似是傳統「祭祀巫師」的身分。他們由於成長在赤道上下，出海獵魚很少遇見暴風浪，也因爲貧窮讓他們無法走出部落，遇見我這個跟他們膚色相同，說許多跟印尼語相同單字語言的人，這兩個條件拉近我們彼此的距離，我因而受到他們的尊敬。

出海的第一天是晴空萬里，南緯二度的風向由蘇拉威西島的西邊往北吹，從北半球的經驗來說，這是西南季風，可是浪很平靜，在這個區域的海洋，從船長到廚師等五位印尼人，都是他們熟悉的海象天候，也就是說，「航海」的初始還處於他們所認知的「安全」範圍。飛拉號沿著蘇拉威西島的西邊，距離沿岸約是五海里，「航海」的亢奮情緒還書寫在我們好奇的臉上。我們船上的食物只有白米、維力麵，還有山本先生喜歡吃的香蕉、一些鹹魚乾，造船者並在船艙內設計炊火的簡易爐灶，使用煤油煮飯。

六月初的赤道海洋非常的炎熱，我的行囊備有外套、大浴巾、套身雨衣、墨鏡，還有我潛水配備，以防萬一，以及一支匕首、一個喝咖啡的鋼杯，如此而已，身上的印尼幣約是十萬。由於太陽酷熱，除了山本先生外，我們幾乎十分適應太陽直接的照射，不過我們還是在升帆的桁架上拉起還可以遮陽納涼的帆布。船尾的駕駛座沒有遮陽的架子，在舷外浮桿，也就是船身外，造船者在兩邊也製作輕便的架子，如似兩張草蓆的連結長度，這是放置雜物，或睡床等等的，然而印尼人特愛白色，船的甲板全漆上白色，太陽照射起來非常刺眼，當然這十七公尺長、兩公尺寬的仿古航海船，加兩位記者，全員共九個人的時候，確實很擁擠。安東船長在船尾的駕駛座邊，編織了一張大網，作爲他的睡床，而我也在第四根桁架繫上了竹子梯作爲我的床，也就是說，我睡覺的身體在海面上，我的腳在船體內，睡起來還真的很舒服。

兩個月來，我來回於印尼、台灣、蘭嶼，所以與船組員已經是熟識，我們的引擎師、安東船長都已是有妻室的人，三位船員是單身漢，除去Ang-Haz外，廚師與划獨木舟（補給用）的好手Ka-Haz是輕微同性戀者，也篤信伊斯蘭教。我們在海上航行了四天之後，我發現我們全組員患了便祕，無法排便，我也不曾有過便祕的經驗，我於是要求山本先生把船開往陸地，去買柳丁、橘子之類的水果，補充身體的維他命C（大航海時代十六、十七世紀，許多航海船員死於壞血病，缺維他命C之故）。我們買了很多的橘子，我拚命地吃，結果，當我拿出衛生紙到船尾排便的時候，那些印尼人放大瞳孔的看我，山本先生因而對我說日語：

「衛生紙不可以（我聽得懂日語）。」他比左手，但我無法接受那個左手的動作，後來蹲坐在船尾近半個小時，非常痛苦，如廁完後，肚子內部感覺好像掉下了一顆碩大的巨石，體重忽然減輕，身體變得輕盈，從那時候起，我爲了尊重印尼人的左手習俗，我就調整自己的排便習慣，在夜間如廁。

第五天的時候，兩位印尼記者問我，說：

「你爲何不怕太陽曬？」

「習慣了，」我如此回答。

一九八九年，我全家回蘭嶼定居，父親爲了我們的回家，爲我造了一艘拼板船，說是達悟男人應有的生存條件，累積成熟男性尊嚴的獵魚工具。當時我的部落只有兩艘機動船，部落的人當時還非常盛行使用拼板船獵魚，尤其是飛魚季節，所以我部落灘頭還有三十艘的拼板船，與我兒時的記憶差不多的船數，族人依循傳統獵魚的次序還非常穩固，也就是傳統漁獵的規範還很完整，對我而言，這是我的幸運，還來得及實現我兒時獵捕鬼頭刀魚的夢想，構成我現在取之不盡的思維泉源，也是讓我深深體悟到「傳統生活美學」與環境生態時序相融合的島嶼民族智慧的可貴，此生活學習的過程，也讓我見識到許多現代性的便利引進，是各個民族隱性破壞「傳統生活美學」的來源，在「便利」下分化、解構民族的生活節奏、價值秩序，脫序在默默進行。

從我划船生手起，父親就跟我說過，獵鬼頭刀魚的時候，就跟隨你那個有經驗的表姐夫的船邊划，當時我部落海面是兩個部落男人的獵魚場域，我三十出頭，獵魚船隊年長者，有些人已是八十歲、七十幾歲，我的同學卡洛洛已是獵鬼頭刀魚的好手，我的參與讓我見識到「傳統禁忌的美學」，譬如，在海上禁止跟他人要檳榔吃、要水喝，更不可大聲吼叫。父親也跟我說，你若是聽到有人在海上歌唱，你就靜靜地聽著那人唱的歌詞，我當時聽不懂，後來才意會到，父親要我在海上學習被海浪洋流帶走男人的歌聲是給魚群聽的，是讚美海洋帶來食物給我們，許多的感恩歌詞透露民族對海洋的敬畏，民族的男性出海獵魚，其目的固然是獵到飛魚、鬼頭刀魚，然而我從父親的嘴裡，從他的口語敘述體悟到，飛魚季節的男性是為海洋服務（獵魚），那個概念是遵守獵魚的生態時序，捕飛魚、獵食大魚必須經過民族集體性的招魚儀式，這類的魚是浮游魚群，有時間性，才可以抓，不可混殺，要讓海洋裡的底棲魚類有生息的時間，從現代的觀念說，就是達悟民族的海洋生態倫理觀，而非外地學者說的，生態保育觀念，這個「保育」我們語言裡沒有，我們的說詞是，讓珊瑚礁底棲魚「休息」，不可「叨擾」，我們使用的語彙比較高尚優雅。

我父親由於沒有殺豬做儀式，所以我有四年的時間，在烈陽下的大海上，我不可以喝水，即使我那要好的同學卡洛洛（夏本．杜馬洛，當時十幾位男同學，十幾年後只有我們實踐釣鬼頭刀魚的傳統漁技），與他並排划船釣飛魚，在我渴的時候，他不會把裝有淡水的寶特瓶給我喝，禁忌的語言說是，他作爲釣大魚的好手，拿水給我喝，象徵他長年的好運氣會轉到我身上，讓他丟失好運，如此傳統信念的推論，雖然不科學，也不成文，然而我們內在的獵魚美學就在其間流動，感覺很好。我從早上六點出海到十二點不喝水，四年艱苦的訓練，讓我在這個忽然實現的航海夢，有足夠的身體耐力抵抗炙熱的陽光，抵抗紫外線的傷害，於是我不得不去感恩父親，或是民族的這等訓練，這也就是我從小敬愛父祖輩們在烈陽下獵魚的精神，在海上聽族人的歌唱，也讓我學會在烈陽下讓精神寧靜，自然性的排除性情的燥熱。非常謝謝老爸。

我們每天查看的海圖，是荷蘭殖民印尼時期建立的，山本此時不間斷的教育Ang-Haz基礎航海學，而我自己在研究所閱讀南太平洋玻里尼西亞人的航海學多少可以認知到其間的實學航海術，以及在蘭嶼自學觀測雲層、風向風力、潮流，這些野性的知識，我認爲自己比較敏感。然而，此一北上的航海，對山本來說，也如我一樣，都是第一次。在航海學有一項是非常重要的，那就是船隻兩邊在夜間的左綠右紅的燈，雙顏色是交會，很危險，不同顏色時，是船隻並行航行，然而，我們船隻的問題出在左綠右紅的燈泡經常故障而不發亮，於是我晚上就陪山本先生、Ang-Haz，不睡覺。航海的第六天山本先生忽然感覺緊張了起來，主要的理由是，他不會算航行時數、公里數，也就是一小時船行駛幾海里的算法，因爲船隻受風力的強弱而有快慢的差距，緯度的刻度間距是六十公里，假設我們依靠風帆的船速是一小時航行五海里的話，十二小時等於六十公里，也就是由南緯二度到一度要花整個白天，他的首要目標是跨越赤道島，在這之前他慌了，我們於是航進很深的海灣休息一天，同時也讓船員們上岸，去穆斯林寺廟做禱課，撫平他們第一次出遠門的心魂。

我從海面察看，只要有海灣的地方，不論大小都有聚落，也有簡易的碼頭，我們的船隻停泊的地點離陸地約是三百公尺的距離，他們上岸到清真寺是划著獨木舟上岸，而我就趁此時潛水游泳尋找海鮮貝類，然後上岸觀光。我發現，即使google這個聚落也很難找到，然而當我上岸的時候，來了一艘簡易的船隻，我趨前查看，不得了，船內的魚艙全是沙丁魚，頓數約是蘭嶼三艘十人大船的漁獲，非常驚人，我沿著公路走，竟然有一家日本的漁業加工廠在那兒，日本人都說印尼話，只能說，他們太厲害了。這一天是我們北上航海第一次的休息日，但沒有上岸補給。

當他們上岸去清真寺默禱的時候，山本拿出印尼海圖，查看該區域的海底地形，這是我們要避開夜間航行時的暗礁，以策安全。在我們聊天、細看海圖的同時，他說：「再航行兩天，我們就必須找地方補給水，以及汽油，還有水果、稻米。」

遙遠的地方傳來清真寺播放以印尼語的穆斯林宣教時的歌聲，音量很大聲，很顯然的，穆斯林在那個聚落的宗教實力遠勝於其他教派。山本先生在這個時候，從他專屬的船艙內拿出一瓶威士忌，說「我們兩個人喝」，並請我不要跟船員說，他在地圖上畫了一條線，說：

「這兒是印尼的赤道島，爲我們跨越南北半球喝一瓶。」山本先生在我面前不談任何宗教的是非，這是我們在船上最忌諱的話題。那一夜，我與山本先生喝醉了，我們從下午睡到天破曉的那一刻，我感覺我那一夜睡得非常好，因爲不是睡在大太陽下，我起身，從塑膠桶取出淡水，弄濕毛巾擦臉，同時也刷牙。廚師發現我起身後，他立刻燒開水，用我的鋼杯沖泡咖啡給我喝，他服侍我一杯咖啡的代價是一根白長壽菸，我們彼此之間沒有共通的語言可以溝通，Yes、No、

OK而已」。

這位廚師年近四十，起初我並沒有很認真地觀察每位船組員的習性，這或許是我基礎的性格是不計小節的人，後來我在船上的日子察覺出他們不是很好的水手。除了Ang-Haz外，他們都盡量避免與我的身體接觸，這是他們的宗教觀。在船上的時間，我們彼此不得不注意自己微小的習慣，盡量不去妨礙他人，各盡職責，我的身分是「祭司」。我注意到這位廚師是因爲他特殊的習性，每當他在煮我們的中餐、晚餐的時候，他總是蹲坐在駕船者的身後如廁，由於是左手習俗，而非衛生紙，對於沒有這種習慣的我們來說，做飯前左手如廁很讓我心魂不舒適，可是又不得不去吃他煮的米飯，船上沒有7-11的便利商店，在面臨飢餓的需求時，我便看著流動的大海吃飯，盡量不看他。我的民族在衛生紙不普遍的兒時年代，我們如廁是到豬寮，更好的是到海邊，用石頭擦肛門，這是既環保又舒適的方式，我是喜歡使用石頭，可是用左手，我的膽子還沒那麼大。船上小小的，日夜相處的空間，對於多數人的習慣是我必須適應的，也因爲如此，我拿衛生紙如廁腸胃排便的時間變更爲夜間，這是避免衛生紙與左手的戰爭。

這幾位自稱是「全印尼最好的水手」自我們出海起，他們就在船尾下鉤拖釣，幾天來我們沒有鮮魚可以吃，之後換我下鉤，就在接近赤道島的時候，我先釣到金線梭魚，再來鬼頭刀魚，我的漁獲看在山本先生眼裡，他豎起大拇指來誇讚我，隱性的意義是，我們的船組員差我一截的意思。

「祭司」的身分終究爲這艘船的船魂釣到初獲魚，在我民族，或是他們完整的海洋觀的解釋是，「船魂理解，誰是祈福者」，船靈會把船的初獲魚獻給那一位，這是民族科學的詮釋，而非西方理性科學的推論解釋，這又是另類的玄學。

金線梭魚、鬼頭刀魚是飛拉號的吉祥魚，我們把魚肉切成一條條的，讓太陽自然曬乾魚肉，也讓廚師方便煎魚，這個航海途中，我也發現這些人很少喝湯，都喝礦泉水，也不敢吃生魚片，他們的部落衛生習慣不好。因爲我先爲這艘船船魂釣到魚，使得他們說自己是好漁夫的自誇，立刻被這兩條魚擊垮了他們先前的傲氣。當我們確認已經看見赤道島的時候，天氣非常的晴朗，並且沒有風，我們啓動四十匹馬力的引擎，發現船隻逆著洋流行駛，一個小時行駛兩公里，這比我划船的速度更慢，讓我們在船上十分的無聊，這個時候，五位船組員拿出印尼翻成英語的會話讀本，由隨行的文字記者教他們念英文，最後只有Ang-Haz比較認真地學。我問記者，這是什麼因素?他說，他們連認識印尼語已經很困難了，何況是英語，對他們是非常艱難的。至於我們的安東船長，跟我跟山本比較沒有很大的互動，但我可以猜測、判斷他的個性，是屬於三分鐘熱度的人，好大喜功，沒有耐性，他不可能走完全程的。

晚上山本先生很緊張的跟我說：

「你的羅盤拿來，跟我們駕駛的羅盤對一對。」此時我們已過了赤道島的第二個夜晚，我們再次的攤開海圖，於是我說：

「沒有問題，我們沒有走歪。」

那天晚上，我們兩個繼續喝第二瓶的約翰走路的酒，過了午夜兩點，我開始感受到有了波浪，此時我們已在北緯二度，吹來的風有涼意，想一想，我已好久沒有洗澡了。天亮以後，廚師按慣例燒熱水給我泡咖啡，給他一根菸，約是上午十時，從北方來了一坨厚實的烏雲，雲遮住了陽光，風勢逐漸強勁，海浪也由三級升到接近五級的浪，這是飛拉號第一次遇上比較惡劣的天候，它的結實正受著氣候、海浪的試煉，兩個小時後，雨水開始下，我與山本也開始脫衣洗澡，哇，雨水大，洗起來真是很舒服，把被海水弄得黏答答的身體完全清洗乾淨，不過在我們洗好澡之後，發現這一波烏雲不是熱帶地區的陣雨，而是熱帶氣旋，我們收起帆，繫牢繩索，風勢與浪頭忽然增強到六級，然而飛拉號的船型流線恰是切浪的造型，船速在一小時三海里的速度前行，雖然很慢，不過很精采。船艄切浪，浪頭恰與船身甲板平行，就像衝浪者把頭鑽進浪頭之後，又浮出的情況，我站起來穿雨衣，船隻前行目視的距離不到一百公尺，我們船上沒有一台收音機讓印尼人接收海上氣象的資訊，這是山本或是我自己的疏忽。烏雲籠罩在我們頭頂，風勢強勁，發現海面上沒有一艘船隻，我們當然沒有護航船隨行，我才真正發覺我們真的是在「冒險」，浪頭、風勢正在襲擊船身，我真的不知道這艘船是否可以禁得起考驗。

此時四根八公尺長的舷外浮桿，在三公尺的浪頭上下震盪，船身發出嘰嘰嘰的響聲，在Banbusuwan村長家建造飛拉號時，船身內外銜接處，造船者幾乎全部使用黃籐製作成的籐索，這個是不怕海水鏽蝕的自然植物，比一般市場賣的繩索堅實、耐用，在蘭嶼的傳統屋、涼亭，我們也都使用黃籐繫緊木頭與木頭間的銜接處，這是許多偏遠地方的住民共同印證，以及十分普遍的在地知識。山本檢視兩個桅杆的堅固程度，我們都發覺黃籐製作成的籐索沒有熱漲冷縮的問題。風浪大，驟雨猛烈，烏雲彷彿就在我們頭頂上，我們除了沒有其他船隻的護航外，我個人也發現，因處於低氣壓內部，讓我們目視不到島嶼的邊緣，放眼轉身三百六十度，目視到的盡是等同距離的白霧浪花，這種景象維持了三個小時，如此的海象天候，一艘孤影的船隻航行，確實讓我們心生慌恐，Ang-Haz與Ka-Haz在風向來自我們右手邊時，他們就站在舷外浮桿上，這是平衡船身所做的危險動作，每當波波浪頭來襲的時候，海面下的與船隻平行的浮桿的平衡支架像是魚雷似的貫穿波谷，此時Ang-Haz如猴子般的握著籐索跳躍，似乎他心中存在海戀的狀態下，一波又一波的駭浪衝過來，我們全都沒穿救生衣，我與山本先生則坐在竹子甲板上，指導Ang-Haz注意前來的駭浪，當雨停了之後，他還在船身外平衡船隻的進行，並在浮桿上玩起走鋼索的模樣來娛樂我們，山本於是說，他是「海子」，此語就是我說的「海人」。

浮桿與平衡船隻的竹子都是圓形狀的，在浮動的海面確實非常難走，Ang-Haz從小學時期就在Pambusuhan區域，各部落簡易停泊的地方討生活，他只要求有飯吃不求工資，後來在一艘三噸級的Sandeq船上，所謂的Sandeq船就是只有單邊浮桿的船，這個區域的說法，就是收購在南緯Pambusuhan區域作業船隻的漁獲，賣到錫江市，因此他的青春歲月幾乎都在海上度過，這說明了討生活的困難。當山本先生在我們航海之前的四年前計畫「冒險航海」時，他選擇在Pambusuhan區域學習印尼語，別人就引薦Ang-Haz給他，他們的關係如父子之情。在航海之前，印尼這兒的贊助廠商劉先生與黃先生二人也跟我說過，這艘船上也只有這個小孩可以信任，尤其是船員們「要錢」靠岸時買菸，叫我不可以給錢，上岸所有的花費全由山本先生負責。

赤道島過後，除了這個小風暴外，幾乎是風平浪靜的海象氣候，我們船隻行駛因而緩慢，與蘇拉威西島之西邊沿岸距離都在五海里以上，平時我們吃的中餐、晚餐的食物就是白米加泡麵，以及鹹魚乾，完全沒有蔬菜，當我適應在夜間如廁時，我的食量一直保持良好，然而我們的大廚師惡習無法改善，他經常在船隻行進中抓住浮桿游泳如廁，這個功夫非常難學，當然在百般無聊的航海生活，他的行爲通常成爲我們即時的娛樂，尤其是那兩位隨船的雅加達來的紀錄片記者，不知說了幾遍，請他改變如廁的時刻，他除了說改變不了外，他也在一般的Sandeq船當廚子，說是他如廁之後，肚子就餓了，煮起飯來就特別的勤奮，我一直認爲，印尼的討海人不是很優秀的漁夫，因船主通常壓榨如Ang-Haz這類型窮人家小孩的童工勞務，不支薪，只提供兩餐，我們的廚子也是這樣長大的，後來自願當船上的廚師，學習簡易的廚藝來掙錢，然而貧窮的聚落因爲人口眾多，教育水平低，勞力密集，工資低廉，物價也低。所以廚師上船求的一個月工資也只不過是台幣一千元而已，每天清晨，他爲我燒煮咖啡的代價是一根菸，之後的一整天約是三根菸給他，爲此在我們航海途中，他爲我，以及山本先生服務盛飯，而山本也非常能夠適應印尼海人在船上的食物，白米、煮爛的泡麵，以及鹹魚乾，還有一大堆的柳丁，是我們在海上維他命C的來源。

山本先生在東京原來的工作，他約略地跟我說，是紀錄片導演、攝影棚攝影師指導等等的，他不太喜歡說他在日本的過去，只跟我敘述說，當他爲妻子、兩個女兒努力工作二十幾年，在東京買了小房子，兩個女兒分別是四歲、六歲之後，他便流浪，曾經從菲律賓沿黑潮北上航海到沖繩島，又從印尼航海到印度，在某個海域，他的小型航海船隻船底破洞，被英國商船救起，在英國滯留幾年後，他又去印尼學習印尼話，去尋找可以信任的航海夥伴，以及駐台北日本交流協會交涉找台灣籍的贊助廠商，他後來看過我被翻成日語的小說《黑色的翅膀》，讓他對我有些許的印象，他一離開東京的家，就與家人闊別已整整十年，因此他跟我說，他的家人不知道他現在是生，或死，十年沒有聯絡過。

究竟是什麼極大的因素，使得山本先生迷戀海洋，我並不了解，他也對我輕描淡說自己不是純的日本人，說自己有沖繩島民族的血統，他爲此而航海，其次，他是個超愛吃香蕉的人。

六月四日，我們在一轉角的海邊村落，準備補給我們飲用的水，還有汽油，那個聚落稱之Samitigi，從這個村落起，我們航海的方向由北轉向東邊，約是北緯一度與二度間的漁村，是熱帶的無風帶，天氣炎熱，沒有風勢，船隻行駛非常慢。山本請船員們上岸補給，山本則帶我上岸去找旅店，他說他要好好睡，好好洗澡，並叫Ang-Haz找一家當地的海鮮店，說我們三人要大吃特吃，他身上的錢是贊助廠商給的，當然他也要買幾條香菸犒賞船員們。

我們到Samitigi漁村的岸邊時，發現非常的髒亂，是八彎七拐的小路，沿岸許多的家屋就是十幾根木椿搭起的家，這類型的家屋，當地人說是外來者，也就是陸地上沒有土地的人，爲了生存信奉穆斯林教，泰半都是給人家做小工，做人家家傭，在這個地方，我發現人們吃檳榔，街道上有許多小馬當搬運車，當小黃（計程車）使用，我與山本洗完澡後，我們三人努力地詢問比較乾淨的小餐館，但是終究是沒有一家是山本滿意的。我們找了一家可以吃到「烤魚」的店，叫烤魚是自己吃，不分享，我叫兩尾小鯵魚，我喜歡印尼人的烤魚，加一些酸酸的甜味，以及小辣的感覺。我與山本各喝六瓶啤酒，Ang-Haz喝兩瓶，山本對我們說，船隻海面的平衡浮桿要到美那多市[6]整修，然而晚上睡覺時，我卻睡不好，太吵雜的旅店。

---

6 美那多（Manado）是蘇拉威西島北邊的第一大城，說是印尼膚色最白的城市，說很多印尼的明星多來自於Manado市，那兒也有國際機場，飛機飛往雅加達、馬尼拉、香港、新加坡等等。

第二天的清晨讓我最驚訝的是，蘇拉威西島的省道路邊的教派，如天主教、基督教、安息日、穆斯林清真寺、印度教等等的，都在大清早播放各自教派的「詩歌」，播放的音量非常大聲，非常吵，Ang-Haz說，各教派播放的音量大聲表示聲勢強，他也說，蘇拉威西島有許多的村落都是如此，真是「人雞不寧」的村落。我走到街上去看，就我個人觀察，確實在這兒反映的事情是，學校雖然十分的普及，然而比例占很大是穆斯林家庭的孩子多，這個「多」是表示許多家庭篤信宗教的同時，也提早讓小孩當童工，孩子們的父親在這兒習慣了當「教父」，好逸惡勞，按Ang-Haz說詞是，這個「多」是穆斯林在部落的聲勢，卻也帶來了「文盲多」。印尼是低度發展國，區域發展本是不均衡，穆斯林的神祇人員的教義是「排他性」強烈，與西方基督宗教水火不容，在早晨我在街上閒晃到簡易船隻的出入口，大多是穆斯林的人霸占，也就是只要船主出海，入口邊的眾多小孩便一哄而上，誰也阻止不了誰，這些孩童在外海驅趕魚類入流刺網，在海上混得一餐即可。

當我走到基督教會的時候，我看見汽車整合孩子們去學校，Ang-Haz對學童去學校，他的眼神似是透露出「不屑」，認為上中學是浪費時間，家庭也認為是家裡的米蟲。在造船的村落Pambusuhan的孩童，幾乎全是小學程度，我們船上的四位船員，幾乎沒上過學，安東船長在中學畢業後努力學習航海學、基礎船長的受業課程，算是很好的程度。然而，我站在簡易碼頭邊，與我年紀相仿的人，幾乎是他們的老人身分階級，我穿著短褲，提著scubapolo的蛙鞋、大面鏡的水鏡時，他們便知我是外來者。有一群人，當然也都是伊斯蘭教的人，使用漁網網魚，他們穿著內褲，水鏡是我父親那個世代使用的塑膠製的，小雙眼的水鏡，我提著蛙鞋再走過去，由於航海的緣故，使得我的膚色跟他們一般的黑，留著長髮，抽著菸，穿短褲；他們都裸著上身，赤腳，小雙眼的水鏡套在頸子，一個中年人指著我們停泊在他們眼前的船，意思彷彿在說，我是不是來自於那艘船，我說是的，所有人笑了起來，比一度讚的大拇指手勢。這群男人大小不分都有吃檳榔，每個人嘴角都在嚼動，吐檳榔汁。有一位拿著塑膠袋給我，這個動作完全與我在蘭嶼時一模一樣，小刀、檳榔、貝殼粉、荖藤樣樣俱全，我很自然地為自己製作檳榔，我的動作看在他們眼裡，也就會立刻知道我是會吃檳榔的人，然而這個小小動作卻是我們彼此之間的「共同語言」，驅除陌生的距離。我因而跟他們數著一、二、三……，以及說著臉部五官的稱呼，眾人嚇了一跳。其實，達悟語與印尼語有許多是相同的，其次我拿出印尼紙幣，說出一萬、五萬、十萬的數字稱呼，在Danpasar國際機場的時候，我就知道我們使用的數字，和菲律賓的官方語言完全相同，我說出這些數字，引來大家的哄堂大笑。

吃檳榔，以及數字、單字的相似，說明了「南島語」使用區域是非常廣闊，早晨的熾熱陽光，各教會的噪音在這個時候已經不是我們煩惱的事，我在水泥地上畫出台灣、蘭嶼的位置，說這是我來的島嶼，再畫上新幾內亞省，印尼語稱之Iriyan jaya省（伊里安查亞），說我們要航海去這兒。其實，我與這些人們的相遇，在我移動的旅行都是偶然的，他們拉長脖子遠望我們的航海船，而後看看我，這在他們視界的想像似乎是他們這一生不可能會去的地方，我與他們一起吃檳榔，這些都是伊斯蘭教徒，看來也都是像我部落的人一樣，是小學程度，他們看我，沒有驚訝，也沒有好奇，只是偶爾巧遇的陌生人。我在這個時候發現，航海前取下胸前的十字架頸鍊，顯然是好事一件。先前的劉先生，他從事漁業的工作，跟我說過，說他其實不理解這個島嶼的伊斯蘭教徒，非常排斥其他教派的人，所以當他們知道我沒有宗教信仰的時候，對我就比較友善，從我的經驗感覺來說，早點離開這群人是以策安全，最後我拿給他們一包台灣的白長壽菸作爲離去的理由。我想問的是，這兒的伊斯蘭教徒，爲何如此排斥其他宗教呢？其實在蘭嶼，也有許多的基督教友也十分排斥佛教，從牧師的口中得知佛教是拜偶像，或是拿香拜許多許多的神祇，對我個人來說，這是西方神學唯神化自己的信仰，並把這個信念傳播到第三或第四世界。在庫克群島國、在斐濟時，那些原住民也都相信上帝是唯一的神，這是否說明了，所謂的「神」在世人眼中也是有高貴、低賤之別的，當然這個信念都是人說的。

我再前走三十公尺，聽到比較小聲的音樂，一聽就知道是天主教堂，一座滿別緻的、西式的教會建築。我走過去，有位正在掃地的中年人，我忽然意識到原來那天是星期日，不算多的天主教徒各自拿著《聖經》進教堂，陸續的哼唱那個星期指定的聖歌，這個聚落的宗教還真的複雜，也像我蘭嶼島上的某個部落有五個外來的教派，最後有兩個教派在三年之後失敗了，族人並不相信飛魚是上帝恩賜的，我們在海上獵魚不會說「感謝主」，這句話在海上說起來怪怪的，我們都說「katuwan」，說起來的真實感覺是，飛魚、海洋、船舟、人等等彷佛是一體的。我相信伊斯蘭教對印尼人來說，也是移民的外來宗教，但我確實很難理解這個島嶼的伊斯蘭教徒爲何如此的多，爲何也如此的激進，我如此地走動卻讓我想起我的父母親、我的大伯，他們對於居住環境的熟悉，構成他們結實的信仰，我似乎傾向於這個信念，畢竟人們還沒有聽說過上帝下凡人間，告訴人類確實有天堂這回事，若有，也可能人滿爲患。

早晨的赤道陽光顯得十分的悶熱，我走過教堂再往前走，另一個簡易的碼頭也站著許多人，兩艘有遮陽棚的船隻，長約是十二三公尺，兩公尺寬，它們正在卸魚，漁獲大都是一個手掌小的紅尾冬魚，這幾年我在蘭嶼潛水時，這種魚類的數量忽然銳減，我不知道這是全球暖化，水溫上升帶來的問題，抑或是人類混殺、混捕的結果，迄今生態魚類學家還沒有完全證實，是否是溫室效應？從我個人的推論，應該是人類混殺、混捕的所造成的結果。十幾年以來，我在印尼、菲律賓等許多小島潛水，魚類棲息的珊瑚礁區幾乎都受到潛水者頻繁使用氰酸鉀獵魚、獵熱帶魚，致使珊瑚礁生長生態遭受很大的傷害，我在巴丹群島、在民答那峨、在印尼等淺海區的珊瑚礁，當我用手觸碰時，立即粉碎成粉，所以當潛水伕下潛時，魚類便往更深的海遁逃。

我看著一群中年人卸魚，清一色的來不及成長的幼紅尾冬，一些散戶，或是家庭主婦、小餐館老闆各自量以所需裝進塑膠袋，最終這些魚被送往日本人的漁業加工廠，船主似乎一直在抱怨漁獲愈來愈少，藉著抱怨降低青少年漁工的工資。幼紅尾冬魚是群聚的浮游魚，在珊瑚礁區域活動，我卻相信這些漁工就是以流刺網圍捕的，當漁網網目愈來愈小的時候，小到只能以小指穿過網目時，可以證明的是，此時流刺網的功能就是大小通吃。

我走過這些在碼頭直接交易的人群，請一位划著獨木舟的黝黑男子載我回到航海船。回到船上時，跟來一艘小型的機動船，他們很好奇地把船靠在我們的船尾，並且問我們那些印尼的船員一些問題，從他們的笑容研判，彷彿在說，「這艘船不可能到達ＬＡ」，這是我們那個乾淨的廚師跟他們說的，又指著我說，「他是這艘船的祭司（記者翻譯）」。有些事情，這些船員與自己同宗同語的同胞一起時，他們擴大自己即將實現的「航海大夢」，宣示自己比他們勇敢，也象徵自己比他們高尚，對於前來對這艘船探個究竟的這些人，也似乎對我們船員可以離開自己的聚落給予某種肯定，以及質疑的眼神「這艘船不可能到達LA」。船員們補給完後，船上又增加了幾串香蕉，以及三十斤的柳丁，陸地岸上各宗教的聖歌音樂依然吵雜，那股噪音村落人似乎已習慣成聾子，聖歌音樂的吵雜是各宗教間的另類戰爭，我當下的感觸是，許多教派帶給低度開發的聚落是對立，而非和諧，就在我們啓程，揚起風帆的時候，記者告訴山本先生說：「更深山的小鎮又發生人肉炸彈的慘劇。」

隨行的從雅加達來的兩位記者，他們在我面前不表態他們的宗教信仰，他們說，其實在印尼各地的各教派，相處上還處於和平，唯獨在蘇拉威西這個大島處於緊張。就是在蘭嶼，與我年紀相仿的傳道人、牧師也都是堅定的一神論者，此一信念令他們與非教友之間的族人是相斥的互不往來。我個人許多的經驗接觸，或是我很深的感受是：

「西方基督宗教傳入西方人所謂的第三世界、第四世界，重點是在『傳入』，簡言之，就是西方價值觀的引進，企圖以西方神學論、神學觀、宇宙觀顚覆、撕裂非西方人的『傳統信仰』。固然有數不清的第三世界地方，自大航海時代起，在《聖經》與劍的並行使用，鎭壓成功、改革宗教成功。事實上，我的觀點是，星球下的人類文明的各自發展、延續，有其在地文明生態的深厚基礎，在西方帝國尙未進行掠奪、殺戮前的世界各地。人類文明的各自發展的本質就是，文化、語言、環境觀的多樣化等等，就是豐富人類文明的基礎元素。爲何西方教義要求弱勢民族放棄我們原有的宗教，說我們這些數不清的民族信仰是邪教，迷信充斥的宇宙觀，包括我自己在自己的部落，從小就這樣聽神父的話，讓我們從小被他灌輸，我們的傳統是『罪惡』之源，但我認爲，簡單的說，世上各個民族的傳統信仰，就是我們的民族科學的內容，就是貼近土地、海洋的生態環境信仰，是與生活環境結合的人性教義。」

從Samitigi出海，從這個地方，我們的方向是太陽升起的東方，在北緯一度與二度之間航海，我高中時期的記憶是「赤道無風帶」。這艘全是木造的船，山本先生知道船內必須具備引擎，在Bumbusuhan造船的時候，我觀看機械師組合引擎，是中古的，這不僅是克難，在省錢的基礎上，我理解引擎在途中絕對會有故障的事情發生，引擎師傅Macus年紀約三十五歲，算是臨時找來的。赤道無風帶真的是無風，潮汐的潮差不大，讓我們揚帆的時候，幾乎是沒有功能可言，把帆收起來，拉上遮陽的塑膠帆，我們在船上常常隨著陽光的移動而移動，陽光啊，陽光啊，真是會螫人，那幾天下來，山本先生的肱部皮膚已脫了皮，在這一段海上，印尼水手已見識到我在陽光下的耐力、耐性、耐心與韌性。我對於自己在如此烈陽下的適應，在此時把記憶拉回到我小時候的部落。

關於「烈陽」；一九六二年，我與童年夥伴在部落的灘頭觀賞族老們在四月時的鬼頭刀魚季節，包括我們父親在內，當他們早晨出海，中午回航的時候，每位漁夫的膚色幾乎就是被太陽燻黑的，他們只配戴自製的木帽，木帽被太陽直射如何的曬，頭殼也不覺得悶熱，然而身上就是赤裸的曝曬在陽光下，我當時對這些族老羨慕極了，他們在烈陽下的海上幾乎不喝水。

二十五年後，我童年的夥伴卡洛洛（夏本·杜馬洛）與我參與了獵鬼頭刀魚的船隊，我們也很自然地就適應了起來，每天六個小時在海上，我的說法是，「烈陽優待了我們的皮膚」，沒有曬傷這回事。

於是，當我實現航海夢的時候，「烈陽」不會構成威脅我的要素，其次，在海上印尼船員經常跟我說：Araw（太陽），Manungit（咬人），這些與我民族相同的單字語言，讓我常常忘記有太陽，也是讓我驚奇的地方。船的速度極慢，風與浪都是十分的柔軟，在船上百般無聊的同時，Ang-Haz請記者教他念英文，每念十句，他便試著用英文跟我對話，即使如此，也會讓山本、我們都處於愉快的氣氛，開個簡單易懂的玩笑。再次出海的第二天，我們的廚師用竹子加兩條魚線變成他的吉他，我們在海上彼此的嫻熟，讓我們卸下宗教觀念的彼此防禦，他們也了解我這個「祭司」是善良的，然而，這位廚師做好了他的吉他的時候，在午餐過後，他便高歌一曲，真有慘不忍聽的破嗓音，於是自娛娛人在平靜的海上，還真有他高度的娛樂效果，「破嗓音」是疏於練習，但總比他煮的爛泡麵好。

我在船上的位置非常固定，白天與晚上都在同個地方睡覺、喝咖啡，太陽日曬的轉換位置不影響我。前幾天的小風暴、驟雨也讓我們輕鬆的駕馭風帆，我們與陸地的距離時遠時近，而我自己非常習慣如此航海的無聊時光，他們練習念英文，他們認爲這艘船有一天會到達ＬＡ，念英文幾個小時，也可以減少眼睛看海的時數，我帶了兩本書，慢慢看，同時在晚上，躺在自己的竹梯床上仰望星空，回想過往的歲月，也會讓自己很快地入睡。

我的竹梯床是舷外浮桿邊的竹片延伸的竹竿到第四根浮桿，連接到船身，我把它繫牢，簡單的說，我的身體是在海上，我的雙腳在船身，當我要睡的時候，我把繩索綁住我的身體與浮桿，這樣很穩固，而不會在沉睡的時候，掉入海裡失蹤，這個竹梯床讓山本先生很羨慕，在那個時候，他方理解一些我作爲海洋民族的族裔在海上的耐性是基因關係的，對於我，我認爲從小聽父祖輩們活化海洋、人性化海洋的故事，確實讓我在陌生的人、陌生的海域都能夠很快的適應。這是不是絕對條件，我不強辯，可是我從南太平洋回來，然後再來赤道航海，我的心魂似乎都可以感受到，我的航海家族的男人有在跟隨我。

這個時候說起這航海的過程，好像翻書那樣的容易，就我十歲起的夢想算起，其實如此的整體準備幾乎是歷經四十年，從十六歲離開蘭嶼，三十二歲回蘭嶼，然後把自己的黃金歲月，從文字裡的書本轉移到活生生的海浪、活生生的林木，重新學習民族的生活節奏，重新感悟自己民族科學信仰的真諦，許多的力行實踐、傳承幾乎是自願的，幾乎與追求金錢、積蓄的現代性思維背道而馳，許多在自己身上發生的事件，也幾乎是隨興而來的，而非規畫的生涯旅行。

航海旅行，並非是每一個人都可以有機會實現冒險的夢，我孩子們的母親，她對我的航海，認爲如同我就在我們的島嶼感覺，有許多次，無論是我獨自的潛水，或者在飛魚季節所有的船隻都回航了之後，從凌晨到清晨前，我還在海上獵魚的時候，她一直認爲我在夜間的海洋會照顧自己，從未說過在海上「小心」，她的信仰是無聲勝有聲，她甚至也不想理解我每次遠離她到國外如何如何的等等細節。此時，我不得不承認，所謂的「手機」的便利，降緩了我們與家人之間的緊張，我去航海，她低度關心，說是我的爛夢想。假如，我把話轉回原點的話，孩子們的母親透過了自己與土地之間的勞動契約，她似乎深入的理解，並與她種植的芋頭、地瓜、山藥說話，每當我們種植新的苗，在我們離開田園之際，她學習到與生存發生直接關係的作物、親身種植的，並擬人化它們，跟它們說話。她聽過我父親跟我說過，對那一棵即將砍伐的林木說話，「擬人化」會給我們生命力，給以我們想像的生態是我們的信仰，專家學者說是我們的「生態觀」。在印尼的航海旅行，她知道我會跟波浪說話，會跟我的航海家族懇求同航，從Samitigi到美那多，兩天的夜空非常美好，山本先生在這一段航程，跟我指了南十字星座，在我閱讀南太平洋的、西方人類學家的民族誌的時候，南十字星座對航海者而言，幾乎就是命運的保障，按著自己的航道，只要有這個星座，都會讓人安心。

我個人認爲夫妻之間的連理，有太多元素是偶然的，我不相信「青梅竹馬」的夫妻會白頭偕老，夫妻間的恩情恩愛是需要彼此的訓練，她說：「我是因爲藍波安要當我們的兒子，所以我才嫁給你的，兒子要考大專聯考，你卻要去航海，把兒子留在台北，一個人去承受你給他的壓力，公平嗎？」

在海上，夜空讓我逆時鐘的想像許多事情，天上的星空，我們航海右邊的島嶼，我都看得見，卻摸不到，夢想原來的本質就是幻覺，是虛無的；說實在的，「南太平洋」、「航海」是在我最愛的父母親同年同月的逝去後，才忽然閃電般的實現的，當父母親與大伯還健在的時候，大伯不時的叮嚀我說，「不要時常遠離我們」，然而，我孩子們的母親內心裡，也是「不要時常遠離我」。晚上平靜的海與天空的眼睛的一切自然現象，在船影的移動最是賦於思念親人的時候，此刻一個男人的眼淚默默進行著人性的淚痕，即使黎明降臨的時候，自己也不自知，直到廚師爲我煮好了熱咖啡才知覺天已亮了，也才體悟在這趟航海稱之「重建環太平洋交流航海」，我只是陪襯品，只是懸在桅杆的中華民國國旗的身分象徵，沒有具體的意義，或者說陪著山本的靈魂遊玩，拿命來拚，而且贊助廠商根本沒有爲我投保任何的意外險，我們船上也沒有裝設即時求救發報器Epirb，所以我的求救工具是蛙鞋、水鏡。當然，我真的不知道自己爲何要冒險航海，還真的是非常爛的夢想。

美那多市是蘇拉威西島北邊最大的城市，我們進入小海灣，山本也找到一個十分簡易的、四根舷外浮桿恰好可以駛入的碼頭，我們再次的回到陸地。我知道這次的停靠，從錫江市（Makassa）（漢名，又稱望加錫，印尼蘇拉威西省的首府）到美那多市，這期間的航海最主要的工作，就是要測試飛拉號浮桿的支撐耐度，在前幾天的小風暴，平衡桿確實已在船隻隨海浪上下時被震壞了。我們稍作休息之後，船員們就積極地卸除浮桿，而山本先生則帶我去Celeves飯店休息。第二天印尼華僑，也是贊助廠商劉董與黃董，也從錫江市飛來美那多市，山本先生向他們報告船隻航海過程所遇見的問題，而我再次地進入浴室好好享受淋浴，之後兩位印尼隨行記者也來飯店住，當然，除了Ang-Haz外，山本嚴禁其他船員來飯店，他們的責任是照顧港內的飛拉號。

劉董與黃董在第三天中午請我們所有人吃大餐，就在這個時候，劉董與黃董在美那多市有一位幫他們做地勤的天主教徒Eric也跟來聚餐，我個人很容易地區辨印尼人因不同宗教信仰產生的彼此隔絕與對立，Eric與其助手坐在餐廳的一角，我們穆斯林的船員們也在一角用餐，Eric跟我說：

「有任何需要協助的地方，請告訴我。」

我也在這個時候，發覺船長與一位船員對天主教徒的蔑視，Eric與其助手使用筷子用餐，我們的船員使用右手抓米飯，黃董跟我說，有任何需求，就與Eric聯繫，他是黃董房地產業務的特助，受過大學教育，講英文。在美那多市的那天下午之後，山本先生與劉董、黃董飛往錫江市，目的是去對新船長面試，因為安東船長一直要脅山本索求更多的船長費用，搞得山本心生厭煩。

隔天船員們努力修復斷裂的兩根平衡的浮桿時，安東船長則在港口一家咖啡店與當地的年輕男女飲酒歡唱，到了晚上他便帶著那些年輕人上我們的船喝酒，此舉觸犯了我們的契約規範。安東船長不是Pambusuhan區域出生的船長，他是從南邊來的，換言之，是跑單幫的人，所以Ang-Haz等四人就在港口內的水泥地過夜，同時也激怒了我，當他清醒的時候，我請Ang-Haz把他的東西搬出船內，他飲酒放縱是因爲劉董與黃董已把他開除了，理由是沒有按照合約履行任務，且又不斷的提高船長的費用。

隔天早上我與兩位記者在飯店樓上吃早餐，右邊有一條河，從樓上望去是魚市場，河邊有三艘長約十五公尺，寬度約兩公尺左右的船，三艘船上坐滿了青少年，每艘將近有三十位，每一位的脖子套上雙眼的潛水鏡，擠得滿滿的，除了駕駛台有張簡易的遮陽棚外，所有的人都直接曝曬在大太陽下，三艘一起出海。我一看就知道，他們是海上童工，在海裡游泳趕魚群，聽說他們在海上過夜，抓的魚是浮游魚群，船東是華人。第二天，我很好奇的走到魚市場看他們卸魚，不出我所料，全是幼紅尾冬魚，裝滿整船。我摸摸魚身，我立刻知道，這些魚群是被炸藥炸昏的，當魚兒昏過去的時候，魚兒會往下沉，這個時候，就由這群青少年下海用漁網撈，我看每一艘船的漁獲量至少有上萬尾，這樣的獵殺幼魚，當然是好景不常，很快的那個區域的海將枯絕，鬧魚荒。

美那多是一個大城市，人口多，舊市區髒亂無序，當我與山本、劉董、黃董在市區開車辦事的時候，每條大街不到三百公尺的路段就有路障，從台灣的觀點來說，這個路障是在地的政客角頭收取「過路費」，這不是政府的規章，純屬是路霸，每條大路都必須繳「過路費」才能通過，由婦孺收錢，然後交給黑黑的土流氓。劉董、黃董已是見怪不怪了，他們輕描淡寫的說。繳通行費，很不可理喻，真是光天化日下的土匪，最後我與山本只好從飯店走路到碼頭，節省開銷。

停留在美那多市是爲了整理我們的船體，也是在等待新船長的來到，有一天Eric與其助手來飯店，拿了二十萬的印尼錢給我，說：

「後段的航海很危險，你把這些錢分給四個船員，他們會對你更好。」也就是每人五萬元印尼幣，事後，我打電話回家，跟孩子們的母親報平安，當然她說我安全就好，上帝會保佑你的。是的，我這趟的航海旅行是十分低調的，從小到大，我個人從未在家人、朋友面前誇大任何事情，即便我潛水抓到大魚，我的大伯始終教育我保持低調，也保持學習聽他人的故事。仿古法航海真的是我小孩時的夢想，對於世居在蘭嶼的族人，我們日常生活也都彼此相互謙讓，然而航海到了美那多市，在上岸補給的同時，發現印尼這個國家到處都是人，印尼不僅是低度發展的國家，同時基礎建設的發展也極不均衡，各省省長似乎都是經濟掌控的獨裁者。美那多市私人收取過路費已是見怪不怪的事實，人口多，教育水平低，文盲多也貧窮，街道很髒亂。Eric跟我說，信奉天主教，讓他有機會上學，找到好工作，在美那多市各宗教間的對立比較不顯著，可以讓他安心，我跟他們說：

「我要去Bitong國際港找從事漁業的台灣人。」

他們義不容辭地跟我搭計程車到Bitong找台灣人，四十分鐘後我們抵達了，很幸運的是，我問了三位當地人之後，他們就指著「那一家」是台灣來的船公司，我進屋自我介紹，船東書櫃居然有一本我的書《冷海情深》，我驚奇地說：

「我是那本書的作者，夏曼．藍波安。」經過一番寒暄後，船東卸下防衛的心鎖，後來他的經理來了，他是高雄人，他說他的祖母是台東排灣族，其次，蘭嶼六艘十噸的、台電籠絡我們的捕魚船就是經手於他，他是把六艘船開回蘭嶼的人，如此關係變得很好，他們問我怎麼來這裡，我說：

「我是從錫江市航海到這兒來的，然後，還要航海到新幾內亞。」

「神經病，你，」他們說。又說：

「Molucca Sea（摩鹿加海），北部Halmahera省有很多莫名其妙的海盜，別去啦！別做那個無意義的航海大夢，兄弟，從這兒回台灣吧！」

那一天晚上，他們請我喝酒、吃海鮮，以及與他們有生意往來的香港人，在我醉醺醺的時候，Eric帶我回旅館，他也有同感，說摩鹿加海是印尼最不安全的海域之一，若是可以，就從美那多飛到馬尼拉回台灣。

那兒確是陌生的海域，我也相信不確定性的因素會帶來某種程度的恐懼，包含自然環境裡的海況，這艘船上沒有即時求救的發報器，船隻翻覆絕對沒有人會知道我們發生海難，也可以想像在贊助廠商協助山本先生實現航海大夢的同時，也隱性的透露出廠商的邪惡。

偶遇的朋友們，從移動的視角探討，也從他們從事漁業活動的經驗來說，我承認摩鹿加海確實有它的危險性，可是我的第六感，我兒時的純航海夢並沒有讓我感知將有危險的可能，讓我內心裡不會萌生退卻，中途逃避。

我的書《冷海情深》，是寫我回家學習我父祖輩們、我兒時記憶裡的生活律動，徒手潛水，夜航捕飛魚，父親們跟我敘述的傳統海洋觀，冥冥之中似乎已經透露Pahad nu Pongso（島嶼之魂）的宇宙信仰，難以言語表達的事件。許多跟自然環境說話，跟種植的芋頭、地瓜說話，跟飛魚說話，種種的學習我父祖輩們的環境觀，無論是擬人化生態物種，或是把自己身靈物種化，唾棄自己的理性面，讓我不會有恐懼的預感。

早上我在Celeves飯店的樓上，遠遠的觀看許多少年隻身的跳上出海獵魚的船已連續好幾天了，我沒有看見船東在船上點人數，坐滿人之後，三艘船就啓航，然後翌日早上回來，船隻一停靠河邊，少年郎一人一小袋的魚，即刻消失得無影無蹤。美那多市的東部沿岸，比例占很多的家屋是簡易的鐵皮屋，這個區域是穆斯林群聚的地方，飯店的工作人員跟我說的，原來穆斯林群聚的地方沒有節育，人口多、就業難，教育程度也低，也因此紅尾冬魚愈捕愈小尾。

Eric是大學畢業生，他幫劉董的船公司工作，他收購北蘇拉威西省區域的活石斑魚，也就是陸地的養殖，魚長到約一斤時，就由劉董的船從印尼直接銷到香港，生意非常好，然而收購活石斑魚愈來愈困難。Eric計畫開發新幾內亞的活石斑魚市場，他說，他的困難在於不同的種族、宗教信仰的不同，成爲收購的障礙，他也奉勸我打消航海念頭去那兒。他是被一位荷蘭白人認養的小孩，原家族信奉伊斯蘭教，他是在天主教辦的大學念書，會說華語，因爲是被認養，從小就依據天主教教規生活，因爲信仰的不同，他被逐出家門，然而美那多市是大城市，宗教之間的相互對峙不明顯，讓他不會太緊張，當劉董不在時，他都陪我進出碼頭，當我的地陪。我問他：

「爲何阻止我航海到新幾內亞？」

「那兒的兩個大島的漁民都在使用炸藥抓魚，很不友善。」

山本、我與Ang-Haz，我們三人攤開摩鹿加海域的海圖，使用三角儀算航海里數，並假設風速在五級時，三天內即可橫越，再穿過Pulau Doi島與Pulau Ban島之間，這兩個島是山本最擔心的航海旅程。在Celeves飯店的這幾天，我們換掉了船長，以及引擎師傅，這兩個人比先前的年紀較大，同時也都曾經在摩鹿加海域捕魚，使用燈泡捕小魷魚，他們也跟我們證實有海盜船劫船勒索的事，這個背景多少也讓我們內心多一層的安全感。

我們船外的平衡浮桿後來換成塑膠管，然而還是有使用玻璃纖維來保護管子，其次，美那多市沒有一家電子廠商可以修護我們的衛星電話，而山本先生經過這一段的航海時，他認為在印尼境內航海是安全的，而我的直覺告訴我也是如此。我們在海圖畫著航線，至少在赤道無風帶的風暴發生的時候，我們的木船上可承受七級以下的風浪驟雨。除了新來的兩位外，包括隨行的兩位記者等，我們七人都已經彼此認識了，後來我們買了一張比較好的塑膠帆布，這是為頂住赤道無風帶的豔陽。

Sandeq Explorer號，從美那多再次的向東方出航時，就是遠離蘇拉威西島的開始，這個區域的海域稱之Celebes Sea（蘇拉威西海），此時已是六月的中旬，山本開始擔心的是「風向」，因為六月過後的南太平洋吹的是貿易風，也就是東風，畢竟我們原來正式啟航的時間是五月初，他個人計畫是希望在七月份抵達索羅門群島，可是我發現山本先生沒有做筆記的習慣，是個非常隨性的人，我不知道他身上有多少現金，從美那多到Irian jaya省，印尼最邊陲的城市查亞普拉市（Jayapura，印尼巴布亞省的首府，新幾內亞的北岸）是我們最艱辛的航程，我們穿過Pulau Doi島與Pulau Ban島之間的海，無論是找地方補給水、汽油，船上的組員沒有一位與這個區域的人人有過接觸的經驗，此時隨行的記者開始發揮他們的身分，他們對我與山本先生說，「請你們放心」，許多的島嶼都有電視，也都有地方報，邊陲區域的人很尊重記者，這一段的補給工作就交給他們與當地人交涉。

再次的向東方出航時，劉董與黃董飛來美那多市爲我們餞行，山本先生是個嗜酒的男人，酒量非常好，話不多，而且對印尼船員未曾動怒過，他醉醺醺地回船上，而我也很自律，這兒畢竟不是在台灣，所以告訴自己小心爲宜，上船前，劉董在我耳根說：

「一切小心，若是可以，就在查亞普拉市結束你的航海。」

Eric在Google搜尋我的個人資料，然後列印出來給劉董，那些資料讓他有了絲絲對我個人的理解，我跟他說聲謝謝。

「一切小心，若是可以，就在查亞普拉市結束你的航海。」

是的，其實這次的航海大夢與學術界沒有任何的關係，我不在意山本先生的航海大夢，我在意的是自己航海的過程，及我的安全。Sandeq號正式航入摩鹿加海，船隻揚帆啓航後漸漸地駛離蘇拉威西島，朋友給我的忠告言猶在耳，一天之後的晚上已經完全看不見任何的島嶼，原來陸地上的聚落蜂巢，想來人類的群聚性不僅是相互依靠，也無情的相互壓榨，生意的往來、物流的移動泰半都是在滿足人的財富累積，朋友說北蘇拉威西美那多機場附近的大片土地幾乎全是政客所有，資本主義創造的財富集中在少數人之中，陸地燈火的密集與稀疏，從遠處的海洋望去像是大小不等的蜂窩，大多數人都爲物流的移動而移動，而我們的航海移動卻是爲不明確的目的進行。

我躺在海面上的竹床望著天空數也數不清的眼睛，南十字星座、獵戶星座很清晰，在看不見島嶼的汪洋上，三百六十度旋轉目視天空與海面，船隻恰好在海面與天空的中央移動，一艘仿古的航海船無論如何的移動，四周的距離好像永遠是等同的距離，這讓我有些恐懼，我把小羅盤掛在頸子，細心地觀看指針向東的方位，船上除了如螢火蟲明光的航海燈外，在無垠的汪洋我感覺我們真如幽靈船。山本先生開船，按海圖向東的羅盤方位開，微風漸漸吹來，Ang-Haz拉起主帆，吃風面是三十度，我感覺船隻的速度加快，我估算Sandeq號若是一小時跑五海里的話，兩天半以後，我們就可以看見陸地，而後穿越Pulau Doi島與 Pulau Ban島之間的海。我在白天的大太陽下的午後，已經習慣的可以睡覺，每隔兩個小時就起來，晚上也是如此，起來的工作就是在地圖上點上船隻的位置。過了第二天的晚上，我們在摩鹿加海還沒有遇見一艘船、一架飛機，這個情況告訴我們的是，這個海域的漁撈漁業是非常不發達的，再推論的結果是，不會有海盜船的出沒，然而天氣太好，讓我們只能依靠四十匹馬力的引擎前進，一個小時三到四海里，第三天的凌晨三點，廚師喚醒我，說：

Apuy（有火，有燈）。

那表示我們已經接近Pulau Doi島的北邊。印尼語的Apuy，與達悟語完全相似，Angin也是，不過Angin在達悟語的意義是指「颱風」的暴風，印尼是指一般的風。

第三天的晚上九點，我們沒有計畫靠岸，在兩個島嶼的中間，厚厚的雲層遮住了月光，船艄前的海平線出現一道很黑很厚的烏雲，風力來自船隻的北面，逐漸逐漸的強，新船長先穿上雨衣，其他船員、記者也是，我把套身的雨衣也放在身邊，裡頭放上內褲，與我的潛水衣，我們收起遮陽棚、船帆，船隻開始在波濤中航行，雨漸漸地開始下著，我也開始裸身藉著雨水先洗澡淨身，用肥皂加快速度的擦身，當下起大雨的時候剛好就可以把泡沫沖掉，如此洗澡淨身非常舒服。

我快速地穿上乾的衣服，再套上潛水衣，以及讓腳底保持乾燥的膠鞋，然後用套住身體的雨衣包裹自己，雨非常的大，又粗又密集，我的背靠在主帆的桅杆，面對正在駕船的船長，因爲暴風驟雨從船艏吹來，我的理性的常識及經驗告訴我，風力與海況約是七級左右，接近輕度颱風。山本跟掌舵的船長交代向東航行的緯度後，就進入小船艙內呼呼大睡。我們的船有四個小船艙，即使驟雨駭浪襲擊船甲板的時候，水也不會灌進船身內，但我不進船艙與船員們擠身共眠，即便雨水從我脖子灌入身體內，只要腳掌保持乾燥，我就不會感覺很冷，所以乾燥的潛水衣也是保護自己的航海時必備的衣著，他們都沒有這個配備。我背著風、浪與驟雨，可是這個風暴下了四個小時依然強勁，午夜兩點時，Ang-Haz代替了船長掌舵。當他開始掌舵時，我開始跟我的父親、大伯、叔公的英魂說話，說完我就以粗大的繩索當枕頭，即便雨水從我脖子灌進來，潛水衣讓我保持體溫。我認爲，Sandeq Exploere號的船體流線如我們達悟人的船，利於切浪，而在一波波的、數不清楚的大浪襲來的時候，船隻上下的震盪很小，此時四根舷外浮桿，以及繫牢桅杆的樹根黃籐正受著駭浪的考驗。當我說完與前輩們英魂的禱詞後，我立刻的睡著了，當然睡之前，我已把我的身體用繩索與主桅杆綁在一起，這是防阻大浪把我沖出船身外。

當我感覺船隻行駛平穩，黃籐繩索不再發出嘰嘰的聲音的時候，風、雨、浪都已平靜了，廚師喚醒我喝咖啡，天空呈現風暴過後的溫和靜態，彷彿昨夜的激情沒有發生過的樣子，它若是人的話，它的暴怒已撇得一乾二淨，於是我起身望海，這一杯苦咖啡喝起來真的非常好。

說起來，這一夜的風暴，我的情緒、情感以筆墨非常困難的書寫，整夜在驟雨下，我一個人在甲板上居然睡得非常熟，當我脫去潛水衣，站起來伸個懶腰的時候，船長與Ang-Haz，他們對我舉著大拇指，對我微笑，我不敢相信，我側睡的蜷曲身子，密集粗大的驟雨似是按摩了我的哭魂吧。這艘是木造的船，是印尼Sandeq一般船，或是蘭嶼十人大船的兩倍大，說起來，在印尼境內航海是沒有問題，但是要航過巴布亞新幾內亞以後的南太平洋的長途航海，將會有很多不可預料的問題。

這一個風暴夜，我並沒有做什麼夢，我只是預感我這趟會很安全，我奇怪的是，我的孩子們似乎不怎麼認爲我搭上木船的「航海」有什麼了不起，我的「安全」如何，他們也不在意，而我奇妙的感受是，我十歲的夢想在我四十八歲那一年的飛魚季節結束時實現的，而在五十七歲時我才把這一段寫出來。

我想說的是，我航海的意義是什麼？好像沒有什麼驚奇。

我並沒有因爲「航海」而變得有錢有名！

回到蘭嶼的家，核能廢料並沒有因我的冒險而遷出蘭嶼，達悟人也沒有因我的航海，使得民族自覺更爲堅實，減弱民族的迷惘，或是讓我家庭更高貴，讓我孩子們更自信，一切的一切還是如昨日一樣，彷彿我沒有經歷「航海」似的。

在海上過了四天，我們到了比亞克島（Biak）南邊的比亞克市（Biak），這個島嶼是西巴布亞省與巴布亞省中間的一個大島，島上也有印尼的國內機場。山本和我上岸，兩位記者帶著兩位船員雇車找加油站、水站，我穿條短褲，拿一個放有匕首、香菸的包包，背海坐在一棵樹下休息，人來人往的人種已經不是如印尼人的矮小，他們的膚色是黑色的，頭髮捲捲的，身材也比印尼人高且壯，屬於美拉尼西亞人種，除去他們的方言外，他們都會說印尼話，人也比較和藹，不過大大小小的人都在吃檳榔。公路上每隔十公尺就有一張桌子，桌上擺三粒檳榔，小指般大的荖藤，以及少許的石灰，我走到母女的攤位買了一組，價格約是台幣一元，我用她們的小刀切開檳榔，如我在蘭嶼一模一樣的吃法，母女看我嫻熟的切檳榔的動作，她們笑了起來，我因而拿出身上的世界地圖，指著我來自的地方——台灣，然後我再數著手指頭一二三四五六……一百、兩百、一萬、十萬，這些數字的說法完全相同，她們再次的露出吃檳榔的牙齒，我卻對她們的頭髮很感興趣，我心裡想著：

假如我從小沒有大夢的話，沒有海平線構築我的夢的話，或許我的處境不會比這對母女好很多。比亞克島比蘭嶼島大很多，一個原住民要飛到雅加達上大學非常困難，相信這對母女的貧窮剩下來的生活功能，只能賣檳榔，也或許早期的台灣觀光客來蘭嶼遇見我們裸著身影，無憂無慮的在海邊嬉戲，也認爲我們貧窮得只剩潛泳的技術，母女的臉看來十分的愉快，也發覺自己依自己的看法同情她們，這條路上到處是擺一張桌子販賣檳榔，好像是台灣檳榔西施似的。島嶼的經濟端賴這個國家的整體發展，印尼國有數不清的人種以及島嶼，島民必須自食其力，這些人生活物欲要的不多，就如我在蘭嶼一樣，可以這樣說，人的物欲愈多，煩惱就愈複雜，之後她們微笑的爲我指著三岔路口一家雜貨店，說那是中國人開的店。

雜貨店就是雜貨店，賣的東西什麼都有，店家是廣東來的客家人，在比亞克已經是第三代了

（我很難想像），這個感覺如我在一九九六年在法屬大溪地的Moorea島一樣，第三代的客家人在那兒做雜貨店生意，這些刻苦的客家人比比皆是，為了生存而移動是人類的本能。那位店家說，比亞克島大都是客家人，開百貨，以及潮州人開餐館。

山本先生和我於是找了餐館吃飯，吃魚，還有更多的蔬菜。我們在許多島嶼上岸用餐，補充我們在海上的營養，還有一些水果。我們下錨的海邊有很多的簡易鐵皮屋就搭建在海面上，在印尼東邊的許許多多的島嶼城市都是如此，這說明了這些島嶼沒有颱風，其次移民的移動是後來者，是一群在陸地上沒有恆產的族群。

酒足飯飽後，我們坐回船上，船員們皆已備妥了直接航海到查亞普拉市的食物，在過了比亞克島以後，小島就變得少了，奇特的是，這些印尼人很少吃蔬菜，也不吃生魚片，他們似乎只吃他們習慣的食物，換句話說，他們若是真的可以航海到南太平洋，他們在吃的食物上就會發生問題，更何況不會說英語。依據我的判斷，這些船員航海目的是單純的，也就是說，他們被山本先生以少許的錢利誘外，最終的目的就是移動、離開自己的村落，日後回來成為「新生階級」，娶個離婚的婦女。

山本喜歡在補給過後的下午出航，比亞克島以後的風力來自東北風，在接近七月的時候，北緯一到二度的海面將逐漸吹信風，就是東風。東風會讓我們的船隻航速變慢，彼時四十匹馬力的引擎時速在四海里、五海里之間，於是我們可以換算六十公里為一個經度時，到達查亞普拉的時日約略可以算得出來。

雖然我與這些船員都熟識了，然而語言的障礙讓我們無法彼此溝通，我與山本先生也是如此，出海之後，我們再次的接受酷熱豔陽的折磨，這階段的時間，我特別期待雲層遮住豔陽，好使自己可以平安的呼呼大睡。出海沒有多久，我於是再次地問自己，「航海夢想是誰給我的」。

我的叔公夏曼・咕拉拉摁的長子是啞巴，他是個記憶力好的人，在夏末初秋的每個美麗的月色夜晚，部落的男人都會聚集在最靠近海邊的住家閒聊，我的記憶是，都是叔公在口述傳說故事，吟唱古調詩歌。對我來說，我們或許對部落裡的兩家雜貨店沒什麼興趣，在某住家閒聊，也是思考海洋律動的潮汐變化，耆老閒聊「說古」是部落裡的野性教室，更是獨生子吸取知識的地方，叔公夏曼・咕拉拉摁就是傳授古早生活智慧的人，也是部落的領導者。在我外祖父往生後，在飛魚汛期，父親就教我陪著叔公。他跟我說的故事，泰半是夜航獵魚的家族故事，木船「夜航」使我對海洋有無限的想像，在波濤下獵魚的木船，是已經對海況的變化有一定經驗知識的人，才能辦到。木船「夜航」是依賴長期的經驗，這是在四百年前，巴丹群島上的Ivatas族拒絕與我們達悟族做航海交易的時候，「夜航」獵魚成為我祖父那個世代提升社會地位的基礎元素，這是叔公訓練我的冒險的開始，也是體能的訓練。

我們同學長大後，很難預料現代化對我們的極大影響，由於部落裡每個家族、家庭教育小孩有差異，當我與卡斯瓦勒、吉吉米特在部落裡的興隆雜貨店，用肉眼看糖就滿足口慾的時候，店裡進出的外省老兵在我眼中，他們的氣宇似乎沒有我父祖輩們那樣的優雅感覺，當然並非部落裡的耆老都是如此的，如今現代化已占有了我們達悟人的心理素養，讓原來每個人與土地打架（不停的勞動）的工作轉換成為了付瓦斯費、電費而忙碌於「賺錢」，因而讓我們集體疏離了與環境生態共勞共享的生活律則。

當賣三粒檳榔的那對母女，因我買檳榔對我微笑的時候，我航海的孤影回到兒時的純真記憶，許多從小學到國中時期的成長過程，那個時代的老師們似乎不察覺異民族異文化的多元思考，讓我們從小感受到被漢族老師說爲「很落後的山地同胞」，汙衊我們固有的民族科學，讓我們這個世代的達悟人對待自己的文明，說成是「迷信」。當我民族的族人，使用快艇取代拼板船獵魚的時候，關於民族與生態環境相容的科學（文化）知識就是滅絕的起始，父祖輩的生活模式將成爲傳說故事，這裡頭有許多當下生活的轉型，我們孩提時期的視野在我們五六十歲的這個時候，無聲無息地革自己民族的文明命，加上基督宗教以西方教義爲首的宗教觀，迅速毀滅了許多的生活智慧。

我無法忘記賣三粒檳榔的那對母女的微笑，那是沒有貧窮與富裕的差距感覺，某種美感沁入我心，在前往查亞普拉的航行中，她們讓我的心靈不孤獨，無論是白天，還是黑夜，她們讓我回憶過往，也讓我反思。

在比亞克島下錨時，有好多船隻，以及住民上我們的船，與我們的船員互通信息、閒聊，他們說印尼語，但完全是不同的民族，也不同的信仰，他們說話輕聲細語外，各宗教相異信仰之間，讓我不覺得緊張。比亞克島很多人信奉基督宗教，以及大陸閩客的民間信仰，船長、Ang-Haz與他們對話十分友善，這個結果讓我在最後的航海旅程日夜睡覺時都十分的安穩，這是我的心理反射。

我們沿著Iriyan Jaya（新幾內亞）省的外海航行，我們的出海對沿岸住民的視覺而言，船身造型、圖案雕飾似乎不構成他們很多的討論或是好奇，簡言之，飛拉號，或者說Sandeq

Explorer，以及我們這些自稱是航海冒險家的，像是不知名的飛禽的感覺。

一九六〇年左右的夏末初秋，經常有兩艘到三艘從沖繩島嶼來的漁船漁夫，我們稱他們為Kagusima（山本良行先生自稱他有沖繩島原住民血統），當他們遇上颱風而無法返航時，他們就在我的部落下錨，人上岸避難，我父親便拿著地瓜、魚乾給他們。他們的船隻在颱風駭浪下被解體，等雨過天晴的時候，也會有二到三艘船接他們回他們出海的地方。他們的英勇在我的記憶也只不過是飛禽，與我們民族沒什麼干係。所以當我們揚起船帆離去的時候，沿海的島民沒有揮揮手的儀式，也沒有任何祝福話語給我們，彷彿祝福陌生的航海客是多餘的，我那種移動的過程中的感覺如似我們也沒有祝福過那些偶遇的沖繩島漁夫，不是親切，也不是疏離，情境只是淡淡地如微風掠過，也許那對賣檳榔的母女已經回到了她們的家，明天換個角落繼續賣檳榔吧！

飛拉號在北緯二度朝東南的方向繼續漫無目的的航行，也繼續前往我的終點目的地，東經一四〇度，赤道以南的，印尼最東邊的城市查亞普拉。我們的船距離陸地約莫是在三到四海里的距離，在前往查亞普拉前的沿岸約莫每隔三公里就有一堆的原木被堆積，我不清楚這些原木是屬於國家的，還是屬於該省土霸王，這兒離雅加達太遙遠了，印尼也是林木輸出的大國之一，到了夜間沿岸幾乎沒有燈火，都是一片漆黑的大陸。在這一段的航海是安全的，遇不上通航的其他船隻，也看不見漁船，很顯然這個區域魚類不豐富，沒有海礁石、珊瑚礁，在白天海面呈現綠色，這是因為海藻豐腴。

在六月三十日晚上，隨行的記者不停地撥打電話，通知查亞普拉市的記者群，告訴他們，我們的船隻的位置，我用手電筒照明看著地圖，很欣慰船隻逐時的慢速移動，我繼續地躺在我的竹床望星空，好讓自己的沉睡可以縮短無聊，縮短黑夜的黑。

在我飢餓的童年的冬夜，我討厭夜間的長，黑夜讓我常常夢到月亮的黑色反面，月圓的光在我的夢境是善良的人頭與臉龐，而黑色的月亮常常是惡魔的變臉影像，當我被驚嚇甦醒的時候，媽媽就會篝燃柴薪，爾後抓起鹽巴念咒語，驅趕惡魔陰靈。

風開始從東邊吹來，很舒服，此時山本坐在我身邊說：

「我們在查亞普拉找會說英文的新船長，然後整理船隻，我希望你可以跟我們航海到P.N.G.的瑪丹（Madang）港，你可以從瑪丹港坐飛機到帛琉（Palau）。」

「我考慮，」我說，其實我的簽證是到P.N.G.的瑪丹港，然而當我夢見在陌生的海洋，惡魔的變臉影像的時候，在我傳統的信仰裡，那個意義是「該停止了」。

約莫十一點的晚上，我們隱隱約約的開始聽見「敲鑼打鼓」的吵雜聲，我起來聽音辨別方位，記者告訴我說：

「那是領航船，是來迎接我們的。」

陸地上依然沒有燈火，只有星光照明下的黑色大陸，「敲鑼打鼓」的吵雜聲固然非常的吵，吵到讓我耳膜難受，十足撕裂了夜的自然寧靜，以及船隻切浪的柔和聲，我們完全看不見那艘船，聽來如是幽靈船在隨行，我告訴自己：這趟真有些莫名其妙的航海旅行，真如我孩子們的母親說的「爛夢想」的感受。

在我出航的那一夜，我的第六感感覺到，我的家族從我旅行到南太平洋起，到現在航海的我，他們都在我身邊。航海，這一切是爲了什麼？

二〇一四年六月的今天，恰好是我二〇〇五年在航海越過摩鹿加海峽的時段，時間的飛逝總是讓人回想過往，或是反思，那時回蘭嶼家的時候，我造了一艘自己的拼板船。如今這本書寫完後，也計畫再造一艘船，摩鹿加海峽曾經讓我萌生些些恐懼的海，在蘭嶼的颱風海浪也會讓我感受波浪的無情，我正在思考木船的社會意義何在？我的外祖父、叔公、父親、大伯，他們從小時常跟我說：

「木船是海洋最美的化妝飾品。」

當他們把海洋人格化的時候，在我最深層的思維就會浮現他們在山裡伐木、在海上獵魚的影像，我的思考是達悟男性把山裡的木頭與海裡的魚類銜接爲達悟人的宇宙觀，流動著達悟民族對維繫島嶼生態的完整性。

當我跟孩子們的母親說：

「我還要造一艘我們的拼板船。」

「願你的心魂好好準備。」

女人在家裡是男性抓魚回家的真正的「家」，是一座不可撼動的陸地島嶼，聽在耳裡，想在心裡讓我喜悅。

當護航的船在夜裡不時的敲鑼打鼓，傳遞給陸地上的蜂窩人群的訊息是，有這麼一艘航海的「冒險船」即將登陸，我個人雖然不甚喜歡「敲鑼打鼓」，然而，船隻即將平安「登陸」，那絕對是讓我再愉悅不過的事。

也許（我自認爲），我的航海家族確實在我身邊，讓我在海上一切都平安，從陸地的想像雖然只有一個月，但在海上的一個小時好像是一天的感受。天亮了，船上廚師依然爲我煮上一杯黑咖啡，他爲我服務是因爲我是這艘船的「祭司」。當我告訴他們，我不再繼續航海冒險的時候，我相信，他們會折返到Panbusuhan村。

在查亞普拉市的海灣，我終於看見了那艘護航船，是一群新幾內亞黑人的歌舞藝術表演團體，船上用棕櫚葉裝飾，一位高個子的原住民向我們揮揮手，說印尼語：

「歡迎回到陸地。」

查亞普拉在南半球赤道邊的一個大城市，東方升起的太陽光很刺眼，我繼續沉穩地坐在我固定的位置，繼續喝咖啡，船員們與山本先生升印尼國、日本國與中華民國的三國國旗，象徵這趟是國際航海的交流活動。

Oya rana kafusan no pankeskeran kwa, adan na mina pankeskeran no Inapu ko.（這是我航海的終點旅棧，我航海家族曾經航海過的海洋。）

我用達悟語說了很多很多的話給我的祖先聽，給航海諸神聽，就像二〇〇七年，我與叔父在深山共同伐木造船時他對樹魂說了許多自然流露的話一樣，人們依自己的語言自然流露的禱詞，很讓我相信多元宗教信仰、多元神明的存在，且確認「泛靈信仰論者」才是珍愛星球環境的族群，比生態保育者崇高的美德。

查亞普拉市的早晨，我不再聽見各教派競爭播放音樂的吵雜聲，可以判斷的是，這兒的穆斯林教派是不盛行的。三國國旗在主桅杆平等的被風吹，八點過後馬路邊聚集的人群逐漸的多，護航船不再敲鑼打鼓，船員們開始穿著「重建環太平洋交流航海」的衣服上岸，我沒有穿。

登陸上岸的儀式由在地歌舞表演團體的女士擔任，說：

「誰是台灣來的？」

兩位女士請我踩中國製的瓷盤，說我「終於平安登陸了」，然後再把我的頭壓下去，一位女士持大刀，另一位把椰子殼墊在我頭上，說是遲那也真的夠快，持大刀的女人立刻用大刀擊破椰子殼，椰子水立刻清涼我的禿頭（很舒服），並說：

It is the tears of the sky.（這是天空的淚水。）

Welcome to our land.（歡迎登陸到我們的陸地。）

持大刀的那位女人長得不甚美感，但我確實感激她的禱詞，由於前來觀望的人很多，又熱又擁擠，在地的黑膚色的婦女架著我的腋下衝出人群，走向附近省政府大廳，由黑人省長迎接我們的登岸，並以歌舞表演釋放善意的歡迎，儀式過程簡單，但不失熱鬧。

「這一切就這樣結束，」我告訴自己。

中午，我們一群人由記者群請我們吃飯，氣氛融洽，船員們露出階段性航海完成的可掬笑容。山本與我再次的喝上一人六瓶的啤酒，啤酒儀式的名稱是「謝謝祭司」。爾後央求我，用我的手機打回日本，他跟我說：

「十一年了，沒有與妻子、兩個女兒通過電話，希望用你的手機跟他們通話。」

十一年沒聯絡，他棄家時，女兒們是四歲、六歲，彼時她們已經是亭亭玉立的少女了。我在山本身邊，我看見他在流男人的航海淚痕，我也聽得見，他兩個女兒哭泣說話，電話講了好久好久。最後跟我說：

Your cell phone give my families much tears and much happiness, I'll go back home some day, many thanks, Syaman.

看著山本良行在與家人通話過後流淚的同時，卻也拾起了浪跡天涯的男人心，他那粗壯的身體是日本柔道國手訓練出來的，而他的航海到ＬＡ的夢想跨不過女兒的一句話：「爸，回家吧！」

山本沒有擦拭他的淚痕，一個柔道選手的柔情，與家人彼此思念，說出自己還在人世間的訊息，棄家的初衷只是爲了證實自己的航海大夢，以及證實非純日本人血統的想像。他認爲希特勒的純日耳曼血統的政治信仰，讓他不可理喻地厭惡此等純血統論的信念，以及他對日本右派軍國主義在歷史上經常發動對亞洲的戰爭，讓他希望從航海的經歷洗刷他個人認爲背負「殺戮」的歷史汙名，雖然如此，我們只是無名小卒，啓動不了駭浪般的新聞。當他把手機拿給我後，我接著打電話給家人，太太在台北，她跟我說：

「兒子考上國立○○科技大學的航海技術學系。」

那一天，我認爲這是美麗的結束與再次回家的開始，孩子們都跟我說完話之後，我跟孩子們的母親說：

「我要回家了！」

「當然，你就該回家了，結束你的爛夢想吧！」

印尼記者群在機場給我送行，從查亞普拉到比亞克再飛到錫江，他們幫我弄了一張頭等艙的機票，我在飛機上鳥瞰比亞克到查亞普拉的海，蘇拉威西島東邊的海，感覺自己在被海洋與天空的藍夾著，情境就如台東到蘭嶼，那個「藍」似是夾帶著自己經常移動的夢，一個藍天藍海從我兒時與夢想移動的身體，追逐著不會帶給家庭經濟收入穩定的職業，飛航一天就回到航海原來出發的地方。我的爛夢想卻花了我一個月的時間，這一個海上之旅是爲了什麼？

我在錫江市劉董開的飯店過夜，望著不是藍天的天花板，想著外祖父、叔公、父親三兄弟，達悟式的「海洋學」，在藍色的海、藍色的天「游移」，他們給我的海，讓我沒有現代性的賺錢職業，讓我家人飢餓。當我在蘭嶼的家，木船、飛魚、底棲魚、海浪還在牽引著我的心，夜航捕飛魚，想著家族裡的男人要求我接近海的寧靜，這一趟的航海我感受到了，然而這個意義在哪？

數不清的次數，我每次划船捕飛魚到清晨回家，孩子們的母親對我在「海上」似乎沒有什麼擔心過，也沒有說過讓我心裡舒服的話，只是淡淡的一句「回來啦！」

這一切的開始與結束發生在教育我傳統知識、智慧的親人陸續逝去後，他們的魂讓我繼續堅持我其他的「爛夢想」。

桃園國際機場讓我卸下移動的疲憊，由於在海上曬得跟黑人一樣，弄得孩子們根本就不認識我也不想認我，孩子們的母親因理解我的走姿，我們才得以相認彼此，我翻看我的錢包，裡頭只有三十元的台幣。

一九七六年高中畢業坐了八小時的船回到蘭嶼，口袋也只有三十元台幣，不同的是，父親當時手上持著芒草在我身上畫上畫下的爲我祈福與驅魔，我喜歡這個儀式，彼時我只好爲自己祈福與驅魔，牽著孩子們的手是最真情的歡迎儀式，孩子們的母親終於說：

Ayoy ta mayi ka rana.（感謝，你終於回來了。）

「爸，你爲什麼流淚？」

就像我離開陸地航海的開始淚水像汗水一樣的溢出，父母親的魂好像也跟我回到了台灣，車子的速度比海上的木船快很多，台北一個高度發展的國際城市，我曾經駐足，由熟悉漸漸陌生，由年輕到漸漸的老，這個城市已讓我無所適從。孩子們放暑假了，全家人一同回到我們原來的家，我認爲我們回家的移動團聚，也是爲了下一趟的分散，我珍惜此刻，我再次的潛入海裡抓魚，讓海浪清洗我的身靈，也讓家人再次的在鮮魚面前相聚，夜間的獵戶星座好亮好亮，我在海上航海看著他睡覺，媽媽說，那是三兄弟星星。

「爸爸，媽媽，我們回到家了。」

那時，父母親離開我們已經兩年了，好思念好思念父親的歌聲、母親的鬼故事。

再見，摩鹿加海峽，摩鹿加的太陽，還有明媚的月亮，還有偶遇的三位海盜。

第四章　尋覓島嶼符碼

二〇〇六年的十月某天，我潛水射魚回來，孩子們的母親也剛從地瓜田回家，她看見我那天的漁獲量很好，她整日被日曬勞動的辛苦，在我刮魚鱗的同時，新鮮而豔麗的魚，讓她擠出了笑容，於是主動的爲我泡了一杯熱咖啡，說：

「每次碰上你去潛水，漁獲量不錯的時候，我的身體也因熱湯鮮魚讓我忘記疲勞。」

女人的語言儼然承繼了我們島嶼上一世代的婦女，在看見她們的男人獵捕的鮮魚漁獲的時候，「忘記疲勞」似乎說明了男人在海裡耕作（獵魚）也是等同的勞累，成了我們傳統，海陸食物的均衡概念。

而我，因爲長時間的在外頭奔波旅行，或遊蕩，長時間遠離孩子們的母親，在每次歸島去潛水抓魚，每次聽到她說這句話，除了感到夫妻之間，在陸地的勞動，在海裡的獵魚，海陸食物在家裡釀成夫妻和諧的動能，也是夫妻的親密結盟，鞏固家屋之靈魂難以言喻的「符碼」。

父母親雙雙在同年同月逝去之後，我們繼承了父母親留給我們的田產土地，此時，我孩子們的母親不僅把所有的時間、精力獻給了土地，她也滲入了島民傳統婦女與土地打架締約（勞動）的符碼，專心經營我們家的田產。對於我，多年來奔波於許多的大小島嶼，於是也荒廢了許多水芋田，在這個時候，現代化的種種，孩子們的負笈他鄉，孩子們的母親卻能保護我們的土地，種植根莖食物，我心中存著感謝、萬分的欣慰。

最後，我跟孩子們的母親說：「沒有船，我們的家好像沒有男人，好像是部落打群架時的失敗者。」

我們的民族習慣不直接說「造船」，保持低調，是因爲我們的傳統概念不習慣說謊，說要造船也只能與家人談，畢竟話一說出就要實現，其次，我們也恐懼島上的惡靈聽見自己已把話說出後，孤魂野鬼將百般阻撓你工作的順利。

從另一個成長的過程來說，自己從小被父祖輩們灌輸「不會造船就不是男人」的概念，如此之觀念在我心中已根深柢固。在這個時候，前人皆已作古，他們所留給我們這個世代人的智慧、島嶼知識，與環境自然相容的密碼，在許多難以計量的現代文明，皆已在島民不自覺的狀態下，悄然飛逝。

孩子們的母親，在她投入了婦女與生存土地，理解了島民婦女的傳統角色，也就是芋頭與飛魚的結合主食，就是島嶼陸地與廣袤海洋連結的密碼的時候，我感覺她已唾棄了她孩提時期希望成爲很台灣人的生活模式，她這樣的改變是我們同學都沒有想到的。

「我沒有理由反對你造船，海洋本來就是達悟男人耕作的地方，而且你又那麼喜歡。」

我一直認爲有許多與自己年紀相仿的族人，或是台灣原住民，在自己的傳統信仰的密碼與追求現代性的、可被主流社會認同的、給予的位階之間掙扎，許多人在單方面成功，但更多的人也在傳統與現代間的交錯相容是失敗者，說是「魚與熊掌難兼得」。我認爲自己就是屬於兩者間的失敗者，兩者間的自我調適有問題。

即使如此，在我孩子們的母親應許我可以花時間造船的時候，某種家庭和諧的樂符悄悄闖進我心海，令我身處於大自然環抱下的幸福感，接近自然的寧靜外圍，我的思維於是悄然的回到我過去的美好記憶，那種記憶是流動的，是掃除我視野所見的水泥房轉換成部落傳統茅草屋，望海的視野沒有障礙的景象。

從那一天起，十分奇異的是，在夜晚，我開始夢見我父親曾經跟我說過的故事。這是個夢，還是某種預先就有的記憶，我其實也不知道，只是常常夢見那樣的場景。

在山林深谷的乾河床邊的鵝卵石上，五位年輕人圍在叔父身邊，他們咖啡色的身軀，他們的語言，他們的思維，他們對著即將砍伐的龍眼樹歌唱，唱著對樹靈敬重祈福的古調，叔父莊嚴的面容，使得歌聲在寧靜的深谷飄逸出自然人與自然環境最緊密的相容程度，傳遞著未受過他族文明干預的信仰……。老人哼著歌，年輕人學習古調旋律的吟唱，輕柔而低沉的音律裡蘊含著歌頌大自然的樹魂的時候，漸漸結實的肌理凝結成伐木的力道，好像龍骨的雛形已在海上乘風破浪的感覺。

造船是因爲海洋的關係，它標誌著祈禱、儀式、盛宴、民族的科學。他們的外形身影，他們激勵自己肌肉的歌聲，以及他們的想像，看來完全符合這座山谷所要求的「自然人」的特質，斧砍聲、歌聲和諧的撞擊山壁，山壁的回音驚醒許多陰暗寒洞裡的小小鬼，好像也學著真人伐木造船樣子。忽然間，山林的影像轉回部落裡，雕飾大船的慶功歌會，船身蓋滿了女人辛勤栽種的水芋，所有前來祝賀大船完成的賓客們，臉上都刻畫著祝賀歌詞的內容，我坐在父親身邊注視著前輩們對大船船靈敬畏的集體神韻，那一幕構成我此生永恆清晰的記憶，該年我五歲，一九六二年九月。

我睜開眼睛，日光燈照明我的書櫃，原來我是在做夢，夢裡的人物都已經往生了，其中之一的年輕人是我的父親，那位老人就是我的小叔公，小叔公在一九七八年的晚秋辭世，那年我二十一歲。

做這些夢，已是二〇〇六年的十月之後，我坐在屋外的庭院，在凌晨的三、四點，回憶我剛剛的夢境，前輩們斧砍樹肉的和諧構成我心海裡的動態畫面，那是沒有部落的政治選舉，沒有商品交易的年代，部落的勞動生活完全跟著季節的步調走，我喜愛那種的生活質地，天空的眼睛（星星）在晚秋的夜空，等待我甦醒的這一刻，它們也變詩意，也變給我反思的背景，以及書寫自然的素材。我望著天空的眼睛，想著因思念親人而放逐自己去南太平洋的庫克群島國、法屬大溪地、斐濟、紐西蘭，把靈魂流亡的去冒險航行，望加錫海峽（Makassa Strait）、蘇拉威西海（又稱西里伯斯海Celebes Sea）、摩鹿加海峽（Molucca Sea）、哈馬黑拉海（Halmahera Sea），經過許多數不清的島嶼，與數不清的島嶼民族相遇，此時「不完整的家庭」[1]拐了彎的想像立刻鑽進我的腦海。

上山正式伐木造船之前的幾年，我已上山巡樹材無數次了，換句話說，我其實要砍的二十一棵樹都已找好了，而這樣的行爲也是傳統的習慣法，彼時，要準備的是，內心的平靜，不張揚。然而，在背起斧頭上山前，我得必須主動協助孩子們的母親在水田、在旱地的除草工作，減輕她的工作量，也是減少她發脾氣的次數，也是核心家庭夫妻之間和諧的基礎條件。

1　意指家裡有個不會造船的男主人。

蘭嶼在我祖父輩們的年代，也就是在一八九五年之前是「遺世獨立」的島嶼，用外祖父的話說，是嬰兒的存活率與死亡率幾乎是一比一，記得我看過一份日本民俗學者的資料記載，一九一〇年我民族的總人口數只有一千一百餘人。一九六六年島上一群出生於一九四一－一九五一年的少女，包括我的親姐姐在內，皆希望改變自己的未來生計，也就是不想嫁給本族人，而是台灣人、外省人，是第一代「出走」的達悟人，因而島上男多於女的比率拉開了，每個部落多了五個以上的單身漢，因此就在我念國中時，我們的人口還在一千五百人以下。

因此，我與孩子們的母親都是達悟人，我們也都開始居住在自建的水泥鋼筋屋，生活條件比起我父親那個世代的族人進步許多，有機車、汽車、冰箱、電視，以及更多的衣服，甚至有了許多快艇等現代化的便利器具。然而，我們許多這個世代的達悟人卻已遠離了民族與自然環境之間的「共生密碼」，以及地瓜、魚類主食的被區隔，換成以稻米爲主食，不再依賴水芋田來判準女性的美德，不僅讓水芋田荒廢，那個隱性的「共生密碼」在不自覺中被現代化取代，部落共有地的概念，轉型成私人的占有土地，共有地銳減，私有地暴增。

其實，父母親逝去後的兩三年，我已開墾了十幾塊大小不等的水芋田，不知不覺中加重了孩子們母親的勞動量。然而，她從生疏學習，到進入婦女世界認知的程度，她進步很快，讓她開始思索女人的角色，在地民族的科學知識滲入了她的思維，於是把西方基督宗教與民族的傳統信仰由相斥轉化爲相容。每次我們栽種新芋頭、新地瓜苗、山藥等等，孩子們的母親不忘跟這些植物說話，說：

「預祝妳們好好吸收土地的養分，妳們是我們的禮物，也是妳們讓我們跟土地親近，妳們長得漂亮，我們會更加照料妳們，更加喜悅，使我們身體彼此結實。」

諸如此類的禱詞，是孩子們的母親之前所不熟悉使用的語彙，如此之用語，是我們達悟人的詩詞語彙，也就是民族文學，民族統整性的環境信仰，我聽了心裡踏實又欣慰，她逐時遠離我們郵局存款不足的傷痛，轉而從環境勞動獲得慰藉，環境維護的實踐者。部落裡三四十歲，返鄉定居的中生代族人早已拋棄了與土地互動的直接關係，這是如何發生的？二樓水泥屋阻隔了每一個人望海的視野權，這也可以說是部落社會結構在傳統與現代間的戰爭，早些時候，我孩子們的母親還會很熱情的向年輕的部落婦女學習種植芋頭、地瓜，好讓彼此間的觀念可以連結，從土地發覺有機話題，進而美化身爲達悟婦女的氣質與耐力，如今，她可以說是失敗者，感嘆田園沒有後來者的參與，她的說法，說：

「雜草叢生的土地，是婦女背離了土地的情感。」

因而，少數的婦女在自己的田園孤影的投入手掌十指與土壤、雜草的連結情感，在每次的傳統節慶掘挖出碩大的水芋、地瓜、山藥時，那道笑容就像是土壤的養分，讓我不得不多吃，吃著女人的汗水與土壤結合的果實，是品味與優雅的感覺，如是緩緩飄流的晨間海洋，蘊含著生活美學的純度。

於此同時，我也在每天的午後去潛水射魚，貯存漁獲，這也是每天的食物，我夫妻倆進入不受現代性的外務所干擾，而我造船的地方就在家屋的一樓空間，彼時我家沒有大門的時間來到了第十六年，家屋靈氣與我家人的健康都還順利，彼時，我無時無刻的都在回想父親、叔父在造船時的心理準備，砍伐二十一棵樹的過程，必須以虛心與細心來完成。過去我在造船的日子，父母親都還健在，是個人心靈當時上山伐木的定心丸，這個時候，我的靈魂與山林樹神的相容性，將考驗我與自然環境之間的密碼，是否有被傳承，還沒有被自己證實。

上山的前幾天的黎明之前，到門外的水槽，開始磨利日後上山伐木使用的三把斧頭。磨利斧頭的同時，我常常把我兒時與小叔公、外祖父共同生活的場景記憶拉回來，如此，可以讓我接近四十幾年前古早的寧靜，想著兩位祖父被大海、被太陽雕飾的臉譜，我是十分喜悅的一件事，可以忘記愈來愈多的現代化之後入侵的困擾，去接近山林的沉靜。

孩子們的母親是虔誠的基督徒，二十幾年後的今天，她的信仰也滲入了民族初始的科學概念，諸如傳統的節慶，我們過得很認真，種植根莖類也循著傳統的曆法，彼時她也開始驅動我的心智，經常移動的身軀，完全接受達悟「完整的家庭」的傳統信念，男人在山林逛山照料屬於自己不同山頭的林園，同時也花很多時間跟海洋學習生存，習慣節氣的脾氣，學習如何跟大海要魚類，穿梭在山與海循環的生活節奏，想來這是我小時候最想要過的生活，不上山下海就與孩子們的母親在田裡工作，在惡劣天候的日子，時間就花在文學的創作。

對造船，我認爲，它標誌著祈禱、儀式、與山神共享的盛宴，讓心靈進一層次尋覓到更爲堅實的感覺。在我上山之前的那一夜，我讓斧頭的靈魂在夜裡寧靜的睡著，我懇求山林的住民（樹）、山神，讓我收取祂們的安寧，我讓我的斧頭跟我一起沉睡，一起在內心合作，沁澤在山谷的洞穴。

孩子們的母親在清晨拿給我三個芋頭、三條魚乾，以及火燻過的豬肉片，放進登山袋裡，說：「男人的山婦女不可進入，你再次的走入山谷的冷風，山脊上山羊走的路，也是爸爸們腳掌開過的路，你的那些斧頭已幫你造好三艘船了，它們理解你的脾氣，安心的去吧！孩子們的父親。」

蘭嶼早晨的郵局，已經成爲我們島上六個部落的族人提款、存款相遇的地方了，外甥女的檳榔攤前的小桌子坐著正要提款的一些老男人，圍著兩瓶維士比閒聊。我開車的馬路恰是秋風下層走的路，前些日的月圓，恰是我們必須把年度的飛魚乾吃完的最後一天，這一天往往與漢人的中秋節同日，傳統上那一天的活動是男性在夜間借用月光去垂釣，先在潮間帶捕捉螃蟹，以蟹膏爲誘餌，蟹腳爲餌，三五成群的在岸邊礁岩的海溝釣紅鐵甲（mavala）等紅魚，三角魚（lvay）等女性或孕婦吃的魚。這一夜，我們的夜曆稱manuyutoyun，這是感謝海洋恩賜豐腴的海鮮，所以大多數的男人在夜間都去岸邊夜釣，或者划船在海上夜釣，由於是月圓高照，潮差大，沿岸洋流運行強勁，豐富海洋浮游生物，使得魚類也變得肥美豔麗。第二天清晨，家家戶戶的庭院便懸掛著昨夜的漁獲，女性穿著傳統藍白的服飾，頸子胸前配戴瑪瑙，以及藍色、淡黃色之串珠，讓女性的美麗顯得特別的自然。男人的飛魚乾，昨夜釣的新鮮魚、魚湯，以及女性的地瓜、芋頭、山藥就是我們這一天的早餐。

從台北歸島定居後的二十多年來，我觀察我參與，我也從長輩受教，諮詢他們關於我民族整體的節慶的由來，以及儀式典故的民族在地知識，遺世獨立的蕞爾小島，讓我們的民族在二次戰後，邁入現代化之後，台灣政府又藉著軍政戒嚴，一元化的漢族教育，極爲漠視多元文化的政策，我們沒有被迅速的漢族化，除去島嶼的邊陲位置，被邊緣化的優勢，我認爲，島嶼民族的韌性在於我們有結實而完整的文化活動時序，在我們三個季節的分類，每一天的夜都有她的名字，這是非常不容易流傳的民族科學的知識，而月亮的圓缺與洋流潮差的直接關係，反應在魚類生態的浮升下沉，在我們夜曆名稱的時序，就明白的指出何夜是魚類勤於吃餌的時段，這些知識在學校是教不出來的，讓我受用無窮，也是我一開始的文學創作的本質與核心，也爲我最以爲傲的野性知識。我因爲不是垂釣、捕蟹好手，在這一天的午後，我便以潛水取代晚間的夜釣。對海洋的「感恩之夜」後，我們的季節便進入等待飛魚的季節（amyan 秋冬）[2]，也是飢餓的季節。

此時此刻，風的涼意讓其他部落前來郵局提款的族人圍著在桌上的維士比，相互學習台灣式的敬酒儀式，酒精隱含著許多讓人思維莫名變異的功能，失態、失魂、易怒、費時費力、傷肝傷腦等等數不清的負面，即使如此，島上族人也鮮少拒絕酒精的麻醉。我駕車經過這群善良的族人，他們的神情狀態，幾乎在原住民的部落，甚至我在南太平洋走過的諸島聚落都是相似的，有時候，在對的時間，對的朋友群，我也是其中的一員參與泛談醉酒，吸取他人的經驗趣事，在說著族語的時候，有很多朋友的語言側繪其故事，尤其潛水人，說故事的情境往往給我們許多的浮

2 達悟人把一年分區成三個季節，飛魚季節（rayon），飛魚漁撈結束的季節（teiteika），等待飛魚的季節（amyan）。

動畫面，特殊的環境、恰當的語彙刺激我的思路，對於我的創作幫助很大。

我造船要砍的第一棵樹是Itap（欖仁舅），從樹根砍起，形狀如是浪人鰺成魚的肋骨，或如博物館展覽的恐龍肋骨稱Panuwan。我達悟人造船程序的第一棵樹，取欖仁舅的比例近九成，很顯然的，欖仁舅生長於小島上，歷代祖先在造船過程實驗期間必定飽嘗了許多爲後人所不解的挫折。然而，造船工藝的實驗，從獨木舟到兼具流體力學的美學設計，首尾隆起，利於切浪的拼板組合船，展示孤立島民的智慧的運用，以及求生的韌性。

我回家歸島定居之後，每一次的傳統節慶，父親三兄弟，以及兩位堂弟，他們彼此輪替總是藉著宰殺小乳豬團聚，我很幸運沒有一次錯失與長輩們的聚會，我不僅重新接受母語真正的教育，並且長輩們說的達悟語是生活哲學的，是優美的語彙，說起故事來，每每是影音、詩歌與環境海洋影像的密碼，深深嵌入我心坎，真實療癒我年輕時在台北被挫傷的心靈與肉體，我靜靜的坐在父輩們的身後，學習他們被環境寧靜，波濤湧浪的潤飾，豔陽暴雨的試煉，於是一遍又一遍的唱著那首我民族第一次建造成功的船的歌：

讓我們為蒼鬱的山林吟唱
生長於角鴞山　紅頭綠鳩山的樹林
在那兒伐木　嘗試造船
波濤如是邀請我們航海的密碼

我開金口嘗試著跟父輩們的音律歌唱，生澀的音感，放不開的喉音，說明了自己已是被文明馴化的一代，失去開口唱歌的自然野性，七十來歲的大堂哥、表姐夫，他們面帶微笑瞄了我一眼，在國宅裡有日光燈照明的磁磚客廳，唱著隱含海流波濤、船舟浮沉的歌詞，凋零的老人使力吟唱，如是夕陽美麗的餘暉，全神貫注，音韻單純漂浮在似是隱晦的海面，讓我陶醉，但我始終忘記錄下他們的歌聲密碼，如今他們早已逝去，帶走了島嶼智慧的精靈，許多的影像畫面只留給我一紙厚厚的惆悵。

我的夢無個人的描繪，不是懷舊而是在品嘗、解讀前人們在山林伐木，在海上划船漁獵的密碼，他們用簡易的生產器具，豐富的情感投入，需要的就不多，就不會養成貪婪的惡習。這個密碼就是在我小時候，外祖父、小叔公早已活化海洋的變換，魚類的永續。這是對於我出生的島嶼，漁團家族的男性教育提供了民族科學、藝術與環境相融的健康信念。我們都理解，自然科學維護環境正義的概念是基於理性的，也是條文法律的，我認爲如此的「法律規範」是因爲文明化之後的人類都居住在都市叢林，遠離了生態節氣循環的薰陶，高樓大廈，緊密的住宅，它的意義是重視個人財富的累積，標誌著個人隱私不可侵犯，也爲人與人之間彼此疏離的源頭。可以大膽的說，大多數生活在都會的人們，是最爲不珍惜最爲浪費、消耗自然資源的群體。

一九八六年九月，長子藍波安出生一個月的時候，當時七十二歲的父親從蘭嶼坐飛機來台北探望他的直系長孫，父親說：

「夏曼‧Kekei[3]，這是我們達悟人初爲人父，暫時給我孫子，有了生命，這是我們還沒有完全可以確認初始生命，是否可以逃過島嶼自然環境的冷暖、日月海洋潮差的考驗，暫時給新生命的代碼，孫子的母親稱希婻‧Kekei（指初爲人母的孩子的母親）。正式取名，傳統上，要觀察初始生命呼吸的韌度，靈魂是否也可以逃過夜間惡靈的戲弄，漫漫黑夜的試煉，是十天，或者二十天，不一定，同時也必須考慮上旬月、下旬月的夜曆期間，凶夜與吉夜的選擇。

「我，你的父親，初始生命希‧Kekei（從出生到結婚前，名字前都會加字「希」）的祖父，你與希‧Kekei的母親已經很久沒有被天然環境（意思是指蘭嶼島）養育，離開我們的島嶼很久了，你們飛到看不見海洋的大城市，聽不見潮聲的房子，所有的一切已超越了我這個老人想像所及的範疇，孫子的命格，達悟人的孫子注定被開啓游牧的扉頁舞台。

「爸爸飛到極度陌生的城市，街道人來人往的臉譜，比我認識的魚類、植物來得複雜，如是海中的浮游粒子看得見，卻抓不住。老人如我，意識清醒，口語清晰的歲月，我無法預知還有多久，就像月亮經常被烏雲遮蔽她的光明，讓我迷惘，失去我在海上的方位。還有，我自己也不清楚是否還有體力造船，還有呼吸可以潛水，還有喉嚨可以歌唱，我不確定。

「我厭惡在台北汽車沒有眼睛，我厭惡這兒離寧靜非常遙遠的房屋，我有許多對你選擇的城市的不滿，我更不滿意你選擇讓你肌理提早弱化的工作，假如你們一直住在城市，那麼爸爸的這一生就沒有機會教你認識樹的性格，理解飛魚的海洋知識，你們在這兒生活還不感覺疲累嗎？」

3　Kekei指還沒有名字的嬰孩，襁褓裡初出生的幼嬰。夏曼‧Kekei指初為人父的孩子的父親。

那一年的那一夜，其實，我的頭腦、我的腳掌根本就無法理解爸爸的話，他說話的隱喻爲何？思維邏輯，在我孩提時期聽過，卻在我念書的時候，迅速隔絕了我初成長的記憶體，比我閱讀漢語的古典文學來得更爲艱難。我發覺，父親不想再多說，他知道我不甚理解他的話，他移動他的眼神，瞄了我懷中的新生嬰兒，新生嬰兒的母親，滿腦子就是要我跟她過漢式的上下班生活，從她懂事起，就沒有接受過其雙親的、家族的傳統教育，所以對於爸爸的話，再依據她閱讀《聖經》，多年接受基督靈糧堂教義的感想，說爸爸「胡說八道」，因此，我們在父親九宮格的傳統觀念，我們完全處於「島嶼密碼」的外太空，認知網絡隔閡嚴重。

我關起客廳裡的日光燈，初爲人父母的我們，驚喜與茫然交織，如是溪流的入海口舞台，入海前的溪流完全是淡水，海水鹹度亦是如此的推論，父親的說詞是「既不清澈，也不混濁」，定義不清海水與淡水密度。

我們在永和租賃屋的巷道路燈照明我們不到五坪大的客廳，父親背靠白牆，雙手抱膝閉目，低音輕聲的旋律，忽然縈繞在狹隘的空間，是我兒時在小叔公的家屋，在深夜我熟悉的旋律，那個就是把我稚嫩的心魂帶到汪洋航海的旋律，聲音孤寂，音律平穩，浮升在波峰，沉落在波谷，好久好久我已遺忘的旋律，我的耳膜在顫抖，就像初出生的兒子在吸吮母奶前的飢渴狀態，哇！好—久、好—久了，沒聽見的旋律音韻，我的腦海立刻浮現出爸爸，我兒時目送他夜航捕飛魚的記憶畫面，立刻浮出的記憶是我以沙灘爲被褥，等待父親回航的影像，哇！好—久、好—久了，放音的歌者已經不是小叔公，而是非常期待我們歸島的爸爸。

我側身抱著初出生，還沒有達悟名字的兒子，思索著我終於有小孩了，已經是夏曼Kekei。此刻此地，想著自己靠自己的努力已實現念大學的願望，在補習班三年的半工半讀，念了私立大學，又必須依靠自己打工賺錢過大學生的生活，過程中父親一直以爲，我念大學是由政府付費，他分類不清大學有私立、有國立，也有不付費的大學，比如我拒絕念的，如師範大學。我念得很累，我知道，依父親的一九一七年出生到現在，他徹底的不清楚山地同胞念書需要付費，當時父親也曾經央求我不要到台灣念書，是我自己要念的，所有的一切飢餓，沒錢生活的過程，都是我爲了自己從小的爛夢想而付出，是不可以有一絲怨言的，何況父親只會抓魚、造船，以及期待我們回家。我夾在父親與兒子之間的直系血親，三代之間的密碼落在我身上，這或許在他日已注定我的靈魂是放流的，我預感得到，此時眼角落下淚水的亂碼，是繼承、是傳授的迷惘亂碼。

那幾天，作爲夏曼・Kekei，在我民族社會的新身分，讓我特別的高興，新身分代表新的社會責任，於是開計程車賺錢特別的賣力，爲孩子的母親的身體，爲初出生的兒子的健康，爲車租、房租，還有父親返回蘭嶼的旅費、零用金。年輕的體能，開計程車幫我們度過了包括各種開銷，初出生的兒子、兒子的母親，他倆的健康，父親的旅費等難關。

期待我們回家是父親，一個老人有了長孫子，給他命名，父親最大的願望，在租賃屋，父親每天看著長孫歌唱，他強烈的懇求我們回家，爲孫子做命名的儀式，那些天兒子的母親與父親相處融洽，她深深的感悟到爲長子「命名儀式」的重要性，同時作爲人妻，作爲不同部落，不同漁團家族，男性與海洋間互動的密度也有潮差，父親也讓她第一次正式接觸、聽聞關於飛魚儀式對達悟族的重要性，而這些知識，或是魚類知識，都是她的第一次理解自己民族與海洋環境互動的經驗。

一九七三年的秋季離開蘭嶼，我考上台東高中，我念的高中全名是「省立台東高級中學」，在學校才遇上其他原住民族的孩子，所有原住民族的學生稱「山地（平地）山胞」，我們每個月初在學校領政府補助我們生活費的「糧票」，然後拿糧票去縣府指定的「米商」換現金，我的記憶好像是九百元台幣，九百塊握在手掌會流汗，會緊張，我再把現金轉給我寄宿的，天主教白冷會神父管理，稱「天主教培質院」（高鐵董事長歐晉德、前台東縣長陳建年初高中在這兒住了六年）。寄宿學生是邊緣城鄉來台東念國、高中的，有漢人、原住民族，有一位東北來的遼寧人，鄭神父管理我們。他是一位十分嚴格的神父，以《聖經》的宗教哲學觀、宗教心理學教育我們。在培質院院內，無論你的宗教信仰是什麼，在每個星期天的早上都必須進院內的教堂望彌撒，然而，神父的目的不是要改變每個人初生之後即有的宗教，而是十分宏觀的詮釋西方宗教哲學理論，我以爲這是神父們普遍的知識基礎，對我，幾乎是聽不懂。在教堂內，神父也不曾批判其他宗教，諸如「拜偶像」之類的話語，我認爲，這是那位神父的美德。

院內有圖書館，這一生第一回看見有那麼多書的房間，我經常進入館內閱讀，目的是希望自己的中文程度進步，多認識漢字，然而，我從高一到高三去館內閱讀，卻從未讀完一本散文、一本小說，從未有一本可以激發我、開發我心智的書，我經常感到沮喪憂慮的走出圖書館，也開始質疑自己的資質，包括背一篇文言文的課文，考試時的默寫，不曾有過完整的默寫考卷，這是十分悽慘的記憶。

時間總是在進行著，太陽、月亮的輪替，高中三年有許多時間很思念小島上的父母親，而父

父母親，以及我小叔公的妻子（右一），從小我也吸她的奶水。

我的夥伴、同學吉吉米特（左），他走了，想念他。

二十歲在西部嘉義跟貨運當捆工。那一段艱苦，被閩南人每天說閩南語國罵（三字經），讓我迄今還在怨恨。

穿長褲的是我孩子們的母親（右一）少女時的倩影，後方拱門是輔導會蘭嶼指揮部，象徵統治者的符碼。

蔣中正水泥雕像，後邊是我部落傳統墓場。夜間的雕像在我兒時的感覺如是我們的「墓長」，讓人害怕。

父親（右四）身邊是日本人類學者瀨川孝吉（右三），最右邊是我的大伯。

我們的兒子藍波安，還有我們曾經的「年輕」。如今山與海陪著我們，孩子長大了。

父母親，以及我的三個小孩。

我國中時期的老師，人類學者陳其南教授。

船與海給我數不清民族科學的知識。第一艘船在海上被試煉。（詹益崇攝影）

我的第二艘船。

飛魚乾。

在清大念人類學，我的外籍老師給我許多的指點，讓我思維進步很多，感謝魏老師。

作者在蘭嶼的近照。（小路攝影）

親的新鮮魚始終是激發我想念從小到國中時期的成長記憶，藍海可以讓我忘記在台東考試時的挫折，兒時夢想流浪南太平洋，彼時已忘得一乾二淨，只想考自己想念的大學，到台北念書。

一九七六年六月神父得知我不去念「國立師範大學」的時候，把我叫喚到籃球場的中央，對我說：

「沒有用的山地人，笨蛋！」

神父不僅對我高中三年成績特別了解，期望我很大，可是這種思維，認爲山地人提升自己的社會位階，其唯一的途徑，彷彿只有被「保送」，然而我的心智在小學四年級的時候就告訴我，「靠自己」，此心已決。神父怒視著我放棄念大學，瞬間，迅雷不及掩耳的，他的左手掌便重重的賞我一巴掌，「笨蛋！」我站立不動，尊嚴被摧毀，讓我流了青少年迷惘的淚痕。

「沒有用的山地人，你知道嗎？」

可是存在於心海、在蘭嶼遇見的老師，那種感觸是「笨蛋」、一生守著不會移動的教室空間，爲五斗米折腰的人。我寧窮，不想換來一生「笨蛋」的汙名。從我的角度，我當然不恨教育我正確人生觀的那位神父，甚至於到現在，我依然非常思念他，雖然他在二〇〇六年已蒙主恩召。但「不會移動的教室空間，守著漢族一元化思維的教材」，即使身體的移動到東南西北，由深山到城市也改變不了教材。這些編教材的學者是位居上層結構，星移物換，這群人依然依據都會文明的多數學生思維爲主，腦袋瓜不曾浮現出「多元」的想像，不曾有過「山與海」的健康知識，彷彿世界只剩下「城市」，只剩漢人、白人的感覺。

二十年來，當我被稱呼爲「海洋文學家」之後，許多邀請我去演講的學校，或社會團體，這些新生代就連我住的島嶼在哪兒都不知道，真可悲！這就是台灣的教育。

我們從小在學校上課，而我一直到大學，所遇見的同學，朋友都問同樣的問題，說：「游泳好可怕噢！」

如果可怕，蘭嶼的人、孩子難道是神的孩子嗎？當然不是，這是我們的教學方法不提供健康的海洋知識，因爲編教材的教授是靜態學專家，不敢用手觸摸海水，於是台灣每年在河溪、在沙灘遊戲玩水溺死的孩子沒有減少過，即使今天，台灣的政府、教育部都還拿不出對策，可悲呀！「山難」也是如此，那些專家是溫室裡的說教者，非野外求生的教育者。

或許神父很理解我們這些山的同胞的程度一直不是很好，在一般都會的競爭力也很差，這由我們從事職業的分類可以看出端倪，這也是事實。但我在思考的是，爲何山地人非得讀「師範學校」才有前途、錢途呢！就我當時的島嶼經濟狀況來說，也只有當老師才可以存到錢，讓存款簿數字很多的唯一捷徑，也絕對是遠離謙遜的追逐者，所以這個職業不是我追求的人生觀。

從另一角度，山地人失去了念師大、大學的機會的話，出社會的結果大多都是很悽慘的，於是山地人爲了改變自身在物質、存款簿的「貧窮」，五、六〇年代的山地人都選擇做警察、公務員、老師、牧師，還有各原鄉國民黨黨部的專員，這些「職業」都是消滅被殖民之弱勢民族的「自覺」的工作，也是爲五斗米折腰而折損了爲人的尊嚴。這些話是我與一群靠自己實力考上大學的人，在八〇年代中期推動原住民族自覺運動時，得到的暫時性的結論。

我背著這句父母親不可理解的「笨蛋」汙名，乘坐九小時的客貨輪，由台東回到蘭嶼的家，回到父母親身邊。藍海、豔陽，在熟悉的島嶼再次給我機會反省，在緊接著如何計畫下一步的時候。

高中畢業後待在蘭嶼兩個多月，父親一如往常的，在山林裡，在田園，在海船釣，在水世界裡潛水抓魚，母親也是，每天每天在田裡忙著鏟除雜草，回家的食物如我三年前一樣，芋頭、地瓜、螃蟹、鮮魚等等的大自然的食物。我的同學卡洛洛辭去了水電學徒的工作，天天在海邊垂釣，不論白天，還是晚上，他說，「我是老么，父母親需要我為他們釣魚，為他們抓螃蟹」，這使得他十分熟悉潮汐與月亮的引力關係。島上還沒有現代化的設施，沒有電燈、電視，當然就沒有冰箱，那年代的無聊很乾淨，我們不喝酒，我們有很多的時間上山砍伐乾柴，蒐集乾柴回家，這是青少年的責任，讓爸爸可以專心去做他該做的事務，家裡堆積了許多乾柴，讓媽媽生火煮地瓜不匱乏，很讓他們高興，這也是父母親為何要我留在家裡，減少父親的勞動力，日出而作，日落而息，在美麗的夜色，在某家的院子望夜海，學習波浪節奏的古調詩歌。

由於是夏天，我家族的十人大船，以及另一家族的大船，還有隔壁部落三、四艘的十人船，在二、三級風浪的好天氣的清晨就划船到我部落面海東南方的小島去抓魚。我們這些五〇年代中期出生的青少年，從我們會走路起不僅幫忙把家族的船推入海，我們也在灘頭欣賞前輩們划船的雄姿，欣賞船隻則由肉眼的距離，肉眼看著父祖輩們，因長期划船頂浪、長期曝曬練就全身皮肉暗黑、肌理線條的顯明，我從小一起長大的七位同學，在我高中畢業那年都歸島了，而我們的年紀已達儲備槳手的年紀，因此我們心中依舊想像著成為大船槳手的願望，藍海似乎在我們的血脈細胞有難於言喻的，不可抵擋的「魔力」。在飛魚季節大小船近一百條由部落灘頭划向小蘭嶼，海面如是移動的白腹鰹鳥，在晨間的粼粼波光追逐魚的魅影，然後在夕陽餘暉金光斜照海面的時候，起伏不定，時暗時明的無數碎波像是部落族人的期待海上男人回島，眨來眨去的眼皮，如此的情境陪我們成長，我們也特別偏愛大船返航，不同漁團家族在金黃餘光的海上，三海里的競技，非常的精采。我問過表姐夫，說：

「會累嗎？這樣每次的競技。」

「當然很累，況且被太陽曬一整天，又要潛水抓魚，一整天在海裡，中午只吃一兩個芋頭，很累很累……，可是，船上的長輩激勵家族槳手，男人生來就是與海浪搏鬥，不是被女人嘲笑……。」

當父祖輩們返航的時候，家族裡沒有出海的男孩提著水桶到灘頭，媽媽們穿著傳統服飾，盛裝迎接經年抓魚養家的男人，也都提水來到灘頭，每位槳手用冰涼的水從頭灑下，降溫在烈陽下男人划船繃緊腫脹的肌膚，於是海邊匯聚成臉上滿是喜悅的人潮，海，浪，船，部落人把海灘繪畫民族生存的寫實，在夕陽裡，在我們從小就鑲入心魂的記憶。

那天我與同學卡洛洛目送我家漁團出海後，我們就在部落涼台休息，後來堂哥找我去他家，大伯從屋內取出三十幾束的小米，每一束小米轉換成稀飯的話，約莫四到五碗，可是小米粥不會煮得很稀。

大伯家的舂臼只有一個，我於是回家拿我家的。首先，我和堂哥把小米放在木架上，然後生火去濕氣，溫熱而乾燥的小米就比較容易搗。如我這個年紀的達悟人，搗小米也是我們從小就要學習的，況且我已是男孩了。在我與堂哥搗小米的時候，大伯近乎央求的說：

「你是獨子，如果可以的話，就待在島上抓魚，你的父母親需要你的幫忙，我們也需要你繼承我們家族的歌謠。」

卡洛洛也來大伯家一起搗小米，兩個臼，三個舂杵，在豔陽下，我們舂得十分快樂，我們終於有機會舂小米，以前都是父親在做，現在我們長大了，裡頭的學問是，播種小米需要作儀式，採收需要唱歌給天神，收成後做爲親友間禮物交換的最高誠意的象徵。此時，小米粥成爲出海獵魚回航之後的男士圍成一圈共食之物，這是男人在海上獵魚「關係緊密」的表現。至於沒有出海獵魚的家族男性，則在庭院與婦女們共同欣賞飛到家的魚類，並區分兩堆，男性的魚、女性的魚。

「分類」耆老說是，節氣的次序。海洋裡的魚類由淺灘到深海、外海，棲息環境的深淺差異，使得魚類的肉質也有不同，以最簡易的漁獵工具，真是願者上鉤；真正的魚是鮮嫩豔麗，游姿典雅，敏捷，群聚，腥味較低，肉質嫩，魚湯清澈。男性吃的魚，稱不好的魚。簡單的說，男性必須多爲女性著想，粗重的工作男性承擔，危險的工作給男人；因此，我們從小就知道分類魚類，魚盤也必須分類爲女性的魚盤、男性的魚盤，以及飛魚盤，木盤的形狀也以大小來區別。我們從小就在海邊灘頭，幫獵魚回航的漁夫們把船推上岸，漁夫就會教我們辨識男性的魚、女性的魚，在家裡父母親也教我們區分魚類木盤，飲湯的陶碗也是，吃豬肉、飛魚湯的陶碗等等的，皆不可混淆。許多的日常生活使用器皿皆是男性在不同季節製作不同器皿的成果，這些事，父親都教我用眼睛觀察，並以皮膚感覺季節溫度的變化，說這是節氣的脾氣。

食節的「次序」，在台東高中三年很快忘記的生活美學，回來卻能很快恢復的生活記憶，感覺真美。此時，大伯開始跟我們說故事，其實，我在高中，老師們也說故事，我的心卻不是很有興趣的聽，神父也講述《聖經》的故事，我卻感覺非常的遙遠。我思考，他們的故事爲何沒有海洋與人文結盟的故事，親近海浪的童話故事，人類的故事，都是殺過來殺過去，真是不可理喻，或者說，不去教堂，不去信仰基督宗教的人就是罪人，近似荒謬，杜絕他人歸於隱私的選項。

正午時分，大伯說道：

「瑪拉歐斯，你們的這個哥哥，在他會走路的年紀，有那麼一天，我被炙熱的陽光激怒，便帶著玻璃水鏡，一支魚槍下海潛水，從一公尺到十幾公尺深的珊瑚礁岩的各種數不清的魚類特別多，那些魚就貼近我身邊，就差了用手抓的動作，我選擇我要的魚，不可濫射，這是因爲我魚槍的鐵條很不結實，射一尾魚就要在水中弄直它，所以我只能射兩個手掌加起來的長度大的魚，當然我都選擇女人吃的魚。當我游到langoina的斷層海岸時，我趴在礁石上等一尾如我手掌到手臂長這樣大的浪人鰺的時候，我忽然警覺到我左耳的方向，好像有個怪物在接近我，我們三位兄弟的肺活量本來就很好，包括切格瓦（我小時候的名字，尙未有小孩之前）的父親，於是轉彎我的眼睛，哇！不得了，真是個怪物（卡洛洛聽著，不自覺的流了口水），我心裡想，我怎麼如此的倒楣遇見這個怪物。

「我心裡想著，究竟是什麼怪物？

「我慢慢的游近岸邊的海溝，躲避牠。可是，怪物好像被惡靈附身的尾隨我，你們現在有蛙鞋，可以游得快，我們只有腳掌，如何使力的游，也游不過海裡的魚類，更何況是被惡靈附身的怪物。

「我希望你們，萬一你們學會用魚槍潛水抓魚的時候，不可只顧著注視腳下在吃海草的魚，眼珠必須時常的環視周遭的水世界，最好的方法是，要有一人以上的潛伴，靈魂才會安心。

「牠緊跟著我，這讓我愈來愈緊張，『我詛咒你的老爸，不可再跟來，否則刺穿你那小眼珠。』我說在心裡。然而，牠沒有聽懂我的話，怪物繼續的尾隨我，牠好像有預感，在我就要上了岸的剎那間，怪物忽然加速的追趕我，我怕得心臟就要從嘴裡吐出來的時候，我單手抓住岸上尖銳的礁石，然後迅速的翻身上岸，可是怪物斜著單眼蔑視我，讓我更懼怕，我呼吸，一直呼吸，我於是用真正的話跟牠說：『趕快遠離我，否則我會叫我已逝去的祖父吃掉你的肝。』怪物明白了，說到吃掉牠的肝的時候，魔鬼也活不了，所以游走了。那條魚不完整，沒有尾翼，身體的一半，據說是被鯊魚吃掉的，後來那條鯊魚也死了，因爲說是吃了極端難吃的魚，又是怪異的魚身。然而，其實是，我們的造魚之神卡夫洛的傑作，標識『長相怪異』即爲不可食的魚類。」

故事聽完之後，我們笑得很開心。對於我們，這類的故事，我們的記憶非常好，聽得入神，大伯的話語好像把我們的「思維想像」帶進水世界裡，好像我們也跟著他游泳的感覺，傾聽著那種語言，我們理解語意背後的環境隱喻，以及說話語調似是流動的潮流，這類的故事是我們在學校最想閱讀的，很遺憾，即便我到大學念書，國文課，台灣、大陸的作家寫不出來，也就沒有這類故事的課文。我們從小學就這樣，學校課文內容完全偏離我們思考的路徑，教了我們遠離自然的環境知識。

高中，我們念很多文言文的課文，我記得文天祥的〈正氣歌〉，老師說明月考將有文言文課文的默寫，「默寫」是我最害怕的，主要是，我腦子的記憶紋路無法承載沒有洋流流動的語彙，我民族也沒有殺戮的歷史故事可言，這樣的課文背起來非常困難，背到後段，就忘了前半段，非常痛苦的背誦。其次，我寫的漢字無法工整，不是多一撇，就是少一畫，這是非常困難學習的文字，我一直以爲如此，「默寫」我從未一次完成過。

我們坐在涼台上望海，藍海讓我們醞釀不可知的未來的夢，邊閒聊著，視野所及的藍海像是撐開的天空的廣闊，可能撐不開我們這些剛接觸外來文明的新生代的智慧，也可能留不住父祖輩們與山林海濤相容的生活符碼。

卡洛洛、我的堂哥瑪拉歐斯、我，彼時正陶醉於湛藍的大海，悠悠浮動的洋流的美景，堂哥生了一場大病，很幸運的，他的名字沒有提前被惡魔送去仙女那兒登錄，可是原來絕頂活潑的他，失去了島嶼年輕人的陽光，面容的整體顯示出被擊敗的洩氣樣，完全與眼前的燦爛陽光、藍海相背離，寡言又憂鬱，卡洛洛與我的狀態也好不到哪裡，在我們的心海正想著如何闖出屬於自己的願望的前景。我感覺，我們從一進入小學開學起，我們這個世代的人開始說漢語、達悟語並用，築起了我們的矛盾，還有許多的迷惘，如海洋的渦漩困住了船舟航行的方位，卡洛洛望海抽菸，他在台東做水電工徒弟，在陌生的環境、一家會敲詐山地人工時的閩南人的水電公司工作，飽受我民族戰後出小島到大島找工作、做苦力賺錢遇到的羞辱，他不計較工時的長短，也不細心計算他該賺的苦力錢，他優質的工作品行，三年來被店家折磨計算的嘴臉，讓他徹底失去了對閩南人的信任，他初次出社會的人生觀，在他心中的閩南人是，有階級概念的，他優我劣，他高等我低等，這種不平等相遇的經驗，普遍發生在我這個世代的年齡，也似乎注定要在台灣謀生，我們要學習的事物是數不清的，同時茫然與矛盾輪迴與大島小島之間的移動，只會增加不可能減少，「調適」成爲我們面對現實社會的首要課題，有那麼容易嗎？我們想，說國語已經不容易了，還要學習說閩南語，何等困難啊！他回小島家，背負著許多的挫敗，工時特長，工錢特少，十六歲到十九歲，三年做小工的錢，不足以到郵局開戶，也不知如何開戶，這是很可笑的事，最後他趁夜逃離，躲到富岡漁港，在一艘正在整修的漁船裡過夜，說只要有海可以看，有船可以避風即可，最後他身上的錢只剩購買單趟的船班回家。他跟我說：

「閩南人很會騙人呢！他們叫我『番仔』。」

「番仔」其意義何在，我們不知道，在我們的小島，我們沒有聽說過這句話，但我們聽過「鍋蓋」，說我父祖輩們剪的髮型如是鍋的蓋子，常常的，這種閩南式的「種族歧視」的話盒子裡，是粗暴本質表現，歧視意味十分強烈，讓我們從小感知不出閩南人與我們初始相遇時，一直沒有優雅的展現。

二〇〇六年的秋天，成大台文系所爲葉石濤（葉老）老師慶祝什麼的「榮退」……等等，在一家餐館慶祝。事後，一群寫詩的、事業有成的老台客、很深綠的詩人們邀我去某人家裡唱歌，酒喝到某個程度時，一位詩人就跟我說：

「閩南語是台灣文學的主流，閩南人占台灣人口的百分之七十，我們是正港的台灣人。」

我心裡想著，到了這個時候，回想著我與卡洛洛，我們十九歲在西部當捆工，我們每一天的耳根，無法逃避，「幹××」還有「番仔」的用語，感知不出與閩南人相遇的善良，三十多年後的那一天，又來了，或者說，又來欺負我這個從小島來到大島的人，這群詩人在從事文學創作的時候，依然學習不到、感知不到「詩學」流動於文人體內孕育的美學氣質，移民時初始的粗暴展現了四百餘年之後，依然沒有減少一兩重。於是我回應，說：

「你們全都是『番仔婆』的孫子的孫子，你們是主流，我是海流，其次，台灣人有很多種，台語也很多元，你們閩南人只是其中之一個群族，閩南語也是其中之一的語言。」

「兄弟，閩南人騙我的錢，騙一個十七歲的小男人，我很恨。」卡洛洛看著我說。

「我們要學習不會被騙的策略，」我說。

出社會，台灣社會是什麼？我的父親沒有生活過的地方，姐姐嫁過去住的某個城市地方，媽媽不敢去的地方，沒人教過我們如何跟台灣的人交往。我們這一代開始接觸，我們只能做學徒，只能做靠體能賺錢的勞務。卡洛洛做水電工，卡斯瓦勒、沙浪，他們去了台北，在兵工廠製作炮彈，吉吉米特在台東富岡在近海學習抓魚，學習開船，安藍木也去當黑手的學徒，我們的班長依然在師範學院學習教育達悟小孩的課程，他們都在台灣的某處學習賺錢過生活的日子，卡洛洛的堂弟也因為當水電工學徒而被騙，身上也只有一趟船票的錢，也回到部落的家了，此時，他抱著吉他也來大伯家涼台望海。十六歲到十九歲，三年的歲月，在台東的一切學習生活，在我們長高的身體，在我們有了鬍鬚的臉上刻上迷惘，彷彿在小學四年級的時候，國語考卷的填充題，太陽「下山」是課文的正確答案，但是我們肉眼看見的是太陽「下海」，我們每位同學最有自信的答案，試卷的成績至少不會零分，然而，讓我們想不到的是太陽「下山」才是正確答案，彷彿我們的眼睛看見的實景是錯誤的。這是我後來拒絕保送師範大學的主因之一，教我下一代，從「認知錯誤」開始。

卡洛洛、他的堂弟、我，和堂哥四人在涼台上望著從前吸引我們游泳的藍海，正午太陽的強烈，微風從部落背後的山頭吹下來，感受風的親切，堂哥露出生病之後的靦腆笑臉說：

「那一天學校放學之後，我們一群人到海邊游泳，被那位外省人老師手持藤條追殺我們，說：『游泳的同學小心，明天到學校等著藤條吃，你們不可以游泳！』你們就躲到我們部落對面的礁石上，那個不會游泳的老師在岸邊叫囂，叫到喉嚨啞了，你們的害怕是被藤條抽打，老師的害怕是不會游泳。」

「喔，我們被打得非常痛，但我們不游泳，我們就不快樂啊！」卡洛洛說。

大伯在柴房不停的用細長的木瓢攪動鋁鍋內的小米，滿身汗水的走出來，後來我們三人輪流進柴房攪拌熱騰騰的小米粥，讓小米的熟度介於稀與乾之間。大伯教我們把炭火分散，讓餘炭自動熄滅，柴焰的餘溫蒸乾鍋內的水氣。大伯在把鍋內的小米倒進圓周一尺的籐製編籃的時候，也留給我們一個小碗公的小米吃，說：「慢慢吃，我們等著家族的漁夫返航，同時你們也要準備水桶，給那些漁夫沖涼。」

卡洛洛的堂弟，也是我的表弟，在我們面前展示他尚未痊癒，破了嫩皮的雙手掌，說：

「我與父執輩們划船去小蘭嶼捕魚，我以為很近，以為很輕鬆，以為很好玩，然而，我還細嫩的手掌，在長時間的划槳承受不了與木槳摩擦的耐度，手掌嫩皮全面的起泡脫皮，每次被海水沾濕到的時候，非常疼痛，還有肌肉的發展尚未成熟，讓我又疼又疲憊，然後在回航途中又要跟其他家族的大船競賽，還要飽受三點鐘的太陽的戲弄，我的背肌好像被老師的熨斗燙傷的感覺，回到部落，回到家，我二話不說的，側躺了兩夜三天，那個時候，才感覺我們的長輩划船的耐力、捕魚的辛勞、海濤的淬煉是值得敬佩百倍的，但我有了這個經歷，我的父親很高興，爲我舂了一份小米，媽媽也爲我搗了一份滴滿了豬油的芋頭糕、豬肉片，說我要學習海濤的脾氣，才能抓魚養家。」

馬阿勒克在我們面前攤開尚未癒合的，被木槳挫傷的手掌，而他的神情氣宇似乎在那瞬間讓我感知，他多了一層被族老訓練，被浪濤磨練的心智，他撥弄吉他和弦，音符是傳統的男女青年的愛情歌曲，我們徜徉在他那簡易的旋律，以及我們熟悉的歌詞之中。

沒有視覺障礙的空間，眼前的大海因此撐開我們的視野，好像海平線也撐開了它的眼角，在我們面海的東南邊浮現了四、五個黑點，我們知道，那些是已經要回航的十人划的船舟，這個黑點在五海里的距離划到我們部落灘頭，據馬阿勒克的經驗來說，至少是四十五分鐘。這個時候，部落裡的婦女已從水芋田返家，在部落共同的水源[4]洗完澡後，便穿著婦女藍紅白的傳統裝，做了美麗的髮型，頸子配戴著串串的瑪瑙，手提一個盛了冷水的陶甕，與部落的孩童在陰涼的地方躲著大太陽，敞開心情的等待抓魚返航的先生，我們的心情隨著黑點轉換成船身而喜悅，我們幾位青少年的情緒望著起臥的划槳雄姿蒸騰我們的肌理、心智。馬阿勒克、卡洛洛與我是不同的漁

4　當時我們部落還沒有自來水的現代化設施，在共同的泉水水源汲水也是我們當小孩的工作。

團家族，但我們都必須到海邊幫忙把船推上岸，節省漁夫們在海上划船又競賽的辛苦，因此部落裡的青少年，集體的推船的勞力，也是我們漁團家族之間必須合力、和諧的動力來源。

我部落的兩艘船，隔壁的三艘船，在目視所及的距離由黑點轉換成船身形貌的時候，我們開始目視到十個槳前後划動，人形仰與臥的英姿，我們起身到水源汲水，然後與部落許多六、七十歲的耆老到馬路邊觀賞十人船隻返航時的競賽，還在蘭嶼國中念書的少年少女也抬起腳板到路邊，以及部落裡少數的警員、雜貨店老闆也來湊熱鬧，此景此刻，對於我個人來說，是啓蒙我思索民族漁團家族、造船文化、漁獵行爲的開始，父祖輩們看來不疲憊的划船英姿，槳葉十分規律的舀起白色銀波，每每善良的刺激我的腦海，激發我的肌膚細胞，這真是最美的移動畫面，刻畫著民族集體的獵魚文化，海洋、魚類滋養民族生存永續的動能，建構了島嶼民族與海洋深厚的情感，而每一雙手用力划槳飄飛的白浪，非常結實的起落，如是浪濤的舌頭吸吮島嶼青少年的腳掌，成長的手臂，說出「孩子來吧！」「孩子來吧！」的濤聲，書寫出海洋與漁夫、船隻的歌聲。漁夫們這樣划船、獵魚的經歷，在每個皎潔的夜色成爲耆老歌頌的資本，讚嘆「英勇」的肌肉，說是島民智慧的出生之海。

遠的變近了，近的變成了划船英姿的具現，漁夫們曬黑的背肌，僅是表明我家人要吃的魚的印記，我部落族人要信仰海洋的符碼，成爲我們真愛我們生存環境的密碼。將來，我必須造船，承繼這個技藝，必須實踐民族獵魚的技藝，在季節次序，我說在心裡。

我與卡洛洛、馬阿勒克，各自手提著盛了冰涼泉水的甕壺走向灘頭的沙灘，仰與臥的划船英姿愈來愈近，我們穿戴漂亮服飾的媽媽們也提著甕壺來到灘頭，許多大大小小的族人，聽見漁夫們相互激勵的呼吸聲，心臟的脈動和著微波起落，噴射出讓我們，也會讓嬰兒跳舞的，仰臥一致的划槳聲息，此時，船艏切浪的浪花，已經可以探知結實的漁夫們在做最後的衝刺，不節省體力的划姿，精緻而完美的畫面，不僅讓我心魂徹底讚嘆！也強烈的刺激我的想像，想著海洋、魚類與我民族、船舟之間的循環的符碼關係。

我們站立著，拉長脖子，使得漁夫們的肚皮練就得扁平，兩艘船相距二十幾公尺，依序的划進近海淺灘，父執輩們在豔熱的夏季，他們的獵魚情境，從我們會走路到海邊起，就不斷的在我們眼前展演，如今，我們已經是十九歲的年輕人了，這群中壯年的族老，顯得他們體能的消耗同時，也增加了他們的沉靜，或許習慣了划船的姿勢，或者已構成了他們這個世代，鞏固個人社會位階基礎，但我認爲，還有更多的語彙無法完整的解釋族老們的心智。

兩艘部落的十人大船，終於到達了，但太陽正在無情的蒸騰漁夫們身體內的汗水，人群合力把船推上了岸，漁夫們把冷水從頭頂緩緩灑下來，呼——長長的聲音，父親、叔叔伯伯們手臂的肌肉、胸膛都在震動，只大我五歲的堂叔，也參與了這次家族的獵魚、男孩該有的基本訓練，好似太陽正給他某種將成爲漁夫的未來鍛鍊。

卡洛洛家族的漁夫大多是船釣好手，我家族的則是潛水的男人，這些從海裡借來的魚攤在灘頭，讓我們從小的海洋教育在這兒發芽，同時也在此時初始發現自己的興趣。

兩個漁團家族各自把漁獲攤到潮間帶的鵝卵石上，魚類的不同是獵魚工具的差異，看在我們眼裡是容易分辨的。潛水射魚捕獲的魚似乎比較大些，同時也比較野性，我們把扁平的鵝卵石用石頭敲成兩截，然後就在海邊刮除魚鱗，也容易清洗，之後我們區分男性的魚、女性的魚裝進四、五個網袋，我父親他們射的魚有石斑魚、厚唇鱸魚、鸚哥魚、黑毛、斑紋蝶魚、浪人鰺等等，數量超過一百尾，我們幾個年輕人心情愉悅的把這些魚扛回我大伯家，我們身邊跟隨著許多部落裡的男女小孩，漁夫們教我們分類大小魚、男性女性的魚，在此同時，出海獵魚的人便圍成兩個圓圈，以椰子殼做成湯匙，一匙一匙的吃著我們在早上舂的小米。

我與堂哥沒出海獵魚，我們就坐在草地上，等著族老吃完後，把魚平均分成十份，就在此時，開始有說有笑的說起潛水射魚的樂趣，或是經驗的交流，這一幕我從小看到大，是非常親切的場合，堂表兄弟間的情誼在每次的出海划船、獵魚，海浪把他們緊密在一團。那個時候，我的小叔公還健在，但已不太愛說話了。當漁夫們各自拿走自己的一份之後，就回到各自的家時，小叔公多會獲得如石斑魚這類的上等魚，表示是晚輩從他口中吸取許多民族智慧的禮物，直到他逝去為止。

我跟著父親回家，就在大伯家的隔壁的隔壁，我提著鋁製的水桶來回水源取水數趟，我是獨子，彼時父母親約是五十八、五十九歲，原來的豔陽循著降溫軌跡，來到了夕陽放射柔情的時分，馬路沒有車聲的紛擾，只有晚歸的漁夫，背著芋頭籃的婦人在走路，部落沒有喝醉的人，只有吃飽之後的人坐在涼台望著太陽下海。

天氣的善良，海流的穩定，在入夜前，島上每個部落都在看著海洋的律動，看海想事情，思索著過去、現在，以及漢人移入我們島嶼之後，想著非常不確定的未來。

父親把每條魚分割成兩片，抹上鹽，然後讓我在橫向的木條晾曬，昨天的、前天的、今天的漁獲就這樣排列，每一家的庭院或多或少在夕陽的風乾形成溫柔的景致，男性從海上獵魚回家，從小一直到老，醞成島民集體的美好記憶，也孕育我們爲魚，爲波濤，爲船舟，爲合作，爲自己在有月亮的夜色歌唱的內涵資料。

在台東三年念書的時間，這一幕始終一直存放在心裡，我與父母親坐在涼台上吃晚餐，陶碗裡新鮮的熱魚湯、木盤上口感佳的鮮魚肉、媽媽的地瓜，及我汗水沁濕了身上印有台東中學的衣服，讓我感覺回家真好，小妹國中畢業後跟同學去了台灣找工作，彼時我回來是與父母團聚，三人圍著原初食物細嚼慢嚥，親情的溫暖寫照，流動在媽媽喜悅的臉龐，父親潛水的勞累、划船的疲憊，在粗大的手指間捏著魚肉放進嘴裡，卻是我與他之間浮動著不安的情緒。他不問我的未來，我不說我的夢，這好像是此刻平靜的海面，洋流卻是未曾停歇地帶走也帶來浮游生物，暗藏非常大的不安。

卡洛洛、馬阿勒克，以及還在蘭嶼國中念書的幾位部落男孩坐在我家前面一家的草地上等我，他們不時的瞧瞧我家晾曬的魚乾。

「多喝魚湯，你還在成長的肌肉就會結實，因爲台灣的魚與爸爸的魚不一樣，」媽媽叮嚀我多吃。我說自己，在沒有考上大學的時候，或是未來，我將以造船、划船捕魚作爲自己尊嚴的本壘板。可是我卻感覺有些不對勁，我的夢想還不結實，如是不安定的洋流。

「媽媽，爸爸，我的肚皮已滿潮了。」我便從涼台流著汗水走向卡洛洛他們那兒歇歇，望著即將下海的夕陽，七月、八月的黃昏，天氣的美好，家家戶戶的人又都吃足了新鮮魚、熱魚湯，天空的眼睛（星星），月色下的銀色汪洋，都成了部落族人營造話劇的舞台，也成了我們觀察天候的習慣。剛回家，在台東三年，我不得不忘記保送師大的事情，卡洛洛總是說我應該去念，然後我當老師可以協助他什麼什麼的，是的，從小一起長大，未來還不清楚如何，他卻很期待我去念，讓我頓時懊悔幾十天以前決定的事，我於是開始迷惘，開始徬徨。說真的，當下決定去念師大，高中畢業回蘭嶼時，全蘭嶼的老師們絕對會爲我將成爲老師的一分子而慶賀的，當時我部落就有兩位小學老師，一位已經被保送到高雄師院。

幾位還在國中念書的學弟，餘暉照射著他們如我一樣的茫然。表弟馬阿勒克如同他的堂哥卡洛洛也在台東做水電徒弟，也同樣的被老闆說出許多他不理解的理由，欺騙他辛勤工作的工錢，令他憂鬱了起來，說：

「只要努力，就有飯吃的，說個彼此鼓勵的話。」我想著，也許空腹的陶甕只有加法與減法，沒水的空壺就是不努力的成果，加多少公升的水，是個人努力加減的質數吧！

馬阿勒克彈著簡易的吉他和弦，有時是solo彈奏，聽得很舒暢，像是眼前滿潮的大洋、天宇、島民、八代海灣，三度空間都處於吃飽、和睦的狀態，這樣的背景往往讓人忘記未來，也是美好的。此時，我們這一代多數的少年都去念了國中，將來我們這一代也會娶台灣人，或是嫁給台灣人。我姐姐嫁給外省人，馬阿勒克的大姐也嫁給閩南人，未來多民族通婚的嫁娶是我們不得不去面對的，簡單的說，我們不會再有日出而作，日落而息，初民社會的部落民族的生活質感了，這個例子，可以從我們民族第一位老師身上看得見，他與老師們天天喝酒，醉態的行爲讓部落的人常常感到不安，所以從他的表現，我們看不出有希望的影子。

馬阿勒克彈著，也唱著鳳飛飛當下流行的歌。天空出現了許多它的眼睛，以及切了另一邊的月亮。簡易的吉他和弦縈繞在馬阿勒克樸實而乾淨的歌喉，令我們羨慕，距離我們不遠的隔壁家，好像十來公尺吧，也傳來沒有現代樂器伴奏的，像是三級風浪的和弦與歌聲，是男人在歌唱，由部落長者說故事，說到某個段落就會以詩歌表明前段故事的劇情，那兒是傳統的移動教室，大家歌唱的同時，也觀察海洋變換的潮汐，我從小就被父親帶到移動的教室聽故事，那些傳說故事我雖然聽不太懂，我卻喜歡聽族老說話，說自己在海上與湧流波浪相遇的劇情，那些像是眼前的故事，卻是單人拼板船在黑夜被海浪追逐，自己也在與大魚搏鬥，那是生存的深層意念，或是說，前輩們與野性環境間，長時間練就不可言喻的符碼，野性想像也就在我父親引領下，在我心海注入了不可斬除的牛釘。

沒有光害的島嶼，讓天空的眼睛放盡其最頂的光，移動的月亮也隨著飄移的雲彩放微光，它照明背著嬰孩的婦人回家的路，輕柔古調詩歌如微浪宣洩沒有雜質。我們躺著望星海，小學弟們說出他們的願望，將來要好好的賺錢買輪船，而我的夢想卻被自己的固執，繼續深埋在明天之後的未來，卡洛洛、馬阿勒克仍然在猶豫，何去何從呢？此刻島嶼生活的氛圍，縱然寧靜、祥和到可以抹除徹底我們的物質欲望，以及想著會改變的生活，未來應該會依賴金錢，也會依賴現代化來臨的常識，使我們望著星空繼續迷惘。

父親從我的外祖父那兒繼承了我曾祖父他們那個時候在山裡伐木的板子，長約兩米餘一點，寬約是六十公分，許多外祖父跟我父親雕刻的木板，在外祖父逝去之後，父親認爲，他在這個家生了三個小孩，我未曾看過的兩個哥哥皆相繼夭折，只剩我那嫁給山東人的姐姐，第四胎的時候，我姐姐的生母因難產而走了兩個寶貴的生命。父親認爲，這個家之屋靈帶給他不可挽回的幾個寶貴的生命，於是把它拆了，父親因而把許多存有祖靈的工藝創作及前人的智慧，變賣給一位搜刮前人物質文明的卑南族人，也是我小學四年級之後的老師的父親，住台東卑南平原的利嘉部落，在每次有貨輪從台東來蘭嶼的時候，我與卡洛洛、卡斯瓦勒、吉吉米特在天亮以前，從我的部落扛那些木板走八公里的路到椰油碼頭，每人只得十元的走路工。當時我還小，不知道那些雕飾工藝品的重要性，沒有被雕刻的木板，以及不到十張有紋路的木板，就是我們睡的木床，剩餘的，父親就作爲涼台休息的板子，因此我家涼台比卡洛洛、馬阿勒克家都還大，涼台下面是媽媽水煮地瓜的爐灶。

洛馬比克此時走過來說：

「切格瓦，你去拿你家的大鍋。」

我們四五個起身問道：

「做什麼？叔叔。」

「煮龍蝦！」他照明給我們看，都是兩斤以上的龍蝦，至少也有三十隻。月光照明下，有人去汲水，我拿鍋，卡洛洛生火。

「那麼厲害你，叔叔。」

「我有潛水手電筒，龍蝦太多了，我一個人抓不完。」

微明下的夜晚非常寧靜，爐灶上的鋁鍋沸煮著鮮龍蝦，牠們的長鬚角拚命的撞擊被石頭壓住的鋁鍋蓋，嘶嘶嘶的冒出白沫，也弄得我們滿頭全身冒汗，我們低聲細語如夏季夜間有氣無力的蛙鳴。

卡洛洛、馬阿勒克，他們跟我說：

「我們明天上山撿柴，我們的sinabuwai[5]乾柴很少了。」

「明天我帶你們去，」洛馬比克說。他二十四歲，我們十九歲。

洛馬比克把鍋子抬到外頭，鍋蓋掀開的剎那間，就像天然氣煙囪噴出的大煙霧，讓我後仰倒地，我們呵呵的抿笑，這是偷吃食物的行爲，違背了民族「吃」東西的倫理。

洛馬比克把龍蝦湯倒進鋁製的臉盆，把一隻一隻的龍蝦取出放在姑婆芋葉上，他分我們每人六隻大龍蝦，說：

「早上，這些龍蝦是給你們父母親的早餐，並且說，是我們一起抓的，不可說是我洛馬比克抓的。」

部落裡有兩家閩南人開設的雜貨店，但我們沒錢買店裡的東西，諸如麵條可以即時沸煮果腹之類的外來食物，但洛馬比克叔叔很真情的、熱情滿溢的教育我們關於民族的傳統習慣與概念，許多日常實務的倫理，經他嘴角，精神貫注的詮釋，讓我們成長很多。民族的語彙貼近日常的生活表現，這不是學校裡「生活與倫理」的課文，那時候，他時常以「月亮與潮汐」的潮差變換比喻事件的發展，總是說，下海抓海鮮食物時，你們就會很快明白的。

我們從小一起長大，我去台灣念書，他們去做水電學徒，三年的光陰阻絕了民族與自然野性

5 Sinabuwai是指島上每戶人家都建置井字型、堆放乾柴的地方，在天候不佳時，會拿柴來燒。

環境的相容教育，我們對環境的解讀變得生疏，對於我們已經成爲部落年輕人的角色失去了準星，於是在傳統與現代間的取捨平衡，構成我們明天之後的判斷與調適等不可逃避的課題。

我們青春期的肚皮飢餓，我們堅硬又銳利的牙齒，鮮龍蝦以及湯頭很快滿足我們的肚皮內的腸胃，湯頭也讓我的肌膚毛細孔冒出了健康的汗水。之後，洛馬比克留了十多隻完整的龍蝦，還有我們來不及吃完的蝦腳，用牛皮紙包好，他再次的說：「這是我們明天上山撿柴的食物。」

翌日早晨，母親問我，說：

「怎麼有這個早餐？」

「我們與洛馬比克叔叔，在昨晚抓的。」

「歐，你們也會抓了呃！」母親溢於言表的符碼，是喜悅也是讚美，又說：

「這樣才對，漢人的書本裡不可能生出活龍蝦啊！孩子。」

媽媽習慣性的藉著活生生的野性食物來諷刺我念書的意義是零的，我微笑看著媽媽的得意樣，而後她又藉機會推波的說：

「你會抓魚，抓女人吃的魚，你的遠親叔叔絕對會把他的女兒給你的。」

「爸媽，今天你們不要找我，我與叔叔洛馬比克去山上撿乾柴。」我脫逃地說，「叔叔，謝謝你，我們父母親的早餐！」

是的，我們都還處於非常簡單的物質生活，食物卻是非常豐腴的，是野生的，是沒有經過任何工廠加工的，全都是以水清煮的食物。吃完早餐，父母親有他們在山裡的、水田裡的、旱地裡的、海洋上與下獵魚的工作。

回島的前幾天，我與卡洛洛在路邊堆積了許多乾柴，一天只能扛回一根，後來我們把比較長的鋸成兩截，在風浪很好的時候，我們就划著我父親的船，把乾柴放進船上，節省走路搬運的時間與重量。我們的工作不僅讓父母親高興，也讓我們有成就感，就在此時，發現我們自己已經會划船了，說是已經成長的男孩了，這件事，對我們父親而言，是多了可以吃魚的庫存數量。

高中畢業回家的這個時候，父親看我已成人，於是再次的帶我上山，再次的去造訪我十歲時帶我去的林園，以及要我整理那時我種的兩棵龍眼樹，山裡十分的潮濕，實際上，母親從小跟我說鬼故事，腦海裡她形塑的鬼影，並沒有因爲去了台東三年而忘記，走乾河床的途中，因而不敢東張西望。山裡的小徑非常明顯，在各山谷不時的聽見有族人以斧伐木的聲音。

我們邊走，我邊欣賞原始雨林，許多的龍眼樹、賽赤楠成長在不同的山谷窪地，林相散發出行光合作用時的味道，父親說是土地與腐葉的氣味，他指著說，這是哪個漁團家族的，那兒是哪個漁團家族的，這是你外祖父的林地，你要記住，你有空就來這兒，把林相周圍的雜草、雜木清除，好讓優質的樹可以長得健康，你清理它們時間愈久，你就會感受到你愈會珍惜它們。我們走到了山谷底端，有泉水的地方，可是父親並沒有停止腳步，反而帶我跨過一個山丘，兩個山谷間的底端間距約是五六十公尺，一出山谷，沒有樹蔭，天氣悶熱，小蘭嶼卻從這兒看起來很近，父親坐了下來，許久以來，這種情境，父子倆在山裡是很奇怪的事。父親指著海上有渦漩的海域，說著，那兒是浮游魚、底棲魚的家，划船去那兒需要月亮的幫忙，在秋冬時分，潮汐處於中潮的時候才安全，上下弦月的流速強勁也不同，你要牢記。父親再次起身，恢復其只看林木時的寧靜，然而，對於我正在思索未來的夢，似乎是不對焦的，也開始覺得父親所言沒有未來性，這個海洋、那些魚類，以及飛魚，而高中歷史課距離我父親的認知很遙遠，他甚至厭惡殺戮的歷史事件，三民主義是什麼?他一粒沙也不解，我也不懂，想著想著，一個小島的過去與大島台灣在父親如此喜愛聽祖先故事的記憶，說台灣被光復的前後，綠島的人、恆春的人經常駕船來蘭嶼捕魚，晚上偷我們島上的羊，讓他不是很喜歡台灣的人，「偷」、不勞而獲的行為，因達悟人要花十年以上的時間，又藉著慶典活動方可宰殺的羊，就這樣經常被台灣來的漁民偷走。這個事實，是影響他不讓我去台灣念書的主因。

我們再次的跨過山丘，又來到另一河谷的底部，這個地方的地名是Jikozbi，父親說是被豪雨雨水切割的溪谷，又說：「這兒的龍眼樹、欖仁舅都長得很美又結實，河谷的源頭是我的林地，中間是你大伯的，下一個山丘是你叔父的，在下一個是Sira do Avak漁團家族的，以前不帶你來，是因為這兒的鬼是島上古老的群族，那時你的靈魂還不成熟，父親怕你受到驚嚇，現在是讓你的靈魂熟悉父親的林地，以後是你的，以及後代孫子們的共有財。」

父親用鋸子手鋸被颱風豪雨切割河谷而倒臥的龍眼樹，而我用斧頭砍斷如我手腕細小的枝幹，約是我可以用雙手環抱的一捆為一把，父親再用堅硬的蔓藤捆緊，共三把。過了正午，我們走原來的路，某處山谷依稀聽得見族老斧砍樹木的聲音，這樣斧砍的聲音，那時很吸引我的想像，喜歡獨自一人在山裡伐木，而後扛回家。

那一天之後，只要父親不下海抓魚，屬於我們部落的傳統領域，父親幾乎在這個暑假把我家的林地，再次的讓我巡禮，也使得我記住了造船建屋的樹名，及其用途，取來做儀式的意義。

「你成長了，以後無論如何，你現在都知道我們的林園，你就是不可以盜取不是屬於我們的樹材。」

父親不僅讓我知道，他在樹幹上刻上的符碼，同時也讓我分辨其他家族先占有的記號。這些「符碼」是財產，也是男性在山林裡，從小長時間付出的「愛心」表現。父親總是赤腳，在家裡，他也總是準備兩個鐮刀、數個斧頭，做為我獨自上山的工具，後來我也才明瞭父母親每次吃飯的時候，總是會留一小份的食物放在旁邊，說是給小妹在台灣的食物。食物，原初的從土地生長的食物，從海裡捕的、網的、釣的、潛水魚槍射的，沒有一樣是從雜貨店來的食物。每次與父親上山，他總是在約是午後的一點回到家，放下柴火，吃個早上預留的芋頭、魚乾，然後帶個鉤下海去找章魚、挖干貝，而我就在涼台等卡洛洛。

純樸的年代，依著太陽與月亮的交替過生活，卡洛洛、我、洛馬比克常常聚在一起，部落的年輕人，在這個時候都已經坐客貨輪去台灣找粗工做，剩下的只有我們幾個，因此幾乎天天在一起，睡在我家涼台。他抓龍蝦賣給商店，買香菸，買麵條，買罐頭，也一同與我們分享，而我家涼台下的燒柴爐灶是最為方便的，這些天，我們除了在自家吃以外，其實，我們一起自己吃的比自家的還好。

一九七○年，我們島上有了飛機的航班，載觀光客來回，一班只能坐四個人，一九七六年我回家，是坐貨輪。有一天，我部落的小型飯店，因遊客的需要，請洛馬比克與他的同學夏曼・伐杜卡去抓龍蝦，我與卡洛洛在我們部落的灘頭等他們，龍蝦很多，他們也就賺得很快，我們沒有夜間的潛水手電筒，島上也沒有賣，不過我與卡洛洛急需現金、存現金，後來飯店經理也在遊客想吃海鮮的物慾下，找上我們，我們不是去抓龍蝦，而是在白天去潛水、挖野生九孔。

洛馬比克找了如鉛筆粗的鐵條，一根鐵條在十公分左右，前端敲平，好挖九孔。我們一人一根，然後從家裡帶一個中型網袋，也借用父親潛水用的雙目水鏡，沒有蛙鞋，沒有防寒衣，就這樣去潛水。我們跟著洛馬比克，他說：

「我們老人家不吃九孔，說是頭皮會被九孔吸盤吸掉頭髮，好像被犁田過的，讓頭殼難看。」說完又說：「野生九孔就在我們腳下。」

他指著讓我們看，九孔外殼如礁石難以分辨，與無刺海膽共生於手掌凹槽大小的礁石裡，挖了十個之後，就非常容易的分辨。我與卡洛洛就在潮間帶挖，我們不敢去深一點的海，因為海水壓力會讓我們的耳朵疼痛，我們一面潛入水裡挖九孔，一面浮出水面換氣，發現一切是那麼的容易取得，我們看著一坑一坑的凹槽盡是九孔與海膽廝守，我們站在潮間帶，用手挖開九孔肉生食充飢，挖二十個，先吃十個，生食非常好吃，幸好我們的父母親不吃這類的鮮貝，否則也不可多到二十公尺內即可收成五公斤以上的量。

三年來在台東，一九七六年暑假歸島，這一天是第一次的潛水，不是為了抓魚，而是為了賺乘船去台灣找工作的錢。洛馬比克再次的下海去挖硨磲貝，抓章魚，他只挖了二十個，說：

「每人四個硨磲貝、一隻章魚，其他的我們晚上用火烤來吃。」

他出的勞力最多，但他始終跟我們均分收穫，無論是白天我們挖的九孔，賣了一千多元，他也平分。我們身上終於有錢了，是我跟卡洛洛潛水賺的錢，由於我們沒有郵局存款簿，也不知如何辦，我們只好把錢分別夾在書頁裡，裝進我的書包。

部落的夜晚生活，只要是明月皎潔，族人便一群群的類聚，說著昨日、前天勞動、出海獵魚等等的故事，基本上，我們三個人都會去獵魚男性那兒聽故事，由於部落的人沒有喝酒，因而讓我在清靜又和諧的夜晚每每感覺很好，沒人插嘴，沒人搗亂，一個長者說完之後，大家回應，是從大家認知的海洋、山林勞動經驗所得出的感想回話，沒有喧譁，如夜空的安寧，沒有鬥嘴，如微浪自然的律波，疲憊的人靜靜的離去，學習說故事的晚輩則靜靜的思索故事環境背景的劇情，部落社會的寧靜環境，大家都在學習他的鼻息節奏，也放射出彼此相互敬重的態度，脾氣差者，有其漁團家族可循的脈絡，其他家族不干涉其家教如何，放在心裡，等著時機由姻親關係者對那位說教，小叔公不再出家屋說古早故事的時候，我父親偶爾才會去旁聽他人的故事。

卡洛洛與洛馬比克，他們並不太喜愛去聽故事，倒是卡洛洛喜愛聽洛馬比克的故事，於是卡洛洛不耐煩的時候，就捏我的小腿，我們就靜靜的走。

洛馬比克生起了火，把硨磲貝放在火堆上，他也用鐵絲做了如現在流行使用的，類似的烤肉架，把一堆的九孔放上去，並且叫卡洛洛去雜貨店買六瓶的沙士。

我們以前都沒有嘗試過用火烤硨磲貝、九孔，這是洛馬比克的點子，吃著火烤的新鮮硨磲貝、九孔特別好吃，食物很快的被我們吃完，然後我們除了把硨磲貝的殼堆放在父親放置的地方外（拿此燒貝灰，製作吃檳榔用的白灰），九孔的殼，我們則丟棄到林投樹叢裡，避免他人發現我們吃了族人傳統上不該吃的海鮮。

洛馬比克再次的與同學去抓龍蝦，我與卡洛洛坐在我家的靠背石[6]望銀海逐夢。他說：

「我想去台北找工作，找可以賺比較多錢的工作，反正，你已經不去師大念書了，我們一起去好嗎？」

「當然，你的堂弟馬阿勒克已經去了台北，不通知我們。」

「他父親是退休的鄉長，他有錢啊！」

「那我們先挖九孔賺錢，存兩千塊之後，我們就去台北。」

九孔真的多，後來我們也叫我堂哥卡勒布一起跟我們挖九孔，此時，我們開始體會到，從海裡挖這些移動緩慢的甲殼類的生物實在很容易，只要潛一兩公尺深的海即可有收穫，這種謀生的技能，依我父親他們那一世代，如飲水般的自然、容易，但他們所面對的是，民族「食」的醜與美的審美觀，而非海鮮貝類的營養，更不是為了金錢下海獵捕，有損裸命的尊嚴。

我們兩個新生代，不是為了海鮮貝類的營養，也不理解獵捕醜陋食物會喪失裸命的尊嚴，但我們卻是為了金錢下海獵捕，為了離開小島夢想去父母親沒旅行過的城市而沉浮於波浪間，潛泳於洋流裡是身體的適應表演，可是潛水的儀態還不自然，也不美。

從父親那兒借來的古早雙玻璃水鏡，始終困擾我們被擠壓的眼珠，在礁石凹槽尋找九孔的時候，也沒有現在使用的浮潛呼吸管，可以不用抬頭嘴巴換氣，每次在我們換氣時，眼睛鎖定的獵

6 靠背石（panadengan），是族人在午後的餘暉時段靠背望海、賞星空用的，也是家屋、新船落成慶功歌會時，主人的坐位。

物已經不是那個九孔，所以換氣之後，即刻潛入水裡，趴在礁石上直接用鐵條挖，在挖的這個時候，我們幾乎是跟潮水學習平衡自己的身體，否則會被旋轉三百六十度，很累，但很有趣，在野性環境裡調適與波浪起舞的身體。然而，我們認真的潛水，原來就是這個島嶼的男孩必須學習的技能，使海浪給我們律動性的身體，體會潮汐律動的野性軌跡。族人在傳統生食的概念不吃九孔，讓我們有機會，從淺海處漸漸進入較深的水域，這個時機讓我們花在學校念異族的書，透過文字理解世界變動的文字，卻教我們離棄海洋律動的、與我民族背道的海洋觀，此刻證實我們的血液，應該歸類爲認知太陽下海的民族，而非太陽下山的唯一選項。

「潛水太多次讓我很累，」卡洛洛在海面摘下水鏡跟我說。

我們游上岸，讓陽光給我們熱量，網袋裡的九孔浸泡在礁溝裡，我們正在成長的嫩嫩皮膚，就經常如此的直接曝曬在陽光的直射。曬傷的肌膚在午後的黃昏起水泡，夜晚則是側睡，數天之後，皮膚變得如結實的咖啡黑，是海洋淬鍊我們自己必須經歷的過程。在潛水挖九孔的同時，章魚搬運石頭塞住自己躲藏的洞穴，這個情境父親不用教我們，水世界的生物主動的啓開我們在海裡的視覺感官，數不清的礁岩底棲魚，豔麗而婀娜多姿的熱帶魚就在我們身邊，使我們在海裡的浮沉視覺感官觀賞野性生物的舞動，每當我們挖起一個、兩個九孔，許多如大拇指般大的魚類，如蜜蜂似的爭先喙啄即刻漂浮的微生物粒子，經常在我水鏡眼眸一尺內熱情舞動。有時候，洛馬比克擊碎洞裡的海膽，讓大尾的魚類爭食，我們便在海面觀賞舞動的野性劇場，娛樂開展自己的視野。

「幾公斤重？」

「十五公斤！」

「那麼厲害你們！」

「那麼厲害你，賺錢從觀光客，」洛馬比克回應旅店經理的話。

遇到浮游生物多的時候，是外海洋流把浮游生物擠向近岸，也是千奇百怪水母特多的時段，而我們根本沒有防寒衣可穿，是裸著上身潛泳，被水母鬚腳螫到肌膚會特別養，也會紅腫，那時我們會上岸撿一兩塊被太陽曬燙的石頭貼在螫傷處，石頭即刻發出吱吱的吸納聲響，石頭非常燙，可是吸納的同時感覺很舒服，癢處很快的就會消腫。

我們覺得，我們在台東疏離了波浪三年，也是我們小島這個世代的人都必須面對的現實，同時我們每位同學適應程度有潮差的深淺，那時暫時性的歸島，恢復到父母親的日常兩餐的飲食習慣，也是挫敗的短暫療傷，以及再次出發的契機，至少在我們賞星空、品嘗甜美海鮮的時候，我自己不希望把青春耗在時空的美景下，幻想自己有個美麗的未來。回來出生的島嶼，我們認爲自己是海裡的白癡，波峰上下的幼稚者，可是在我們父母親的眼裡，只要下海抓東西，不與涼台上的木板沉睡打架（比喻懶惰），游向海洋找食物吃即是好事一件，畢竟那是學習，而非養家的潛水抓魚生產。

在海裡求生游海，其實是自己調適、揣摩，也自己體悟，可是我們若是沒有洛馬比克的帶領，不可能進步很快，也不可能體會到他與我們始終均分他的所得的愛心。與他同年的青年人，那時他們都已經結婚，有了小孩，或者去了台灣。

「你不去念師範大學，是真的嗎？」洛馬比克，我的叔叔問我，我也很清楚他被他的父親嚇阻去台東念書的故事。

「是的，叔叔。」

我們都處於茫然的處境，他無法幫我解答，我也無法完整表達我心中的話，彼時，好像就靠仙女給我們的裸命，走一步算兩步，我部落的那位老師對學弟的關心幾乎是零。

「那你要怎麼辦？」

「與卡洛洛去台北找工作。」

硨磲貝、九孔、龍蝦、鸚哥魚等是我們的消夜，在涼台下的火舌照明我與卡洛洛賺的錢，放在明亮處計算，卡洛洛用跑的去雜貨店買六瓶沙士，回來的時候，說：「興隆雜貨店肉感老闆娘需要龍蝦，還有九孔。」

於是他再次的跑去雜貨店買四副電池，洛馬比克把我們的消夜海鮮放進鋁製的臉盆，在我歸島的一個多月，我們都是這樣過生活，學習潮汐輪替的鼻息，循環／週期模式召喚我們稚嫩的肌膚與心智與海浪不間斷的律動，探勘水世界，探究自己的未來，也許這樣學習野性的生活，會是我未來的生活主軸，抑或是繼續迷惘呢？我不知道。

晚上的月光已落海了，我們三人在涼台下的火舌品嘗野性海鮮，燒烤的九孔、硨磲貝十分可口，外加沙士飲料是四十年前島上最先進、最高級的品味。

天空的眼睛沒有被雲層遮蔽，飄忽的火舌逐時變換爲赤紅的餘木炭，熱氣被涼風帶走，我們靜靜的吃著今日的勞動成果，父母親的早睡讓我們心安，也不會被說成是「偷吃食物的男孩」，有洛馬比克的教育，我們是不會忘記留些食物給他們的。

這是生存的路徑，也是我想像民族一直從海洋學習生活的根源，身體的展演、身體的記憶，我也開始思索。想到神父說我是「自掘墳墓的小鬼」，心魂頓時沉入不解的符碼，變得憂鬱了起來，變得自尋苦水，未來在哪兒？

「你們兩個陪我去抓龍蝦，」洛馬比克像是不疲憊的野狗，很自信的說。

「只有一個手電筒啊我們。」

「你們跟我後面游就對啦！」

我家的狗在火堆餘炭邊側睡得很文雅，我們先到外頭坐著賞夜空，吸風的涼意。在我家屋院直接望穿夜空下的海洋，在沒有颱風，不是西南季風的晚間海浪始終讓我們感覺它是溫和的，我們三人不用準備什麼漁具，只攜帶裝魚的麵粉袋、裝龍蝦的自製網袋即可，我們藉著星空的光走向海邊，家裡的狗像懶豬似的繼續側睡享受炭火餘溫。我們光著腳掌站在潮水波及的石礫上，洛馬比克說：

「跟著我，別踩到礁石上那些有毒海膽就好。」

我們三人光著腳，藉著天空的眼睛的微光走向海邊，回頭望著部落，除了那家雜貨店點著煤油燈外，連警察局也都熄滅了燈，他們或者打麻將，或說正在品嘗幾位老兵從台灣帶來的高粱酒吧！我一直忘了肉感老闆娘的真實姓名，她的名字不重要，重要的是，也是我當時的族人一直不解的，「人怎麼可以那樣胖？」男士穿著丁字褲經過興隆雜貨店，或者賣乾柴給她時，眼珠始終繞在她那肥肥圓圓的臀部，「女人怎麼可以那樣肥胖？」

「快點我們，胖女人在等我們的龍蝦！」

海，洛馬比克持著潛水電筒，穿著蛙鞋撲通游入比夜空更暗黑，也讓我們惶恐的海。

我還穿著學校制服，卡洛洛穿著便宜的、從雜貨店買來的汗衫，如我們父執輩光著腳游下

我們部落灘頭前的近海約有一個足球場大的礁岩，漲潮時只有幾個礁石裸露於海面，大退潮的時候，我們在部落裡都可以看得一清二楚，洛馬比克從台東買來一個可以裝進四個乾電池的潛水手電筒，他是第一位持有這種手電筒的族人。

一游入海裡，他便開啓電筒，光由細光的聚焦漸漸變粗，聚光擴散，非常的明亮，洛馬比克在海裡胡亂掃射一番，似是在做潛海後的儀式，哇！非常亮的光，我倆四個眼睛跟隨光的移動而移動，他一下照明我們腳下的礁石，一下照明遠處的地方，我們的緊張是初體驗者對夜間海水世界的陌生，眼前是極爲陌生的視覺感官，更多的是好奇的想像，哇！許多許多的魚兒，我們不時的抬頭換氣，深恐錯過了洛馬比克抓龍蝦的畫面，卡洛洛拿著裝鸚哥魚的網袋，我拿著叔叔抓到龍蝦時的麵粉袋，我們從灘頭面海的左邊開始游，我與卡洛洛在那一天是我們夜潛的初經驗，叔叔俐落而乾淨的獵蝦獵魚的雙手，讓我們大大開啓了眼睛的幸福，遇見三四隻龍蝦從洞裡移動出外的時候，叔叔立刻的把電筒交給我，跟他一同潛入水裡兩公尺淺的地方，幫他照明，他的雙手如拳擊手的敏捷，啪啪啪的一隻也不放過，一斤以下的他不抓，二到三斤的數不清，同樣的方法，在他照明到七八斤大的鸚哥魚的時候，他的策略是，直接把網袋套進鸚哥魚的頭，那些魚如是被洛馬比克馴化過似的，乖巧的，很容易的就被他獵取到手。哇！好精采，我說在心裡，魚蝦的豐富，多到洛馬比克來不及獵捕，讓我在那個時段萌生了潛水獵魚抓龍蝦的願望。

一支手電筒瞬間掃射水中礁岩生態，許多如手掌大的螃蟹，洛馬比克來不及抓，他也不抓，

他的目的不在獵抓這些巨蟹。分秒的過去，電筒漸漸失去它的明亮，我們也不時的抬頭換氣，不時的回頭望著煤燈還在放光明的雜貨店，店周遭的聚落家屋已沉睡在黑夜的寧靜，星空的微光如是自然環境的搖籃曲，靜靜的、安詳的，令人幻想此景此刻是永恆的心願。

「夠了，游回岸上吧！孩子們。」

這句話，對初體驗如我、卡洛洛聽在耳根裡，勝過於十隻龍蝦的甜美，但在游回岸上的時候，洛馬比克關起電筒，我們就在天宇與海面都是黑的環境下游泳，心海雜糅著數不清的喜悅與恐懼，雖然游回岸上只有七十公尺近，雖然這兒的海是陪伴我們成長的童年教室，我們童年認識魚類的教室，雖然黑夜潔白的寧靜是美的，諸多的環境透射出的善良如是烏托邦國度，但卻讓我們揮之不走的驚恐是，我們在比天更幽暗的海水游泳，近乎摸黑，連部落的空間也是黑的，太多讓心魂不安是我們的初體驗困擾自己，更厭惡的是，海蛇常常會從我們大腿中間的睪丸下冒出，這個狀況太頻繁，況且是夜間，這是非常的恐怖，突然有一條在你的眼前搖擺飛舞，然後在你眼前蛇游，我個人討厭這種感覺，兩個小年輕人，一人拎一袋的龍蝦、鸚哥魚如青蛙踢腳掌的蛙式泳姿尾隨在洛馬比克的後面，游起來很累。

「快點你們。」他已在岸上，呼呼—呼呼—呼——，我倆緊密在一塊游，心想著鯊魚不可以來，鯊魚不可以來，初體驗美麗的感覺與惶恐交織糾纏是一門突破性的海戀實踐訓練課程。岸上，岸上，我們活過來了，摘下水鏡，呼出一口從胸腔很長的氣，不到兩步的休息時間：

「大屁股的女人很快會關門的。」

興隆雜貨店就在我們正後方，她還在開門。雜貨店原來是這個島嶼的行政區鄉公所的職員宿舍，後來鄉公所移到另一個部落的時候，這一間便由一位提前退休，姓賴的閩南人承租，賴老闆喜愛賭博，老闆娘喜愛穿連身的似是睡衣的花洋裝，整年就那幾件換來換去，也是一個開朗而健談的婦人。

「那麼快啊！你們，多少錢？」

「秤一秤啊！老闆娘。」

將近兩千元的錢交給洛馬比克，聽到說：「快去煮吧！老闆娘。」一群外省老兵喝酒催促說著。

「明天下午拿九孔來，晚上拿龍蝦來，好嗎？」

我們又有錢可以賺了，在涼台，洛馬比克再次的均分我們所得，在深夜感覺從海裡獵捕賺得很快，我也再次的把錢存放在書包裡的書，那一夜的晚上，父親與叔父持火炬照明部落附近的各個海溝，把掬網放在溝口，父親說，由叔父拿竹子捅海溝裡的洞，石斑魚、鸚哥魚即刻的由洞裡衝出海，恰好衝進掬網裡。我們被父親與叔父吵醒，也喚醒母親起來，母親看了父親兄弟倆的漁獲，非常高興。

父親從家屋裡取出煤油燈，而我在涼台下的爐灶生火，父親兄弟倆只穿丁字褲，父親五十九歲，叔父四十九歲。他們捕了九隻鸚哥魚、三尾大石斑魚。

「兩位堂哥好，今夜是大魚出現的吉利夜吧！」洛馬比克恭賀說。

「是吉利夜，今夜，」父親微笑回道。

「去請你大伯來家裡，切格瓦。」

我已習慣走夜的路，沒有燈光，家的狗跟著我，大伯家就在隔壁的隔壁家，大伯睡在高腳工作房，房下燒地瓜的火苗只剩餘炭，站在屋口感覺溫溫的，也使得木板乾燥，去濕氣也是除家屋的穢氣。

「大伯，我父親請你去我家！」

「做什麼？」

「我爸爸和你的小弟捕很多魚，」我說。大伯立刻起身，手上拿著殺魚刀，夜間獵魚的男人，沒有被第一次世界大戰波及的島嶼，島民過著依環境變換路徑的自然生活，他們三兄弟，還有他們二次戰後出生的堂弟，還有我，他們的智慧無法預知孩子的未來海流。

「和我一起成長的兩位弟弟，謝謝我們的魚，」大伯的笑容像是星空下那顆最明亮的，讓夜色先消失的天空的眼睛。

「哥哥，你好，」洛馬比克接著說，即使在台東只有三年的時間，如此的對話，感覺到他們說話的語彙裡的感觸，也把大海放進來，是他們裸命獵魚不缺席的元素，讓我倍感溫馨。我與洛馬比克靜靜的坐在他們身邊，聆聽他們的對話，他一句，他也接著一句，節奏好像波浪般的很有次序，而我家的土狗不插話的在我的母親旁邊，趴在隨風飄逸的火舌邊，三兄弟從伐木造船，從頂著波浪逆流划船，從海面潛入水世界而被淬鍊的身體肌理線條，在他們使力殺魚的時候，手臂、胸肌線條如刀痕般的顯現，洛馬比克說是「波浪的線條」。

父親說故事給大伯，道：

「跟大哥說故事是因爲獵到魚，很美的收穫，才說的，這也是我們島民固有的習慣，如果不說，好像我與弟弟瞧不起大哥，你是理解的。爲了生存，我們思考月亮的情緒是成熟男人該有的知識，幸好小弟很順從我的邀請，我準備了三把乾燥的蘆葦，弟弟用乾的檳榔葉莖包裹月光貝裡的火炭，當月光下海之後，我們用跑的。大哥，你理解這個過程的，當我們生父逝去時，小弟才三歲，剛剛會跑步，爲了弟弟正在成長的靈魂，爲了母親餵食弟弟的奶水，你也是如此在吉利的、大潮的夜晚帶領我，爲使我們的腳掌像是山羊般敏捷，在銳利的礁石上跳躍，爲了我們的生存，爲了奠基勞動等於智慧產能，也爲了創作歌會時的歌詞，才能在這個島嶼立足。在嘉夸拉旺[7]的時候，我們點燃第一個火炬，風讓火炬旺盛，我們快步的照明潮間帶的海溝，我一手高舉火把，一手堵住溝口，弟弟一手抱著兩把乾蘆葦，一手用竹子捅溝裡的洞穴，不出我們經驗所料的，第一尾被驚嚇的就是那尾最大的石斑魚衝進掬網裡，在我照明的時候，我笑在內心裡，想著，我與小弟獵魚的靈魂是有默契的，我立刻的把魚拋到不被浪花波及的礁石上，又立刻的堵住溝口，小弟再次的捅其他的洞穴，果不出意料，在漲潮的時段，魚類的警覺性低，單單嘉夸拉旺的那個海溝，我們就獵捕了三尾鸚哥魚、一尾大石斑，我們再次的快跑到伐尼紀（地名），再快步跑到巴恩舒特，又是豐收，彼時我們才用第二把火炬，我們各自背著的網袋塞滿了漁獲，背起來變得沉重，『夠了！』我跟弟弟說。最後，用第三把火炬照明我們回部落的路，路上的黑，一支火把在夜間是海洋上移動的船舟，簡單的說，是爲了肚皮，也是我們作爲男人養家的初始本

7　地名，達悟人在礁岸獵魚記下許多地名，讓聽故事的人知道地方，地名也是民族傳統知識裡的重要一環，地名的知識是島民多元信仰的基礎。

能，好讓我們有故事說，你的眼睛已經看到了，九尾鸚哥魚、三條石斑魚，以及十多隻的龍蝦。故事的過程就是如此，我的話結束。」

父親從石斑魚肉切割厚的肉片放在男性專用的木盤裡，把鸚哥魚的肉片也放在女性專用魚盤，三條石斑魚的眼珠三兄弟分別用嘴生食，我與母親則生食鸚哥魚魚眼，然後在把魚肉切割成波浪般的形狀，讓魚肉抹上鹽之後，在晨間的陽光下曝曬可以比較快乾。

父親拿殺好的半片石斑魚，兩片鸚哥魚身給大哥，我的大伯，剩餘的由出海的兩兄弟均分。父親把屬於我們的魚身晾曬在屋院如足球門的曬魚椿架的時候，我們便在煤油燈罩下圍成半圓集體生食魚肉，父親三兄弟的身影，母親的溫柔，洛馬比克思索的眼神，讓我暫時忘記神父的話「白癡」。

「切格瓦，熱湯鮮魚肉等著你起身，」媽媽喚醒我。

一九七六年島上漢人多了，尤其各部落駐紮的軍營，監獄需要大量的木柴煮那麼多人的食物，軍營補給船班運載的燒米飯的煤油經常短缺，一般貨輪的不確定也讓台灣來的物資無法補給興隆雜貨店的資源。當時的囚犯，肆無忌憚的在山林深谷砍伐上百年以上的龍眼樹。龍眼樹是達悟人在山裡最貴重的私有財產。我與卡洛洛上山撿柴，給家裡的柴燒，十分頻繁的，經常遇見幾位囚犯在族人的龍眼林地，以粗大的鋸子從根部鋸斷，樹的倒塌，枝幹劈啪劈啪折斷，深深刺痛我們的心魂，那些樹不屬於台灣來的人的祖先資產，我們在樹叢後邊躲藏，族老們在山林裡阻撓他們盜伐的惡行，達悟語與漢語雞同鴨講，在地種樹者與外來盜伐者對樹林使用觀，或是敬愛心疼相差太大，外來盜伐者胡言亂講，但我們上過學校，我們聽得懂囚犯說的：

「這是中華民國的樹，國家要使用。」

「中華民國的樹，國家要使用？」我們問自己說：「這是什麼邏輯？台灣的人何時來的？」龍眼樹倒在山谷，種樹者的心魂毀了，好幾位樹的主人坐在河谷的石頭上，倒臥的龍眼樹騰出一個可以看見天空的空間，陽光穿越樹的縫隙照射在那些被軍營長官命令、執行盜伐的三位囚犯滿是汗水的身體，這不是孰勝孰敗的結果論，也不是樹倒了之後，沒有再生的機會；而是，外來盜伐者假藉國家之名，合法化自己的行徑，外來者的「國家」，開始在這個島嶼注射對生態倫理的「國有化」而非共有共管，給原生島民被統治、被管理而「不知所措」的極度不安，開啓國家與小島相遇後的亂源大門。那些族老，包括我父親在內，他們的眼神迷惘在倒臥的龍眼樹的樹身，那些從祖父的祖父種的樹，就這樣在沒有任何被祝福的儀式中倒了，對外來盜伐者樹只是砍來當軍官燒洗澡水、蒸饅頭的用途，對族老們，那些樹是取來當木床、造船用，也拿來對晚輩說樹的故事的智慧泉源。我跟卡洛洛，兩個十九歲的年輕人與族老們坐在石頭上，如倒臥的沉默樹魂，我們迷思在國家是何物的想像漩渦。

在台東念高中歷史，歷史老師誇讚「以夷制夷」的懷柔政策，這是個臉皮最厚的假面具。後來方解惑自己拒絕保送師範大學，是在抗拒「以夷制夷」，生番轉型爲不熟也不生的「番」的養成教育，依據漢族的價值網絡，銷毀自己民族與生態環境靈氣廝守綿密的共享臍帶，那是我絕對不幹的，爲五斗米折了生來與島魂相愛的尊嚴，是非常痛苦的。

我與卡洛洛目擊到盜伐的過程，體悟族老們枯坐時，他們眼神的徹底無奈，這個情境比被老師用藤條抽打臀部的痛更劇烈，我們的痛是心理的。我倆用鐮刀截斷乾的龍眼樹枝，深谷山林的濕氣讓我們纖細的身體流了如溪流般的汗，「痛恨」無濟於事，這些外來盜伐著，不只在我部落共有的傳統林地盜林，也同時在島上五個部落的林地，以「國家」的名目，合法化他們的行徑，族人零星的抗議只是怒氣而已，我們更恐懼M16步槍，體現了小島嶼異族島民在漢族眼裡邊緣性「堆積」許多廢棄物（人）的無限利用。

靠自己念大學吧！我告訴自己。

台灣的退除役官兵輔導會在我們吉勒朋（地名）建立了他們堆放龍眼樹的基地、房舍，有四位囚犯看守。

我們扛著乾柴繞道，在山丘上看著那些人把龍眼樹鋸成一尺左右長，他們每天鋸，堆放的木柴約是一個房舍多，然後再由我部落邊的監獄裡的四、五十位犯人，一人一截的扛回蘭嶼指揮部（當時環島公路尚未竣工），路程一公里半。四、五十位囚犯搬運一截截的木材徒步於山路林相、沿岸礁石路，彷彿螞蟻搬運食物的隊形，地瓜園裡的姥姥們、眾婦女躲進蘆葦叢裡觀看搬運群隊，驚嚇、驚恐與無奈刻在心海，這個新國家的到臨，新移民的表現是不善良的、是名正又言順的盜匪，在冬天，補給船的不確定航班導致四所監獄、五座放牧牛隻的農場燃燒的煤油，在冬季就斷料，環繞於島上的軍營、監獄的降臨，讓我們的人非常的恐懼，讓林木遭殃，也讓潮間帶的浮游魚群不時的被他們帶來的炸藥炸死，數不清的軍隊、囚犯帶來的新興壞習慣，注定了我們的未來與這個不甚善良的民族相遇之後，亂源每天都在增加，也在與日加深啃食我民族與環境共榮的節氣符碼，那種未來，我們似乎可以嗅覺得到它的臭味。

在夏季，天黑前的夕陽餘暉，自我部落起的蘭嶼指揮部到椰油部落的碼頭端的石子馬路拓寬之後，我們部落的人就已經習慣軍官、士官老兵吃完晚餐的時候，從軍營向面海的右手邊沿著馬路經過我們的傳統聚落，這時獵魚回來的男士、田園回家的婦女都在屋院聚集閒聊，海岸哨站的外省老兵就趁此時到海邊灘頭點數我們的拼板船，每艘船的船尾都寫上船主的名字，以及編號，船隻的「點名」是防止現行囚犯盜船越獄。

重刑犯銬手銬腳在囚犯隊形的前部領隊伍散步，軍官腰帶配手槍，一根藤鞭在手上，部落的小孩、少年男女、年輕人眼神是惶恐的每天看著這群人散步，外省籍的士官兵就進入部落搜尋姑娘，用糖饅頭做爲誘餌，我那位於民國三三年出生的親姐姐就在饅頭比芋頭好吃，軍服比丁字褲布料多的想像，最後跟我姐夫夜間乘補給船私奔到台灣。

高中畢業回島上，以前瘦瘦的犯人，在好幾年重勞役的工作，開闢馬路的工程，後來都變得結實強壯，每位囚犯都抱著臉盆及盥洗用品，就在我部落面海右邊的河溪集體裸浴，此時沐浴的時段很恐怖，被欺負的犯人在這個時候與管理他們的班長械鬥，或幫派間的鬥毆，彼時首位鬧事者在返回監獄途中，雙手雙腳被綑綁，中間穿一根木樁，樣子就像我們扛著要被宰的豬，在我們部落人眼裡很好笑，也很同情，這種事件經常發生，爲此士官老兵每天都要爲我們的船舟點名號。在這些現行犯裡頭，我們特別注意原住民，有，可是不多，顯然作奸犯科還是閩南人占很大的比例，幾位刑期除役後的原住民，有三位後來娶了我的女同學。

在我國中時期，有幾位在監獄裡混得好的現行犯，協助軍營裡的文書工作，每天傍晚的散步時間，就在部落裡的旅館混，聊東聊西的，有一位自稱是竹聯幫的高級幹部，在飯店前的廣場經常翻閱他手上被裁成一帖的報紙，他常常遇見我拿英文課本看，有一天，他說：

「小鬼過來，把這一課的英文課文背誦給我聽。」我照他的話背誦那一課的課文，他笑笑的說：

「小鬼，你不錯，這個島嶼還有像你會背誦英文的，真不簡單。」

原來裁成一帖的報紙是《新生報》裡的英文片語，他無聊天天背誦那些英文，說是刑期過後，與外國人做生意，很佩服他，他也非常鼓勵我。那一年高中畢業歸島，也在那家飯店遇見他，說自己已經是「自由人」了，並且爲飯店做個短暫的外國人的導遊，賺回台灣大島的旅費。四年後，當我在淡江大學念書時，某一年的「治平專案」，竹聯幫某某人，有照片，他又被抓去岩灣的監獄坐牢，很令我錯愕、感傷，非常感謝他當時對我的鼓勵。他在飯店工作，我們抓的龍蝦、挖的九孔經常半價賣給他，讓他從觀光客身上也賺一半的錢，使我們的關係變得很好，也讓我了解一些關於黑道的倫理，以道義爲本的黑道宗旨。

在他回台灣前，在蘭嶼當自由人的那段時間，沒有燈的晚上，我們抱著煮好的龍蝦到飯店前的廣場跟他分享，讓他吃得不亦樂乎，彼時他脫掉了囚衣，我們看見他真情的笑容，不是一個甲級流氓的行徑，是書生，還跟我講人生選擇正途，跟我說念書是讓自己可以更深入的辨別是非善惡，爲自己民族奉獻的唯一途徑，一個民國三十八年次的山東人，成功中學，政治大學畢業，眷村長大，不喝酒，姓陳。

當我跟他表述我放棄念師大的時候，他卻說：

「正確的選擇，多闖才有故事說，才會思考問題。」

這句話影響我非常大，堅實了我自己的毅力，以及正在迷惘的心思，只有他一人從一個多元的視角解讀，不是只有師大才是大學的學校，靠自己抓的魚才是好吃的魚的想法。星移物換的年輪到了今天，我依稀記得他常常對我微笑，鼓勵我的慈祥面容，很懷念他。

洛馬比克在他的父親、我的小叔公逝去的時候，去了綠島，和他的朋友阿輝在船上學習捕魚，當船工，去菲律賓巴丹群島抓龍蝦。在部落只剩我與卡洛洛、我的堂哥。

颱風的來到，我與父親做防颱工作，把涼台的木板繫牢，然後與卡洛洛墊上茅草，在涼台下準備過颱風夜，再去興隆雜貨店買麵條、鮪魚罐頭，鍋與水準備好，很奇怪的是，每次颱風來襲小島總是在夜間，我們不怕斷電，也不怕斷水，柴火的光是我們的燈，臉盆裡的雨水是我們喝的水。

潛水挖九孔賺來的錢足夠我們買麵過兩天一夜的食物，這些外來物資在我們腸胃的感覺不新也不舊，可是煮起來很方便。颱風我們從小就已經習慣了它脾氣，在傍晚，部落很多的男孩都來到我家涼台下避雨，觀賞惡風掀起滔浪頂波的壯觀景象，這是我們超愛的自然現象，入夜，風雨起飛掃射，巨浪轟隆隆的猛烈拍打洛馬比克帶我們前夜抓龍蝦的礁岩，龍蝦或許自己有一套防駭浪的保命對策，在一公尺淺的九孔是不必擔心牠們會被沖刷，蛇形般的礁石凹槽，扁平的硬殼都是牠們因應颱風的本能所致，而我家的涼台頂多是搖晃而已，不會被吹垮，否則我的父親就會被部落的族人譏笑為次等男人，為此我們心理也就安穩許多。我撕裂妹妹的書本來生火，龍眼樹的小枝幹容易生火苗，且又耐燒，兩根一尺長左右的枝幹就可以讓粗木燃起篝火，龍眼樹的木煙屬於輕煙輕灰的上等燃柴，不嗆鼻也不催淚，篝火的輕煙隨著陣陣強風從板與板之間的縫隙吹進來，夾著雨水，涼涼的很舒服，咻——長短音的風聲，強風偶爾震動防颱木板，幾位躲雨進來的少年回不了家，他們張口看著鍋裡沸騰滾滾的麵條，放進鮪魚罐頭，我再用竹子攪拌，蒸氣，青煙縈繞在我們躺臥的小空間，可是我們只有兩個椰子切成一半的碗，我把麵撈進魚盤，麵湯放在椰子碗，五個手指當筷子使用，麵湯滲入罐頭鮪魚肉，我們坐起來圍著魚盤上的麵條，上升的蒸氣濕潤了他們稚幼的臉龐，看著我，也看著麵，一個手掌當碗放上少許的麵，吞食的清純樣，有柴光飄逸照射，彷彿忘了今夜是颱風夜。

我們對於外來物資的好奇，稱得上是喜歡，並且初次食用麵條的咀嚼口感順，牙齒不必使力的嚼即可吞嚥，小弟弟們的滿足感寫在晃動的眼珠裡，吃飽了便把手伸出去給雨水洗，我們以茅草當枕頭，火苗餘炭繼續燃燒，小弟們不忘說著：「哥哥們好（表示謝意）。」

溫飽讓我們很快的進入自己的想像世界，奇怪的是，兩個小弟不問我關於念書的好處，而我也不知如何啓口說，到台灣念書是件好事，顯然的，部落的少年的危機意識不在知識上的好奇與追求，而是塡飽肚皮，我如斯感悟，我們就像火種靜靜的燃燒，漸漸的在颱風豪雨的黑夜，陣風下抱著茅草好睡到天明。

從一個新興的空間移動到歸屬的島嶼，一個從被補助生活費的山地學生，國家強化、也汙名化我們被殖民的山地學生，說是政府照顧山地人，卻不說自己掠奪山地人的土地；我們的島嶼土地被劃歸爲「國有地」於是有了軍營、監獄的建築，我父母親維護個體尊嚴、僅僅只是隔壁水芋田擴大兩吋即動怒，面對強權我們卻不知所措，共有土地被外來者掠奪的危機感尙未萌芽。

「念書好嗎？我是順服者，還是叛徒？」

我也問自己，但我父母親絕對會說：

「念漢人的書，你會不認識我們的祖先、我們的島嶼、海洋。」

外頭的風還在繼續的颳著，豪雨繼續的從天空落下，我們幾個人的眼睛從木板間的縫隙望外，我問卡洛洛：

「你何時去台灣？」

「我想跟你一起去台灣！」

「我們先挖九孔存錢，好嗎？」

浪濤隨著颱風的遠離逐時的趨緩，在浪況還不讓我們下海的時候，父親說：

「孩子，我們去上山。」

我們向太陽升起的方位走人走的路，一公里左右的路程後，我們進入另一河谷，說是去探望我外祖父的龍眼樹，到達目的地，外祖父的龍眼樹林地選在一個斷層峭壁邊的緩坡地，颱風過後的豪雨，在山谷峭壁頂端匯聚成結實的瀑布，落下的水柱非常潔淨，吸住我好奇的眼珠，彷彿是人間仙境，水氣雲霧膠著飛舞，柔淬成深谷裡許多善魂歡唱的舞台，父親說些跟山神惡靈的禱詞，很長的臭罵與祈福交錯的禱詞，如此的禱詞是我第一次正式聽聞，我說是傳統靈觀信仰，父親在的山林裡好像在教育我，在山林、在海上，父親都說有善靈與惡靈的存在，父親再次的說關於這山頭是有幾個家族的時候，父親坐了下來用妹妹書本的紙張捲吉祥菸絲抽菸，父親在一棵樹旁說：

「每個人都有靈魂，有些靈魂受祖靈庇祐，讓你堅強，有些受惡靈誘惑，讓你懶惰，帶你來，是希望山魂樹神聞得出你的體味，雖然你去了台灣。這次回島，爸爸希望你就留在島上，跟我學習造船，學習唱我們的歌，歌詞就是勤勞的人所創作的，爸爸現在就要砍倒這棵龍眼樹，要做船。你要記住我的話。」

父親把樹的盤根周圍的泥土挖開，讓盤根裸露，此時先把盤根斧砍，然後從根部開始手鋸，直到樹幹倒了之後，才休息。父親從肥料袋製作成的背包取出一條繩索，長度丈量好後，就叫我鋸掉樹幹末尾，我休息好幾回才鋸斷如父親胸膛壯碩粗大的龍眼樹。我想，他正考驗我的體能，當時我一六二公分去台東，三年後，一七五公分回到島嶼，身體拉長了，可是肌肉沒有變得結實。

三個小時過了之後，一棵龍眼樹，變成船隻龍骨的雛形造好了，父親再抽一根菸，揣想龍骨雛形的木頭神態，如蒙古人之弓箭造型，前部與後端微翹，好使船之利於航行的造型，也存在著自己的思想，以及信仰。

「神態，是木頭在山裡成長的儀態（木頭本身的家教），我照顧它三十多年了，就是爲了等你回家，」父親說。

然而木頭的家教，祖先，我們家族的家教。我聽得懂，父親他在強調什麼。我認真的聽，認真的思考，他的信念是要我留在島上，跟他學習如何「過生活」，他能做的，能想的，能唱的，能說的，要我照單全吸納，這是他要求我的標準。爸爸那年五十九歲，一根四米長的龍骨，如我大腿粗，他扛了起來，肩膀不墊東西就扛起來，我跟在後頭，走河谷岩石路，爬山坡，穿梭在糾結的蔓藤，原始林相的路徑，父親只管走不說話，直到山丘的緩坡地，他坐了下來休息望海，估計這段路程，至少有四十分鐘左右，父親不累嗎？我一直想著這句話。

「這地名是A，那個地方是B，那裡是C……」父親把附近地名的故事、特色很清楚的跟我說，他們在那兒做了什麼。「台灣來的犯人砍了多少棵樹！你看那些在吃草的台灣來的黃牛，在我們部落的公共地瓜園，我們怎麼過生活！」父親說什麼，我都不懂，但我感覺父親對於台灣來的種種，顯現他們的行爲表現非常令我們達悟人厭惡，「如果可以的話，你就不要去台灣。」又說：

「我等你回家，等了三年。」

「從山裡扛運造船木頭雛形不是容易的事。」

「總是希望孩子分擔勞務的工作！」

這不是我想要做的工作，更不想如父親的一生一樣，我要遠離去台灣，我告訴自己。這不是我想要做的工作，在未來。

回家的路程，還有一公里多，還有三百公左右的路段在礁石上，颱風過後吹著西南風，在大太陽下感覺風很涼，在下坡路段，遇見叔父，是特別來協助父親把龍骨抬回家的，兄弟倆赤腳，前後一起扛，扛到我家，不休息，即使我跟在後頭不扛，就已經感受到雙腳在痠痛。

回到家，父親把龍骨擺好，船艏朝太陽升起的方位，船尾朝夕陽，說：「不造船的男人，是低等人，是沒有山林大海恩賜智慧的人。」

父親說達悟的話，我聽不太懂類似這種哲思。

父親每天上山伐木，不再找我跟他去，他希望在明年的飛魚招魚祭之前造好這艘船。我與卡洛洛每天廝混在一起，也每天去找地方潛水挖九孔，彼時我們已是潛水挖九孔的好手，我書包裡的錢已經一千多元，再說部落裡也多了一家餐廳，觀光客也多了，不擔憂賣不出去，可是我擔憂我的未來，我在小學就已經想像流浪的未來夢，什麼「不會造船的男人是，低等男人」，我不懂，也不在意。

在部落裡實在很無聊，卡洛洛的堂弟也坐飛機去台灣了，十八歲到二十五歲的年輕人，只剩我們。父親在天氣好的時候，會去抓章魚，挖硨磲貝，潛水射魚，每次都是很好的收穫，不過他減少了跟我的對話，母親在我們每天的傍晚吃完鮮魚之後，每一次都要我去隔壁部落去把我的同學娶回家，如果我點頭的話，我父親就會替我提親，每一次每一次母親不忘這件事，令我無法招架，讓我煩躁，也讓我想提早離家去台灣追求我兒時的夢想。我與卡洛洛放在我書包的錢已經四千多元了。七月二十六日那一天，我收到台東縣政府教育局的信，信函是要我去縣府報到，然後就可以很輕鬆的去師大報名念書。卡洛洛和我把這封信的內容跟我父親說，父親說：

「四年後你就可以回蘭嶼國中教書嗎？」

「是的，四年後就回來。」

第二天，父親做好了一個頸鍊，是用苧麻做的，繩索頸鍊放了兩個藍色珠子，我們稱**Mazapnai**，算是我民族每家都有的，視爲祖傳的「財產」，兩個藍色珠子之間串了一個，父親用汽車內胎裁剪成的橡皮人形圖案，父親套在我頸子的同時一直念些我聽不懂的祝福詞。

「你說四年就是四年，然後回家學習造船。」

我終於鬆了一口很大的氣，可以很正當的離家，我與卡洛洛從我部落走路出發到椰油碼頭，需要四十分鐘的路程，我是獨子，父母親在我離家的那一步，說：

「你們兩個要互相照顧，台灣壞人很多，走路走邊邊，台灣的車沒有眼睛，記得四年後回家。」

這是我對父母親說的最大的謊言，這一生，雖然縣府公文要我去縣府報到是事實，然而我心已決，不去念師大，理由是，我漢語程度差，其次，不想一輩子當老師，統化自己的族人，第三，我要實現自己從小學四年級的願望，靠自己的實力念高中、念大學。

船，離開了椰油碼頭，大海波濤的藍海被輪船切割，船尾被推進器螺旋匯聚成銀白渦漩，離開了，我說在心裡，然而父母親昨日以前的身影一直浮現在腦海，我不知道，這是思念的起始，抑或是我的說謊的緣故，使我的心臟在跳躍不安，媽媽擦拭淚水的說：

「願你的靈魂堅強。」

台灣的社會脈動我們都沒有走過，尤其是我父母親這個世代的島民，他們與漢人接觸的經驗沒有，只能說「願你的靈魂堅強」，他們的想像是藉著天神祝福孩子，而無法傳授給我們什麼的現實經驗談！我會堅強的，我告訴自己，我必定會考上大學的。八個小時後，我們抵達，我們的一個熟悉的城市——台東，中興號公路局由台東到高雄，快五個小時的車程，高雄到台北。普通號的火車，每站停的慢速火車，十二小時才到台北。那時候是凌晨，台北車站的計程車司機，最會騙山地人，我們就在車站裡等著天放亮，等著同學馬阿勒克接我們去中和的台貿一村，我叔叔洛馬比克的姐姐家。此一站，開始了我在台灣台北追夢的另類經歷。

四年後的同個月（七月）我再次的回家，部落家屋的面貌景觀已徹底的改觀了，傳統地下屋變爲冷冰冰的水泥國宅，兩家相連的火柴盒似的，一家十坪的水泥屋，我考上私立淡江大學，在放榜那天的夜晚，我躺在屋頂望著天空的眼睛，告訴自己「終於考上了」，淚水從眼睛的邊角緩緩流動，沿著耳根流到頸子，父親的藍色珠子的項鍊依然繫在頸子。我一個人的夜晚，沒有人祝福自己的夜晚，花了四年的時間「終於考上了」（十一萬多考生，錄取二萬七千多人），父母親不了解，何謂保送？也不想了解，何謂考上？何爲大學生？那是無意義的，在父親這個世代的島民想像。

我小四就有的夢想實現了，過程的辛苦，如在工廠當作業員、在貨運公司當捆工，縱走飛馳於高雄—基隆的省道、在染織工廠，輾轉於補習班與建築工地的饑餓生活，在「山胞」汙名的隙縫貯存自尊。今夜在星空的照耀下，在淚水溢出眼角的同時，是脫離下層社會，泛山地人重勞力的工作圈，漸漸在今夜，形成活化自己，在明天之後不滅的歷練記憶。捆工時期，我與卡洛洛由十九歲變成二十歲，這個飯真的不好吃，我們在「番仔」的閩南語裡過生活，是我們很痛苦的共同心得。

此夜，我在屋頂仰望星海，找尋媽媽跟我說的，屬於我的天空的眼睛，我想跟她說：「我是大學生了，我做到了」。

「Kehakai[8]，去我家裡吃魚。」

「你坐船回來嗎？」

「是的，坐船回來我們的島嶼。」

「我的女兒，叫杜馬洛，所以我的名字已經改爲夏曼・杜馬洛，」他抱起女兒跟我說，我喜悅的看著他不到六月大的女兒，說：

「很爲你高興。」

「也爲你高興考上大學。」

即使我上研究所念碩士、念博士，我這一生，只有在那一夜夏曼・杜馬洛一人祝福過我，那一夜我也找到了那顆明媚的「天空的眼睛」。

二十九歲那年，我也爲人父了，父親特別從小島坐飛機來台北探望他的長孫，在租賃屋的客廳，我抱起我尚未恩賜達悟名字的兒子，這是我這一生最爲渴望的事，最想做的民族命名儀式。父親說：

「這兒沒有祖靈在命名儀式時需要的冷泉，回家吧！孫子的父親。」

「孫子的父親」，從父親的腦海說的話，是血液的語言，在台北我的達悟語早已弱化了，但我心魂理解父親的渴望。

「回家」得到家屋靈魂的祝福，「命名」得到島嶼祖魂的讚美。媽媽穿著傳統婦女的服飾

---

8 Kehakai是平輩、朋友之間最親切的稱呼。

帶領我，我戴著父親的銀帽，頸子配戴家傳的金飾，也穿著母親編織給我的衣服，跟隨在媽媽的腳後跟，走向母親在冷泉的水芋田，說：

「走路小心，千萬別踢到石頭[9]。」

母親挖了三棵帶葉的，如我手掌大的芋頭，爾後在部落共飲的冷泉清洗芋頭。

「走路小心，千萬別踢到石頭。」

哇！我的喜悅，我將擁有真實的名字，我的痛快是「命名儀式」之後，我將唾棄我的漢姓。

煮熟的芋頭放在木製的肉盤專用，還有父親柴火燻過的豬肉，父親跟我兒子的母親說：「把孫子的臉朝太陽升起的方位。」然後他說了一連串與島嶼環境、汪洋波濤有關，但我當時聽不懂的祈福禱詞，我與孩子的母親，第一次聽見父母親「血液的語言」，又說：

「三顆芋頭的中間，你們夫妻倆的食物，稱命運緊密結實，另一個貼在孫子的雙唇，芋頭的前端母親吃，我吃尾部。」

最後說：「孫子的名字希・藍波安（Xi Rapongan，出生的嬰兒到結婚前，不分男女名字前用「希」。），這是希望海洋的魚類一直貼近你們、孫子，還有希望你們廣結善緣。祝福你們，從今以後，你們的名字是，希婻・藍波安，夏曼・藍波安，你們是成年人了。」

父親說完，我的血液在奔騰，我的記憶有了紋路。之後，我跑去夏曼・杜馬洛家，說：

「**Kehakai**，我的名字是夏曼・藍波安。」

9　踢到石頭，嬰兒命格將不順遂，最為忌諱。

「美麗的名字，」他微笑的說。

在此時，遊子的歸島返家已是有家室的男人，夾在部落與台北的往返旅途，夾在失落的民族傳說與文明傳說的謊言，返家歸順於島嶼的傳統，父母親的再教育，波濤的再淬鍊，是我們可能唯一的有機尊嚴，從環境與島語文明學習秩序，回家尋覓「島嶼的密碼」吧！我說在心海。

二〇〇七年已是我雙親逝去後的第四年了，彼時我個人決定放棄繼續攻讀文學博士學位，渴望還是繼續做野性海洋的學生，沉浮在洋流的律動學習野性環境的節氣，作爲終身不滅的志業。那年秋季某天的午後，我例行性的如是每天的課業去潛水，我期望再以鮮魚湯請求孩子們的母親的首肯。這是我們在現實生活多層次的碰撞與衝突，在民族生活實踐與環境生態知識學習微弱傳承，文化載體以身體語言感悟野性空間的符碼。

二十多年來，我孩子們的母親已不驚奇我每天在午後的潛水生活，她也不求我的收穫大小多寡，在她多層次的信仰早已把我潛水的律動歸爲「自然性」如同島上抓魚的男人，其妻子的思維，「海洋是男人說故事的源頭，波浪是學習成熟的草原」。

「謝謝我們來到家裡的魚，」孩子們的母親血液的語言說。

「我射魚的實力只能抓這樣的魚了。」

「有魚湯即可，何須跟海洋強求禮物呢！」

夜色的降臨，本是家屋的男人與女人對話的時間，鮮魚湯喝過後的餘溫留在聲道，我說：

「孩子們的母親，父親說過，沒有船的男人就是次等人，也沒有海洋的禮物，我理解，我造船會拖累你，但我必須造船，讓我們家屋也有船靈的祝福，我們也會有飛魚，海洋給家屋的禮物，會讓我們喜悅，也希望兒子有機會參與造船的工作，給他美麗的成長記憶。」

「父母親走了，外甥們雖然有機動船，但那不是祖先智慧的產品，你就去造船吧！我不會阻止你去做男人該做的工作的，我們的水芋田也要照顧，如此我們在山裡上班、下班是喜樂的事。」

父母親（一九〇六／七），他們那個世代的前輩，在部落裡幾乎在二〇一〇年都已逝去了，他們帶走的不僅是現世的肉體，也捲走了他們與土地、海洋互通生息共生的，屬於他們初始科學的密碼，只有語音，沒有一句文字的符號讓後人學習，展演與環境物種相容的樂譜，他們的漸漸逝去，而下一世代的我們，有三分之二的時間與金錢格鬥，或者終其一生耗在存款簿數字的遞減、增加，也構成我們最大的煩惱，我們的同學，選擇在台灣某市死亡，一生卻未曾與土壤、波浪格鬥，從我母親的視角來說，「臉朝向大島台灣」是失去了「根」也迷失「路線」，許多人的迷惘讓昔日翠綠的田園變成荒廢，雜草蔓延，與土地格鬥的人愈來愈少，就發生在我們這個世代，與自然環境「格鬥」是讓土地呼吸，是讓老樹成為造船的夥伴，是延續人類與土地的呼吸器官，生生不息，是不斷勞動的再生產與再荒廢的循環表現。

雙親的走，每個人肉體必經的盡頭，而我民族「慎終追遠」的儀式，不是表現在如漢族似的掃墓時節，而是繼續活化水芋田的延續，芋苗的再繁殖，孩子們的母親的話，我記在心海，在我們傳統祭拜祖靈、天神儀式[10]後，就計畫上山伐木。

二〇〇七年的秋末，我已是五十歲的中年人，也是文學博士生，在這樣的年紀，任何事都還在學習。念博士學位不是我兒時的夢想，而是逃避孩子們的母親逼迫去上班才去念的，彼時正在思考放棄，造船是與環境山林實學的一門民族不墜的課業，從父親那兒學來的信仰。

日本人類學者賴川校吉、馬淵東一跟我父親上山伐木，台灣人類學家迄今沒有過的田野經歷，父親跟他們說，伐木造船的過程就是我民族的文學，我們的生存教育，這一條線是從深山到部落，到灘頭再延伸到海洋。

二十一年前，我高中畢業，這個課程原來就是父親在那時要教我的，無奈當時我不想學習，不想靠這種技能過活一生，而是去台灣學習漢字的「實用」，去學習人類學科的微觀視野、思維，如今，我一個人透過身體的表演，過程透過現代學來的知識與在地知識結合來書寫，這也不是我孩提時期的夢想，也沒想過書寫海洋與人文的故事，或是做海洋文學家。

回想我十九歲的記憶，那時父親五十九歲，在他上山伐木之前，總是在天亮前把兩個斧頭、一個鐮刀磨得很銳利，準備繩索、熟的芋頭、魚乾、檳榔袋，以及磨刀石放在我睡的涼台下，看準攜帶的東西，裝進他製作的肥料袋背包，吃檳榔思索，在心定了之後就啓程走路。

一九九九年，我做我的第一艘船的時候，父親神情平靜的跟我說：

---

10 我們稱Mipazos（十月、十一月期間）把芋頭、山藥切成一半，象徵陸地與海洋之神魂共享，放上一片豬肉，這個儀式由有船隻的男士在海邊舉行，並討論陸地之農耕事宜。

「上山之前，必須跟斧頭說話，必須跟樹魂說話，還有一小塊給山神、樹魂、惡鬼的豬肉。」

我把磨好的兩個斧頭、鐮刀，以及手鋸放在門邊，以及Nike的登山包，我坐在院子仰望夜空，再次的回憶過去跟隨父親伐木的神情，他的平靜是被野性環境，被野鬼遊魂塑造的，父親相信善神惡魂到處存在，他不相信上帝只有一位，他相信海洋也有主宰者「海帝」，於是我也成了十足的泛靈論者。

「上山嗎？明天。」

「嗯！」

家屋的女主人和我帶著孩子們一起回家歸島，島嶼民族的初始科學（我現在不說文化一詞了）在二十幾年轉換的生活學習，一位虔誠的基督徒，從一開始排斥到完全融入，是來自於她與鄰居們婦女，在日常勞務的互惠，感受根狀質的地瓜、芋頭、山藥等等根莖作物說話，是婦女們對土地真愛的信仰感悟，說：上帝創造食物，也創造多元文化，可是並沒有創造多元的「迷信」。

「芋頭和魚乾、醃肉在鍋裡，」家屋的女主人在我騎機車前說。

「你不請朋友幫你忙嗎？」

「我一個人就好。」

我騎著機車，騎在一九六一年台灣來的囚犯用雙手、十字鋤建造的環島公路上，我與父親三十年前這一趟要花一小時的路程，此時只花我十分鐘的時間。也許便利在這個時候的解釋，是福利吧！

從公路上坡走向「惡靈的海洋」[11]，走到高度才三百公尺左右的平台，去砍野生Wawanan（蘭嶼福木，海拔二百公尺下沒有），那棵早在三年前就鎖定的，是沒有人做過記號的樹，樹幹堅硬，常會破壞斧頭的銳刃。

上坡路上的路邊草皮茂盛，入秋後部落的人就很少上山，同時我這個年紀的同學不上山，也不造船，有些山裡的小路已被雜草淹沒，這是耆老凋零，或已逝去，來者卻少的讓他們疼惜過去他們的雙腳闢出的人與山羊共走的美麗小徑。我的歸島返家，除了去潛水抓魚外，經常去逛山，讓山神樹魂認識我，於是叔叔們都把某處屬於他的樹告訴我，說我可以砍來造船，給我歸島過樸實生活的禮物，也跟我說他們在海浪與陸地的故事，讓我的達悟語彙進步很多，以及他們的生活智慧。

我學習父親在伐木之前的工作，放下背包，坐下來觀察四周環境，祖靈日過後的山林濕氣濃厚，落葉的腐爛氣味也重，讓附近的雜草叢生，蔓藤糾纏。清理樹的周圍雜草，再清理纏在樹幹的蔓藤，父親過去記憶裡的身影，彼時好像在樹蔭下觀察我的感覺。

11　惡靈的海洋，達悟語Do tataw，漢人來了之後稱「天池」，對漢人來說是記憶的「便利」，又如「蘭花的島嶼」與Poso nuo Ta-u（人之島，祖島），這是殖民者的思維軌跡。

我不知如何解釋這種狀態，即使我的狗就在身邊，但牠並不會汪汪叫，我一直以爲，我們過去日出而作，日落而息的樸實的生活，讓三十年前走過的影像記憶，像是昨日發生的感覺，樸實的生活節奏是否是記憶深刻的原因？我真是想過不用金錢交易的日子、沒有電的歲月。

清除完樹幹上的蔓藤，回坐在斧頭邊，說：

Oya ikasazovaz mowa tabako.

「這根菸讓你消磨時間。」

幾步路之後，我走向樹根：

Ano mina kehanakan ko imo do karatayan do ili yan,
假如你是我部落裡的童年夥伴的話
Kowyouyoud ko imo a kehakai
你是我最親密的朋友
Kazasing ta mataw a macya rayou
因此我們會一起釣飛魚，釣鬼頭刀魚
Ka Jimagawud a ana anahen ta mangahahap
航海到小蘭嶼一同獵魚
So icyakmei mo a ahateng so asisi
此刻，希望你的樹肉如癢人樹那樣的軟，讓我輕鬆
Kapei wanai ta rana do kalinongan a hevek

你我將會提早在美麗的海灣休息

部落生活的實踐是自發性的，在於感悟到自然環境與日常生活的融合，耆老們的哲思語彙，也在於同質實踐傳統的生活技能，造船原是島上男人的天職，是基礎的生活機能，孰知現代化、現代性登島的速度是如此的快速，飛機二十分鐘就可到達台灣，讓耆老來不及教育自己的小孩，來不及認識樹種、記憶樹的名字及其功能，便包裹著環境智慧走人了。

還健在的、已九十一歲的表叔問我，說：

「我那棵還在的綠島榕樹的板根多大了？」

「差不多有你家大門兩個大。」

「喔！那麼大啦！我這一生再也無法探望那棵樹了！」

是驚喜，也是驚嘆！表叔的臉的表情，看在我眼裡，想在我心中。我也有幾棵樹還小，還在照顧，也許我也會有那一天吧！我想。

我在樹的身邊沉思，讓它感受到我的虔誠，我的存在，說：「我心靈的摯友，我懇求我的斧頭，我懇求這座山頭的鬼魂，我是航海家族的族裔，我流著航海家族的信仰，海神託付我，斧頭是我的身體，讓銳利的筆直的鑄鐵跟我一體，但願你早一點躺在供養我們養分的土地上，早一點一起躺在我家的庭院，共同吟唱海浪迎接漁夫的固有情歌，這首情歌是我祖父從小教我唱的歌，歌聲與吶喊聲，我們相互結盟的海上情歌，降下沉到魚兒們水世界。」

終於，我下第一斧了，銳利的斧刀，由我右肩四十五度的幅度，無聲的切入樹幹裡還沒受過傷的肉，第二斧砍，持續再持續的揮著斧。這棵樹就站在山丘面海的稜線上，平地有一條雨水走的路，濕氣重，樹梢成拱形面向雨水的路，一個人，與我的一條狗，哧——哧——的斧砍聲，呼呼——呼呼——我的吐氣聲，一棵直徑三十公分的蘭嶼福木，我繞著圈砍，父親說過，直到樹木倒了下來才可以休息，我把自己潛水憋氣的功夫運用，呼呼——呼呼——發覺手臂、手腕愈來愈結實的粗壯了。呼呼——呼呼——從我體內噴濺的汗水，如同斧砍樹肉飛離的木屑，再次結盟的恢復爲土地的養分，我唱著固有的、我家族在山林伐木的歌詞，這是一個我感恩的日子，感恩我家將有二十一棵樹的精靈組合成一艘讓海洋愉悅、化妝海洋的船舟，海洋永恆的粉絲，還有如我這樣的現代版的愚夫，在山神監視下的莽夫，於是樹肉的精靈似乎也蒸騰它本質的真情，呼應我，笑著如我這樣的現代版的愚夫，仍在用斧頭伐木，而棄拒吃油的、讓樹木迅速倒臥的鏈鋸。此刻，我的斧頭的神力，宛如砍著一棵香蕉樹那般的輕鬆，父親說過，你的神聖的歌聲，真情流露，噴灑的汗水，山林內的精靈，她們的許多的孫子會協助你的，我不知道這樣的泛靈信仰是否存在，我不知道，但我也不想變成科學家去印證它，而是，我的肌理告訴我，我還不累。我聽見了，樹的肉絲蹐蹐的聲響，再使力四五斧，斧斧切斷樹肉，啪——啪——啪——樹終於倒臥雨水的路，是我要的倒臥位置，雙手垂下，右手仍握著斧頭走下去，在山丘立即空出一個空間，讓十點鐘的陽光直接照明原來陰涼的稜線山坡，明亮了起來，也弄醒了腐葉的濕味，被驚嚇的飛鳥，紅頭綠鳩，盅耳杯鳥，牠們的雛鳥不停的吶喊慘鳴，對於不懂鳥類智慧，不會分辨鳥鳴的我，感覺牠們的歌聲也在協助我。哇！樹終於倒臥了，我望著樹身深呼吸，「謝謝你，我的兄弟，」我說，在我的心海。

我丈量樹身的長度，四米，而後用手鋸。我初步的完成，如是我中學一年級的課業，不一樣的是，這兒是野外的教室，是我前輩們學習環境儀態的地方，是我在求學中，學校老師永遠不會教的課文與勞作，不明白的初始科學。

從早晨到下午，飛鳥不停的從那棵樹飛到那棵木，也不停的鳴叫，那些鳥是日行性的，被族人視為善良的鳥，就像島民在日間活動是正常的作息，因此夜行性的角鴞（Tutuwu）在飛魚季節夜間求偶放聲，公鳥叫鳴「也思」（ye—s），母角鴞「嘟塢嘟塢」。白鼻心也為夜行性的動物，求偶期間比貓咪更悽慘的嚎叫聲，令人膽怯心寒，於是這些動物屬於不正常的，就歸類為魔鬼的傳聲筒，惡靈的豬。關於這一個觀念，我不從現代動物科學研究人員的證據，說，達悟人的靈魂信仰是「迷信」什麼魔鬼的鳥、魔鬼的豬，沒有這回事。當然，我說，不是有沒有那回事的問題，而是科學歸科學的解釋，白人有白人的詮釋，在地的詮釋就歸在地生態環境觀的說詞，黑人也有黑人自有一套的解讀，原是彼此不衝突的觀念，只是一方是主流族群多了那股「我才是正確」的霸權心態，而我是少數中的少數，是主流派的腳掌無法抵達的「海流」，我是「海流派」。

我先把龍骨內部的雛形抓出來，中間寬，首尾窄，並彈出一條中心線，一棵內部龍骨面貌完成，就開始斧削兩邊的樹肉，就這樣彎腰跪著斧砍六小時餘，停停又做做，呼吸吐納，腐葉，還有山林活葉的芬多精，一個人在山林樹神有許多日行性的鳥類飛禽的歌聲，是紓解肌理的疲勞，如同水世界裡的鯨豚聲驅除我的恐懼。在山林平地土壤、草叢、腐葉的潮濕，讓我身體流許多許多的汗水，含一顆糖、喝少許的水補充體力，午後一時打開便當盒內的芋頭、魚乾，以及煮熟的醃肉。我把三樣食物都切一小塊，放在隨手可摘的姑婆芋葉上，休息幾道呼吸的時候，吃餐前說：

Apei kamo ri, I sahensen nyo so likei a velek nyo
拿去吧！朋友們，去填補你們小小的腸胃
Miratateng am, taremen nyo apzo no zayig ko
然後，求你們磨利我的斧頭
A oyatan nyo yaken a zipos namen
願我的祖靈給我力氣
Kakeikayi ko mangyid do karatayan na
使得我可以提早回航到美麗的海灣

「禱詞沒有那麼短，這要依你的達悟語的程度，依你與環境背景親密深淺。」口述許多與環境精靈的對話，是我歸島定居，與大伯、父親、叔父跟他們在山裡伐木的時候聽聞、學習到的。這不是我過去在工廠時的作業員，不是企業家的奴工、捆工，也非街頭抗爭的語言；我的前輩，我從小就聽他們的生活實踐的故事，今天我這輩的族人已鮮少在山林裡伐木工作的時候，感悟那些「故事」就是民族環境科學的教育，對於樹林的護育是循環的，我在十歲的時候，在某處父親叫我種樹，是兩棵龍眼樹，迄今我每年去探望，後來又種，近年來，部落的婦女也紛紛的在她們的田園自發性的種樹，除去夏日豔陽的納涼目的，其實，我們每天的精神是在陪伴那些樹的成長，那些樹也就是我們心海裡的書。

許多朋友問我，說：「你很厲害，沒人教你造船，你就會做，爲什麼？」「不爲什麼！」我回道！

許多的時間島上有人在造船的時候，我就去跟那人說達悟話，但不動斧頭幫忙，當海洋的風吹大西南，不能去潛水抓魚的時候，我就拿個鐮刀上山逛樹林，欣賞樹的長相儀態，我非常喜歡這件事，花很多年的時間去學習觀賞，除了扛一根乾柴回家外。後來我孩子們的母親說我「神經病，無聊透頂的人」，我笑在心中，不去做任何辯證的對應。

造船、觀賞樹因爲是心到、眼到、手到，真愛野性環境的信仰也就跟著進駐心中，父親們日常生活的儀態就是長期觀察樹的成長，觀海的潮差變換孕育成的，當他們沉靜不說話的時候，其實他們的腦海是在流動的環境裡思索。

當我決定造船，我上山伐木，去取船隻任何部位的木塊時，我就直接去目的地，不苦惱沒有樹可以砍，完全沒有過臨時抱佛腳的投機心態。

蘭嶼福木的雛形在我眼前，芋頭、魚乾、醃肉都吃了，山魂樹神、祖靈的禮物也給了，禱詞也說了，剩下來的斧削勞動就是減輕樹的重量，讓我走在山林小徑可以輕鬆，並且還得顧慮到龍骨雛形的美觀。我再次的彎腰斧削樹肉，我使用的斧頭是芬蘭伐木工人、消防人員發生火災破門時使用的斧頭，我在斧削工作邊生了火，用煙、火舌驅除蚊蟲。樹倒塌之後騰出的空間光線，已經移動到下海的位置方位，我身體的原始肌理已是唾棄了被涵化（assimilation）的汙名，緩緩的回歸到父執輩們與野性空間相容的層次，無論如何解釋，西方的上帝是否給我理性的智慧，抑或是島嶼民族初始的靈觀信仰存在與否，我都承認如此求知過程在我體內，心魂已經攪拌均勻，成為我的整體。

山林平地彼時只有三個聲音，斧砍聲、呼吸聲、鳥叫聲。我低頭看著雛形的弧度流線，汗水不停的從我下額飄動落入泥土，瞬間轉化為土壤的化學養分。我感覺，從我父祖輩們的泛靈觀的感覺，在火舌周圍有許多在的小魔鬼正在欣賞我銳利斧頭斧削樹肉的美感，他們裸露臀部坐在泥土上，放射出驚奇的觀賞眼神，我當作沒看見它們，我的狗慵懶的把頭趴在火舌邊取暖，我因而再次的增加腐木燃燒，煙霧濃度即刻加重，那是木頭濕氣被蒸發，而周遭的泥土在燒了兩小時的時候，變得乾燥了。

我再次的坐下來休息，用肉眼再次的看看龍骨的弧度流線，而後細心的思索回程的下坡路段的地形，部分地段必須用扛的，有些地方是拖拉的路段。一個人在山林裡被樹蔭擁抱，被小魔鬼欣賞，他們會說，這傢伙怎麼沒有穿丁字褲，怎麼沒吃檳榔，也或許他們也在很深的思索，是不是時代變了，想到這個問題，我笑了。我常常在山林裡如此的幻想，讓自己忘記肌肉的疲勞，這一招實在很管用，一個人自我取悅的方法也在此時醞釀，或者說是想要設計我仍健在的叔父，與他共同合力造一艘雙人四槳的拼板船，試圖品味他老人家七十幾年來伐木的神情儀態。

再次的跪在地上彎腰低頭整修龍骨流線美之後，我握著斧頭，眼神專注的依據自己過去造船伐木的經驗，斧削木頭力道與呼吸接氣的頻率，經驗已經豐富，被山林樹魂訓練，如是波峰與波谷自然韻律的和諧，不疾不徐的上下斧削，斧砍木肉的聲音如是姥姥自悅的輕音歌唱，彼時，我感受到父親在我十九歲，帶我跟他去伐木時的專注儀態，是樹與人合一的情境，此刻已五十來歲的我，已被涵化的我，在回憶過去的記憶影像卻讓自己在不自覺中進入了傳統族人在山林伐木的純度儀態，這正是我一直想要追求的，孤影與山林靈氣相容的感覺。我流著汗水，揮著斧頭，化自己的神情為已逝去父親伐木的姿態，把惱人的現代性的種種思維拋出腦後，盡情沉醉在那山林翠綠陰翳下的寂靜，斧削樹肉。

我相信，在我十九歲過去的記憶，與父親、大伯一同上山伐木，在我沒有造船之前，對他們的感受幾乎是歸於零的記憶，他們的逝去，在我開始進入傳統的生計勞動的時候，卻讓我從他們的身體展演領悟到自然環境是他們體內的養分，他們身體語言也就是環境永續的實踐者，我感悟到了，父親曾在台北不斷的跟我說：

「孫子的父親，歸島吧！我有很多傳說故事要傳授給你。」

其實，「傳說故事」就是我長輩健在時的實體，與我日常生活對話的語言。他們常跟我說，要時時審視看樹的長相，必須理解樹木倒臥的地方，樹木倒塌之前跟它說話等等的，每年出海獵捕飛魚的首航日，首航夜的第一尾飛魚，你必須跟牠說話，也必須祝福牠，這就等同於祝福自己，原來求我歸島定居就是學習人類與環境生態共生的信仰，也是愛惜自己，民族情感增值，疼惜環境的本源。

我脫掉外衣擦拭身上滿溢的汗水，蹲著從樹葉縫中仰視秋季灰色的天空，光線在此時已轉向，表示是下午了。我轉個身子，開始斧砍樹肉的另一邊，我的呼吸開始進入老經驗的節奏，我的身體肌理的協調性漸入佳境，心臟的脈動平緩，我用拇指摸摸斧刃，在我心海父親過去伐木的儀態再次的鑲入我的腦海，引出已忘掉的回憶，引出母親口中的善神形象，忘記自己曾經去過台灣求學，忘記自己曾經是好高騖遠的臭小子，此時默默的與樹肉格鬥，「歸島！歸島！」的語音，彷彿從樹叢某處，穿越葉面雨露傳輸到我的耳根、內心，在山林悟出了父親要我歸島的本意。

在山林環境，因為自己需要造船才可以依據民族科學的招飛魚祭儀，出海獵捕飛魚，而要獵捕飛魚、海洋裡的一般魚類，就必須造船，這似乎是生態永續的循環概念，是生存倫理，「不會造船等同於低等男人」，父親的話，正在說明那個「男人」無法理解人是環境生態的物種之一，就像山林的樹、海裡的魚都會死亡、腐爛，肉體（包括樹肉、魚肉）回歸為土壤之前，每個物種都依其智慧、環境之差異建立不同生態類科的生態習性，民族的文化內容，因此生態物種的成長，如吃風面的樹、深谷陰暗裡的樹的肉質之堅實、鬆軟有差異，人類成長學習過程也都浮現素質的好壞一樣。於是又說，「魚類（樹木）不可能飛到你家屋院」，你得必須親自去伐木勞動、游海獵魚，這是「肉」腐爛之前，生態物種因生存延續，提供互利互惠，達悟人因而以「儀式文化」體現對生態物種的敬愛，你不造船，你就很難理解樹身的美感，魚身的優雅，以及不解生態圈的智慧就是路旁的雜草、低等的人類。

斧削龍骨樹肉的同時，我思考我勞動，身體也揮汗，我卻忘記了在那個時候，我的狗一直觀賞我彎腰低頭，手臂上下揮舞斧頭的美姿。我抓住斧削龍骨的雛形流線，漸漸接近完成龍骨的基本造型，坐了下來審視龍骨的儀態，做最後的呼吸休息。我摸摸狗狗的頭，牠跟我上山伐木造船也造了兩艘，此時牠也被山林的惡魂認識了，不再對那些坐在雀榕樹蔭下的惡靈吼叫，乖乖的趴在灰燼旁，牠的耳垂也不再驚訝樹梢上飛鳥的歌唱聲，狗狗跟我上山是我的夥伴，也是我用來見證附近有否惡靈存在的導航者。

我闖進蔓藤糾結的樹叢，截一段四米長如小拇指粗的藤，作爲下坡路段拖拉的韁繩，然後用斧頭背敲裂藤莖，使其柔鬆，不至於割裂我的手掌。把韁繩繫在龍骨前端的凹槽，作爲拖拉用。準備回去的時候，首先好好整理自己的裝備，放進登山袋揹起來，我試試龍骨的重量，走之前，把未吃完的食物放在地上，再次的跟山魂樹神說道：

Komavus o panengehan ko jiya ta
在這兒我伐木的工作要暫時結束了
Yinyou a ineinapu namen no kakwa ya
我靈魂的祖先在這兒
A oyanyo ni paziwang o wowyouwya tnyou ji yaken a
你們打開你們的力氣給我
Apo nyou do karawan ya do pongso ta ya
你們在這個島嶼這個民族的孫子我
Icyakmei ko ayayi no ipasalaw a somalap
讓我如白鰭鰹鳥似的輕盈飛翔
Do paninidan ko do rarahan ko a

在我回程的旅途中
Ori ompawan nyou o cinengeh kwa
我們因而一起扛回我的木頭
Ta tahatahangen ta do omalumirem a wawa
龍骨將在未來的日子在汪洋航海
Kumala sira pineiziwang ni omima among no rayoun
如天神的指令追尋給我們的飛魚群象

過去的歲月，在台北時的補習班，在淡江大學念書，這一段五、六年的時間打工扛鋼筋，走在工地外圍竹子做成的階梯，以小鐵絲綁牆壁內的鋼筋，屋頂鋼筋，鋼筋的粗細，由三分到十分不等，從二十歲到二十六歲的歲月，無形之中訓練了自己的左右肩可以交替的扛重物。在傳統的部落生活工作，如此的年齡，也是扛乾柴，扛回伐木的船板雛形，就是肌耐力的訓練。個人命格的成長的勞動性質不同，卻是相同的體能訓練。此時當我伐木獨自扛回造船樹材的雛形木塊的時候，肩膀的肌肉早已適應扛重物了。因此，過去在台北的謀生，爲了學費，爲了養活自己，穿梭在建築工地的重勞動，不知不覺中訓練了自己的肩膀與脊椎的抗重能耐，迄今受用無窮，也是自己沒有想過的成效。

流動在台灣不同的區域城市，搜尋自己成長的有利路線，潮差甚大的勞動目的，以及曝曬在豔陽烈日的年輕歲月，彼時疲憊不堪的肉體，夜間在簡陋的工地寮房，不時的思索出生時的根源情境，島民固有的傳統屋，在一九七〇年被台灣來的營造商，以怪手夷爲平地，部落族人措手不及的抵抗，眼睜睜的看著父親的父親的父親用雙手、木棒，爲了躲避颱風的肆虐而掘挖的傳統地下屋，漢人政府以爲的「德政」其實是摧毀部落民族建築文明的固有智慧，以爲四方塊的「水泥屋國宅」就是進步的表徵，表現政府的關懷。從我個人的理解來說，台灣政府對原住民的居住政策，幾乎是沒有環境美學的審視基礎，這是事實，反正住進「火柴盒」的人不是我，是那些「鍋蓋」[12]。彼時，自己民族的現代化的遭遇讓自己恢復理智，激勵奮發，把大學課業完成，對於那些掠奪蘭嶼資源的低等的閩南人，就交給我民族的天神處罰。對於自己的求學、打工的勞務過程無意中卻訓練了自己扛重物的肩膀，無疑是給我歸島之後，穿梭在山林小徑扛造船木塊的好身體。

背後背著伐木器具斧頭，肩膀扛著七八十公斤重的龍骨，我吸著氣，Yap聲，很不輕鬆的把四米長的龍骨扛上肩膀，男人啦！我告訴山裡的小魔鬼，也在想像部落裡仍堅持傳統造船工藝的族人，我承繼了民族造船的技能與智慧，在寂靜的山林小徑扛著一棵、兩棵、二十棵造船木塊來激勵自己，唾棄自憐自艾的懦弱心智，於是開始移動雙腳，走雨水開闢的小徑，平靜的想，這是我在山林裡山神給我的禮物，給我敬愛環境的實踐行爲。

走了七八十公尺的緩坡地，在開始走下坡的點停駐，這兒是父親生前帶我上山，教我認識樹名、樹的儀態、用途的野外教室，腦海記憶的連結，除去親情傳授在地知識的責任外，此時時空

---

12 鍋蓋是來蘭嶼島工作的公務員因島民男士髮型如鍋之蓋子，就稱呼我們為「鍋蓋」，是羞辱的代名詞。

的演進，從大學生變爲博士生，卻也不是學校閱讀理論心得的增加而增加我個人對環境生態的理解與敬愛，我念的是文學的理論、文學作品與我現在做的完全無關聯，台灣文學的作品也無法讓我真誠感受那些作品給我環境移動的「生趣影像」。

或許，我已進入了父親以野性生態環境與人文相容扣合的生活內容吧，讓我熱愛與野性環境相容時，勞動流出的汗水，不爲金錢勞動，而是爲造船取材的樹魂與自己被涵化的腦袋一點一滴的連結相互珍惜的符碼。

很奇異的感覺是，好像父親、大伯、小叔公，甚至是我孩提時期記憶裡的外祖父，他們好像就在我身邊監視我，觀賞我，就像二〇〇五年的一月一日，放逐自己在庫克群島國的拉洛東加島的那夜清晨，他們在我夢的眼前顯影的感覺，讓我的遊魂感受親人的具象般存在。這個時候的我坐在潮濕的地上，那股虛幻與真實之間的灰色感受很讓我舒暢解疲勞，甚至微笑了起來。

風，從我滿是汗水的背部吹來，是北方吹來的風，眼前五海里外的小蘭嶼的海浪平靜，與天空一樣的顏色是灰色的，我看看手錶，時間不到午後的三點半，想著自己從樹根開始伐木到此刻，所花的時間約是八小時，我心已定要下海潛水，想著，從這兒到達公路的下坡路段距離是兩百多公尺，三十分鐘即可抵達路邊，再開車回家，可能還不到四點，我思索著，希望抓住天黑前的時段去潛水，於是我放聲的說：

Tadtad dan nyou, mwama, mo maranng, manga akay

在龍骨底下放下橫木，求爸爸、大伯、祖父們

O cinengenh kwa a rapan no tatala ko

我剛斧砍完成的龍骨雛形
I cyakmei ta somalap a meiwanai do inawurud ta
讓我們像是飛鳥似的快快回家休息

日常生活包括從父親、大伯、叔父在傳統慶典的儀式，在我歸島之後，也十分頻繁的聽聞族老們的生態環境禱詞，這是內在能動性的感知，只有受過野性耆老智者日常薰陶的造船者才可感受到的。這些話，是我由心中感悟環境靈性的存在，參與、理解父執輩們的對話背後的時空，悠然濕潤脫口而說的話，讓我由心臟起的脈動產生力氣，我喜歡在山林沒有說話的對象，孤影勞動時環境背景給予的這種感受。這段將近五百公尺的下坡路段，是雨水切割泥土的路，也是我部落族人的祖先的祖先的祖先，許多賢人智者的腳掌磨平的山路，將四公尺的繩繫在前部，後端我也綁了兩公尺左右長的短繩，我的身體在下坡表演收繩、放繩、放繩、收繩的過程，我的狗偶爾在我前面，有時跟在我後頭，很有耐性的與我同表演上與下的奔波走動。還有兩百公尺的下坡路程是空曠的蘆葦占據的山丘，兩邊的樹叢在山谷，放眼即可遠眺左右邊的海域。我的部落在島嶼的南邊，夏季的農作物飽受西南海風的吹襲，沿岸終日是一至兩公尺的浪高。祭拜祖靈、天神的秋季之後，眼前的海洋變得灰色的柔和、平靜，今日的午後就是宜人潛水的海況。

造船伐木是我民族男性的集體技藝，工藝雛形的粗糙、細緻，如其人的性格，是心智的訓練，有的人誇大其詞，不符合其本人平時的修養，工藝佳的人較爲緘默。自己的歸島定居，自一九九九年，我建造此生的第一艘傳統拼板船，是感覺環境生態，山林節氣的存在，父母親的健在，在我每次扛著山裡林木回家的時候，父母親的神情儀態在注視我的斧砍成績，彷彿把山林的氣味帶回家，父親就會指示我，且教我觀察樹肉的紋路，爾後探討我斧砍樹肉的力道與美學，說：

「我們的時代，造船的男人把木頭雛形從山裡扛回部落的傍晚，耆老們都將圍著那棵木頭雛形，觀察那個人的斧砍樹肉的力道，以及木塊樹肉乾淨與否，來判斷那個人的素質與素養。」

父親的這一句話，提醒我在山裡工作不得急躁，也讓我理解了，樹魂在他們那個世代是存在的，長時期的勞動過程是學習愛惜有用的樹材的成長環境，他們逝去之後，我才慢慢對這個信念有感覺。

許多部落民族具體而微的日常活動，環境信仰，是生態科學家、學院人文學門理論派者的生活經驗遠離野性環境，也就是說，對我們的詮釋觀點，包括人類學門的解釋，通常他們的推論是假象，在教室很有學問，在野性教室也假裝有知識，協助如我們這類型的行動腦袋想像，幫我們說不屬於我們初始的想像概念，循著他們自以為是的合理詮釋。或許，人類學家、文學評論家可以依自己關注的區塊做專業方面的解釋是無可厚非的，換言之，他們只關注我把龍骨之雛形扛回家的初級成品，不關注這棵樹是如何被我關注、關懷的過程心境，是如何嵌入我與父親上下不同世代的環境信仰，「船」的解釋，只詮釋其功能，說是二十一塊木板組合的船而已。

我的文學作品，有很多的劇情是人、海洋、魚類連續性的連結，在許多的評論，評論家刻意忽視「魚類」的實存，魚類被達悟人擬人化，不符合一般人只知道吃魚肉的線性軌跡，不想理解魚類也具有「人性」的一面，這是一般的人對魚類沒有「感情」所致，是消費生態者，而非敬重生態者。「感情」是我們對於星球生態物種表述的核心軌跡，環境信仰的主軸，這是所謂的專家學者沒有的人文素養，與養成的訓練。對於潮汐的潮差變換的知識網絡，是達悟人、我的文學作品關注的焦點，達悟人潛水者，划船獵捕飛魚的人花很長的「時間」關注潮差與魚類的互動關係，哪一「夜」是魚類浮出海面覓食浮游生物，我們知道，這是我們的文學，也是我們的科學，把環境生態元素擬人化，視爲我們日常生活的成員。

龍骨拖回公路邊，用貨車載，它就會很快的回到我家，我知道，我孩子們的母親在家煮rat-ngan[13]給我，我把龍骨抬進造船的工作坊，我對木頭說：

Oya ta rana miyan do valai ta
我們回到家了，我心魂的摯友
Oya ta pivanowan a inawurud
我們每年舉行招魚祭的家
Meiwanai ka rana mamahamaha ka rana
你就好好的呼吸，好好休息
Icyakmei ta ayayi pasalaw a
使我們像輕盈的鰹鳥
Matnaw rana so katawutawu

---

13 Rat-ngan，是指男性出海獵魚、上山伐木回到家的時候，家屋的女主人所煮的，慰勞男人的食物稱之。

身心恢復到原初的平靜

Karilaw mu rana.

「辛苦你了，孩子們的父親。」家屋的女主人說。

她的話讓我身心輕盈，我們彼此都相互的理解，今天之後有六個月的時間，我們生活的重心就在這艘建造的船靈身上，我邊吃rat-ngan邊說我伐木過程中的感想。這是我應該跟孩子們的母親敘述我在山裡的工作，讓她參與我與樹魂之間的互動關係，以及讓她有機會跟我上山，體會男性在深山裡伐木的工作，我是如此的想。雖然，在我民族的傳統信仰，女性是不宜走入深山陰谷的。

孩子們的母親，對著船隻龍骨，說：

Maka piya ka so katawutawu an

願你身體健康

Ta yata miyan rana do inawurud ta

因我們已回到家裡了

Iamo a mapa sawud so Kankan ta

因爲你使我們食物豐腴

龍骨回到家了，孩子們的母親的話語，讓我筋骨、身心立刻舒緩，我即刻穿著潛海抓魚的衣服，好讓海水清洗滿是汗水的肉體，讓我腦袋的思維清涼。

「你不累嗎？」

「去海裡遊玩，抓不好的魚[14]。」

過去潛水獵魚的經驗，孕成我現在抓魚的智慧，在任何狀況下的海浪，學習觀察，學會了保護自己，多讓我的家人常常吃新鮮魚，我也樂此不疲。明天的工作就是在家裡整修美化龍骨體形。晚餐過後的傍晚，叔父、堂弟與表姐夫來家裡探望船隻龍骨，看看我伐的是何種樹材，叔父肉眼審視了龍骨儀態，彷彿每棵樹都是他人生的一本書，一位八十來歲的族老，他以淺淺的笑容，說：

「不說話（不讚美），是因爲你拿回來的龍骨已經告訴了我，你內心裡的語言，身體的儀態。」

是的，在學校翻頁翻閱漢字寫出來的課文，就如潮汐每日的潮落潮起，都引來不同層面的內容，需要花時間去學習、去理解。我去台灣求學是我初始的願望，但也失去了觀測潮汐，其瞬息萬變的時序，那份潮起潮落的情愫，在那段求學時期跟它疏遠了，個人浮游游牧的旅程徘徊在沒有「根」的浮木，西方的論述、漢人的觀點都不是我企圖建立自己思維的軸心。

是的，「不說話（不讚美），是因爲你拿回來的龍骨已經告訴了我，你內心裡的語言、身體

14　抓不好的魚，是抓魚的心態語氣，並非真正去抓低等魚類，而是盡力去抓好魚的意思。

的儀態。」

父親這個世代的男士，從小揮舞斧柄，斧刃上下左右飛削樹肉，猶如漢族頂級書法家活化毛筆，揮灑筆尖於宣紙的墨跡，筆畫也琢磨心思，筆筆力道勻稱，出神入化的神力，也吸引住我的肉眼、思維去欣賞，想想這是非一日功夫即可一蹴蹬及的，現今各行各業的翹楚，沒有一位是沒有努力奮鬥過，也都有各自深厚的努力經文。

我的叔父，以及已逝去的父親、大伯的年代，是沒有受過東西方文明思潮的折磨，他們線性的生態環境觀，也是我寧靜觀察他們行爲的一環，我深愛的前人，是他們在七十歲之後跟我說，你沒有台灣人聰明（學校考試我都是最後一名），歸島吧！是的，我不是聰明的人，是我的夢想讓我好高鶩遠，以爲自己可以像漢族同學一樣沒有漢語學習的障礙，但我估算錯了，我思維的根柢很難進入孔子、莊子、孟子的哲學，以及莎士比亞的劇本，於是在三十二歲帶著挫敗的身心傷痕，帶著家庭歸島。

叔父來到家裡，探望我獨自一人在山裡的伐木成績，在我內心裡，他也帶來他穿梭於山林環境，近七十年循環互動的心得。此時，我潛水獵魚的類別，在叔父、表姐夫的內心看來，魚類的等級也適時的傳遞著我獵魚的能力等級，就像世界各地山裡的原住民擒獲的獵物類別，有其分類獵人實力等級的社會階序的意涵一樣。歸島生活十幾年，學習潛水，我偶爾獵到大魚，鮮魚熱湯的分享習俗總是蒸騰著我父親他們三兄弟，至親親人來家裡張嘴述說他們過去的故事。

此刻家裡的情境是，山裡的樹魂、海裡魚精靈的相遇，恰是引出叔父說故事，經驗分享之夜。叔父的兩位哥哥都大他十多歲，換句話說，他成長吃的魚、說的話、造船的知識都是兩個哥哥訓練出來的，此時叔父傳授關於傳統環境生態循環的信仰來教育我，是他的責任。

「現在的公路，以前的路，現在的快艇，以前的拼板船，是你們這個世代多了選項的生活內容，我們那個時代的工具，是腳掌與手掌，現在是機車、汽車，還有在海上會飛的船，對我個人來說，這種生活功能的轉型，彷彿是溪流與海洋的交匯處，讓我無法分辨海水的混濁與清澈，讓我迷惘。

「你的船的龍骨雛形剛回家，我也剛品嘗你抓的魚，我不用多說，當初你靈魂先前的肉體，我的二哥，對於你去台灣念書，他非常的難過，不認同你選擇、你的夢的路線，他非常擔憂你變成漢人，不會造船，不會抓魚，不吃地瓜、芋頭。這在我們的觀念等於是斷掉的魚線，將釣不到魚給家人，這是很嚴肅的話。潮差的循環是生態物種生息的動能，觀測潮差等於觀測樹木的成長，是需要花時間去學習的。我們這一代人的全身機能，深受自然環境變化的掌控，我們的歌是環境給的，歌詞是許多樹林、許多飛魚所耕種的，身體肌肉的結實是伐木、是划船雕刻的線條，天空的眼睛陶冶我們的性情，祭典儀式修正我們的心智，波濤訓練我們求生意志的續航力，太陽是我們的醫生，讓我們流汗。

「今天，船的龍骨回你家，你靈魂先前的肉體是知道的，這都是已經證實了你沒有變成漢人，你抓的魚告訴我，海浪已經熟悉了你身體的味道，就像浮游生物帶來魚群。你是我們家族寫漢字最好的一個人，你把浮游（旅行）的旅客引進我們的小島，你卻在大島與小島之間不停浮游，追逐我這個世代沒有萌芽過的夢，你也滲入山林飛斧，你也在海浪波濤揮舞槳葉，展示你在野性環境求生的努力，也在文明人的書海求智，我把它放進內心裡休息，我感覺有數不清的喜悅。」

「這是很清澈的，達悟式的環境生態循環信仰的評論。」我沉默冥想，也回憶、思索一位老人的詩語。

是的，每一個個體都有他（她）對出生地方的基礎情愫，那是每一個人的「根（root）」。「根」是土壤環境的養分，我十歲之後，從民族的靈觀信仰的概念說是，小孩的身體可以適應了環境的鼻息，可以健康的長大，於是父親帶我上山，認識樹林環境，然後在父親的指導下，我種了兩棵龍眼樹（現在還活在我父親的林園），一直到我國中畢業，離開蘭嶼之前，父親教育我每年去探望那兩棵樹，後來在台灣求學期間，我的腦海感覺，我也好像跟那兩棵樹一起成長，每當考試成績不好的時候，我常常的想念它們，想著它們好不好，也是安慰自己在台灣考試時的不聰明。父親也說，你種樹是因爲將來會拿這些樹的果實果腹，跟他人分享，也會砍這些樹取材建屋、造船。種樹會讓你自己由衷的愛惜環境，同時山魂樹靈會因爲你種樹的付出，而聞得出你身體的體味，就不會陷害你。

一九九〇年manoyoutoyoun[15]，在我回歸小島兩年多，確定我開始與他們共同生活的時候，大伯求他的兩個弟弟，以及一位潛水好手的堂弟、親表弟造一艘八人四對槳的大船，說是讓我跟

15 Manoyoutoyoun是我們結束吃飛魚乾，吃不完的就拿來餵豬的節慶，歲令階序正是進入秋冬，稱amyan「繼續有飛魚的時節」，我翻譯為「等待飛魚的季節」。

他們一起在Kamalig（船屋）學習傳統生活的路線（route），這條路線就是我現在說的「民族科學」（native science）的學習，是山林的路徑，在船屋組合造船樹材，是洋流的移動路線，出海前在船屋聽他們獵魚的故事，讓我心理處於備戰的學習狀態。

達悟人男性在深山的林園不只一處，分散在不同的山頭，靈魂旅行的多元路徑。大伯當時已不再上山伐木，五位前輩，包括我父親，帶我上一段攀岩的課，在台灣走太多的柏油路，忽然走野性環境的小路，讓我見識到前輩們身材體型的適當是環境的琢磨成果，攀岩的坡度介於六十—八十度，海拔高度是二百餘公尺。他們爬來如游泳那樣的輕鬆，而我像是背負著一百公斤重物似的難度，因我選擇的成長「路徑」是去台灣念有文字的書，於是我的歸島學習是去彌補我那失落的十六年。

攀過坡頂之後，是叢林、蔓藤糾結的平地，蔓藤纏住，包裹許多巨岩古樹，歪七扭八的如是冬末春初的海平線一束一束的，從海面隆起的龍捲水柱，在樹頂形成自然的遮陽傘，若是在陰霾的天候，還真的讓我感覺到似是惡靈的望海亭。我心裡想，爲什麼選擇如此困難的山頂育樹？我與二堂哥像是浮游的觀光客，頭顱旋轉三百六十度的好奇觀望四周環境，叔父說，這是我們**sira do Zawan**[16]（河道家族）的共有林地。

一九二六年生的堂叔跟我敘述我們家族在這兒育樹伐木的往事，他淺淺的笑道：「未來這些樹都是你的，樹種有賽赤楠（panguhen）、綠島榕（anungo）、擬堅木（mazacyayi）、堅木

16　達悟社會是以海洋的獵魚家族為部落的核心組織，獵魚家族都有自己的世系族名，族裔族譜的延續根源。

（mazafwa），以及粗大的毛柿（kamala）等等的樹材。」

我與大我三歲的二堂哥撿些乾柴生火，驅除蚊蟲草蛇，山林陰氣，於此同時，我們的前輩已經整理好纏繞在四棵賽赤楠的蔓藤、雜草。當他們開始用斧頭伐木的時候，直到一棵聳立的樹倒臥才休息，叔父與堂叔，以及已七十二歲的父親，一旦開始彎腰斧削樹肉，抓住木塊雛形流線起，一直到內面雛形完成才休息吃檳榔、抽菸，這是什麼體能啊！他們精緻的專注，斧削的美感，看在眼裡，我想在心坎，我的感知如是深入土壤內的樹根，日日吸收養分，三四十年的成長，樹的外顯儀態，是我這些前輩們的身形儀容，是山林的小道路徑在漫長歲月移植到他們的肌肉線條，每一道斧削樹肉的舞動，我見識到了那股飛斧的美學精氣，我把這個不可能在我這一代再複製的，與環境物種交織的勞動影像，刻在心海的記憶體。山林、部落家屋、海邊灘頭到波汪洋是民族科學，在最後以虔誠儀式慶典，在適當的季節踏實的呈現，對島嶼環境永續的真愛。

在船屋把木塊雛形，依然使用中小型的斧頭削樹肉，我是實習者，從削木栓開始，「船屋」裡父親長輩們說的故事是關於海洋、關於獵魚的小說，「伐木」的時候，是講述山林的奇異故事，訴說魔鬼的趣事。

我的「歸島」與家族的男性前輩學習，大伯的信念是以實際參與伐木造船，比起他們跟我口述，大伯這個策略更能「擴充」我思維的路徑層次，他理解我的父親，他的大弟的「口述美學」遠勝於他與他的小弟。其次，大伯在我身上的用心良苦，是因爲他的兩個兒子，我的堂哥們在他的視覺標準是屬於第三等級的男人，在部落男性的傳統聚會，只能坐在外圍聽結論，而無法發表見解的男人。

當夜，我的兩位堂哥也前來我家探望我扛回來的龍骨，叔父非常了解我的大堂哥，他們只相差六歲，也就是說，他倆幾乎是一起成長，一起學習。所以，叔父說，探望我拿回來的龍骨雛形，放在心裡面休息的意義是，我選擇到台灣的學習成長的「路線」，在歸島之後，我還有能力實踐，去抓住尚未被後來文明摧殘的人，「根」還在流動的傳統美感。

那艘大船造好之後，兩位堂哥與我，以及父親兩兄弟、堂叔、表叔等八人在招魚祭儀過後的某夜，我們出海獵捕飛魚，從我部落出海划船到立馬拉麥海域[17]。這是我從小夢寐以求，參與學習造船，參與夜航獵漁團隊，見習於造船的過程，是兒時願望的實現。船上放了六把左右的乾蘆葦。我第一次握槳划船，我還沒有被海浪訓練的手腕、肱部肌肉、腹部肌肉，我的身體，我的想像，從台灣歸返小島，我身心整體的轉換，從小只見到魚，看不見獵魚過程，是夜卻正在進行，在那個時候，堪稱全是我人生的一次新的經歷，我們沿著礁岸的划，時空的一切全都籠罩在黑夜進行，礁岸也是黑色的，對於我，彷彿在「黑色」啓動摸索「根」的起源，我的手腕、肱部肌肉、腹部肌肉開始堅實，還有我的腦紋記憶功能轉爲浮動的海洋記憶，體會到真實的我的存在，十分踏實在那一夜之後，我們以簡陋的一支掬網，一把火炬照明，最後我們只網捕五尾飛魚，一日的早晨，七個家庭分享四尾飛魚，一尾是由panlagan[18]家人獨享。從我會走路起，一直到我國

17 環島嶼的沿岸海域，各部落族人都給予命名座標，來判斷不同魚類的漁場知識，立馬拉麥是我們島嶼的飛魚故鄉，飛魚從小蘭嶼到大蘭嶼最先抵達的海岸環境。

18 Panlagan招魚祭之後，漁團家族捕飛魚初月共食的家屋，也是年度舵手船長的家，以及出海、返航的所有組

三畢業離開蘭嶼期間，飛魚漁獵季節首月，家族所有人都在panlagan家一同共食，是家族親情緊密，彼此照應的延續。

家族的親情緊密，過去我失去了十六年的團聚，因爲飛魚漁獵再次與家族團聚之刻，我的妻兒們參與了，令我萬分榮耀，也是在這一生的感悟。父親們利用即將解構的造船的有機勞動，用意在拉回我失落的十六年，失去「根」的學習時間，這是後來我父親常說的，「用雙眼學習，用雙手實踐」的造船信念。

二〇〇七年，扛回龍骨的那一夜，秋風的涼意很深，孩子們的母親的思維也深深的投入到叔父這一世代與環境生態物種的親切網絡，她從種芋苗，關懷成長的芋頭、地瓜、山藥等根莖作物轉換解讀男性的山林、海洋波浪、飛魚獵捕的知性語彙，植入了她從傳統勞動的辛勤過程，深深的體悟到我們前輩族人們的環境多元的信仰。而今逝去了父親，沒有妻室的兩位堂哥，眷戀叔父有畫面的口述，原來傳統知識、經歷的傳授角色通常是大伯扮演的，此刻的夜晚，臉譜多少鑲嵌了傷感的紋路，大堂哥固然會造船，但他造的船，從來就沒有部落男人讚美過的船，稱讚過的揮斧功力，身體的美技。當大伯逝去的前幾天，對我近乎懇求的說：

「希望你建造雙人船，讓哥哥們延續獵捕飛魚的根源。」

按我的理解，獵捕飛魚是我們的生活重心，大伯的想像是，我兩位堂哥在他往生後，生活

員共進共出的家，靈魂緊密的共勞團隊。

絕對是亂了傳統的章法，將會行屍走肉，哪兒有酒就在那兒虛度餘年的人。我努力的思考，並與孩子們的母親商量、溝通。當然我與幾位堂兄弟，我們從小的感情就非常好，但她對於我那一九三二年出生的大堂哥十分不喜歡，原因很多，主要是大堂哥沒有那種「回饋」的傳統概念，不僅是大自私鬼，也沒有一絲的大哥風範。她說著說著，其實她的內心很理解沒有妻室兒女的達悟人，說：

「從我們歸島回家，二十多年以來，我明瞭你不會跟兄弟們計較，大伯走了，他交代的遺言是真情流露的，照顧堂哥們，是我們的責任。」

我坐在船的龍骨身邊，從山頭吹來的秋風穿過我家背面的山谷，穿透我沒有窗戶的窗，感覺身體涼涼的。在我家的一樓，整理也排列我上山伐木用的斧頭，放在船身邊，同時撐開我睡的躺椅，跟船魂一同睡覺，想著大伯生前跟我口述的許多故事，也思索兩位堂哥的身體健康。大堂哥對於我在台灣念書，不屑聽我這方面的奮鬥故事，歸島回家之後，他也不屑讚美因我頻繁的潛水而常常獵到大魚的事蹟。孩子們的母親才會說大堂哥的內在思維，沒有「讚美」此等的傳統概念。

父母親、大伯仍在世的時候，陰暗的秋冬天候，潮水的退與漲的節奏已成為我的知識、身體養分的一部分，經常的下雨天更是我午後潛水的最愛，彼時我去潛水獵魚，最主要的目的就是用新鮮魚、熱魚湯溫暖他們老人家在秋冬的體溫，就如我小時候，父親、大伯在秋冬的深夜獵魚，在柴光下與他們共食新鮮的生魚片、魚眼睛，還有清晨之後的熱魚湯、龍蝦、石斑魚的早餐，在夏季他們豐富的漁獲量晾曬在庭院，藍色海洋是魚乾的背景，這種鮮活的影像印象，就算我在台灣失落也失魂了十六年，他們年輕時的結實肌肉、自信的身影與魚乾的畫面，是我在都市奮發不墮落的根源，嚇阻我挫折時淚水的溢出，他們的身影就是我這一生的教科書，永恆的火種。他們如汪洋深淵的詩歌吟唱時的沉著氣宇，散發智者的面容，樂於助人的胸懷，是修正我常常自以爲是的經文，我如是思索，在今夜。

大堂哥固然是一個怯弱、沒自信又沒智慧，也是個揮斧伐木沒有美感的自私老人，然而，當我想到大伯在我腦海的身影畫面，所有對堂哥的一切不是，立即幻化爲血肉的親情，潮汐與礁岸的糾纏連結，日月般的兄弟。

二堂哥在我們國中畢業後，生了一場大病，敏捷的身影又開朗的性情頓時蛻變成自閉的青少年，大伯因而常常帶他上山打柴，好讓山林靈氣治癒他，還給他原來的命格運勢，還有我那小叔公的兒子，我的堂叔洛馬比克，也從資優生變成喝酒的天才，教訓酒瓶的導師。在我與家人歸島定居的時候，我開始拉回我們從小的綿密感情，我的方法只有一個，就是潛水。可是，那個時候，礁石裡的野生九孔已被他們挖光光了，於是在夜間我們開始抓龍蝦，他們帶我，掃除我在夜潛時的恐懼，連結我與海浪失落十六年的根，三年的時間，我們幾乎天天在海水裡學習生活，學習理解海浪的脾氣，觀察魚類在礁岩的逃游路徑，或許我們體內的血管，從祖先的祖先就喝了計量不清的浮游的微生物粒子吧，我們正值年輕的體能，進步神速，漁獲成績讓我們的父母親喜悅，鮮魚湯讓他們天天敞開笑容。我的二堂哥瑪拉歐斯的性情，因海浪的訓練，也因獵魚成績，開朗的性格恢復了，洛馬比克也展現了從小時候就有的領導本能，我們相處得十分愉快。忽然間，他倆突然失蹤，去了台北遊走於建築工地，當他們再次歸島的時候，他們對酒精的需求量讓我開始傷腦筋了，大伯疼惜二堂哥，對我說：

「這怎麼辦呢？台北訓練他們成了低等男人。」

「失去了魂的根」，這是大伯當時的核心感觸，而我在他們不在蘭嶼的那段時期，已自我訓練爲孤獨的海底漁夫。飛魚季節，白天划船獵鬼頭刀魚，夜間捕飛魚，然而，二堂哥不分晝夜醉心於喝酒，喝到身體恐懼觸碰海水。

「這怎麼辦呢？台北訓練他們成了低等男人。」

大伯三番兩次來我家，無論是清晨，或是黃昏懇求我去把堂哥找回來，屋頂、路邊、涼台下都是他們醉臥的地點，回家後，又失蹤兩天一夜，成了堂哥過日子的慣性。有一天，我找了一個早上，大伯一直坐在我家院子等消息，我灰心，我氣呼呼的喘氣，大伯難過的頻頻流淚，而我無言以對。

「這怎麼辦呢？台北訓練他們成了低等男人。」

彼時，我移開屋院裡包裹我買來新冰箱的紙箱，準備收拾給我大伯在冬夜，當他睡墊保溫用，我彎腰移動紙箱，但我卻移不開它，因爲好像有重物壓住紙箱內部似的。我立即打開，赫然發現堂哥醉呼呼的就睡在紙箱內，和我的狗一起擁抱互相溫暖彼此。恰巧，洛馬比克走過我家，對我大伯，他的大堂哥，說：

「哥，無須擔憂孩子[19]的狀況，他只是起床起得慢而已。」

---

19 達悟人堂表兄弟，稱彼此的孩子、晚輩為「孩子」，是血親連結之意。

這個影像看在我孩子們的母親眼裡，不得了，她哭笑不得，她不僅笑僵了嘴角，爆出了眼睛的水、鼻涕也如泉水般的奔流，更慘的是，她笑破了腸胃，開始哭喊的慘叫，頓時，我顧不得大伯與堂哥、堂叔之間後來的劇情演變，立即的抱起我孩子們的母親飛奔到衛生所（在我的部落）的病床上，緊急的呼叫醫生，醫護人員全來關心，還有許多看病拿藥的鄉親也都驚奇的來圍觀，醫生問我說：

「是怎麼回事？」

「笑破肚！」我說，醫生看看我，瞧瞧我孩子們的母親的狀況，她抱著肚皮，一手用毛巾摀著嘴，還在延伸笑容，且不斷的流淚，我把耳根貼近她的嘴，說：「心臟跳得很快。」

「醫生，快拿純氧的氣瓶，心臟跳得很快。」氣瓶的呼吸罩口貼在她還在咧嘴爆笑的口。

我以自己潛水的經驗教我孩子們的母親呼吸吐氣的方法，眾鄉親問我：「阿姨是怎麼回事？」

二十分鐘多吧，孩子們的母親緩緩起身，順手擦拭淚痕，吸了純氧讓她的心跳恢復到正常的脈動頻率，恢復到正常的狀態。真是虛驚一場，許久，她跟前來關心我們，前來圍觀的鄉親族人，心情平穩的敘述了先前在我們家剛發生的趣事，故事說完之後，相似的狀況，所有人爆裂嘴角大笑捧腹，也因此事件被傳播，我孩子們的母親的親妹妹就拒絕嫁給我堂哥，並且說：

「我再怎麼愛吃魚、再怎麼醜，我就是不要嫁給瑪拉歐斯。」

我躺在躺椅，腦袋瓜一直想著，關於我的前輩，從小叔公、外祖父母、父母親、大伯等親人，以及還健在的叔父、堂叔與他們過去相處的，環繞在傳統生活的想像，我卻沒有多一分鐘的時間去思考，多兩分鐘的關心正在台北念書的三個小孩的生活。

一九九九年到二〇〇二年，我在新竹清華大學念研究所期間，我把自己的身體身心撕裂，一面念書，一面照顧正值青春期的小孩，一方面又抽空飛回蘭嶼去潛水抓魚給父母親、孩子們的母親、大伯，同時也抽時間寫書（《海浪的記憶》，二〇〇二年，聯合文學出版）。當母親視力退化到看不清楚我的時候，她主動回我姐姐那兒住，她出生的部落。我家就只剩我父親、孩子們的母親。那段時間父親不再上山尋柴，不再種地瓜，所有的時間就拿來發愣，我經常往返的奔波不在家，於是讓他感到特別的寂寞，或說是晚年很淒涼吧，於是經常跑到大伯家、叔父家詢問我的去處。好幾次，在秋冬時分，我從台灣飛回蘭嶼的家時，父親在大伯的國宅的前廊，兄弟雙手交叉抱膝曬太陽，兄弟倆從小一起長大的故事，他們已經彼此說完了，剩下來的話題，只剩一句話：

「我們孫子們的父親去了哪兒？」

「我們好久沒吃魚了！」

「我們孫子們的父親去了哪兒？」

幸好，午後的陽光還可以溫熱他們已鬆弛退化的肌理，當我目睹此景，我即刻的換潛水裝去潛水抓魚，我騎著機車，心海不斷循環的回想：「你們抓的魚養我的肉體，你們說的故事養我的智慧。」此時，我感謝自己，感謝我孩子們的媽媽縱容我十多年，一直處於失業狀態，讓我在那其間把黃金歲月給了海洋波浪，給了山林樹魂，讓我回到海裡很快的就可以抓到魚，抓我父親、大伯、母親，還有岳母想吃的魚類。

新鮮的魚與湯，構成他們新鮮的對話議題，譬如說：

「孫子們的父親，在寒冷的天候抓魚不會冷嗎？」

「這算什麼！他有穿衣服啊！」

「想當年，我們在這個時節只穿丁字褲潛水抓魚。」

「而且，我們也沒有蛙鞋，沒有呼吸管。」

是的，許多的，數不清楚的，包括揮斧伐木，吟唱古調，對生態環境的真誠信仰，我們這個世代差他們太遠了。父親們享用熱騰騰的魚湯、魚肉，在今夜也許還足以溫熱他們的胃壁，卻不足於有力氣跟我說故事，也或許他們的想像力已停滯了。我捧著魚湯給大伯，他淺淺的笑，說：

「剛從台灣回來嗎？」

「是的，大伯。」

「孫子們的父親，請你不要再遠離我們，我們的雙腳找不到你。」

我捧著魚湯給爸爸，他流著淚，嘴角不規則的蠕動，後來說：

「怎麼會有魚湯？」

「我下午去潛水抓的。」

「孫子們的父親，請你不要再遠離我了，好像沒有魚類在海裡，你不在家的時候。」

「那麼久的日子，你去了哪兒？」

兩個媽媽住漁人部落，我用飛的捧著女人吃的魚肉魚湯給她們，說：

「新鮮魚湯！」

她們一生的時間挖芋頭用的雙手在顫抖，當聞出鮮魚熱湯的時候，彎曲的手指一直一直搔著她們耳朵上方的銀色髮絲，望著汪海，說：

「這真的是魚嗎？難怪我咬傷了我的舌頭，嘻⋯⋯。」

「孩子呀！你去了哪兒？都沒有看見你。」

當親人們在清晨還沒有起身前，我默默的用身體身心再潛入海裡射魚，孩子們的母親問我：「你不累嗎？」

來來回回，移動於小島與大島的上空將近四十年，我沒有分心對於尋覓「根」（root）是什麼？我一直在追尋，身體固然勞累，我的身心沒被文明偷走。我的心魂在歸島之後，其實根本就不想移動，但孩子們移動了，顯示自己的命格也注定如鰹鳥似的，當空中雲層上的飄浮者。

想著：「我去了哪兒？」其實，在台北的孩子們也在問我這句話，我又從蘭嶼背著我們冷凍的魚到台北，用清水煮給孩子們吃，孩子們喝著魚湯吃魚肉，他們的眼神望著我，說：

「爸，很舒服吃爸爸的魚。」

孩子們睡著了，我背著衣物乘坐最後一班遊覽車回清大宿舍，清洗自己學院嗅覺不習慣的、滿是魚腥味的身軀，然後進入圖書館搜尋「路線」（route）是如何解釋的理論定義。

「你們上山伐木去哪兒？」孩子們的母親很喜悅的問我，在天亮後的清晨。

「爸，這些造船的木頭，一、二、三……十五、十六、十七棵的樹，都是爸爸你一個人上山砍的嗎？」兒子放寒假，坐在船身邊，很驚訝的問我。

「是的，都是爸爸一個人上山伐木。」

「喔！」

兒子的表情像是不可思議的把雙眼掃描半成品的船體身上，二堂哥穿著雨鞋，手持鐮刀走進我造船的我家一樓的空間，直接對我兒子說：

「跟我們上山不可以說無聊呢，『無聊』是山裡的禁忌語言。」

「爲什麼？」

「那是深山裡的許多小魔鬼捉弄很少上山的人的伎倆，讓他沒有力量。」

孩子們的母親也在清晨七點些許的時候走進我的造船屋，看著我們三雙眼繞在船體身上，她知道，這一天是我帶兒子上山的第一回，帶他來見習，說：

「你是男人，造船是我們民族的身分證，用眼睛看爸爸如何使用斧頭斧削樹肉，你會有記憶的。」

我三十二歲歸島定居，第一次單獨划船夜航捕飛魚，我的部落當時只有一艘小型的機動船，是卡洛洛的堂弟，馬阿勒克。當時我部落與隔壁部落在Jiliseg（地名）夜航獵捕飛魚的船隻約有六、七十艘。黃昏的柔情畫面，把我的記憶拉回到十幾歲的記憶，許多十幾歲的部落少年站立在海邊目送部落獵捕飛魚的所有船隊出海，我個人非常喜歡，甚至可以說是，沉醉於那種十多年記憶裡的野性空間的無限美景。結果我到三十二歲才實現我當時的美夢，我的初始之航卻網到了一尾鬼頭刀魚。時間的輪轉，即使到了今天，我部落划拼板船捕飛魚也都沒有良緣捕到鬼頭刀魚。因爲我初始之航獵捕到鬼頭刀魚，父親在祭拜祖靈、天神之後的幾天，就開始上山伐木，開始造船，跟我說：

「你的靈魂跟我們，你的叔叔們相似，屬於海洋，建造這艘船是父親給你歸島定居的禮物。」

二〇〇七年秋季之後，我不僅都是一個人上山伐木，同時這是我獨力建造船的第三艘，兒子在身邊，二堂哥與我也已經是五十多歲了，就在那天的早晨，我悟到了爸爸的真諦；父親的初衷，就是以建造一艘船讓我了解在「山林與波濤」是「島嶼與汪洋」共生的延伸概念，父親要我在山林伐木，汪洋划船獵魚，如此持之以恆的過程成長、成熟，要我虛心體悟到，人與環境所有的生態物種都是相互共生的，有生命的物種，沒有誰主宰誰的平等信仰。

我的「禮物」是二十一塊不同類科的樹材，外加兩棵樹建造的槳，有了「雙槳」，船才可以航行，雙槳就是我的雙手臂，船身就是我的身軀，每塊組合拼板的木頭就是我的五臟六腑。原來，這就是我的「禮物」。

「這是你們在山裡的食物，幫爸爸減輕肩膀的重量啊！你，藍波安。」兒子的母親笑容燦爛的說。

公路與汽車讓我們很快速的抵達入山口的小徑，山林的濕氣，山谷的陰氣，並沒有因爲我們有了汽車，或有了吃汽油的鏈鋸，吃了米飯而降緩。小我十三年的堂弟，我叔父的么兒，也是我部落新興的造船好手，在我們同時建造爲了招飛魚儀式而造雙人船的時候，他專注看著我與叔父在同棵樹，彎腰低頭使用斧頭削樹肉，跟我說：

「哥，你很幸福，你都跟過爸爸們上山伐木，跟他們一起划船夜航獵魚，都聽過祖先的故事，爸爸們都喜歡跟你說故事，你的思維比我們更漢化，也比我們更達悟化，你在我們眼前操作斧頭的功力像爸爸他們那樣，好像你們斧削樹肉的身軀很有協調性，十分的自然，你是怎麼辦到的？」

「用專注的眼睛看，用頭腦探索寂靜，用身體肌理學習協調，就像一波一波有自然秩序的浪一樣。」我回應堂弟的真情話。

二堂哥瑪拉歐斯、兒子藍波安、我三人沿著乾河谷走進山谷，山谷兩邊的山丘海拔高度，其實不到一百公尺，可是密密麻麻的蔓藤，以及相互鬥爭吸收日光的枝幹樹葉，讓初冬的河谷谷道光度很灰暗。藍波安從小跟我堂哥的情感關係就非常緊密，途中他倆有談個不完的話題，有說有笑的，走到一半，堂哥喘氣的說：

「有那麼遠嗎？弟弟。」

「我們已走了一半。」

此時，我停了下來，使用鐮刀清理我們走的路徑，瑪拉歐斯跟藍波安說：

「這兩棵龍眼樹是你爸爸小學四年級的夏天種的樹。」

「我知道，我和爸爸來過了。伯伯，你有種樹嗎？」

「當然有啊！飛鳥幫我種的。」

兒子似乎不理解這句話，在自己的林地，有許多落下的果實自然成長，我們剷除長相不佳的小樹，留三到四棵的好樹，讓它們自我發揮生命成長的耐力，爾後有時間就去探望，整理周邊的環境。當然，堂哥從生病的陰影走出來，開始潛水抓魚，去台灣做建築工人，綁鋼筋等粗重工作之後，他開始出現自我低度期望，存的錢少，花的錢多，喝的酒精多，飯吃的少，使得體能不佳，讓肌理提早鬆弛了。大伯人還健在的時候，經常跟我訴說他對兩個兒子的灰色看法：

「三、四十年來，我常常依據我們民族在野性環境求生的鬥志給你的哥哥們說故事，這是希望他們給自己高度期望，多一些給他人多元尊重的標記，至少不要被歸類爲低等魚，我努力說故事給他們，可是他們的腦紋始終沒有反應，假如你的兩個堂哥是海裡的生物的話，好像是無法浮出海面換氣的烏龜一樣，沒有鬥志的物種，或說，一直處於低度期望的人生觀，盼望你多關心他們。」

「哥哥們，藍波安孩子，好！」堂弟趕來幫我的忙。十多年來，他理解部落親戚造船過程中，到了最後四棵側懸板，每棵樹的樹根要掘挖，從土壤底部切除樹根成長的源頭，這是很粗重的工作，同時也是我們親戚間男性情誼持恆的，勞動互惠的具體表現。我尋找的野生麵包樹是在這條河谷的底端斜坡，從開始挖到雛形的流線設計，單用斧頭伐木，至少要花三天的時間在山裡工作。

父親生前在山裡取側懸板樹材時，他比平時取其他部分的木板來得謹慎，審視的時間也比較長，是只可成功，不可失敗的，畢竟要取美麗的麵包樹板根、有四五十年的樹齡，不是一件容易的，至少在樹林的生態圈，它是有位階的。而我們這一天要取的這棵樹，我已花了三年的時間照顧它，今日，我造的雛形流線若是不美，而後若失敗，是最爲遺憾的事。一棵樹可以長四、五十年，表現了這棵樹在「爭奪」生存的韌性、剛毅，就如我們高齡的人一樣，是歸類爲智慧型的樹，必須謹慎。

「就是斜坡上的那棵樹！這兒的地名稱之Jimakupad[20]，」我說。

斜坡坡度約是七十度左右，高度在二十公尺，我們觀察樹倒臥的方位之後，便開始清理四周的環境，使我們工作的地方乾淨，減少意外受傷的事件，這也是尊重樹魂的工作之一。腐葉的味道濃，濕度也高。

堂兄弟與兒子，他們都是第一次造訪Jimakupad，在這兒的山魂樹神初始遇見年輕的兒子靈魂，所以我就像父親過去在我十九歲第一次造訪某個山區時，他爲我砍了一節嫩的芒草，在我全身畫來畫去，好使小小惡靈熟悉新鮮人的體味，不抓走我的靈魂。當然，我這方面以達悟語的環境信仰禱詞不可能勝過我父親，即便如此，我必須爲兒子靈魂祈福，也是尊重山魂樹神不變的儀

20　島上部落間的傳統領域，以溪流為自然的界線，延伸到汪洋，每個地方都有它的在地地名。在此地名有幾個人在種樹，我們知道，此也標示出某個男性在山林的勤奮程度，以及伐木遠近的安全與困難，是我們山林的基礎知識與認知。

式，這是從父祖輩們那兒學習到的，與環境靈氣建立親密的符碼儀式，而非漢人學校。

Imoha namen si si buwan a kahasan
你，我們在開墾的山魂
Oyanamen panafuhan so teneng am
我們吸吮智慧的山頭
Inei napu nyoy yamen do tud ya
我們是你們膝下[21]的族裔
Jinyou yakan o pahad nu vavayou a Ta-u
祈求你們不要對剛來山林的新鮮人施魔咒
Ta oyanamen ovai nyou do karawan...
因爲我們是你們在白天的黃金
（學習造船，讓傳統技藝不至於失傳）

說完，我內心裡的舒暢浮升，展現在我喜悅的面容，兒子的感覺好像在野性山林的受洗給他新的認知與感悟，他也展露笑容。我們伐木的地方在不同的山頭山谷，移動的身軀如是浮游移動的魚類生態，去尋覓有機的養分，讓身軀身心茁壯，於是儀式是以移動的方式舉行的，而非局限

21 膝下族裔，傳說我們是從始祖膝蓋降生的，說從女性子宮是禁忌的語言。

於一隅，或是只信仰某一個神明，就是排斥生態的多元存在，人種的多樣色，聰明才智的潮差差異。四個人一起從挖土到砍掉樹根，到樹幹倒臥，只花一小時，如果只有我一個人可能要花上半天的工夫。

對於我從小成長的身軀、身心滲入著許多不是我民族初始的原味，我帶著根鬚觸角遊走移動，常常被漢文西語灌醉，迷茫而失了根的認知焦距，此時回歸祖島尋覓，解讀迷失的符碼已是多層次的感悟，讓我厭惡一元化的教育、一神論者、一元標準、霸權、父權等等之，其根本絕對不符合星球初成長孕育多樣性生態物種的相容，展演多元民族文明的獨立性。

第二天，我與兒子把側懸板之雛形完成，準備沿著山谷扛回家的時候，兒子看我滿是汗水的臉、身體，說：

「爸，你扛得動嗎?那麼重。」

「行！」我說。

「肩膀不墊東西嗎？」

「不用。」

然而，走在凹凹凸凸、東彎西拐的鵝卵石乾河道，脊椎、雙腳的韌性，事實上已不如我第一次造船時的能耐，身體機能漸漸弱化，此時證實了，最初走四十公尺，後來三十公尺的距離正在縮短，也不斷的喘重氣。

「真的很重，」我說。

我與兒子在他祖父、我父親，就是我十歲種龍眼樹的那個山谷休息，父親從未說過他在台灣做了什麼事的故事，那兒沒有他們那個世代命格旅行的經驗，就無法跟我分享，然而，父親從小帶我上山，在不同區域的林園，扛著很重的原木走在曲折的小徑，說著他們勞動的能耐，說著熱帶雨林與民族不可分裂的依存關係，我都聽在耳裡，想在內心。父子過去在相同地方的情境，很奇異的被複製在這個時候，我與兒子仰望樹梢，坐在鵝卵石上，說的故事也完全相似，不同的是，我是帶兒子去台北過生活，放他在那兒念書，鼓勵他念書，跟他說我在台北過生活的辛酸事，生態的周期性原來就有它的自然律法，而我，上一代與下一代的銜接者，在認知差異甚大的不同世代，環境信仰傳授給自己的親生骨肉，我一直以爲是某種隱性的幸福正在流動。

許多關心我的漢族朋友說，你會不會帶你兒子上山伐木、下海抓魚等等的，其實朋友們問的問題，對我而言，是非常簡單的「線性」的問題意識，畢竟漢人朋友根本無法感受人與山林大海相互依存，直接接觸的親密關係，也無法感受在山林伐木的樂趣與艱難，以及在海裡潛水、夜航捕飛魚的危險程度，不依此爲生的眾人是無法感悟，其實我說了等同於白說，然而問題的背後卻是給我們無形的壓力，就像白人跟黑人說：「你爲什麼不會打籃球？」一樣蠢的問題，這正是刻板印記，卻不問自己，爲何不會伐木造船，不會游泳，不會抓魚，不會打籃球。因此，對於我，既要有文明知識分子的虛僞，也必須存有民族生存技藝的本事與真誠，這個難度很高，因此，對於兒子，只要他不拒絕跟我上山，不排斥跟我下海抓魚，我的滿足就有一分，人畢竟都會從成長過程裡去思索，參與是增加多元想像的元素，多元的準繩。

更讓我傷透腦筋的，或是令我達悟人厭惡的問題是「飛魚好不好吃啊？」簡單的說，任何可以吃的食物都是「好吃」，唯吃的美學意義如何？端賴人們居住的區域生態食物認知差異。當我們從Discovery白雪皚皚的影像看見依努伊特人（俗稱愛斯基摩人）生食海獅心臟時，我們無一不咬牙切齒，身體冷顫抖心，但他們不這樣就難耐零下一二十度的氣溫，我說，他們在「吃」文化，不是料理美食，因此，我們達悟人「吃」我們捕撈飛魚的辛苦，是吃飛魚文化、魚類生態美學，不是「吃」料理包煮出來的無機食物，無關於好不好吃。

「藍波安，你截斷那一個wakai蔓藤[22]，我們用肩扛，好嗎？」

之後，我用石頭敲碎wakai，再砍一根如我肱部粗的木頭，便與兒子一前一後的扛，我當然理解兒子不能扛，他畢竟沒有扛鋼筋打工的經歷，肩膀要扛超過一百公斤的重物，是一件難事，我只是希望他參與，跟我上山的伐木造船，讓他體會過程，讓他有美好的記憶。

已是下午近四點的時候，我們終於到達了谷口，但是上坡的坡度約是六十度，三十公尺高。

「兒子，我們一口氣抬上去，」我說。

藍波安吸了一口長氣，看著我笑，說：「好，一口氣。」

「喔……，終於上來了，」兒子癱坐在地上，喘吁吁的說。而這一年，我也才不過五十歲。我三十二歲那年，父親以「造船」做爲我歸島的禮物，由於我在蓋房子，扛砂石，體力漸漸好，所以父親造好的側懸板都由我來扛，移動的回程中，父親始終是沉默的，彷彿過去他們在山林熱絡的種種，似乎在輪迴到我們這個世代的時候，我們只是偶爾對山林熱情吧！而非一生情感、精神性的互動。

22　Wakai是我們繫牢乾柴、拖拉伐木樹材使用的蔓藤之一，非常結實，也取來做為防颱繩索。

砍四棵都是麵包樹的側懸板根，兒子都參與了，他的母親說：

「藍波安累不累？」

「有一點，可是爸爸沒有說他很累呢！」

「爸爸習慣了。」

兒子十二歲蘭嶼國小畢業後，我就送他去台北獨自一個人過生活，早我七年。父親生前跟我說過：「我們的時代無論如何的轉變，你必須帶孫子上山下海，讓我們的祖島生靈認識他，這是傳統的教育方式。」我始終認爲，母親從小跟我說許多鬼故事，讓我感覺山林海濤有神魂的存在，山與海存在著活生生的記憶，這也許就是他們說的「讓山林海濤聞得出你的體味」，這是我帶兒子上山的主因，「累」我想可以轉換成很深的成長移動時的記憶。

最後一棵，堂弟也來幫我的忙，對他而言，也處於正在見習，學習使用斧頭的技能與耐力、耐性，以及被山魂樹神認識階段。我認爲我民族有許多的自然性的生態，或者生態的自然性，父祖輩們皆以「有靈性」來描繪造船建物的樹材，活化生態系。當初我自己第一次上山砍側懸板的時候，很難想像父親要求我跟樹木說話的原委，雖然說是樹木有靈魂，但他更強調的是，山林有守護神的信念，如此的信念，讓我慢慢的才領悟到分類樹的等級，如同分類魚類，儀式性的與非儀式性的魚類，我認爲這是我民族的環境生態的信仰，此等信仰遠遠超越於學院裡的專家學者所說的，「生態保育概念」的理論，我們在循環實踐自然界的生態，生態性的自然，包括我們人在內的儀式行爲。

這一天的晚上，孩子們的母親準備現代性的與傳統性的食物犒賞我們，我的叔父以及我三位堂兄。叔父說著過去他們成長的歲月，說著今後不可知的島嶼環境容貌的變化，島民走向因「追逐」什麼的而彼此疏離，就像鄰居的那位老人，拒絕與孫子們對話，不說達悟語就如同跟過客說話，也不知說什麼！畢竟腦袋瓜思維已經不再是波浪與潮間帶流動的親密依存關係了。

叔父唱著自創的古謠詩歌，我們和著音，情境煞似我們在夜色海洋上共同獵魚時，歌聲循著波峰與波谷起落，如是嬰兒吸吮母奶的節奏時弱時強，我們圍坐在我的木船，每塊木板激發了叔父的心智與情感，讓我們感受到沒有金錢交易的歲月的時候，親屬間的關係是有機的養分，像是溪流流入海的時候，入海口混合著淡水與海水的相容養分，孕育出食物鏈生態的美好永續。此後也是我們未來不能再複製的山林海洋的記憶。

「藍波安，上山伐木扛材很累，呵！」堂弟夏曼・馬答傲笑著跟兒子說。

「是的，發覺在我們這個世代，造船很困難呢！Maram（叔叔）。」

叔姪對飲一杯，之後兒子接著說：「爸，辛苦您了！我幫不上忙。」

「藍波安，你可以跟爸爸上山，媽媽非常滿意，你的同學們都沒有機會跟他們的父親上山砍木材呢！你是第一個，」我孩子們的母親說。

我是父親的獨子，藍波安也是我的獨生子，我們要學習的事物很多，是現代性的比重多於傳統性，在我兒子的這個世代，讓他獨力造船，可能是一件十分困難的事，即便是我，在我叔父、父親的伐木、漁獵夜航的標準裡，也是不及他們的。我，以及兒子等等眾人，我們的信仰已經被數不清的惱人的現代事務所分化了，煩惱增多，諸如汽車要吃油，我得付費買汽油，叔父的時代，無須對此煩心，因爲雙腳不需要加油。

叔父與幾位堂表兄弟，我們圍繞在我的木船，叔父領著我們歌唱，是流行音樂沒有譜過曲的旋律，沒有造過詞的語言，歌聲從我沒有鋁門的窗竄出夜色，之後，如此的情境不再復現，已成絕響，兒子還可以趕上悅聽，或許是我營造的符碼吧！

小堂弟夏曼．馬答傲舉著酒杯跟我說：

「你很幸福，哥哥，你都聽得懂父親們的故事，聽得懂他們唱的歌詞，你又可以獨力造船，學到我們民族的生態知識、夜曆[23]的知識、風的名字[24]。」

在台灣的學校，我念的是人文學科，不是念地球科學、氣象學，或是海洋物理、海洋化學科學。在我考大學的時代，那些科目是屬於「自然科學」，我的民族的數字學沒有小數點，沒有開根號，沒有微積分等等的小於一的數理概念，於是放棄。歸島的定居，父親他們在我會潛水射魚、划船捕飛魚，他們傳授給我的知識是在地的海洋律動的變換，是潮汐與月球的夜曆知識，是雲層與風向的觀察。開始學習造船的時候，父親、表哥他們教我認識山林的靈氣、樹種的級別好壞，整體說來，就是我民族環境信仰的科學，一般人說是「生態知識」，這個「知識」的意義是

23 夜曆（Ngaran nu ahehep），達悟民族的歲時祭儀，標示著何夜是吉夜、不吉利之夜，或者何夜潮汐穩定，魚類浮出海面，達悟夜曆接傳遞者民族的生態知識，說是「民族科學」。

24 風的名字，這是西南季風，東北季風，夏季與冬季交替的季節風，至少有十六個名字稱呼風向，也是達悟人的氣象科學知識。

傾向西方的自然科學的解釋，我民族的在地科學沒有受過西方理性科學的影響，因此，我不說那些等等的知識是我達悟人的「生態知識」，而是我民族的人性科學，我們的環境信仰。我始終堅持的說，環境生態也有它的「七情六慾」，譬如潮起潮落，花開花謝，我砍來造船的樹種是我祖父留給我的，樹本身會長大，樹種的級別好壞，我們不以樹的「市場經濟」來判準好壞。又如，蘭嶼因爲野性山林盛產「蘭花」，所以台灣政府更改我們的島名爲「蘭花之島」，蘭花在我們生態視野歸於山林的野性產物，而非取來種植於家屋來觀賞，但我們被台灣商人欺騙，說是可以換錢，最後不同品種的蘭花全部採光光，已經沒有了野性蘭花的島嶼。我們的真實島名是pongso nu Ta-u（人的島嶼，或稱祖島），日本人稱我們爲Yami（亞米），島嶼是紅頭嶼，這些被冠來的名稱與我們的歷史展演一絲情感也沒有，肯定的是，名稱的意義是殖民者展現其統治的「便利記號」，是根除在地性的策略。這個更名事件，根除在地性地名的策略，當然源自於大航海時代，西方列強帝國發揚其威權，合理化其侵略霸占的惡行使然，於是又稱「地理大發現」。大洋洲數不清的島嶼是歐洲人忽然看見的，但不是他們發現的島嶼，而是我們這些數不清的島嶼民族。

蘭嶼島是我達悟祖先發現的，不是日本人，也絕非漢人，我們的語言、傳統信仰、民族科學與他們無關，達悟人的「生態知識」是人性的，是環境生態生息永恆的信念；文明人所謂的「生態知識」是狹義的自然科學知識，非人性的，是政治性的占有，山林是國家的資產，而非與原住民共享共有，是經濟性的貪婪掠奪，把我們的海洋傳統領域，魚類資產視爲「無主領域」。這是自訂的依國家單向利益至上的掠奪，以合法化國家只掠奪不維護的盜匪行徑。因此，台灣政府在制定原住民族的一貫政策是，絕無所謂的「共管共有」的理念，原住民族居住地的森林資源的開發，國家把原住民族排除在利潤分享的圈外，這是非常明顯的例子。

夜深了，叔父與堂弟起身走路回家，我理解此後叔父不會再進我家門一步，他也理解我已經可以獨力造船。然而他的移動，也移動了樹根的靈魂，樹木是形成土堆的山的祖先，是樹根讓山頂屹立不搖，美化山、使其不滅的循環畫布，讓生態物種恆生的祖靈。叔父移動了，讓我想起幾年前逝去的父親、大伯的身影，想起與他們上山伐木的神情，兒時記憶裡的外祖父、小叔公他們身體的內臟是山林的生態系，他們的歌聲是海浪拍岸的旋律。可敬的祖先們，從小在山林移動，尋覓可以愛護的樹，刻上家族先占有樹主的記號，七八十年之後，我很幸運的移動到家族的林園砍來造船，我使用他們種的樹，我於是感受他們的精神就在我船身，原來這是我的靈魂歸島回家的本質，我終於想通了。夜航捕飛魚，我確信自己還沒有學習到他們砍樹時的寧靜儀態，還沒學會在深夜的海洋爲獵食大魚歌唱。父祖輩們環境信仰的核心，說類似這的故事給我聽，原來人在這個星球是微小的生物。

我知道，還健在的叔父、堂叔們過幾年之後，他們肉身也會離開這個星球，這是不可以以「情感」慰留他們長存的，在我歸島定居的時候，我對於自己民族的一切是無知的，我藉著自己的身體去潛水，偶爾獵捕到大魚的機會凝聚了我長輩來家裡聚會共享，我的耳朵如我學齡前細心的聆聽他們在山與海的故事，他們不像學校老師教我如何如何的，更不像牧師要求你要如何如何的，他們的語氣儀態如是三級風浪很讓我省思，從生活實踐感受與環境相遇的原初，從陌生開始，日積月累的被環境吸納，或讓我自己摸索環境節氣，哪種真情的密度，由稀疏漸漸的濃稠。

過去的幾年裡，我造船伐木失敗的時候，我是不擔憂部落族人的嘲諷，而是憂患樹材被我糟蹋，被山神野鬼嘲笑說我是個笨蛋。我身邊的麵包樹肉的水分會在一個月之內蒸發掉，我砍的二十一棵樹結合成我的拼板船，它是我自己不滅的作品，也是我家屋的財富，家人的禮物，也是海洋的化妝品、它的玩偶，更是我學習夜曆的情緒，學習感知風在海上的脾氣的活道具，琢磨我的外表儀態。

從我造船的那一天起，我就睡在它身邊，也是我們的信仰，必須把船艏朝海洋，海洋是星球生態永恆的發源處，或者朝太陽升起的方位，是生存希望的火種。我的船艏朝海，好讓波濤沖刷我被漢化的汙名，好讓波浪的振幅淬鍊我自以爲是的劣質氣質。

「叔父，讓天空的眼睛平安帶你回家，」我說。

「願你，我孩子的智慧加一瓢海水。」

「智慧加一瓢海水」，我知道，海水難以斗量，一瓢海水是廣義的，非數字的一，是精神層次的修行。老人家認識的世界只有一個祖島（蘭嶼），我深深體會族語裡流動語彙的哲思意涵，這或許是堂弟說我是幸福的人吧！

我知道，叔父不會再踏進我家看我造船，或是幫我忙。一九九九年，我建造我這一生的第一條船的時候，我見識過叔父送我一棵大葉山欖的側懸板，他斧削樹肉的技術是頂級的，沒有一絲絲如是老鼠啃過地瓜的雜亂紋路，那是他的耐心與耐力，對樹魂敬愛的整體表現。在叔父的經驗判斷，我伐木的技能尚未昇華到那個層次，那是一個人對樹魂的認知表現。因此「智慧加一瓢海水」的意義是，要我自己虛心的揣摩，是眼到、心到、力到、魂到，以及耐心的整體融入的展示。我聽了叔父的這番話，告訴自己說，凡事不可心浮氣躁，慢工出細活，造船建屋的樹材，除去它的年輪外，更要學習樹身的成長儀態，是山林生態圈的「家教」，是達悟人對樹身的美學觀察，讓我在夜裡白晝反躬自省的泉源。

在飛魚季節的第三個月，我們稱之Papataw（鬼頭刀魚月，約是那一年的四月中旬）的前幾天，我的船造好了。部落裡有拼板船的族人依循傳統的，在部落進出海的灘頭各自舉行小船招飛魚儀式，第二天，所有的船隻在海浪許可下，我們會在日出之後，集體的出海釣飛魚，再以活躍的飛魚當餌，利誘雜食性的鬼頭刀魚。

我與新船的首航沒有獵到鬼頭刀魚，第二天我們一群人再次的出航，比我大的族人只有兩位，也就是說，我部落六十歲以上的族人已不再獵鬼頭刀魚了，提早從海洋獵場退役，其他部落的還有。我父親在七十六歲還出海，我的表叔在八十歲還跟我們白天出海獵鬼頭刀魚。換句話說，我部落裡五十幾歲的人，只有三個人還在造船，其餘的不是買了機動船，或者不再對拼板船產生有興趣，構成了我們這個世代的人失去了對山林生態的美感欣賞，失去了民俗生態的知識與傳承的實力。

我們理解，這個時候的我們已經開始爲沒有錢的生活傷腦筋，爲沒有瓦斯煮食物憂慮，勞動互惠轉換成工錢，有機動船者成爲部落社會新興階級，沒有任何船隻者退位爲新鮮的貧窮者，新興價值觀的引入立即審判自我調適差的族人，也是新鮮的邊緣人。當我們這些還在堅持傳統漁獵者在清晨出海的時候，他們會在路邊的公共涼台目送我們出海，當我們返航時，會下到海邊幫我們把船推上岸，於是獵到大魚者在眾人面前就有笑容，沒有漁獲的人如是競技場上失敗的摔角選手，被熾熱太陽曬黑的臉，失落的強顏歡笑，早早遠離，心裡準備明天再來戰鬥，海浪的鱗片波紋於是占據他整晚的思維。

約是早上七時許，陽光已爬升，越過了我部落面海左邊的拉比丹山頭，我的表弟釣上了一尾鬼頭刀魚，在那一段時間，我的飛魚活餌開始在海面騷動不安，它知道鬼頭刀魚正在匯聚其獵殺的能量，我作爲人，作爲有一點經驗的人，我也知道鬼頭刀魚正在我新船的底下游移。在這個時代的海上船隻，兩個部落的耆老皆已凋零，依循傳統漁法獵魚的船不到十艘，可以預見的未來是，這種漁獵的技藝將會殞落消失，成爲我們後代子孫們的神話故事。

咻——咻——我八十磅的魚線瞬間被抽出線圈，斯時我便把木槳放進船身內，避免被魚線纏住而失去鬼頭刀魚。我的新船可以被大魚「探望」[25]，我的心情在雀躍，這一刻的心情，情感被波濤下的鬼頭刀魚牽引著，一艘拼板船，從尋材，在山裡伐木雛形，扛回部落建造組合木塊，建好船在海上悠游之後，昔日的辛勞化爲烏有，回歸到海洋接受它的淬鍊，驗證船魂運勢的級數，而獵魚是中期目標，當我把金黃色的鬼頭刀魚拉到船身內的時候，我兒時的記憶，我的祖先們在日正當中獵魚船隊的影像，清晰的浮現在腦海，我說，祖先們，我做到了，海洋舞動的另類信仰，從深山裡啓動，船體木塊在家屋組合如是夫妻和諧的表徵，在灘頭出發正式成爲家庭的一員，再到海上歌唱，跟海神請求恩賜禮物，這一條線的脈絡是我民族的男性共同承載的環境信

25　探望，我們擬人化鬼頭刀魚是因為我們以宗教儀式邀請牠們來我們的島嶼，所以被大魚「探望」象徵朋友造訪、友誼長存，也是我新船的福氣，與大魚有緣分。

仰，承受海洋浮動試煉人生旅程。

我釣到了一尾鬼頭刀魚，孩子們的母親的微笑像是夜裡燦爛的明月，她立刻的換上達悟傳統婦女的服飾，是喜氣，也是迎接新船之魂、魚魂相容的真情表露，在我殺好了魚身，晾在屋院的時候，我也穿著傳統服飾，配金飾、銀環，戴銀帽的走向海邊舀一椰殼海水[26]，回到家之後，我便把金飾、銀帽，以及孩子們的母親的瑪瑙項鍊，一同與鬼頭刀魚身掛在屋院的曬飛魚的井字型的椿架上，向部落族人傳遞「我釣到了大魚」，彼時一同與孩子們的母親觀賞新船給我們的成果，以及如同汪洋般的喜悅。

「你們出海之後，我在我們的水芋田採收芋頭，在我的心坎裡一直想著，我們的新船的靈魂與鬼頭刀魚是否有緣分，這件事一直掛在我心膽，讓我眼神不斷的遠眺海平線上出海的船隻，當你划回來，離岸邊約是兩百餘公尺的時候，我認出了我們的新船，看出了你划船的有力雄姿，你不間斷的用槳葉拍擊海面，濺起白浪花，划向灘頭面海的右邊[27]，我就知道，孩子們的父親釣到了，我喜悅於是飛到家，趕緊跟屋靈說，我們今天有賓客[28]。」

26 此舉是向部落族人宣示自己獵到鬼頭刀魚，在七天之內釣到鬼頭刀魚的族人都必須如此穿著，去海邊舀一瓢海水，海水象徵把海神之魂邀請到家裡來，分享漁獲與情感的儀式。

27 釣到鬼頭刀魚的男人，往往用槳葉拍擊海面，形成浪花，這是向部落裡族人的宣示某人有漁獲，這個月的前七天，回航進灘頭的時候，必須划向灘頭面海的右邊，這是我們漁獵儀式的秩序概念。

28 家裡有客賓是指鬼頭刀魚，或是飛魚，達悟人獵捕飛魚季節的浮游魚類是經過傳統的宗教儀式，因此達悟人視鬼頭刀魚、飛魚、鮪魚等等為我們至上的賓客，是達悟民族科學的定義。

在鬼頭刀魚月的初期，我們有很多儀式要舉行，在第六天，我們稱mipuwag，婦女穿著傳統服飾去公共水源洗臉祈福，祈求水源滾滾，去部落附近的水芋田，祝福水芋豐腴，男性則往自己在海邊的船身祈求船靈平安，祈求漁獲豐盛。第七天早上在海邊的船身再做趨吉避邪的儀式，當天的夜晚部落裡的男性就可集體性的出海獵捕飛魚。

這一天的下午，沒有船隻的男性很殷勤的，面帶微笑的去拜訪有機動船的船主，請求出海。對於我，以及有拼板船的人，則在沙灘上整理漁網等待夜色的降臨。

從古早的祖先起，部落灘頭前的那些礁岩一直沒有被破壞，它們只是長大了，讓我們日夜進出海的拼板船必須做S型划駛，考驗槳手，避免衝撞礁石。

此時，部落灘頭出海的盛況已不復在，零零星星的坐在沙灘上等待夜色降臨，人潮轉移到部落左邊，現代建築的簡易碼頭，出海場域的轉換，說明民族獵魚工具的轉型，男人造船的集體技能之式微，也正在說明男性的傳統林木生態知識轉變爲機械引擎修復的常識。沒有船隻的男人則攜帶自己的漁網、照明的電燈等待船主的使喚。漁獵工具的轉換，具體展現了海洋民族獵魚家族的瓦解，新崛起的新興階級是經濟實力佳的，有能力買機動船的人家。

我的表弟，也是我的同學夏曼・杯巴利恩（單身時的名字是馬阿勒克）是個理財觀念都勝過我們幾位男同學的人，買機動船就是他從小的夢想，在汪洋上開著船，任他釋放他兒時的夢想，實現破浪的愉悅快感。他的堂哥，也是我們的同學，很早就當祖父的夏本・杜馬洛（卡洛洛），他捨棄造船的傳統工藝，說是造木船很累人，划船也很累，於是在飛魚汛期常常是他堂弟夏曼・

杯巴利恩的船工。

這個時候，夜間還在堅持使用拼板船獵捕飛魚的族人只剩六個人，我們坐在沙灘上的場面很冷清，然而古早獵魚的熱情與信仰書寫在我們愉悅的臉龐，看來出海場面雖然落寞，但環境生態信仰象徵民族科學的實踐者的豪邁，如是夜色降臨前忽明忽暗的波濤鱗片，注視著洋流浮動的路徑，心海裡也盤算著飛魚群逆游的來時路。已經七十二來歲的表姐夫經歷過民族最傳統的大船造舟雕飾的下海儀式，與一八八幾年的前輩們學習過環境生態信仰的訓練，也經歷最熱絡的飛魚獵魚的祭典，他的參與多少還讓我們感到欣慰，灘頭上除了我們這些划船獵捕飛魚的男性外，還有許多坐在我們後邊的，企圖用攝影機獵捕我們船舟出海的外來遊客。

簡易碼頭的機動船在夕陽落海之後，紛紛駛出港口航向五海里外的小蘭嶼，各個船主不是使力划船而是猛催油門，船外機動力匹數的大小是螺旋葉片的旋轉級數，更是機型價格的差異、財富象徵，畫出海面白浪裂痕的水渠也是他們區分出砸錢的多寡。我部落的機動船共有十八艘，年度獵捕飛魚之初航的黃昏，海面的白浪水渠形成部落族人觀賞的新景象，場面雖然很壯觀，但也很快的消失，說明現代化的便利是稍縱即逝的，來不及讚美，也或許機動船沒有被讚美的本質吧，同時標示出我們這些依舊使用雙手造船划船的中年老人退出船速競爭的海面舞台，以及獵捕飛魚尾數的多寡較量，可是我感覺到，當我們出灘頭划向海面的時候，攝影師是在捕捉古老的畫面美學。

此時叔父坐在公路邊的堤防上望著我們這些稀疏的出海船隊，心魂有所感慨的說：

「這下子，怎麼辦？灘頭將來會失去拼板船的裝飾，將來會變得冷清，那些機動船，沒有經過祖先生態智慧的儀式祝福，對我沒有一絲魅力。」

「因爲你只會造木船划船，不會開機械船啊！叔父，」我那既沒機動船、也不會造木船的堂哥說。

叔父看看堂哥，其神色好像在說：「你怎麼啦！怎麼不去出海，賴在這兒對我說風涼話。」三年前的這個時候，叔父還是出海獵魚的其中之一，時光歲月不改變的利器是催人老化，也催化任何弱小民族的大傳統變爲小傳統，小傳統化爲微傳統的昨日記憶，成爲我們晚輩們的傳說。

回想二〇〇〇年的鬼頭刀魚月（四月份），我的父親還在這個灘頭目送我出海，歲月雖然奪走了父親的肉體，掠奪了他在這個島嶼從祖先學習來的知識，一生從環境生態修來的智慧，二〇〇七年的這個時候，我坐在船身邊望著入夜前微浪拍擊沙岸的節奏，浪沫翻開我的記憶。

一九八九年我歸島定居，父親爲我的返家造了一艘船，在相同的灘頭，相似的時間，我坐在是年七十三歲的父親身後，當時部落裡還沒有人有能力買機動船，簡易碼頭也沒有。灘頭將近三十艘的木船期待夜的降臨，而父親是那一年夜航獵魚年紀最大的人。從島民獵魚程序來說，三十三歲的我恰是邁向出海獵魚的巔峰年紀，然而，彼時我卻對「海洋」習性、獵魚知識、划船技能一無所知，好像是三十年前我在小叔公身邊的情景完全一樣，仍處於陸地男人的身分，彼時父親對我不發一語，彷彿在教我用眼睛學習似的。

小叔公的年代一九五〇年，我父親已是夜航獵魚的好手，在一九八九年部落灘頭的船隻雖然已經減少很多，可是夜航捕飛魚的男人大多沒有受過完整的日式的、漢式的殖民教育，因此，我們所謂的傳統信仰，捕獲飛魚的多寡，都還構成部落男士們很重的榮耀感。彼時與我年紀相仿的，已從台灣歸島定居的，領有國中畢業證書的同學，有五位已經開始參與了使用拼板船獵魚的船隊，彼時在我眼裡，他們看來很勇士，很自信，似乎擺脫了我們十幾年前在台灣西部當貨車助手，做建築工人時的「迷惘」神情，說是划船捕撈飛魚，浮沉的海洋療癒了後來來台就業後產生的自卑。他們跟我說：

「何時跟我們在海上，繼續當獵魚的同學？」他們帶有挑釁的，對我輕蔑的語氣。說起來，那時我忽然對他們各自划著自己父親的船的神情非常的羨慕，甚至略有自慚形穢的感受。

夜幕漸漸的披上灰暗色，父親起身的把腳掌挖入泥沙裡，準備推船出航，船的龍骨在沙灘上切割出一道紋溝，紋溝是這個島嶼各部落有拼板船獵魚以來，灘頭的儀式記憶，也是我個人翻閱反思的計量刻度。

父親躍上了船，我記憶裡他年輕時的英姿讓我爲他驕傲，驕傲我有個有智慧的父親，有個航海家族族裔的父親，我注視著父親划船的身影是那樣的自然，如我們走在陸地上的自如，而他划船沉靜的氣宇，好像是現代性奪走了我野性的體質，弱化了我的野性鬥志。「爸，對不起，辛苦你了！」我說在心裡，也是在懺悔。情境就像我孩提時期一樣，目送完夜航獵魚的船隊之後，我回家。

「孩子，沒有人在陸地上練習划船的啦！波動的浪紋，潮汐會主動的教你，因爲你是男人啊！你應取代你父親，自己划船捕飛魚，才對。」媽媽微笑，放低說話音量的跟我說。

是的，父親已不如年輕時的英勇了，不只是他，幾乎我們都會因年紀的增長而體能弱化，母親的話，其實不是在說父親的老化，而是在激勵我，恢復自己初始的野性，被台灣的教育馴化的野性（漢化的達悟人），更不可以一直依賴父親服務我吃魚的嘴巴。「是的，媽媽，你說的對，」我說在心裡。我的歸島定居就是希望從頭學習我失去的生存技能，被我遺漏的傳統教育。

「孫子的父親，此刻，差不多是你父親返航的時候了，走去灘頭等你父親吧！」

當時已經三十多來歲的我，思索「走去灘頭」等著父親返航是我十二歲以前最熱愛的活動，天空的眼睛的光明讓我與童年玩伴玩耍，在沙灘上角力競賽，這是部落裡許多的男人共同的成長記憶，但在這個時候，部落裡每一家已經有了電燈、冰箱、電視、機車、熱水器，還有路燈……等等的，小男孩們的海邊已經換成電視機了，此刻我也不需要在海邊生火照明，有路燈，有手電筒，也不用走路，機車可以直接的騎到海邊。那天我幾位國中時期的同學都已經回航了，並在沙灘上做刮掉魚鱗[29]的工作，各自捕獲的尾數約是一百至二百左右，他們彼此間有說有笑的口述獵魚的經歷，我與他們即便是一起成長，但他們在海上捕飛魚的時間都早我五年以上，我還沒有經歷，我只有聽的份，插不上一句話。

灘頭上出海捕飛魚的人與船，在晚間的十一點過後都回來了，這一天是我們年度首航獵魚之

---

29 飛魚魚鱗必須在海邊刮掉，不可以拿回家刮鱗，這是很大的禁忌，刮掉鱗片是飛魚穿新衣回家的意思，不刮飛魚鱗，就是詛咒飛魚神魂早早離開蘭嶼島。

夜，天空的眼睛依然如我孩提時期那樣的繁多，閃爍點點。飛魚的豐收往往讓我們部落的人在白天之後，曬在自家屋院的飛魚讓人們的笑容燦爛，對我們來說是美麗的開始。可是，今夜出海最老的人，我的父親還在海上，即使小我父親十歲的叔父也回到了灘頭，說來這種夜航晚歸的情況是我十二歲以前常常發生的事，有時候天亮才返航，讓我常常一個人睡在海邊等父親，想來，父親又去夜航獵大魚了。

「今夜就在海邊『等待』父親吧！」我想。

父親為我造的這艘新船，在夜航首夜，他或許期望可以釣到一尾大魚作為新船魂的禮物吧！也或許，父親早已認為這艘是他這一生的最後一條船，可以釣到一尾獵食大魚，對他的人生勞動的符碼是完美的結局吧！我如此臆測。

想起一九七〇年，我國小六年級，也是在捕飛魚的夜航首夜，我為了等父親就在海邊的船與船之間縫隙築起沙牆擋風，並撿乾柴生篝火取暖，我的雙眼直直的盯住星辰下的海平線。只要有船回航，我就起身協助幫那位前輩把船推上岸，若是從現代的時鐘來計算的話，大約都在凌晨二、三點回航，我的部落裡就有七到九個深愛夜航獵魚的海人，父親是其中之一，他們釣的大魚泰半都是浪人鰺，重量約是二十到五十公斤左右，我當時非常敬佩那些前輩海人，於是我心中在那時就萌生了「有朝一日」在深夜獵魚必定實現的夢想，而浪人鰺，其俊美自信的魚身就像鐵釘釘住在我的腦海紋溝，恆久不滅。

或許，已經七十多來歲的父親還在繼續夢想釣一尾浪人鰺給他自己，給新船之魂，或者是給我，以及他的孫子們，從深夜裡的海洋禮物吧！我如此幻想。我看看手錶已過了午夜，從北方山頭吹來的風飄來寒意，我騎車快速回家穿夾克，然後再回海邊繼續等著父親。

「爸，你心中究竟在想些什麼？」

「爸，你已經老了，沒有剩餘的體力划船了！」

「爸，回來了吧！」

深夜的風，流雲銀浪似是幻覺，想著父親，望著星辰下的海平線，我說在心中。我也漸漸感受到去台灣念書讓自己獵捕飛魚的初始技能被延後十多年，延長了父親獵魚的年限，真是苦了他，我忽然爲父親此刻獵魚的精神，落下午夜過後的淚痕。

很久很久，當父親回到灘頭的時候，已經是凌晨的三點了。我用盡力氣的把船推到滿潮時海浪波及不到的沙地上，父親在那一夜捕了八十多尾的飛魚，沒有浪人鰺，我們父子在沙灘上一同刮飛魚鱗片，情境完全與二十多年前完全相同，不同的是，我們的生活細節已經注入了現代化的許多元素，瓦解了我民族的獵魚家族，父親老了，我也長大了，有了三個小孩。

「浪人鰺是我一生的記憶裡最愛的魚類，飛魚汛期期間，當我一坐上自己建造的木船，我在海上的心魂就只有浪人鰺俊美的銀白身影，」父親說。

過了兩年，我不僅沉迷於徒手潛水，成爲射魚好手，其次，在漁獵季節轉換爲獵捕飛魚、鬼頭刀魚的時候，我也實現了我孩提時期成爲獵釣鬼頭刀魚的勇士，每天的白天在離沿岸兩海里的外洋釣鬼頭刀魚，同時也日日的在汪洋藍海訓練自己被炙熱的大太陽烘烤，我喜歡被大太陽烘烤是因爲這是我兒時的夢想，與獵魚船隊從水世界一同帶「海洋的禮物」回家，我一九七七年逝去的小叔公，他在我入學之後跟我說過的「活化海洋爲一劇劇的故事」。

我家的屋院曬著父親解剖鬼頭刀魚[30]的魚身，以及許多的飛魚乾，還有我們傳統財富，如祖傳的層層銀帽、金箔片與藍色串珠，以及媽媽的、孩子們的母親的瑪瑙串珠頸鍊[31]，她們編織的傳統服飾共同的裝飾我們家的庭院，「禮物豐、家庭旺」，在午後的三點過後的夕陽之前，一家子完整的組合圍繞在庭院用餐，正是海陸有機食物的結盟，除去餵飽我們自己的腸胃外，「海洋的禮物」帶給我們家人平靜，盼望海神恩賜給我智慧，繼續淬鍊我，削弱我自己被媽媽形容爲「漢化的兒子」的汙名。

媽媽吃魚的牙齒，長在說話的嘴裡，從那個時候開始說：「這樣才對，會抓魚的男人才是男人。」

媽媽說的達悟語語調，及其神情面容不僅讓我聽了很舒暢，她的語意是在鼓勵我、讚美我。是的，達悟男人必須學習如何抓魚的技能，這是生存之需，如此之多元技能的實用也必須具備，學習觀測海洋，其不確定性的洋流環境的變化。父親，或者說我民族喜愛夜航獵魚的男人，在漆黑的汪洋上孤舟獵魚，一艘只有四公尺長的、離海面波濤也不過是二十公分左右、用雙手划的木船，在陸地上的感覺說是很容易，然而在不斷浮沉的夜間海面獵魚，對生手而言，恰如惡靈擰著你的心肌，有股令人即將梗塞的驚恐樣。媽媽讚美我，父親聽在他的耳裡如是黑夜嗡嗡作響的蚊

30 鬼頭刀魚與飛魚一樣，必須舉行招魚儀式方能捕獵的魚類，我們稱「儀式性的魚類」，每一年的第一尾魚，必須用沾了牲禮血的竹節祝福魚魂，等同於為家族、家屋除穢納福，普渡眾生的信仰。

31 我們統稱為ovay「傳家之寶」，我們對敬愛的朋友的稱呼為「珍愛的黃金」。

子似的，夜間的海洋也是男人的傳統教室，他於是歌唱，他的歌詞就是給我在海上的實戰課本。彷彿敘述著：女人吃魚的牙齒長在嘴裡，男人吃魚的牙齒長在海洋。

二〇〇七年年度夜航獵捕飛魚的初夜manuo jiya ogtu[32]，部落裡仍有拼板船的男人，彼時仍秉持著部落古早的出海軌跡，把木船推向波浪波及不到的沙灘上，等著夜色的降臨，一切的出海節奏，儀式仍如我兒時的記憶痕跡，出海的男人安靜的坐在自己的木船身後，等待、等待，所有的等待，在我們安靜的面容背後卻流動著如海浪波紋般的、許多不規則的焦慮。

坐在灘頭上，以拼板船出海的男人只剩七位，幾年前邀約我，繼續在海上當同學的同學只剩一位，他們退出了以木船夜航獵魚的傳統船隊，改乘機動船，或是已經買了快艇。

我的外祖父給我美化的海洋，我的小叔公給我活化的海洋，我的父親給我的是實學的律動的海洋，包括我的母親、我唯一的姑姑、我的大伯，他（她）們都已經逝去了。在這個時候，地球的自轉由微明慢慢的轉換爲灰暗，灘頭上孤伶伶的幾艘木船，說明了我民族造船技藝的式微，說明了民族的生態科學知識，正在邁向殞逝的方位，我環視身邊的人，證實沒有後來者的參與，證實了繼續以傳統木船獵魚的欲望弱了，與海波浪延續此道情誼的族人是少數的中老年人，約是一九五九年前出生的族人，已非當下島民獵魚族群的主流了。

七十二歲的表姐夫起身站立，在波浪波及的砂粒上，向我們幾位還在堅持以木船獵捕飛魚的

32　達悟民族不說「日曆」而是計算夜曆，每夜都有名字，不說；初一、初二……等數字，所以我們夜航獵捕飛魚之首夜稱manuo jiya ogtu，意思說是，繼續被掠食大魚驚嚇（盼望釣到大魚），約是漢族陰曆的初七。

中老年人宣誓的說：「天黑了，我們出海吧！」

我個人在涵化過程中的階級觀，似乎非常喜歡一個初民社群因野性環境生態的時序醞成的階序觀，訂定的長幼先後的倫理。達悟人的信念是，誰先被父親從灘頭帶回沾了牲禮的血的石頭爲長者（一般的說法，誰先看見白天），不依據其獵魚能力的好壞作爲判準，當表姐夫發號出海獵魚儀式的信息時，讓我深深感受到入夜前的灰色海面放射出「長者」，還有我們幾位被野性環境的樸實包容後的虔誠，沒有誇張的儀式語言，沒有華麗的服飾，只有「長者」儀式的唯美儀態，如我孩提時期的小叔公那個世代，男人在陸地上的傲氣被灰色海面摧毀，歸於祥和，於是拼板船便是我們從海洋獵取「野性禮物」，從古老祖先建立起的生存與反省的流動媒介。

我划著槳（學會了製作，父親的槳留在家裡），木船緩緩的划出陸地，開始漂浮於海面水床，每一槳把我的思緒翻越到一九六四年，如是初發芽的麵包樹啓動吸吮島嶼土壤養分的鬚根。「飢餓的童年」是原初的豐腴社會的末梢，原來的島民循著自然節氣穩固古早初民社群建構的生態時序，部落社會階序的倫理，從我個人的成長過程而言，是幸運的符碼醞釀了我的夢想，也啓蒙了我初始的民族意識。

我年紀小，參與外祖父逝去的殯葬儀式是禁忌，禁忌的規則意指是，一棵老樹的凋零枯竭是空出一片「空地」讓初發芽的小樹接受星光日月的能量，颱風暴雨的試煉，好使樹的鬚根自我培育韌性，於是禁忌是讓一個小孩心靈避免提早承受，其他家族惡靈無形的黑暗恐嚇。其次是，我出生的時代是沒有光害的，夜間家屋的黑比宇宙的黑更爲漆黑，加上母親從小給我的童話故事是「魔鬼」，黑色是魔鬼，即使是剛逝去的親人也會很快的被族人轉化爲鬼魂，彼時我就請求母親生火，好使自己剷除內心對魔鬼的恐懼，我看著飄逸的「柴光」，然而眼前的「柴光」讓我想起外祖父望海的慈祥面容，揮之不去，跟我說：「切格瓦，流動的海有很多的魚……。」魚、飛魚、黑夜、海浪、月光是我前人給成長不可磨滅的圖像，醞成我人生追求生存美學，激勵自己的符碼。

此刻，我們這些戰後出生的，已經是五十來歲新生代，出海心情已經滲入了現代與傳統潮差的角力競賽，正在困惑著我們這個世代選擇的路徑，於是「符碼」也被逼走向多元的，加法、減法的解讀。當少數的傳統木船從船身放流獵飛魚的漁網，漁網前端繫著一閃一閃的黃燈、紅燈、綠燈、白燈等排列的漁網，海上還有許多的機動船也是放下照明燈。我划著自製的木船，漫無目的的一一掠過漁網、船隻，天空上半邊的月亮，十分微弱的照明漁夫們坐在自身的船體的影子，靜靜的等待飛魚群象衝進的訊息，我的雙臂划著船，沿著離礁岸約莫是三十到五十公尺的距離，划向沒有路燈照明礁岩斷層，我的心海如是浮動的波濤翻開我的記憶；已逝去的前人父母親、外祖父、小叔公夫婦、大伯、姑姑，我來不及上學的小妹子，在漆黑的夜色汪洋，他們生前的身影彷彿一直陪著我划船，那種感覺就像自己在二〇〇五年六月，在航海越過菲律賓南端、印尼北方的摩鹿加海峽一樣，親人們的身影好像就在身邊的感覺，心情十分的舒坦，黑夜，黑色海洋，槳葉插入海，滲入最深的記憶刻痕。回想兒時力抗父母親阻撓自己去台灣考試的情境，回想我因拒絕保送師範大學而被神父摑一巴掌，後來考上大學，兒時的夢想實現，過程的悲憤，三四十年後的此刻幻化成每一槳一槳的汗水，好似夢想捉弄了我。歸島定居，海洋給我在前人面前重生的機能，讓我抓的魚結實了父母親、大伯、孩子們吃魚肉的牙齒，小叔公活化海洋的故事變成我現在出版的文學作品，外祖父傳授造船的技能，原來是我現在體悟民族的生態時序，食物分類的信仰，是島嶼、海洋心跳的孳息概念，我因而從生活實踐的過程中理解了。四十二歲再去念人類學研究所，在台北的孩子們，在蘭嶼的父母親、孩子們的母親、大伯都需要我付出，孝敬他們，大島與小島間的來去飛航是後現代與後傳統的心魂戰爭，在時間（Time）與潮汐（Tide）的淬鍊，在根部（Root）與路線（Route）的調整，是我兒時的夢想讓我暫時性的人生處於逆旅的移動。原來小叔公要求我不可以在漢人學校變聰明，我做到了；父親教我的潮汐生態時序，我學會了；念人類學學會了微觀解釋與觀察，至親的前人們走了，走的時候，醫生無法判準正確的死因病症，但我相信我島上逝去的老者是捲走這個民族環境生態信仰的哲學、身體、心智與生態時序交織的樂章；然是，來者的孩子們長大了，我也將步入六旬，驀然回首，我兒時的夢想都實現的時候，醒來，我卻還在黑色的海上划船，爲了捕飛魚，爲了釣一尾黎明之前獵食飛魚的浪人鰺。

我划過尖嘴岬角（海上地名）的急流處，三級的風浪凸顯洋流的柔性，船尾看不見一艘木船跟來，父親生前經常叮嚀著我，說尖嘴岬角是兩邊潮水漲退，渦漩的交會處，很危險，海底地形複雜，深度從四十到一千公尺，划過尖嘴之後是一個斷層形成的小海灣，岸邊有個深黑的天然洞穴，傳說是，在海上罹難者集聚的家屋，後來父親在失去了長子，說是我的大哥，他去徒手潛水射魚的時候，從海底的洞穴撿屍，一位日本士兵的「戰功」之子，我後來在不是飛魚季節，每年六月到隔年的二月的時候經常來這兒徒手潛水，熟悉地形，也是讓孤魂野鬼認識我，在自己夜航獵捕飛魚駛經這兒時，減少自己對野性環境，在夜間原色的陰氣恐懼，歸島定居二十多年來在山林裡，在海洋的海面上、海面下的恐懼，在這個時候，五十多歲的這個年紀已經轉換成對島嶼環境的真愛，我的造船伐木與種樹是我這個世代的達悟人必須繼承的生態孳息的信仰，這個信仰是，太陽下山、下海都是「正確」答案，然而任何魚類、陸地動物都可以吃是「錯誤」答案。

在力馬拉麥海域（地名[33]）有許多一閃一閃的燈，都是機動快艇，只有一艘木船是我，一艘只有四公尺長，寬只有八十二公分，浮出海面的船身也只不過是二十公分，從現代化演進的視角來說，在夜間原色的海上我是「愚夫漁夫」，我放下大魚鉤，勾上飛魚餌，夢想釣上一尾浪人鰺，新船新季節在海上的禮物，順著洋流漂，我試著歌唱，練習傳統詩歌的創作，唱給大海裡的掠食大魚，也唱給夜色；仰視天空的眼睛，驀然回首外祖父、小叔公畫給我的海洋，原來是野性的移動教室，父親三兄弟、堂叔交給我的，原來是一張張生態孳息的教材；我輕輕的把雙手插入海裡，才理解海洋與我原來是活的；驀然回首，我的大海浮夢原來一直在移動，從蘭嶼坐八小時的船到台東考高中，花了四年飢餓的時間才考上私立大學，花了五年的時間才會抓魚、造船、潛入水裡二三十公尺，如次的移動讓我實現夢想，對我而言，更多的解釋，其實是自討苦吃的體驗。

我兒時的夢真的孵化，但我認爲是珊瑚礁在夜間孵化的幼蟲，我繼續的在黑色海洋歌唱，所有的機動快艇都回到了碼頭，我再次的駛過尖嘴岬角，去體悟海洋的環境顏色，還有它的野性，此刻在海上，想著明天以後也必定是曇花一現的浪沫劇本。

33　蘭嶼島沿海礁岩的地名共計一千兩百餘，標識地名也標示生態多樣性的本質，這兒是飛魚的故鄉。

黎明前，我獨自一人在我兒時逐夢的源頭「部落灘頭」刮飛魚鱗片，四十幾年前熱絡的場景如今已被被現代化吞沒，也就是說，我民族與生態時序相融合一的符碼（民族科學的完整性）、禁忌儀式等，它原初的莊嚴族人在不自覺的移動過程退為自嘲的素材，漁夫愚夫如我還繼續沉醉在民族符碼的甕裡，當我為了新船的禮物，在海上徹夜划船獵魚的同時，也夢想體驗我父祖輩們，傳說的生態時序長期流動在他們體內的儀態。

「謝謝海洋，給我們新船的禮物，」孩子們的母親對我微笑的說。

「剛回來嗎？」

「是的。」

「在海上過夜嗎？」

「是的。」

「辛苦你了！」

「男人的工作。」

孩子們的母親開始生火煮芋頭，這是她與土壤打架（勞動）的果實，配合著我與海洋打架的禮物，我們的早餐。這是我們民族海陸均衡的信念。

「孩子們，這是你（妳）們的食物，」孩子們的母親說，我聽在心裡十分舒服，我在台灣求學的時候，我的母親不忘記說這句話。

一百多尾的飛魚、一尾浪人鰺敘述者島民活化海洋為一本一本的劇本，是每年海洋流動的達悟民族的舞台，表演生態環境信仰的劇本，也是我還在持續的大海浮夢。

夕陽之前，孩子們的母親喚醒我說：

「孩子們的父親，午後的陽光已經溫柔了。」

我理解這句話的意義，在太陽下海之前，我再次的把船推向潮間帶，準備再次的夜航獵捕飛魚，此刻我坐在我船尾邊的沙灘，雙眼注視著金黃海洋的律動，感覺汪洋的高尚儀態彷彿正在雕琢我被涵化的波波心痕，彷彿我的外祖父、我的父親就坐在我身邊，跟我說：

「這個灘頭，從偷吃芋頭莖的那個小孩起到今天，是我們部落建立和諧的源頭，堅持吧！學習寧靜，在海上，我的孫子Si Jiyagwat（切格瓦），我的孩子Si Syaman Rapongan（夏曼・藍波安）。」

天黑降臨的時候，我們再次的夜航捕飛魚，只有五位，七十四歲的表姐夫，以及兩位大我兩歲的、一位大我五歲的部落友人，我們很有次序的出海，情境浮現灰色的冷清，各自堅持自製木船移動的符碼，直到我們逐漸凋零、逝去。

島嶼環境的整體原來就由其自然環境、我們人類無法理解的孕育過程，爾後航海島民的巧遇它而進駐，島民透過無數個世代經營失敗，篳路藍縷的轉換共生策略衍生出的環境信仰，面對海洋，其與月亮的潮差臍帶發展出漁獵家族的社會，大船的下海儀式，並非是「驅魔」爲唯一的詮釋，那是局外人幼稚的便利解釋，族老們身軀展現的肌理條紋是波浪的橫紋，吼出的聲音是間歇性的海震。此時的島嶼環境正在被政府自訂的土地政策，以及現代貪婪的族人解構島嶼島民共生循環的正義所侵擾，東清部落自主抵抗七號地被解編，他們抗爭儀式如是照片中的耆老，那股有氣質又優雅放射出的是我們對島嶼土地的珍愛，民族在現實時間對政府的抗爭行動是爲了維繫我們民族的幸福指數。島嶼民族科學工作坊設立的基礎就是此等觀念與行動，你們的支持就是我們繼續保有「野性氣質」對環境真愛的護島軸輪，畢竟我們所面對已經不是只有傳統儀式的延續，更多的是現代性文明如蛀蟲似的從我們內部啃食野性純度的善良基因。照片是我們反思的有力證據。

前人們走了，帶著他們被野性環境馴化的完美儀態，身軀歸爲土壤（不要死在台灣），化成林木再生的有機養分，我則划著我自造的木船在夜航，……我感覺我好飢餓。

附錄

夏曼．藍波安創作年表

一九五七年　十月三十一日生於台灣蘭嶼，達悟族。

一九七六年　六月，台東中學畢業。

一九八六年　六月，私立淡江大學畢業，法文文學士。

一九八九年　回歸蘭嶼定居。

一九九二年　《八代灣的神話》，晨星出版，中研院史語所母語創作獎。

一九九四年　「永遠的部落」《海浪的記憶》、《波峰與波谷》，為專題人物，公共電視首播。

一九九七年　《冷海情深》，聯合文學出版，聯合報讀書人純文學類十大好書榜及台灣現代文學經典著作，計畫翻譯成日文、韓文及簡體版。

一九九九年　《黑色的翅膀》，晨星出版，獲吳濁流小說類獎及中央日報年度十大好書獎。《海浪的記憶》，聯合文學出版，中國時報文學獎推薦獎，譯成法文。建造人生第一艘拼板船。

二〇〇四年　六月，國立清華大學人類學研究所畢業，取得人類學碩士，碩士論文《達悟民族的海洋知識與文化》。

二〇〇五年

十二月至次年二月，至南太平洋，拉洛東咖島（庫克群島國）及斐濟等。

五—七月，與日本知名冒險航海家山本良行（Yamamoto Yoshiyuki）及五名印尼航海專家共同航行仿印尼傳統之獨木舟「飛拉」號環行太平洋，爲唯一台灣原住民作家。

《黑潮的親子舟》，台灣文創，發行中文、英文、與日文版繪本。

《冷海情深》，台灣文創，發行中文、英文、與日文版繪本。

《我的父親》，台灣文創，發行中文、英文、與日文版繪本。

九月，國立成功大學台灣文學系博士班結業。

二〇〇六年

《八代灣的神話》、《冷海情深》、《黑色的翅膀》、《海浪的記憶》，獲第二十三屆吳魯芹散文獎。

〈漁夫的誕生〉，九歌出版社之年度小說獎。

九月，受邀「中國作家協會」參與國際作家寫作營「自然與寫作」。

二〇〇八年

五月，任國家實驗研究院台灣海洋科技研究中心副研究員。

十月，受邀環菲律賓海域傳統工藝、海洋知識研討會，於關島、東京。

十一月，受邀環菲律賓海域海洋知識研討會，於日本關西萬縣文化有形資產研究中心。

《與海共舞》，《福爾摩沙的指環》DVD，公共電視出版。

《野性蘭嶼》紀錄片，公共電視出版。

二〇〇九年

《禮物》，製作人，原住民族電視台首播。

《黑色的翅膀》，新版，聯經出版公司。

《老海人》，印刻出版。

十一月，受邀參與海洋文學研討會，發表主題「黑色翅膀的文學意象」，於日本關西天理大學。

二〇一〇年

六月，台德文學交流活動，赴德國柏林參訪一個月。

十月，受邀參與第七十六屆日本國際筆會研討會（唯一受邀的台灣作家）。

十一月，關西地區國際交流基金會講演：海人與海洋文學。

小說《老海人》獲新聞局金鼎獎文學類獎。

二〇一一年

六月，與日本航海冒險家Sekino先生船隊駕馭無動力的獨木舟從蘭嶼、綠島至台東之成功漁港。

《航海家的臉》，印刻出版。

獲利氏學會頒發生命永續獎。

二〇一二年

《八代灣的神話》，新版，聯經出版公司。

八月，受邀「中國作家協會」與北京、內蒙古少數民族作家進行交流。

十一月，受邀日本熊本大學、佐賀大學發表「民族運動語文學創作」研討會。

小說《天空的眼睛》，聯經出版公司。

《天空的眼睛》獲時報開卷版年度小說類獎好書榜，國家文學館金晶獎文學入圍獎，即將翻譯成日文。

二〇一三年 成立立案社團「島嶼民族科學工作坊（IISS）」任島嶼民族科學工作坊負責人。八月，受邀馬來西亞海外華語文學研討會「花踪國際書展」海洋文學講座。

二〇一四年 四月，科技部財團法人國家實驗研究院，海洋科技研究中心，因「非海洋科技研究者」被辭退。

專職寫作並出版長篇小說《大海浮夢》，聯經出版公司。

九月，《老海人洛馬比克》小說，改編電影劇本，計畫開拍。

《冷海情深》翻成韓文、日文，以及簡體版。《天空的眼睛》翻成日文。

其他：

散文〈飛魚祭〉、〈海浪的記憶〉、〈飛魚的呼喚〉、〈浪濤人生〉等，爲國中、高中國語文教材，大學文學系開設夏曼．藍波安海洋文學必讀作品。

當代名家・夏曼・藍波安作品集

大海浮夢

2014年9月初版
2018年7月初版第三刷

定價：新臺幣450元

著者 夏曼・藍波安
叢書編輯 邱靖絨
封面設計 莊謹銘
校對 吳美滿
圖頁設計 江宜蔚
內文組版 聯合報排版房
圖片提供 夏曼・藍波安

出版者 聯經出版事業股份有限公司
地址 新北市汐止區大同路一段369號1樓
編輯部地址 新北市汐止區大同路一段369號1樓
叢書主編電話 (02)86925588轉5307
台北聯經書房 台北市新生南路三段94號
電話 (02)23620308
台中分公司 台中市北區崇德路一段198號
暨門市電話 (04)22312023
郵政劃撥帳戶第0100559-3號
郵撥電話 (02)23620308
印刷者 文聯彩色製版印刷有限公司
總經銷 聯合發行股份有限公司
發行所 新北市新店區寶橋路235巷6弄6號2F
電話 (02)29178022

總編輯 胡金倫
總經理 陳芝宇
社長 羅國俊
發行人 林載爵

行政院新聞局出版事業登記證局版臺業字第0130號

本書如有缺頁，破損，倒裝請寄回台北聯經書房更換。 ISBN 978-957-08-4449-8 (平裝)
聯經網址 http://www.linkingbooks.com.tw
電子信箱 e-mail:linking@udngroup.com

長篇小說 創作發表專案
國藝會 NCAF PEGATRON 和碩聯合科技股份有限公司

國家圖書館出版品預行編目資料

大海浮夢/夏曼・藍波安著．初版．新北市．
聯經．2014年9月（民103年）．512面．
14.8×21公分（當代名家・夏曼・藍波安作品集）
ISBN 978-957-08-4449-8（平裝）
[2018年7月初版第三刷]

863.857 103015998